宫本武藏

［日］吉川英治 著

冯莹莹 杨田 范楠楠 译

天地出版社 | TIANDI PRESS

风之卷

无边荒野

一

从丹波[1]街道的长坂路口，可以清楚地望见远处的景色。透过街道旁的树林可以看到，远处群山上的积雪闪着耀眼的白光。这些位于丹波边境的山峰，环绕在京都西北部地区。

“点火！”有人喊了一声。

今天是正月初九，虽已到初春，但天气依旧很冷，鸟儿在寒风中不停发出吱吱的哀鸣之声。天气仿佛武士腰间的佩刀一样，寒气逼人。

“这火烧得真旺哪！”

“俗话说星星之火，可以燎原。一不小心，这火势就会蔓延开来。”

“现在顾不了那么多了。就算火再怎么烧，也烧不到京都。”

在荒野的另一端，熊熊燃烧的火堆不断地发出“噼噼啪啪”声。围着火堆的四十多个人，脸都被烤得红扑扑的。张狂的火焰腾空而起，似乎要烧到太阳上去。

“好热！好热呀！”有人嘟囔着。

“可以停手了！”植田良平被烤得难受，便喝令添柴的人住手。

随后，又过了半刻钟。

“马上就要过卯时了吧？”有人问道。

“是吗？”大家不约而同地抬眼看了看太阳。

“现在应是卯时下刻。”

“小师傅怎么还不来？”

---

①丹波：位于今京都府中部和兵库县。

“快到了吧！”

“是该到了。”

每个人都显得很紧张，大家沉默片刻，几十双眼睛紧盯着对面的街口。有人不由得咽了下口水，显得有些不耐烦。

“是不是出了什么事？”

此时，不知从哪儿传来一声长长的牛叫。这片荒原本是皇室的牧场，被称为“乳牛院遗迹”。即使现在，偶尔也能看到被放养的牛群。太阳高高地挂在空中，空气中弥漫着枯草和牛粪的味道。

“莫非武藏不会来了？”

“也许他已经来了。”

“谁去看一看——莲台寺郊外离这儿只有五百多米远。”

“是去探察一下武藏的动静吗？”

“是的。”

“……”

一时间竟然没人搭话。一张张被烟熏黑的脸，全都低头不语。

“不过，小师傅说过，去莲台寺郊外之前，要到这里准备一下。要不然过一会儿再去吧！”

“他们不会搞错地方吧？”

“昨晚，小师傅特意交代植田师兄的，应该不会弄错！”

植田良平接过话道：“没错——也许武藏已经先一步赶到那儿了。也许小师傅是想消磨对方的耐心，才会故意晚到。如果我们不明就里随意行动，别人肯定会说我们以多欺少，这会使吉冈门名誉受损。现在我们至少知道，武藏是单枪匹马的，所以大家可以静观其变，直到小师傅出现。”

二

今天清晨，乳牛院草原上就聚集了很多吉冈门弟子。除了植田良平之外，自称“京派十剑”的吉冈门高徒仅有半数到场，看来四条武馆的这些中坚分子，在关键时刻发挥不了什么作用。

昨晚，清十郎交代徒弟们“千万不可插手比武”，大家也都相信清十郎握有一定的胜算。他们认为，师傅绝不可能轻易输给武藏。

（我们一定会赢！）

每个人都信心满满。此外，立于五条大桥桥头的告示牌，已将这次比武公之于世，清十郎一旦取胜不仅能让吉冈门声名远扬，他的名号也会传遍天下——身为吉冈门弟子，前来声援自然是义不容辞的事，所以大家一大早就聚集到这片靠近莲台寺郊外的荒原上。然而，清十郎仍未出现。

到底怎么回事？清十郎到底怎么了？始终未见他的人影。

看着太阳的位置，每个人都清楚，马上就要到卯时下刻了。

“有些不对头呀！”

三十多个弟子交头接耳，植田良平本来下过命令要静观其变，可这会儿他也有些沉不住气了。一些百姓看到乳牛院草原聚集了这么多人，误以为比武地点在这里，在一旁议论纷纷。

“出什么事了？比武开始了吗？”

“吉冈门清十郎怎么没来？”

“还没到呢！”

“他的对手武藏呢？”

“好像也没来。”

“那些武士是干什么的？”

“大概是其中一方的帮手。”

“这么说来，只来了一些配角，主角武藏和清十郎都没露面呢！”

此时，看热闹的人已越聚越多，大家议论纷纷。

“还没到吗？”

“还没来哟！”

“谁是武藏？”

“谁是清十郎？”

不过，这些看热闹的人都不敢靠近吉冈门弟子。在乳牛院草原周围的草丛里、树林间，到处可见人头攒动。

就在此时，人群中突然走出了城太郎。

他腰里插着一把大木剑，脚上穿着大号的草鞋，在地上每走一步，都扬起一层尘土。他一边走，一边嘀咕着：“没有呀！没有呀！”目光从每一张脸上扫过，在荒原周围四下寻找着。

到底怎么回事？阿通姐姐明明知道今天比武的事，怎么还没来……自从那天，她再也没回乌丸大人家。

城太郎认为，阿通比任何人都关心武藏的胜败，而且今天必定会出现，所以他一大早就赶到乳牛院草原，寻找阿通。

三

很多女人平时伤了一根手指头，都会吓得脸色发白。奇怪的是，越是残忍的流血事件，反而越能激发她们不同于男人的兴趣。

就拿今天的比武来说，在拥挤的人群中，能看到很多女性的身影，有的人甚至是结伴而来。

不过，这些女人当中，唯独没有阿通。

“好奇怪呀！”

城太郎围着草原找了好几遍，已经疲惫不堪。

（说不定元旦那天，我和阿通姐姐分别之后，她就生了一场病。）

他一边想着，一边继续往前走。

“还说不定，那个阿杉婆用花言巧语把阿通姐姐给骗走了……”

一想到这儿，他开始不安起来。

他对阿通的担心，远远超过对比武胜负的担心。因为他知道，师傅武藏肯定是胜券在握的。

此时，草原四周已围了数千人，都在等着看这场比武。这些人都认为，吉冈门清十郎可以赢得这场比赛，只有城太郎一个人坚信“我师傅会赢”。

他的脑海里又浮现出，大和般若原上，武藏会斗宝藏院群僧时的飒爽英姿。

（我师傅怎么可能输？即使众人围攻，他也不怕。）

就算驻扎在乳牛院草原的吉冈门弟子全部参战，他还是相信武藏能取胜。

所以，他并不担心比武的结果。现在阿通没来，倒令他有些担心。虽然不至于惊慌失措，但他很害怕阿通遇到什么不测。

那天在五条大桥，她跟那老太婆走之前曾说过：“如果没有特殊情况，我一定会回乌丸大人的府上。城太郎，你可以请求他们让你住一段时间。”

当时，她就是这么嘱咐的。

然而，今天已是第九天了。正月初三、初七，都不见阿通回来。

（到底怎么了？）

从几天前，城太郎就隐隐有些不安。不过，今早他仍抱着一丝希望来到这儿。

……

不见阿通的身影，他只能孤零零地眺望着草原的中央。吉冈门弟子生起一堆篝火，吸引着周围几千人的注意。虽然场面很有气势，但因为清十郎迟迟不出现，所以弟子们都显得无精打采。

“好奇怪呀！告示牌上明明写着比武地点是莲台寺郊外，怎么又换成这儿了？”

并没有人对此表示怀疑，只有城太郎觉得纳闷。突然，从身旁的人群中传来几声呼喊：“小鬼——这边，过来这边！”

城太郎仔细一看，认出了对方。元旦那天，此人在五条大桥边看到武藏与朱实窃窃私语，随后故意放声大笑，然后转身离去。

正是佐佐木小次郎。

四

虽然只见过对方一面，但城太郎却非常熟络地跟对方招呼着：“什么事？大叔！”

随后，佐佐木小次郎来到了近前。他和生人打交道时，都习惯在开口之前，把对方从头到脚仔细打量一番。

“我们是不是在哪儿见过？是在五条大桥吧？”

“大叔，您也记得啊！”

“我记得当时，你和一个女子在一起。”

“啊！您说的是阿通姐姐。”

“原来那女子名叫阿通——她和武藏是什么关系？”

“有点关系吧！”

“他们是表兄妹吗？”

“不是。”

“是亲兄妹？”

“也不是。”

“那到底是什么关系？”

“是喜欢的人。”

“谁喜欢谁？”

“阿通姐姐喜欢我的师傅。”

“那就是恋人关系喽！”

“……也许吧！”

“这么说来，武藏是你的师傅了？”

城太郎不无自豪地点头答道：“是的。”

“哈哈！所以你今天特意来站脚助威喽！不过，清十郎和武藏都没出现，这些看热闹的人都很担心呢！武藏到底离开客栈没有？你知不知道啊？”

“不知道呀！我也在找他呢！”

此时，二人身后响起一阵脚步声。佐佐木小次郎那鹰一般锐利的眼神，立刻迎向来人。

“咦？您不是佐佐木阁下吗？”

“哦！是植田良平吧。”

“您在这儿干什么？”

说着，植田良平来到佐佐木小次郎近前，亲热地握着对方的手说道：“自从去年年底，您就没再回武馆，小师傅可一直挂念着您哪！”

“虽然之前没能回去，我今天过来，不也一样嘛！”

“总之，我们去那边再说吧！”

说着，植田良平和其他弟子一脸恭敬地陪着佐佐木小次郎，向草原中的营地走去。

远处围观的人，一看到佐佐木小次郎身后背的长剑、身上穿的华丽衣饰，就大声喊着：“武藏！是武藏！”

“武藏来了！”

众人低声议论着。

“啊！是那个人吗？”

“就是他——宫本武藏！”

“哦……的确衣着不凡嘛！看来此人并非等闲之辈哪！”

被扔在一旁的城太郎，听到周围人如此议论，连忙说道：“不是！不是！武藏师傅才不是这副德性呢！他才不会像歌舞伎小生那样忸怩作态呢！”

他拼命澄清。

有些人虽然没听到他的话，但看到草原中央的情景，也觉得有些不对头。

“不对呀！”

有人开始怀疑。

此时，佐佐木小次郎走到草原中央站住，好像在对吉冈门弟子训话，脸上还是那副不可一世的态度。

“……”

号称“吉冈十剑”的植田良平、御池十郎左卫门、太田黑兵助、南保余一兵卫、小桥藏人等人脸上一副满不在乎的表情，他们并未开口，个个眼露凶光，死盯着佐佐木小次郎一开一合的嘴巴。

五

在草原中央的吉冈门营地，佐佐木小次郎对着吉冈门众弟子说道：“目前为止，武藏和清十郎都没来，真是天佑吉冈门哪！趁清十郎还没来，大家立刻返回武馆吧！”

短短几句话，就足以激怒吉冈门众弟子了。佐佐木小次郎接着又说道：“我完全是为清十郎考虑，才这么说的。除了我，还有谁有能力帮你们？还有谁能对你们说这番话？我可是上天派来保佑吉冈门的预言家哟！要不我再说得清楚些——如果真的比武，清十郎一定会输得很惨，说不定还会成为武藏的刀下鬼！”

听了这番话，吉冈门众弟子的脸色都难看得不得了。植田良平早已气得脸色铁青，他双眼冒火地盯着佐佐木小次郎。

同时，十剑客之一的御池十郎左卫门也快忍不住了，看到佐佐木小次郎依旧说个没完，他一个箭步蹿过去，逼到佐佐木小次郎面前说道：“阁下，你还要说什么？”

一边说，他一边将右手手肘举到两人之间，拉开架势，略带挑衅地看着佐佐木小次郎。

佐佐木小次郎仍旧报以微笑，脸上露出两个小酒窝。由于他身材高大，所以那微笑总给人一种居高临下的傲慢之感。

“我的话很刺耳？”

“当然。”

“那我很抱歉。”

佐佐木小次郎轻松地避开对方的挑衅。

“那么，我就不插手此事了，任其自然发展。”

“我们又没求你帮忙！”

“是吗？你们和清十郎不是大老远把我从毛马堤接到四条武馆吗？当时，你们可是一个劲儿地说好话哟！”

“那是吉冈门的待客之道，我们只是以礼相待……你有什么好得意的！”

“哈哈哈！如此说来，我们先要在这儿一决胜负喽！再过一会儿，你们就会用眼泪来证明我的预言。依我看，这场比武清十郎仅有百分之一的胜算。正月初一的早晨，我在五条大桥畔见到武藏时，就觉得此人非比寻常……而当我看到你们立在桥头的告示牌时，突然觉得那简直就像吉冈门为自己写的讣文……这也难怪，一般人都很难正视自己的失败。”

“住、住口！你今天是专门来找吉冈门晦气的吗？”

“忠言逆耳。要是不听我的话，最终倒霉的是你们自己！反正今天就能分出胜负，再过一刻钟，你们就不得不承认我说的话了。

“说够了没有！”

吉冈门弟子叫嚣着，还朝着佐佐木小次郎吐口水。这四十多个人满脸怒气，一步步逼近佐佐木小次郎，腾腾杀气几乎将整片草原吞没。

此时，佐佐木小次郎已做好充分的准备，迅速后撤了几步。他总是控制不住自己爱管闲事、好打不平的个性。他心想：我是一番好意，你们不但不领情，还归罪于我。真是不可理喻！不过，他转念又一想：如果这里一旦开战，很多等着看武藏和清十郎比武的人就会把注意力转移到自己身上。这样一来，自己就成了备受瞩目的人物。想到这儿，他眼露杀气。

六

看到双方剑拔弩张的情景，围观人群果然一阵骚动。

此时，一只小猴蹿出人群，像只皮球一样向草原跳去。

在小猴的前面，有一个年轻女子，跌跌撞撞地向草原中央跑去。

原来是朱实。

此时，吉冈门弟子和佐佐木小次郎怒目而视，双方的战斗一触即发。远处突然传来朱实的喊叫声，紧张的气氛顿时化为乌有。

“佐佐木小次郎先生！佐佐木小次郎先生……武藏哥哥在哪里呀……他没来吗？”

“啊？”听到喊声，佐佐木小次郎猛一回头。

其他吉冈门弟子也嘀咕着：“啊！是朱实呀！”

一时之间，所有人的目光都落在她和小猴子身上。

“朱实，你怎么来了？不是跟你说过不要来吗？”佐佐木小次郎厉声责问。

“那是我的自由，你管不着。难道我不能来吗？”

“当然不能！”

朱实耸了耸肩，没回答。

“回去！”佐佐木小次郎命令着。

听到这儿，朱实呼吸急促，使劲摇着头说：“我才不要呢，虽然我很感激你的照顾，但我又不是你的女人，你凭什么命令我？”

说到这儿，朱实突然哽咽起来，那令人心碎的抽泣声几乎要把男人狂躁的情绪融化了。不过，她说话的语气却比任何男人都坚定。

“你到底想干什么？为什么要把我绑在念珠客栈的二楼？就因为我担心武藏哥哥，你就恨我，还欺负我……何况……何况……今天，你们就是要趁着比武的机会，杀害武藏哥哥。你觉得欠清十郎的人情，所以就打算在他招架不住时出手相助，杀了武藏。我得知真相后，哭了一夜，你怕我跑去给武藏送信，今早出门前就把我绑在了客栈的二楼。难道我说的不对吗？”

“朱实，你疯了吗？大白天的，当着这么多人，你瞎说什么？”

“我偏要说，你就当我疯了吧！武藏是我的心上人……他要来送死，我不能坐视不管。所以我在客栈二楼拼命呼救，附近的人听到后，过来帮我解开了绳子，我立刻就赶了过来。我一定要见武藏哥哥。武藏哥哥，你在哪儿呀？快出来呀！”

“……”

佐佐木小次郎一时语塞，站在情绪失控的朱实面前，他竟然无言以对。

虽然朱实的情绪很激动，但她所言句句属实。看来，佐佐木小次郎有着双重性格，一方面他能细心温柔地照顾朱实，另一方面他又把虐待对方的身心当作乐趣。

在大庭广众面前——又是在这种场合——她竟然毫无顾忌地和盘托出，佐佐木小次郎既难堪又愤怒，死死瞪着朱实。

就在此时。

清十郎的贴身男仆民八，从对面林荫道飞奔过来，他挥着手大声喊着：“不、不得了了！大家快、快点过来啊——小师傅被武藏砍、砍伤了！”

七

民八的喊声，犹如晴天响了一声霹雳，在场的众人惊慌失措，仿佛天塌地陷了一般。

“什、什么？”

“小师傅他——被武藏——”众人异口同声。

“在、在哪里？”

“什么时候的事儿？”

“这是真的吗？民八！”

大家你一言、我一语争相询问。本来，清十郎说好要先来此地准备一下，但他还没有出现，民八就说那边二人已分出了胜负，这突如其来的消息，任谁都无法相信。

民八含糊不清地说着："赶快！赶快跟我来！"

他上气不接下气，连滚带爬地又朝着原路跑去。

众人虽然有所怀疑，但为了弄清真相，植田良平、御池十郎左卫门等人带领四十多个弟子，犹如林中野兽一般，跟着民八跑向林荫道，草原上顿时尘土飞扬。

众人沿着丹波街道，向北跑了五百多米，从街道右侧的树林里穿了过去。一片笼罩在初春暖阳中的静谧草原，出现在他们面前。

原本自在歌唱的斑鸫、伯劳鸟被吓得四散飞走。民八发狂一样跑进草丛，直到一处馒头形的古冢旁才停下脚步。

"小师傅！小师傅！"他"扑通"一声跪倒在地，声嘶力竭地喊着。

"啊？"

"啊！哎呀！"

"真是小师傅！"

随后赶到的人看到眼前的景象，都僵在了那里。只见草丛中，趴着一个武士，身穿蓝花染和服，肩膀到后背用皮绳系着十字结，额头上系着一个吸汗的白布条。

"小师傅！"

"清十郎师傅！"

"请您振作一点！"

"是我们哪！"

"我们是您的弟子呀！"

清十郎的颈骨好像断了，被众人抱起之后，头依然无力地垂着。

他头上的白布条，一滴血迹也没有。此外，他上身的衣袖、下身的和服裤子，乃至附近的草丛也没看到一丝血迹。但从清十郎的面部表情可知，他已是痛苦万分，就连嘴唇也变成了紫黑色。

"小师傅，还有呼吸吗？"

"呼吸很微弱了。"

"喂！你们赶紧过来，把小师傅送回去！"

“需要抬回去吧？”

“对！”

其中一个弟子背对清十郎蹲下身，把他的右手放到自己肩上，正要站起来，清十郎痛苦地呻吟了一声：“痛死我了……”

“门板！找块门板来！”清十郎声音微弱。

三四个弟子立刻跑去找。不一会儿工夫，他们就从附近百姓那里要来一块防雨门板。

众人让清十郎仰面躺在门板上，可是他每呼吸一下就痛苦难当，在板子上乱踢乱滚。出于无奈，弟子们只好解下腰带，把清十郎绑在门板上，由四个人各抬一角。这些人仿佛送葬队伍一样，默默地抬着门板前行。

清十郎的两脚拼命踢着门板，简直快把门板踢碎了。

“武藏……武藏走了吗……哎哟，好痛啊！右肩到手腕的骨头是不是都碎了，快疼死我了……啊！受不了了！徒弟们，快把我的右胳膊砍下来——快点！哪一个快把我的胳膊砍下来！”

清十郎呼天抢地，痛苦不堪。

八

看到师傅痛苦的样子，那四个抬门板的徒弟都不忍心再看下去了。

“御池师兄！植田师兄！”

前面的人听到喊声，便回过头来。那几个弟子跟师兄商量道：“小师傅实在太痛苦了，才会叫我们砍掉他的手臂。我想，是不是砍断手臂后，他能好受一些。”

“胡扯！”植田良平和十郎左卫门厉声呵斥。

“现在虽然很痛苦，但至少没有生命危险。一旦手腕被砍断，就会流血不止，更可能危及生命。总之，先把师傅抬回武馆，然后再查看右肩的伤势。就算要砍掉手腕，也得做好相应的止血准备。否则，决不可轻易行事。对了！谁先跑回武馆去请医生！”

听到此语，两三个弟子先跑回武馆做准备。

从乳牛院草原赶来的群众，蜂拥挤在街道两旁的松树下，朝这里眺望。

真是令人头疼，植田良平面如死灰，回头对那些跟在队尾的弟子说：“你们先去把人群支开，怎么能让他们看到小师傅这个样子！”

“知道了。”

弟子们终于找到了一个发泄怨气的方法，他们满脸杀气奔向人群，那些围观的人立刻吓得四散奔逃，街道上又扬起一片尘土。

仆人民八跟在清十郎躺的门板旁，一边走一边抹着眼泪。

“民八！”植田良平喊了一声，一把拉住了他。

“你过来一下！”

“什、什么事？”看到一脸怒气的植田良平，民八吓得说话都有些结巴了。

“小师傅离开四条武馆的时候，你就一直陪在他身旁吗？”

“是、是的。”

“小师傅在哪里换的衣服？”

“是到莲台寺郊外之后才换的。”

“小师傅不可能不知道我们在乳牛院草原等他，他怎么会直接赶往那里？”

“这件事，我之前一点都不知道。”

“是武藏先到的，还是小师傅先到的？”

“武藏先到的，当时他就站在那个古冢前面。”

“只有他一个？”

“是的，只有他一个。”

“比武的过程是怎样的？你看到了吗？”

“小师傅跟我说：‘万一我输给武藏，请给我收尸！那些弟子一大清早就聚集在乳牛院草原，在我和武藏分出胜负之前，不准去报信。我们练武人赢得起也要输得起，我不想当一个卑劣的胜利者，所以绝不能以多欺少。’说完这番话后，他就朝着武藏走了过去。”

“嗯……然后呢？”

“我顺着小师傅的背影望过去，只看到武藏微笑的面孔。一切都悄无声息的，他们两个连招呼都来不及打，就听到一声凄厉的惨叫，我定睛一看，原来小师傅的木剑已被武藏打飞了。而整个草原上，只有那个头缠橘色头带、一头乱发的武藏一动不动地矗立着。”

九

就如台风突然来袭一样，整个街道上不见一个看热闹的人。

门板上的清十郎不住地呻吟着，抬门板的弟子仿佛战败的士兵一样垂头丧气，他们小心翼翼地走着，唯恐再度增加伤者的痛苦。

“咦？”

前边的弟子突然停住了脚步，抬门板的人伸手摸了摸后颈，而队尾的人则仰头看着天空。

原来，从空中掉下来很多枯松枝，哗啦啦地落在门板上。抬眼望去，松树上有一只小猴子，那双骨碌碌的大眼睛望着下面，还故意做着鬼脸。

“啊！好痛！”

小猴子朝下面扔着松果，有的弟子被它打到，疼得忙捂住脸。

“畜生！”

挨打的人掏出随身带的小刀，朝猴子掷去。那柄闪着寒光的刀穿过细密的松叶，直直地飞了出去。

突然，远处响起几声口哨。

小猴子立刻从树上跳下来，稳稳地落在佐佐木小次郎的胸前，而后又坐在他的肩膀上。

“啊！”

抬门板的吉冈门弟子这才看清楚，站在对面的是佐佐木小次郎，还有朱实。

“……”

佐佐木小次郎注视着门板上的清十郎，脸上毫无嘲笑之情。反倒是对方那痛苦的呻吟声，让他流露出一丝怜悯。吉冈门弟子一看到他，立刻想起佐佐木小次郎说过的那番话，于是大家都认为对方是来看笑话的。

不知是植田良平还是谁催促了一句：“——是猴子！又不是人，不要和它计较，我们快走吧！”

可此时，佐佐木小次郎却对着门板上的清十郎说道：“好久不见！”

“清十郎阁下，您怎么了？被武藏打伤了吧？哪里受伤了？是右肩吗？这可不行，也许里面的骨头已经碎成渣了，如果这样仰面躺着摇晃着前行，体内的血液会侵入脏器，还会逆流入脑中。”

随后，他又用那种傲慢不羁的态度对众人说道：“快把门板放下来！还犹豫什么？快、快点放下来！”

然后，他又对奄奄一息的清十郎说道：“清十郎阁下，你起得来吗？你也有爬不起来的时候呀？你的伤又不重，顶多伤了一只右手，仅靠一只左手你依然能走路。堂堂吉冈宪法的长子被人用门板抬着，走在京都的大街上，这件事如果传扬开来，先师的名望就彻底被毁掉了！难道还有比这更不孝的事儿吗？”

清十郎的眼睛眨也不眨地死死盯着佐佐木小次郎。

突然，清十郎从门板上一跃而起，他的右手仿佛比左手长出一尺，直直地从肩膀上垂下来，似乎早已与身体分离。

“御池！御池！”他大声喊着。

“弟子在……”

“砍掉它！”

“什、什么？砍掉什么？”

“笨蛋！刚才不是说了吗？当然是我的右手！”

“不过。”

“唉，没用的东西……植田，你来砍！快点动手！”

“啊！是。”

此刻，佐佐木小次郎突然接话道：“我可以帮你。”

“好！拜托了！”

随后，佐佐木小次郎走到清十郎身边，举起他毫无力气的右手，同时抽出了随身的短刀。紧接着，大家突然听到“砰”的一声怪响，类似瓶塞从瓶口迸飞的声音。只见一道血柱喷涌而出，清十郎的手腕应声落地。

十

清十郎一下子失去了重心，踉跄了几步，弟子们赶紧上前扶住他，并捂住那血流如注的伤口。

此时的清十郎早已面无血色，他嘶吼了一声：“走！我要走回去。”

弟子们紧紧跟在他身边，看他走了十几步，那鲜红的血滴落在大地上立刻变成了黑色。

“师傅！”

“小师傅！”

弟子们围拢在清十郎身边，小心翼翼地说：“您还是躺到门板上吧！别听佐佐木小次郎那家伙胡说八道！”

众人言语之间充满了对佐佐木小次郎的愤恨。

“我要走！”

清十郎咬紧牙关又走了二十几步，他不是在用脚走路，而是根植于血液中的顽强意志驱使自己前行。

但是，意志力毕竟无法跟身体抗衡。他大约走了五十米，突然“扑通”一声栽倒在弟子们的怀里。

“快去叫医生！”

这群人狼狈不堪，就像抬死尸一样，抬着毫无反抗能力的清十郎快步跑走了。

目送清十郎等人离去之后，佐佐木小次郎回头对树下的朱实说道：“看到了吗？朱实——是不是觉得很解恨哪？”

朱实面色铁青，狠狠瞪着一脸轻松的佐佐木小次郎，眼神中充满憎恶。

佐佐木小次郎继续说道：“你无时无刻不在诅咒清十郎，想必现在心情大快吧……夺走你贞操的人落得如此下场，也算是罪有应得了！”

“……”

此刻，朱实觉得眼前的佐佐木小次郎比清十郎还要可怕，简直让人毛骨悚然。

清十郎虽然玷污了自己，但他并不是罪大恶极之人。

跟清十郎相比，佐佐木小次郎更令人憎恶。他虽然不是世人眼中的恶人，却是一个性格变态的人。他不会为别人的幸福感到欣喜，却把别人的灾难、痛苦当成自己的一大乐趣。这种人要比强盗、恶霸更可恶，决不能对他掉以轻心。

佐佐木小次郎把猴子放到肩上，对朱实说了一句：“回去吧！”

朱实很想从这个男人身边逃走——但她既没有脱身的办法，也没有勇气。

佐佐木小次郎一边在前边走着，一边自言自语道：“你说要找武藏，结果还是没找到吧！他不会一直待在这儿的。”

（我怎么就不能离开这个恶魔呢？为什么不趁机逃走呢？）

朱实非常痛恨自己的软弱，但是，她还是心不甘、情不愿地跟在了佐佐木小次郎身后。

蹲在佐佐木小次郎肩上的小猴子，转过头来吱吱地叫着，还龇着牙对朱实笑着。

……

朱实觉得，自己和这只小猴子的命运是何其相似呀！

她突然觉得清十郎十分可怜——暂且撇开武藏不谈，她对清十郎和佐佐木小次郎抱有的感情是不一样的。此时，她开始认真思考起自己和这两个男人的关系了。

十一

我赢了！

武藏在心底高奏凯歌。

（我打败了吉冈门的清十郎！我战胜了享誉室町时期的京派武学名门之子！）

不过，他的心里却无半点喜悦之情，只是低着头走在草原上。

“咻——”低飞的小鸟掠过武藏头顶，抬眼可见它白色的肚皮。武藏踩着柔软的枯叶，步履沉重。

这种胜利之后的落寞，原是那些智慧超群的人才有的伤感情绪，对一个习武之人而言，本不该有这种感觉，但武藏却无法压抑心中这份落寞，他独自一人在草原中走着。

走着走着，武藏突然回头望了一眼。

莲台寺郊外的山丘上那几棵瘦弱的松柏，映入了他的眼帘。他与清十郎就是在那里分出了胜负。

（我没砍第二刀，他应该不会死吧！）

武藏在担心清十郎的伤势，他又低头看了看手中的木剑，上面没有一丝血迹。

今早，他身背木剑来莲台寺赴约，他以为对方必定带了众多随从，还可能会用一些卑鄙的手段，所以出发前就抱定了必死的决心。为了让自己的死相体面一些，他还特意用盐把牙齿擦洗干净，头发也仔细梳洗了一番。

见到清十郎之后，他才发现自己大大高估此人了。他不禁怀疑，眼前这个纨绔子弟就是吉冈宪法的长子吗？

武藏怎么看，都不觉得清十郎像京派武术大家，简直就是一个大城市里的浪荡公子。

他仅带着一名随从前来，并没有其他帮手。两人互通姓名，正要动手之时，武藏突然有些后悔了。

（这是一场毫无意义的比武！）

他心中暗想。

武藏所希望的是那种强过自己的对手，可今天他只看了清十郎一眼就知道，对方根本不是自己的对手。

并且，清十郎的眼神中毫无信心。武藏之前的对手，无论功夫怎样，都是自信满满的。然而面前的清十郎，不光眼中毫无斗志，全身上下也都是死气沉沉。

（我今早为什么要来这里？对手如此没有信心，我宁可取消比武。）

如此一想，他不禁有些可怜清十郎。对方乃名门之后，从父辈那里继承了规模不小的武馆，受到一千多名弟子的尊敬。不过，这些都是拳法留给他的，并不是他靠个人实力得到的。

武藏心想，不如找个借口取消比武，可一直没机会开口。

"……真令人遗憾！"

武藏再次回头望了望莲台寺郊外那座古冢上的青松，心里默默祈祷清十郎尽快痊愈。

十二

无论如何，今天的比武算是结束了。胜败姑且不论，武藏一直耿耿于怀的是自己仍不像一个成熟的武学者。

他意识到了自身的问题，不由加快了脚步。

在草原中，有一个老太婆正蹲在草丛里，扒开泥土，在寻找什么东西。听到武藏的脚步声，她抬起头，瞪大双眼。

"哎呀……"

那老太婆穿的素色和服的颜色，几乎与枯草一样，只是外褂的系带是紫色的。她身穿俗家衣服，用头巾包着光头，年纪在七十上下，是一位身材瘦小、气质脱俗的老尼姑。

……

武藏也吃了一惊。他没想到草丛里有人，更何况对方的衣服颜色和荒草极为相似，他差一点就从老尼姑身上踩过去。

"老婆婆，您在找什么呢？"

武藏内心很想跟人群接近，便友好地打了声招呼。

"……"

老尼姑一直蹲在地上，看到武藏跟自己说话，不禁吓得全身发抖。

从她的袖口隐约看见，老尼姑手上戴的一串珊瑚念珠是用南天竹的果实串接而成的。她手上拿着个小竹筐，里面装着鲜嫩的马兰菜等各种野菜。

老尼姑的手指和手腕上的红色念珠，一直抖个不停。武藏不明白，她到底在害怕什么——她该不会以为自己是拦路抢劫的山贼吧！于是，他故意露出亲切的微笑，靠上前看着筐里的野菜说道："哦，现在连野菜都长出来了！春天已经到了啊！这儿有野芹菜、芜菁[①]、鼠麴草，您挖了这么多野菜呀！"

突然，老尼姑丢下竹筐就跑了，一边跑还一边喊着："——光悦！"

"……"

武藏一脸茫然地站在那儿，看着老尼姑瘦小的身影越跑越远。

放眼望去，平坦辽阔的草原上还有几处缓坡，那个老尼姑的身影就消失在一块低洼地里。

武藏心想，她既然喊着人名，应该是另有同伴。此时，从那片洼地里飘出了一缕青烟。

---

①芜菁：日本春天七草之一。——译者注

“好不容易挖的野菜就这样浪费了……”

武藏捡起地上的野菜，放回小竹筐里。他一定要向对方证明自己的善意，于是手提竹筐，朝着老尼姑跑的方向追了过去。

他很快就看到了老尼姑的身影，原来她还有两个同伴。

这三个人看起来像是一家人。为了躲避北风，他们特意选了一块背风的向阳地，还在地上铺上毛毡，上面摆着茶具、水壶、锅等器皿。在蓝天大地之间品茗、赏景，倒也风雅自在。

当世高手

一

这三人中，有一个像是男仆，另一个像是老尼姑的儿子。

那个像儿子的人，年纪在四十七八岁左右，长得酷似京都名物——白瓷人偶。他皮肤雪白，面色红润，浑身上下洋溢着一种安适、恬静的气息。

刚才，这个老尼姑叫了一声“光悦”，想必此人就是。

说起光悦，那可是一位名扬天下的人物。如今，他居住在京都的本阿弥路。

据说，他每个月能从加贺大纳言那里得到两百石的资助，不知羡煞多少人。他身居闹市，因为每月有两百石的收入，所以生活极为安逸。同时，他还受到德川家康的赏识，被准予自由进出朝廷。就连天下诸侯途经光悦府门前时，都要小心翼翼，低头慢行。

由于他住在本阿弥路，所以又被称作“本阿弥光悦”。他的原名叫次郎三郎，是刀剑鉴赏、改铸、保养方面的行家。正因为祖上有这种特殊技能，所以从足利时代到室町时代，家道一直久盛不衰。随后的今川家、织田家、丰臣家也都给予这一家族丰厚的待遇。所以，这一家族一直以来都具有崇高的声誉和显赫的地位。

除了通晓各类兵器之外，光悦还精通绘画、陶艺、泥金画，在书法方面也颇有造诣。提起当今知名的书法家，人们很容易想到住在男山八幡的松花堂昭乘、乌丸光广大人、近卫信尹公，这三人都是三藐院体①的大家，不过很多人都说，光悦才是当今日本书法界的泰斗。

光悦认为，这样的评价仍不足以体现出自己对日本书法的巨大贡献。

京都的街头巷尾流传着这样一个故事。

近卫三藐院是氏长者②前关白家族的公子，当时担任左大臣一职，通晓人情世故。当年发生了朝鲜战争，近卫三藐院对别人说：“征朝并非秀吉一人之事，它关系着日本的兴亡。为了日本的将来，我不能坐视不管。”

于是，他上表天皇，申请参战。

秀吉闻听此事后，大声吼道：“天下最无用之人就属他了。”当时，秀吉如此讥讽近卫三藐院。到了后来，很多人都认为，丰臣秀吉发动的朝鲜战争才是历史上最失败的一次战役。此事的确很讽刺，不过这些暂且不提。

每当光悦拜访近卫三藐院时，书法便成为二人经常谈及的话题。

有一次，光悦去拜访好友近卫三藐院。三藐院问光悦：“如果让你选出天下三大书法名家，你会选谁？”

光悦不慌不忙地答道：“首先是您，其次就是八幡泷本坊的昭乘。”

三藐院一脸疑惑，接着问道：“你说首先、其次什么的，那到底谁才是天下第一呢？”

此刻，光悦面带严肃，看着对方说道：“在下才是。”

这就是本阿弥光悦。但是，此刻出现在武藏面前的寻常男子，会是

---

①三藐院体：日本书法流派。——译者注

②氏长者：平安时代对氏族长官的称呼。

那个本阿弥路的光悦吗？如果真的是他，为什么只带了一个随从出行，而且衣着、茶具也相当简朴。

二

光悦在膝上展开一张怀纸，手持画笔，专注地描绘着草原的景色。在他身旁散落着一些画废的纸，上面勾勒着一些流畅的线条，估计是练习用的。

听到母亲的喊声，他心中纳罕，用询问的目光看了看站在家仆身后全身战栗的母亲，又看了看站在一旁的武藏。

对方的眼眸平静如水，武藏与他对视了一眼后，自己的心情也缓和下来。光悦的眼神不仅让人感到友好，还有一种久违的亲切感。武藏很久没看到这种目光了，那眼眸深处闪动的光芒，进一步证明了对方超群的智慧。武藏与他对视的一刹那，感觉仿佛见到了多年的老友。

“侠客，家母是否冒犯您了？我是她的儿子，今年也已四十八岁了。家母是上了年纪的人，身体还算硬朗，只是眼神不太好。如果家母冒犯了您，在下愿为她的疏忽向您道歉，请多多原谅！”

说着，光悦将笔纸放到毛毡上，要合掌给武藏赔礼。武藏一时间不知如何是好，觉得必须要跟对方说明白自己不是有意惊吓他的母亲的。

“哎呀……”

武藏连忙跪下身子，阻止光悦道：“那位老婆婆是您的母亲吗？”

“是的。”

“该赔礼的人是我。我也不知道令堂为何会受如此惊吓，她一见到我，丢下竹筐就跑。我想令堂乃年迈之人，好不容易挖了一筐野菜，扔了实在可惜，所以就把那些野菜捡起来给您送过来。事情就是这样，还望您多见谅！”

“哦！原来如此。”

光悦恍然大悟，他微笑着对母亲说：“母亲，您听到了吧！是您误会人家了。”

此时，那位老尼姑终于放下心来，她从家仆身后慢慢探出头问道：“光悦呀！如此说来，这位浪人不会加害我们吧？”

“人家怎么会加害您呢！他看到您丢在地上的野菜，还好心帮您送回来呢！他是一位心地善良的年轻武士。”

老尼姑觉得有些失礼，便走到武藏面前，深深鞠躬道歉。

“是我太失礼了。”

解开心中的疑惑之后，老尼姑脸上也有了笑容，她跟儿子说道：“刚才的事，的确是我太失礼了。不过，我看到这个武士第一眼，就觉得他身上血腥气太重，让人毛骨悚然。现在仔细一瞧，也并非如此呀！”

听了老尼姑的几句闲谈，武藏心里仿佛挨了几下重锤，他此时才意识到，别人早已把自己看穿了。

三

一个满身血腥气的人。

光悦的母亲一语道破了武藏的身份。

在此之前，并没有谁能如此敏锐地察觉到自己身上的气息，被老尼姑这样一说，武藏才突然意识到自己固有的邪气。那老尼姑的感觉是如此敏锐，简直令武藏无地自容。

“这位侠客！”光悦打了声招呼。

他把一切都看在了眼里。眼前的这位年轻人目光炯炯，头发如雄狮般竖立，体形强悍无比。不知为何，光悦心里对武藏十分喜爱。

“如果您不急着走，就请休息一会儿吧！这儿的环境十分清幽，即使一句话不说，也觉得神清气爽，仿佛心都要被蓝天融化了。”

老尼姑接着说道：“我再去挖点野菜，一会煮点菜粥招待您。如果不嫌弃，就请喝杯茶吧！”

和这对母子交谈的时候，武藏觉得根植于体内的杀气似乎被连根拔除，整个人变得心平气和。他重新感受到了家庭的温暖，于是他脱下草鞋，坐到了毛毡上。

双方越聊越投机，武藏对这对母子也逐渐熟悉起来。这位老母亲名叫妙秀，是京都城内人尽皆知的贤妻良母；儿子光悦住在本阿弥路，是当今日本艺坛中大师级的人物。此时此刻，武藏终于确定，眼前之人正是本阿弥光悦。

提起兵器，很多人自然会想到本阿弥家族。不过，武藏仍无法将眼前的男子与赫赫有名的本阿弥光悦联系在一起。也许这对母子的确出身显赫，但武藏与他们是在草原中偶遇，所以觉得对方和普通人没有两样。并且，光悦那种和蔼可亲的态度，也让武藏颇为感动。

妙秀一边煮水，一边问儿子："这孩子有多大？"

光悦看了武藏一眼，答道："大概有二十五岁吧！"

武藏摇头说道："不对！是二十二岁。"

听到此言，妙秀惊讶地说道："这么年轻呀！只有二十二岁，简直都能当我的孙子了。"

接着，妙秀又问武藏家乡在哪儿、父母是否健在、跟谁学剑等。

武藏被老尼姑当成了孙子，心底不觉涌起一股暖流，他感觉自己仿佛又回到了童年，言语间不禁流露出孩童般的天真。

时至今日，武藏一直在严酷的武学之路上摸爬滚打，一心要将自己锻炼得如钢铁一般坚强，所以他始终没有机会停下脚步享受一下生活。此刻，和妙秀面对面地交谈，使得他那历经风吹雨打日趋麻木的肉体，重新体会到了生活的美好，他多么想敞开心扉一吐为快。

然而，武藏却无法做到。

眼前的这对母子与周围环境是多么和谐，就连毛毡上摆放的东西，甚至是一只小茶杯，也能与蓝天碧草合为一体。他们就像翱翔在空中的小鸟一样，自在悠闲。可武藏却觉得自己与他们格格不入，更无法像他们那样投入大自然的怀抱。

四

只有在交谈时，武藏才觉得双方没有隔阂，这令他欣慰不已。

不一会儿，妙秀开始望着茶壶发呆，而光悦也拿起画笔，背对着武藏画画。这样一来，武藏也沉默了。他不知该干些什么，只觉得无聊和寂寞。

这有什么意思？这对母子在初春时节来到这里，难道不怕冷吗？

武藏这样想着。在他看来，这对母子的生活简直不可思议。

如果他们是为了挖野菜，也应该等天气暖和些再来。那时，春回大地、万物复苏，能挖到很多野菜；如果是为了品茗，根本没必要将茶炉、茶具大老远地带到这儿，使用起来也不方便。况且，本阿弥家是望族，肯定有一间十分讲究的茶室。

难道，他们是为了画画？

武藏如此猜想着，目光便落到了光悦宽阔的背上。

他稍微侧了侧身，看了一眼光悦的画，纸上画的跟先前一样，都是一些流水样的线条。

原来，在不远处的草丛里，有一条小河蜿蜒流过。此时，光悦专心致志地描画着流水的线条。他想借用笔墨将这条河的样貌呈现在纸上，却一直无法捕捉到它的神韵。所以，他不停地画了扔、扔完又画。

哦！看来绘画也不是件容易事啊！

武藏忘记了无聊，不觉看得出神。

当敌人站在剑尖的另一端，自己就达到物我两忘之境——与天地合二为一。哦！不对！就连这种意识都消失了。只有这样，自己才能击倒对手——光悦大人大概把那条河当成了对手，所以一直画不好。如果他把自己当成那条河，肯定就能画好！

无论任何事情，武藏都下意识地与剑术联系在一起。

从剑的角度思考绘画，他似乎稍有领悟——但他不明白的是，妙秀和光悦为何能如此乐在其中。这母子二人虽然默默地相背而坐，武藏却能明显感觉到，他们在尽情享受着此情此景。这种恬静、惬意的心境，令人不可思议。

看来他们实在闲得慌呀！

武藏下的结论，十分幼稚。

在如今乱世中，竟有人整天以画画、品茶为消遣……我真是没有这种福分。他们一定十分珍惜祖先留下的财富，甘愿过这种安静恬淡、与世无争的生活。

又过了一会儿，武藏有些意兴阑珊。对他而言，懒惰是一大禁忌。一想到这儿，他就再也坐下下去了。

“打扰你们了！”他一边说着，一边穿上草鞋。武藏觉得，自己终于要从无聊中解脱出来了。

“啊，您要走了吗？”妙秀颇感意外。

光悦也轻轻转过头，说道：“一杯粗茶不成敬意，家母诚心想请您品尝，一直认真烹制茶水。所以，请多留一会儿吧——刚才听到您与家母的谈话，想必您就是今早在莲台寺郊外与吉冈门长子比武的人吧？加贺大纳言大人和家康公常说‘战后一杯清茶胜过世上万千’。茶为养心之上品。所谓动由静生……来！我来陪您聊一聊吧。”

五

这里距莲台寺不算太近，光悦已知道自己与吉冈门清十郎比武的事了！

然而，他却能如此平静地谈论此事，真是心如止水呀！

武藏又看了看光悦母子，随后坐正身子说道：“既然如此，我就不客气了！”

光悦非常高兴，说道：“我并不想勉强你。”

说完，他将砚台盒盖好，并压在了那些画废的纸上，以免被风吹走。

这只砚台盒十分精美，表面装饰着黄金、白金和螺钿，闪闪发光、夺人眼目。武藏不由向前探了探身子，仔细端详起来。

砚台盒底部的泥金画十分古朴，将桃山城的奢华景象尽收于方寸之间，做工精巧、令人赞叹。同时，整幅图画还流露出一种历经沧桑的高雅韵味，让人百看不厌。

……

武藏目不转睛地看着这个砚台盒。

他觉得这个小小的砚台盒远胜过周围的景致，仅仅是这样看着它，就觉得心满意足了。

此时，光悦说道："这是我的消遣之作，你好像蛮喜欢哟！"

"哦？您还擅长绘制泥金画？"

光悦笑而不答。他看到，武藏对艺术品的兴趣远超过对大自然的兴趣，不禁暗自嘲笑他土气。

武藏并不知道对方的想法，还在自顾自地赞叹道："真是巧夺天工呀！"

光悦说道："这个砚台盒中配图的和歌文字，出自近卫三藐院大人之手，是他亲笔书写的。也可以说，这个作品是我们两人共同完成的。"

"您说的是关白家的近卫三藐院吗？"

"是的。正是龙山公之子，信尹公。"

"我的姨父在近卫家任职多年。"

"敢问阁下，令姨父的名字是？"

"松尾要人。"

"啊！是要人先生呀！我跟他很熟，每次拜访近卫大人家，都承蒙他的关照。并且，要人也经常来寒舍做客。"

"是这样啊！"

"母亲！"

说着，光悦便将此事告诉了妙秀，同时说道："看起来，我们和他真的很有缘分呢！"

妙秀也说：“是啊！原来这孩子是要人的外甥呀！”

妙秀一边说着，一边起身离开火炉，来到武藏和儿子面前，开始按正式茶道规矩泡起茶来。

她虽然年近七旬，但泡茶的手法却相当纯熟。自然流畅的动作、细致入微的手指移动，处处充满了女性特有的柔美神韵。

武藏自小很少接触茶道，此刻，他也学着光悦的样子正襟危坐，双腿难受得不得了。他的膝前摆放着一个木制的果盘，盘中放着很不起眼的小馒头，但下面却铺着这个季节难得一见的绿叶。

六

所谓剑有剑道，茶有茶法。

此时，武藏目不转睛地看着妙秀泡茶的动作，不由暗自赞叹。

实在太完美了！简直无懈可击！

他又习惯性地以剑道来解释茶道。

当一个手持宝剑的绝顶高手，站在你面前时，对方的凛然正气足以压倒一切。此刻，武藏从这位专注于茶道的老尼姑身上，看到了这种庄严之感。

道乃艺之精髓，看来世上万物，皆同此理。

武藏看得入了神。

看着摆放在膝前绸巾上的茶碗，武藏一时不知该如何是好。究竟应该如何端茶、如何品茶呢？他犹豫不决。因为，他从未正式接触过茶道。

面前的小茶碗十分拙朴可爱，似乎是孩童随手捏出的作品。不过，茶碗内浓郁的深绿色泡沫，却透出一种远胜过天空的宁静、深沉。

……

此时，光悦已把点心吃完了。他双手捧起茶碗，就像在寒夜里抱着温暖的手炉一样，两三口就把茶喝光了。

“光悦阁下！”

武藏终于开口了。

“我是学武之人，对茶道一窍不通。”

妙秀听了，就像责备孙儿一样，嗔怪道：“这是什么话……”

“喝茶并不需要高深的智慧，无论你是否知晓茶道，都可以试一试。既然你说武士，那就以武士的方式喝吧！”

“原来如此。”

“礼仪并非茶道的全部，所谓的礼仪，就是要让人们专心于茶道。你所熟悉的剑道，不也是如此吗？”

“的确如您所说。”

“如果过于注重礼仪，全身就会变得僵硬，如此一来就无法充分品尝出茶的原味。剑道也同样如此，如果全身肌肉僵硬，就无法达到人剑合一之境，是这个道理吧？”

“没错！”

武藏不禁暗自钦佩妙秀，又正了正身子，听她接下来还要说些什么。谁知，妙秀大笑几声之后，只说了一句：“我对武学可是一窍不通呢！”就没再开口。

武藏的膝盖已经坐麻了，于是他重新盘腿坐好。他端起茶碗，就像喝汤一样，一饮而尽。

好苦！武藏心想。

此刻，他实在无法装出很受用的样子。

“再喝一杯吧？”

“已经足够了。”

武藏心想，这茶究竟有什么好喝的！人们还刻意研究出一套泡茶的规矩，真是小题大做！

武藏无法理解茶道的高妙之处，就像他无法理解光悦母子的生活习惯一样。如果茶道真像他想的那么浅显，就不会历经东山时代而发扬光大，更不会受到秀吉、家康等大人物的极力推崇。

柳生石舟斋在归隐之后，也乐于此道。回想一下，宗彭泽庵和尚也经常谈论茶道。

想到这儿，武藏的目光再一次落到了绸巾上的小茶碗上。

七

一想到石舟斋，再看看眼前的茶碗，武藏突然想起了从石舟斋处得到的芍药花。

让他印象深刻的不是那枝白芍药，而是花枝上的切口，以及自己初见之时的震撼。

哎呀！

武藏几乎叫出声。小小的一只茶碗，竟让他受到如此震动。

他伸手取过茶碗，放在膝盖上，仔细端详起来。

……

武藏与刚才简直判若两人，他的目光炯炯有神，仔细观察着茶碗上雕刻的纹饰。

这茶碗上纹饰的雕功，与石舟斋刀斩花枝的刀功，是何其相似呀……看来，茶碗的作者也是一位技艺超群之人。

武藏觉得心跳加速，呼吸急促。他无法说明其中的缘由，只是觉得这只茶碗中蕴藏着一股名师巨匠才有的力量。这种感觉只可意会，不可言传。他在这方面的感受力的确超乎常人。

他拿着茶碗，爱不释手，心想：到底是谁做的呢？

于是，他问道："光悦阁下，我对陶艺一窍不通。不过，我想请教您，这只茶碗出自哪位名师之手呢？"

"怎么想到问这个？"

光悦的语气，亦如他的表情一样柔和。虽然他生就一双厚唇，但说话的语气却透着一种女性的娇柔。那稍稍下垂的细长眼角，颇具威严之感，偶尔出现的鱼尾纹，又带着一丝揶揄。

"我也不知该如何回答您，只是随口问问。"

光悦故意又问道："那你是从这只茶碗上感觉到了什么，才会如此问吧？"

"嗯？"

武藏闻言，思考了一会儿又说道："我也说不清。不过，茶碗上的刮刀刻痕很特别……"

"嗯！"

对于光悦这个有着极高艺术天赋的人来说，土头土脑的武藏根本不值一提。但是，武藏刚才的话，却让他刮目相看，他不由抿紧了嘴唇。

"刮刀的刻痕？武藏阁下，您觉得这有什么特别？"

"那刻痕锋利异常！"

"只有这些？"

"不！还有很多特别的地方，想必这只茶碗的作者气魄了得。"

"还有哪里特别？"

"他所用的刮刀，应该产自相州，刀刃极为锋利。茶碗周身涂有香漆，让人回味悠长。整只茶碗虽显古朴，却不失高雅，有一种傲视群雄的大气！"

"哦……原来如此。"

"因此，我才说这只碗的作者是一个深不可测的人，肯定是一位陶艺大家……恕我冒昧，能否告诉我烧制这只碗的工匠是谁？"

听到这儿，光悦那厚厚的嘴唇才慢慢张开，他咽了一下口水说道："是我做的……哈哈哈！是我闲时无聊做的小玩意儿呀！"

八

光悦太不厚道了。

他让武藏说完自己的观点后，才道出自己就是茶碗的作者。这种看似无意的嘲弄，更让人不舒服。何况光悦已经四十八岁，而武藏只有二十二岁，这种年龄的差异是不争的事实。听光悦之言，武藏丝毫不生气，反而对他的才华更加钦佩。

此人连陶艺都如此拿手！真没想到，这只茶碗的作者就是他。

对于光悦的绝世才华，武藏佩服不已。他觉得，光悦就像眼前这只看似不起眼的茶碗一样，实则蕴藏着难以衡量的人生境界——武藏自觉相形见绌。

他原打算，以自己擅长的剑道来探知此人的修为，没想到自己是小巫见大巫，于是对光悦更加由衷尊敬。

一旦有了这种想法，武藏的气势就弱了下去。他总是心甘情愿地臣服于这样的高人，从他们身上也能看到自己的幼稚。其实，在光悦面前，他只不过就是一个害羞的年轻人。

“看来你很喜欢陶器呀！真是独具慧眼！”光悦赞赏道。

“我只是个外行，刚才是信口胡说的。如有冒犯之处，还望见谅！”

“你刚才说的没错。有时，想要烧制一个成功的作品，就得花上一辈子的时间。你对艺术的感觉相当敏锐，不愧是用剑之人，天生就有这种好眼力！”

光悦已在心里肯定了武藏的能力，但长者都很好面子，即使心里赞叹，嘴上也绝不多夸奖半句。

此时，武藏早已忘记了时间。在他与光悦交谈之际，仆人又挖了一些野菜，妙秀煮了菜粥，还做了一些小菜，放在光悦烧制的小碟子里。配上香醇的美酒，众人开始享受这顿简单的野餐。

武藏觉得，这些饭菜过于清淡了，他想吃的是那种味浓多脂的食物。

不过，他还是决定要好好品尝一下野菜的味道。因为他觉得，从光悦和妙秀身上，一定可以学到很多东西。

可是，那些吉冈门的弟子为了给清十郎报仇，可能会找到这儿。一想到这些，武藏有些心神不宁，他时不时眺望一下远处的草原。

“感谢您的款待，我这就要告辞了！因为仇家的弟子可能会追到这儿来，为了不给你们添麻烦，我必须马上离开，但愿我们后会有期！”

妙秀目送武藏起身，同时说道：“您以后若来本阿弥路，请务必到寒舍一坐！”

光悦也说道：“武藏阁下，改天请一定来寒舍一叙，到时我们再详谈！”

“我一定叨扰！”

说完，武藏便快步离开了。他一直担心吉冈门的人会追过来，可是环顾四野，根本不见一个人影。他再次望了望光悦母子所在的方向，那个毛毡上的逍遥世界真令人难忘。

自己所走之路是如此狭窄而崎岖，而光悦却能畅游在广阔明媚的世界里，我们之间真是天差地别呀！

……

武藏默默地想着，低着头朝草原尽头走去。

黑夜迷途

一

“吉冈门的第二代掌门真是颜面扫地呀。真是大快人心哪！看他们今后还怎么要威风！”

这是一家位于京都城边饲牛町的小酒馆，酒馆内到处弥漫着炊烟和饭菜的香味。此时，天色渐渐暗了下来，绚烂的晚霞将天空染成火红一片。每当酒馆的门帘被人掀起时，便可看见盘旋在东寺塔上空的成群乌鸦，宛如一团黑雾。

“来！继续喝吧！”

酒馆内，三四个小贩围坐在木桌前喝酒，一个行脚僧在一旁独自吃着饭，另有几个工人围在一起掷铜板赌酒喝。这些人把整个酒馆挤得水泄不通。

“好黑呀！老板，我们的酒都要喝到鼻子里去了！”

不知谁喊了一句。

“知道了，我马上添柴！”

说着，酒馆老板往屋角的炉子里添了一些柴火，房间顿时被照亮了。屋外的光线越暗，就越衬托得屋里红彤彤的。

“一想起这事，我就生气。从前年开始，吉冈家就一直欠着我的木炭钱和鱼米钱不还。其实，这些小钱对他们来说不过是九牛一毛。除夕那天，我去武馆收账，他们不但不还钱，还把我赶了出来。真是越想越生气！”

“哎呀！不要生气了！莲台寺比武大败，就是对他们的报应，我们也算出了一口气。”

“所以，我现在不但不生气，还非常高兴呢！”

“不过，听说吉冈门清十郎输得很惨哟！”

“不是他武功太弱，而是武藏太强了！”

“武藏仅用了一招，就把清十郎的一只手斩断了，也不知道是左手还是右手。反正是被木剑砍断的，武藏真是厉害呀！”

“是你亲眼所见吗？”

“我虽然不是亲眼所见，但所有去看热闹的人都这么说。他们说清十郎是被人用门板抬回来的。虽然命是保住了，却成了废人。”

“然后呢？”

“吉冈门的弟子扬言，一定要杀了武藏，否则吉冈门再也无法在江湖上立足了。可是，连清十郎都不是武藏的对手，那些弟子就更不中用了。现在，能与武藏一较高下的也只有传七郎了。听说，他们正四处寻找传七郎呢！”

“那个传七郎是清十郎的弟弟吧？”

“嗯。这家伙的武功要比他哥哥高强，不过，他可是一个不服管教的二少爷。只要手里有钱，他决不会回武馆，甚至还利用父亲拳法的名望和关系，四处招摇撞骗，整日吃喝玩乐、无所不为，简直就是个游手好闲的浪荡公子。”

“他们还真是一对难兄难弟！那么了不起的拳法老师，怎么会生出这种儿子？”

“所以，优秀的血统也不一定能孕育出优秀的子孙哪！”

炉火又暗了下来。刚才，一个男人一直靠着炉旁的墙打瞌睡。他大概喝了不少酒，此时睡得正酣。酒馆老板又向炉子里添了几根柴，尽管他动作很轻，可是木柴溅起的火星，还是迸到了那个人的头发和膝盖上。

“这位客官，您的衣服会被烧坏的，还是到后面的长凳上去睡吧！”

那人迷迷糊糊地睁开满是血丝的眼睛，说了一句：“嗯、嗯！知道了。你稍微轻点吧！”

说完，他仍一动不动地坐在那儿。也许是因为酒醉后头晕，他的表情显得郁郁寡欢。

此人脸上布满青筋，乃是常年酗酒所致。他不是别人，正是本位田又八。

二

莲台寺比武之事，已传遍京都的大街小巷，当然也包括这里。

武藏的名气越大，本位田又八就越觉得自己处境凄惨。在他出人头地之前，再不想听到任何有关武藏的事情。可是，只要有人的地方，就能听到人们谈论武藏，即使捂上耳朵也没用。所以，他的郁闷是用酒都无法化解的。

“老板，再给我倒一杯——冷酒也行！用那个大杯！”

“客官，您没事吗？您的脸色都发青了。”

“胡说什么！我的脸天生就是青的！”

本位田又八又喝了好几大杯，连酒馆老板都记不清他到底喝了多少，只是看他一个劲儿地猛灌。

喝完酒，他又双手抱胸默默靠在墙角。虽然喝了很多酒，脚边的炉火又很旺，但本位田又八的脸上却毫无血色。

哼！我现在就要做给你看！人要成功，并非只有练武一条路。不论是成为有钱人、有地位的人，还是无赖，只要最终能当上一方霸主，我就算成功了！武藏才二十二岁，俗话说‘少年得志者难成大器’。这些人整天以天才自居，一旦过了三十岁，他们的名气就每况愈下，最终不过沦为街头的小混混。这就是他们的下场！

本位田又八心里想着。

他十分不愿听到人们谈论武藏，心里颇为反感。他在大阪时，听说了莲台寺比武一事，便立刻赶到了京都。其实，他也没什么特别的目的，只是因为太过在意武藏的成败，所以想亲眼看到比武的结果。

他心想：现在正是那家伙得意的时候，马上就会有人修理他了！吉冈门清十郎是何等人物，还有十剑客，以及传七郎……这些人肯定不会放过武藏。

他一直在等着武藏一败涂地的那一天，同时也在寻找着出人头地的捷径。

“啊……好渴！”

本位田又八倚着墙，摇摇晃晃地站了起来，其他客人都看着他。只见他走到墙角的水缸前，俯下身，用木勺舀水喝。喝完水后，他把木勺丢进水缸，掀起门帘，踉踉跄跄地走了出去。

看到本位田又八不付钱就要走，酒馆老板一脸惊愕，他急忙追出去喊道：“喂！客官！您还没给钱呢！”

其他客人也都把头探出门帘，想看个究竟。本位田又八摇晃着身子，勉强站稳脚。

“干什么？”

“客官，您是不是喝酒喝得忘了？”

“忘了什么东西吗？”

“是酒钱……嘿嘿！您还没付酒钱呢！”

“啊！是结账啊！”

“是的。”

“可我没钱哪！”

“啊？”

“真是难办呀！我现在没有钱。前一阵子都花光了！”

“这么说来，你一开始就打算白喝喽？”

“闭、闭嘴！”

本位田又八伸手在身上找了找，最后找到一个印盒，顺手朝老板脸上丢了过去。

“我也是个堂堂正正的武士，怎么会白喝你的酒！这东西付账绰绰有余了！你拿去吧！零头就赏你了！”

三

老板还没看清扔过来的是什么东西，就被打中了脸，他痛得“哎哟”一声，急忙用手捂住了脸。看此情景，酒馆里的客人非常气愤，他们一拥而出，指着本位田又八骂道：“你这家伙真不讲理！”

“竟然喝酒不给钱！”

“赶快付钱！”

这些人都很喜欢喝酒，他们最不能容忍的就是酒后无德的人。

“这是什么臭毛病！浑蛋，付了钱再走！”

众人将本位田又八团团围住。

“像你这样的家伙，一年不知要弄垮多少个酒馆。如果没钱，就让我们每人揍你一拳！”

本位田又八看到众人气势汹汹，又扬言要揍自己，不禁握紧了刀柄。

“什么？你们想打我？好啊——你们知道我是谁吗？”

“你就是一个比乞丐还下贱、比小偷还无耻的垃圾浪人！怎么样？”

“你敢这么说我！”

本位田又八狠狠瞪着周围的人说道：“你们听好了，可别吓着！”

“谁会害怕！”

“我就是佐佐木小次郎，是伊藤弥五郎一刀斋的师弟，是钟卷派的高手！难道你们没听过我的名字吗？”

其中一人伸手指着本位田又八，怒斥道：“真可笑！你说这么多有什么用？快点拿钱来！快付酒钱！”

本位田又八接着说道：“如果印盒不足以抵账，再把这个给你们！”

他冷不防地拔出刀，一下砍断了那人的手腕。只听一声惨叫，周围人仿佛觉得受伤的是自己，顿时慌作一团。

“他动手了！”

众人争相逃命。

本位田又八手握利刃，斜眼看着这些人。

“刚才你们说什么？我要让你们这些无名鼠辈知道我佐佐木小次郎的厉害——站住，把脑袋给我留下！”

暮色之中，本位田又八挥舞着大刀，不停叫嚣着：“我是佐佐木小次郎！”可是，周围的人早就跑光了。夜色笼罩着大地，四周一片死寂，连乌鸦的叫声都听不到。

……

本位田又八仰头一阵狂笑，可脸上却流露出一种欲哭无泪的哀伤。他颤抖着将刀收入鞘中，继续踉跄着前行。

由于刚才酒馆老板急于逃命，所以那只小印盒依然被扔在路边，在夜色中闪耀着点点光芒。

这只印盒是黑檀木做的，表面镶有蓝贝壳。虽然它看上去并不十分贵重，但盒上的贝壳却映着夜色闪闪发光，远看就像一群萤火虫在飞舞，十分耀眼夺目。

“咦？——”

此时，一个行脚僧走出酒馆，捡起了那个印盒。他原本急于赶路，可此刻他拿着印盒又折回酒馆附近，借着门缝里的亮光，仔细看着盒上的图案。

“啊！——这是主人的印盒呀！他惨死在伏见城工地的时候，身上肯定带着这件东西。对！没错！这印盒的底部还刻着‘天鬼’二字。”

“绝不能放走那个人！”

想到这儿，行脚僧紧追本位田又八而去。

四

“佐佐木先生！佐佐木先生！”

本位田又八虽然听到了喊声，却没反应过来。一是因为那毕竟不是自己的名字，二来他早已醉得迷迷糊糊。

他从九条往堀河的方向走去，难得的是，他竟然还能辨清方向。

行脚僧加快步伐，追了上来。他从背后一把抓住本位田又八的刀鞘。

“佐佐木小次郎先生，请留步！”

本位田又八回过头，打了个酒嗝问道：“叫我吗？”

行脚僧目光冷峻地盯着本位田又八，说道：“您不是佐佐木小次郎阁下吗？”

本位田又八的酒一下子醒了一半，接着说道：“我是佐佐木小次郎……可是，你要干什么？”

“我有事想问您？”

“什……什么事？”

“这个印盒，您是从哪儿得到的？”

“印盒？”

此刻，本位田又八的醉意渐渐消失了，他眼前又浮现出那位惨死于伏见城工地的武士的面容。

“您是从哪儿得到的？佐佐木小次郎先生，这个印盒为何会在您手上？”

行脚僧不停追问着。

此人有二十六七岁，虽然是一身僧人打扮，全身上下却显得意气风发。

本位田又八想试探一下对方的虚实，于是板起脸说道：“从哪儿得到的又有什么关系！莫非你知道这个印盒的来历？”

“这印盒是我主人之物，根本不需要说什么来历！”

“别骗人了！”本位田又八依然满不在乎。

行脚僧突然改变语气说道：“请说出实情！否则，你要承担一切后果！”

“我说的就是实话。”

“看来，你是不想说实话喽？”

“我不知道你在说什么！”本位田又八故意虚张声势。

“你这个冒牌佐佐木小次郎！”

话音刚落，行脚僧手中的四尺多长的橡木禅杖以迅雷不及掩耳之势抵在了本位田又八身前。本位田又八虽仍有几分醉意，还是本能地后退了几步。

“啊——”

他踉跄着后退，结果脚下一软，还是跌坐在地上。谁知他一骨碌就爬起身，飞也是地跑掉了，其速度之快简直让行脚僧措手不及。

这就是轻视醉鬼的严重后果，行脚僧急得大骂：“你这家伙！”

他随后追了过去，迎着风，把禅杖掷向本位田又八。

本位田又八闻声一缩脖，那根禅杖呼啸着从耳边飞了过去。本位田又八知道，自己根本不是行脚僧的对手，于是加快脚步，逃之夭夭。

行脚僧捡起那根落在地上的禅杖，拼命追赶。等稍微追近一些后，他算准了距离，再一次将禅杖掷了出去。

本位田又八拼尽全力，好不容易躲过禅杖的两次攻击。此时，他全身醉意已消失得无影无踪。

五

他的喉咙干渴，像火烧一样难受。

无论跑了多远，他总觉得身后能听见行脚僧的脚步声。这儿是邻近六条或五条的城区，应该安全了。他一边抚着胸口，一边喘着粗气。

“唉！真倒霉……他不会再追来了吧！”

随后，他又看了看街道里的胡同。他并不是在想着如何逃跑，而是在寻找水井。

终于，他发现了一口水井，便向一条胡同的深处走去。这是一条贫民街，有一口公用的水井。

本位田又八用吊桶打上来井水，端着桶就往嘴里灌，喝够水后，他终于放下桶，开始洗脸。

“那行脚僧究竟是谁呀？”

刚才的一幕，他还心有余悸。

那个装有金子的紫色皮质荷包、中条派的武功印可和刚才那个印盒，都属于一个少了半边下巴的武士。去年夏天，在伏见城工地，这个武士被众人围攻而死，本位田又八就从他身上取走了这些东西。后来，本位田又八将荷包里的钱都花光了，剩下的只有中条派的印可和那个印盒。

“那个行脚僧说‘印盒是我主人之物’——看来，他一定是那个武士的手下。”

这世界怎么这么小，竟然会碰到他。本位田又八总觉得有人在追自己，既惭愧又忐忑。他想尽量往黑暗的地方走，可越是这样他就越觉得对方随时会像鬼影一样冒出来。

“他手里那根打人的东西，到底是手杖还是木棒？要是被那东西打中脑袋，一准没命——我可得小心点！”

本位田又八擅自花光了死人的钱，这事一直令他非常不安。他总觉得自己做了坏事，一想到这儿，那个在炎炎夏日里惨死的武士，就会浮现在他的脑海里。

我一定努力工作赚钱，然后把这笔钱还给他。等我出人头地之后，一定要立一座石碑供奉他。他在心里，不停地跟死去的人道歉。

他伸手到怀里，摸了摸那个中条派的印可，思考着：“对了！我不能把这东西一直带在身上，这样很容易被别人怀疑。倒不如把它扔了算了。”这个卷轴不便于随身携带，拿着它说不定还会惹来什么麻烦呢！

不过，本位田又八转念又一想，丢掉它实在可惜。如今自己身无分文，这个卷轴就是唯一的财产了。如果把它当作敲门砖，总有一天能找到发达的捷径。即使不能出人头地，也是一个炫耀的资本。本位田又八仍然心存侥幸，虽然当初被赤壁八十马骗得血本无归，但他至今仍没有醒悟。

自己冒用的那个“佐佐木小次郎”的名字，的确很吃得开。那些没名气的小武馆和喜欢武术的人，一听到这个名字，立刻表现得毕恭毕敬，还会主动提供食宿。正月以来的这半个多月，本位田又八就是靠着那个印可到处混吃混喝。

“还是不扔为好。我好像越来越胆小了，这样可不能出人头地！我也应该学学武藏的胆大妄为，学学那些天下群雄的气势！”

他心里拿定了主意，可眼下自己还没找到一个落脚的地方。贫民街里的房子，都是用泥巴和茅草搭建而成的，很多都是歪歪斜斜的。但在本位田又八看来，只要头上有一片遮风挡雨的屋檐，就足够了。

真假佐佐木小次郎

一

本位田又八羡慕地看着一间间破旧的房屋，虽然这里的每一户人家，都非常贫穷。

有的家里，夫妇二人围坐在一口锅前吃饭；有的家里，兄妹和老母亲一起做手工活。尽管物质极度匮乏，但这里的每户人家都是相亲相爱、彼此扶持，他们拥有秀吉和家康都不曾拥有的珍贵亲情。所以说越是贫穷，亲情就越浓厚，正因为彼此间的照应，这条贫民街才没有人因冻饿而死，人世间最温暖的亲情帮他们渡过了一个个难关。

“我也有母亲哪——母亲大人，您还好吧？”

本位田又八突然想起了母亲。

去年年底，母子二人在大阪偶遇，可是仅仅相处了七天，他就嫌母亲啰唆而半途弃母而去。

“我真不应该那么做！可怜的母亲……不管我如何讨好自己喜欢的女人，这世上再也找不到像母亲那样真心疼爱我的人。”

现在，本位田又八并不急于赶路，他想到清水寺的观音堂去看一看，说不定可以在那儿借宿一晚。也许天缘巧合，还能在那儿遇到母亲呢——他幻想着母子重逢的情景。

母亲阿杉婆是一个虔诚的信徒，她坚信神佛都有着超乎寻常的力量。她不仅相信神佛，而且还依赖它们。本位田又八和母亲在大阪相处的七天里，之所以总发生口角，就是因为阿杉婆整天往神社、寺庙里跑，这让本位田又八备感无聊，他觉得自己实在没办法跟母亲长期生活在一起。

当时，本位田又八常听母亲说：“神佛真的能显灵哟！清水寺观音堂的菩萨最为灵验，我在那儿祈祷了二十一天，结果就真的遇到了武藏，而且还是在正殿前遇到的——因此，对清水寺的观音菩萨，你一定要虔心膜拜哟！”

“到了春天，我会再来参拜。祈求神明保佑我们本位田一家。”

因为本位田又八多次听阿杉婆提到此事，所以他认为会在这儿遇到母亲——如此看来，他的想法并非全无根据。

本位田又八通过六条牌坊后，继续朝五条走去。这里虽是城区，周围却是漆黑一片，他觉得自己随时会被路边的野狗绊倒——这里怎么会有这么多野狗。

他的前后左右，到处都能听到野狗的叫声，这些野狗并不是丢块石头就能安静的。不过，本位田又八对这些早已司空见惯，无论多么凶恶的野狗尾随身后，他也不在乎。

然而，当他走到五条附近的松原一带时，狗群突然朝另一个方向狂吠起来。那些围绕在本位田又八身边的狗，突然变得很兴奋，它们与其他狗群一起围住一棵松树，仰头厉声咆哮。

无数只恶狗，犹如狼群一般，在黑夜中蠢蠢欲动。其中，还有几只狗张牙舞爪，蹿到了松树上五六尺高的地方。

“咦？”

本位田又八瞪大双眼，抬头朝树上看去。只见树枝上，隐约有个人影。借着微弱的星光可以看清，那是一个衣着华丽的女人，她那白皙的脸庞在松叶间瑟瑟发抖。

二

这女人究竟是被狗群追到树上，还是原本就躲在树上，被野狗发现的呢？本位田又八不得而知。不过，那树梢上不停发抖的身影可以证明，她肯定是一个年轻女子。

“——滚开！畜生——滚开！”

本位田又八挥拳驱赶狗群。

“你们这些畜生！”

他又丢过去几块石头。

他以前听人说过，只要趴在地上学野兽吼叫，就可以吓走野狗。于是，他学着野兽的模样，大声吼叫着。可是，这招对野狗根本没用。

野狗越聚越多，简直就像深海里的鱼群一样，它们摇着尾巴、龇着尖牙，不停扒着树，朝着上面的女子狂吠，根本不把虚张声势的本位田又八放在眼里。

本位田又八大声叫骂：“你们这些该死的狗！”

他突然想到，如果树上的女子看到一个年轻武士趴在地上学狼叫，岂不是奇耻大辱？

想到这儿，他挥刀砍死了一只狗。其他狗看到本位田又八手里的大刀和同伴的死尸，立刻围在一起，弓着背，警戒地盯着他。

“看你们怕不怕这个！”

本位田又八挥舞大刀，朝狗群砍杀过去。那些狗吓得四散奔逃，扬起的尘土落了本位田又八一脸。

“姑娘！可以下来了！下来吧！”

他朝树上喊了一声。此时，从松树上传来一阵悦耳的金属之声。

“哎呀！这不是朱实吗？”

朱实袖口的铃铛声，本位田又八记忆犹新。虽然很多女子喜欢将铃铛系在腰带或袖口，但那张白皙的面孔，看起来十分像朱实。

“谁……你是谁？”

果然是朱实的声音，她显得非常惊慌。

“我是本位田又八！你不记得了？”

“啊！是本位田又八哥哥呀！”

“你怎么在这儿——你不是向来不怕狗吗？”

“我不是因为怕狗才躲到树上的！”

“总之，先下来再说吧！”

“可是……”

朱实并没有立刻下来，而是在树上环视了一下四周。

“本位田又八哥哥，你也躲起来吧！他马上就会找到这儿的！”

“他是谁？”

“唉！这件事一两句也说不清楚，总之他是个非常可怕的人。前段时间，我还一直认为他是个好心人，后来他在照顾我的时候，越来越喜欢折磨我……因此，今晚我借机从六条的念珠客栈的二楼逃了出来。他肯定早就发现了，这会儿就要追过来了。”

“是你的继母阿甲吗？”

“才不是呢！”

“是祇园藤次吗？”

“要是他，我就不害怕了……哎呀！他好像追来了。本位田又八哥哥，你站在那儿，会让我被他发现的，恐怕连你也会遭殃！快躲起来吧！”

“什么！那家伙来了？”

本位田又八一时慌了神，拿不定主意。

三

女人的眼神具有一种指挥男人的力量。有些男人为了博得女性赞赏的目光，要么挥金如土，要么强装豪气。刚才，本位田又八以为四下无人，便趴在地上学狼叫。此刻，那种难言的耻辱占据了他整个内心。

因此，无论树上的朱实如何劝他躲起来，他都不听。他想要保住的就是那份男人的自尊。

如果现在他大喊一声“糟了”然后屁滚尿流地逃走，朱实肯定会看不起自己。虽然她不是自己的爱人，但本位田又八也绝不能让她看到这副丑态。

就在此时，随着一阵急促的脚步声，一个男人飞奔过来。本位田又八吓得后退了几步，两人几乎同时问了一声：“啊！是谁？”

朱实所担心的可怕男人终于追来了，他看到本位田又八手里的刀还滴着血，不禁有些吃惊，认定他绝非泛泛之辈。于是，男人开口问道：“你是谁？”同时，他将本位田又八从头到脚打量了一番。

“……”

由于朱实对这个男人极度恐惧，使得本位田又八也非常不安。他仔细看着眼前这个男人，只见他和自己年龄差不多，身材非常壮硕，留着前发，衣着非常华丽。

见对方的装扮如此娘娘腔，本位田又八不禁想道：原来是个乳臭未干的臭小子！

于是，他哼了一声，渐渐放下心来。像这样的对手，再来几个都没问题。傍晚遇到的那个行脚僧虽然不好惹，可这种老大不小还留着前发的毛头小子，我足以应付。就是这家伙虐待朱实的吗？这个不知死活的小白脸！我猜他一定死缠着朱实不放，让她吃了很多苦头——好！我要好好修理修理他！

就在本位田又八暗自思量的时候，那个留着前发的年轻武士又问了一句："你是个什么东西？"

他的声音有一种与外貌极不相称的霸气，这声呵斥足以驱走四周的黑暗。可是，本位田又八太过以貌取人，完全没把对方当回事，他调侃着说道："我吗？我是个人呀！"

此刻乃是千钧一发之际，可本位田又八故意咧着嘴、龇着牙，一脸嘲笑之色。

那个年轻武士顿时被气得面红耳赤，他厉声吼道："你连个名字都没有吗——莫非你不敢报上名来！"

对这样的讥讽，本位田又八丝毫不在意，他答道："像你这种无名小辈根本不配问我的名字！"

"住口！"

年轻武士的背上背着一柄三尺长的剑。他向前侧了侧身，以让对方看到肩头的剑柄。

"我们之间的事一会儿再说。我要先把树上的女子弄下来，带到念珠客栈。然后我们再一决胜负！"

"你想得美！我才不会让你这么做呢！"

"你说什么？"

"这女孩是我前妻的女儿。虽然我们现在没什么关系了，但我决不能见死不救。你敢动她一个手指头，我就砍断你的手！"

四

虽然站在面前的不是刚才那群野狗，但本位田又八心想，只要吓吓对方，他就会夹着尾巴跑掉。

“有意思！”

不料，年轻武士根本不吃这套，反而露出一副天不怕、地不怕的表情。

“看你这副样子，不过就是个末流武士，我已经很久没碰到像你这么有骨气的人了。我身上的‘晒衣竿’久未出鞘，每晚都在啼哭。自从这把宝剑传到我手上之后，还没喝够血，如今已经有点生锈了。现在就用你的骨头来磨一磨刀吧——是好汉就别跑！”

对方处心积虑要让本位田又八没有退路，所以先用言语让他骑虎难下。可本位田又八丝毫没察觉到对方的用心，依然满不在乎地说：“少说大话！你最好想清楚！趁现在我还没动手，你赶快消失，否则性命难保。”

“我正想对你这么说呢——阁下如此傲气十足，却不肯报上姓名。能否请教您的尊姓大名，这是比武之前的规矩哟！”

“哦！告诉你也可以，你可别吓坏了哟！”

“我会小心听着，不会被吓到——首先，能否告知您的门派？”

本位田又八心想，比武之前不停问这问那的人，武功一般都强不到哪去。如此一来，他就更加轻视对方。

本位田又八扬扬得意地说道：“我的武功为中条派，是富田入道势源派的分支。且有印可为证。”

“咦？中条派？”佐佐木小次郎有些惊愕。

本位田又八见此语一出未能吓到对方，为避免对方生疑，他只好硬着头皮学着佐佐木小次郎的语气说道：“现在也该告诉我你的门派了吧！这可是比武前的规矩呀！”

佐佐木小次郎答道：“我的姓名和门派稍后奉告。你说你武功出自中条派，到底是拜何人为师？”

本位田又八觉得对方实在太啰唆，便想也不想地答道：“钟卷自斋老师。”

“哦……”

佐佐木小次郎更加吃惊，继续问道：“那么，你认识伊藤弥五郎一刀斋喽？”

“当然认识。”

本位田又八觉得越来越有趣，心想这次肯定也和每次一样，无须动手就能让这个毛头小子低头服输。

于是，他更加有恃无恐，说道：“这没什么好隐瞒的！伊藤弥五郎一刀斋就是我师兄。换句话说，我们都是师从于自斋老师。你为什么要问这些？”

“那么，我再问一下，你的尊姓大名是？”

“佐佐木小次郎！”

“咦？”

“我就是佐佐木小次郎。”

本位田又八语气郑重地重复了一遍。

此时，佐佐木小次郎早已惊得目瞪口呆。

五

停了一会儿，佐佐木小次郎“扑哧”一声笑了出来。

本位田又八看对方毫不客气地逼视着自己，便怒目而视，说道：“你干吗这么看着我？是不是我的名字把你吓傻了？”

“的确把我吓傻了！”

本位田又八亮出刀柄，用下巴对着佐佐木小次郎说道：“快滚吧！”

“哈哈哈！”佐佐木小次郎捧腹大笑。

“虽说江湖上鱼龙混杂，但我还真没遇到过如此令人吃惊的事——佐佐木小次郎阁下，我想问你，如果你是佐佐木小次郎，那我又是谁呢？”

“什么？”

“我想问你，我到底是谁？”

“我哪里知道！”

“不！不！你一定知道。也许我有些啰唆，但为了慎重起见，我还想再问一次您的大名。”

“你没听清吗？我叫佐佐木小次郎。”

“那么，我是谁？”

“你就是个人呀！”

“这话没错！但是，我的名字呢？”

“你这家伙是在耍我吗？”

“不！我很认真，从没这么认真过——佐佐木小次郎先生，我是谁呢？”

“啰唆！问你自己去吧！”

“那么，我就问问自己。虽然很可笑，我也报一下名字吧！”

“快说吧！”

“不过，你不要吃惊哟！”

“傻瓜！”

“我是岸柳佐佐木小次郎。”

“啊……”

“我祖居岩国，姓佐佐木，父亲为我取名为佐佐木小次郎，剑号岸柳——真奇怪呀！从何时起江湖上有了两个佐佐木小次郎呢？”

“啊……这个……啊！”

“自从我闯荡江湖以来，见过各种各样的人。但我有生以来还是第一次遇到你这个佐佐木小次郎。”

“……”

“缘分真是妙不可言哪！我们是初次见面。请问，阁下您是佐佐木小次郎吗？”

“……”

“怎么了？您怎么一直发抖呢？”

“……”

“交个朋友吧！”

说着，佐佐木小次郎走了过来，拍了拍本位田又八的肩膀。本位田又八早已吓得面如土色，他体似筛糠，颤声喊道：“啊！——”

“你要敢跑，我就宰了你！”佐佐木小次郎冷冷地说着。

本位田又八觉得，对方的语气就像一柄闪着寒光的利刃。

他猛然一跃，一下蹿出去三米多远。只听见“咻”的一声，佐佐木小次郎肩头的“晒衣竿”如银蛇般划破夜空，直刺向本位田又八的背影。只需一招，佐佐木小次郎便收刀定式。

本位田又八就像一只被大风卷起的小虫一样，在地上滚了好几圈，然后就一动不动了。

六

佐佐木小次郎将宝剑还匣，长剑的护手牌入鞘时发出“当”的一声脆响。

对于地上奄奄一息的本位田又八，他看也没看。

“朱实！”

佐佐木小次郎来到树下，仰头朝树上喊着。

“朱实，下来吧，我再也不会那么对你了，快下来，我已将你继母的相好杀死了。你下来，我会好好照顾你的！”

树上没有任何声音，只见黑漆漆的茂密松叶。最后，佐佐木小次郎决定爬上树看个究竟。

“……”

原来朱实不在树上。不知何时，她已从树上溜下来跑掉了。

“……”

佐佐木小次郎一屁股坐到树干上，愣起神来。耳边传来飒飒松涛之声，他心里猜想着落跑小鸟的行踪。

（为什么那个女孩那么怕我？）

佐佐木小次郎始终不明白，他觉得自己把全部的爱都倾注到了朱实身上。他承认自己爱人的方式过于强烈，可是别人不也是这样表达爱意的吗？

如果想知道佐佐木小次郎是如何爱一个女人的，从他的剑法上就可窥知一二——也可以说，他的性格决定了他使剑的方式。

佐佐木小次郎是在钟卷自斋身边长大的，自小接受严格的武功训练，被称为鬼才、麒麟儿。很多人都发现，他学武的天分很高。

简单说来，他天生就具有一种韧性。他在剑法上表现出的超强韧性，是一种与生俱来的东西。对手越强，他就表现得越有韧性。

当时，很多学武之人只关心成败，并不在意使用什么手段。所以，无论在比武中使用多么不光彩的手段，只要最后能获胜，就没人觉得不好。

如果被这家伙缠上了，可就惨了！

尽管很多人都很怕他，却没人批评他的剑法过于卑鄙。

当他还是少年时，有一次被一个素日不睦的师兄用木剑打了个半死。那师兄见他倒在地上奄奄一息，很后悔出手太重，便过来喂他喝水。谁知，苏醒过来的佐佐木小次郎猛然跳起来，用师兄的木剑把师兄杀了。

他从不会忘记赢过自己的对手。就连对方如厕、就寝的时候，他都会伺机下手。因为当时并没有规定，比武必须在具体时间内进行。所以，佐佐木小次郎把一切跟自己作对的人，都当成敌人对付。对于他这种异于常人的韧性，同门师兄弟很少提及。

他经常说："我就是天才！"

这并非是自吹自擂，就连他的老师钟卷自斋都承认："他的确是天才！"

自从回到故乡岩国之后，他每天都去锦带桥，苦练刀斩飞燕的独门绝技。所以，有人还称他为"岩国的麒麟儿"，对此称呼他很是得意。

不过，当他面对感情时，这种极端执拗的性格会演变成什么样儿，任何人都无从知晓。佐佐木小次郎认为，比武和爱情是两回事。所以，他十分不理解，朱实为何会如此讨厌自己，甚至还要逃走。

七

突然，他发现树下有人影晃动。

对方似乎没察觉到树上有人。

“啊！有人倒在这儿。”

那人走到本位田又八身边，弯腰看了看本位田又八的脸，说了一句：“啊！原来是这家伙！”

他声音很大，连树上的佐佐木小次郎都听得一清二楚。此人正是那个手持白木禅杖的行脚僧，他面露惊讶，急忙放下背上的书箱。

“好奇怪呀！他明明还有体温，身上也没有伤口，怎么会昏倒在这儿呢？”

行脚僧喃喃自语，伸手摸了摸本位田又八。最后，他解下挂在腰间的细绳，将本位田又八两手反绑在身后。

此时，本位田又八已完全昏厥过去，没有丝毫的抵抗力。行脚僧将本位田又八捆好之后，用膝盖抵住他的背部，在他心口处用力按压。

“哎哟——”本位田又八终于醒了。行脚僧就像拎面口袋似的，把他拎到了树下。

他一边用脚踢着本位田又八，一边命令道：“起来！快给我起来！”

本位田又八在鬼门关前绕了一圈，还没完全恢复意识。他感觉有人用脚踢他，还以为是做梦，一下子跳了起来。

“对了！这就对了！”

行脚僧很满意，接着又用绳子把他结结实实地绑在树干上。

“啊！”

此时，本位田又八才注意到，站在面前的不是佐佐木小次郎，而是那个行脚僧。他大吃一惊。

“你这个冒牌佐佐木小次郎还挺能跑！以前没少骗吃骗喝吧……现在，你的好日子算是到头了！”

行脚僧开始拷问本位田又八。

他先打了本位田又八几个耳光，又用手使劲儿压住本位田又八的脑袋，“咚！”的一声，本位田又八的后脑勺一下子撞到了树上。

“那个印盒，你究竟从哪儿得来的？快说！喂！还不开口吗？”

“……”

“竟然还不老实说！”

行脚僧揪着本位田又八的鼻子，使劲地摇晃，本位田又八苦不堪言，连声“哎哟”。

见他要开口，行脚僧松了手。

“你到底说不说？”

“我说！我说！”本位田又八一边哭，一边开口答道。

即使没遭到毒打，他也没勇气继续隐瞒那件事了。

“实际上，那件事发生在去年夏天——”

于是，他将自己在伏见城工地巧遇“半边下巴”的武士及对方惨死的经过，都和盘托出。

“当时，我一时贪心，就从他身上拿走了装钱的荷包、中条派印可以及那个印盒，然后逃出了工地。后来，钱都被我花光了，不过印可还在。如果你能饶我一命，我保证今后再也不敢了。那些钱我日后一定奉还，我会拼命工作挣钱还你……要不，我现在就给你立个字据。”

本位田又八没有丝毫隐瞒，这个从去年就一直困扰自己的心病终于被祛除了，他顿觉轻松无比，甚至都忘记了害怕。

八

听完本位田又八的讲述，行脚僧问道：“你没胡说吧？”

本位田又八低着头，老实地回答：“没有。”

沉默片刻后，行脚僧突然拔出腰间的短刀，抵住本位田又八的脸。本位田又八大惊失色，歪着脑袋问道："你，你要杀了我？"

"正是！我要取你的性命！"

"我都一五一十地告诉你了。那个印盒也还给你了，印可也可以还你。至于那些钱，我现在虽无力偿还，日后必定如数奉还，你为何还要杀我呢？"

"我知道你说的都是实话。我也可以告诉你，我是上州[1]下仁田的人，那个惨死在伏见城工地的武士名叫草雉天鬼，我是他的随从，名叫一宫源八。"

此刻，本位田又八自知前途未卜，他根本没听对方说了什么，只是在考虑如何脱身。

"非常对不起！我的确罪该万死。可当时，我从他身上拿走那些东西，并没打算据为己有。因为那人临终之时，一直在说'拜托'。所以我想应该遵从他的遗言，将那些遗物送到他亲人手里。不过，当时我手头正紧，就动了那笔钱，我真是该死！你怎么惩罚我都行，只求你饶我一命！"

"不行！你道歉也没用了！"

行脚僧强忍内心的悲愤，轻轻摇了摇头。

"后来，我曾去伏见城调查过那件事，也看得出你是个老实人——不过，我必须要带点东西回去，才能对天鬼大人的家属有所交代。虽然我多方查询，还是找不到杀害大人的元凶，这让我备感遗憾。"

"不是我……不是我杀的……喂！你可别枉杀好人哪！"

"我知道！我知道——关于这一点，我非常清楚。不过，远在上州的草雉一家还不知道天鬼大人已在伏见城遇害。他是被那些搬砖运石的苦力所杀，这也不是什么光彩的事，我很难对他的家人启齿。尽管你拼

①上州：位于日本群马县。——译者注

命哀求我，但形势所迫，我也只能把你当作杀害大人的凶手了！现在，我源八就要为主人报仇，你听清楚了吗？”

听了行脚僧的话，本位田又八都要急哭了。

“胡说、你胡说什么……不要、我还不想死呢！”

“你不想死也没有用！刚才你在九条酒馆，连酒钱都付不起，留着这样一个躯壳不是活受罪吗？与其忍饥挨饿、遭人唾弃，还不如早些看破红尘！另外，我会拿出一笔钱，帮你安顿后事。如果你不放心双亲，我会把这笔钱送给他们。如果你想把钱捐给宗祠，我也一定会照办。”

“岂有此理……我不要什么钱！我只要活命……不要！救命啊！”

“就算你不想死也不成啊！现在。我只能把你当成杀害主人的凶手了，只有砍下你的脑袋，我回到上州后，才能对天鬼一家和乡亲父老有所交代。本位田又八阁下，这都是前世注定的，你就认命吧！”

说着，源八再次握紧了刀。

九

就在这千钧一发之时，有人突然喊了一声：“源八！刀下留人！”

如果喊声来自本位田又八，行脚僧即便知道自己枉杀人命，也会痛下杀手。

“啊？”

他抬头看了看夜空，又侧耳听了听树梢的动静。

于是，那个声音再一次从树上传来。

“源八，不要滥杀无辜！”

“啊！是谁？”

“我是佐佐木小次郎。”

“什么！”

又一个自称佐佐木小次郎的家伙，这家伙的声音听起来十分熟悉。世上到底有多少个冒牌佐佐木小次郎呀！

源八心想：这回我可不能再上当了！

他飞身跳到一旁，用刀尖指着上边说道："你光说自己是佐佐木小次郎有什么用！你是哪里人？姓甚名谁？"

"我是岸柳佐佐木小次郎。"

"一派胡言。"行脚僧一笑置之。

"冒充佐佐木小次郎这招已经不好使了！你看看下面这个人吧，这就是冒牌货的下场……哈哈哈！想必你和本位田又八是一路货色吧！"

"我真的是佐佐木小次郎——源八，我这就跳下去。你不会趁我立足未稳时出手吧？"

"哼！要是冒牌货，再来多少都没问题！你下来吧，我们一决高下！"

"要是被你砍到，就不是佐佐木小次郎了！真的佐佐木小次郎是不会中招的——我要下来喽！源八！"

"……"

"准备好了吗？我要跳到你头上了，你尽管出刀吧——你要是想杀我，我背后的晒衣竿可不答应哟！它会像劈竹一样，把你砍成两半。"

"啊！且慢动手——佐佐木小次郎先生，请等一下……我记起你的声音了。而且你还带着这把晒衣竿宝剑，那一定是真的佐佐木小次郎。"

"你终于信了。"

"不过——您为何会在树上？"

"这个一会儿再说。"

话音刚落，源八突然一缩脖，原来佐佐木小次郎越过他的头顶，飘然落地。他裤脚卷起了地上的松叶，飘落在源八身后。

面对眼前千真万确的佐佐木小次郎，源八反而有些迷惑。此人与主人草雉天鬼是同门师兄弟，当他还在上州跟随钟卷自斋学武时，自己也见过几次。

不过，那时的佐佐木小次郎并不像现在这样出众。他的五官自小就带着一种执拗劲儿，十分威风。不过，钟卷自斋不喜欢过于华丽的服饰，佐佐木小次郎穿着十分朴素，皮肤也很黑，就是一个毫不起眼的乡下少年。

简直是判若两人哪！

源八有些看呆了。

佐佐木小次郎坐到了一个树桩上，说道："来！过来坐吧！"

随后，两人谈了起来。其内容不外乎是老师的外甥，也是佐佐木小次郎师兄的草雉天鬼，带着中条派印可四处游学，结果走到伏见城工地时，被当成奸细而惨遭杀害。

直到此时，真假佐佐木小次郎的闹剧总算真相大白了，真佐佐木小次郎不禁拍手称快。

十

佐佐木小次郎告诉源八，那个冒名顶替的人不过是个废物，杀这样的人毫无意义。

如果想惩罚他，还有别的方法。要是担心没法向天鬼的家人交代，自己可以亲自去上州，保证给他们一个既合理、又能保住死者颜面的解释，同时自己还会设法周济他的家人。总之，佐佐木小次郎希望由自己处理这件事。

随后，他问道："源八，你以为如何？"

"既然您这么说，我也没有异议。"

"那么，我们就此告别吧！你可以马上回上州。"

"好的，就这么办。"

"其实，我正要去找一个名叫朱实的女孩。不知她去哪儿了，我很着急。"

"啊！请稍等一下，您忘了这个重要的东西。"

"什么东西？"

"是先师钟卷自斋委托天鬼转交给您的中条派印可。"

"哦！是那个呀！"

“是这个叫本位田又八的冒牌货从天鬼大人身上拿走的，他说印可还在身上——那是自斋老师留给您的……也许是自斋老师和天鬼大人在冥冥中指引我们相见。无论如何，您要收下这个印可。”

说着，源八伸手从本位田又八怀里取走了印可。

此时，本位田又八觉得自己还有一线生机，即使印可被拿走，他也丝毫不在乎，反而顿觉轻松。

“就是这个。”

源八将印可递给佐佐木小次郎，他终于完成了天鬼的遗愿。他想，佐佐木小次郎必定深受感动，涕泪横流。

谁知——

佐佐木小次郎却说了一句“我不需要”，并未伸手去接。

源八感到很意外，连忙问道：“欸……为什么？”

“我不要。”

“为什么不要？”

“不为什么，我就是不想要！”

“请您不要狂言。自斋老师生前就已决定，在众多的弟子中，只有您和伊藤弥五郎一刀斋才能获得印可——他在临终前，托付外甥天鬼大人将这个印可卷轴转交给您，主要是考虑到当时伊藤弥五郎一刀斋已自立一刀派，您虽然是师弟，但自斋老师还是决定将印可和中条派秘籍传给您。难道您不懂恩师的一片苦心吗？”

“老师的恩情，我自然知道，但我有自己的抱负。”

“您说什么？”

“源八，你不要误会。”

“恕我直言，您这是对先师不敬啊！”

“绝无此事。我觉得，自己在武学上的天赋超过先师，所以一定能取得更伟大的成就。我不想当一名安于穷乡僻壤的剑客，而老此一生。”

“您真是这么想的？”

“当然！”

一谈到自己的理想，佐佐木小次郎没有丝毫顾忌。

“虽然先师要将印可传给我，可我自信自己的功夫早已超过先师。况且，中条派这个名字太过土气，会妨碍我们年轻人的发展。师兄弥五郎已自创一刀派，所以我也想自创门派，并命名为岩派……源八，这是我的理想，所以我不再需要这个东西了。你就帮我处理掉吧！”

十一

佐佐木小次郎的言语极为张狂，简直不可一世。

源八狠狠瞪着那两片薄薄的嘴唇。

“源八，请代我向草雉一家表示问候。改天我去东国时，一定去拜访他们。”

自己的告别话说得如此彬彬有礼，佐佐木小次郎不觉露出了微笑。

如此高傲自大，又故作客气，简直可恶至极！源八怒不可遏，本想大声责骂他，但又一想，这么做实在无聊。

于是，他快步走到书箱前，将印可卷轴收好。

“后会有期！”

丢下这句话后，源八拂袖而去。

看着源八的背影，佐佐木小次郎自语道：“哈哈哈！脾气还不小！这个乡巴佬儿！”

他又对着绑在树上的本位田又八说道：“冒牌货！”

“……”

“你这个冒牌货，哑巴了？”

“是。”

“你叫什么名字？”

“本位田又八。”

“是浪人？”

“是的……”

“看你那没出息的样子！你该学学我，主动退还师傅的印可，若没有这种气概，就无法成为一代鼻祖……你盗用他人姓名和印可到处招摇撞骗，真是下流！不是太子，你穿上龙袍也不像啊！现在落到如此下场，这回你可长记性了吧？”

“我以后不敢了。”

“我会饶你一命的。不过，为了惩罚你，绳子你就自己想办法解开吧！”

佐佐木小次郎一边说着，一边掏出小刀刮掉树皮，碎屑落了本位田又八一身。

“呀！没带笔和墨盒。”佐佐木小次郎嘀咕着。

本位田又八马上讨好地说道：“我身上有。”

“既然你有，那就先借我一用！”

随后，佐佐木小次郎在树上写了一段文字，又读了几遍。

岩派——这是我突然想到的名字。因为我经常在岩国的锦带桥练习刀斩飞燕，才得到岸柳这个剑号，而岩派作为武功门派的名字，再合适不过了。

“就这么决定！以后我的武功门派就叫岩派，这个名字远胜过伊藤弥五郎一刀斋的一刀派！”

此时已是夜半时分。

树上一张纸见方的树皮被刮掉，上面写道：

此人冒用我名讳、剑号四处招摇撞骗。今日将其抓获，特绑缚此地示众。本人名号、流派天下独一无二。

岩派佐佐木小次郎

“好了！”

突然，松林中响起一阵风声，佐佐木小次郎的听力非常敏锐，他察觉到有什么东西在动。此时，他已顾不得自己的壮志雄心，那双豹子般锐利的双眼，紧盯着黑漆漆的松林。

“咦？”

也许是发现了朱实的行踪，他突然朝那个方向狂奔而去。

二少爷

一

自古以来，轿子和滑竿都是上层阶级惯用的交通工具。不知何时，这种交通工具已普及到市井、城镇，就连一般的百姓也经常乘坐它出行。

此时，一个人正坐在一个类似竹篓的简易轿子上，竹篓两侧各穿着一根竹棒，前后轿夫抬着轿子，不停地喊着号子，就像扛着一堆货物。

那个竹篓很小，要是轿夫加快速度，乘坐者就容易掉下来，所以两手必须抓紧两边的竹棒。

“嘿咻！嘿咻！”

同时，乘坐者还要根据轿子的节奏来调整呼吸和身体平衡。

此时，在松原的街上，七八个人手提灯笼，簇拥着这顶轿子，从东寺塔方向飞奔而来。

每到夜晚，通往京都、大阪的交通要道——淀河就无法通行，如果有急事，只能走陆路。因此，这条路在半夜会经常响起轿子声和挥动马鞭的声音。

“嘿咻！”

“嘿咻！”

“哎哟——”

“就快到了！”

“快到六条了！”

这群人不像从几里地的近处赶来，因为轿夫和随从都已疲惫不堪，他们气喘吁吁，仿佛心脏随时会从嘴里跳出来。

“这里是六条吗？”

“是六条的松原。”

“再加把劲儿！”

这些人提的灯笼上，装饰着大阪倾城町特有的松树花纹。坐在轿子里的是一位壮汉，那些早已筋疲力尽的随行者也都是年轻力壮的小伙子。

“二少爷，就要到四条了！”有人向轿内禀报。那个壮汉无精打采地摇了摇头，原来他正舒舒服服地打着瞌睡。

突然，有人喊了一声：“啊！小心掉下来！”随即一把扶住轿子上的人。此时，那个壮汉才突然睁开眼说道：“啊！口渴了！给我酒，把那个装酒的竹筒给我！”

众人正想休息一下，一听到轿内人说停轿休息便立刻放下了轿子。轿夫和随从已是大汗淋漓，他们掏出毛巾擦拭脸上、身上的汗水。

轿里的人接过竹筒，就一口喝干了。见此情景，随从不禁提醒道：“传七郎大人，您已经喝得太多了！”

此时，传七郎终于清醒过来，他大声喊着：“啊！酒好凉！牙齿都打战了！”

接着，他又把头伸出轿外，望着满天繁星说道：“天还没亮呢……我们简直是神速呀！”

“令兄一定是心急如焚，等着您回去呢！”

“希望哥哥能坚持住……”

“虽然医生说可以保住命，但他情绪还很激动，伤口还经常流血。”

“……哦！想必是懊悔至极吧！”

说着，他又拿起竹筒，张嘴想要喝酒，可竹筒里已是空空如也。

“武藏那臭小子！”

吉冈门传七郎使劲儿把竹筒摔在地上，怒喝了一声："上路！"

二

他酒量虽好，但性情却极为暴躁。谁都知道，吉冈家的二少爷在世上通行无阻，尤其是他的腕力，更是无人能敌。他和清十郎的个性完全不同。父亲拳法还在世时，传七郎的力气就已超过父亲，至今很多吉冈门弟子还对此事津津乐道。

（哥哥真是没用！干吗非要继承父业，老老实实地安享富贵不是很好吗！）

即使兄弟两人对面而坐，传七郎也会这么说。因此，他们兄弟的关系一直不好。拳法在世时，他们还会偶尔在一起切磋武艺，可自从父亲去世后，传七郎就很少去哥哥的武馆了。去年，他和几个朋友去伊势游玩，回程时顺便拜访了大和的柳生石舟斋。从那以后，他就一直没回京都，也没任何消息。尽管一年多音信全无，但任何人都相信这位二公子绝对不会饿死。他终日饮酒、好逸恶劳，还经常说哥哥的不是。只要他抬出父亲的名字，走到哪儿都能混顿饱饭。在那些中规中矩的人眼里，这位二少爷的确有着与众不同的生存之道。最近有传言说，他寄宿在兵库御影一带的某个富户家中。他根本不知道，清十郎与武藏在莲台寺比武一事。

奄奄一息的清十郎提出，想见弟弟一面，这正中吉冈门弟子下怀，他们认为要想一雪前耻，非传七郎不可。

众人计划如何报仇的时候，都不禁想到了传七郎。

可大家只知道他在御影一带，其他一概不知。于是，当日五六个弟子就出发赶往兵库，找到了传七郎，并让他即刻乘轿返回京都。

尽管平日里兄弟关系不好，但是当他得知哥哥在比武中受伤惨败、吉冈门声誉一落千丈，以及清十郎急于见自己时，他二话没说，即刻启程。

他一路不停催促轿夫赶路，到目前为止，已经换了三四拨儿轿夫。

尽管如此着急，传七郎在路过驿站时，还不忘买酒，把竹筒灌满，也许酒可以缓解他昂奋的情绪。不过，他平时就喜欢豪饮，再加上从淀河及田野里吹来的风冰冷彻骨，所以他觉得喝多少都不会醉。

可现在，竹筒内已是滴酒不存，传七郎显得很焦躁——他猛地扔掉竹筒，大喝一声："上路！"轿夫及随从们突然发现，近处的松林中似乎有些异样。

"那是什么？"

"好像不是一般的狗叫声。"

于是，众人凝神静听。尽管传七郎急着赶路，但大家却动也没动。

见此情景，传七郎非常生气，不禁又大喝一声，众人吓了一跳。于是，弟子们对这个粗枝大叶的二少爷说道："二少爷，请等一下！那边好像出了什么事？"

三

这种事也没什么奇怪，就是一群狗在狂吠。虽然无法得知其具体数量，但听得出那些狗绝不在少数。

其实，狗叫几声也没什么大不了。只要有一只狗叫，其余的狗也会跟着狂吠，人们根本不必理会它们。况且，最近战事稀少，那些食肉的野狗逐渐从乡野走进城市，在街上看到狗群，根本不足为奇。

"我们去看看！"说完，传七郎率先起身，赶了过去。那些弟子心想，连二少爷都亲自出动了，看来那边的确出了什么事——于是，弟子们也紧随其后。

"咦？"

"啊？"

"咦？怎么回事？"

眼前出现的情景，大大出乎一行人所料。

一群黑压压的狗将绑在树上的本位田又八围了个里三层外三层，看起来要将他撕碎吞掉。

如果说这些狗还有一点良知的话，那种良知就是复仇。刚才，本位田又八用刀砍死了一条狗，他身上一定还沾着狗的血腥味。

不过，狗的智商毕竟无法和人相比，也许它们觉得眼前这个家伙很窝囊，戏弄他非常有趣。只见他背靠大树而坐，样子很奇怪，不知是小偷还是瘫痪在地的人？这些狗觉得很可疑，所以才对本位田又八狂吠不止。

这群狗的样子十分凶恶，简直与狼毫无二致。它们的腹部扁平，脊背尖耸，牙齿锋利异常。对于孤立无援的本位田又八来说，眼前的情景要比刚才面对行脚僧、佐佐木小次郎时更恐怖。

他的手脚无法动弹，只能借助脸部表情和喊声来防御。可是，脸部表情没有丝毫的杀伤力，而他说的话，那些狗也听不懂。

于是，他只能一边学着野兽的叫声，一边装出野兽的可怖表情，拼命吓唬这些狗。

“唔——汪——汪——汪。”

本位田又八的叫声，把狗群吓退了几步，但由于他喊得过于用力，以致鼻涕流了出来。这样一来，那些狗又不害怕了，他的努力全都白费了。

既然喊声没有作用，那就只有依靠表情来吓唬它们了。

本位田又八猛然张大嘴，他的确把狗吓了一跳。见这招有效，他更加来劲儿，时而瞪大双眼，时而扭曲着五官，时而伸出舌头。

可是，没过一会儿，他就累得不行了，那些狗也看够了这种把戏。它们再次凶相毕露，对着本位田又八狂吠。本位田又八心想，此时是考验自己智慧的时候。他想要表现出对这些狗的友善，于是学着野狗的叫声，跟它们一起叫起来。

“汪、汪、汪！汪、汪、汪！”

谁知，他这种行为反而招来狗群的蔑视和反感，野狗争相跑到他面前大叫，并开始舔他的脚尖。本位田又八害怕至极，无计可施之时，只得低声背诵起平家琵琶大原御幸的故事：

太上天皇于文治二年春
闲居在建礼门院的大原[①]
所见所闻
顿生感慨
二三月间
寒风凛冽
山中白雪依旧
……

刚开始，他还是小声背诵，后来声音越来越大，到最后简直是声嘶力竭——他紧闭双眼，表情僵硬，使尽平生力气高声嘶吼着。

四

幸好传七郎一行人及时赶到，狗群被惊得四散奔逃，本位田又八再也顾及不了许多，大声呼救：“救命！救命！快帮我把绳子解开吧——”

吉冈门弟子中，有几个认得他。

“哦？原来是他！我曾在艾草屋见过这家伙！”

“他是阿甲的丈夫。”

“丈夫——阿甲不是没有丈夫吗？”

“阿甲在认识祇园藤次以前，一直跟他住在一起，实际上是阿甲在养他。”

众人七嘴八舌议论着，传七郎看本位田又八可怜，便命人解开绳

---

①大原：位于日本京都市东北部。——译者注

索，又询问了事情的经过。此时，本位田又八早已准备好了一套说辞，绝口不提自己受辱之事。

见到了吉冈门的人，他不禁又想起自己和武藏的宿怨。他对传七郎等人说，自己和武藏同为作州人，武藏抢走了自己的未婚妻，令家族名誉扫地。因此，母亲阿杉婆不顾年老体弱，背井离乡，誓死要找到武藏和阿通报仇。自己也为寻找武藏，而四处奔走。

“刚才有人说我是阿甲的丈夫，这简直是天大的误会。我确实曾在艾草屋栖身，但和阿甲却没半点关系。否则，祇园藤次就不会和阿甲私奔了。

“这些事暂且不管，现在我最担心的就是母亲和武藏的下落。前一阵子，我在大阪听说吉冈门的长子与武藏比武而惨败的消息，便急忙赶到这里。谁知，我竟然被十几个不怀好意的流浪武士包围，还被抢走了身上所有的财物。尽管我遭受了奇耻大辱，但一想到老母健在、大仇未报，只好忍辱负重，任凭他们处置。

“十分感谢您的搭救。无论吉冈家还是本位田家，都与武藏有不共戴天之仇。承蒙贵弟子帮我解开绳子，也许冥冥之中自有缘分。想必您就是清十郎的弟弟吧！您要找武藏报仇，我也要杀死武藏，至于谁能先得手，就让我们拭目以待吧！当我大仇得报之时，再去府上拜访！”

本位田又八心想，光是信口胡说不足以取信对方，所以他在谎言中穿插了一些事实。

不过，“谁能先得手”这句，有些画蛇添足，就连他自己都觉得羞愧。

他想了想，又接着说道：“也许母亲会去清水寺参拜，所以我要去那里找她。改日我会去四条武馆登门道谢。非常抱歉，耽误了您的行程，在下就此告辞！”

本位田又八想趁着露出马脚之前，迅速离开。虽然自己的说辞有些牵强，但总算混了过去。

当众人正寻思他的话是真是假时，他早已跑远了。看到弟子们疑惑的表情，传七郎不禁苦笑道：“这家伙……究竟是干什么的？”

看着本位田又八跑远的背影，传七郎不禁啐了一口。他心想，为了这么个人耽误时间真不值得。

五

这几天是危险期——四天前，医生曾这样说过。在那几天里，清十郎简直和死人没有两样，直到昨天，他才有所好转。

现在的清十郎，已经可以睁开眼睛，他在想：现在是早晨还是半夜？

枕边的长明灯一直亮着，屋内没有其他人，隐隐听见隔壁屋传来阵阵鼾声。想必是看护的人实在熬不住，坐着睡着了。

公鸡在打鸣！

清十郎突然意识到，自己仍活在世上。

（活着简直是一种耻辱！）

他拉起被角，盖住了脸。清十郎低声啜泣着，扯着被角的手指不停地颤抖。

（今后，我哪有脸再活下去！）

想到这儿，他突然停止了抽泣。

父亲拳法声名赫赫，自己虽然不肖，但也是竭尽全力维护吉冈门的声誉，可到头来，终究落得身败名裂。

（吉冈家完了！）

此时，枕边的长明灯突然熄灭，一缕微弱的晨光照进屋里。清十郎不由想起那天，自己站在寒霜满地的莲台寺郊外的情景。

武藏的眼神，他至死不忘。

即使现在想起来，他依然觉得毛骨悚然。其实，他一开始就知道自己不是武藏的对手，可是自己为何不弃剑认输，以保住吉冈门的声名？

（我太自以为是了！我一直认为父亲的声名属于自己——仔细想

想，除了身为吉冈宪法的长子之外，我简直一无所长。在输给武藏之前，我在做人、做事方面就已经一败涂地了。与武藏比武，只不过加速了自己的灭亡——如此下去，吉冈武馆迟早要被社会淘汰。）

清十郎紧闭双眼，晶莹的泪珠顺着睫毛淌下——泪水流过他的耳边，他的心也随之颤抖着。

（为什么不死在莲台寺郊外？现在是生不如死啊——）

右侧断臂处的伤口，依然疼痛不已。他深锁眉头、郁郁寡欢，好希望天永远都不要亮。

"咚、咚、咚——"远处传来一阵敲门声，有人去隔壁房间叫醒了打盹的人。

"啊！是二少爷回来了吗？"

"刚到！"

有人急忙出去迎接，还有人跑到清十郎的病榻前通报。

"小师傅！小师傅！有好消息！二少爷已乘快轿到家了，您马上就能见到他了！"

说着，弟子们立刻打开窗户，烧热火炉，摆好坐垫，静静等候。没过多久，门外就传来了传七郎的声音。

"哥哥的房间是这间吗？"

真是好久不见了！清十郎这样想着，可一想到弟弟看到自己这副模样，他就痛苦至极。

"哥哥！"

听见喊声，清十郎有气无力地睁开眼，看了一眼走进屋的传七郎。他想笑却笑不出来，弟弟身上还带着浓浓酒气。

六

"哥哥！您怎么了？"

看到传七郎神采奕奕的样子，清十郎更加难受。

“……”

清十郎又闭上了眼，什么也没说。

“哥哥！事已至此，还是把一切都交给我吧！当我得知事情的经过之后，没顾得上打点行装就离开了御影，连夜赶回这里。途中，我们只在大阪的倾城町准备了些旅行用品和酒食。请您放心！有我传七郎在，谁要敢来武馆撒野，我一定让他有来无回！”

此时，弟子们进来送茶。

“喂！喂！我不要茶！我要酒！”传七郎说道。

“知道了！”

弟子答应一声，正要退出去时，他又喊道：“喂！谁来把隔扇门关上！病人会着凉的！笨蛋！”

随后，他不再正襟危坐，而是随意地盘起腿。他一边用火炉暖手，一边偷偷地观察着沉默不语的哥哥。

“整个比武过程是怎样的？那个叫宫本武藏的小子，不是最近才出道的吗？哥哥亲自出马，竟会败给一个初出茅庐的小子，实在太大意了……”

此时，门外传来弟子的声音：“二少爷！”

“什么事？”

“酒已准备好了！”

“拿过来！”

“我先放在那里，请您先沐浴！”

“我不想洗澡，我要在这儿喝酒，把酒拿过来！”

“啊？你要在小师傅病榻前喝酒？”

“当然！我们兄弟好久没见了，要好好聊一聊。虽然之前我们的关系不太好，但在这个节骨眼，还是亲兄弟靠得住！我就在这儿喝！”

接着，他开始自斟自饮，并连声赞叹：“好酒！”

喝了两三杯之后，他感叹了一句：“要是哥哥没受伤，我们就可以一起喝了！”

清十郎睁开眼，喊了一声：“弟弟！”

“嗯！”

“请不要在我面前喝酒。”

“为什么？”

“这会让我想起很多不愉快的往事。”

“不愉快的往事？”

“父亲要是还在世，一定不喜欢我们喝酒——你我都只会喝酒，一件正经事都没做过。”

“你的意思是，我们一直在做坏事喽？”

“你还能有所作为，而我今后只能在这病榻上，独自品尝失败这杯苦酒……”

“哈哈哈！说这些真是扫兴！原来哥哥这么小家子气又多愁善感，根本不是习武之人应有的气魄。说实话，您和武藏比武，根本就是个错误。您根本没认清武藏的实力，才会败得这么惨。以后您就不要再拿刀动枪的了，只安心当吉冈门的大当家就行了——如果今后再有人向吉冈门挑战，就让我传七郎前去应战！把武馆也交给我吧，我一定会让武馆比父亲在世时更加兴盛。只要您不怀疑我是趁机夺取武馆，我一定会做好的！”

“弟弟！”

清十郎突然想坐起来，但因为少了一只手，他无法轻易掀开被子。

七

“传七郎……”

清十郎从被子里伸出手，紧紧握住弟弟的手腕。虽然他身负重伤，但力道依然强劲。

“哎呀……哥哥，您会把酒弄洒的。”

传七郎将酒杯换到另一只手。

“什么事？”

“弟弟，如你所愿，我会把武馆交给你。不过，你既然继承了武馆，就是继承了家族的声誉。”

“好的！我都知道，我接受！”

“别这么草率就答应。要是你重蹈我的覆辙，再次让亡父声名受辱，那还不如现在就让吉冈门毁了。”

“您别这么说，我传七郎可与您不一样！”

“你会洗心革面、认真管理武馆吗？”

“等等！我可不能戒酒呀！只有酒，我不戒！”

“好吧！只要能有所节制……我的失败，也不是因酒而起的。”

“是女人吧——女人是您的软肋。等您身体康复之后，就找个门当户对的媳妇吧！”

“不！我已决定退出江湖，哪还有心情娶妻——不过，有一个人我非救不可，只要能看到她幸福，我就别无所求了。然后隐居山林、结庐而居……”

“咦？那个非救不可的人是谁？”

“你别多问了——只要管好其他事就行了。我虽然成了废人，但还有几分武士的尊严，现在我真心拜托你，一定不要再犯相同的错误！你听清楚了吗？”

“好……我一定要为您雪耻！您知道武藏那家伙现在在哪里吗？”

“武藏？”

清十郎突然瞪大双眼，盯着传七郎。

“传七郎，难道你不听我良言相劝，一定要找武藏比武？”

“您这是什么意思？事到如今，我们已经没有退路了。您派人把我接回来，不就是打算报仇吗？我和弟子们也认为，应趁武藏未离开京都之前找到他，所以才火急火燎地赶回来。”

闻听此言，清十郎摇了摇头说道：“你大错特错了！”

他以一种先知的口吻命令弟弟道：“不要轻举妄动！”

传七郎显得很不耐烦，反问道：“为什么？”

听了弟弟的话，清十郎血脉上涌，吐出一句话：“你赢不了他！”

传七郎气得脸色发白，接着问道：“赢不了谁？”

“武藏！”

“您说我会输？”

“明知故问！当然是你输，你的武艺不及他——”

“胡、胡说八道！”

传七郎故意大声笑起来，还不停晃着肩膀。他气急败坏地拨开哥哥的手，给自己的杯里倒满酒。

“喂！来人！酒没了，给我拿酒来！”

八

一个弟子闻声，急忙从厨房拿酒送了过来，可房内已不见传七郎。

“啊？”

那弟子面色惊恐，立刻放下托盘。

“小师傅！您怎么了？”

只见清十郎趴在被子里，弟子吓了一跳，急忙凑到清十郎的枕边。

“叫……叫传七郎来，我还有话要对他说，把他带过来！”

“是、是！”

听到清十郎吐字清晰，弟子这才放下心来。

“是！我这就去！”

他急忙出去找传七郎。

原来传七郎去了武馆，弟子很快就找了过来。此时，他正坐在地板上，环视着这个有些陌生的地方。

那些久未谋面的弟子如植田良平、南保余一兵卫、御池、太田黑兵助等人围坐在他身边。

“您见过令兄了吗？”

“哦！刚见过。”

“见到您，他一定很高兴吧！”

“好像不怎么高兴。在赶回武馆之前，我一直是信心满满的，可哥哥却一直绷着脸。我是有什么就说什么，结果又吵了起来。”

“又吵架了？您这个当弟弟的可不该这么做，令兄的身体刚有好转，您不该与他争执。”

“可是……这不怪我呀！”

传七郎与吉冈门的元老说话时，语气也非常随便。

他一把揪住了刚才教训自己的植田，并借此显示自己过人的腕力。

“我哥哥是这么说的——虽然你打算与武藏比武以雪前耻，可是你一定赢不了武藏，万一你死了，这个武馆就完了，吉冈门的声誉也会彻底被毁掉。因此，所有的耻辱就由我一人背负吧！我将对外宣布从此退出江湖。由你代替我掌管武馆，待你日后武功有所精进，再为我报仇……”

“原来是这样！”

“是哪样？”

“……”

见双方沉默不语，那个来找传七郎的弟子，忙趁机说道：“二少爷，小师傅请您再回去一趟。”

传七郎回头，瞪了那人一眼说道：“酒呢？”

“已送到房里了。”

“拿到这儿来！我要跟各位边喝边谈。”

“小师傅他……”

“少啰唆！……哥哥就是一朝被蛇咬，十年怕井绳！赶快把酒拿来！”

见此情景，植田、御池等人忙说：“不用！不用！此刻不宜饮酒，我们不喝！”

闻听此言，传七郎十分不悦。

“你们怎么了……难道也被武藏吓破胆了？”

九

正因为吉冈家名声太响，所以受的打击也相对较大。

武藏一剑击垮的不只是清十郎，还有吉冈门的固有根基。

原本不可一世的吉冈门弟子，现在信心全无，形同一盘散沙。

尽管比武已过去好几天了，但每个人脸上仍是一副愁眉苦脸的样子。他们不知道，以后是甘心当一个失败者，还是奋起直追。

在出发迎接传七郎之前，吉冈门的资深弟子中就形成了两种意见：一些人赞同传七郎的做法，认为应该和武藏再次比武，一雪前耻；另一些人则支持清十郎的做法，认为应暂不出击、保存实力。

可是耻辱毕竟只是一时的，如果吉冈门再遭重创，那将无法收场。

以清十郎的立场，他自然可以提出这种隐忍的主张，很多资深弟子虽然也这么认为，却不能主动开口提出。

尤其是在这位目空一切的二少爷面前。

“哥哥太过优柔寡断，虽然他现在卧病在床，但是我也没办法按他说的做！”

传七郎一边说着，一边拿起酒壶，给每个人都满上酒。他接着说道：“从今天起，我要代替哥哥经营武馆，一定要将武馆打造出刚毅、勇猛的风格。”

“我一定要找武藏报仇……无论哥哥怎么说，我都要这么做！哥哥说先不要管武藏，家族名誉和武馆更重要。这是武士该说的话吗？就因为他如此瞻前顾后，才会败给武藏——你们可不要把我和哥哥相提并论哟！”

“这个……”

众人含糊其词。南保余一兵卫率先开口：“我们相信二少爷的实力，可是……”

“可是什么？”

“令兄的话也不无道理。武藏只是一介武夫，而吉冈门可是室町以来的武术名门。仔细衡量一下，这其实是一场得不偿失的赌博。无论胜败，对吉冈门都没有多大好处。”

“你说这是赌博？”

传七郎怒目而视，南保余一兵卫急忙改口道：“啊！恕我失言，我收回刚才的话。”

“你这家伙！”

传七郎跳过去，一把揪住南保余一兵卫颈后的头发，厉声骂道：“给我滚出去！你这个胆小鬼！”

“二少爷，刚才是我失言。”

“住口！像你这么贪生怕死的人，根本没资格跟我坐在一起——滚出去！”

说着，传七郎猛地把他推开。

南保余一兵卫一下子撞到了武馆的木板墙上，他的脸色惨白，过了一会儿，他静静地坐正身子，跟众人告别道：“长久以来，承蒙各位的照顾。”

然后，他又向神坛拜了几拜，最终走出门去。

此时，传七郎看都不看他一眼，只是自顾自地劝酒。

“来！喝酒！”

“喝完之后，你们马上给我搜寻武藏的下落。他应该还没离开京都，估计此时正得意扬扬、四处炫耀呢——我要找到武藏，同时还要着手整顿武馆。不能让武馆一直荒废下去，弟子们必须重新开始练习……我先去睡一觉，再来武馆。我和哥哥不同，我可是很严厉的哟！另外，那些年轻弟子，也要加紧训练！”

十

转眼又过了七天。

“找到了！”

一个弟子一边喊着，一边跑进武馆。

传七郎一直待在武馆，就像他自己说的，目前他正加紧训练弟子。

他精力充沛、不知疲倦，很多弟子都害怕被他点名，悄悄地躲到角落里。资深弟子太田黑兵助，像个小孩似的被呼来喝去。

“等一下！太田黑！”

传七郎收起木剑，看了一眼那个刚跑回武馆的弟子。

“找到了吗？”他问了一句。

“找到了！”

“武藏在哪儿？”

“在实相院町的东路口——也就是本阿弥路的本阿弥光悦家里。”

“他竟然在本阿弥光悦家里——真奇怪！武藏那样的乡下武士，怎么会认识光悦呢？”

“这个我也不太清楚，但他确实住在那儿。”

“好！马上出发！”

说着，传七郎就要走进里屋准备，跟在身后的太田黑兵助、植田良平等人马上制止道：“这种突然袭击无异于打架斗殴，即便我们获胜，别人也会说闲话。”

“虽然习武有一定的规矩，但实战却不必考虑那么多，所谓胜者王侯败者贼嘛！”

“不过，当初令兄比武之前，也没有这么草率——我们还是先写好挑战书，约好时间、地点，然后堂堂正正地比试，这样才比较稳妥！”

“好的！就依各位之见。不过，在这段时间里，你们不能受哥哥的影响，阻止我去比武！”

“在这十几天里，那些反对比武、对武馆没有信心的人，已全部离开了。”

“这样一来，反而使武馆的实力得到了巩固。像祇园藤次那种小人、南保余一兵卫那样的胆小鬼，以及那些恬不知耻的懦夫，还是早点离开的好。”

“给武藏下挑战书之前，还是和令兄说一声吧！”

“这件事不用你们管，我自己去说！”

这个问题上，兄弟二人的意见还是和十天前一样僵持不下，谁也不愿改变自己的立场。那些资深的弟子暗暗祈祷，兄弟俩千万不要再吵起来。此时，清十郎的房间里没有传出争吵声，于是植田良平等人便围坐在门外，商量起第二次比武的时间、地点。

突然，从房间里传出一阵喊声：“喂！植田、御池、太田黑你们快来呀！”

那不是清十郎的声音。

众人拥进房间，只见传七郎独自呆立在那里。这些人从未看过他如此表情，只见他眼角还挂着泪珠。

“你们看……这个！”

他把清十郎留下的一封信递给众人。

“哥哥留了封长信给我，就离家出走了。信上连要去哪里也没写……他去哪儿了……”

死胡同

一

突然，阿通停下手中的针线，问了一句：“谁？”

“是哪位？”

她打开拉门一看，外面一个人也没有。阿通知道是自己的错觉，一股寂寞之情再次涌上心头。手上这件衣服只差抬肩①和领子的部分就完

①抬肩：袖子和前后身的缝合处。

成了，可是她却无心再做下去。

（我还以为是城太郎呢！）

她在心里嘀咕着。于是，她又抬起头，望了一眼渺无人烟的远方。只要她听到一点响动，就会以为是城太郎来找自己了。

这条小街位于三年坂下面。

虽然这里有些脏乱，但路旁有很多灌木丛和田地，处处盛开着山茶和梅花。

阿通住的是一间独立的房子，四周树木很多，屋前有一块半亩大小的菜田，菜田的对面就是客栈的厨房，那里从早到晚人流不息、锅碗瓢盆响个不停——总之，这间小屋也归客栈所有，早晚饭都由用人从对面的厨房送过来。

现在，阿杉婆出门去了。每次来京都时，她一定会住在这家客栈，而这间位于菜地里的小屋更是她的最爱。

此时，一个女人在厨房朝着阿通喊道："阿通姑娘！该吃饭了！我们现在送饭过去可以吗？"

阿通从沉思中回过神来，答道："啊！已经到饭点了吗——等阿婆回来一起吃吧！请稍后再送来。"

那女人又说道："阿婆临走前交代过，今天会回来得很晚，也许傍晚才能回来。"

"我还不太饿，午饭就不吃了。"

"如果你一点都不吃，身体怎么受得了啊！"

此时，不知从哪儿飘来一阵浓烟，把田里的梅树和对面的房子都遮住了。

这附近有几个烧制陶器的土窑，每当那里开工时，这里就烟雾弥漫。浓烟散去后，初春的天空便显得格外清澈。

附近的道路上经常传来马儿的嘶鸣声，那些往来于清水寺的善男信女也时常路过这里。武藏打败清十郎的消息，在人群中不胫而走。

阿通得知后，雀跃不已，眼前立刻浮现出武藏的身影。她心想：城太郎一定去莲台寺郊外看武藏比武了。如果他能过来找我，我就可以知道详情了。

因此，她日夜盼望着城太郎的到来。

可是，城太郎却一直没有出现。自从在五条大桥分别之后，转眼已过了二十多天。

有时，阿通会想：他是不是不知道我住在哪家客栈呢……应该不会呀，我曾跟他说过，住在三年坂下的一家客栈，只要他挨家询问，一定可以找到的。

她又想到：城太郎会不会生病了呢？

可是，阿通绝不相信，城太郎会生病卧床——也许，他正在和煦的春风中，悠闲地放着风筝。一想到这儿，阿通不由一肚子气。

二

话说回来，也许城太郎也抱着同样的想法。

（阿通姐姐离这儿也不远，应该过来找我呀！况且，她一直没回乌丸光广大人的府上亲自道谢，真过分！）

他这么想，也不是没可能。

阿通并非没想到这点，只是从她的角度来看，城太郎来这里是极容易的事，而她去找他反而比较难。现在，自己无论去哪儿，都必须征得阿杉婆的同意。

按理说，阿杉婆今天不在，正好能溜出去——可是，这个老太婆做事十分谨慎，她在出门前已吩咐过客栈的门房，要随时留意阿通。只要阿通稍靠近门口，就有人立刻从正屋探出头来，故作随意地问一句：“阿通姑娘，您要去哪儿？”

并且，三年坂到清水寺一带的很多人都认识阿杉婆。去年，她在清水寺附近跟武藏决斗的事，人们都有耳闻。当时，在场的都是当地的轿夫和马夫，他们对阿杉婆佩服至极。

“那个老太婆真强悍啊！”

“她可真厉害呀！”

“她是为了报仇才离开家乡的！”

自从那件事之后，阿杉婆在这一带声名鹊起，很受当地人尊敬——因此，这个客栈的人对她格外恭敬，只要阿杉婆说一句：“帮我看着那个女人，别让她趁机逃跑。”客栈的人自然会老实照办。

总之，阿通绝不可能擅自出门，即使送信也必须经由客栈人之手。所以，她现在除了等待城太郎主动找来，别无他法。

……

于是，她又躲到隔扇门后，继续缝衣服，手上改的衣服也是阿杉婆的便服。

这时，门外突然出现一个人影——

还传来一个陌生女子的声音：“哎呀！我走错了！”

这人好像误打误撞地走进这条胡同，然后又走到这片菜地和小屋里来的。

阿通没有多想，从隔扇门后面探出头来。只见那女子站在大葱地垄上的梅树下，一看到阿通，她不好意思地低下了头。

“那个，请问这里是客栈吗？我看到胡同口挂着一个灯笼，写着‘客栈’两个字，就走进来了。”

女子表情窘迫，有些手足无措。

阿通一时间忘了回话，只是从头到脚仔细打量着来人。她那异样的目光，使得这位误入死胡同的女子，更加慌张。

“请问这是什么地方？”

那女子环视了一下四周，又看了看眼前的梅树。

“啊！这花开得真美呀！”

她抬起涨红的脸庞，佯装欣赏梅花。

对了！是在五条大桥见过她！

阿通很快就想起来了，不过她怕认错人，所以一直拼命回忆在哪里见过她——她就是元旦那天早晨，在五条大桥畔，靠在武藏胸前痛哭的女子——虽然她不知阿通是谁，但阿通却从没忘记过她——自从那天开始，阿通一直对这个女子耿耿于怀，犹如宿敌。

三

厨房做饭的女人见状，便去前面告诉了掌柜。随后，掌柜从客栈正门绕道走进胡同，来到了菜地。

“这位女客官，您是要住店吗？”

朱实的眼神仍旧有些迷乱。

“是的，可是客栈在哪儿呢？”

“就在刚才的胡同口的右拐角。”

“哦！是临街的呀！”

“虽然临街，但很安静。”

“客栈的大门真不好找呀！我看到胡同口挂了个灯笼，还以为在胡同里，所以就找到这儿了。”

朱实一边说着，一边看了看阿通所在的房子。

“这间也是客房吗？”

“是的。这里也是客栈的客房。”

“这里挺好……又安静，又不容易被人发现。”

“不过，正屋那边也有好房间呢！”

“掌柜的，正好住在这儿的也是位女子……我能不能也住在这里？”

“可是，这里还住着一位脾气古怪的老太婆，所以……”

“没关系，我不介意的……”

“等那个老太婆回来后，我们再问问她愿不愿意合住。”

“这段时间里，我能否到对面的房间休息一下？”

“请这边走……你一定会喜欢那里的房间的。”

随后，朱实跟着掌柜向客栈的正门走去。

……

阿通一直一动不动地站在那儿，自始至终没开口说话。此刻，她很后悔为什么不问问那女子是谁呢？自己这种懦弱的个性，何时能改呢——她陷入了沉思。

这个女子和武藏究竟是什么关系？

阿通迫切地想知道这个。

阿通在五条大桥见到他们时，两人谈了许久，后来那女子哭了，武藏还抱住了她的肩膀。由此可知，两人绝非泛泛之交。

也许，她不只跟武藏要好……

她试图推翻自己因嫉妒而产生的种种猜测，可是从那天起，她的心就一直备受煎熬。

——她比自己漂亮！

——她比自己更有机会接近武藏！

——她比自己更懂得如何抓住男人的心！

在此之前，阿通只考虑到自己和武藏的关系。突然间，她意识到来自同性的威胁，不禁为自己的软弱而深深自卑。

——我不漂亮。

——不聪明。

——还总是错失机缘。

与世上的其他女人相比，阿通总觉得幸福会与自己擦肩而过，而自己不过是徒有美梦罢了——想当初，自己曾在一个风雨之夜，爬上了七宝寺的千年杉，而现在的自己早已没了那股勇气，只剩下那个在元旦清晨，躲在牛车后面的懦弱的自己。

真希望城太郎能在身边！

此时的阿通更加想念城太郎。她心想：自己当年之所以能冒着暴风雨，爬上千年杉，也许正是因为有着几分与城太郎一样的纯真吧！

最近一段日子，她经常自怨自艾，也许这也表明了那种少女的纯真心境已离自己远去。想到这儿，她不觉泪湿双眼，一颗颗泪珠滴落在手中的衣服上。

“你在房里吗——阿通！为什么不点灯呢？”

阿杉婆在门口问道。不知何时，天色已暗了下来，阿杉婆刚从外面回来。

四

“您回来了——我马上点灯！”

说着，阿通就向小屋走去。阿杉婆恶狠狠地看了一眼阿通的背影，然后就坐在了榻榻米上。

阿通点亮灯火后，问道：“阿婆，您累了吧！今天您去哪儿了？”

“这还用问！”

阿杉婆故意厉声答道：“我去找我儿子，还顺便打听武藏的下落。”

“我帮您揉揉脚吧！”

“脚倒还好！也许是天气的原因，这几天肩膀一直硬邦邦的——你要是真心孝敬我，就帮我揉揉肩吧！”

只要阿通一和她说话，阿杉婆就是这种口气。阿通心想，在她找到本位田又八把往事一笔勾销之前，自己还是忍耐为妙。于是，她静静走到阿杉婆身后，帮她按摩起来。

“阿婆，你的肩膀很硬哪，是不是有时呼吸也很困难呀？”

“有时走起路来，就会觉得胸很闷。年纪不饶人哪！说不定哪天我一中风，就起不来了。”

“您别这么说！您身体还这么硬朗，连年轻人都比不上呢！”

“唉——连那么开朗的权叔，不还是说走就走了吗！人生无常哪……不过，每当我想到武藏，就精神百倍。只要一想到要与他决斗，我就什么也不怕了。”

“阿婆……武藏哥哥绝不是坏人……阿婆您一直误会他了。”

“哼……哼……”

阿杉婆一边让阿通揉肩膀，一边说道："是吗？在你眼中，他比本位田又八强万倍——我说他的坏话，真是抱歉了！"

"唉……我不是这个意思。"

"难道你不承认吗？武藏的确比本位田又八招女子喜欢。我觉得，凡事还是实事求是比较好。"

"……"

"要是能找到本位田又八，我会给你们从中调停，就像你希望的那样，跟本位田又八说清楚，以后我们就没有任何关系了，你可以立刻奔向武藏的怀抱。你该不会背后说我们母子的坏话吧？"

"您怎么会这么想……阿婆，阿通不是那种女子。您对我的恩情，我永世不忘。"

"现在的女孩，嘴可真甜！话说得多好听呀！我老太婆可是个诚实的人，说话也不会拐弯抹角——如果你日后真成了武藏的妻子，那我们就是仇敌了……呵呵呵！给仇人按摩肩膀，滋味不好受吧？"

"……"

"既然你决定要追随武藏，就必须付出这样的辛劳。只要你想通这一点，就没什么不能忍受得了。"

"……"

"你哭什么？"

"我没有哭。"

"那么，滴在我脖子上的是什么？"

"对不起，我只是……"

"哎呀！像虫子在爬，这感觉真不舒服！你能再用点力吗……不要哭哭啼啼只想着武藏。"

此时，门前的菜地里出现一盏灯笼，大概是客栈的侍女送晚饭来了。

"对不起，本位田先生的令堂住在这儿吗？"

站在屋前的竟然是一个和尚。

他手上的灯笼上写着“音羽山清水寺”的字样。

五

“我是子安堂的和尚……”

那和尚一边说着，一边将灯笼放在门旁，随后从怀里取出一封信。

“我也不清楚具体情况，只是今天傍晚左右，一位衣着单薄的年轻浪人来到殿内像是要找人。他还问我们，最近有没有一个作州来的阿婆来参拜。我们说经常能看到。于是，他就借笔写了这封信。他还说如果看到那位阿婆，就将信交给她，说完就走了——正好今天我来五条办事，就顺便把信送来了。”

“真是辛苦你了！”

阿杉婆很会应酬，立刻拿出坐垫招呼来人休息，可那个和尚交代完就离开了。

“好奇怪呀！”

阿杉婆借着灯火，打开了信。看完后，她脸色大变，想必信中的内容让她大受刺激。

“阿通！”

“我在这里。”小屋屋角的炉旁传来阿通的声音。

“不用泡茶了，那个子安堂的和尚已经走了。”

“已经走了？那么阿婆您就喝一杯吧！”

“没人喝才拿给我吗？我的肚子可不是装剩茶的！这种茶不喝也罢。你快点准备一下，我要出门！”

“啊？去哪里？要我陪您一起去吗？”

“今晚可是你期盼已久的时刻哟！”

“啊……这么说，信是本位田又八哥哥写的？”

“别问那么多了！你只要跟着我就行了！”

“那我现在去厨房，让他们尽快把晚饭送过来。”

“你还没吃饭？”

“我一直在等阿婆。”

“真会给我找麻烦！我上午出的门，怎么可能一直到现在都不吃饭？午饭和晚饭，我都在‘奈良茶点’吃过了。现在我急着出门，你就吃点茶泡饭得了！”

“是。”

“音羽山晚上大概很冷，我那件外套缝好了吗？”

“那件小衫就差一点了……”

“我没问你小衫，把外套拿出来就行了。还有那双袜子洗好了吗？草鞋的带儿有些松了，你去让客栈的人买双新的来！”

阿杉婆不停地催促阿通做这做那，阿通连回答的机会都没有。

不知为何，阿通对颐指气使的阿杉婆毫无反抗之力。哪怕阿杉婆只是一言不发地看着她，就让她毛骨悚然。

阿通将新买的草鞋在门口摆好，随后说道：“阿婆，可以出门了！我和您一起去。”

说着，她先走了出去。

“拿灯笼了吗？”

“没有……”

“真是粗心大意！你打算让我这个老太婆摸黑赶到音羽山吗？去跟客栈的人借个灯笼过来！”

“是我大意了——我这就去！”

阿通根本没时间为自己准备一下。

“阿婆说要去音羽山，到底要去哪儿呢？”

阿通心想，要是去问阿杉婆，肯定又要挨骂，所以她只好在前面默默地提着灯笼，走上了三年坂。

尽管如此，她内心依然雀跃不已。刚才那封信一定是本位田又八写的——若真是那样，她与阿婆之前约定的事，就可以在今晚得到解决。虽然现在觉得很委屈，但只要稍微忍耐一下，一切都会过去。

（等事情解决之后，我一定立刻赶往乌丸光广大人的府上，去见城太郎！）

长长的三年坂就像一条考验自己耐力的忍耐坡，阿通一边看着怪石丛生、凸凹不平的路面，一边奋力前行。

慈母悲心

一

此时，耳边传来瀑布的水声——水流虽不大，但在这夜深人静时，那哗哗的流水声却显得格外清晰。

“如果我没记错，这里就是供奉地藏菩萨的地方啊！这棵树上的告示牌上写着‘地藏樱神’呢！”

两人顺着清水寺附近的山路，一路爬上山，阿杉婆的体力非常好，丝毫没有疲惫之态。

她们到达佛堂后，阿杉婆急不可待地朝着暗处呼唤：“儿子！儿子！”

那关切的表情、焦虑的声音，无不充满了浓浓的母爱。站在她身后的阿通觉得，此时的阿杉婆与平日简直判若两人。

“阿通，别让灯笼熄了！”

“知道了”

“没在这儿，没有！”

阿杉婆一边嘀咕着，一边四处巡视。

“信上明明写着，要我来地藏菩萨堂。”

“那信上写的时间是今晚吗？”

“不是今天还是明天！那孩子不管多大，办事总像个小孩，他自己来客栈找我不就得了，可能是碍于住吉发生的事，不好意思露面吧！”

这时，阿通突然拉了拉阿杉婆的袖子说道：“阿婆，好像有人上山来了——会不会是本位田又八哥哥呀！”

“哦？是吗？”

她看着陡峭的山路，喊了一声：“儿子——”

没过多久，那人就走了过来，他看也没看阿杉婆一眼，径自绕到地藏菩萨堂后面，然后又回到原地。映着灯笼微弱的光亮，他毫无顾忌地打量着阿通。

阿通吓了一跳，而对方却毫不在意。在元旦那天的早晨，两人曾在五条大桥照过一面，而佐佐木小次郎大概早已忘了此事。

“姑娘，阿婆！你们是刚刚上山来的吗？”

“……”

由于他问得很唐突，所以阿通和阿杉婆并未答话，只是瞪大两眼，盯着衣着华丽的佐佐木小次郎。

此时，佐佐木小次郎突然指着阿通说道：“有个姑娘，年纪跟她差不多，名叫朱实，是个小圆脸，身材比这位姑娘娇小一些。因为她是自小在茶馆长大的城市女孩，所以看起来比较老成，不知你们是否在这附近见过她？”

“……”

两人都默默地摇了摇头。

“真奇怪！有人说在三年坂附近见过她，今晚她应该会在这一带的庙宇中过夜呀！”

他的前半句话是说给对方听的，后半句像是自言自语。最终，佐佐木小次郎没有再问下去，他一边嘀咕着，一边走开了。

阿杉婆咂了一下舌头说道：“那年轻人是谁呀？看他背着刀像个武士，打扮得又如此华丽，半夜三更追着女孩跑。哼！我们可没工夫管那闲事！”

此时，阿通不禁触动了心事。

（对了！刚才误闯入客栈菜地的女孩——一定就是她！）

武藏——朱实——佐佐木小次郎，这三人到底是什么关系？阿通绞尽脑汁也想不明白。她完全陷入在纷乱的思绪中，呆呆地望着佐佐木小次郎远去的背影。

“回去吧！”

阿杉婆十分失望，不得不决定下山回客栈。可是，本位田又八的信上明明写着“地藏菩萨堂”，他自己却没来。此时，瀑布的水声听起来格外凄凉，阿杉婆更觉得寒意彻骨。

二

两人往山下走了一小段路，就到了本愿堂的门前，此时，她们又碰到了佐佐木小次郎。

……

双方都没说话，只是互相看了一眼，就各自走开了。阿杉婆回头望去，只见佐佐木小次郎顺着子安堂直奔向三年坂方向。

“好可怕的眼神，就像武藏一样！”她嘀咕了一句。

突然，阿杉婆好像看到了什么，那驼背的身体因震惊而抖个不停。

“呜！”

对面传来一阵像是猫头鹰的叫声。

原来在那棵巨大的杉树下站着一个人，此时，那人正向阿杉婆招手。

（过来！）

对方用手示意。看得出，他很害怕别人发现自己。嘿！真调皮——阿杉婆立刻领会了儿子的意思。

“阿通！”

她回头一看，阿通在距自己二十米左右的地方等她。

“你先往前走一段，但不要走太远。就在那个小土堆附近等我，好让我能及时跟上你。”

阿通听话地点了一下头，正要转身走去。

阿杉婆又继续说："你可别想趁机逃跑哟！你知道，我老太婆的眼睛可是很好使哪！明白吗？"

说完，她立刻跑到对面的杉树下。

"是不是本位田又八呀？"

"母亲！"

从黑暗处伸出一只手，好像期盼已久似的紧紧握住了阿杉婆的手。

"怎么了？为什么躲在这儿啊！你这孩子，手怎么这么凉呀？"

此刻，阿杉婆一改往日的强悍，眼神中充满关切。

本位田又八战战兢兢地说道："可是母亲，那个人刚从这儿走过去呀！"

"谁？"

"一个身背长剑、虎视眈眈的年轻人。"

"你认识他吗？"

"当然认识！他叫佐佐木小次郎，前几天在六条的松原，我还被他教训了一顿呢！"

"什么？佐佐木小次郎，你不是叫佐佐木小次郎吗？"

"怎，怎么回事？"

"上次是什么时候来着？反正是在大阪时，你让我看了中条派的印可，还告诉我你的别名就是佐佐木小次郎。"

"骗人的，那全是骗人的，现在我的假面具被揭穿了，那个真佐佐木小次郎才会想方设法地报复我。其实，我求人给母亲送信之后，就立刻来到这里，谁知竟碰到了那家伙。要是被他盯上就麻烦了，因此我才躲起来。看样子，他已经走了吧——现在是不是安全了？他不会再回来了吧？"

听了本位田又八一席话，阿杉婆惊得半天没说话。看到儿子比之前更加落魄，她十分心疼。尤其听到他毫不隐瞒地说出了自己的胆小和无助，便更觉得儿子可怜可爱。

三

“先别管那些事了！”

阿杉婆已不想再听本位田又八继续说这些不争气的话，她摇着头说道：“本位田又八，你知道权叔已经过世了吗？”

“啊？权叔他真的过世了？”

“谁会拿这种事骗你！那天，你刚离开住吉海边，他就死在那儿了！”

“我一点都不知道。”

“权叔虽然死了，可我这个老太婆还是要在这条艰难的路上走下去。你可知道我是为了什么？”

“上次我们在大阪见面时，您罚我跪在冰冷的街道上，还训斥了我一番。这件事我永生难忘。”

“这么说你还记得我说过的话。现在有件事，你听了准会高兴！”

“什么事？母亲！”

“关于阿通。”

“……啊！这么说，跟在您身旁的女子就是她？”

“喂！”

阿杉婆面露怒色，她故意站到本位田又八面前，挡住他的视线。

“你打算怎么办？”

“如果真是阿通……母亲……无论如何请让我见她一面，让我见见她！”

阿杉婆点了点头。

“我就是想让你和她见面，才带她来的——不过，本位田又八，见到阿通之后，你打算怎么做？”

“我要向她赔罪，跟她说是我不好——我对不起她——请她原谅我！”

“然后呢？”

“然后……母亲……也要请您宽恕我一时犯下的错误。”

“然后呢？”

“就像从前一样。”

“什么样……”

“我和阿通重归于好，然后结为夫妻。母亲，阿通是不是依然想念着我呢？”

“混，混账！”阿杉婆一记耳光，打在本位田又八的脸上。

“啊……您干什么呀？”

本位田又八晃了晃身子，赶忙捂住脸。从小到大，他还没见过母亲的表情如此恐怖。

“你刚才不是还说，会一直记得我说过的话？”

“……”

“我何时让你去跟阿通那个下贱女人道歉了——她让本位田家丢尽了脸，还和我们的死敌武藏一起私奔！”

“……”

“她早已背叛了你这个未婚夫，全心全意地爱着武藏，简直是猪狗不如！你竟然还要跟她赔罪……她值得你去赔罪吗？浑蛋！”

阿杉婆一边骂，一边抓住本位田又八后颈的头发使劲儿摇晃。

本位田又八的脑袋不停地左摇右晃，他闭着眼睛，忍受着母亲的责骂。一汩汩泪水，顺着他的眼角流下来。

见此情景，阿杉婆更加怒不可遏。

“哭什么？难道你还留恋那个下贱的女人——我，我没有你这样的儿子！”

她用力将本位田又八推倒，随后自己也跌坐下来，跟本位田又八一起放声大哭。

四

“喂！”

不一会儿，阿杉婆又恢复了严母的本色，她在地上正身坐好。

“本位田又八，现在该是你表现男子汉气节的时候了——也许我只剩下十几年的寿命了，等我死了，即使你想听我训斥也听不到了！”

本位田又八侧脸看了看母亲，一副若有所思的表情。

阿杉婆担心自己激烈的言辞会破坏母子感情，于是放缓语气继续说道：“你想想看，世上又不只有阿通一个女人，别再留恋她了！将来，如果你有了中意的女孩，我一定会千方百计地帮你求回来——即使赔上我这条老命，也一定让你把她娶进门。”

“……”

“所以说，阿通无论如何也不可能成为本位田家的媳妇。不管你说什么我都绝不答应。”

“……”

“如果你一定要娶阿通，就先杀了我这个老太婆。只要我还有一口气在，你就休想！”

“母亲！”

本位田又八突然打断阿杉婆的话，看到儿子如此气势汹汹，她十分生气。

“你竟用这种口气跟我说话！真不像话！”

“我想问您……到底是我娶老婆，还是您娶老婆？”

“明知故问，当然是你娶老婆了！”

“……那就应该由我自己决定。”

“你都多大了……还是那么不听话！”

“但是……身为人母，您这么做也太霸道了！”

这对母子都不知忍让，一遇到问题就感情用事，到最后就演变成恶语相向。他们总是很难相互理解，动不动就争吵。这种事情也并非偶然，早在本位田又八还生活在宫本村时，这对母子就已如此了。

“什么太霸道！你是谁的儿子？是从谁肚子里爬出来的？”

“您这是强词夺理。母亲……无论如何，我要娶阿通……我喜欢阿通！”

阿杉婆气得脸色铁青，见此情景，本位田又八不再说话，只是仰头望向天空。

阿杉婆瘦削的肩膀不停地颤抖。

“本位田又八，你说的都是真的？”

说着，她突然拔出短刀，横在脖子上。

“啊！母亲，您要干什么？”

“别阻止我！你可以顺便把我的头砍下来。”

“您不要做傻事……您要自杀，我这当儿子的怎能坐视不管！”

“你愿意像个男子汉那样，跟她一刀两断吗？”

“那您为何把她带到这儿？莫非只是为了让我看一看她的背影——我不知道您的用意。”

“我要杀掉她简直易如反掌。不过，阿通背叛了你，所以还是由你亲自动手比较好。我的良苦用心，你怎么就不知道感恩呢？”

五

“您的意思是，要我杀了阿通？”

“你不愿意？”

阿杉婆的语气如同魔鬼。

本位田又八简直不相信，自己的母亲会亲口说出这句话。

“不愿意就说不愿意！没什么好犹豫的！”

“可……可是，母亲！”

“你舍不得她？唉！你真不像我阿杉婆的儿子，我也不是你的母亲……既然你舍不得砍掉那女人的脑袋，就把母亲的头砍掉吧！快动手吧！”

阿杉婆为了吓唬本位田又八，又拿起短刀，作势要自杀。

有时，孩子的任性让父母束手无策，而父母的固执同样会让子女左右为难。

阿杉婆就是这样的母亲，如果要拗着她的脾气干，这老太婆真可能会动手。在本位田又八看来，母亲并非只是做做样子而已。

本位田又八全身战栗，急忙说道："母亲……您别那么心急嘛……我知道了，我对阿通彻底死心了！"

"只是这样？"

"我会亲手惩罚她的。亲手……惩罚阿通！"

"你会杀了她吗？"

"嗯！我会为您把她杀了！"

听到这儿，阿杉婆喜极而泣，她扔下短刀，一把握住本位田又八的手说道："这就对了！这才像本位田家的子孙！列祖列宗泉下有知，也会称赞你的！"

"也许吧！"

"我让阿通在前面的小土堆那儿等着，你快去杀了她！"

"嗯……我这就去。"

"等你杀了她之后，我会把她的首级连同附信先送回七宝寺，这样至少可以在村子里挽回我们的面子——另外，武藏那小子要是知道阿通被杀，一定会自动现身……本位田又八，快点去吧！"

"母亲，您在这儿等我吗？"

"不！我跟着你。不过，阿通看到我可能会说我有违约定，所以我还是躲在树后看着你们。"

"只是一个女人而已。"

本位田又八摇晃着身子站起来。

"母亲，我一定会取阿通的首级。您在这儿等着就行了……只是一个女人罢了，没什么大不了，我不会让她跑掉的。"

"不能掉以轻心哪！要是看见你拿着刀，她会反抗的！"

"知道了……这有什么！"

本位田又八边说边走了过去，阿杉婆还是有些不放心，跟在后面叮嘱着："千万不要大意了！"

“母亲，您怎么跟过来了？不是让您在那儿等着吗？”

“好吧！那个小土堆就在前面——”

“我知道了！”本位田又八有些生气。

“如果您一定要跟我去，那我就不去了，在这儿等您好了！”

“你怎么别别扭扭的？难道还没下定决心？”

“那是个人哪！您以为像杀只猫那么容易吗？”

“说的也对……尽管她对不起你，但毕竟曾是你的未婚妻……好吧！我在这儿等着，你手脚麻利些！”

本位田又八并未答话，抱着肩膀，沿着山路走下去。

六

此时，阿通一直站在小土堆前等着阿杉婆。

（还不如趁机逃跑！）

她也曾这么想过。可这样一来，这二十几天的忍气吞声就毫无意义了。

（还是再忍一忍吧！）

阿通想起了武藏，也想到了城太郎——她茫然地望着满天繁星。

只要一想到武藏，她就感觉周围有无数颗星星在闪烁。

（马上就能见面了。马上……）

她在心里描绘着美好的未来，同时一遍遍回味着武藏在群山边境及花田桥畔许下的诺言。

阿通坚信，无论历经多少岁月，武藏绝不会背叛那个誓言。

但是，只要一想到那个叫朱实的女子，她就满心不快。这个人给自己满怀希望的心蒙上了一层阴影。当然，与她对武藏的信赖比起来，这种不快是微不足道的，她也不会因此而忧虑。

（自从在花田桥畔分别之后，就再也没见过他……可是，我却觉得快乐无比。尽管宗彭泽庵说我可怜，但我感到很幸福！为什么宗彭泽庵会认为我不幸呢……）

即使一个人做针线——等着那个不想见到的老太婆，阿通也能自得其乐。因此，别人眼中空虚无助的日子，反而是她生命中最充实、最快乐的时光。

“阿通！”

这不是阿杉婆的声音——是谁在黑暗中呼唤自己？阿通一下子回过神来。

“嗯。是谁？”

“是我呀！”

“你是谁？”

“本位田又八！”

“咦？”

阿通连忙后退几步——

“你是本位田又八哥哥吗？”

“连我的声音都忘了？”

“真的是……真的是本位田又八哥哥的声音！你见过阿婆了吗？”

“母亲在那边等着呢……阿通！你一点都没变，还和七宝寺时一模一样哪！”

“本位田又八哥哥，你在哪儿呀？周围太黑了，我怎么看不见你呢？”

“我能到你身边来吗……刚才我过去了，可是觉得没脸见你，就一直躲到暗处看着你……刚才你在想什么呢？”

“没有……没想什么……”

“你是不是在想我呀？我可没有一天不在想你呢！”

说着，本位田又八的身影慢慢出现在阿通面前。因为阿杉婆不在，所以阿通心里涌起一阵不安。

“本位田又八哥哥，阿婆跟你说什么了吗？”

“嗯！说了一些。”

“说我的事了吗？”

“嗯。”

听到这儿，阿通放下心来。

她心想，阿杉婆应该按照之前的约定，把自己的意思告诉了本位田又八。此时，本位田又八独自前来，可能是为了给自己一个承诺。

“如果阿婆都跟你说了，你现在应该能理解我的想法。本位田又八哥哥，请把以前的事都忘了吧！全当我们没有缘分，今晚就让我们彻底了断吧！”

七

本位田又八心想，母亲和阿通之间到底有什么约定？这一定又是母亲使出的骗人伎俩。

“不！先等一等！”

本位田又八摇了摇头，对于阿通话中的含义，他并不打算问个究竟。

“你一提到以前的事，我就很难过。一切都是我的错，现在我更是没脸见你——就像你说的，如果能忘得了，我也很想忘记。可不知为何，我就是无法把你从脑海里抹去！”

阿通有些不知所措，说道：“本位田又八哥哥，我们两人之间已出现一条不可逾越的鸿沟。”

“我们之间隔着五年的岁月。”

“没错！就像流逝的光阴一样，我们的心再也回不到过去了！”

“不！没有不可能的事！阿通、阿通！”

“不——不可能了！”

阿通正色说道，本位田又八被那冰冷的言辞震慑住了，他一动不动地凝视着阿通。

当阿通满怀热情时，会让人联想到鲜红的花朵及夏日的骄阳。不过，她骨子里却有着冷漠的一面，此时她就像根白蜡烛一样冰冷，好像手指一碰，就会断掉。

看到她如此冷漠，本位田又八的脑海中突然浮现出七宝寺回廊上的那个少女。

当时，阿通经常坐在寺里的廊檐下，双眼含泪，若有所思地望着天空。

对这个孤女而言，天上的云既是她的母亲，也是她的父亲，还是她的兄弟姊妹和好友。正因为自小孤苦无依，她才渐渐养成了这种冷漠的个性吧——本位田又八这样想着。

想到这儿，本位田又八轻轻走近这朵带刺的白玫瑰，贴近她的脸颊柔声说道：“让我们重新开始吧！”

“好吗？阿通。过去的时光已经一去不复返了，我们重新开始吧！”

“本位田又八哥哥，你想到哪里去了？我说的不是时间，而是心！”

“所以我才说，要重新找回往日的心境。也许你会说我找借口，可是年轻人谁没犯过错？”

“无论你怎么解释，我现在根本不想听。”

“是我不好！我这个大男人已经低声下气地跟你赔罪了……好吗，阿通！”

“别说了！本位田又八哥哥，你也是个顶天立地的男子汉了，何必如此看不开！”

“这是我的终身大事。无论你要我磕头赔罪，还是起誓发愿，我都愿意照做！”

“别再说了！”

“别……别生气……阿通，这里不适合谈话，我们另找个地方吧！”

“不要！”

“要是母亲来了可就麻烦了……我们快走吧！无论如何我也下不了手杀你！我怎么能忍心杀你呢！”

本位田又八握住阿通的手，却被她用力甩开。

“不要！即使杀了我，我也不会和你一起走！”

八

“你不愿意？”

“没错！”

“怎样都不行吗？”

“对！”

“阿通，看来你一直想着武藏！”

“我爱慕他——即使下辈子，我也非他不嫁！”

“哼……”

本位田又八气得浑身哆嗦。

“阿通，这是你说的！”

“这些话我早跟阿婆说过了。她说最好跟你当面讲清楚，所以我才会一直等到现在。”

“我明白了……是武藏指使你来见我的吧——肯定是这样！”

“不是！我的一生由我自己决定，干吗要受武藏的指使！”

“我也是有志气的——阿通，男人都有志气！既然你这么想……”

“你要怎样？”

“我也是男人呀！我就是拼上性命，也不会让你和武藏在一起——决不答应！决不！”

“你答不答应，跟我有什么关系！”

“当然有关系！还有武藏，你们之间还没有婚约吧？”

“是的……可你无权过问此事！”

“不！我有权！阿通，你原是本位田家未过门的媳妇，只要我本位田又八不答应，你绝不可能成为别人的妻子。更别说……还和武……武藏私奔了！”

“卑鄙！幼稚！你竟然说出这种话！老早以前，你就给了我一封绝交信，上面还有你和一个叫阿甲的女人的署名呢！”

“不知道！我不记得写过这封信，是阿甲擅作主张写给你的吧！”

“别骗人了！你明明在信里说我们无缘，叫我另嫁他人。”

“那你把信拿来给我看！”

“宗彭泽庵师父看了那封信后，用来擦鼻涕，然后随手丢掉了！”

“你现在是口说无凭哪！家乡人都知道我们订了婚，我这边也有好几个证人，而你什么证据也没有……阿通，别把一切想得太简单了，即使你执意嫁给武藏，恐怕也不会幸福哟！你是不是还在怀疑阿甲的事，我早跟那个女人一刀两断了！”

“你说什么都没用，我不想听这些！”

“我这么低声下气地求你，也没用吗？”

“本位田又八哥哥，你刚才不是说你是男子汉吗？没有女人会喜欢如此懦弱、不知廉耻的男人！”

“你说什么？”

“放手！袖子都要被你扯破了！”

“混、混账！”

“你想怎样——要干什么？”

“我这么苦口婆心，你竟然还不明白！那就别怪我撕破脸了！”

“啊……”

“如果你想保住性命，就发誓不再想武藏！赶快发誓！”

本位田又八要拔出短刀，不得不松开了阿通。他亮出刀的时候，面目狰狞，好像整个人都被这柄短刀控制了。

九

持刀的人并不可怕——可怕的是被利刃操控的人。

阿通一声尖叫，此时本位田又八的脸阴森恐怖，比那柄短刀还要瘆人。

阿通转身就跑。

“竟敢跑——你这女人！”

本位田又八的刀从阿通腰带的绳结处划过。

（不能让她跑了！）

本位田又八心里一急，边追边朝着另一个方向喊道："母亲！母亲！"

阿杉婆闻声，立刻跑了过来。

"搞砸了吧？"说着她从腰间拔出短刀，急忙去追阿通。

本位田又八在前边叫着："母亲！在那边，抓住她！"

"哪儿？在哪里？"阿杉婆一边骂着，一边追了过去，眼睛瞪得像铜铃。

可是，到处都看不见阿通的影子。本位田又八急忙跑了回来，差点儿撞上堵在山路中间的阿杉婆。

"把她杀了吗？"

"让她跑掉了！"

"笨蛋！"

"在下面！好像在那里！"

阿通从山崖上狂奔而下，此时她的袖子被路边的树刮住了，她正拼命挣脱。

在那条瀑布的水潭附近，依稀听到一个人涉水的声音，却看不清人影。阿通拖着扯破的衣袖，跌跌撞撞地向前逃命。

本位田又八母子的脚步声越来越近。

"你没路可逃了！"

从阿通身后传来喊声。原来，横在阿通面前的是一道绝壁，她跑进了黑漆漆的山脚洼地里。

"本位田又八！快点杀了她！——阿通，你的末日到了！"阿杉婆厉声喝道。

本位田又八手持利刃，完全失去了理智，听到母亲的喊声，他像豹子一样扑向阿通。

"畜生！"

他抡刀就朝着跌倒在草丛中的阿通砍去，周围的树枝被砍得"咔咔”作响，只听见“啊！”的一声惨叫，鲜血喷溅而出。

“你这个臭娘们！该死的女人！”

本位田又八一连砍了三四刀，他已被愤怒冲昏了头脑，随后又对着灌木丛和芒草丛乱砍一气。

“……”

他终于砍累了，手提着沾满血迹的刀，逐渐恢复了意识。

他低头看了看手，手上全是血迹——他又摸了摸脸，脸上也溅满了血迹。那温热、黏滑的液体，就像点点磷火，遍布他的全身。

想到每一滴血都是自阿通体内流出，他不觉一阵眩晕，脸色顿时变得惨白。

“啊、啊、啊！孩子，你终于把她杀了！”

阿杉婆从茫然自失的本位田又八身后，悄悄探出头来，直勾勾地看着一片狼藉的灌木丛。

“活该……这回再也跑不了了！儿子！干得好！这回我胸中的怒气总算消了一半，也有脸面对家乡父老了……本位田又八，你怎么了？还不快点把她的头砍下来！快点砍哪！”

十

“哈！哈！哈！”

阿杉婆嘲笑儿子的胆小。

“没出息的家伙！只不过杀个人而已，你就心惊胆战的！如果你不敢下手，就让我来！退到一边去！”

说着，阿杉婆正要走过去。此时，本位田又八已是呆若木鸡，他突然用刀柄杵了一下阿杉婆的肩膀。

“哎呀！你、你干什么？”

阿杉婆差点儿摔进黑漆漆的灌木丛，她好不容易才稳住脚步。

“本位田又八！你疯了！拿刀杵老娘——你想干什么？”

"母亲！"

"……干什么？"

"……"

本位田又八用沾满血迹的手背揉揉眼睛，哽咽道："我……我……杀死了阿通！我杀了阿通！"

"我不是夸你了吗——为什么要哭？"

"我能不哭吗……你这个愚蠢至极的老太婆！"

"你伤心了？"

"当然伤心！本来我可以和阿通重修旧好的，就是你一直寻死觅活，说什么家族名声、无颜见家乡父老……现在，说什么都晚了……"

"真是愚蠢！要是你那么舍不得阿通，为什么不把我杀了，然后去救她？"

"要是我做得到，也不必在这儿抹眼泪、说傻话了！人这一辈子最不幸的事就是父母不通情理！"

"不要说了！瞧你这副德行……亏我刚才还夸奖你呢！"

"随你怎么说……我决心今后要按照自己的意愿生活！"

"你还是这点出息！就会说些无聊话让老娘生气！"

"我就是要让你生气！臭老太婆！死老太婆！"

"好！好！你愿意说什么都行！你先给我站到一边去！等我把阿通的脑袋砍下来之后，再和你好好谈！"

"切！谁要听你这个无情无义的老太婆讲道理！"

"不听也没关系！等你看到阿通身首异处时，就会明白了！美丽算什么……再美的女子一旦死了，不过化作一堆白骨……你该明白'色即是空'是什么意思了吧？"

"我不听！不听！"本位田又八疯狂地摇着头。

"唉，仔细想来，我的全部希望都在阿通身上。正因为我想娶她为妻，才下决心要努力工作、奋发向上——这不是为了家族名誉，也不是为了你这个臭老太婆，一切都是阿通给我带来的希望。"

“这种没出息的话，你要说到什么时候？倒不如念几句佛来得好呢……南无阿弥陀佛。”

不知何时，阿杉婆已走到本位田又八身前，用手拨开了血迹斑斑的灌木丛。

……只见那里卧着一具黑森森的尸体。

她折了一些枯草和树枝，盖在尸体上，然后恭敬地坐在尸体前。

“阿通，别恨我！等你成佛之后，我也不再恨你了。这都是命中注定的！顿证菩提[①]。”

说着，她伸手摸向尸体——一把揪住了那死尸的头发。

就在此时，音羽瀑布上方突然传来喊声：“喂！阿通姑娘！”

这声音仿佛从天而降，穿过黑夜的星空，滑过树梢幽幽地飘到这片洼地。

锄头

一

怎样的机缘才使宗彭泽庵来到这里呢？

他的出现虽然有些突然，但绝非偶然。平日里从容不迫的宗彭泽庵和尚，今晚却显得格外紧张。他本打算仔细查明事情的来龙去脉，但此刻已无暇多问。

此时，他抓住客栈的伙计，慌忙问道：“喂！小伙计！找到没有？”

正在山上四处搜寻的伙计跑过来答道：“各处都找了，没有！”

伙计一边说，一边擦着头上的汗水，看起来有些不耐烦。

---

①菩提：日本悼词用语。——译者注

“真奇怪！”

“是很奇怪呀！”

“你没听错吧？”

“没有！傍晚时，有个清水堂的和尚来过，然后那个老太婆就说要去地藏菩萨堂，还跟我们借了灯笼。”

“这么晚去地藏菩萨堂，不是很奇怪吗？你知道她们去干什么吗？”

“听说，要去那儿见什么人。”

“这么说来，她们应该还在这里……”

“可是这儿根本没人哪！”

“怎么办呢？”

宗彭泽庵双手抱胸，百思不解。那个客栈的小伙计自言自语道：“子安堂的值夜和尚说，看到一位老太婆和一个年轻姑娘提着灯笼上了山……然后，就没再见任何人走下三年坂。”

“就是这样才让人担心哪！也许她们去深山里了。”

“去那儿干吗？”

“阿婆用甜言蜜语哄骗阿通姑娘，想把她推进鬼门关……哎呀！我越来越担心了！”

“那个老太婆那么可怕呀！”

“别胡说！她是个好人。”

“听您这么一说……我又想起一件事。”

“什么事？”

“那个叫阿通的姑娘今天还哭过呢！”

“真是个爱哭鬼！我们都叫她‘爱哭鬼阿通’……她从新年那天就一直跟在阿婆身边，到现在肯定受了不少虐待。可怜的阿通！”

“那个阿婆说阿通姑娘是她的儿媳妇，婆婆虐待儿媳妇，也是没办法的事啊……那个阿婆一定很恨她，才会慢慢地折磨她。”

“估计阿婆心里很得意呢！她半夜将阿通带入深山，也许是要做最后的了断。真是个可怕的女人！”

"那个阿婆可不能归为女人哟！否则，就太难为其他女人了！"

"话也不能这么说。任何女人都有点个性，阿杉婆只是个性较强而已。"

"您是个出家人，所以对女人不感兴趣。不过，您刚才说那个老太婆是个好人呢！"

"她的确是个好人！因为她每天都去清水堂参拜观音菩萨，诚心祷告。"

"她的确常去念佛。"

"是啊！世间有很多人，在外面做了坏事，回到家就立刻念佛。可谓是寺外杀生、寺内诵经。这种人以为，即使杀了人，只要念念佛就可以消除罪孽，托生极乐世界。真拿他们没办法啊！"

宗彭泽庵说完，便走到瀑布附近黑漆漆的峡谷边上喊了一声："喂！阿通姑娘！"

二

本位田又八大吃一惊："啊？母亲！"

阿杉婆也注意到喊声，抬眼向崖上望去。

"那是谁的声音？"阿杉婆嘀咕了一句。

此时，她左手仍紧紧抓住死尸的头发，右手紧握腰刀，没有一丝松懈。

"好像是在叫阿通。啊！他又喊了一声。"

"真奇怪呀——会来这儿找阿通的，只有城太郎那个小子。"

"那是成年人的声音……"

"这声音好像在哪儿听过呢！"

"啊！糟了……母亲，别砍她的头了，有人提灯笼走过来了。"

"什么？有人过来了？"

"有两个人呢！我们不能被他们发现。母亲！"

本来争吵不休的母子，一遇到危险就立刻站在同一战线。本位田又八非常慌乱，而阿杉婆却十分沉着。

“喂！等我一下。”

她还是不放过那具尸体。

“事情都已大功告成了，如果不取走首级，如何向家乡父老证明我们杀了阿通……等一下，我这就动手。”

“啊！”本位田又八吓得忙用手捂住眼睛。

此刻，阿杉婆跪在树枝上，举刀就要砍下尸体的头颅。本位田又八实在没办法再看下去。

突然，阿杉婆惊呼了一声，猛地甩开尸首，踉跄着后退了几步，一屁股坐在了地上。

“不对！不对！”

她想撑着地站起来，却没能做到。

本位田又八很吃惊，靠过来问道：“怎么了？什么不对？”

“你看这个！”

“啊？”

“那不是阿通！那个死人不是个乞丐，就是个病人，而且还是个男的。”

“啊！是一个浪人。”

本位田又八仔细端详了死者的长相之后，更加震惊。

“奇怪！这个人我认识。”

“什么？你认识？”

“他叫赤壁八十马，是个十分狡诈的家伙！还骗光了我所有的钱。他为什么会死在这儿呢？”

本位田又八绞尽脑汁也想不明白。其实，这件事的始末缘由只有住在附近小松山谷阿弥陀堂的行脚僧青木丹左卫门，和遭到八十马毒手、好不容易获救的朱实清楚。其他人想搞清事情的来龙去脉，无异于大海捞针。

“是谁？对面的人是阿通姑娘吗？”

突然，宗彭泽庵提着灯笼出现在本位田又八母子身后。

“啊！”

本位田又八一跃而起，转身就跑。年轻人到底要比坐在地上的阿杉婆敏捷很多。

宗彭泽庵跑过来，一下揪住阿杉婆的后衣领说道：“啊！是阿婆呀！”

三

“那个逃走的人不是本位田又八吗——竟然不管老母亲，自己跑掉，真是个胆小鬼、不肖子！你给我站住！”

宗彭泽庵使劲摁住阿杉婆，同时朝本位田又八逃走的方向大声喊着。

阿杉婆被宗彭泽庵死死压在膝盖下，仍试图挣脱，她大声喊着：“你是谁？哪个家伙？”

眼见本位田又八毫无回头的意思，宗彭泽庵只得松开手。

“你不记得我了？阿婆，您真是老了！”

“啊！是宗彭泽庵和尚呀！”

“您没想到吧！”

“什么话！”

阿杉婆用力摇了摇满是白发的脑袋。

“徘徊在黑暗世界的乞丐和尚，如今流落到京都来了！”

“是呀！”宗彭泽庵报以微笑，继续说道，“正如阿婆所说，前一阵子我一直在柳生谷和泉州堺一带闲逛，昨晚才来到京都。我在您住的那家客栈里，听说了一些让人不安的事情，心想不能放手不管，于是从黄昏时就一直在找你们。”

“你有何贵干？”

“我想见阿通。”

“哦——”

“阿婆！”

“干吗？”

“阿通在哪里？”

“不知道！”

“你怎会不知道？”

“我又没用绳子把她绑来？”

这时，站在宗彭泽庵身后，提灯笼的小伙计忽然喊道：“呀！和尚，这里有血迹，是新的血迹！”

宗彭泽庵望向灯火所照之处，不觉僵住了。

阿杉婆见状，突然起身就跑。

宗彭泽庵回头大声喊道：“站住！阿婆！你为了雪耻而远走他乡，难道这会儿打算让家族蒙羞吗？你为了儿子而背井离乡，却反而使他遭受到更大的不幸！”

宗彭泽庵的每个字都掷地有声。

这一席话不像从宗彭泽庵口中说出，仿佛天地万物都在怒斥阿杉婆。

阿杉婆突然停住脚步，那皱纹堆累的脸上显出一副不服输的表情。

“你凭什么说我让家族蒙羞，让本位田又八更加不幸？”

“就是这样！”

“胡说！”

阿杉婆冷笑一声——不管别人说什么，她都极力反驳。

“像你这种受人布施、借宿寺院、拉屎都找不着地方的人，知道什么是家族声誉？什么是母子亲情？什么是世间疾苦吗？你们只知道人云亦云，不劳而获！”

“您真是牙尖嘴利！世上的确有这种和尚，我也感到很惭愧。想当初在七宝寺时，我就觉得任何人的口才都比不上您阿杉婆，您真是一点都没有变哪！”

“哼！我老太婆还有很多远大的志向呢！你以为我就是靠着一张嘴吗？”

“好了——我们先不管过去的事，来谈点别的。”

“谈什么？”

“阿婆，你是不是叫本位田又八杀了阿通？你们母子联手把阿通给杀了，对吗？”

阿杉婆就知道宗彭泽庵要问这个，于是她伸长脖子大声笑道：“宗彭泽庵，即使提灯笼走路，也要带着眼睛才行呀！你的眼睛是瞎了还是摆设？”

四

对于阿杉婆的嘲弄，宗彭泽庵不知如何是好。

有时，愚蠢要比智慧更加强势。因为愚蠢的人可以无视对方的一切，所以略具智慧的人，总拿那些狂妄无知的人没辙。

宗彭泽庵被阿杉婆奚落了一番，只好亲自走上前验看尸体，原来那不是阿通！

他立刻放下心来。

“宗彭泽庵，你放心了吧！原来你就是撮合武藏和阿通的小人！”阿杉婆满腹怨气。

宗彭泽庵并未反驳，只是缓缓说道：“你要这么想也行——阿婆，我知道你一向很自信，现在你打算如何处理这具死尸呢？”

“这个人倒在路旁，早晚会死。虽然是本位田又八把他砍死的，但也不能怪我儿子。反正他终归会死。”

此时，客栈伙计插嘴道：“之前我就见过这个浪人，他脑袋似乎有问题，一直流着口水，走起路来摇摇晃晃的。他的头部好像遭过重击，有一块大伤口。”

阿杉婆心想，反正此事与自己无关，就径自去寻找本位田又八。宗彭泽庵将处理尸体的事交代给小伙计之后，紧跟上阿杉婆。

阿杉婆一脸不快，正要回头教训宗彭泽庵几句，却看到树荫下有个人小声喊着："母亲！母亲！"

阿杉婆欣喜万分，快步走了过去。

原来是本位田又八。

儿子终归是儿子，她以为本位田又八自己跑掉了，原来他一直在担心母亲的安危。对于儿子的一番孝心，阿杉婆感动不已。

母子二人回头看了看宗彭泽庵，又耳语了一番，然后就飞也似的向山脚跑去。看得出他们对宗彭泽庵仍有几分畏惧。

看着这对母子的背影，宗彭泽庵自语道："还是不行啊——像他们那副样子，再说什么也是白费力气。如果人与人之间能及时消除误会，就会减少很多痛苦了。"

他并未去追赶本位田又八母子——当下之计，找到阿通才是关键。

可是，阿通到底在哪儿呢?

现在看来，她的确从本位田又八母子的刀下逃过一劫，宗彭泽庵心里庆幸不已。

不过，刚才毕竟看到了血迹，所以在确定阿通平安无事之前，他总是无法安心，所以他决定继续寻找阿通直到天亮。

宗彭泽庵刚想到这儿，就看见瀑布的悬崖上出现了七八盏灯笼，原来是客栈的伙计们纷纷赶到这里。

这些伙计打算将赤壁八十马的尸体掩埋在山崖下，他们挥舞着锄头、铁铲开始挖土。黑夜里不时传来"铿铿"的声音，听起来毛骨悚然。

就在这帮人刚挖好坑的时候，突然有人喊了一声。

"啊！这儿也有个死人，是个美丽的姑娘呢！"

那是一个被小股瀑布冲刷而成的小水坑，距离坑穴不到十米远。由于上面杂草丛生，所以不易被人发现。

“人还没死！”

“还有气呢！”

“只是晕过去了。”

宗彭泽庵看到众人叽叽喳喳地议论不停，便要跑过去看个究竟。与此同时，那个小伙计也大声喊着宗彭泽庵。

城里的商人

一

在京都，能巧妙地利用水的特性而营造出生活情趣的住宅并不多见。

武藏听着绕梁而过的潺潺水声，不觉有此感想。

这里就是本阿弥光悦的家。

光悦的家位于京都实相院遗址东南方十字路口的一角。莲台寺郊外——那个让武藏终生难忘的地方，距此并不算远。

很多城里人都将这个十字路口称作本阿弥路口，并不是因为这里只住着光悦一家。其实，在光悦所住的长屋门附近，还住着他的外甥以及很多同行。大家在这个路口比邻而居，相处融洽，就像过去的地主家族一样，享受着安适、和睦的城市生活。

（原来如此！）

武藏突然觉得，这个世界是如此丰富多彩。自己一直生活在社会底层，像京都这种让人艳羡的城市生活一直与他无缘。

本阿弥家族原是足利世家武臣的后代，即使是现在仍能享受到每年两百石的俸禄，并深受朝廷赏识，就连伏见城的德川家康也十分器重这个家族。他们的职业就是养护刀剑，但又不是纯粹的工匠。若要问光悦到底是武士还是手艺人，好像两者都不是。其实，他既是工匠，又是手艺人。当时，“工匠”这个称呼，很难登大雅之堂，就是因为很多工匠不能坚持自己的风格。在以前，百姓犹如崇敬天皇的圣物一样尊敬手艺人。随着世风日下，很多人将工匠等同于“没出息的人”。不过，工匠这个称呼，最初绝不是贬义。

追根溯源，京都的大商人角仓素庵、茶屋四郎次郎、灰屋绍由都是武行出身。换句话说，他们过去都曾在室町幕府负责商贸事务。后来，这些人渐渐远离了幕府，不再从幕府支领俸禄，变成独立经营的商人。对于商人而言，商业头脑和社交手腕，远比武士的特权重要得多。后来，这些商家代代相传，逐渐演变成商业世家，有的如今已成为京都数一数二的商贾。

即便是群雄割据，这些大商人依然能受到各方的保护，他们的事业因此而代代传承下去。就算天皇下诏征兵，他们也可以通过缴税来逃避战火的涂炭。

实相院遗址的一角，挨近水落寺，有栖河与上小河从实相院两侧流过。应仁之乱时，这一带都化为了灰烬。现在，园丁在院里种树时，还会从地里挖出古铜色的钢刀、盔甲等物。不过，本阿弥光悦的房子修建于应仁之乱以后，尽管如此，整栋房子仍显得古色古香。

清澈的有栖河在流经水落寺之后，会流过光悦的府宅，然后与上小河汇合——这条溪水先是流过一亩大小的菜园，然后消失在一小片树林中，最后再从地下流入大门前的喷水井。其中一部分水被送入厨房，用来洗米做饭；另一部分水被送到浴室，用来洗去身上的尘垢；还有一部分水被引入一间素雅的茶室，并能在此听到山泉水滴落的叮咚之音。还有一个地方被本阿弥家的人称为“御研小屋”，这儿的入口处经常拦着一根稻草绳，禁止闲人入内——在那里，工匠们常年为各国诸侯打磨、养护刀剑，其中不乏正宗、村正、长船这样的举世宝刀。

自从住进光悦家之后，武藏就卸下了旅客的打扮，到今天已住了四五天了。

二

自从在郊外与光悦母子一起品茶之后，武藏就一直期待着下一次的重逢。

也许他们的确很有缘，没想到仅分别几天之后，就又见面了。

从上小河至下小河的东岸一带，有一座罗汉寺，赤松家族府宅的遗址就位于寺旁。随着室町将军的没落，这一大片宅邸日渐荒芜，如今已经面目全非。尽管如此，武藏仍想到那里看一看，于是他信步来到此地。

武藏幼年时，经常听父亲说："我虽然是一个乡下武士，但你的先祖平田将监可是播州豪绅赤松家族的分支。你体内流着英雄的血液，所以你一定要开创一番伟业！"

下小河的罗汉寺，紧挨着赤松府邸的菩提寺。要是去那里走一走，说不定能找到先祖平田氏留下的遗迹。当年，父亲无二斋来京都时，也曾到此祭拜祖先——尽管自己并不熟悉那段陈年往事，但有机会来此地缅怀先人，也绝非毫无意义。于是，武藏在比武当天就来寻找罗汉寺。

下小河上架着一座"罗汉桥"，但他却一直找不到罗汉寺。

"难道这一带也变了吗？"

武藏靠着桥栏杆，想着心事——父亲和自己不过隔着短短几十年，可都市的面貌却发生了翻天覆地的变化。

罗汉桥下，水流清澈见底，偶尔会突然发白变浑，可不一会儿，又恢复了原有的清澈。

武藏仔细一看，原来从河左岸的草丛里会时不时冒出一些浑浊的水，这些水一流入河里，便向四周蔓延出一层白色的浊浪。

（啊！原来这附近有磨刀作坊！）

武藏只是单纯地意识到这点，可他做梦也没想到，自己后来会成为这家人的座上宾，还叨扰了好几天。

"啊！您不是武藏先生吗？"

刚要回家的妙秀尼姑叫住了武藏，他这才发现这里距离本阿弥路很近。

“您是来看我们的吗——光悦今天刚好在家，您不用客气！”

妙秀看到站在路旁的武藏，热情地招呼着。她还以为，武藏是特地登门拜访的，便将武藏带进长屋门①，并让家仆立刻去找光悦。

无论是出门在外，还是在家，光悦母子都是那么和蔼可亲。

不一会儿，光悦过来说道：“我现在手头正忙，先让我母亲陪您聊一会儿吧！等工作结束后，我们再慢慢聊。”

于是，武藏就和妙秀闲聊起来，没想到两人相谈甚欢，不知不觉就聊到了天黑，当晚武藏就住在了本阿弥府。第二天，武藏向光悦请教刀剑养护一事，光悦就带着他参观了“御研小屋”，还给他做了详细讲解——就这样，武藏已在这户人家住了好几天。

三

可是，人总不能无限度地接受别人的好意。想到这儿，武藏决定在今早提出辞行。可还没等他开口，光悦就抢先一步说道：“我们没有好好招待您！如果您还有兴致，可以再住上几天。我的书斋里还有几本古书和几件古玩，很想请您去看一看。另外，院角处有一个烧窑，过几天我还想做几个碗碟。刀剑虽好，可陶艺也自有一番情趣，到时您也可以亲手做一个看看。”

武藏被光悦的一番话打动了，他允许自己暂且过几天安稳的生活。

接着，光悦又说道：“如果您已住够了，或是有要事在身，可以随时离开。诚如您所看到的，我家人口很少，所以您想要离开时，随时都可以走。”

武藏怎么会厌倦呢！光悦的书斋里不只有古日文书、汉文书，还有镰仓时期的画卷以及国外的古书拓本等物。任何一件珍品，都足以让武

---

①长屋门：将武士宅邸前的一部分狭长形房屋改建成的门。

藏玩味一整天。

其中，最为吸引武藏的东西之一，就是那幅中国宋朝梁楷所绘的“栗子图”。

这幅画长两尺，宽约两尺四寸，横挂于书斋的墙上，由于历经数代，已经无法分辨纸质。武藏初见这幅画时，就被深深吸引了，看了大半天都看不够。

一次，他看着画对光悦说道：“我觉得您的画是外行人根本无法模仿的，而这幅画，似乎连我都能试着画出来。”

光悦答道：“您正好说反了！”

“谁都可以达到我画中的境界。而这幅画中，道路崎岖险峻，山林苍翠浓郁，若非画技过人，实难至此境界。”

“哦！原来如此。”武藏似乎有所领悟。

听了光悦的讲解之后，他又仔细欣赏起那幅画。乍看之下，这不过是一幅用色单调的水墨画，原来其中蕴含着一种“单纯的复杂”，武藏渐渐领会了画中深意。

这幅画的构图十分简单，画上画着两颗落在地上的栗子，其中一颗栗子外壳已破，而另一颗还包裹在刺球状的坚硬外壳中。画中另有一只松鼠，跳跃其中。

松鼠生性喜欢自由，这只小动物象征着人类的活力与欲望——它若想要吃到栗子，就会被球果扎到鼻子，但如果害怕被扎，就无法吃到硬壳中的果实。

也许该画的作者在绘制时，并未想到这些，而武藏却从画中领会到如此深意。也许有人会觉得，在赏画时联想到这些与画无关的东西实属多此一举。但这幅看似简单、实则复杂的绘画作品中，不仅呈现出了笔墨的美感与韵味，还让人不由得浮想联翩。

“武藏先生，你还在欣赏梁楷的画吗？看起来，您的确非常喜欢这幅画。你离开的时候，可以把它带走！我送给您了。”

光悦说得很自然，一边看着武藏，一边坐到他的身旁。

四

武藏颇感意外，坚决推辞说："啊！您要将梁楷的这幅画送给我？这怎么能行！我已在府上打扰数日，如何还能接受您的珍爱之物！"

"可是，你的确很喜欢不是吗？"

光悦看着一脸老实的武藏，笑着说道："没关系的！如果你喜欢就把它拿走吧！只有拥有名画、古董的人是真心喜爱、真正懂得欣赏，这些东西才有了真正的价值，想必九泉之下的作者也会感到欣慰吧！所以请不要推辞了！"

"话虽如此，但我实在没资格接受这幅画——见到这幅画后，我就很想据为己有，但我是一个居无定所的浪人，根本没地方挂画呀！"

"原来如此。到处流浪的人，带幅画的确很累赘。你还很年轻，所以尚未想到成家。但是，人这辈子总得有个小家，否则太寂寞——怎么样？您有没有想过在京都附近定居下来？"

"我从没想过此事。我想到九州、长崎一带看一看，同时还想去关东的江户城开开眼界，再顺道畅游陆奥①的名山大川——我总是心系远方，也许天生就要过这种流浪的生活。"

"不仅你有这种想法，任何人都如此。比起待在这四张半榻榻米的茶室里，年轻人更喜欢亲近蓝天碧海。不过，他们为了达成自己的愿望，经常舍近求远，浪费了大好青春，到头来也没能实现自己的远大目标，而变得庸庸碌碌。"

说到这里，光悦突然笑起来："哈哈哈！像我这种闲人竟然还教训年轻人，真是好笑……对了，今天我来找你，并不是为了这件事。今晚，我想带你出去逛逛。武藏先生，您去过花街柳巷吗？"

"花街柳巷……是不是有妓女的地方？"

---

①陆奥：日本旧国名，现指日本东北地区。——译者注

“没错！我有一个朋友叫灰屋绍由，是个非常有趣的人。刚才我收到了他的邀请函。怎么样？想不想跟我到六条的花街上去看一看？”

武藏立即答道：“我就不去了。”

见此情景，光悦并未勉强，说道：“是这样啊，既然你不想去，我再怎么劝也没用。不过，偶尔接触一下那种地方，还是挺有意思的。”

不知何时，妙秀悄悄来到这儿，饶有兴致地听着两人的谈话。此时，她开口说道：“武藏先生，难得有这种机会，您就一起去看看吧！灰屋绍由这个人不拘小节，而且我儿子也很想带您去看看。去吧！一起去吧！”

妙秀没有像光悦那样任由武藏拒绝，说完后她便高高兴兴地拿来衣服，不仅劝武藏去，还鼓励儿子出门游玩。

五

一般情况下，当父母听说孩子要去这种地方时，即使当着客人、朋友的面也会表现得极其不悦。有时，他们还会大声骂一句：“败家子！”如果是家教甚严的父母可能还会说子女不可理喻。更有甚者，父母和孩子之间可能还会因此而爆发一场战争。然而，这对母子却全然不同。

此时，妙秀走到衣柜前问道：“系这条腰带行吗？穿哪件衣服好呢？”仿佛是自己要出门游玩一样，她兴致勃勃地帮儿子打点穿戴。

不仅衣服，就连钱包、印盒、佩刀等饰物，妙秀都精心挑选。为了让儿子能与其他男人平起平坐，在女人面前不失面子，她还特意从钱柜里取出一些钱放入儿子的钱包里。这位母亲真是体贴入微啊！

“去吧！夜间灯火通明的花街虽然不错，但最有意思的是黄昏时分的街道。武藏先生，您也去吧！”

不知何时，武藏面前已摆满了外衣、内衣、外套等物，真是一应俱全，而且全部洁白如新。

起初，武藏还拿不定主意，但这位母亲极力相劝，所以他想那种地方也许并不像别人说的那么不堪，去看看也无妨。

于是，武藏答道：“既然如此，那就劳驾光悦先生带我去开开眼界吧！”

“好呀！就这么决定——那您先换一下衣服吧！”

“不用了！我不适合华丽的衣装。无论在郊外还是其他什么地方，这件衣服最适合我。”

“那可不行！”

妙秀突然变得非常严肃，斥责武藏道：“也许您无所谓，但这身又脏又破的打扮，如果出现在金碧辉煌的青楼里，简直如同一块抹布！那些恍如仙境的花街柳巷就是要让人们暂时忘掉世间的所有烦恼和丑恶，所以我们打扮不是为了自己，而是为了与那里的气氛相协调……哈哈哈哈！不过，我们也不用打扮得像名古屋山三或政宗大人那么奢华，只要衣着整洁就行了！来，试试这件衣服！”

武藏闻言，老老实实地换上了衣服。

“啊……真是太合身了！”

妙秀看到两人干净利落的打扮，很是欢喜。

此时，天色逐渐暗了下来，光悦走入佛堂，点上佛灯。这对母子都是虔诚的日莲宗信徒。

他走出佛堂之后，朝着等在一旁的武藏说道：“我们走吧！”

两人走到大门，看到妙秀已将崭新的草鞋摆好，此刻她正站在门后和家仆低声说着什么。

“谢谢您帮我们准备好鞋！”

向母亲道谢后，光悦低头穿鞋。

“母亲，我们走了！”

此时，妙秀突然回头喊了一声：“光悦呀！等一等！”

她急忙摆手叫住两人，并探头到门外，四下张望，似乎是出了什么事情。

六

光悦一脸狐疑地问道："什么事啊？"

妙秀轻轻关上门，说道："光悦呀！仆人说今天有三名粗鲁的武士，来我们家门前说了一些难听话……是不是出了什么事？"

虽然天还没黑，但一想到儿子和客人要在此时出门，妙秀不禁有些担心。

……

光悦看了看武藏。

武藏大概已猜出对方的来历，于是说道："我知道他们是谁，他们是冲着我来的，应该不会加害光悦先生。"

"前天也有仆人看到一个武士擅闯入府，贼眉鼠眼地四处张望，还蹲在茶室的过道里向武藏先生的卧房窥视，然后才离去。"

"他们大概是吉冈门的人。"武藏说道。

"我也这么认为。"光悦点头说道。

随后，他又问家仆："今天来的那三个人，都说什么了？"

那仆人一边哆嗦一边答道："刚才，我看工人都已回去了，就要关门落锁。突然，有三个武士冲到我面前，其中一人掏出一封信，声色俱厉地说'把这个交给你们的客人！'"

"哦……他们只说客人，没说是武藏先生？"

"后来他们又说——就是前两天住在这儿叫宫本武藏的人。"

"那你是怎么回答的？"

"因为先生您之前交代过，所以我说家里没有这样的客人。可是他们却大发雷霆，还警告我不要撒谎。其中一位年纪略长的武士皮笑肉不笑地说没关系，还说会用其他方法找到武藏——然后，他们就去对面的路口了。"

听到这里，武藏说道："光悦先生，就这么办吧！我不想连累您，非常抱歉，我这就告辞了！"

“您说什么啊？”光悦一笑置之。

“您不必为我费心，即使知道他们是吉冈门的武士，我也一点不害怕……我们走吧！”

说着，他一边催促武藏，一边走出大门。随后，光悦又把头伸进门喊道：“母亲！母亲！”

“忘了什么东西吗？”

“不是。要是您担心今天这件事，我就派人给灰屋先生送个信，取消约会。”

“什么话嘛！我担心的是武藏先生——他已经等在门外了，不要取消约会。更何况灰屋先生特意邀你去玩，你们玩得开心点！”

光悦看着母亲关好门，已完全放下心来，随后与等在一旁的武藏一起并肩向河边的街道走去。

“灰屋的家就在前面的堀河[1]边上，他会在家等我们，我们这就去找他吧！”

七

黄昏时分，天色还很亮，两人走在河边，心情无比舒畅。尤其在忙碌了一天之后，能在夕阳中漫步，更觉惬意。

“灰屋绍由——好熟的名字呀！”武藏说道。

两人悠闲地踱着步，光悦答道：“您也听说过？他在连歌[2]界也颇有名气，属于绍巴派，同时又自创一格。”

“哦！原来他是连歌诗人呀！”

“不过，他并不像绍巴、贞德那样靠连歌为生——他和我的出身相似，都是京都的老手艺人。”

①堀河：流经京都市中心的河。

②连歌：从短歌派生出来的日本独有的文艺形式。——译者注

“灰屋是他的姓氏吗？”

“是商号名。”

“做什么生意？”

“是卖灰的。”

“卖灰——什么样的灰？”

“就是刷房、染布所用的灰，也叫作染灰。他的染灰遍销全国，生意做得很大。”

“哦！原来是调制灰浆所用的原料呀！”

“这个行当利润丰厚，所以在室町初期由将军直接管理，并设有染灰奉行一职。中期时，它逐渐变成民营。据说当时在京都，只允许三家染灰批发商存在，其中一家就是灰屋绍由的祖上——可是，传到绍由这一代，他已不再热衷家业，只想一心在堀河安享晚年。”

说着，光悦指着对面说道：“看到了吗？那栋门庭雅致的房子就是灰屋先生的府邸。”

“……”

武藏点点头，手却一直攥着左边的袖口。

（有点奇怪呀！）

武藏听着光悦说话，心里却想着另一桩事。

袖子里面好像放着什么东西。武藏右侧的袖子随晚风轻轻摆动，而左侧袖子却显得沉甸甸的。

怀纸已放入怀里，自己又没带烟盒——他不记得袖子里还放了其他东西——武藏取出袖里的东西一看，原来是一条菖蒲色[①]的皮绳，还被打成了便于解开的蝴蝶结。

（咦？）

一定是光悦的母亲妙秀放进去的，大概是为了给自己当束衣带用。

……

---

①菖蒲色：表为暗黄绿色，里为红梅色。

武藏握着皮绳，突然回头冲后面的人笑了笑。

原来他早就注意到，自己和光悦一离开本阿弥路口，身后就立刻跟上来三个人，一直与自己保持着不远不近的距离。

那三人看到武藏对自己笑，不禁吓了一跳，立刻停下脚步，耳语了一番，然后大踏步走到武藏面前，并拉开了架势。

此时，光悦已走到灰屋家门前，向门房通报了姓名，有个手持扫帚的仆人出来把他领进了院子。

光悦突然发现，跟在身后的武藏不见了，于是他又折回门口喊了一声：“武藏先生，请不要客气，进来吧！”

八

此时，他看到门外有三个手持钢刀、气势汹汹的武士围住了武藏，他们在说着什么，那三人的态度十分傲慢。

光悦立刻意识到——是刚才那群家伙！

武藏沉稳地应付着那三个人，回头看了一眼光悦说道：“我马上就来——您先进去吧！”

光悦并未惊慌，他似乎读懂了武藏眼中的意思，于是点点头说道：“那么，我在里面等您，您办完事后就来找我！”

光悦刚闪身进去，那三名武士中的一个就开口说道：“我们先不说你是不是有意在躲我们，这不是我们此行的目的——刚才我已说过了，我是吉冈十剑之一，名叫太田黑兵助。”

说着，他从怀里取出一封信交给了武藏。

“这是我们二少爷传七郎的亲笔信，他要我亲手交给你——希望你看完之后，立刻答复。”

“哦？”

武藏从容地打开信封，读了一遍，然后说了一句：“我知道了。”

太田黑兵助仍不放心，为了稳妥起见，他又问了一句：“你确定？”同时审视着武藏的表情。武藏点点头答道：“我确定！”

这回三人终于放下心来。

“如果您爽约，肯定会被天下人耻笑的！”

“……”

武藏笑而不答，默默扫视着对方健硕的体格。

他的态度再次引起了太田黑兵助的怀疑。

“武藏，没问题吧？”他又问了一遍。

“时间已迫在眉睫，你记住地点了吗？来得及准备吗？”对方追问着。

武藏不愿啰唆，只是简单地答了一句：“没问题。”

“到时再见！”

说完，武藏正要走进灰屋的府宅，而太田黑兵助又追过来问道：“武藏，你会一直住在灰屋家吗？”

“不，晚上他们要带我去六条的花街。总之，不外乎这两个地方。”

“六条？知道了——反正不是在六条，就是在这里。如果到时你没来，我们会来接你，你不会躲起来吧？”

太田黑兵助说最后一句话时，武藏已经转身进入了灰屋府宅的前庭，然后他随手把门关上。一踏进院子，外面喧哗的世界仿佛已被抛到千里之外。高高的围墙使整个府宅看起来更加宁静、安详。

低矮的千里竹和笔直的细竹，使院中的石子路像山间小路一样，十分阴凉。武藏信步走着，眼中所见的正屋、客厅、客房、凉亭等建筑，都呈现出古屋才有的那种乌黑油亮的光泽以及深沉凝重的气度。环绕于房屋左右的松树，苍翠浓郁，似乎在彰显着户主显赫的身份。不过，当武藏从松树底下走过时，并没觉得这些松树傲气凌人。

九

此时，不知从哪里传来踢球的声音。人们经常可以在公卿大臣的府外听到这种声音，但在商人家里实属罕见。

“主人正在准备，请您稍等！”

两名侍女端来茶水和点心，随后引武藏来到面朝庭院的客厅里坐下。从侍女们优雅的举止中不难联想到此家的家风。

“大概是背阴的关系，突然觉得有些冷。”光悦喃喃地说着，随后叫女仆把敞开的隔扇门拉起来。武藏一边听着踢球声，一边欣赏着院子一头那片低矮的梅林。光悦也看着外面说道：“比睿山那边，有一大片乌云，可能是从北国飘来的——您不觉得冷吗？”

“不会。”

武藏答得很坦白，他没想到光悦会如此怕冷。

武藏的皮肤犹如皮革般坚韧，所以对天气的变化也不太敏感，而光悦却恰恰相反。除了对气候的敏感度不同之外，两人在艺术品的赏玩、品鉴方面也有着天壤之别。简而言之，就是乡下人和城里人的差异。

此时，女仆擎着烛台走进来，外面的天色已经暗下来，光悦正要拉上门，突然有人喊了一声：“叔叔，您来了！”

大概是那几个踢球的小孩在打招呼。其中两三个十四五岁的孩子往这边看了几眼，还把球丢了过来。他们一看到武藏，突然安静下来了。

“叔叔，我去叫父亲。”

还没等光悦答话，孩子们便争先恐后地跑向里屋。

隔扇门上映着暖融融的烛火，更加映衬出这户人家的和谐、温暖。远处偶尔还会传来几声大笑，那爽朗的笑声连客人都被感染了。

不过，最令武藏好奇的是，府宅中的任何一处布置、摆设都看不出他们是有钱人。那些朴素的陈设似乎有意剔除铜臭味。武藏觉得，自己仿佛置身于一间宽敞的农家客房里。

“啊！抱歉！让你们久等了。”

随着一声豪爽的招呼，主人灰屋绍由走进屋里。

他和光悦完全是不同类型的人，虽然长得瘦骨嶙峋，但声音却很洪亮而富有朝气，不像光悦的声音那样低沉。他的年纪看上去要比光悦大上一轮。总之，灰屋绍由是一位直爽而亲切的人。于是，光悦把武藏介绍给他。

“啊！原来是近卫家的管家松尾先生的外甥哪！我和松尾先生也很熟呢！”

听他提起姨父的名字，武藏进一步确定，京都的大商人和公卿近卫家的关系的确非常密切。

“我们走吧！原想趁天色未暗之时，散步过去。现在天既然黑了，我们就乘轿走吧……武藏先生，您也会跟我们一起去吧？”

绍由火急火燎的个性，跟他的年龄很不相符，与在一旁稳如泰山、早已忘记花街之游的光悦，形成了极大的反差。

在绍由、光悦的轿后就是武藏的轿子，他生平第一次坐轿。三乘小轿沿着堀河岸摇摆前行。

春雪

一

“哦！好冷呀！”

“冷风吹得脸好疼啊！”

“鼻子都快冻僵了！”

“今晚也许会下雪吧？”

“明明都是春天了呀！”

轿夫们高声谈论着，口中不时冒出阵阵白气。

三盏灯笼摇摇摆摆、忽明忽暗。比睿山上的乌云，笼罩在整个京都上空，黑沉沉的夜色似乎在预示着半夜将发生什么可怕的事情。

然而，在对面宽阔的马场周围，一片灯火通明。也许是因为天空中一颗星星也没有，所以地上的灯火显得尤为璀璨，恰如成片的萤火虫在寒风中熠熠生辉。

坐在第二顶轿子里的光悦回头喊道："武藏先生！"

"那儿就是六条的柳町——最近，这里增加了不少住户，所以现在又称为三筋町。"

"哦！原来是那里！"

"从马场或空地，遥看那里的万家灯火，也不失为一种情趣。"

"真是不可思议。"

"以前，烟花巷多分布于二条，由于离皇城太近，每到半夜那些民歌、俚曲之音就会传到皇家的花园里。因此，所司代①板仓伊贺守胜重②大人便将它迁至此处——不到三年工夫，这里就变成了繁华街巷，而且还会进一步扩大面积呢！"

"如此说来，三年前还没有这条街？"

"是的。那时每到夜晚，到处都是黑漆漆一片，人们只能暗自哀叹战争留下的伤痕……可是现在，所有的流行元素都源于这条街，说得夸张些，这里甚至孕育出一种独有的文化……"

光悦本要继续说下去，可突然侧耳听着远处的声音——

"您也听到了吧……那是花街的弦乐之声。"

"哦！听到了。"

"那些乐曲都是用琉球的三味线③演奏的，有的歌谣还是以三味线曲为基础创作而成的，还有些曲子经改编后形成了所谓的隆达调④。由此可知，所有流行乐曲都源自烟花之地。这些曲子在妓院广为传唱，之后又普及到市井。所以从文化的角度来看，城市与烟花巷有着极深的渊

---

①所司代：负责京都警察、司法和政务的幕府官职名称。

② 板仓伊贺守胜重：生于天文十四年（1545），卒于宽永元年（1624）。其父为板仓好重，胜重为次子，乳名甚平。幼年时出家于三河过安永寺，后奉家康之命还俗，继承家业。先后担任骏府町奉行、关东代官、江户町奉行、京都町奉行及京都所司代等职。

③三味线：日本拨弦乐器。——译者注

④隆达调：由日莲宗僧人隆达创作的短歌，盛行于江户初期。

源。虽然花街与普通市井生活相距甚远，但不能因此说那是一处污秽不堪的地方。”

此时，轿子突然转弯，武藏与光悦的对话不得不中断。

二条的花街叫作柳町，六条的花街也叫柳町。不知何时，“花街柳巷”俨然成了青楼妓院的代名词。街道两边的柳树上，点缀着数不清的彩灯，不断映入武藏的眼帘。

二

看得出，光悦和灰屋绍由对这里非常熟悉。他们一下轿，“林屋与次兵卫”店里的人，立刻迎了上来。

“船桥先生来了！”

“水落先生，您也来了！”

“船桥”是绍由游玩时用的假名，暗指自己住在堀河的浮桥边。而“水落”同样也是光悦出入此种场所的假名。

只有武藏，既没有固定住所，又没有假名。

说到名字，其实“林屋与次兵卫”也是这家妓院主人的假名，妓院屋檐下挂的软帘上写着“扇屋”两字。

一提到扇屋，人们就不禁联想到六条柳町中，艳冠群芳的艺妓吉野太夫①，而桔梗屋这个名字，则会让人想到室君太夫。

在六条，堪称一流的妓院只有这两家。现在，光悦、绍由、武藏三人所坐的地方就是扇屋。

尽管武藏叮嘱自己不要东张西望，但眼见那气派的方格天花板、雅

① 吉野太夫：生于庆长十一年（1606），卒于宽永二十年（1643）。本名松田德子，为九州肥后地区的武士之女。八岁进入六条柳町开始艺妓生活，十四岁时从侍女升为太夫。其人多才多艺，擅和歌、书法、茶道、围棋、香道等。因其才貌过人，深得当时达官贵人的喜爱。

致的小桥栏杆、幽静的庭院以及雕刻精美的楣窗[1]，他还是被深深吸引了。

“咦？他们去哪儿了？”

武藏只顾看着隔扇门上画的杉树，不知不觉竟然跟丢了光悦和绍由，他站在走廊上，不知如何是好。

“我们在这里！”光悦朝他挥了挥手。

庭院里有一座远州风格的假山，上面撒着白沙，想必院子的设计者是以赤壁为蓝本来设计这座庭院的。院子左右有两间宽敞的房间，银色的隔扇门中透出点点灯火。整个设计让人感觉仿佛置身于北苑派的画卷中。

“好冷呀！”

绍由缩着肩膀，走进其中一间大房间里，一屁股坐在了坐垫上。

光悦也坐了下来，指着正中的坐垫说道：“武藏先生，请坐！”

“啊！这可不行——”

武藏坚决拒绝，随后坐到了下座。其实，武藏并非客气，他只是觉得那个位置位于整个房间的正中，如果要像个将军似的，正襟危坐在这栋豪华的房子里，他会感到很不自在，所以坚决推辞。不过，大家都认为他是在客气。

“没关系的，您是客人理应坐上座……”

绍由也说：“我和光悦先生是这里的常客，彼此再熟悉不过。和您是初次见面，所以请不要客气！”

武藏依旧推辞道：“实不敢当！我年纪轻轻怎敢坐上座！”

于是，绍由突然开玩笑道：“来到花街，没人会说自己的年龄！”

说完，他晃着瘦削的肩膀，哈哈大笑起来。

这时，几个女子手端茶水、点心来到屋内，并等待客人坐好。最

①楣窗：日式建筑中拉门上部的格窗。——译者注

后，还是光悦出来打了圆场。

“那么，我就坐到这儿吧！”说着，他坐到了中间的位置上。

武藏随后坐到光悦身边，这才松了一口气。同时他又觉得，将时间都花在推让座位上，实在有些不值。

三

在隔壁房间，两个侍女坐在炉旁，对着屏风饶有趣味地玩着手影游戏。

“这是什么？”

“小鸟！”

“这个呢？”

“兔子。”

“这个呢？”

“戴斗笠的人。”

炉上架着煮茶用的锅，水一开，股股热气弥漫在屋内，让人感觉暖和了不少。不知何时，房里的人渐渐多起来。酒气加上人气，不由令人忘记了外面的寒冷。

不！应该说美酒温暖了人们的身体，所以才觉得屋里格外温暖。

“我啊，经常和儿子意见不合，但我们都认为，世上没有比酒更好的东西了——有人把酒比作毒药，我认为那不是酒的过错，而是喝酒的人有问题。我们总习惯将过错归咎于他人，这是人类的通病。而将酒称作‘疯药’，实在有失公平呀！”

三人之中，要数灰屋绍由的身材最瘦小，可是他的声音却最洪亮。

武藏只喝了一两杯，就推辞不喝了，而绍由老人还在高声阐述他的喝酒论。

他这套言论已不是什么新论调了，一旁侍候的唐琴太夫、墨菊太夫、小菩萨太夫，甚至连斟酒、端菜的侍女都在嘀咕：“船桥先生又开始了！”她们轻轻撇了撇小嘴、相视而笑，听着他老调重弹。

可是，船桥却丝毫不在意，继续说道：“如果酒不是好东西，那神明一定不会喜欢它，可是神明要比恶魔更喜欢喝酒呢！世上没有比酒更加洁净的饮品了。据说在神治时代①，酿酒所用的米必须由处女洁白的牙齿咬碎，所以那时的酒十分清澈、洁净。”

“哈哈哈！哎呀！那多脏啊！”有人笑着说道。

“这有什么脏的？”

“用牙齿嚼米酿酒，这不脏吗？”

“笨蛋！如果是你们的牙齿咬碎米酿酒，那一定很脏，没人敢喝！所以必须让处女来完成这项工作，她们就像初春的花蕊一样毫无瑕疵。由她们嚼碎的米放入瓮中酿出的酒，就像花蜜一样醉人……我真想沉醉在那样的美酒中啊！”

说着，他突然搂住了身边一个十三四岁的侍女的脖子，还把那张干瘪的脸贴到了女孩的唇边。看来，他已经喝醉了。

“啊！不要！”那侍女吓得惊叫一声。

于是，船桥又笑着看了看右侧的墨菊太夫，还拉起对方的手放到自己的膝上，嘻嘻笑着说道：“哈哈！不要生气嘛！我的老婆——”这还不打紧，他还和对方脸贴脸共饮了一杯酒，时不时地靠在对方身上，简直就是旁若无人。

光悦一边喝着酒，一边和绍由以及那些妓女说笑，而武藏却始终无法融入这种气氛中，并非他故作严肃，而是那些妓女害怕他，不敢靠近。

四

光悦并不勉强武藏，倒是绍由，偶尔想到武藏会说一句：“武藏先

---

①神治时代：从开天辟地至神武天皇的时代。

生，你怎么不喝酒呢？”过了一会儿，他又想到武藏的酒也许凉了，便说道：“武藏先生，那杯不要喝了，换一杯热的吧！”

劝了几回酒后，绍由的语气开始随便起来。

“小菩萨太夫，你要敬一下这个孩子哟！孩子，喝一杯嘛！”

“我正在喝。”

武藏只有在回话时才开口。

“杯子里一直有酒呢！太不爽快了！”

“我酒量不好！”

绍由故意讽刺了一句：“不好的是剑术吧？”

武藏笑了笑，答道：“也许吧！”

“喝酒会妨碍练武；喝酒会扰乱心性；喝酒会削弱意志；喝酒会难成大事——你要是这么想的话，那可成不了什么气候！”

“我没有这么想，只是眼前有件事很伤脑筋。”

“你在担心什么？”

“我要是喝多了，就该想睡觉了。”

“要是想睡觉，哪儿都可以睡呀！这算什么理由！”

“太夫！”绍由冲着墨菊太夫喊了一声。

“这孩子担心喝多了会睡觉，但我还是想让他喝个痛快。如果他想睡觉，就让他在此处过夜吧！”

“是！”妓女们娇翘红唇，含笑答道。

“让他在这儿过夜行吗？”

“没问题。”

“不过，让谁来服侍他呢？光悦先生，你说谁比较合适？武藏先生，你中意哪一个呢？”

“这个嘛……”

“墨菊太夫是我老婆——如果叫小菩萨太夫去，光悦先生会心疼——唐琴太夫呢……不行，她服侍得不周到。”

“船桥先生，那就把吉野太夫请过来吧！”

“就是她！”

绍由兴高采烈地拍着膝盖说道：“吉野太夫！她一出马，没有客人不满意的……可是，我怎么没见吉野太夫呢？快把她叫来让这个孩子瞧瞧！”

这时，墨菊太夫说道：“她和我们不同，很多客人都指名叫她，可能无法立刻抽身过来。”

“不行！不行！只要告诉她我来了，无论她接待什么客人都会马上过来的。谁去帮我喊一声？”

绍由伸长脖子，对着隔壁正在炉旁玩游戏的侍女喊道：“灵弥在吗？”

“我在。”

“灵弥，你来一下。你是吉野太夫的侍女，为什么没把太夫领来？你去跟吉野说，船桥先生已等得不耐烦了，然后把她带过来——要是你做得好，我这里有赏哟！”

五

那个叫作灵弥的侍女，不过十一二岁，却已出落得亭亭玉立，将来必定是第二个吉野太夫。

她对绍由的话似懂非懂，于是绍由问了一句：“懂了吗？没问题吧？”

“懂了。”

她眨了眨那双圆溜溜的大眼睛，点头答道，随后就走了出去。

灵弥关上身后的隔扇门，来到了走廊。突然，她拍手大叫起来：“采女姐姐、珠水姐姐、系之助姐姐——你们快过来呀！”

“什么事？”房内的侍女齐声问道。

随后，侍女们走出房间，也来到走廊上，和灵弥一起拍手欢呼起来。

“啊！”

“哇！”

“好美呀！”

听到外面的欢呼声，屋内喝酒的人既好奇又羡慕。

“发生什么事了——打开门看看！”绍由说了一句。

“我来开门！”说着，妓女们把隔扇门往左右两侧拉开。

“啊！下雪了！”众人都感到很意外。

“外面一定很冷……”光悦看着口中呼出的白雾，喃喃地说道。

“哦？”武藏也看向屋外。

屋外一片漆黑，春日里极其罕见的牡丹雪，洋洋洒洒地下着，不时能听到吧嗒吧嗒的声音。夜幕中的白雪，就像黑色布料上衬着的亮白色条纹。四个侍女排成一排，如痴如醉地欣赏着这难得的美景。

“快回到房里去！”太夫呵斥了一声，却没人理睬。

“好棒哦！”

侍女们早已忘了客人的存在，她们就像与情人不期而遇一样，痴痴地看着雪景。

“这雪会积起来吧？”

“大概会吧！”

“不知明早会变成什么样儿？”

“东山肯定会一片白茫茫的。”

“那东寺塔呢？”

“东寺塔上肯定也是一片雪白。”

“那金阁寺呢？”

“金阁寺也一样。”

“那乌鸦呢？”

“乌鸦也会变成白色——”

“你瞎说！”

侍女们说笑起来，她们用衣袖互相打闹着，其中一人还从廊上跌了出去。

要是平时发生这种事，那位跌倒的侍女一定会大哭起来，可今天她摔在雪地里，不但没生气，反而十分高兴。她站起身后，向雪地里走去，还大声唱起来：

大雪小雪，
不见法然[①]，
此为何事，
诵经品雪。

小侍女仰着头，仿佛要把雪花吞进肚子里一般，同时还挥舞着衣袖，跳起舞来。

她正是灵弥。

屋里的人都担心她摔倒受伤，但看到她活蹦乱跳的样子，只好笑着说道：“好了！好了！”

“快上来吧！”

此时，灵弥已将绍由交代的事忘得一干二净，她的双脚已被雪水打湿，其他几个侍女就像抱孩子一样，合力将她抱走。

六

一个机灵的侍女不想让船桥先生扫兴，便急忙去探知吉野太夫的情况。不一会儿，她回来向绍由小声回报：“她说已经知道了。”

绍由早已忘记此事，不禁反问道：“知道什么？”

“就是吉野太夫已经知道您找她。”

“哦！她会过来吗？”

①法然：日本净土宗创始人。——译者注

“她说会过来，无论如何都会来，可是……”

“可是……什么？”

“因为有客人刚到，她一时走不开，请您见谅。”

“真不识好歹！”

绍由极为不快，愤愤地说道：“要是别的太夫这么说，我还能理解。没想到吉野太夫这样的名妓竟会如此轻慢客人，看来她也越来越市侩了！”

“啊！不是这样的。那位客人很固执，他说太夫越说要走，他就越不让她离开。”

“每个花钱的客人都是这种心理——那个存心找我别扭的客人到底是谁？”

“是寒严先生。”

“寒严先生？”绍由苦笑了一下，看了看光悦。光悦也苦笑着问道：“只有他一个人吗？”

“不是。”

“那几个常和他一起来的人也在？”

“是的。”

绍由拍了拍膝盖说道：“啊！越来越有趣了！雪下得正好，酒也不错！如果再能见到吉野太夫，一切就太完美了。光悦先生，您帮我个忙吧——喂！小姑娘，把砚台盒拿来！”

于是，侍女拿来砚台盒和怀纸，放在光悦面前。

“写点什么好呢？”

“和歌也行……文章也可……还是写和歌好了！对方可是当今的婉约派歌人呀！”

“这可难了……是要写一首能让吉野太夫移步至此的和歌吗？”

“没错！正是此意。”

“若非佳句则很难打动对方啊！可是，那些名歌无法即刻吟诵，您还是来写一首连歌吧！”

“你倒推给我了……真麻烦！就这么写吧！”

于是，绍由提笔写道：

吉野之花

何妨移驾吾庵

光悦看后，也来了兴致，随即说道：“我来写下半阙吧！”

高岭之花

怎惧严寒之云

绍由看到这儿，不禁欣然喝彩道：“太棒了！高岭之花怎惧严寒之云……哎呀！写得太妙了！云上的人也要懊恼喽！”

于是，绍由将这张纸折好，交给了墨菊太夫，还故意郑重其事地说：“侍女送去，显得不够分量，所以只好麻烦太夫亲自走一趟了！”

这位寒严先生就是前大纳言之子乌丸参议光广的隐名。经常和他一起来的人，无外乎德大寺实久、花山院忠长、大炊御门赖国以及飞鸟井雅贤一干人等。

七

不多时，墨菊太夫就回来了，她恭敬地将信匣放到绍由和光悦面前。

“这是寒严先生的回复。”

本来绍由是以游戏之心写的这封信，没想到对方却将回信郑重其事地装入信匣中。

“他可真谨慎哪！”绍由不禁苦笑一声。

然后，他又望着光悦说道：“他们一定没想到我们也在这儿，肯定吓了一跳！”随后，他漫不经心地打开了信匣，结果摊开信纸一看，上面竟什么都没写，就是一张白纸。

“啊？”

绍由以为另一封回信掉落在自己膝上，或还在信匣中。于是，他又仔细搜寻了一番，可是除了这张白纸之外，再没发现其他信函。

“墨菊太夫！”

“是。”

“这是什么啊？”

“我也不清楚是怎么回事，他只说‘把回信送过去！’这的确是寒严先生交给我的回信啊！”

“他是把我们当成笨蛋了还是不知如何回复我们的和歌，就以这张白纸作为投降书？”

无论遇到什么事，绍由都善于自圆其说，可此时他却有些无所适从，只好把信递给了光悦。

“喂！这封信到底是什么意思呀？”

“也许是要我们领会出他的深意。”

“什么都没写，怎么领会呀？”

“试着想一想，也许就能读懂了。”

“那么光悦先生，这个应该如何读懂呢？”

“——雪……我从中看到了一整面的白雪。”

“哦……嗯、嗯！是雪呀！原来如此。”

“我们在信上写着，希望他将吉野之花移至此处，他回答说喝酒不一定要赏花——赏雪更有助于陶冶性情，边饮酒边欣赏雪景也是一种享受——我想这就是回信的意思。”

“哼！这小子竟敢如此！”绍由觉得很懊恼。

“我们绝不能就这么冷冷清清地喝酒，既然对方做此答复，我们可不能坐视不理！想想办法，一定要让吉野太夫过来！”

绍由一下子蹦了起来，还舔了舔嘴唇。虽然他比光悦大上好几岁，但脾气却是如此倔强，想必他年轻时也是个刺头。

光悦劝他少安毋躁，但绍由非让侍女们去把吉野太夫带过来，到后来他已忘了叫吉野太夫过来的真正目的，反而以此作为助兴的由头。侍女们也笑成一团，屋里的热闹景象与屋外的纷纷白雪，交相辉映。

此时，武藏悄悄站起身来。

由于他起身的时机很巧妙，所以谁也没注意到他的座位已经空了。

雪韵

一

武藏一声不响地离席，来到走廊上，可是扇屋太过宽敞，他一时间不知该往哪儿去，只能独自闲逛。

为了避开喧闹的客房，武藏不知不觉走到了一间光线昏暗的屋子前，这里好像是储藏室，要不就是工具房。想必这里距离厨房很近，因为屋子四周昏暗的墙壁和柱子上都透出一种厨房特有的油烟气。

“啊！这位客官，您不能来这儿哟！”

就在此时，一位侍女从小屋里走出来，正好迎面碰上武藏，她伸开双手，挡住了武藏的去路。

在席间天真可爱的侍女，这会儿却面带怒色，仿佛自己的地盘被别人侵犯了。

她大声斥责道：“您真是会找麻烦！客人不能来这儿！快回去吧。”

本来这些青楼瓦肆之所，总是将美好的一面呈现给客人，现在被客人看到了污秽不堪的一面，这令小侍女非常生气。同时，这个不懂规矩的客人也让她心生轻蔑。

“哦……不能来这儿呀？”武藏问道。

“不可以！当然不可以！”侍女往外推着武藏。

武藏看了一眼这个侍女，说道："啊！你不就是刚才那个摔倒在雪里的灵弥吗？"

"是的。客官，您要是因为上厕所才迷了路，我可以带您去！"

说着，灵弥牵着武藏的手，就要往外走。

"不用！我没喝醉，只是想到那屋里吃一碗茶泡饭。"

"吃饭？"灵弥瞪大着两眼问道。

"如果您要吃饭，我会给您端过去。"

"可是，难得大家喝得那么高兴——"

听武藏这么一说，灵弥歪着头想了一会儿说道："说得有理！那我就给您端到这儿吧！您想吃什么？"

"不要别的，给我两个饭团子就行了——"

"只要饭团子吗？"

于是，灵弥跑到里面，取来了武藏要的食物。而武藏就在那间小黑屋子里，吃完了晚饭。

"从后院能出去吧？"

武藏问了一句，随即站起身，朝着后廊的出口走去。灵弥见状吓了一跳，忙问道："客官，您要去哪儿呀？"

"我马上就回来。"

"您说马上回来，可是从那里出去……"

"从正门走太麻烦了！如果让光悦先生和绍由先生知道，不仅会让他们扫兴，还会啰唆一大堆。"

"那我把那儿的门打开，让您出去。您可要快点回来啊！您要是不回来，我准会挨骂的。"

"好的，我一定尽快……如果光悦先生问起，你就说我去莲华院附近见朋友去了，应该很快就会回来。"

"不是应该，是一定要回来啊！因为您要见的那位太夫，可是我的主人吉野太夫呀！"

说完，灵弥打开了雪掩的柴门，把武藏送出门外。

二

在妓院附近，有一间名为编笠的茶馆，武藏走进去询问是否有草鞋。可是，这家店是专门卖斗笠给那些流连花街的男子来遮脸的，并不出售草鞋。

“非常抱歉，能否请您帮我买一双来？”

武藏拜托茶馆的女子帮自己去买鞋，他则坐在板凳上等着，并重新紧了紧腰带。他脱下羽织，仔细地叠好，还跟茶屋伙计借来纸笔写了一封信，放到了那件羽织的袖口里。

“老伯！”武藏喊了一声坐在炉旁的老人。

“能否请您帮我保管一下这件衣服——如果我亥时下刻（23点）还没回来，就请您将衣服和里面的信一并交给扇屋的光悦先生。”

“好的。这是小事一桩，我会帮您保管好的。”

“请问现在是酉时下刻（19点），还是戌时（20点）？”

“还没那么晚呢！今天下雪，所以天黑得比较早。”

“我离开扇屋之时，正好听到座钟打点。”

“这么说来，现在应是酉时下刻了吧！”

“还这么早啊！”

“太阳才刚下山呢——看看街上的人流，就知道了。”

不一会儿，茶馆的女子带回了草鞋。武藏仔细调整好鞋带的长度，然后套在了皮袜上。

为了表示感谢，他付了很多茶钱，店家还送了他一顶斗笠。武藏只是把斗笠拿在手中，高举过头顶为自己挡着雪。那比花瓣还要柔软的雪花，洋洋洒洒地飘落，不一会儿，他的身影就消失在茫茫的白雪中。

在四条河岸附近，住家的灯火稀稀落落。祇园树林里也是雪迹斑驳，难辨道路。

林子里时不时能看见点点灯火，那是祇园树林里的灯笼或御灯[①]。神社的正殿、厢房都是一片死寂，只是偶尔能听到雪落在树枝上发出的轻微声响，随后一切又归于平静。

“走吧！”

一群人在祇园神社前稽首叩拜，随后蜂拥走入了正殿。

此时，从花顶山的寺庙传来五声钟响——正好是戌时。也许是因为下雪，今夜的钟声听起来格外动人心魄。

“二少爷，草鞋的带子是不是太紧了——天太冷，鞋带绑得太紧会崩断的。”

“不用担心！”

答话的人正是吉冈门传七郎。

在他周围的十七八个人，都是吉冈家的至亲和弟子。不知是不是因为天气太过寒冷，众人不住地打哆嗦。随后，大家簇拥着传七郎，朝着莲华院的方向走去。

在抵达祇园神社之前，传七郎就已做好了决斗的准备。他用毛巾把头发束紧，还用束衣带将衣袖固定好。

“草鞋……在这种天气，绑草鞋只能用布带呀！你们都给我记住了！”

传七郎口中不断呼出阵阵白雾，和众人一起踏雪前行。

三

日落之前，太田黑兵助等三名弟子已亲手将挑战书交给了武藏，上面写明了比武的时间和地点。

---

①御灯：供奉在神佛前的灯。

地点：莲华院后身

时间：当日戌时下刻（21点）

不等到次日——而是今晚戌时下刻，这个时间是传七郎经深思熟虑之后决定的，而且吉冈门的众亲戚和弟子们也都认可。

他们认为，不能再犹豫了，如果让武藏跑掉，恐怕今后再也没机会在京都抓住他了。此时，这群人中唯独不见太田黑兵助，原来他一直在堀河船桥的灰屋绍由家附近监视着武藏的行踪，之后又尾随他去了扇屋。

“是谁？好像有人过来了！”

传七郎嘀咕了一句，起身走到莲华院后面的厢房，看见远处有一堆篝火映着雪光熊熊燃烧。

“大概是御池十郎左卫门和植田良平。”

“什么，御池和植田良平也来了？”

传七郎觉得，这两个人来了反而会碍手碍脚。

“只是对付一个武藏，却来了这么多人。即使我们报了仇，世人也会说我们以多欺少呀！”

“不会的。等比武一开始，我们就立刻躲到一旁。”

莲华院的佛堂外有一条长长的走廊，俗称三十三间堂。有人说这段走廊的长度正好是箭能飞到的距离，因此有人在这里安上箭靶，把这里当作练习弓箭的绝佳场所。于是，越来越多的人身背弓箭，独自来到此地练习。

传七郎对此地早有耳闻，因此才约武藏在此比武。他亲自到过莲华院，发现这里不但是练射箭的好地方，而且是比武的绝佳场所。

莲华院内地势辽阔而平坦，几乎很少见到杂草和千里竹，地面上积着一层薄雪，周围几棵孤零零的松树，更平添了院内肃穆、庄严的气氛。

“哦！”

先行抵达的弟子正在生火取暖，看到传七郎走过来，他们立刻起身迎接。

“很冷吧？现在距比武还有一段时间，您先坐下烤烤火吧！一会儿再准备也不迟。”

他们正是御池十郎左卫门和植田良平。

说完，植田良平就坐了下来，传七郎也一语不发地坐在火堆旁。其实，一切准备工作早在抵达祇园神社之前就做好了。此时，传七郎双手煨着火，活动着手指关节，时不时发出嘎巴嘎巴的响声。

“我们来得太早了。”

传七郎那张映着火光的脸上，渐渐露出杀气。

“刚才，我们在路上看到一家茶馆。”

“这么个大雪天，店家早就关门了吧。”

“如果去敲门，他们会开门吧——谁去那儿打点酒来？”

“啊？打酒？”

“没错！没有酒可不行……太冷了！”

说着，传七郎又凑近火堆，蹲了下来。

无论何时何地，传七郎身上总带着酒味。今晚的比武关系着一个家族，甚至是一个门派的生死存亡，在比武即将开始之际，喝酒到底是有助于他增加战斗力，还是削弱战斗力？弟子们犹豫不决。因为此时饮酒与往日大不相同，他们不得不慎重从事。

四

很多弟子认为，在这冰天雪地里，喝点酒能舒筋活血，有利于比武。

“二少爷都已经这么说了，恐怕不好违拗他吧！”

于是，两三个弟子急忙跑去买酒。不一会儿，酒就买回来了。

“哦，酒来了！任何东西都比不上酒呀！”

传七郎把酒放到燃尽的火堆里温着，然后倒进碗里，畅快地喝了一大口，随后心满意足地吐出一口气。

一旁的弟子非常担心他又像往常一样，喝过了量，从而耽误正事。

不过，这种担心是多余的，传七郎喝得很少，毕竟生死攸关的大事近在眼前，虽然他表面装作若无其事，心里却比任何人都紧张。

此时，突然有人喊了一声："喂！是武藏吗？"

"他来了吗？"

那些围在火堆周围的人，好像同时被人踢了一脚似的，齐刷刷地站了起来。那衣袖带起的红色火星，随着夜风飘散在漫天飞雪的夜空。

同时，在三十三间堂另一头出现的黑色身影，扬起手答道："是我！"说着，那黑影靠了过来。

原来，来人是一位身背弓箭的年老武士，他把裤腿撩起，塞在腰间，周身干净利落。此人是源左卫门，为壬生[1]一带颇具威望的老人。弟子们看到他，都低声议论起来。

壬生源左卫门是吉冈宪法的亲弟弟，也就是清十郎和传七郎的亲叔叔。

"哦！原来是壬生叔叔，您怎么来了？"

传七郎万万没想到，他会连夜赶到这儿，脸上现出惊愕之色。源左卫门走到火堆旁，说道："传七郎，您真的要和武藏比武吗……见到你之后，我放心多了。"

"我也想和叔叔商量一下。"

"商量什么？吉冈门的名声已危在旦夕，你哥哥也成了残废，如果你再不采取行动，我都不答应啊！"

"请您放心！我不会像哥哥那么软弱！"

"这点我相信。我知道你不会输的。我特地从壬生赶来，就是为了给你打气的——传七郎，你不可太过轻敌，很多人都说，那个武藏是个极其凶悍的人。"

"我知道。"

---

①壬生：京都市中京区。

“不要急于取胜，一切都交给老天吧！万一有什么意外，我源左卫门也会给你收尸的。”

“哈哈哈！”传七郎大笑起来。

“叔叔，喝杯酒暖暖身子吧！”

说着，传七郎拿出酒碗。

源左卫门没吭声，喝了一碗之后，看了看周围的弟子。

“你们到这儿来干什么？该不会想帮传七郎助阵吧——如果不是，就赶快离开。这是一场一对一的比试，一堆人守在这儿倒显得我们未战先惧了。即使赢了，也会被人说闲话……时间快到了，你们跟我一起退到别处吧！”

五

此时，远处的钟声又在众人耳边响起。

已经是戌时了，距离约定的时间越来越近。

（武藏是不是出门晚了？）

传七郎环视着光亮如昼的四野，独自坐在快燃尽的火堆旁。

在壬生叔父的提醒下，弟子们都走开了，雪地上只留下几行斑驳的脚印。

偶尔会听到“扑哧”一声，那是三十三间堂房檐上的冰柱落地的声音。每一次声响，都让传七郎更加警觉。

忽然，一个男子从对面的树林飞奔过来，那动作就像鹰一般敏捷，他快步来到传七郎身边。

此人正是一直监视武藏的太田黑兵助，他负责联络弟子、汇报武藏的行踪。他是最后一个返回的弟子。

今晚的大事已迫在眉睫，这一点单从太田黑兵助的脸色就能知道。

他还没站稳脚跟，就上气不接下气地说道：“来了！”

此刻，传七郎已起身站在火堆旁——听到这儿，他又问了一遍：

“他来了？”同时，他下意识地将火堆踩灭。

“武藏那小子离开六条柳町的编笠茶馆后，就冒雪上山来了。他走得很慢，这会儿才翻过祇园神社的外墙，进到院里来了——所以我先抄近路赶过来，那个磨磨叽叽的家伙应该也快到了！您要做好准备！”

“好的……太田黑兵助！”

“是。”

“你也到那边去吧！”

“其他人呢？”

“不知道。你在这儿很碍眼，退到一旁吧！”

“哦……”

太田黑兵助虽然答应一声，但无法就此离去。传七郎利落地踩灭余烬，走出厢房。太田黑兵助目送他离开，随后缩身躲到了正殿的地板下。

寒风顺着地板的缝隙刮进来，那风出奇地冷。太田黑兵助紧紧抱着膝盖，刺骨的寒冷让他的牙齿不住打战。他极力告诉自己，这都是寒冷所致，但全身仍抖个不停，仿佛憋着尿一样。

（真奇怪！）

此时，外面的光线比白天还亮，传七郎站在一棵距三十三间堂百步远的松树下，急切地等待着武藏的到来。

太田黑兵助算了算时间，武藏早该到了，怎么还不见人影？雪势虽然减弱了一些，但仍纷纷扬扬地下着，寒冷刺骨。篝火彻底熄灭了，传七郎的酒也醒了，远远可见他焦躁不安的眼神。

啊！传七郎突然被什么东西吓了一跳，原来从那棵松树上落下一大堆积雪，仿佛倾泻而下的瀑布。

六

在这种情形下，哪怕是一秒的等待也很难熬，传七郎的焦虑不言而喻。

太田黑兵助也是同样的心情，他必须要为自己说的话负责，所以一直忍受着彻骨的严寒，强压心底的焦虑，暗暗想着“再等一会、再等一会”。可是，依然不见武藏的身影。

他实在按捺不住了，从地板下出来，朝着对面的传七郎喊了一句：“武藏到底怎么回事啊？”

“太田黑兵助，你还在呀！”

传七郎也感到事有蹊跷，他们走到了一起，环视着四周白茫茫的世界。

“没有人哪！”

传七郎暗自纳罕。

“他不会跑了吧？”他又嘀咕了一句。

“不！绝不可能……”

太田黑兵助立刻否定了这种推测，并极力向传七郎证明自己所言不虚。

“啊！”

正听太田黑兵助说话的传七郎，突然看向一侧，只见两个人从莲华院的厨房走了出来。他们手里的烛光随风摇曳，拿着烛灯的是一个和尚，他身后还跟着一个人。

那两人打开院门，站在三十三间堂长廊的一头，低声交谈着。

只听那个和尚说道：“入夜之后，寺里各处都是门窗紧闭，所以我不太清楚。不过，傍晚的时候，确实有几个武士在这儿生火取暖，也许他们就是您想要找的人。可是，这些人现在却不见踪影了。”

另一个人很有礼貌地道了谢：“多谢您带我来，打扰您休息了，实在抱歉……那边树下站着两个人，可能就是在莲华院等我的人。”

“那么，您就过去问问吧！”

“您带我到这儿就可以了，请回吧！”

“你们是相约在此赏雪的吗？”

那人笑笑答道："嗯，是的。"

和尚吹熄了手上的蜡烛，说道："恕我多言，如果您要在厢房附近生火取暖，请留意余火是否完全熄灭了。"

"我知道了。"

"那我告辞了。"

说完，和尚关上门，径自走回厨房。

留下来的那个人，站在原地没有动，目不转睛地看着传七郎。由于他站在厢房的廊檐下，再加上雪地反光，所以传七郎和太田黑兵助并未看清来人是谁。

"太田黑兵助，那是谁？"

"是从厨房走出来的。"

"好像不是寺里的人。"

"奇怪！"

于是，传七郎和太田黑兵助同时往三十三间堂的方向走了二十几步。

而站在正殿一端的黑影，也移动着脚步，来到长廊中间才停下。他用束衣带勒紧衣袖，绳结打在左臂腋下。传七郎在没看清对方之前，毫无警觉地向前移动着。突然，两人脚步变得僵硬，立在雪地里一动不动。

传七郎大口喘着气，大喊了一声："啊！武藏！"

七

双方相对而视。

武藏！

当传七郎发出这声喊叫之时才发现，武藏所处位置已占据了绝对优势：

首先，武藏站在走廊上，这里要高出外面好几尺，而传七郎所处位置正好完全暴露在敌人面前。

其次，武藏身后是三十三间堂的墙壁，绝对安全。如果敌人左右夹击，走廊的墙壁可以成为一道天然屏障，使武藏没有后顾之忧，专心对付正面的敌人。

相反，传七郎的背后却是一望无际的雪地，即便知道武藏没带帮手，但背朝空地，还是让他有所顾忌。

所幸，太田黑兵助还在他身边。

“退走！退到一边去！太田黑兵助——”传七郎挥着袖子说道。与其让他在一旁碍手碍脚，不如叫他退到一边去把风，以确保自己能和武藏一对一地进行比试。

“可以开始了吗？”武藏问了一句。

他的语气平静如水。

传七郎见到武藏的同时，不由恨得咬牙切齿，暗暗骂道：“就是你这家伙！”他一来是因为手足受到武藏的羞辱；二来是因为人们经常拿武藏来跟自己比较，这令他十分气恼。在他心里，武藏不过是一个乡下武士罢了，哪有资格跟自己相提并论。

“住口！”

传七郎大吼一声，他有如此反应也不奇怪。

“你凭什么问这句话？武藏，你已经迟到了！”

“你并没有说一定要在戌时下刻钟声敲响的时候呀？”

“少狡辩！我早在此地等候你多时了——你快下来！”

传七郎所处位置不利，无法全力出击，所以他不敢轻举妄动，只是一味引诱对方出击。

“现在——”

武藏轻轻答了一句，那鹰一般锐利的双眼一直在寻找适当的战机。

传七郎在见到武藏之后，全身的细胞才活跃起来。而武藏见到他之前，就已做好了战斗准备，可以说武藏做到了先声夺人。

这一点，从他的战术布置上就可以看出来。首先，他故意没按常规路径穿过寺院，而是叫醒了值班和尚给自己引路，不经院内，沿着寺里的建筑来到正殿的走廊。

之前，他走上祇园的石阶时，看到了雪地里杂乱的脚印，于是灵机一动，待身后跟踪之人离开后，他没直接来到莲华院的后院，而是故意从正门进入。

他向僧人打听了入夜后的情况，并喝了些茶取暖，待比武时间稍过，才突然出现在敌人面前。

这是武藏战术中的第一步，而下一步就是如何面对传七郎的挑衅。他可以按照对方的要求直接出击，也可以自己制造战机。总之，胜败仅一线之隔，如果过分相信自己的智慧与体力，反而更容易身败名裂。

八

“你已经迟到了！还没准备好吗？这儿并不适合比武。”

面对焦躁的传七郎，武藏显得格外沉着。

“我这就过去！”他答了一句。

怒则必败！传七郎并非不晓得这个简单的道理。但一看到武藏傲慢的神情，他平时的警觉与理智便消失得无影无踪了。

“过来！到这边宽敞的地方来！互相通报姓名后，光明正大地比试一番！我传七郎最瞧不起狡诈、胆怯之徒——如果你比武之前就怕了，就根本没资格站在我传七郎面前。”

他高声怒骂着，武藏只是含笑不语。

“传七郎，早在去年春天，你就已是我的手下败将了。今天，我会再次将你砍倒。”

“胡说！你何时何地将我打败了？”

“大和国的柳生庄。”

“大和？”

“是在一间名叫绵屋的澡堂里。”

“啊！是那次！”

“当时在澡堂里，你我都没拿武器，但我在心里估算着你我的实力。后来，我用目光将你斩为两段，但你却什么反应也没有。如果你在别人面前夸口说自己凭一把剑闯荡江湖，他们可能会相信。在我武藏面前，你这番言论无异于滑稽之语！”

“我还以为你要说什么呢！原来是这些愚不可及的话。哼！听起来很有趣嘛！你的自我感觉也太良好了吧！过来，站到我的对面！”

“传七郎，你用的是木剑还是真剑？”

“谁会用木剑，当然是要真刀真枪地比试！”

“如果你用木剑，我会从你手中抢过来，然后把你砍倒。”

“别吹牛皮了！”

“那么……”

“喂！”

接着，传七郎用脚跟在雪地上划出一条两米长的斜线，示意武藏站在另一侧。可是，武藏却沿着走廊走了四五米之后，才来到雪地里。

然后，两人同时向后退了二十多米。此时，传七郎再也等不下去了，他大喝一声，同时“咻”的一声轻响，那把为他量身定制的长刀朝武藏横扫过去。

刀的落点十分精准，但并未将对方砍为两段。因为武藏移动的速度，要快过那把刀——不！是远远快过刀的速度。同时，武藏从腋下抽出了兵刃。

九

只见两道白光在黑夜中交错闪动，对比之下，那从空中飘落的白雪倒显得慢吞吞的。

二人一招一式，就像变幻无穷的音阶一样，有慢、有变，也有快。

快若风卷残云，变似残雪狂舞，慢如鹅毛纷飞。

……

……

就在武藏和传七郎抽刀出鞘的一瞬间，两人就打斗在一起。一时间，只见刀影晃动、刀光灼人，地上的雪花随二人的脚步四散飞扬，形成一团雪雾。几个回合过后，两人同时后退，定睛一看——居然哪一方都没有受伤，白森森的地面上没有一滴血迹，这真是不可思议啊！

……

……

此时，两把刀尖仅相距九尺左右，可任何一方都没再次逼近，那段距离似乎凝固住了。

挂在传七郎眉毛上的雪花化成了水，顺着眉毛流入了眼中，他皱着眉头，脸上的肌肉拧在了一起，然后又重新瞪大了双眼。两个瞳仁似乎要从眼眶中飞迸出来，就像熔炉那两扇炽热难当的铁窗。同时，他极力调整着呼吸，就连呼出的气体也像熔炉风箱抽出的风一样滚烫。

（糟糕！）

传七郎和对方刚一交手就感到后悔。

“为何今天要采取正面进攻的架势？应该像往常一样以上示下用力劈过去！”

传七郎后悔不已，无法像平时一样做出正确的判断，他只听见体内血液汩汩的流动声。他全身的毛发竖起，肌肉紧绷，处于紧张的迎敌状态。

他很清楚，自己并不擅于持刀正面进攻，每当他要抬肘举刀刺向对方时，武藏就已经判断出自己的动向，所以只得作罢。

此时，武藏也用刀对着敌人，不过他的手肘十分放松。传七郎弯曲手肘时，关节会发出“咔咔”的声响，而武藏的肘部却十分柔软，移动灵活。而且，传七郎的刀不时改变着位置，时动时静，而武藏手里的刀却纹丝不动，以至于在刀背与护手牌之间积起了一小堆雪。

十

武藏知道，这是一场你死我活的战斗，他暗自祈祷八幡神能帮自己寻得对方的破绽、找到进攻的时机，他计算着对方呼吸的频率，誓死要战胜对方。

这个念头在脑中一闪而过，而传七郎依然如巨石般立在眼前。

（这个……）

看着对方魁梧的身影，武藏生平第一次感到了压力。

（敌人更胜一筹啊！）

武藏心底这样想着。

当初在柳生城，被四高徒围攻之时，他也有过类似的自卑感。每当他面对柳生派、吉冈门这些武林正宗时，就会明显感到自己所创的剑法既无剑势，又不通剑理。

现在——传七郎的这套剑法，不愧是武林魁首吉冈宪法平生之杰作。它简单中蕴含复杂、豪放中更显严谨，堪称无懈可击。若单从对方的气力和注意力下手，实难找出破绽。

比较而言，武藏的剑法就显得半生不熟，如果匆忙出招，反而会先暴露自己的弱点。

武藏并非有勇无谋之人。他无法充分施展引以为傲的自创剑法，又不能一直僵持下去，仅是简单的防御就已让他喘不过气了。

他不停思考着，如何能找出对方的破绽。

渐渐地，他双眼充血。

（八幡大神！）

他祈求着胜利的降临。

（一定要赢！）

一种焦躁不安的情绪，顿时涌上心头。

一般人遇到这种情况，往往会陷入混乱的旋涡而无法自拔，最终一败涂地。武藏并没想这么多，他突然意识到，如此心急只会让自己更加危险，这也是他数次濒临死亡总结出的经验——他立时清醒过来。

……

……

双方依然对峙着。白雪落在武藏的头发上，也落到了传七郎的肩上。

……

……

此时，武藏的眼中已不见巨石般强悍的敌人，也看不到自己。他知道，要想达到物我两忘之境，必须先从脑中除去好胜的念头。

传七郎距自己大约有九尺远，刀尖与刀尖之间，只有雪花静静飘落——那雪花就像自己的心一样，轻飘飘的；那刀尖间的距离，就像自己的身体一样无限延展着，已分不清哪里是天地，哪里是自己，他的身心早与天地融为一体。

不知何时，传七郎又向前走了几步，那段飘雪的距离被缩短了。同时，武藏的刀尖分明感到了对方的杀气。

“——哇！”

突然，武藏用力挥刀向后砍去，太田黑兵助的脑袋应声落地，那声音仿佛是粮食袋子被刀捅破一样。

那宛如酸浆果大小的人头，从武藏身旁一直滚到传七郎眼前。就在尸首倒地的一刹那，武藏猛然高高跃起，对着传七郎的胸口飞踹过去。

十一

“啊——呃！”传七郎一声惨叫，划破了四野的沉寂。那声嘶力竭的喊叫，突然戛然而止，空中只回荡着模糊不清的尾音。传七郎高大的身躯，踉跄着后退几步，“扑通”一声栽倒在惨白的雪地里。

“等……等一下！”

倒在地上的传七郎蜷缩着身子，万念俱灰，脸埋在雪地里呻吟着。可此时，武藏已从他身边走开了。

只有躲在远处的弟子们回应着他。

“啊！”

“二少爷！”

“不、不得了了！”

“大家快过来呀！”

咚咚咚！一阵脚步声响起，无数黑影如潮水般，踏雪狂奔而来。

他们正是壬生源左卫门和其他吉冈门弟子，这些人一直躲在远处，极为乐观地等待着比武的结果。

“啊！太田黑也死了！”

“二少爷！”

“传七郎！”

无论怎么呼唤、如何施救都为时已晚。

太田黑兵助的右耳到嘴附近被横砍一刀，而传七郎的头部被斜劈了一刀，伤口从头顶一直延伸至颧骨。

这两人都是一刀毙命。

“我早说过，不能太轻敌。传、传七郎，这个、这个，传七——”

壬生源左卫门抱着侄儿的尸体，明知已无力回天，但胸中的悔恨之情实在难以平复。

没一会儿工夫，那满是脚印的雪地就被血染成了桃红色——壬生源左卫门只顾着伤心，这会儿才想起责问众人。

“对手在哪儿？”他怒喝了一声。

其实，其他人一直在寻找武藏，可是怎么找也找不到他的踪影。

“不在这儿！”

“他不在了！”

听到如此回答，壬生源左卫门气愤不已。

“怎么会不在？”他咬牙切齿地反问道。

“我们过来之前，明明看到有个人影站在这儿的！难道他长翅膀飞了不成？此仇不报不但吉冈家不答应，就连我也无颜面对世人啊！”

此时，一直沉默不语的弟子中突然有人喊了一声，同时手指着一个方向。

虽然是自己人发出的喊声，大家还是不由得后退了一步，并向那人手指方向看去。

“武藏！”

“哦！是他吗？”

“嗯”

霎时，四周一片死寂，比起天地寰宇的安宁，这种人群中的寂静更让人心悸。每个人脑中都是一片空白，他们呆呆地看着眼前的人影，却不知该如何行动。

原来，武藏将传七郎击倒之后，一直站在最近的厢房下。

然后——

他背对着墙壁，观察着对方的一举一动。随后，他慢慢向旁边走去，迈步走上三十三间堂西边的走廊，缓步走到中间位置才停下脚步。

他扫视着对面的人，心想他们会不会打过来？

看到对方并无进攻的意图，武藏便迈步向走廊的北角走去，随后消失在莲华院的侧墙。

今样六歌仙

一

“他们竟然用白纸回复我们，那群小子太过分了！如果我们不吭声，那些公子哥就更嚣张了！我去找他们理论，非把吉野太夫叫过来不可！”

吃喝玩乐并无年龄限制，灰屋绍由借着几分酒劲，更不肯善罢甘休。既然已经夸下海口，他就势必要做到，否则就会没完没了地闹下去。

“带我去！”他一边说，一边按着墨菊太夫的肩膀站起来。

“算了！算了！”一旁的光悦急忙阻止。

“不！我一定要把吉野带过来——旗本，你带我去！本将军要亲自出马，不服气的都跟我来！”

虽然担心绍由会借酒闹事，众人也没过多阻拦，因为他喝醉了反而不会有危险。再说，如果事事都没有危险性，这个世界就太无趣了，所以那些略带危险、刺激的事情自有妙不可言之处，也正是花花世界的韵味所在。

绍由老人阅历丰富，自然非常清楚游戏规则，像他这种借酒撒疯的人，一般人很难摆平。他想寻开心，也想戏弄一下对方，他一边想着，一边喘着粗气踉跄前行。

妓女们急忙搀住他说道：“船桥先生，您这么走路很危险哟！”

绍由听了非常不高兴，说道：“别胡说！虽然我的脚步有些不稳，但我的心可是清醒得很哪！”

“那您一个人走吧！”说着，妓女松开了手，绍由一下子就跌坐在走廊上。

“我走不动了！过来背我！”

其实，走廊里很宽敞，他要去的只是另一头的房间而已，却弄得如此大费周章。看来，这对绍由而言也是一种消遣方式。

这位醉客装疯卖傻，还想方设法为难艺妓们。虽然他身材矮小、瘦骨嶙峋，个性却非常倔强，一想到对方以白纸回复自己，还独占着吉野太夫在另一间屋里寻欢作乐，他就禁不住暗骂道：“幼稚的公子哥，竟敢如此卖弄——”本身倔强的性格，再加上喝了很多酒，使他更加气愤难平。

提起公卿，连武士都畏惧三分，可现在京都的大商人，根本不把他们放在眼里。说得直白些，这些公卿更在乎的是钱——尽管他们的社会地位很高，却没有薪俸。所以，只要有人肯花钱满足他们、附和他们，再对其地位大大恭维一番，就可以像摆弄木偶一样随意操纵他们——这一点，船桥先生心知肚明。

“寒严先生到底在哪个房间，是这儿吗？”

绍由来到走廊一头的房间，手扶着五光十色的隔扇门，正要拉开，突然迎头碰上一个人。

“咳！我还以为是谁呢？”

原来是宗彭泽庵和尚从里面探出头来，他与这烟花之地可是极不搭调啊！

二

“啊！哦？”

四目相对，两人都又惊又喜。

“和尚，原来你也在这儿呀！”绍由一把搂住宗彭泽庵的脖子。宗彭泽庵也学着他的语气说道：“大叔！原来您也来了！”

说着，他也抱住了绍由的头。这两个意外相遇的醉汉，就像久别的恋人一样，脸贴脸地相拥在一起。

“您可真会享受啊！”

“彼此彼此！”

“真想您呀！”

“见到你这个和尚，真让人高兴！”

他们互相拍着对方的头，还舔了舔对方的鼻尖，酒醉后的行为的确让人费解。

宗彭泽庵走出房间之后，走廊上响起一阵隔扇门的吧嗒声，其中还夹杂着一两声猫儿发春似的鼻音。乌丸光广与对面的近卫信尹相视苦笑了一下。

“哈哈！果然不出我所料，那个吵人的家伙跑到这儿来了！”

光广是一位阔绰的公子，年纪并不大，看上去三十上下。他皮肤白皙、浓眉大眼、唇红齿白，尤其是眉宇间洋溢着一种过人的才气，使他显得很年轻。

他最常说的一句话就是："世间武学家无数，为何我偏偏生在了公卿家？"在他俊美的外表下，隐藏着刚烈的个性，他对日本目前武家治国的现状极其忧虑。

"如果那些自以为是的年轻公卿，对时局没有清醒的认识，简直就是白活！"

光广并不害怕发表此类言论，他还经常说武家是世袭制的，但武器却蒙蔽了政治的权利，所以日本的文官与武官没能实现彼此的制约与融合。而公卿好比是节庆日的装饰品、佩戴冠冕的傀儡。自己生在这样的环境，是神明的错误。自己明明身为人臣，可当前只有两件事可做——烦恼与饮酒。既然如此，那就醉卧美人膝，观花赏月饮酒而终吧！

这位公子从藏人头①晋升到右大办②，如今还在朝中担任参议一职。不过，这个贵公子却时常造访六条的柳町。他认为，只有身居此地才能忘记那些令人不快的事。

他的伙伴也都是一些苦闷的年轻人，其中飞鸟井雅贤、德大寺实久、花山院忠长这几人尤为爽朗，他们并非武家出身，个个一贫如洗，真不知道他们来扇屋的钱是如何筹来的！

（也许只有来到这里，才能感觉到自己还是个人！）

他们来到这儿，只会喝酒闹事，不过光广今晚带来的人却不是那些人，而是一位品格高洁之人。

此人名为近卫信尹，约比光广年长十岁，他大方稳重、眉宇清秀，唯一美中不足的是，在他丰腴而微黑的脸上长了一层麻子。

说起麻子，镰仓一之男、源实朝这两人也都是麻子脸，所以这并非是近卫信尹独有的缺点。尤其值得一提的是，他虽然具有前关白氏族长者这样高贵的身份，却很少对人提及，只是以书法中的"近卫三藐院"一名示人。尽管此刻坐在吉野太夫身边，他仍不失温文尔雅，真是一个

---

①藏人头：日本宫廷事务管理机构的负责官职。——译者注

②右大办：日本律令制时期太政官的右办官署的官职。——译者注

举止高雅的麻子脸。

三

近卫信尹微笑时，麻子脸上露出两个酒窝，他转头对吉野太夫说道："那是绍由先生的声音吧？"

吉野轻咬红唇，为难地说道："啊！要是他来了，可怎么办哪？"

此时，乌丸光广摁住吉野的裙摆说道："不用起来！"随后，他穿过隔壁的房间，来到走廊，故意大声说道："宗彭泽庵和尚！宗彭泽庵和尚！你在那儿干什么？门开着很冷哟！你要是出去，就把门拉上，要不就快点进来！"

于是，宗彭泽庵答道："哦！我要进来。"

说着，他拉着绍由一起进了屋，还让他坐到了光广和信尹对面。

"哦！没想到会碰到你们，真是越来越有趣了！"

灰屋绍由一边说着，一边摇摇晃晃地来到正襟危坐的信尹面前，同时举起酒杯说道："敬您！"

信尹微笑着说道："船桥老丈，您一直都这么硬朗啊！"

"我可真没想到，寒严先生的同伴是您呀！"

他把酒杯放回原处，故意乘着酒劲儿倚老卖老地说道："虽然你我平常没什么交往，但既然在这儿遇到，就是有缘，您就把什么关白、参议放到一边吧！哈哈哈！宗彭泽庵和尚，你说对不对！"

说着，绍由一把搂住了宗彭泽庵的头，并指着信尹和光广说道："世间最可怜的就是这些公卿！什么关白、左大臣，全是徒有虚名，根本没有实权。他们可远远比不上我们这些商人呀，和尚，我说的对吗？"

对这位借酒撒疯的老人，宗彭泽庵也有几分畏惧，于是他急忙答道："是啊！是啊！"他好不容易从绍由胳膊里挣脱出来。

"来！我还没敬和尚呢！"

于是，他又要了个杯子。

绍由手中的杯子几乎要碰到了脸，他接着说道："你们这些和尚最狡猾了——简直是当今世上最狡猾的一群人！最聪明的要属商人；最强悍的是武家；而最愚蠢的就是在座两位了。哈哈哈！难道不是吗？"

"没错！没错！"

"公卿不能做自己喜欢的事，在政治上又总吃闭门羹，平时只能吟吟诗、写写书法，除此之外什么用处也没有。哈哈哈！和尚，我说的没错吧！"

论起饮酒作乐，光广不输给任何人；而谈到吟诗作对，信尹则不甘落于人后。可是，被这个突如其来的闯入者一闹，二人都没了兴致，只是沉默不语。

见此情形，绍由更是得意忘形。

"太夫……你是喜欢公卿呢，还是喜欢商人？"

"呵呵呵，船桥先生也太为难人了……"

"不要笑！我是想知道你们女人的想法。哦，我懂了！太夫还是觉得商人比较好吧——那就到我的房间来吧！那么，太夫我就带走了！"

说着，这个好胜的老人一把拉过吉野太夫的手摁在自己胸前，然后站起身就往外走。

四

光广见状，吓了一跳，连手里的酒都洒了一地。

"您开玩笑也该有个限度啊！"

说着，他扳开绍由的手腕，把吉野太夫揽回自己身旁。

"干什么！你干什么！"

绍由一下子蹦起来。

"并非我强迫她过去，而是太夫自己想跟我走！太夫，是不是这样？"

夹在两人中间的太夫只能含笑不语，被光广和绍由两人左拉右扯，她是一脸为难。

“哎呀！这可怎么办好呢？”

其实，这两人并非真要争夺太夫，也没有在争风吃醋，他们这样做只是为了难为太夫。这也是游戏的一种。光广不肯让步，绍由也不肯让步，同时对吉野施压，让她左右为难。

“太夫，你到底要侍候哪一位呀？我们在这儿拉拉扯扯的也不是办法呀！总之，我们会依太夫的意思办！”

双方进一步给吉野施压。

“这可太有意思了！”

宗彭泽庵一脸幸灾乐祸，看着事情如何收场。同时，他还不忘在一旁煽风点火，简直将这出戏当成了下酒菜。

此时，方显出近卫信尹性格敦厚，人品素常，他打圆场道：“哎呀！你们这些人可真可恶呀！这不是为难吉野太夫吗？不要再闹了，大家一起坐下喝酒吧！”

随后，他又对侍女说道：“这样一来，那边只剩光悦一个人了，谁去把他也叫过来！”

信尹一心想扰乱那两人的注意力，尽快结束这场纷争。

绍由一直坐在吉野身边，听完信尹的话，他摆了摆手说道：“不必去叫，我这就将吉野带走！”

“你想干什么？”光广也抱着吉野不放。

“自以为是的公子哥！”绍由突然正色说道。他那迷迷瞪瞪的两眼差点撞到杯子上，接着又向光广说道：“我们来赌酒如何？谁赢了谁就把这朵鲜花带走！”

“比酒量？真是可笑！”说着，光广拿来一个大杯，放到高脚木盘之上，然后又将木盘放到两人中间。

“实盛大人[①]，您的黑头发是不是染的呀？”

---

①实盛大人：平安时代末期的武将，习惯染发，此处指绍由。

“你胡说什么！像你这种弱不禁风的公卿，怎么会是我的对手？来吧！让我们比个高低！”

“怎么比试呢？如果是你喝一杯、我喝一杯，也太没意思了！”

“那我们来玩双瞪眼[①]，谁输了谁喝！”

“没意思！”

“那我们来玩赛贝壳[②]。”

“谁愿意和糟老头玩这个呀！”

“你不喜欢？那我们来猜拳！”

“好吧！来啊！”

“宗彭泽庵，你当裁判。”

“好的。”

说着，两人就煞有介事地猜起拳来，每当一方获胜时，另一方就懊恼地举起酒杯，众人都笑得前仰后合。

这时，吉野太夫轻轻站起身，拖着长裙，款步走了出去，随后就消失在雪光掩映的走廊尽头。

五

这是一场势均力敌的比赛，就酒量而言，一位是强者，另一位是巧者，这样的比赛很难分出胜负。

吉野走后没多久，近卫信尹也起身回府了，就连充当裁判的宗彭泽庵也打起了哈欠。

唯独两个当事人依然酣战正欢，宗彭泽庵随他们怎么划拳，自己随意地枕着墨菊太夫的膝盖，躺下来休息。

迷迷糊糊之间，宗彭泽庵感到心情非常舒畅，可突然又一想：他们

①双瞪眼：面对面做鬼脸，先笑者输。

②赛贝壳：日本赛物活动之一。——译者注

一定很寂寞，我应该快点回去陪他们！

原来，他想起了城太郎和阿通。

现在，他们都住在乌丸光广的府上。去年年底，城太郎受伊势的荒木田神官所托，送东西到乌丸府邸——而阿通则是前几天才又回到那里的。

之前在清水观音寺音羽谷的那个夜晚，阿通被阿杉婆穷追不舍，正好碰上宗彭泽庵去那里找阿通。其实在此之前，他就知道事情不妙，所以才会赶往那里。

宗彭泽庵和乌丸光广是多年挚友，两人经常在一起讨论和歌、禅理，喝酒聊天，彼此倾诉烦恼。

前一阵子，光广给宗彭泽庵的信上写道："新年就快到了！你甘心回到家乡的庙里，过那种无聊的日子吗？难道你不怀念滩市[①]的美酒、京都的美女和加茂河上的飞鸟吗？你若是想睡觉，可以回到乡下去坐禅；如果想体味禅理，还是到人群中来吧！如果想念这座城市，就请来这里吧！不知阁下意下如何？"

收到信后，宗彭泽庵初春就来到了京都。

很偶然，他在光广家里见到了城太郎。城太郎每天都在府内尽情玩耍，丝毫不觉厌倦。宗彭泽庵问过光广之后，才知道城太郎在此逗留的原因。于是，他叫来城太郎问明了详情，这才知道阿通从元旦那天早晨就跟阿杉婆走了，此后便音信全无。

（怎么会发生这种事！）

宗彭泽庵听后非常担心，当天就出门寻找阿杉婆的住处。当他好不容易找到三年坂那家客栈时，已是深夜。宗彭泽庵越想越不安，便让客栈的伙计提着灯笼，上山里的清水堂去找人。

功夫不负有心人，那天晚上，宗彭泽庵终于将阿通安全地带回乌丸

---

①滩市：日本兵库县神户市东部。——译者注

府里。可是，阿通受了极度惊吓，第二天就开始发高烧，至今仍卧病在床。这段日子，城太郎一直守在阿通枕边，又是喂药，又是用冷手巾敷头，照顾得无微不至，实在让人感动。

“他们一定在等着我呢！”

宗彭泽庵虽想尽早回去，但光广仍是一副兴致正浓的样子。

没过多久，这两人也厌倦了猜拳，本以为他们要开始规规矩矩地喝酒了，谁知这两人竟促膝长谈起来。

他们谈论的话题不外乎武家政治、公卿的价值及如何拓展海外生意等，貌似都是一些关乎大局的问题。

宗彭泽庵也坐起身来，倚着柱子，闭着眼睛听他们高谈阔论。他看上去像是睡着了，可脸上却时不时露出一丝冷笑。

此时，光广突然喊了一声：“咦！近卫先生何时走的？”绍由也从玩乐中清醒了过来。

“连吉野太夫也不知所终了！”

“真是岂有此理！”

光广对着角落里打瞌睡的灵弥嚷道：“把吉野叫过来！”

灵弥揉了揉眼睛，随后来到了走廊。她来到光悦和绍由的房间，向里面看了看，只见屋里只有一个人。不知武藏是何时回来的，此时，他正静静坐在白晃晃的烛灯旁。

六

“啊！您何时回来的我怎么一点都不知道呀！”

听到灵弥的声音，武藏答道：“刚回来。”

“从刚才的那个后门？”

“嗯。”

“您去哪儿了？”

“外面。”

“是去约会吧！我去告诉太夫——”

听到她老成的话语，武藏不由笑起来。

“人怎么都没了？他们都去哪儿了？”

“他们都在那边，和寒严先生、和尚一起玩呢！”

“光悦先生呢？”

“不知道。”

“大概回去了吧！如果光悦先生走了，我也要回去了。”

“不行！一旦来到这儿，未经太夫同意是不能走的。您要是一声不吭就走了，不但会被大家笑，就连我也要挨骂的。”

武藏竟对灵弥的玩笑之词认真起来。

“反正您不能就这么走了，请在这里等我一会儿。”

灵弥出去没多久，宗彭泽庵就走了进来，估计他是从灵弥口中得知武藏在这儿的。

“武藏，怎么了？”

他拍了拍武藏的肩头。

“啊”这一声惊叫可非同小可，武藏根本没想到灵弥说的和尚就是宗彭泽庵。

“好久不见了！”

武藏即刻起身，双手伏地行大礼。宗彭泽庵一下握住武藏的手说道：“这儿是风月场所，就不必如此多礼了。听说你和光悦一起来的，怎么没见他人哪？”

“也许去了其他地方。”

“找一找吧！然后你们一起过来。等会儿结束了，我还想和你好好聊一聊呢！”

宗彭泽庵一边说着，一边打开了隔壁的纸门，只见有个人躺在被炉里睡着了，周围还围了一圈屏风。在这个雪夜里，能如此尽情享受温暖的人只有光悦。

武藏和宗彭泽庵看他睡得很香，没忍心叫醒他。这时，光悦睁开了眼睛，看到眼前的两个人，显得非常吃惊。

问过原因之后，光悦说道："如果那边只有你和光广公卿，我们就叨扰一下吧！"

随后，三人一起来到了光广的房间。

此时，光广和绍由已经玩得差不多了，每个人脸上都流露出一种欢乐过后的寂寥。

喝到这种地步，就是美酒也变成了苦酒，两人都觉得口干舌燥。一想到喝水，便不由想起了家。再加上吉野太夫也不见踪影，所以他们更不愿在此逗留了。

"该回去了！"

"走吧！"

当一人有此提议时，众人都一致同意。与其说他们对这里毫无留恋，不如说是怕好不容易建立起的心情被破坏掉，于是大家立刻站起身。

此时——

侍女灵弥走了过来，身后跟着两个吉野太夫身边的婢女，她们快步走上前，双手扶地行了大礼。

"让各位久等了！太夫要我转告各位，她已经准备好了。也许各位想回去了，但今晚下雪，路上还很亮。更何况在这么冷的天气里，至少要等轿子暖和之后再回去呀！所以请各位再稍坐片刻。"

她这番话大大出乎众人的意料。

"真奇怪！"

"让各位久等了！"这句话是什么意思？光广和绍由对视了一眼，眼中满是诧异。

七

众人早已没了兴致，在这种烟花之地，一切都应随自己的意愿，根本无须轻易妥协。

（到底是怎么回事呢？）

两个婢女看到众人一脸狐疑，立刻解释道："太夫说刚才擅自离席，想必各位大人都把她当成了无情的女子。可是，她实在太为难了。如果顺从了寒严先生，就会得罪船桥先生；如果答应了船桥先生，又会对不起寒严先生。因此，她才悄悄离开了。现在，太夫想在她的住处重新招待各位先生。所以，请各位不要辜负她的美意，稍微晚一些回去好吗？"

听了这一番话后，众人想如果断然拒绝，会显得气量太小。而且，这次是吉野太夫以主人身份招待自己，很是让人兴奋。

"我们去看看吧！"

"既然太夫这么有诚意。"

于是，众人在灵弥与两名婢女的引导下，走出了房间，只见廊下已摆好了五双朴素的草鞋。地上只有一层薄薄的春雪，草鞋踩上去没留下一丝痕迹。

（哈哈！吉野肯定会请我们喝茶！）

除了武藏以外，其他人都是兴致盎然。

很多人都知道，吉野酷爱茶道已不是一两天的事了。在酒后来杯清茶，也颇为惬意，大家一边想一边走着。可是，当众人走到茶室时，只是从旁边穿了过去，随后来到了后院。这里是一片了无生趣的田地。

大家都有些不安。

"到底要带我们去哪儿？这儿不是桑园吗？"光广责问了一句。

其中一位婢女笑着回答："哈哈哈！这儿不是桑园，而是一片牡丹园。每到春末时节，大家都会带着板凳，来这儿游玩。"

可是，光广仍然一脸不悦，再加上天寒地冻，更令他觉得不舒服。

"不管是桑园还是牡丹园，在这样的雪天，不都是一样冷清萧条吗！难道吉野想让我们都感冒吗？"

"非常抱歉！不过太夫说过，会在那边恭候诸位，所以请各位屈尊前往。"

众人又跟着她们走了一段，眼前突然出现了一座小茅屋。这是一间朴素的民宅，在六条还没被开发之时就已经存在了。冬青树环绕在屋后，古朴的庭院完全不同于扇屋那种人造的氛围，不过这里也属扇屋管辖。

“请这边走！”

婢女走进一间被炭熏黑的房屋外间，然后引领众人走进屋。

“贵宾们都到了！”

她向里间通禀了一声。

“欢迎光临——请各位不要客气！”

隔扇门内传来吉野的声音，屋内的炉火将纸门映得通红。

“我们简直是踏凡尘而来哟！”

大家看到外间屋的墙上挂着蓑衣和斗笠，心里猜测着吉野太夫到底要如何招待自己，随后逐个走进房间。

焚牡丹

一

吉野款步走出房间，出现在众人面前。只见她身着淡黄色素底和服，腰间系着一条黑缎腰带，头发梳成家常的发髻，脸上薄施脂粉。

“啊！真漂亮呀！”

“简直貌比天仙！”

每个人都目不转睛地望着吉野。

比起那个被金屏风、银烛台环绕，身穿桃山刺绣和服、浓妆艳抹、巧笑嫣然的待客高手，此时出现在寻常百姓家中、打扮素雅的吉野，更显得清纯美丽、仪态万方。

“哦！一看到你，我的心情一下子就好了！”

就连一向挑剔的绍由，也不由得赞美起来。由于这里故意拿掉了坐垫，所以吉野请众人一起到炉旁围坐。

“大家也都看得出，这座房子在山里，所以没法好好招待各位。不过在这寒冷的雪夜，最好的款待莫过于围在炉旁取暖了，我准备的柴火足够我们聊到天亮。而且，这些木柴连火盆都不会熏黑，所以各位不用担心，请随意坐吧！”

原来如此——

先让众人踏雪而来，再让大家烤火取暖，这大概就是她所谓的款待吧！光悦点头表示认可，绍由、光广和宗彭泽庵也随意盘着腿，坐在炉旁烤火。

“那位先生也请过来吧！”

吉野一边招呼着武藏，一边让出位置。

四方形的火炉，围坐了六个人，难免显得有些挤。

从刚才一进屋，武藏就一直恪守礼节。在当今日本，吉野太夫的知名度仅次于丰臣秀吉和德川家康。她的芳名远扬天下，要比出云的阿国更受民众喜爱。而且，她还比大阪城的淀君更有才气、更亲切，所以也就更为有名。

她所接待的那些客人，不过被称为“买醉之人”，而以才色为生的吉野则被人们尊称为“太夫”。听说，平时会有七个侍女服侍她洗澡，两个婢女为她修剪指甲。可是，光悦、绍由、光广等买醉之人，以如此有名的女性为玩伴，究竟乐趣何在呢——武藏实在搞不懂。

其实，在看似无聊的游戏中，宾主相处也有着一定的礼仪，对于不谙此道的武藏来说，一切都显得很不自在，特别是第一次涉足脂粉圈，更让他不知所措。每当吉野那双亮如秋水的明眸望向自己时，他就面红耳赤、心跳加速。

“您为什么那么拘谨呢？请来这边坐吧！”吉野连连让座。

“那么我就不客气了。”武藏战战兢兢地坐到了吉野身边，学着众人的样子，笨手笨脚地烤起火来。

当武藏坐好后，吉野瞄了一眼他的袖口，然后趁大家谈笑之时，悄悄取出怀纸，使劲在那袖口上揩了几下。

“啊！真不敢当！”

武藏若不出声，根本没人注意到。他低头看了一眼袖子，向吉野道了声谢，这样一来，所有人的目光都集中在吉野的手上。

她手里折好的怀纸上，满是红色的印记。

光广瞪大眼睛，脱口而出：“啊！那不是血迹吗？”

吉野浅笑着答道：“不是，只是一片红牡丹花瓣而已。”

二

每个人手上都拿着一个酒杯，随意喝着酒。柔和的炉火跳动着、摇曳着，周围六个人的脸上也是忽明忽暗。尽管屋外冰天雪地，屋内却是温暖如春，望着眼前的火焰，众人都陷入了沉思。

……

眼看柴火将燃尽，吉野从身边的炭笼里取出几根木柴，放入了炉中。这些木柴均长约一尺，而且非常纤细。

众人发现，这些木柴既非松木也非杂木，它极易燃烧，而且火焰的颜色相当美丽。

（咦？这到底是什么柴火呢？）

也许有人会想到这个问题，可此时，众人都陶醉在那绚丽夺目的火焰中，根本无人问及此事。

吉野只不过添了四五根木柴，整个屋子就已被火光照得亮如白昼。

那光亮的火焰，就像随风摇曳的白牡丹一样。有时，紫金色的火光与鲜红的火焰交织在一起，熊熊之势灼人心魄。

“太夫！”

终于有人忍不住开口问道：“你添的柴火——到底是什么木料的？恐怕不是普通的木柴吧？”

正当光广问话之时，温暖的小屋内弥漫着一种馥郁的芳香，那一定是木柴燃烧产生的香气。

“是牡丹树。”吉野答道。

“啊？牡丹？”

这个回答让所有人都大吃一惊。一提到牡丹，大家都会想到那娇艳、美丽的花朵，牡丹树怎能用来做木柴呢？众人半信半疑，于是吉野将一根木柴递给光广。

“请各位过目！”

然后，光广将这根木柴拿给绍由、光悦看。

“原来如此，这就是牡丹树啊，难怪呢！”

吉野随后又说道：“周围这片牡丹园，早在修建扇屋之前就有了，其中几株牡丹已是上百年的古树。为了让这些古树开花，每到冬天就必须要砍断一些虫蛀的枯枝，以便长出新芽——因此那些枯枝就成了现在的木柴，不过这种柴火可不像那些杂木一样，一次能砍伐很多。”

“当我剪短这些枯枝，放入炉中燃烧时发现，它的火焰美丽极了，而且毫无呛眼的黑烟，同时还发出怡人的香气。牡丹不愧为花中之王，即便枯萎变成了木柴，也是那么与众不同。活着的时候拥有绝世芳容，死后还能化作怡人心脾的柴薪——这才是万物生灵的价值所在，可世间又有几人能像牡丹木柴一样？”

说到这儿，吉野无奈地感叹道：“我远远比不上这牡丹哪！一辈子过得浑浑噩噩，年轻时还能以姿色示人，年老色衰之后，不过变成一堆无用的白骨。”

三

牡丹柴薪吐着白色的火舌，熊熊燃烧着，炉边的人早已忘记了此时已是深夜。

吉野又说道：“实在没什么招待各位的。不过，滩市的美酒和牡丹木柴还有很多，请尽情享用。”众人感到十分满意，尤其是早已厌倦奢华的灰屋绍由，更是赞不绝口。

“怎么说没东西招待呢！这可是国王般的享受啊！”

“能否请诸位每人留下几个字呢？就当作日后的纪念。”

说着，吉野拿出砚台，研起墨来，侍女走到隔壁房间铺好毛毡，并在上面展开宣纸。

“宗彭泽庵和尚，难得太夫一片诚意，你就写点什么吧！”

光广替吉野央求宗彭泽庵先动笔，宗彭泽庵点头答应，同时说道：“还是请光悦先生先来写吧！”

光悦一言不发，跪坐在宣纸前，提笔画了一朵牡丹。而宗彭泽庵则在上方的空白处题了一首和歌：

国色天香，
须珍惜。
爱怜之花，
终凋零。

光广见此，便题了一首戴文公的诗：

忙里山看我，
闲中我看山。
相看不相似，
忙总不及闲。

随后，吉野在众人的劝说下，也提笔在宗彭泽庵的和歌下写了几个字：

纵然怒放，
难掩寂寞。

芳华散尽，

有谁堪怜。

绍由和武藏只是在一旁静静地看着，并没有人强迫他们题字，这对武藏而言，实在求之不得。

此时，绍由看到隔壁房间的墙角处放着一支琵琶，他便提议吉野来弹奏一曲，以为今晚的聚会画上句号。

其他人也附和着：“正该如此，太夫一定要弹上一曲哟！”

见众人如此央求，吉野并没推辞，立即抱起琵琶。她的举止十分自然，既非有意夸耀，也非故作谦虚，给人以不卑不亢之感。

随后，她起身离开火炉，怀抱琵琶走到隔壁昏暗的小屋里，坐在了榻榻米上。炉旁的众人也都屏气凝神，静静地听她弹奏起《平家琵琶曲》的一段（《平家物语》中的琵琶曲）。

炉中的火光渐渐弱下来，屋内的光线也变暗了，众人都沉醉在乐曲中，早忘了向炉子里添柴。虽然这种琵琶仅靠四根弦来调整音阶，但弹奏的曲调却是千变万化。即将燃尽的炉火，偶尔腾起一丝微弱的火焰，把人们的注意力又重新唤回到现实。

一曲终了，吉野面带微笑着说道：“我献丑了！”随后放下琵琶，重新坐回炉旁。

此刻，众人起身准备回去。武藏见状，就像得到特赦一样，终于松了一口气，抢先跨出房间。

吉野向每位客人道别，唯独没跟武藏打招呼。

正当武藏要跟随众人走出门时，吉野突然轻轻拉住他的衣袖说道：“武藏先生，请在这里留宿。无论如何，今晚我是不会让你走的！”

四

听他这么一说，武藏像个大姑娘似的羞得满脸通红。尽管他装作没听见，但那窘迫、不知所措的神情可逃不过众人的眼睛。

随后，吉野又问绍由："先生，我能留这位客人在这儿住一夜吗？"

"好啊！当然行啊！你招待得那么周到，我们怎么能不通情理呢！光悦先生，你说对吗？"

武藏慌忙推开吉野的手说道："不！我要和光悦先生一起回去。"

说着，他就要走出门去。不知为何，光悦也劝武藏道："武藏先生，您别这么说，还是留在这儿过夜明天再走吧——既然太夫如此挽留，你就不要推辞了。"

其他人也都劝武藏留下。

武藏心想：大家把我这个不擅风月、对女人毫无经验的人留在这里，一定是想拿我取笑，这肯定是那些达官贵人的恶作剧。但他抬眼一看，吉野和光悦两人都是一脸认真，丝毫没有戏弄自己的意思。

除了吉野和光悦之外，其他人都忍不住拿满面通红的武藏开玩笑。

有的人说："你是日本最幸福的男人喽！"还有人说："我真想替你留下呀！"

他们你一言我一语地揶揄武藏。突然，从后墙根的角门处跑进一个男子，人们一下子安静下来。

（出了什么事？）

大家发现事有蹊跷。

原来，这个男子是扇屋的用人，他受吉野之托去六条附近打探消息。众人没想到，吉野考虑得如此周到。因为光悦在白天时就跟武藏在一起，再加上刚才在炉旁见到吉野帮他擦拭袖上的血迹，所以他已明白了事情的大概。

"其他各位先生应该很安全，只有武藏先生不可随意离开六条。"

那男子气喘吁吁地说着。随后，他又向吉野太夫和众人报告了自己打探的消息，语气中难免有些夸张。

"现在，整个花街只留了一个出口，那些全副武装的武士把守在正门。从编笠茶馆到林荫道的附近，也都是武士，他们一组有五人或十人，个个面露凶光，黑压压地聚在那儿。据说他们都是四条武馆的人，附近的酒馆、店铺都吓得关门歇业了，还有更严重的呢！据说从六条到马场一带，有一百多个武士等在那儿呢！”

那男子说着说着，牙齿就禁不住打起战来，听他说到一半，就能推测出事情已是非同小可。

“辛苦了！您可以回去休息了！”

吉野让那男子退下之后，对武藏说道：“也许您听了这番话后，不愿被人称作贪生怕死之人，而更坚持要走。不过，请您少安毋躁！即便今夜被人说成胆小鬼，只要明天再做回好汉，不是一样的吗！更何况，今晚您是来此游玩的，玩的时候就要尽情享乐，这才方显男儿本色呀——现在，对方正张开网等着您送上门，如果您避开这一危机，并不会有损于您的威名。相反，如果您执意闯入他们的圈套，才会被世人讥笑为莽夫之勇，而且还会给六条的花街带来麻烦。如果您与各位先生一同出去，恐怕大家也会受您连累，甚至还会受伤。请您三思，今晚就把自己交给我吧，我吉野一定会好好侍候您的！各位一路保重，请慢走！”

断弦

一

此时已是夜深人静，连花街上的妓院也都安静下来，管瑟之音骤然停歇。由夜晚的钟声可知，现在是丑时三刻，光悦一行人已经走了约一刻钟了。

武藏独自坐在外间门边，似乎打算这样待到天亮。

现在的他，就像一个俘虏。

客人走后，吉野仍回到原位坐好，并向炉内加了些牡丹柴薪。

“那边很冷，请过来坐吧！”

她已说了好几遍了，可每次武藏都说：“别管我，你先去睡吧！天一亮，我就回去。”

他坚持不进屋，而且连看也不看吉野一眼。

孤男寡女共处一室，连吉野也有些羞怯，平时能言善道的她突然变得拙嘴笨舌。如果时刻想到男女有别，那就根本无法从事妓女这个工作——也许，一些低俗的嫖客就是这样想的。可他们不知道，世上还有一种被称为“松位太夫①”的妓女，其教养、礼仪都堪称绝佳。

尽管如此，整日周旋在男人堆里的吉野，还是大大不同于武藏的。就年龄而言，吉野要比武藏大一两岁；就感情和眼界而言，她也比武藏知道得更多——可是，在此夜深时分，对方竟强压悸动之心，不正眼看自己，一动不动地坐在外间。吉野也不由紧张起来，仿佛一下子回到了初恋的时候。

两名侍女不明就里，在隔壁房间铺好被褥后才离去。那被褥十分考究，完全不输于皇家之物。从缎面枕头一角垂下的金色铃铛，闪着耀眼的光芒——使得吉野和武藏更觉得不自在。

偶尔，从屋檐及树枝上掉落的积雪，会发出一声轻微的闷响，两人不由心头一惊。在他们听来，那声响仿佛是人从墙上跳到地上发出的声音，简直震人心魄。

……

吉野偷瞄了武藏一眼。他就像一只全身紧绷的刺猬一样，处于高度戒备状态。那如鹰一样锐利的目光，就连发梢也没有一丝懈怠。此时，如果有什么东西靠近他，肯定会被立刻斩为两段。

……

吉野想到这儿，不由打了个寒战。人们都说天将破晓时，最为寒冷

①松位太夫：日本江户时代最高级的妓女。——译者注

彻骨，可她却不是因为天气寒冷才战栗。

战栗再加上面对异性时的紧张，这两种情绪在她心底里翻腾着、冲撞着。牡丹柴薪依旧在二人中间静静燃烧着。当炉上架着的锅里，发出“咕噜噜”的沸水声时，吉野才恢复了往日的沉稳，她静静地沏好了茶。

“天就快亮了吧武藏先生，过来喝杯热茶吧！顺便也烤烤火！”

二

“多谢！”

武藏只答了一句，而后依然背对着吉野。

“请！”

吉野心想再多说也是自讨没趣，只好沉默不语。

本来精心沏的茶，现在已经凉了，那只小茶碗可怜兮兮地摆在绸巾[①]上——不知吉野是真的生气了，还是觉得跟这个乡巴佬儿多说无益，她突然撤掉绸巾，把茶水倒在了一旁的水罐里。

然后，她用一种怜悯的眼神看着武藏。而武藏依然没改变坐姿，从背后看过去，他全身仿佛披上了铜盔铁甲，毫无可乘之机。

“武藏先生！”

“什么事？”

“您是在防备谁呢？”

“我并没有防备谁，只是不想疏忽大意。”

“要是敌人呢？”

“那就更不能懈怠了。”

“我觉得，如果那些吉冈门弟子找到这儿，您可能还没起身，就被

①绸巾：日本茶道中用来擦拭茶具的方巾。——译者注

他们杀了。您真是个可怜人！”

“……”

“武藏先生，我身为女子，对武学一窍不通，可是自从入夜后，我就发现您的举止、眼神与死人毫无二致。说得更贴切一些，您的脸上已显露濒死之相。无论是游学武者还是武学家，那些能在江湖上扬名立万之人，无不是面对腥风血雨依然能谈笑自若，只有这样的人，才堪称人中魁首！您说是吗？”

吉野连珠炮似的话语，不仅显出对武藏的怜悯，那含笑的表情更流露出一丝轻蔑。

“什么？”

武藏走近屋内，规规矩矩地坐在了炉前。

“吉野姑娘，你是在嘲笑武藏浅薄？”

“您生气了？”

“因为你是女人，所以我不会生气。你刚才说我会做刀下鬼是什么意思？”

尽管武藏说没生气，可他的眼神却毫不温柔。在这段等待天亮的时间里，他时刻都能感觉到吉冈门弟子的诅咒，以及他们手持利刃、剑拔弩张的气势。即便吉野没有预先派人去打听，他也丝毫不敢懈怠，准备随时应战。

之前，当他击败吉冈门传七郎，离开莲华院之时，也曾想过先躲起来。可是这样一来，对方很可能对光悦下手，并且他已答应灵弥会很快回来。再说，别人也会说他因为害怕吉冈门报复才躲起来。思虑再三，武藏还是回到了扇屋，若无其事地继续和众人一起饮酒作乐。其实，他表面从容自若，内心却忍受着极大的煎熬。可是，吉野为什么说自己的行为幼稚，又说自己面露垂死之相呢？

如果那些话只是妓女们随口的玩笑，也就罢了，可如果对方真的这么想，武藏就不能置之不理。即便此刻，这间小屋已被刀山剑海包围，他也要问个究竟。他的目光坦诚而直率，逼视着吉野。

三

武藏的眼神宛如刀锋般犀利，一动不动地盯着吉野白皙的面庞，等待着她的答复。

“你是在开玩笑吧？”

吉野不轻易开口，所以武藏故意用话激她。此时，吉野原本严肃的脸上，露出两个浅浅的酒窝。

“怎么敢呢——”

她满面笑容，轻轻摇头说道：“我为什么要和你这个武学行家开这种玩笑呢？”

“你为什么说我幼稚，还说我马上就会成为别人的刀下鬼——请告诉我原因。”

“如果你真想知道，我就告诉你吧！武藏先生，刚才吉野为各位弹奏的那首琵琶曲，不知您是否用心听了？”

“那个琵琶曲跟我有什么关系？”

“看来，我不该问这个问题。您始终处于高度紧张中，根本没认真听那首曲子中巧妙的音阶变换。”

“不，我听了。只不过没有那么投入。”

“那么我问您——琵琶只有大弦、中弦、清弦和游弦四根琴弦，为何能任意弹奏出轻重缓急各种曲调呢？这些您在听曲时注意到了吗？”

“我有必要知道这些吗？我听得出你弹奏的是平曲[①]中的《熊野》，这不就足够了？”

“的确如此。如果我将琵琶比作一个生命体，请想想看，仅有四根琴弦和一块木板构成的肌体，竟然可以弹奏出如此变幻多端的音符，这是多么不可思议啊！想必您也知道，中国唐朝诗人白乐天的《琵琶行》

---

①平曲：即平家琵琶曲。

吧！他对琵琶的音色描写可谓是淋漓尽致，要比任何乐曲更生动地展现出琵琶那千变万化的音阶特色——我来念给您听吧！”

说着，吉野微蹙蛾眉，低声吟诵起来：

大弦嘈嘈如急雨，
小弦切切如私语。
嘈嘈切切错杂弹，
大珠小珠落玉盘。
间关莺语花底滑，
幽咽泉流水下滩。
冰泉冷涩弦凝绝，
凝绝不通声暂歇。
别有幽愁暗恨生，
此时无声胜有声。
银瓶乍破水浆迸，
铁骑突出刀枪鸣。
曲终收拨当心画，
四弦一声如裂帛。

“一支小小的琵琶，竟然可以弹奏出如此复杂的旋律。当我还是侍女的时候，就觉得这种乐器十分不可思议，所以我把琵琶剖开后，又重新组合了一遍。虽然我并不聪明，但我仔细研究了琵琶的结构后发现，在其内部有一颗琵琶心。”

说到这儿，吉野轻轻站起身，拿过刚才用过的那把琵琶，坐回原位。她提着琵琶的柄部，放到两人中间，一边看着琵琶，一边说道：“它之所以能具有如此神奇的音色，只要劈开琴板仔细观察一下就会明白。琵琶心的结构一点也不奇特。我想让您看一下！”

说着，吉野手持一把细长而锋利的劈柴刀，灵巧地朝琵琶砍去。

“啊——”武藏深吸一口气，说时迟那时快，刀刃已深深嵌入了琵琶的一角。接着，她又对着琵琶背和桑木面板接连砍了三四下。武藏觉得，刀刃仿佛刺入了自己的身体，甚至觉得有血流了出来。

可是，吉野却毫不吝惜地将琵琶纵劈为两半。

四

“请您过目！”

吉野收起刀，面带微笑对武藏说道。

在烛光的照耀下，断为两半的琵琶的内部构造，一览无遗。

“……”

武藏看看眼前的破琵琶，又看了看吉野，心中暗想：一个女人怎会有如此刚毅的性格？刀劈琵琶的声音犹在耳畔，他觉得很心疼，而吉野却面不改色。

“如您所见，琵琶里面是空心的。可是，那千变万化的声音是从哪儿发出来的呢？正是来源于架在琵琶内部的一根横木。这根横木就是支撑整个琵琶的骨架，同时也是它的心脏和大脑——这根结实、笔直的横木，将整个琵琶绷得紧紧的，既不软又不弯。为了产生更多的变化，工匠们特意将横木打磨成高低起伏的波浪状。可是，仅靠这些依然无法发出真正美妙的声音，而好音色的关键就在于如何巧妙控制横木两端的力道——我将琵琶劈开，多少有些暴殄天物，但我想让您明白，我们的人生之路与这琵琶是何其相似呀！”

“……”

武藏默不作声，一直盯着眼前的琵琶。

“这道理似乎谁都明白，可人们却很难拥有琵琶横木一样的修为——四弦齐拨，则如刀枪共鸣、风起云涌，而这种强音正是靠调节横木的松紧力度来实现的。我不禁想到，人们在日常生活中也应像这根横木一样，做到张弛有度。尤其是今晚，一见到你的样子，我觉得更应该把这个道理告诉你。我当时觉得，这是个多么危险的人呀！他只有紧张，丝毫不懂得松弛。如果弹奏这样的琵琶，一定无法自由变换出各种音符。如果勉强弹奏，那它的弦一定会崩断。虽然很失礼，但看到您的样子时，我的确想到了这些。我绝没想戏弄您，总之，请原谅我的狂妄无知，您不要放在心上。”

此时，远处传来鸡叫。

朝阳映在雪地上发出的刺眼光芒射进门缝里。

武藏始终专注地看着地上的白色木屑和断掉的四根琴弦，他并没有意识到鸡叫，也没有留意射进门缝的阳光。

“哦？天何时亮了？”

吉野似乎很珍惜破晓的短暂时光，又向炉内加了些木柴，但牡丹柴薪已经全部用完了。

远处传来开门声、鸟叫声，而清晨却像是另一个世界的事情。

吉野一直没有打开防雨门，牡丹柴薪虽然烧没了，但她并不觉得冷。

屋内一片寂静，没有吉野的召唤，侍女们绝不敢贸然闯入。

悲春之人

一

在暖阳的照耀下，昨夜的积雪已消失无踪，仿佛根本没下过一样。天气一下子变得艳阳高照，人们不禁想要脱掉厚重的棉衣。伴随着温暖的南风，春天翩然而至，所有草木都鼓出了嫩绿的芽儿。

“请帮帮忙！给我一点东西吧！”

原来一个年轻的行脚僧在化缘，他全身上下被迸满了泥点。

此时，他正站在乌丸府的大门前，高声乞求着，可半天也不见一个人影。于是，他又绕到侧门管家所在的屋子，伸着脖子向里张望。

“原来是个和尚啊！”

突然从和尚身后冒出一个少年。

和尚回头望去，只见面前站着一个打扮奇特的小男孩。

（你又是什么人呀？）

乌丸光广公卿的府邸怎么会有如此奇怪的小孩呢？他的打扮与这座府院极不相称。和尚觉得很奇怪，一语不发地打量着城太郎。

城太郎的腰间依旧插着一把长木剑，他怀中不知藏了什么东西，鼓鼓囊囊的。

“和尚，如果你想要些柴米，必须去厨房哟！你知道后门吗？”

“要米——我并不是来化缘的。”

年轻和尚让城太郎看了看自己挂在胸前的信匣。

“我是泉州堺南宗寺的和尚，有一封急信要交给宗彭泽庵师父，你是在厨房打杂的小童吗？”

“我和宗彭泽庵师父一样，都是住在这儿的客人哟！”

“哦！原来如此。能否麻烦你告诉宗彭泽庵师父一声——就说故乡但马的南宗寺来人了，还带来一封十万火急的信。”

“请稍等！我这就去喊宗彭泽庵师父。”

说着，城太郎就跳进了大门，台阶上留下一个个脏兮兮的脚印。谁知，他突然被门口的屏风腿绊了一下，几个小蜜橘从怀中滚落下来。他慌忙捡起橘子，用手擦了擦，就向里院跑去。不多时，他又折了回来。

“宗彭泽庵师父不在！”

他对等在那里的僧人说道。

“我忘了告诉你，他早上就去大德寺了。”

“知道他何时回来吗？”

“应该马上就会回来了。”

“那我等他一会儿。这儿有空房间吗？最好不要麻烦府里的人。”

“有啊！”

说着，城太郎走出门外。他脸上一副对此地了如指掌的表情，得意扬扬地带着路。

随后，他把和尚带到了牛棚。

“和尚，你可以在这儿等着。这里可是一点都不会麻烦到府里的人哟！”

牛棚里到处是稻草、车轮，还有牛粪，南宗寺僧人一脸惊愕，可城太郎把他带到那儿之后，就一溜烟儿地跑了。

他穿过宽敞的庭院，一口气跑进了一间日照充足的小屋——“西屋”。

“阿通姐姐，蜜橘买回来了喽！”他一进屋，就大声喊着。

二

阿通已服过药，医生也仔细诊治过，可烧就是一直不退。

连日的高烧，使她毫无食欲。

每当她用手摸自己的脸时，都吓一跳。

“啊！我怎么瘦成这样！”

她一直觉得自己的病没什么大不了，而且光广家的医生也跟她保证没有大碍。可自己为何会这么消瘦？她天生敏感，再加上高烧不退，所以总疑心自己得了大病。有一天，她嘴唇干得实在难受，便顺口说了一句：“真想吃蜜橘呀！”由于阿通连日未进食，城太郎一直忧心忡忡，现在听她这么一说，便立刻问道：“想吃蜜橘？”随后，他便立刻跑出去找蜜橘。

他先去问了厨房的用人，可人家说府里也没有蜜橘。于是，城太郎又跑到外面的水果摊找，依旧没找到。

后来，他又听说京极[1]郊外有个市场，便又跑去那里找。

①京极：位于日本京都。——译者注

（哪里有蜜橘呀？哪里有蜜橘呀？）

无论是绸缎庄、棉花铺、油盐店还是毛皮店，他都找了个遍，结果连一个蜜橘也没找到。

无论如何，城太郎一定要让阿通吃到蜜橘。后来，他在一所房子的墙头看到几个果实，他以为是蜜橘，便想偷几个下来。可走近一看才发现，那些都是酸橙、木瓜之类的不能食用的果实。

他找遍了大半个京都，终于在一家神社的正殿上发现了蜜橘。那些蜜橘与红薯、胡萝卜一起放在神像前的供果盘里。城太郎拿起蜜橘，塞在怀里就一阵风似的跑了。这一路上，他总觉得身后有神明大声喊着："小偷！小偷！"

他心里很害怕，直到跑进乌丸府里，他心里还在不停地忏悔。

（不是我要吃的，请不要惩罚我！）

可是，城太郎并没告诉阿通蜜橘的来路。他坐在阿通枕旁，掏出怀里的蜜橘，一个个摆放整齐，然后拿起其中的一个对阿通说道："阿通姐姐！这些蜜橘看起来很好吃哟！你尝尝吧！"

随后，他将蜜橘剥好，放到阿通手里。阿通似乎受了极大的感动，把脸撇向一边，并没有吃。

"你怎么了？"

城太郎看着阿通。

阿通不愿城太郎看到自己的眼泪，把脸埋进了枕头里。

"没、没什么。"

城太郎叹了一口气，说道："哭鼻虫又开始抹眼泪了！我是为了让你高兴，才买了蜜橘，你怎么反倒哭起来了——真是莫名其妙！"

"对不起！城太郎。"

"你不吃吗？"

"嗯，待会儿再吃。"

"我都剥好了，你就尝一尝嘛，你一定爱吃！"

"我知道，光是城太郎这份心意就足够了。可是，我一看到吃的，就不想张嘴，这样放着太可惜了！”

“那是因为你在哭，什么事又让你难过了？”

“因为城太郎对我实在太好了！我感动得想哭。”

“我不喜欢你哭，你一哭，我都忍不住要流眼泪了。”

“那我不哭了，不哭了，原谅我！”

“那你就吃一口蜜橘吧！什么都不吃，你会撑不住的。”

“我一会儿再吃。城太郎，你吃吧！”

“我不吃。”城太郎似乎看到了神灵愤怒的目光，他边说边咽了一下口水。

三

“城太郎，你不是很喜欢吃蜜橘吗？”

“嗯，喜欢。”

“那你为什么不吃呢？”

“不为什么。”

“是因为我没吃吗？”

“嗯，是啊！”

“那我吃好了，城太郎也要一起吃哟！”

阿通转过身，用纤细的手指撕去橘瓣上的白丝，城太郎一时间不知如何是好。

“阿通姐姐，跟你说吧，我在路上已吃了好几个了。”

“是这样啊！”

阿通把一个橘瓣轻轻放入口中，然后若有所思地问了一句：“宗彭泽庵师父呢？”

“去大德寺了。”

“听说他前两天在别处见过武藏哥哥。”

“啊！你知道了？”

“嗯，不知宗彭泽庵师父有没有告诉武藏哥哥我在这儿？”

“我想他一定说了。”

“前一阵，宗彭泽庵师父还跟我说会带武藏来这儿，他没对你说什么吗？”

“他没跟我提过这件事呀！”

“他是不是忘了？”

“等他回来，我再帮你问问看！”

“嗯。”

此时，阿通第一次展开笑容。

“不过，你可不能当着我的面问他哟！”

“那又是为什么？”

“我会不好意思的。”

“有什么不好意思的？”

“因为宗彭泽庵师父说我得的是‘相思病’。”

“啊！你吃得好快呀！”

“什么？你说蜜橘？”

“要不要再吃一个？”

“我已吃了很多了。”

“以后，你什么东西都得吃哟！只有这样，我师傅来的时候，你才有力气下床啊！”

“连你也取笑我！”

阿通和城太郎一聊起武藏，就把病痛抛到九霄云外了。

这时，乌丸家的仆人在门外问了一句。

“城太郎在吗？”

“嗯，我在。”城太郎答了一句。

“宗彭泽庵师父请你马上过去一趟。”说完仆人就走了。

“咦？宗彭泽庵师父已经回来了？”

“你去看看吧！”

“阿通姐姐，你会觉得寂寞吧！”

“不会的。”

“那我快去快回。”说着，城太郎就要站起身。

“城太郎别忘了帮我问那件事哟！”

“哪件事呀？”

“你忘了？”

“哦！让宗彭泽庵师父把武藏师傅快点带到这儿来！”

阿通憔悴的面庞，露出一丝淡淡的红晕。她用棉被遮住半张脸，又嘱咐了一句：“别忘了！一定要问呀！”

四

此时，宗彭泽庵正在光广的卧室，跟他交谈着什么。

城太郎拉门走进来，站到两人身后问了一句：“宗彭泽庵师父，您找我有什么事？”

“你先坐下来。”宗彭泽庵说了一句。

对于城太郎的鲁莽，光广并不在意，一直微笑着看着他。城太郎一坐下，就对宗彭泽庵说道：“有一位从泉州堺南宗寺来的和尚，说有要事要见宗彭泽庵师父，他一直等着呢，我这就去把他叫来！”

“不用了，这件事我已经知道了。”

“您见到他了。”

“那个信差说你是个可恶的小毛头！”

“为什么？”

“人家大老远赶来，你却把他扔在牛棚就不管了！”

“是他自己说不要麻烦别人的！”

光广听到这儿，笑得前仰后合，膝盖不住地打战。

“哈哈哈！竟然把客人带到了牛棚，你真是过分啊！”

可是，他不一会儿又恢复了往日的严肃，对宗彭泽庵说道：“大师，你是不是不打算回泉州堺了，想从这儿直接去但马？”

宗彭泽庵点头说道：“我实在很担心信里提到的事，所以才这么决定。我也不需要做什么准备，就不用等到明天了，今天就告辞了！”

听着二人的谈话，城太郎有些吃惊。

“宗彭泽庵师父，您要去旅行吗？”

“家乡有急事，我必须回去一趟！”

“什么事呀？”

“我的母亲生病卧床不起，而且这次病得很重。”

“宗彭泽庵大师也有母亲哪？”

“当然，我又不是从石头里蹦出来的！”

“那您何时能回来呀？”

“不知道，得看母亲的病情而定。”

“您要是一走可就不好办了！”

城太郎一来是替阿通着急，二来也非常担心他们两个的前途。

“这么说来，我们再也见不到宗彭泽庵师父喽？”

“怎么会呢！我们一定还会见面的。我已拜托大人对你们两个多加关照。你要多开导阿通，别让她总闷闷不乐的，这样身体才能早日康复。她最需要的就是精神上的支持。”

“只靠我一个人的力量是没用的，只要武藏师傅不来，她的病就不会好。”

“真让人头痛啊！你有这么个麻烦的同伴，也够伤脑筋的了！”

“宗彭泽庵师父，你前天晚上见过武藏师傅吧？”

“嗯。”

宗彭泽庵看了一眼光广，脸上露出苦笑。他真怕城太郎会直接问在哪儿见过武藏，还好他并未详加追问。

“师傅何时来呢？宗彭泽庵师父，你说过要带师傅来这儿的！阿通姐姐每天都在眼巴巴地等着呢！喂，宗彭泽庵师父！我师傅到底在哪儿呀？”

城太郎一个劲儿地问着。看他那样子，要是一旦得知武藏的住处，肯定会立刻去见他。

"嗯……武藏的事情嘛……"

虽然宗彭泽庵说得很含糊，但他并未忘记要让武藏和阿通见一面。即使是现在，他也记挂着此事，所以从大德寺回来的路上，他还去光悦家打听武藏是否回来了。光悦一脸无奈地说："自从前天晚上开始，武藏就一直待在扇屋。母亲妙秀也十分担心，刚刚还写了一封信给吉野太夫，让她赶快叫武藏回来。"

五

光广闻听此言，不觉目瞪口呆。

"哦，这么说，武藏自那晚起，就一直住在吉野家喽？"

他的口气十分夸张，一半是惊奇、一半是嫉妒。

宗彭泽庵碍于城太郎，很多事情无法详说。

"他也不过是个凡人，那些少年得志的人，通常难成大器！"

"不过，吉野的口味也变了啊——怎么会看上一个脏兮兮的武士！"

"吉野也好、阿通也罢，我宗彭泽庵是弄不懂这些女人的！在我眼里，她们都是病人。武藏马上要步入人生的春天了。此后，才是真正的人生历练，女人远比剑更危险。这种事情，旁观者也无能为力，只能顺其自然了。"

宗彭泽庵一边自语着，突然想起自己应立刻动身，便再次向光广辞行，并拜托他照顾病中的阿通和城太郎。没过一会儿，他就离开了乌丸府，飘然远去。一般的旅客都习惯清晨出发，可对宗彭泽庵而言，早晚并没有什么区别。此时，太阳已经偏西，路上的行人、慢吞吞的牛车都笼罩在一片绚烂的晚霞中。

突然，他身后传来一阵喊声："宗彭泽庵师父！宗彭泽庵师父！"原来是城太郎。宗彭泽庵有些纳闷，不由回头望去。城太郎一边大口喘气，一边拉着宗彭泽庵的衣角哀求道："宗彭泽庵师父！您行行好吧！请您回去跟阿通姐姐说一声，要不然她一哭起来，我就没主意了！"

"你跟她说武藏的事了吗？"

"她一直问，我就——"

"所以她才哭的？"

"我真怕她会去寻死。"

"为什么？"

"她一副不想活的样子——而且她还说'再见武藏一面就去死！'"

"那表示她还不想死。你不用管她，放心好了！"

"宗彭泽庵师父，那个叫吉野太夫的女人住在哪儿？"

"你问这个干什么？"

"师傅不是在那里吗？刚才，您和公卿大人就是这么说的！"

"你连这件事都告诉阿通了？"

"是啊！"

"她是个爱哭鬼，你把这件事告诉她，她当然会想不开呀！即便我折回去，也无法立刻让她的病好起来啊！你就这么跟她说！"

"说什么？"

"要她吃饭。"

"哎呀！这句话我每天都跟她说上几百遍呢！"

"是吗？对阿通来说，这句话是最有用的。如果她连这个都听不进去，我也无计可施呀！你就把事情原原本本地告诉她吧！"

"该怎么说呢？"

"就说武藏迷上一个名叫吉野的妓女，在扇屋流连忘返，三日未归。可见他心里根本没有阿通，爱慕这种无情无义的男人有什么用？你告诉那个爱哭鬼，说她太笨、太傻了！"

听了宗彭泽庵这番话，城太郎十分生气，他使劲摇着头说道："你胡说！我师傅绝不是那种人！如果我真的这么说，阿通姐姐肯定会去寻死。你这个和尚才是大笨蛋！彻头彻尾的大笨蛋！"

六

“哈哈哈！我可被你骂惨了！城太郎，你生气了？”

“你说我师傅的坏话，还说阿通姐姐是笨蛋，我当然生气了！”

宗彭泽庵摸摸城太郎的头，说道：“你可真可爱！”可城太郎却把宗彭泽庵的手甩开。

“既然如此，我就不再求你了！我自己去找武藏师傅，一定要让他见到阿通姐姐！”

“你知道他在哪儿吗？”

“什么？”

“我是说，你知道武藏的住处吗？”

“不知道的话，我可以问，就不劳你费心了！”

“别逞能了！你又不知道吉野太夫的家在哪儿，用不用我告诉你啊？”

“不麻烦你了！”

“好一个有志气的城太郎！我和阿通、武藏，一无仇二无恨，更何况我还一直祈祷他们能终成眷属呢！”

“那你为什么还在背后使坏？”

“也许你认为我在使坏，可我是在给武藏和阿通治病。治愈身体的疾病需要医生，可治疗心病就必须用我刚才说的那番话。尤其是阿通，她的心病更重。武藏自己可以慢慢痊愈，可阿通却让我束手无策——只能告诉她‘不要单恋武藏那样的男子，应该斩断情丝，重新生活。’”

“够了！你这个臭和尚，我不会再求你了！”

“如果你认为我在说谎，可以到六条柳町的扇屋去看看武藏在干什么。然后再把你看到的事告诉阿通。也许她会痛不欲生，但如果能借此警醒也并非坏事。”

此时，城太郎捂住耳朵喊道：“不听！不听！臭和尚！”

“你干吗骂我？明明是你自己追过来的！”

“和尚，和尚，不给你布施！想要布施，你就得唱歌！”

宗彭泽庵无奈地笑了笑，随即起程赶路。而城太郎还是一边捂着耳朵，一边唱歌谣骂他。

只见宗彭泽庵的背影越来越小，在远处的路口一拐弯就不见了。城太郎呆呆地站在原地，一时间心头百味杂陈，大颗的泪水扑簌簌地落下来。

他突然想起了什么，慌忙举起胳膊擦了擦眼泪，然后毫无目的地张望着过往行人，就像一只迷路的小狗。

终于，他看到一个披着斗篷的妇女走过来，便叫了一声“大婶”，随后立刻跑了过去。

“您知道六条的柳町在哪儿吗？”城太郎问道。

那女人吓了一跳，说道：“你说的是花街吗？”

“什么是花街？”

“唉——”

“那是什么地方呀？”

“这个小孩真不懂事！”

说着，那女人瞪了城太郎一眼，就走开了。

城太郎不明白对方为何会生气，但他并没有气馁，一路走一路问，终于来到了六条柳町，随后还打听出了扇屋的位置。

沉香君

一

天刚擦黑，各家妓院已是灯火璀璨，而柳町上的客人并不多。

此时，扇屋的一个年轻用人被门口的一个黑影吓了一跳。只见那人从正门的软帘后探进头来，两只贼溜溜的眼睛不停打量着屋内。用人顺着软帘往下看，看到一双脏兮兮的草鞋和一个木剑的剑尖。他觉得来人很可疑，便要去叫其他人。

“大叔！”城太郎打了声招呼，便走进来，随后问了一句：“宫本武藏来过这儿吧？他是我的师傅，能否麻烦你转告他，就说城太郎来了，或者把他叫出来也行！”

那年轻用人看到对方是个小孩，这才放下心来。不过，由于刚才受了惊吓，脸上仍有悸色。

“臭小子！你是乞丐还是流浪儿——这儿没什么武藏，我们刚开门，你就把大门的软帘弄脏了。赶快给我出去！快出去！”

那用人不由分说揪住城太郎的衣领，就往外撵，城太郎一下子就火了。

“你干什么？我是来见我师傅的！”

“浑蛋！我才不管你师傅是谁！这几天，那个叫武藏的人可给我们惹了不少麻烦。就在刚才，吉冈门武馆的人还来过呢！我也跟他们说武藏早走了。”

“要是他不在，你就好好跟我说嘛！干吗扯住我的领子不放！”

“我刚才看见软帘那儿伸进个脑袋，一副贼眉鼠眼的模样，还以为吉冈门武馆的人又来了呢！吓我出了一身冷汗！你这可恶的小子！”

“那是你没胆子！你快告诉我，武藏师傅何时走的，去了哪里？”

“你这家伙，说了一大堆难听话，现在又来求我，天下的便宜都让你占尽了！”

“你不知道就算了，把手放开！”

“没那么便宜，我要这样才放手！”

说着，他揪着城太郎的耳朵转了一圈，然后再用力将他推出门外。城太郎疼得大叫：“好痛啊！痛死了！”随即一屁股跌坐在地上，他突然拔出木剑，朝年轻人的下巴砍去。

“哼！你这小子！”

只听“哎哟”一声，年轻人的下巴被城太郎的刀砍破了，他急忙用手捂住满是血迹的下巴，追了出来。城太郎吓得大叫起来。

“快来人啊！这个大叔要杀我啊！”

他一边大声向路人求救，一边用力挥舞着木剑，就像在柳生城与那只名叫太郎的恶犬搏斗一样，只听见“当”的一声，他又打中了那人的脑门。

年轻人的鼻子一下子被打出了血，他像蚊子一样哼哼了几声，就栽倒在路旁的柳树下。

这时，对面一家妓院的女子正坐在门前拉客，见此情景，不禁大喊起来：“哎呀！那个手拿木剑的小孩，杀了扇屋的伙计就跑了！”

随后，几个人影从行人稀少的街上慌忙跑过。

“杀人了——”

“有人被杀了！”

那声嘶力竭的喊声，久久回荡在晚风中。

二

在花街，滋事打架是家常便饭，这儿的人早已习惯秘而不宣地处理类似事件。

“跑到哪儿去了？”

“那小子长得什么样儿？”

几个长相凶恶的男人，只是在附近简单搜寻了一遍。没过多久，那些头戴斗笠、衣着华丽的公子哥便相继拥入花街，这些寻欢作乐之人根本不知道半刻钟之前这里曾发生血案。

三岔路口处越来越热闹，而后街却格外昏暗，附近的农田、原野一片寂静。

躲在暗处的城太郎找准时机，飞快地从昏暗的胡同中溜出来，像个小狗似的朝着黑暗处飞奔而去。

城太郎觉得，只要沿着这条路一直跑肯定能离开六条。他跑着跑着，面前突然横出一道一丈多高的栅栏。这道栅栏就像城墙一样，将整个六条围得严严实实。而且栅栏顶部还留有削尖的圆木，即使沿着栅栏一直走，也找不到任何能出去的门或缝隙。

城太郎发现，再往前走就是灯火通明的正街，所以只得又折回暗处。这时，有个女人一直暗中观察着他，还跟着来到这里。

“小孩！小孩！”她招了招手，示意城太郎过去。

起初，城太郎有些怀疑，站在原地没动。过了一会儿，他才一步一挪地走了过去。

“你在叫我吗？”

看着女人白净的面庞，他确定对方并无恶意，于是又向前靠近一步。

“什么事？”

那女人柔声说道：“你就是傍晚来扇屋找武藏的那个小孩吧？”

“嗯，是啊！”

“你叫城太郎吧？”

“是啊！”

“我带你去见武藏，别出声！”

“到、到哪儿去？”

城太郎有些犹豫不决。那女人见状，便将前因后果告诉了他。城太郎听后，喜出望外。

“这么说，阿姨您就是吉野太夫的侍女喽？”

他如同在地狱中见到菩萨一般，喜不自胜，老老实实地跟着那女人走了。

那侍女告诉城太郎：“吉野太夫听说了傍晚的事，非常担心，她吩咐我们要是那个小孩被抓一定要告诉她，她会去求情。如果有人发现了他，就悄悄从后门把他带进茅屋，让他和武藏见面。”

“所以，你不用担心了！只要吉野姑娘交代下来，这座妓院就没人敢惹你！”

“阿姨，我师傅真在这儿吗？”

“如果不在这儿，我为何要费劲找你，还领你过来？”

“这里到底是什么地方啊？”

“你觉得是什么地方呢，你师傅就在那间茅屋里，你可以先从门缝看一看，前面正忙着呢，我得先走了！”

说完，那侍女就消失在院子里的花木丛中。

三

真的吗？

师傅真的在里面吗？

城太郎无论如何都无法相信。

自己千辛万苦寻找的师傅，竟会待在眼前这间小茅屋里——对他而言，实在难以接受这个事实。

不过，城太郎不甘心就此罢休，他绕着茅屋来回走了好几圈，想找个窗户一看究竟。

房子侧面有一扇小窗，可是他却够不着，于是他从草丛里搬来几块石头垫脚，鼻子才好不容易够到窗边。

“啊！是师傅！”

因为自己正在偷窥，所以他把嘴边的话又咽了回去。日思夜想的人就在眼前，城太郎真想一把抱住武藏。

此时，武藏正枕着手，在火炉旁睡觉。

“他可真悠闲啊！”

城太郎瞪大眼睛，脸紧贴着窗边，出神地看着武藏。

武藏睡得很惬意，身上还盖着一件桃山刺绣的厚长袍，看得出那不是他的衣服。他身穿的窄袖和服也不是常穿的那件粗布衣，而是那些公子哥经常穿的大花图案的和服。

他身旁铺着一块红毡子，画笔、砚台、画纸散落一地，几张废纸上画着茄子、公鸡等草图。

“他竟然还有心画画，根本不知道阿通姐姐生病了！”

城太郎十分恼火，尤其是那件披在武藏身上的女人衣服，让他气不打一处来。而武藏身上穿的那件华丽和服，更让他作呕。他明显感觉到，整个屋里弥漫着一种妖艳的气息。

看到眼前的情景，城太郎不由想起在元旦那天，武藏和一个年轻姑娘在五条大桥上拉拉扯扯的样子。

（师傅最近到底怎么了？）

城太郎很痛心，脸上露出成人才有的无奈表情，那幼小的心灵感到了一种难言的苦涩。

他突然想道：好！我来吓唬吓唬他。

城太郎很快就想到了捉弄武藏的办法，正打算悄悄从石头上跳下来。

“城太郎，你和谁一起来的？”

啊！是武藏的声音。

“咦？”

他再次贴近窗口往里瞧，只见原来熟睡的人半睁着眼睛，正笑眯眯地看着自己。

“……”

城太郎来不及回答，就快步跑进屋里，脚还没沾地就一把抱住了武藏的肩膀。

“师傅！”

“哦，你来了！”

仰面躺在地上的武藏伸出手臂，将城太郎那脏兮兮的小脑袋搂到胸前。

“你是怎么知道的？是宗彭泽庵和尚告诉你的吗？一转眼，我们都分开这么长时间了！”

武藏一下子坐起来，手还紧紧搂着城太郎的脖子。城太郎很久没感受到如此温暖的怀抱，他就像一只讨好主人的小哈巴狗一样，久久依偎在武藏膝前。

四

“现在，阿通姐姐还卧病在床，她多么想见到师傅啊！她实在太可怜了！阿通姐姐说过，只要能见师傅一面就心满意足了，其他什么都不在乎。元旦那天，她原打算去五条大桥见您，可您却和一个奇怪的女人亲热地谈笑，阿通姐姐气坏了，就像一只缩头蜗牛一样躲了起来，不管我怎么拽她，她就是不出来。这也难怪她生气呢！当时，我也憋了一肚子气呢！不过，过去的事就算了，现在您赶快跟我去乌丸府吧！然后见到阿通姐姐，跟她说一声：‘我来看你了！’哪怕就这一句话，她的病也能立刻好呀！”

城太郎滔滔不绝，试图劝说武藏跟他走。

“嗯，嗯。”

武藏不停地点着头。

“是吗？原来如此啊！”

他只是简单地回应了两句，却绝口不提去见阿通的事。

尽管城太郎的嘴皮都要磨破了，可武藏仍像一块石头，始终不答应去乌丸府。城太郎知道，再多说也是徒劳，他一直非常喜欢武藏，可现在突然觉得师傅非常令人讨厌。

城太郎心想，难道要跟他大吵一架？

可是面对武藏，他却无法恶语相向。于是，他噘着嘴、鼓着腮帮子，想借此让武藏反省。

他一不开口，武藏又随手拿起画笔，开始照着画帖画起画来。城太郎瞥了一眼武藏画的茄子，心里嘟囔着：“画得真难看！”

过了一会儿，武藏可能是画累了，开始洗笔。城太郎便想趁此机会，进一步说服武藏，可当他正要开口之际，门外却传来了一阵响声，那是木屐踩在踏脚石上发出的响声。

“客官，您的衣服已经干了，我给您送过来了！”

原来是刚才那个侍女，抱来一套叠得整整齐齐的夹和服和羽织，放到了武藏面前。

“多谢！”

武藏仔细看了看袖口和衣角，说了一句：“洗得很干净哟！”

“可是，血迹还是无法完全洗干净。”

“这样就可以了，对了，吉野姑娘呢？”

“大概忙着招呼客人呢，一时半会儿抽不出身来。”

“实在太麻烦她了！我这一来，不但劳烦吉野姑娘费心，还连累扇屋替我保密，真是麻烦各位了。请帮我转告她，今晚我就走了，十分感谢她的款待。”

城太郎听到这儿，脸上立刻露出了笑容。他心想，师傅到底还是个好人呀！他一定是想去阿通姐姐那里。

城太郎一边想着，不觉高兴起来。侍女离去之后，武藏将那套洗好的衣服拿到城太郎面前说：“你来得正好，这套衣服是我来此游玩时，本阿弥先生的母亲拿给我穿的。现在，你帮我送到光悦先生的府上还给他，再把我原来的衣服拿回来。城太郎！好孩子！帮我跑趟腿吧！”

五

“是，遵命！”城太郎欣然应允。

他心想干完这趟差事，武藏就会离开这里，去看阿通姐姐。于是，他乐滋滋地说道：“我这就去！”

随后，他用一个大包袱皮将窄袖和服和羽织包起来，同时将武藏写给光悦的信一并放到里面，随后就背起了包袱。这时，来送晚饭的侍女看到了城太郎。

（咦？他要去哪儿？）

侍女瞪着眼睛，用询问的目光看向武藏。

“啊！这可不行！”侍女坚决制止道。

随后，她跟武藏说道：“这个小孩在傍晚时，用木剑打伤了店里的仆人，现在那个伤者还躺在床上哼哼呢！”

“多亏吉野姑娘去跟店里的人说情，大家才把那件事当作普通的斗殴事件，不再追究。不过，有人说这个小孩是武藏的徒弟，所以武藏肯定藏在扇屋。今晚，整个柳町都在疯传此事。想必那些守在花街正门的吉冈门的人，也知道这件事了。”

“哦！”

武藏刚知道这件事，便看了看城太郎。

城太郎自知事情败露，觉得脸上无光，便挠挠头慢慢退到墙角。

“如果他现在背着东西，大摇大摆地从正门走出去，后果简直不可想象！”

然后，侍女继续跟武藏报告外面的情况。

“自从前天开始，吉冈门的人就一直在找您。吉野姑娘和店老板都很担心。”

“前天晚上，光悦大人回去之前，还一再拜托我们好好照顾您呢！况且，扇屋也决不会不顾安危赶您出去，尤其吉野姑娘还如此细心、周到地保护着您。”

“可是……”

“吉冈门的人都很顽固，他们会一直把守在花街的正门，这是最麻烦的。昨天，他们来店里问了好几次‘武藏是不是躲在这儿？’虽然我们斩钉截铁地回答说没有，他们仍不死心。”

“估计这会儿，他们正等着你们主动送上门呢！”

“我真弄不明白，吉冈门为了对付您一个人，竟会如此大动干戈，简直像作战迎敌一样。据说他们不计任何代价，一定要把您置于死地。”

“因此，吉野姑娘和老板都建议您，最好再待四五天。也许过一阵儿，吉冈门的人没了耐性，会主动撤回去的。”

侍女一边侍候武藏师徒用饭，一边将外面的情况详细告知。武藏很感激她的好意，随后说道：“我知道该怎么办。”

原来，他并未打消今晚离开的念头。

不过，唯独去光悦家还衣服这件事，他决定接受对方的忠告。于是，他拜托扇屋的年轻用人去了光悦家。

六

派去的人很快就回来了，而且还带回了光悦的回信。信上写道：

武藏先生

来日方长，有缘再会。人世坎坷，愿君多加珍重。纵然远隔重洋，我也会日夜为您祈祷。

光悦

这封信虽然简短，却充分表达出光悦的一片真情，他知道武藏此刻身不由己，无法亲自登门道别。对于武藏的苦衷，光悦十分体谅。

“这是几天前，您在光悦先生家换下的衣服。”

仆人将武藏借用的衣服还了回去，顺便带回了武藏以前穿的旧衣服。

“本阿弥的母亲也问候您！”

男仆交代完，就回到扇屋的正房去了。

武藏打开包袱，看到自己以前的旧衣服，觉得十分亲切。比起妙秀、吉野借给他的崭新而华丽的衣服，他更喜欢这件历经风吹雨打的粗布衣。他觉得，这件衣服最适合自己，也只有这样的衣服才属于游学武者。

武藏知道，这件衣服多处已磨破，还沾有雨水和汗渍。当他穿到身上后才发现，衣服已被熨烫一新，就连上面的几个破洞也被补好了。

“有母亲真幸福啊！我要是也有母亲该多好啊！”

武藏一下子陷入孤独中，他默默思索着自己今后的人生。

双亲早已不在，故乡也容不下自己，现在只剩姐姐一个亲人了。

他凝视着烛火，想着心事。自己已在这儿借宿了三天。

“我们走吧！”

武藏拿起从不离身的木剑，插在腰间，此刻他脸上的孤独、寂寞，已消失无踪。因为他已在心中默默地告诉自己——就把这柄剑当成自己的父母、妻子和兄弟吧！

“要走了吗——师傅！”

城太郎一步跳了出去，开心地望着星空。

（虽然现在去乌丸大人府上有些晚了，可无论多晚，阿通姐姐都会等着我的——她一定会吓一大跳，说不定还会高兴得哭起来呢！）

自从下雪那天起，每晚的夜空都很美。城太郎一心想让武藏和阿通快点见面。他仰望着星空，觉得那一颗颗闪烁的星星似乎也在为自己高兴呢。

“城太郎，你是从后门进来的吗？”

“我也不知道是后门还是正门，反正是刚才那个侍女带我从那儿进来的。”

“你先出去，在门外等我。”

“那师傅呢？”

“我去和吉野姑娘打个招呼，马上回来！”

“那我先去外面等着。”

虽然只和武藏分开一会儿，他还是有些担心。不过，今晚的城太郎格外听话，无论武藏吩咐什么，他都会照办。

七

连武藏自己都觉得，在此借宿的几天过得十分惬意。

在此之前，自己的内心和肉体简直就像冰块一样又冷又硬。

看到月亮时，他阖上心扉；看到鲜花时，他视而不见；看到太阳时，他无动于衷——他冷冷地将自己与周围的一切隔开。

而且，他一直坚信这种专心的做法是对的。不过，他也担心自己因此而变得气量狭小、一意孤行。

记得宗彭泽庵曾对他说过："你的强悍与野兽没有两样！"

还有，那个奥藏院的日观老僧也曾告诫自己："你应该弱一些！"

想起这些智者的劝导，武藏认为，这几天的悠闲生活对自己是至关重要的。

因此，当自己即将离开扇屋的牡丹园之时，并不觉得虚度了光阴。与其让弦绷得太紧，还不如放开心胸，尽情享受一下难得的休闲时光，无论是饮酒、瞌睡、读书或是画画，哪怕偶尔伸个懒腰，都是畅快无比的，武藏十分庆幸自己能拥有这宝贵的几天。

（真想当面跟吉野姑娘道谢啊！）

武藏站在扇屋的院子里，望着对面五彩缤纷的灯影，那里依旧充斥着醉客们低俗的歌声和三弦声。于是，他打消了见吉野的念头。

（就在这儿跟你告别吧！）

武藏在心里默默地跟吉野告别，感谢她这几日的周到照顾。随后，武藏离开了院子。

走出后门，他朝等在那儿的城太郎招了招手。

"我们走吧！"

谁知，突然有一个人从后面追了过来。

原来是侍女灵弥。

灵弥塞给武藏一样东西，说道："这是太夫给您的——"然后，她就跑回去了。

那是一张折好的小纸条，从颜色来看应该是怀纸。武藏一打开纸条，一股淡淡的沉香味沁人心脾。只见上面写着：

夜夜揉碎空花无数，怎比林间月影婆娑。

正待互诉真情之时，无奈乌云笼罩心头。

席间独望酒杯感叹，纵然他人笑我痴迷。

谨此短文话别

吉野

“师傅，是谁的信？”

“你不认识。”

“是女人？”

“不要问了！”

“信上写了什么？”

“你就别问那么多了！”

武藏将信折好，城太郎伸长脖子，想看个究竟。

“好香啊！好像是沉香的味道呢！”

看来，城太郎对沉香并不陌生。

门

一

尽管两人离开了扇屋，但仍处在花街中，他们能否平安地突出重围呢？

城太郎说道：“师傅，那边就是花街的正门。扇屋的人说，那儿有好多吉冈门的人在把守，十分危险。”

“嗯！”

“所以，我们从其他地方出去吧！”

“可一到晚上，除了正门外，其余的门都关上了。”

“我们可以翻栅栏逃走——”

“如果逃走，肯定会有损我的名声。要是能对别人的话不闻不问，我们倒可以逃走，本来离开这儿也并非难事。可是，我却不能那么做，我要找准时机，堂堂正正地从正门走出去！”

“这样啊！”

城太郎虽然有些不安，但他知道在武士的世界里，“耻辱”重于一切，所以也没再反对。

“不过，城太郎！”

“嗯？什么事？”

“你是小孩，没必要跟我冒险。我从大门出去，你可以先溜出花街，然后找个地方躲起来，等我出去。”

“您倒是大摇大摆地从正门出去了，剩我一个人怎么出去呀？”

“可以从那边的栅栏上翻过去。”

“只有我？”

“是的。”

“不要！”

“为什么？”

“师傅刚才不是说过——那样会被别人说成胆小鬼的！”

“谁也不会那么说你。吉冈门是针对我武藏一人，跟你毫无关系。”

“那么，我在哪儿等你呢？”

“柳树马场附近。”

“您一定要来哟！”

“嗯，我一定会去。”

“您不会又一声不响地跑了吧？”

武藏看了看周围，说道：“我不会骗你的。来！趁现在没人，快点翻过去吧！”

城太郎环视了一圈，快步跑到黑漆漆的栅栏下。可是，那些圆木栅栏的高度足足是他身高的三倍。

（不行啊！这么高，我怎么翻过去啊！）

他仰头看了看栅栏，眼神中流露出无奈。此时，武藏不知从哪儿提来一个木炭包，放到了栅栏下。

城太郎见状心想，即使踩着木炭包，也够不着呀！武藏顺着栅栏缝向外窥视，默默地思考着什么。

“……”

“师傅，栅栏外有人吗？”

“外面有一片芦苇地，有芦苇的地方肯定有水坑，你跳的时候要小心点！”

“水坑倒没什么关系！只是栅栏太高，我够不着呀！”

“现在不只是正门，就连栅栏外的一些重要的地方，也有吉冈门的人看守。外面很黑，你跳下去的时候要格外小心！说不定会突然从什么地方飞过来一把刀呢——你踩着我的背上去，先在栅栏上等一等，看清楚下面的状况后再往下跳。”

“知道了。”

“我先把木炭袋子扔过去，你看那边没什么动静，才能跳下去哟！”

说着，武藏让城太郎骑到自己的脖子上。

二

“能够到吗？城太郎！”

“够不到呀！”

“那你站到我的肩膀上试试！”

“可我穿着草鞋呢！”

“没事，你就站上去吧！”

于是，城太郎按武藏所说，两只脚踩到了他的肩膀上。

“这回能够到吗？”

“还是够不到呀！”

“你可真麻烦！不能跳到栅栏上头的横木那儿吗？”

“没办法呀！”

“实在不行的话，我就用双手把你举起来吧！”

“这能行吗？”

“就是再有五个、十个城太郎也没问题！喂，准备好了吗？”

武藏让城太郎的两只脚分别踩在自己的左右手上，然后就像举鼎一样，把他高高举过头顶。

“啊！够到了！够到了！”

城太郎终于爬到了栅栏上，武藏一只手拿过木炭袋子，朝栅栏另一侧丢了过去。

“砰”的一声，袋子落到了芦苇丛中——城太郎看没有什么异常，就跳了下去。

“什么嘛！这儿哪有水坑呀！根本什么都没有。师傅，这边就是一片荒原。”

“总之，你小心点吧！”

“那我们柳树马场见！”

随后，城太郎的脚步声渐渐远去，最终消失在黑夜里。

武藏一直把耳朵紧贴在栅栏缝上，直到那脚步声完全消失。

见城太郎安全离去，武藏终于放心了，随即快步走开。

他没有去昏暗的后街，而是故意朝着最热闹的街道走去，那条路正通往花街正门。他混迹在来往的人群中，看起来就像一个嫖客。

因为他没戴斗笠，所以刚迈出大门，就有人发现了他。

“啊！武藏！”

武藏此举出人意料，埋伏在周围的无数双眼睛同时望向他。

正门两侧聚集着几个轿夫，两三个武士在一旁烤着火，同时观察着出入的行人。

此外，编笠茶馆的板凳上，以及对面的小饭馆里，各有一组人在盯梢。每隔一会儿，这边的四五个人就会和把守正门的人换班，他们一旦发现戴着头巾或斗笠的人从花街走出来，就会毫不客气地察看对方的长相。如果是轿子，他们也会拦住并仔细检查。

早在三天前，他们就这么做了。

因此吉冈门的人确信，那个雪夜之后，武藏从未走出过这扇大门。他们也曾跟扇屋的人打听武藏的行踪，但对方只说没有这个客人，便不再理睬了。

其实，吉冈门并非没有吉野太夫藏匿武藏的证据，可他们担心一旦得罪了吉野太夫，会引起众怒。因为吉野太夫不仅是六条的名人，现在上至达官贵胄、下至平民百姓，没有一人不喜欢她。如果事情闹大了，人们一定会说武士成群结党，搅闹扇屋，从而给吉冈门惹来祸端。

所以，他们只好舍近求远，采取持久战的策略。他们整日守在花街正门外，等着武藏自己走出来。为防止武藏乔装打扮，躲在轿子里或是翻栅栏跑掉，他们都做了充分的准备，可谓万无一失。

然而，谁都没想到武藏会如此堂而皇之地从正门走出来，吉冈门众人见此情景，不禁吓了一跳，甚至都忘了上前阻拦。

三

武藏毫无掩饰，因此吉冈门的人没有任何理由喝令他停下。

他迈开大步走着，不一会儿就走过了编笠茶馆。约莫走出一百步的时候，吉冈门弟子中突然有人大叫一声：“杀呀——”

于是，众人也高喊一声：“杀呀！”

同时，八九条黑影挡住了武藏的去路。

“武藏，站住！”

双方终于开始了正面较量。

武藏问道：“什么事？”

他的回答有一种出其不意的强硬，同时他横着退到路旁的一个小木屋前站好。

小木屋旁横放着巨大的枕木，周围堆着一大堆木屑。看来，这是伐木工人休息的小屋。

“是不是有人在吵架呀？”

有个伐木工打开了门，朝外面看了一眼。

“哇！”

那人吓得立刻把门关上，还用门闩把门紧紧顶住。之后，屋里什么声音都没有了，估计那人早已藏到了被窝里。

吉冈门的人就像野狗召唤同伴一样，又是打呼哨、又是大声喊叫，眨眼之间一大群人就聚拢过来。由于夜色太黑，眼前这群人很容易造成声势浩大的假象，不过他们也绝不会少于三十人。

武藏被黑压压的人群团团围住。

不，由于他背靠小木屋，所以应该说小木屋和武藏都被众人包围了。

……

武藏目不转睛地注视着敌人，暗暗估算对方的人数以及细微的形势变化。

虽然对方有三十多人，但他们的目的只有一个。对武藏而言，揣摩对方的心理并非难事。

正如武藏所料，没有一个人敢单独出击。当对方以集体形式参战，在多数人的步调达成统一之前，都是站在那儿胡乱吵嚷，还有人辱骂武藏。这些人简直就像市井的无赖，他们骂武藏：“浑蛋！”“臭小子！”这些骂声反而显得自己更加懦弱、滑稽。没过一会儿，吉冈门众人就像铁桶一样，把武藏紧紧围在当中。

武藏早就做好了准备，当对方叫骂之时，他已完全进入了战斗状态。他敏锐地观察出，这些人中谁比较强、谁比较弱，可谓成竹在胸。

他看了众人一眼，问道：“是谁叫住我的？我就是武藏！”

“是我们，所有在场的人叫住你的！”

“这么说你们是吉冈门的人喽？”

“废话！”

“不知你们有何贵干？”

“这还用问吗——武藏，你准备好了吗？”

四

“准备？”

武藏轻轻撇了撇嘴。

他从齿间发出的冷笑，顿时激怒了众人，一种令人窒息的杀气扑面而来。

武藏提高声调，继续说道：“即使是睡觉，武士也可以随时应战。所以，我随时恭候你们。你们不明是非，挑起争端，还故意装腔作势、假借武士道精神，简直可笑至极——你们容我问一句，各位是想暗杀武藏，还是想正大光明地报仇？”

“……”

“我问你们，是跟我有深仇大恨，还是为了给清十郎和传七郎报仇？”

“……”

如果武藏在言语、眼神及身体上露出一丝破绽，周围无数的利刃肯定会像喷涌的洪水一样将他吞没。可是，并没有人向他攻击，众人就像一串佛珠一样，呆呆地串联在一起。

此时，突然有人大喝一声：“这还用说吗？”

武藏扫了一眼说话人，从年龄、做派上来看，他一定是吉冈门的人。

没错，此人正是吉冈门的高徒御池十郎左卫门。御池十郎左卫门似乎打算率先动手，他蹑着脚往前蹭着。

“你打败了我的师傅清十郎，又杀了二少爷传七郎，我吉冈门弟子岂容你再活在世上——而且，吉冈门因你而声名扫地，我们数百弟子发誓要为师傅雪耻。我们和你并无私人恩怨，而是要为师傅讨回公道！武藏，我们誓要砍下你的首级！”

“哦！你的确很有武士的风骨呢！冲这一点，我也得奉上自己的一条性命啊！不过，你们真的看重师徒情谊、要为吉冈门雪耻的话，为何不像传七郎或清十郎那样，堂堂正正地跟在下比试呢？”

“住口！你居无定所，如果我们不盯住你，你早就跑到其他地方去了。”

“你们是以小人之心度君子之腹！如各位所见，我武藏一没逃、二没躲！”

“那是因为你被我们发现了！”

“什么！如果我想躲起来，即便是六条这个小地方，我也能让你们找不到！”

“你以为，吉冈门弟子会让你就这么出去吗？”

“我知道各位会逐个跟我打招呼，可如果我们像野兽、无赖那样在繁华之地械斗，不仅有损于我个人的名誉，也会给全体武士抹黑。而各位口口声声说的师徒情谊，也会成为世人的笑柄，令师的名下会再添上耻辱的一笔——如果你们不在乎师门灭绝、武馆解散，也不介意世人的耻笑，决心从此弃武，我武藏和身上这两把刀愿意奉陪到底。我会把你们变成一堆尸山！”

“你说什么？”

这次说话的不是御池十郎左卫门，而是御池十郎左卫门身旁的一个正要抽刀的人。突然，有人大喊了一声：“板仓来了！”

五

在当时，板仓可是一个令人望而生畏的差人。

就连很多童谣都经常提到他。

一首童谣这样唱道：

路上有人打架！

谁骑着枣红马来了？
啊！是伊贺四郎左，
打架的人跑了个精光！

还有一首童谣唱道：

伊贺大人既是千手观音又是天目神①，
既有千里眼，又有一百个差役。

这些童谣的主角就是板仓伊贺守胜重。

最近，京都呈现出日益繁华的趋势，各行各业都是一片大好景象。这是因为京都的政治、战略地位在整个日本具有举足轻重的地位。

因此，京都逐步发展成为文化最发达的地区，但在思想领域里，京都也是让政客最头痛的地方。

自室町时代以来，土生土长的京都人大多弃武从商，作风也日趋保守。现今，德川和丰臣各据一方，虎视眈眈地期盼着一个新时代的来临。

此外，一些名不见经传的武家，也各自扩展势力，门下都养了一大批浪人。

由于德川和丰臣都在积蓄力量，所以很多浪人都抱着碰运气的想法，像蚂蚁般四处钻营。

随着浪人数量的激增，以赌博、敲诈、行骗、拐卖为生的无赖也日益增多，饭馆和妓女的惊人数量也加剧了此类案件的发生。不知从何时起，世上出现了很多消极主义者和享乐主义者，他们将织田信长所说“人生五十年，不过化作一场梦！”当作信条。因为担心自己随时会死去，所以一味沉溺于酒色中。

①天目神：日本神话人物。——译者注

而且，这些虚度光阴的人还对政治、社会发展牢骚满腹，他们表面认为德川和丰臣旗鼓相当，但只要形势稍有变化，他们立刻会见风使舵、趋炎附势，连京都的奉行官也对此无能为力。

到底还是德川家康独具慧眼，请来板仓伊贺守胜重担任京都的所司代。

自庆长六年开始，胜重手下就有三十名捕快、一百名差役。据说胜重上任之时，还发生了一个小故事。

当他收到家康的委任状时，并没有立刻答应。

“我得回家跟我的妻子好好商量一下，再答复您。”

于是，他赶回家中，将此事告诉了妻子。

“很多达官显贵荣耀一时，最终却落得家破人亡，历史上这样的例子比比皆是。思其原因，多半是家族、妻室拖累所致。我之所以先和你商量，就是想让你给我立个誓约，无论我做所司代还是当市长，你绝不过问半个字，这样我才可以上任。”

“我一个女人怎么插手你的事呀？”

于是，他的妻子郑重其事地发了誓。

次日清晨，胜重换好衣服，准备进城。妻子看到他的内衣领子翻了出来，正要帮他整理好时，胜重突然呵斥了一句：“难道你忘了自己的誓约？”他要求妻子重新发誓，然后才进城见家康复命。

正因为胜重抱定决心，所以行事公正、执法严明——这样一来，很多手下都十分讨厌他，说他是恐怖的上司，可老百姓却把他当成父母官。只要有胜重在，大家就感到安心。

言归正传，刚才不知谁大喊一声：“板仓来了！”此时，双方正是剑拔弩张之时，肯定没人会开这种玩笑。

六

所谓“板仓来了”，其实来的是板仓的手下。

如果官吏要来插手此事，可就麻烦了。想必是周围巡逻的差役，看到此处异样，才赶过来看个究竟吧！

可是，刚才大喊一声的人到底是谁呢？如果不是自己人，莫非是过路人的提醒？

于是，御池十郎左卫门及吉冈门弟子都朝喊声的方向看过去。

“等一等！”

突然，有一个年轻武士分开人群，站到了武藏和吉冈门众人之间。

“啊？”

“你是……”

众人深感意外，大家的目光都集中在眼前这个留着前发的少年身上。

对方显得不可一世，似乎在说：“就是我！你们应该记得我这张脸！”然后，佐佐木小次郎说道：“刚才我在花街正门下轿时，听到路人说一伙人在群殴，没想到是这件事，你们不是一直想以多欺少吗？当然，我既不是吉冈门的人，也不是武藏的朋友——可我也是个武士，又身为剑客，为了全体武士的声誉考虑，我想我有资格说几句话。”

这一番慷慨陈词，与他留着前发的外表极不相称。而且，他说话的口吻和环视众人的眼神，也是狂傲至极。

“在此，我想问各位一句，如果板仓大人的手下来到这里，看到一群人在街上舞刀弄枪，然后抓住你们要求写认罪书，这对你们双方不都是奇耻大辱吗？要是惊动了官吏，他们肯定不会把这次群殴当作简单的事件处理——所以说现在地点不对——时间也不对。各位都身为武士，如果你们扰乱社会治安，就会给全体武士的脸上抹黑。现在，我代表武士们奉劝各位，不要在此动武！若想用武力解决问题，就依照比武的规矩，另选时间和地点吧！”

吉冈门众人被佐佐木小次郎的口才征服了，他们个个沉默不语。御池十郎左卫门等他一说完，便朗声答了一句：“好！”

“您说的没错——不过，佐佐木小次郎阁下，您能保证武藏在比武之前不会逃跑吗？”

“要我担保也可以。”

“我们可不接受这种模棱两可的承诺。”

“可是，武藏是个活生生的人啊！”

“你是不是想让他跑掉？”

“胡说八道！”

佐佐木小次郎怒喝一声。

“万一有闪失，你们尽可以全算到我头上！而且，我也没理由庇护这个人，如果武藏在比武之前，临阵逃脱或是离开京都，你们可以在城中张贴告示，以让他无地自容！”

“不！如果只是这样，我们无法答应！如果你能保证到比武之前，一直看着武藏，我们今晚就立即罢手。”

“等等，这个我得问一下武藏！”

说着，佐佐木小次郎回过头去。他知道，武藏一直盯着自己的背影，现在四目相对，他一边瞪着武藏，一边慢慢逼近。

七

……

……

尽管双方尚未开口，眼神中已是火药味十足，就像两只角斗前的猛兽。

两人的脾气秉性相差甚远，他们彼此认可，又互相畏惧，同样的年轻自负、性情乖张。

此时，他们就像在五条大桥初见时一样，彼此戒备。无须开口，武藏和佐佐木小次郎仅通过眼神就已充分明白了对方的想法。这完全是一场无声的决斗。

不过，他们最终还是开了口。

佐佐木小次郎首先说道：“武藏，你觉得如何？”

“什么事？”

“刚才，我给吉冈门众人开出的条件。”

“我同意！”

“很好！”

“不过，我还有点不同的看法。”

“你是不是不想让我看管你？”

“无论是跟清十郎比武，还是与传七郎的决斗，我武藏从未退缩。难道我会害怕这些残兵败将？”

“嗯。你的确是光明正大！我会记住你的话——那么，你希望将比武定于哪天？”

“日期和地点都由对方决定吧！”

“真爽快——那在比武之前，你会住在哪儿呢？”

“我居无定所。”

“若是这样，对方的挑战书该如何转交给你呢？”

“可以在这儿定下来。我一定会如期赴约。”

“嗯。”

佐佐木小次郎点头应允，随后退到后面。同时，御池十郎左卫门与其他弟子商量了片刻之后，其中一人上前一步对武藏说道：“我们决定将比武时间定在后天早晨——寅时下刻。”

“知道了。”

“地点是比睿山道一乘寺村的山脚，薮之乡下松——我们就在下松见面。”

“一乘寺村的下松，好的，知道了。”

“现在能够继承吉冈门的人，只有清十郎、传七郎的叔父壬生源左卫门之子源次郎了。不过，由于他年龄尚小，届时我们会派几名弟子随同前往。在此，先跟你知会一声。”

双方约定好后，佐佐木小次郎敲了敲小木屋的门，走进屋中，对着那两个瑟瑟发抖的伐木工命令道：“这里应该有废木板吧？帮我找一块来，然后再钉上一根六尺左右长的木柄，我要做一个告示牌。”

木牌做好后，佐佐木小次郎叫吉冈门的人取来笔墨，自己大笔一挥将双方约定之事写在了木牌上。

然后，他将写好的内容让双方过目，并建议把告示牌立在街边，以将此事公之于世。

吉冈门弟子将告示牌立在了最显眼的路口，武藏对此毫不在意，径自朝着柳树马场的方向走去。

八

此时，城太郎正孤零零地站在马场等武藏，他眼望四周，不停地叹气。

“真慢啊！”

不时有轿子疾驰而去，偶尔还有几个哼着小曲的醉汉，摇摇晃晃地走过去。

“师傅怎么这么慢啊！”

难不成？城太郎有些不安，迈步就往柳町的方向跑去。

此时，迎面走来一人问道：“你要去哪儿？”

“啊！师傅！我看您一直没来，所以想过去看看！”

“哦？我们差点就走两岔儿去了！”

“正门那儿，有很多吉冈门的人吧？”

“是的。”

“他们没对您怎么样吗？”

“嗯，没有。

“他们没想抓住您吗？”

“嗯，没有。”

“是吗？”

说着，城太郎抬起头看了看武藏脸上的表情，接着又问道：“这么说来，什么事都没发生喽？”

“是的。”

“师傅，不是那边，去乌丸大人的官邸应该走这条路。”

“啊！是吗？”

“师傅也想尽快见到阿通姐姐吧？”

“是的。”

“阿通姐姐一定会大吃一惊！”

“城太郎！”

“什么事？”

“我们第一次见面的那个小客栈，是在哪个镇子里？”

“是北野吧！”

“对了！是在北野的后街！”

“乌丸大人的府宅可气派了！那种小客栈根本没法比呢！”

“哈哈哈！客栈怎么能比得了呀！”

“现在正门已经关了，我们可以从用人进出的后门进去。如果跟他们说我师傅来了，说不定光广大人会亲自迎接呢！师傅，那个宗彭泽庵和尚的心可真坏！他故意说话气我，还说师傅的事情不管也罢。他明明知道师傅在哪儿，却偏偏不告诉我。”

城太郎知道武藏话不多，即便师傅默不作声，他仍旧自顾自地说个不停。

不多时，两人便来到了乌丸府的附近。城太郎用手指着后门对武藏说：“师傅，就是那里！”

武藏也停下了脚步，城太郎接着说道：“您看到那边围墙上映出的灯火了吗？阿通姐姐的房间就在北边。灯还亮着，也许阿通姐姐还在等着我呢！”

“……”

“师傅，我们快进去吧！我去叫门房开门！”

说着，城太郎就要跑开，武藏一把抓住他的手腕说道：“还不到时候啊！”

“为什么？师傅！”

“我就不进去了，你帮我给阿通姑娘带几句话！”

“啊？怎么回事？那师傅为何要来这儿呢？”

“我是为了送你回来。”

九

城太郎天生敏感，一直担心事情会有什么变化，果然不出所料，他的担心变成了现实。突然，他大声喊道：“不行！不行！”

“师傅，您不能这样啊——您怎么能不进去呢！”

他抓着武藏的手腕，拼命往里拽，阿通就在门的另一边，无论如何他都要把武藏带到阿通面前。

“别嚷嚷！”

暮色低垂，乌丸府内一片寂静，武藏不想惊扰别人的美梦。

“好了，你好好听我说！”

“不听！不听！师傅刚才不是说要跟我一起去的吗？”

“不是已经跟你一起来这儿了？”

“只到门口怎么能行？我不是跟你说要去见阿通姐姐！师傅哪能教徒弟撒谎呢？”

“城太郎，不要大喊大叫，你冷静下来听我慢慢说。师傅马上又要迎来一场决斗，生死尚不能预料。”

“身为武士，就要时刻准备奔赴死地——这话您不常说吗？而且，这也不是您的第一次决斗呀！”

“没错！我常挂在嘴边的话，由你口中说出，反而让我有一种受教的感觉——可是，只是这次比武，我抱定了九死一生的信念，所以不能去见阿通姑娘。”

“为什么？为什么？师傅！”

“即使告诉你，你也理解不了，等你长大后就会明白了。”

“真的吗？师傅马上就会有性命之忧？这是真的吗？”

“这件事不要告诉阿通姑娘哟，她现在生病，应该让她好好休养，尽快康复，然后给自己找一个好归宿。城太郎你把这些话告诉她，就说是我说的。其他的一概不要提起。”

“不要！不要！我偏要说！这种事我怎么能不告诉阿通姐姐——无论如何，师傅要跟我一起进去！”

“你真倔强！”

武藏甩开了他的手。

“可是师傅！”

城太郎大哭起来。

“可是！可是！那样的话，阿通姐姐实在太可怜了。如果我把今天的事告诉她，她的病情一定会加重。”

“所以，我才让你那么说。现在见阿通，对彼此真的没什么好处。所谓的武学修行，就是要克服自己的脆弱、学会忍受痛苦，用千难万险来磨砺自己，否则你的修行就不会成功！城太郎，如果你经不起这种考验，就无法成为一个顶天立地的武者！”

“……”

看到城太郎低头啜泣的样子，武藏心一软，一把将他拥入怀中。

“身为武士，常常生死难料。我要是死了，你再找一位好师傅。对阿通姑娘也是如此，我不能去见她，如果有一天她找到了好归宿，一定能理解武藏这番苦心。喂！那边墙里的灯还亮着呢！那是阿通姑娘的房间吗？她一定很寂寞，你快点回去吧！”

十

武藏说了一大堆，城太郎也终于体谅到了师傅的苦衷。虽然他还在哭，但慢慢转过身子背对着武藏，看来他多少听进去了一些。他觉得阿通很可怜，但也无法再勉强师傅——这简直让他进退两难，那颗幼小的心灵在颤抖着、呜咽着。

“那这样吧，师傅！”

突然，城太郎不再捂着脸哭泣，一下转过身来面对着武藏。他要使出最后一招——死缠烂打。

“你完成修行后，一定要来见阿通姐姐哟！只要您觉得自己的修行已经可以了，就要来找她呀！”

“那时已经……”

“那是什么时候呢？”

“我也不知道呀！”

“两年？”

“……”

“三年？”

“修行之路是永无止境的。”

“那你打算一辈子都不见阿通姐姐了？”

“如果我天赋异禀，也许有达成的一天；如果天资不够，恐怕花了一辈子时间还是愚钝之人——更何况，我还要去比武呢——即将奔赴死地之人，怎么可以和前程似锦的姑娘约定未来呢？”

武藏没想到自己会脱口而出，而城太郎也没完全弄懂师傅的话，他一脸诧异地说道：“所以师傅，您不需要约定什么，只要跟阿通姐姐见一面就行！”

说完，他显得很得意。

和城太郎说得越多，武藏就越感觉到自身的矛盾、迷惘和痛苦。

“不能这样！阿通是个年轻姑娘，而我也是个年轻男子。跟你实说吧，要是我去见阿通，她一哭我就没辙了。一看到她的眼泪，我的决心就会崩溃。”

武藏突然想起在柳生庄，眼望阿通离去的情景——当时，自己的心情就像今晚一样矛盾。可是，他的感受已大不相同。

之前的他满怀豪情，只知道一味奋勇向前。无论是在花田桥，还是在柳生庄，他都会毫不犹豫地拒绝阿通的感情。而现在的武藏，心智逐渐成熟，内心也有了柔软的一面。

他懂得了生命的可贵，因此也开始恐惧。他知道，世间并非只有学武一条路，每个人都在用自己的方式追寻人生的真谛。天地如此之大，自己的一点小成就根本不值一提。从吉野身上，他感受到了女性的魅力，也多少了解了一些她们的想法——与其说他害怕面对女性，不如说他害怕面对自己的内心——尤其是面对阿通时，他根本无法抑制自己的情感——而且，自己也必须为她的今后打算。

此时，城太郎仍在一旁默默抽泣，他似乎听到武藏说了一句：“你能理解我吗？”一直用胳膊捂着脸的城太郎，猛然抬起头来，然而眼前只剩下一片无尽的黑暗。

“啊！师傅！”

城太郎一直跑到围墙的转角，但武藏已不见踪影。

十一

他大喊一声，但此时已于事无补了。城太郎把脸靠在围墙上，放声大哭。

……

他一心一意地信任大人，到头来却不得不违拗自己的意愿。即便他理解师傅的苦衷、服从师傅的决定，但内心仍懊悔不已。

他不停地哭泣着，连嗓子都哭哑了，肩膀一个劲儿地颤抖，大声地抽泣让他禁不住打了几个嗝。

此时——

后门外也站着一个人。那人披着斗篷，听到暗处传来哭声，便慢慢走近城太郎。

“城太郎？”

对方满腹狐疑地问了一声。

“这不是城太郎吗？”

随着第二次问话，城太郎抬起头来。

“啊！阿通姐姐！”

“你怎么哭了——还在大门口？”

“阿通姐姐，你的病还没好，怎么跑到外面去了？”

“你还问呢！你也太不让人省心了！出去也不打声招呼，你到底去哪儿了？眼见天都黑了，你也没回来。最后大门都要关了，还不见你的影子。你不知道我多担心哪！”

“所以你就跑出来找我？”

“万一你出了什么事，我怎么睡得着呀！”

“真是大傻瓜！你自己的病还没好呢！要是再发烧怎么办？赶快回房休息吧！”

“你到底为什么哭呀？”

“一会儿告诉你。”

“不，一定是出了什么事，快点告诉我！”

“你先回房躺下，我再告诉你。阿通姐姐，快点去休息吧！如果明天你的头又疼了，我可不管了！”

“好，我马上回房躺下，你能不能先透露一点儿，你是去追宗彭泽庵师父了吧？”

“嗯。”

“你问他武藏在哪儿了吗？”

“我讨厌那个没感情的和尚！”

“那么，你知道武藏在哪儿吗？”

“嗯。”

“你已经知道了？”

“别再问了！快点回去休息，好好休息——一会儿再说了！”

“为什么不告诉我？如果你不说，我就一直站在这儿，不回去了！”

“哎呀！”

城太郎的眼泪夺眶而出，他皱皱眉头，拉着阿通的手说道：“你和师傅为什么要这样为难我呀？阿通姐姐，如果你不躺下，好好用冷毛巾降温，我就不说！快进去吧！要不我扛也要把你扛回床上。”

于是，他一手抓着阿通，一手用力敲门，大声嚷道：“值班的！值班的！病人从屋里跑出来你们也不管——赶快开门，要不然她又要着凉了！”

今朝有酒今朝醉

一

本位田又八一口气从五条跑到三年坂，已是满头大汗，也许是喝了酒的关系，他的脸显得红扑扑的。

他走过满是石块的坡路，又穿过污秽不堪的长屋门，来到菜地一头的小屋。这里正是阿杉婆常住的那家客栈。

“母亲！”

他向屋内望了一眼。

“怎么还在睡觉啊！”

他咂咂嘴巴，嘀咕了一句。

随后，本位田又八坐到井边歇了一会儿，又用井水洗了洗手和脚。此刻，阿杉婆头枕着手睡得正香，屋内鼾声大作。

“简直就是一只懒猫，一有空就睡觉。”

本位田又八抱怨了一句。看似熟睡的母亲，好像听到了本位田又八的声音，微微睁开眼睛。

“你说什么？”

阿杉婆猛地坐起身。

“啊！您听到了？”

“你瞎唠叨什么！睡眠可是我的养生之道。”

“您睡觉就是养生，我稍微休息一下，您就呵斥我‘年纪轻轻的怎么这么没精神！还不快去找线索’。可您自己却在这儿睡午觉，这未免太过分了！”

“唉！你就体谅体谅我吧！尽管我心里不服老，但毕竟岁月不饶人啊——那晚我们联手都没能杀死阿通，已经让我精疲力竭了。宗彭泽庵那和尚还扭伤了我的手腕，现在还疼呢！”

“我有精神的时候，您就嚷嚷累了；等您不累的时候，我又没那股劲头了！说到底都是白费力气！”

“我不过休息一天而已，还没老到不中用呢——我说本位田又八，最近可有武藏或阿通的消息？”

“都不用我去打听，外面早就传开了——大概只有像您这种关在家里睡大觉的人，不知道吧！”

“什么？外面传开了？”

阿杉婆凑过来问道。

“到底是什么事？本位田又八！”

“武藏和吉冈门的人要举行第三次比武。”

“哦，时间和地点呢？”

“花街的正门前立了一块告示牌，地点并未详述，只写着一乘寺村，时间是明天凌晨。”

“本位田又八！”

“干吗？”

“你是在花街正门附近看到告示牌的吗？”

“嗯。那儿围了一大群人呢！”

“这么说来，你白天经常去那种地方闲逛喽？”

“哪、哪有这回事？”

本位田又八急忙摆手说道：“我除了偶尔喝点小酒之外，早就改邪归正了，最近我一直忙着四处打探武藏和阿通的消息。母亲这样猜忌我，真让人伤心！”

阿杉婆突然有些心软。

“本位田又八，别生气！我刚才是开玩笑的，别放在心上！我看得出，你已决定痛改前非了——你刚才说，武藏和吉冈门的决斗定在明天凌晨，这也太仓促了！”

“据说是寅时下刻，那时天还没亮呢！”

“吉冈门中，有你认识的人吧？”

“认识是认识，可是，那也不是什么光彩的事，您有什么事吗？”

“我想让你带我去吉冈门的四条武馆——现在就去，我们先准备一下！”

二

有时，上年纪的人很任性。明明自己刚才还在睡午觉，现在看到本位田又八刚坐下，就皱着眉头大声喊道：“本位田又八，快点啊！”

本位田又八根本没准备要走，他漫不经心地说道：“您干吗这么着急呀！又不是去救火！况且，您去吉冈门武馆做什么呀？”

“当然是去求他们帮忙呀！”

“帮什么忙？”

“明天凌晨，吉冈门众弟子不是要跟武藏决斗吗？我们可以加入其中，助他们一臂之力，哪怕只砍武藏一刀，我也能解气呀！”

“啊哈哈哈、啊哈哈哈，母亲，您在开玩笑吧？”

“你笑什么？”

“因为您说得太轻松了！”

“我看就你不着急！”

“到底是我不在乎，还是您想得太简单，只要去街上打听一下就知道了——吉冈门那边，先是清十郎败北，后来是传七郎被杀，这次的决斗是关乎吉冈门生死存亡的最后一战。现在的吉冈门已名存实亡，剩下的弟子都是一些亡命之徒，他们不在乎外界如何评价，已经公然表示要用尽一切手段把武藏杀死，为师傅报仇——也就是说，他们这次要多个人打一个人。”

“哦，原来如此。”

阿杉婆听到这儿，很兴奋，眼睛也眯成了一条缝。

“这么说来，武藏这次是必死无疑喽？”

“现在下结论还为时过早。武藏那边肯定也会找一些帮手，如果吉冈门派出多人应战，武藏也应该带一些人去。今天，京都的人都在说‘这样一来不就变成群殴，而不是比武了吗？’——在那种乱哄哄的场合，谁会理你这个摇摇晃晃的老太婆呢！”

“嗯，说的也是。难道我们母子只能眼睁睁地看着一路追杀的仇敌倒在别人的刀下？”

“所以，我决定明天天亮之前赶到一乘寺村看个究竟——等到吉冈门的人杀死武藏之后，我们母子再上前跟他们讲明武藏和我们之间的恩怨，然后再在尸体上砍下一刀给自己报仇，最后再拿走武藏的头发或衣服等物。回到家乡后，我们就说已把武藏杀了，如此一来我们就能扬眉吐气了！”

“原来如此，你考虑得很周全，看来没有其他的办法了。”

阿杉婆坐直身子，说道：“这样一来，我们就可以堂堂正正地回家乡了。武藏一死，阿通就失去了依靠，只要发现她，就可以毫不费力地把她杀掉。”

她一边自言自语，一边不住地点头。看来，这个急躁的老人终于安静下来了。

此时，本位田又八好像突然想到什么似的，对母亲说道：“既然已经决定了，我们就好好休息一下吧！丑时三刻起来就来得及。母亲，虽然还没到晚饭时间，能让我先喝杯酒吗？”

“喝酒？嗯，你去柜台要些酒来，我也少喝一点，当作提前庆祝！”

“好吧！”

本位田又八有些懒得动弹，他手扶着膝盖正要起身时，却被窗边的什么东西吓了一跳。

三

他看到一张白皙的脸从窗口一闪而过。他之所以吃了一惊，并不仅仅因为对方是个年轻的女性。

“啊！是朱实吧？”

他跑到窗边。

朱实就像一只无处可逃的小猫，惊慌地躲在树荫下。

“啊，是本位田又八哥哥吗？”

她一脸惊恐，望向本位田又八。

从伊吹山遇到朱实时，她的身上就一直带着铃铛，有时系在腰带上，有时别在袖口。此时，那铃铛也随着她不住的颤抖而丁零作响。

“你怎么了？为什么会在这儿呢？”

“我早就住在这家客栈了。”

“哦，我真没想到。是跟阿甲一起来的吗？”

“不是。”

“你一个人？”

“是的。”

“你不和阿甲一起生活了？”

“你知道祇园藤次吧？”

“嗯。”

“去年年底，她和祇园藤次一起私奔了。在那之前，我就离开了养母。”

铃铛微微作响，朱实用袖子掩面哭了起来。也许是树下光线较暗，朱实的脖颈和手指已不是本位田又八记忆中的模样了。在伊吹山的艾草屋时，她浑身都洋溢着一种少女特有的光彩，而现在，那种清纯的气息已无处寻觅。

“是谁呀？本位田又八！”

身后的阿杉婆一脸狐疑地问道。

本位田又八回头答道：“我以前跟您提过的，那个阿甲的养女。”

“那女孩为何站在窗外偷听我们谈话？”

“您别把她想得那么坏。她也住在这家客栈，只是恰巧路过，并没偷听我们说话。对吧？朱实！”

“嗯，是的。我做梦也没想到，本位田又八哥哥也住在这儿，不过，前几天，我在这儿迷路的时候，见过一个叫阿通的姑娘。”

“阿通已经不住在这儿了。你跟她说什么了吗？”

“我们根本没说话，不过后来我想起来了——她就是本位田又八哥哥留在家乡的那个未婚妻吧？”

“嗯，我们以前是订过婚。”

“那本位田又八哥哥是因为养母才——”

“从那以后，你就一直一个人吗？你变了不少啊！”

“就因为养母，我才吃了这么多苦。因为感念她的养育之恩，我一直忍耐着。去年年底发生了一件事，我实在无法再容忍下去，就一个人从住吉逃走了。”

“那个阿甲，竟把你我这样的有为青年迫害到如此地步。畜生！等着瞧吧，她一定不得好死！”

“可是，今后我该怎么办呀？”

“我的前途也是一片灰暗啊，我曾对那个女人说过，一定要做出一番事业给她瞧瞧，唉！如今我也是一事无成啊！”

两人隔着窗户，互诉衷肠。阿杉婆一直在整理行李，此时，她咂咂嘴说了一句：“本位田又八！本位田又八！干吗跟别人唠唠叨叨地说个没完！今晚我们不是要离开这里吗？你快点过来帮忙吧！”

四

朱实本来还想说些什么，但又怕阿杉婆不高兴，便说道："本位田又八哥哥，我先走了！"

随后，她就悄悄地离开了。

不一会儿——

这间厢房就亮起了灯。

晚饭时，伙计送来了酒菜，还把账单放在小盘里拿了过来。客栈的伙计、老板都一一前来与本位田又八母子道别。

"今晚您就要离开了，在此期间，我们招待不周，还望海涵，下次来京都时，请一定再来光临啊！"

"好、好！说不定我们还会来的。从去年年底到现在，没想到，在这儿一住就是三个多月。"

"我们真是舍不得您啊！"

"老板，我们马上就要走了，我来敬您一杯！"

"不敢当，老夫人，您是要回故乡吗？"

"不是。不过，总有一天我们会回去的。"

"听说您要半夜出发，为什么选那个时间呢？"

"是临时有急事，对了，您这里有没有一乘寺村的地图呀？"

"一乘寺村？！不就是在白河那头，靠近比睿山的那个小山村吗？你们为何半夜三更赶去那里？"

本位田又八急忙打断老板的问话："你就别问那么多了！只要给我们画一张路线图就行了。"

"知道了。正好我们这里有个伙计是从一乘寺村来的，我去叫他画一张详细的地图。不过，话说回来，那里可是个地广人稀的村子哟！"

此时，本位田又八已经有些醉意，见老板如此认真，他有些不耐烦。

"你就不要替我们担心了！我们只是随便问问而已。"

"抱歉——那么请您二位慢慢准备吧！"

随后，老板搓着手，退了出去。

此时，在客栈正屋和这间厢房周围，突然响起一阵急促的脚步声。有个伙计一眼看到老板，便慌忙开口道："老板，有没有看到一个人跑过来？"

"什么人？出什么事了？"

"就是那个——前几天独自住进上房的姑娘。"

"哦？她跑了？"

"傍晚时我们还见过她呢，可现在，房间里却——"

"人不见了？"

"是的。"

"真是一群废物！"

店老板仿佛被热汤烫到一样，脸色骤变，跟刚才在客人面前卑躬屈膝的样子完全判若两人。他厉声骂道："人都已经跑了，现在说什么都晚了——我第一眼看见那个姑娘，就觉得有问题——可你们竟让她住了七八天之后，才发现她身无分文——客栈岂不要赔光了！"

"实在对不起。当初，我看她是个姑娘家——没想到竟被她骗了！"

"要是光赔点食宿钱也就算了。你们快去看看客人们丢什么东西没有。唉！真是气死人了！"

说着，老板无奈地咂着嘴，向黑漆漆的门外张望着。

五

母子俩一边喝着酒，一边等待深夜的到来，他们面前已堆了好几个酒壶。

此时，阿杉婆先拿起饭碗说道："本位田又八，你也喝得差不多了吧？"

"喝完这杯就好了！"

他一边自斟自饮，一边说道："我不吃饭了。"

“至少也得吃点泡饭啊！要不身体会受不了的。”

此时，在菜地和胡同口周围，依然能看见提着灯笼的伙计进进出出。阿杉婆嘀咕了一句：“好像还没抓到呢！”

“刚才在店老板面前，我怕受牵连，所以什么都没说。那个没付账就逃走的姑娘，不就是白天跟你在窗口说话的朱实吗？”

“估计是她。”

“阿甲教出来的女儿，一定不是什么正经人。以后即使碰见，你也不要搭理她。”

“可是仔细想想，那姑娘也挺可怜的。”

“你可以同情别人，但不能平白无故地帮她付账。离开这儿之前，我们就装作不认识她，知道吗？”

“……”

本位田又八好像想起了什么事，他挠挠头，随即躺了下来。

“那个可恶的女人！一想到她，那张脸仿佛就浮现在天花板上，事实上，误我一生的人既不是武藏也不是阿通，而是那个阿甲！”

阿杉婆听到这儿，不由嗔怪道：“你胡说什么！如果你去找阿甲报仇，不但无法赢得家乡人的尊敬，反而会使家族声誉受损。”

“唉！世上的事真让人烦心哪！”

此时，店老板提着灯笼来到走廊。

“老夫人，现在已是丑时了。”

“哦，我们该出发了！”

“现在就要走吗？”

本位田又八伸着懒腰问道：“老板，刚才那个没付钱的姑娘抓到没有？”

“没有。连个人影也没找着！本来我看她长得标致，心想即便她没钱也会有人替她付账，所以就让她住了进来，没想到却上了她的当。”

本位田又八走出房外，一边系鞋带一边回头问道：“喂！母亲，您干吗呢？平时总是催我，这会儿自己却磨磨叽叽的！”

“你等得不耐烦了？别着急嘛！喂！本位田又八，那个东西在你身上吗？”

“什么东西啊？”

“就是我放在行李旁的钱包呀——住宿费是用腰兜里的钱付的，而所有盘缠可都放在钱包里了！”

“我没看到什么钱包呀！”

“咦？本位田又八，快过来！行李上系着一个纸条，上面写着‘本位田又八哥哥’呢！……什么……她可真不要脸，纸上写着：看在我们相识的情分上，请恕我不问自取之罪。”

“啊——一定是朱实偷的！”

“偷盗是不可原谅的。老板，客人遭到偷窃，客栈应该负责吧！请帮我们想想办法！”

“哦，如此说来，老夫人认识那个逃走的姑娘喽——要是那样，您就把她的欠账一并付清吧！”

听老板这么一说，阿杉婆瞪圆两眼，急忙摇头否认。

“你、你说什么呢！我才不认识那个小偷呢！本位田又八，你再磨叽下去，鸡都要打鸣了！快走！我们赶快走吧！”

必杀之地

一

夜空中依然能看见月亮。

天还没亮，周围一片阴森。一群黑影在白茫茫的街上移动着，看起来十分诡异。

“真没想到啊！”

“嗯。大多都是生面孔哟！估计有一百五十人吧！”

“他们是不是只来了一半啊？”

“壬生源左卫门和他的儿子，还有吉冈门的那些亲戚稍后才会露面，估计还会来六七十人呢！”

“吉冈门算是彻底完了！清十郎和传七郎这两个顶梁柱一倒，真好比大厦将倾啊！”

黑影中的一群人，轻声议论着。另外，还有一群人坐在断墙处，他们听到对面人的议论，大声呵斥道：“别说丧气话！家族盛衰乃是世间常事！”与此同时，还有一群人说道：“不想来的人可以不来！武馆一关门，很多人都在考虑自己今后的出路，这也无可非议——现在能来到这儿的人，都是意志坚定、有情有义的弟子。”

“人太多反而碍手碍脚。我们的仇人不就是一个人吗？”

“哈哈哈！谁敢保证我们一定会赢！还记得莲华院发生的事儿吗？当时，在场的人还不是眼睁睁地看着武藏离开。”

远处，比睿山、一乘寺村、如意山依然安睡在云海之中。

这里是一个三岔路口，一边是被称为薮之乡的下松，另一边是通往一乘寺村的乡间小路，还有一边是山路。

路边有一棵细高的松树，那向四周伸展的伞状树冠，几乎能碰到月亮。这里位于一乘寺村的山脚地带，道路陡滑、遍地石块，雨水冲刷而成的条条沟壑，清晰可见。

吉冈门武馆的人以下松为中心，占据了各处的有利位置。熟悉当地地形的人说：“这里有三条路，不知武藏会从哪条路赶来，所以我们要兵分三路，埋伏在各个路段。下松就交给掌门壬生源次郎、壬生源左叔父，以及御池十郎左卫门、植田良平等资深弟子把守就可以了。”

对此，有人提出异议：“不行！这个据点过于狭小，在这儿留太多人反而不利。倒不如让他们埋伏在下松附近，当武藏经过时，将他团团围住。这样才能确保万无一失。”

人数一多，声势自然显得浩大。远远看去，人影时而聚拢、时而分散，他们手中的长枪、长刀似乎将那些影子串在了一起。当然，他们中没有一人胆怯。

“来了！来了！”

虽然时间还早，但听到对面的人这么一喊，大家立刻紧张起来，所有人影都安静下来。

“是源次郎大人。”

“他是坐轿来的。”

“毕竟年龄还小呀！”

众人抬眼望去——只见远处出现了三四盏灯笼，在月光的映照下，那灯笼的亮光显得格外微弱，迎着比睿山的落山风，灯笼忽明忽暗，慢慢靠近众人。

二

“啊！大家都到齐了。”

先下轿的是一位老者，随后走下来的是一个十三四岁的少年。

两人头上都系着白布条，和服裤子的下摆掖进腰带里。他们正是壬生源左卫门父子。

“喂！源次郎！”

老者对他的儿子说道：“你只要站在那棵松树下就行了，可不要随意走动哟！”

源次郎没回答，只是点了点头。

老者抚着他的头说道：“今天的比武，你虽是名义上的掌门，但具体事情就交给那些弟子吧！你还小，只要待在一旁看就行了。”

源次郎点点头，听话地走到松树下，像个木偶一样直挺挺地站在那里。

“我们来得很早，离天亮还有一段时间。”

老人故作镇静，伸手从腰间取出一个大烟袋锅。

“有火吗？”

御池十郎左卫门上前一步答道："壬生老前辈，这儿有打火石。不过，我们是不是应该先分派一下人手？"

"说得有理！"

这位老人十分通情达理，为帮助吉冈门渡过难关，他不顾危险将幼子立为掌门，并携带他出战。此时，他听到御池十郎左卫门出此言，即刻点头同意。

"那么，我们赶紧准备迎敌吧！该如何布置这些人呢？"

"我们以下松为中心，在三条路的两侧分别设下埋伏，每伙人相距三十五米左右。"

"那么，这里怎么办？"

"我和您以及其他十名手下，负责保护源次郎。无论武藏从哪条路来，只要暗号一响，我们就立刻把他包围，然后乱刃分尸。"

"等等！"

壬生源左卫门到底是经验丰富，他沉思片刻说道："即便让人手分别埋伏在各处，我们还是不能确定武藏会从哪条路过来。这样一来，与他直接交手的人不过二十几个人。"

"等他现身后，众人会一起把他围住。"

"不，绝没那么简单。武藏一定也会带帮手来。而且，从他跟传七郎的那次比武来看，他不仅剑法高明，撤退也很有一套。可以说，他是一个深谙进退之道的武士。也许他会因为人手不足，砍倒几个人后就逃跑，然后再到处散播谣言，说自己在一乘寺村打败了七十多个吉冈门弟子。"

"不！我们决不会让他得逞！"

"如此一来，这场恩怨就会变成永无休止的口水战。无论武藏带来多少帮手，别人也会说他单枪匹马来应战。只要是以寡敌众的战斗，舆论一定会谴责人多势众的一方。"

"我明白了。总之，这次决不能让武藏活着离开。"

"正是如此！"

"我们知道，万一这次再让他跑掉，吉冈门的名声就彻底毁了。所以，今早的目的只有一个，就是一定要把武藏置于死地，为此我们不惜任何手段！只要人一死，外界就只能听信我们的说法了。"

说完，御池十郎左卫门环视左右，喊出了四五个人。

三

这几个弟子中，三个人手持弩箭，一个人手里端着火枪。

"您叫我们吗？"

弟子们上前问道。

"嗯！"御池十郎左卫门点点头，随后跟壬生源左老人说道："老前辈，其实我们还准备了这些家伙。所以您大可放心！"

"哦！是一些会飞的玩意儿啊！"

"这些东西可以埋伏在高地，或是树上。"

"你不怕别人说这种手段过于卑鄙吗？"

"不管别人怎么说，我们一定要杀死武藏！所谓胜者王侯败者贼，即便失败者说的是实话，恐怕也没人愿意去听呢！"

"好！既然你已做好破釜沉舟的准备，我没有异议。即便武藏带来五六个帮手，这些弩箭、长枪照样可以打败他们。不过，我们在这儿商量也得提防对方偷袭啊！具体部署就由你负责，快去准备吧！"

获得老人同意之后，御池十郎左卫门一声令下："准备！"

为了挫伤敌方士气，他们采取了前后夹击的战术。埋伏在三条路旁的弟子作为先遣队，下松作为大本营，有十余名弟子在此据守。

芦苇丛中也布置了人手，无数黑影像大雁般各自散开，有的藏在茅草丛里，有的躲到树荫下，还有的趴在田埂里。

此外，还有几条黑影身背弩箭，爬上了树。

而那个手握火枪的男子，则爬到了那棵松树上。为了避免月光暴露自己的影子，他费尽心机找了一个妥善的藏身之处。

枯萎的松叶和树皮“噼里啪啦”地剥落下来，一直站在树下如木偶般的源次郎，不停地打着哆嗦，还一直用手摸着后颈。

壬生源左老人见状，不由瞪了儿子一眼。

“怎么了？你在发抖吗？真是个胆小鬼！”

“我才没害怕呢！是松叶落到我后背上了。”

“那就好！对你而言，这次比武是一次难得的历练，一会儿战斗就要开始了，你要睁大眼睛看仔细呀！”

此时，三岔路最东边的修学院路方向，突然传来一阵喊声。

“浑蛋！”

紧接着，那边的草丛里也响起一阵骚动。

很明显，那是埋伏的人群在移动。源次郎紧紧抱住壬生源左老人的腰，颤声说道：“好可怕呀！”

“来了啊！”

御池十郎左卫门立刻提高警觉，朝那边跑去——可是，来人好像有点奇怪呀！

原来，来人并非武藏，而是前几天在六条柳町的正门前，为双方调停的年轻武士——佐佐木小次郎。

他依旧显得很傲慢，大声训斥着吉冈门众人。

“你们眼睛瞎了？开战在即还如此粗心大意！竟把我当成武藏，慌里慌张地就扑过来。我是今天比武的见证人。怎么有人用棒子对着我——不对！是隐藏在草丛里的枪口，真是岂有此理！”

四

同时，吉冈门众人也非常气愤，有人对佐佐木小次郎的举动十分怀疑。

（这家伙可真讨厌！）

（也许是帮武藏前来刺探军情呢！）

吉冈门众人低声议论着，虽然没人出手，但大家谁也没有从他周围撤开。

此时，御池十郎左卫门跑了过来，于是佐佐木小次郎不再理会众人，跟御池十郎左卫门大发牢骚：

“我今天是来当见证人的，吉冈门的人却把我当成敌人，难道这是受你的指使？果真如此的话，在下可要失礼了！我已经好久没用鲜血来研磨这把家传宝刀了——我将不胜荣幸！虽然我没有理由给武藏当帮手，但为了自己的面子，我会跟你们一较高下的。现在，我要听听你怎么说！”

他就像一头咆哮的雄狮。

佐佐木小次郎一向出口不逊、态度傲慢，在场不少人都被他的言辞和表情震慑住了。

不过，御池十郎左卫门可不吃这套。

“哈哈哈！看来您火气不小啊！可是，有谁请你来当见证人吗——我不记得吉冈门中有谁拜托过你，是武藏让你来的吗？”

“住口！前几天在六条街上立告示牌的时候，我曾对双方言明。”

“哦——当时你是说过——不过，我们双方都没有主动邀请你呀！是你自己愿意唱独角戏。世上竟有这么多吃饱了没事干的人！”

“你敢这么说我！”

佐佐木小次郎被激怒了，这回可不是虚张声势。

“滚回去！”

御池十郎左卫门厉声骂道。

“这儿可不是看热闹的地方！”

“哼！”

佐佐木小次郎深吸一口气，一脸铁青地点头说道：“你们给我记住！走着瞧！”说着，他就要转身离去。

就在此时，壬生源左老人赶了过来。

“年轻人！佐佐木小次郎阁下，请留步！”

他赶紧叫住了佐佐木小次郎。

“我什么都不管了。你们等着看吧，我说的话一会儿就能应验！”

“啊！请别这么说。我们好久不见了！”

老人一边寒暄，一边走到气急败坏的佐佐木小次郎跟前。

“我是清十郎的叔叔，以前常听清十郎夸赞你。刚才是个误会，门下弟子对您多有得罪，请看在我的面上，不要放在心上！”

“您这么说，我实在不敢当。之前，我在四条武馆住过一段时间，和清十郎也是好朋友，所以才特意赶来帮忙。谁要再说下去，我又要骂人了！”

“难怪你会生气，别把那些话放在心上。还望你看在清十郎和传七郎的面上，多加担待！”

壬生源左老人毫不费力地就安抚了这个狂妄自大的年轻人。

五

其实，壬生源左卫门这样做并非要请佐佐木小次郎帮忙，而是担心他会将吉冈门的卑劣做法四处张扬。

“把一切都忘了吧！”

看到老人家一直诚恳地道歉，佐佐木小次郎怒气全消，他说道：“老前辈，您一大把年纪还一直给我低头赔礼，实在让我无地自容啊！您不要这样客气了！”

众人没想到，佐佐木小次郎很快就平息了怒气。他又开始慷慨陈词，并大骂武藏。

“其实，我和清十郎交情匪浅，和武藏一不沾亲、二不带故——所以，从人情方面而言，我也希望吉冈门能赢——可是，你们却两度败北，如今四条武馆解散，吉冈家土崩瓦解。唉！实在是惨不忍睹啊！自古以来，比武之事屡见不鲜，但如此惨败者还闻所未闻——身为室町家御用武师的武学大家，竟被一个籍籍无名的乡下武士弄得如此悲惨！”

佐佐木小次郎滔滔不绝，说得热血沸腾。包括壬生源左老人在内，在场所有人都被他的演讲迷住了。同时，御池十郎左卫门等人面露愧色，他们十分后悔刚才的出言不逊。

见此情景，佐佐木小次郎更加得意，他非常享受这种受人关注的感觉，于是更加卖弄起来。

“将来我也想成为一个武学大家，所以我来这儿并非只因好奇。每逢高手决斗，我一定前往观战，这对增进武艺是非常有好处的——可是，从没有哪场比武像贵方与武藏的比武这样，让我心急如焚——无论是在莲华院，还是在莲台寺郊外，你们的人手都不少，可每次都让武藏安然逃脱。你们口口声声说要杀掉武藏，为师报仇，却眼睁睁看着他横行在京都城内。这实在令人费解！”

他舔舔嘴唇继续说道：“作为一个浪人，武藏的确很有实力，既强悍又凶残。我曾见过他一两次，所以十分清楚这一点——也许是我太爱管闲事，实话告诉你们，来此之前，我已将他的姓名、籍贯等背景资料都调查清楚了。我遇到了一个年轻姑娘，她是武藏的旧相识，从她那儿我得到了一些线索。”

佐佐木小次郎并未说出朱实的名字。

“除此之外，我还多方打听，才知道那小子出生在作州乡下，关原之战后他回到老家，在村里胡作非为，最终被赶出了故乡，开始四处流浪。由此看来，他原本就是一个不值得称道的人。不过，他的剑法却是天性使然，虽然毫无章法，却有一种野兽般的强悍。因为他不怕死，所以正统剑法根本奈何不了他——因此，一些常规手段根本杀不了武藏，必须要像抓捕野兽那样设下陷阱，才能出奇制胜，所以你们一定要做到知己知彼。”

壬生源左老人谢过了他的好意，并跟他说明了吉冈门的周密布置。

佐佐木小次郎听后，点头说道："如此周全的准备，应该是万无一失了。不过为了慎重起见，还应该准备一些奇招！"

六

"奇招？"

壬生源左老人看了看佐佐木小次郎故作聪明的表情。

"什么？我觉得准备得已经足够了。不过还是谢谢你的好意。"

佐佐木小次郎仍然固执己见，他说道："老人家，事情可没那么简单。如果武藏自不量力，来此应战，当然插翅难逃。万一他事先知道各位的布置，可能会绕过这几条路。"

"若真是那样，他一定会被世人耻笑——到时我们会在京都的各处路口张贴告示，让天下人都知道这个贪生怕死的鼠辈！"

"如此一来，贵门派的名望也只能保住一半。同时，武藏会更加肆无忌惮地宣传你们的卑劣行径。这样一来，你们就很难为师报仇了——总之，必须要在这儿杀死武藏。为达到这个目的，我们必须想个办法，把他引诱到这儿。"

"哦？不知佐佐木小次郎阁下有何高见？"

"当然有！"

接着，他自信满满地说道："办法嘛，倒是有几个。"

他突然一改往日的傲慢，变得十分和气，把嘴凑近壬生源左老人的耳边，轻声说着："如此……这般怎么样？"

老人听后频频点头，又将佐佐木小次郎的计划悄悄告诉了御池十郎左卫门。

"嗯，哦，原来如此。"

前天半夜，武藏来到了那间与城太郎相识的小客栈。由于他久未登门，所以客栈的老头吓了一跳。他在那儿住了一晚，第二天天一亮，就去了鞍马寺，然后一整天都不见人影。

老板以为武藏晚上会回来，便做了菜粥等他，结果当晚他并未回客栈，直到次日黄昏才赶回去。

“这是鞍马寺的特产！”

说着，武藏拿出一根用稻草包好的长芋递给店老板。

随后，他又拿出一块在附近店铺买的奈良白布，请老板尽快找人帮他赶制出一件贴身内衣、一条围腰和一根腰带。

于是，老板立刻拿着白布，找到附近的一个会裁剪的女子缝制。回来时，他还买了一些酒。两人一边喝着山芋汤，一边喝酒聊天，直到半夜，做好的衣服终于送来了。

武藏将衣物放在枕下，然后就睡着了。深夜时分，店老板突然被什么声音惊醒，好像有人在后院的井边冲澡。于是，他爬起来看个究竟，只见武藏已经起来了，此刻他已借着月色洗完了澡，贴身穿着那件刚做好的雪白内衣，身上围着围腰，外面穿的还是那件旧衣服，腰部系着崭新的白色腰带。

月亮尚未西斜——此时，他如此打扮要去哪儿呢？老板感到很奇怪，便询问武藏，武藏回答：“这段时间，我已逛遍了京都各处，昨天又去了鞍马寺，对这里我已有些厌倦。现在，我想趁着夜色去攀登比睿山，欣赏一下志贺山的日出，然后就离开鹿岛，赶往江户城——想到这儿，我就睡不着了，真抱歉把您也吵醒了。我已将食宿钱包好放在枕头底下了，虽然钱不多，还望您收下。也许过三四年之后，我还会来京都，到时我一定再来您这儿叨扰。”

说完，武藏就走出门去。

“老伯，您一定要把后门关好呀！”

然后，他绕过房后的田埂，走向牛粪遍地的北野路。

店老板从小窗目送武藏离开，眼中尽是不舍。武藏走出十多步后突然停下来，弯下身紧了紧草鞋带。

一弯新月

一

小憩之后，武藏觉得神清气爽，自己似乎正一步步地融入清冷的夜空中。

“慢点走吧！”

他突然意识到，自己不该像平时那样快步如飞。

“也许，今晚是最后一次欣赏这个世界了！”

不是哀叹，不是悲鸣，更不是沉痛的悔悟——这句话只是他心底最真实的写照。

此时，距离一乘寺村的下松还有一段路，时间也还早，所以他尚未真切感受到“死亡”的来临。

昨日，他去鞍马寺后院的松树下静坐，想努力体会到无相无身的境界。可脑中却始终无法摆脱死亡的阴影，最后，他甚至对自己这一举动产生了怀疑。

跟昨天不同，今夜他觉得精神十分舒畅，连他自己都搞不懂这是怎么回事——昨晚，他和客栈的老伯喝了点酒，然后就睡觉了。睡醒之后，他用井水冲了个澡，并换上新衣服、系紧腰带。任谁都想象不到，这具活生生的肉体会与死亡联系在一起。

（对了，我拖着伤脚去爬伊势神宫后山的那晚，星星也是如此闪亮。那时正值寒冬，山樱树上满是冰挂，如今该是一片含苞待放的景象吧！）

那些不相干的事，偏偏出现在脑海里；而近在眼前的生死大事，他却毫无头绪。

对于死亡，他早就做好了充分的准备，现在根本无须去考虑什么生死大义、死亡痛苦和死后的归宿。即便活到一百岁，这些问题也仍然没有答案。

在如此沉静的夜里，不知何处传来一阵清冷的管乐声。

这条小路应该通往公卿大人的府宅。庄严的曲调中透着一股淡淡的哀伤，这绝不是为公卿大人喝酒助兴而演奏的曲子，武藏似乎看到了一群守灵人，以及在供桌上摇曳的白色烛火。

“看来有人比我先走一步啊！”

也许明早，我们会在奈何桥上相见呢！想到这儿，武藏笑了笑。

一路走来，他耳边一直回荡着那哀伤的曲调，这使他想起了伊势神宫的稚子馆，也想起了自己拖着伤脚翻越鹫岭的情景。

咦？临近死亡，自己还能如此清醒——武藏觉得很奇怪。自己明明正在一步步逼近死亡，心情却反而如此畅快——莫非这是极度恐惧之下产生的幻觉？

他不停地问着自己。当突然停下脚步时才发现，自己已站在相国寺路的一头，前头五十多米远是一条河，水面宽阔、波光粼粼，就连岸边的房屋外墙都映照着层层波光。

二

武藏停下脚步。

刚才，他就看到有个人影朝这边靠过来，那人影旁边还跟着一个小黑影。等对方走近他才看清楚，原来是一个男人牵着一条狗。

……

武藏紧绷的神经这才放松下来，他默默地与对方擦身而过。

那牵狗的男人走过之后，突然回身喊了一声：“武士先生！武士先生！”

“叫我吗？”

他们之间相隔七八米远。

“是的。”

对方是个身材矮小的男人，他穿着工人裤，头上还戴着一顶黑帽子。

“什么事？”

“请问您过来时，有没有看到一户灯火通明的人家？”

“啊！我没留意，好像没有啊！”

“哦？那就不是这条路了。”

“你在找什么？”

“找一户人家，他家刚有人去世了。”

“好像有这样一户人家。”

“您看到了？”

“刚才我路过时，听到了丧乐声，估计那儿就是您要找的地方，就在前面五十多米远的地方。”

“应该不会错。神官一定先去守灵了。”

“您也要去守灵吗？”

“我是鸟部山的棺材匠，本来要去吉田山找松尾先生，却听说他在两个月前搬到了这里，这三更半夜的，连个问路的人都找不到，这儿的路又不好找。”

“吉田山的松尾——这么说他一直住在吉田山，最近才搬到这儿？”

“我也不太清楚。我不能再浪费时间了，多谢您！”

“等一下！”

武藏向前走了几步，问道：“是不是在近卫府里做事的松尾要人？”

“是的。松尾先生大概在十天前亡故了。”

“他过世了？”

“是啊！”

“……”

原来是这样！武藏喃喃自语，同时继续赶路。而那个棺材匠则朝着反方向走去，落在后面的小狗也紧跟在主人身后。

“他死了。”

武藏不停嘀咕着。

不过，他并不感到格外悲伤——死了啊！他心中只有这个念头。对自己的死亡都毫无伤感的人，对别人也不会在乎。尤其是对这个刻薄一生却碌碌无为的吝啬姨父，他更不觉得难过。

武藏突然想起了那个饥寒交迫的元旦清晨，自己在加茂河边烤年糕吃的情景，那年糕可真好吃啊！

失去了丈夫，姨妈今后只能独自生活了。

他加快脚步，来到了加茂河的上游。在河对岸，黑漆漆的三十六峰高耸入云。

每座山峰似乎都对武藏充满敌意。

武藏一动不动地站了很久。

“嗯！”

他对自己点了点头。

随后，他走下河堤朝河滩方向走去，那儿有一座由小舟结成的浮桥。

三

如果要从上京[①]赶往比睿山，必须要翻过志贺山。这是唯一的一条路。

“喂！”

当武藏走到加茂河的浮桥中央时，身后突然传来一阵喊声。

皎洁的月光笼罩着大地，淙淙流水自在地嬉戏、奔涌。从奥丹波吹来的冷风一直蔓延到加茂河下游——在如此辽阔的天地间，根本无法立刻判断出谁在哪儿喊话。

“喂——”

喊声再一次传来。

武藏再次停下脚步，不过他并未多加理会，而是径直越过河滩走上

①上京：位于京都市区北部。

对岸。

在河岸这边，一个人一边招手，一边沿着河滩跑过来。等到武藏看清来人之后，不觉吃了一惊，竟然是佐佐木小次郎。

“嗨！”

佐佐木小次郎走过来，亲切地打着招呼。他目不转睛地看着武藏，又瞧了瞧浮桥附近。

“你一个人来的？”他问了一句。

武藏点头答道：“一个人。”表情很坦然。

两人的寒暄让人有些摸不着头脑，于是佐佐木小次郎接着说道：“那天晚上，我多有得罪了。如果你能接受我的道歉，我将不胜感激。”

“哪里，那天多谢你了！”

“你现在要去赴约吗？”

“是的。”

“就你一个人？”

他明明知道，却又问了一次。

“就我一个人。”

武藏的回答与之前一模一样，这回佐佐木小次郎听得很清楚。

“嗯，这样啊！不过，武藏先生，前几天我在六条立的告示牌，你是否看清楚了？”

“我没过多留意。”

“上面并没写明这次比武一定要像之前与清十郎比武一样，一对一地比试哟！”

“我知道。”

“现在，吉冈门的掌门是个有名无实的少年，所有事务全由那些弟子操控。这些弟子的人数可以是几十个、几百个，甚至是上千个，你想过这些吗？”

“什么意思？”

“那些贪生怕死之辈早就逃走了，敢到薮之乡应战的全是一些有骨气的弟子。现在他们以下松为中心，布下天罗地网，正等着你送上门呢！”

“佐佐木小次郎阁下，您已去那边看过了？”

“为了以防万一，而且考虑到这些情况对你很重要，我就急忙从一乘寺村赶来了。我估计你会走浮桥这条路，就在这儿等你——这也是我这个见证人的责任嘛！”

“辛苦你了！”

“没什么。你还是坚持独自赴约吗——或者你已找到其他帮手，他们走的是另一条路？”

“还有一个人跟我一起来。”

“咦？在哪儿？”

武藏指着地上的影子说：“在这里！”

说着，他笑了笑，在月光的映衬下，他的牙齿显得格外白。

四

武藏平时很少开玩笑，此时这个不经意的玩笑，却让佐佐木小次郎有些难堪。

“武藏，现在可不是开玩笑的时候！”

他更显得一本正经。

“我没开玩笑呀！”

“可你说你和影子是两个人，这分明是在嘲弄我嘛！”

“如此说来——”

武藏的表情比佐佐木小次郎还要认真，他继续说道：“我记得亲鸾法师[①]曾说过，佛家修行者都是两人同行。他指的就是阿弥陀和自己，

①亲鸾法师：日本镰仓初期的僧人。——译者注

难道圣人也是在开玩笑吗？”

“……”

“从表面看来，吉冈门人多势众，而我这边只有我武藏一人，也许佐佐木小次郎阁下会认为我寡不敌众。不过，请不用为我担心！”

从说话的语气可以看出来，武藏的信念非常坚定。

“如果我看对方有十个人，自己也找来同样多的帮手，他们肯定会再派出二十个人参战。当我再找来二十个帮手的时候，他们还会找来三十个人、四十个人。如此一来，肯定会引起社会恐慌、伤兵损将。这样不仅会扰乱太平盛世，也对剑道的发展毫无益处。”

“原来如此！不过，武藏，兵法中可没有明知送死而只身前往的战术呀！”

“总有一些特殊情况。”

“没有！那不算兵法，只是莽夫之勇！”

“就算兵法中没有，我也打算试一试。”

“你行不通的！”

“哈哈哈！”

武藏大笑几声，并未回答。

可是佐佐木小次郎并不罢休。

“为什么你明知不可为而为之？为什么不给自己留条活路？”

“我现在走的这条路就是活路，对我而言，只有这条路才是活路！”

“我很希望，那不是一条通向死亡的路。”

“我越过了三途河①，现在双脚已跨进了一里冢②，也许前面就是刀山火海——可是，只有这条路才是我唯一的活路。”

“按你这说法，你已是死神缠身了！”

“随你怎么说！有些人活着也如同行尸走肉，而有些人却虽死

①三途河：冥河，人死后归西要渡的河。

②一里冢：进入阴间的界碑。

犹生。”

“真可怜！”

佐佐木小次郎半带嘲笑，喃喃自语。武藏问他：“佐佐木小次郎阁下——这条路通向哪里？”

“从花木村一直通往薮之乡。也可以说，这条路会途经你的丧命地——下松。从这儿往前走，可以到达比睿山的云母坡，所以这条路被称为云母坡路，是一条近道。”

“从这儿到下松还有多远？”

“大约还有半里多地，你慢慢走也来得及。”

“那么，后会有期！”

说完，武藏一闪身拐到旁边那条横路上。

佐佐木小次郎见状，急忙喊道：“喂！你走错了！武藏，你弄错方向了！”

五

武藏朝他点了点头，表示听到了他的提醒。

可是，他却依旧沿着那条路走下去，佐佐木小次郎又喊了一声：“你走错路了！”

“我知道。”不远处传来武藏的回答。

在成排的树木后面是一片斜洼地，远处是一块旱田，隐约可见几个茅草房。武藏走到低洼处，佐佐木小次郎只能从树缝中看到他的背影——只见武藏一动不动地站在那儿，仰望着夜空。

佐佐木小次郎苦笑了一声：“什么呀！原来去小解。”

随后，他也仰头看着月亮。

“月亮越来越偏西了，当它完全隐没之时，不知会有多少人命丧黄泉呢！”

好奇心驱使小次郎不断地做着各种猜想。

武藏是必死无疑的了，在这个男人倒下去之前，他又会砍死多少人呢？

这正是自己最关心的事情。光是想象那个血肉横飞的场景，佐佐木小次郎就觉得全身亢奋、热血沸腾，他一分钟也不愿多等。

“这是一场难得一见的厮杀。莲台寺郊外和莲华院的那两次决斗，我没能亲眼看见，这次我终于如愿了。咦？武藏还没完事吗？”

他看看洼地那边，依旧不见人影回来。佐佐木小次郎觉得站着等实在无聊，便坐到身旁的木桩上。

他再次沉醉在天马行空的幻想中。

“看他那副沉稳的样子，已然将生死置之度外了，大概会奋战到底吧！他们杀得越激烈，就越有可看性。可是，吉冈门的人说他们还准备了射杀工具，万一武藏被弩箭射到或是挨了枪子儿，肯定必死无疑，这样一来，就没意思了呀！对了，最好先将此事告诉武藏。”

他又等了很长时间。

浓重的雾气使佐佐木小次郎身上发冷，他起身喊了一声：“武藏！”

有些不对呀——直到此时，佐佐木小次郎才感到一丝不安——他快步跑向那片洼地。

“武藏！”

只见山崖下有一片黑漆漆的竹林，竹林中有几户农家。虽然能听到水车转动的声音，却看不清水流在哪儿。

“糟了！”

佐佐木小次郎急忙蹚过河，攀上对面的山崖上察看，可是连半个人影都没有。眼前只看到白河一带的寺院、树林以及沉睡中的大文字山、如意山、一乘寺村和比睿山，还有一大片萝卜地。

除此之外，就剩下空中的一轮明月。

“糟了！这个胆小鬼！”

佐佐木小次郎的直觉告诉他，武藏已经逃走了。现在他才恍然大悟，武藏为何表现得那么满不在乎。他很后悔，自己说得太多了。

“对了！我得快点回去！”

佐佐木小次郎转身折回原路，那里也没看见武藏。于是，他朝一乘寺村的下松方向快步跑去。

山神

一

看着佐佐木小次郎的背影越来越远，武藏不由笑出了声。

其实，他就站在佐佐木小次郎刚才站的那棵树下。他怎么就没发现自己呢？因为他离开此处，跑到对面寻找武藏，而武藏恰恰躲到了他附近的树荫下。

武藏心想，他走了最好。这个人对别人的死亡很感兴趣，喜欢袖手旁观他人的流血、争斗——还以此作为自己学武的教材。这个自私透顶的旁观者，表面对双方广施仁义，让别人对他感恩戴德，说穿了就是一个极其厚颜无耻的家伙！

（我才不吃他那一套呢！）

武藏心里觉得好笑。

佐佐木小次郎不断告诉自己对方有多厉害，还多次打听自己是否带来帮手，其目的无外乎要武藏低声下气地请求他拔刀相助——也许他就是这么想的，可武藏并没给他这个机会。

（我要活下去！我要胜利！）

如果武藏真是抱着这种想法，也许会找人帮忙。可是，武藏并没想过取胜，也不认为自己还能活到明天——不！应该说他不是不想，而是没有那种自信。

在此之前，他曾偷偷打听过对方的情况，得知敌人会派出一百多个杀手，而且会想尽一切办法置自己于死地——如此看来，自己没必要再为如何活命而心焦了。

他记得宗彭泽庵曾说过："只有珍爱生命的人，才是真正的勇者。"

他从没忘记过这句话。

（生命诚可贵！）

宗彭泽庵还告诉他："人生不会重来！"

即使是现在，武藏仍坚信这些道理。

可是，所谓热爱生命并非饱食终日，也非图个长命百岁。正因为生命只有一次，人们才要充分发掘生命的意义、价值，要让生命尽情迸发出光彩。

在几千几万年的历史长河中，人的一生不过短短几十年，可谓沧海一粟。即便有些人韶华早逝，如果他能在漫长的人类历史中留下光辉的一笔，就会永垂不朽，只有这样的人才是真正热爱生命的人。

很多人都认为，创业的时候最为艰难，其实一个人在走向死亡的时候，才是最困难的——因为他的一生将就此盖棺定论，是化为泡影，还是绽放出永恒的光芒——生命的长短也取决于这一瞬间。

不过，人们热爱生命的方式各不相同。商人有商人的做法，武士有武士的理论。此刻，武藏选择的正是武士该走的路，他抱着必死的决心，慨然上路。

二

言归正传——

他的目的地是一乘寺村的薮之乡的下松，此时在他面前出现了一个三岔路口。

其中一条是翻越云母山通往比睿山的山路，刚才佐佐木小次郎走的就是这条路。

这也是最近的一条路，而且路面平坦，是前往一乘寺村的最佳选择。

另一条路有些曲折，需要绕过田中村，沿着高野河一直走到大宫大原，过了修学院之后就可抵达下松。

还有一条路就是从此地一直向东走，抄小路翻过志贺山，再沿着白河上游的瓜生山山脚一直走，途经药师堂即可抵达目的地。

因为下松正好位于三条路的交叉点，所以单从距离而言，并没多大差异。

不过，武藏是单枪匹马去应战——就兵法而言，这几条路就有很大区别。也许即将迈出的一步，就会决定自己的生死。

道路有三条。

要选哪一条呢？

这是一个需要武藏慎重考虑的问题，可他很快就轻松上路了，看不出丝毫的犹豫。

他脚步轻快，一路穿过树林，越过小溪，翻过山崖，走过田野，那在月光下时隐时现的身影，直奔目的地而去。

那么，武藏到底选择了哪条路呢？事实上，他并未选择任何一条路，而是朝着一乘寺村的相反方向走去。周围人烟稀少，狭窄的小路横亘在农田中，他到底要去哪儿呢？

武藏越过神乐冈的山脚，来到后一条天皇的皇陵后身——这一带是浓密的竹林，他穿过竹林后，只见一条透着寒气的河流劈开月光直向那片村落流去——抬头一看，大文字山的北山脊已近在眼前。

……

武藏默默走向山脚的暗处，开始爬山。

刚才一路走来，透过右手边的密林隐约可见围墙和屋顶，那里大概就是东山殿的银阁寺吧！再次回头张望，东山殿的山泉尽收眼底，仿佛一面枣形铜镜。

他沿着山路继续攀登，刚才望见的泉水已隐没在脚下的树荫里，蜿蜒流淌的加茂河映入眼帘。

站在山顶鸟瞰大地，下京至上京的全景仿佛触手可及。而且，从这儿可以清楚地看见一乘寺村下松周边的情况。

如果横穿过包括大文字山、志贺山、瓜生山、一乘寺村在内的三十六峰，赶往比睿山方向，不一会儿就能抵达比武地点——一乘寺村下松的正后面。此时，武藏正站在山顶，俯视着那里。

其实，他早就制订好了作战方案。他想起了织田信长在桶狭间一战时，所采取的声东击西的战术，所以他没有选择任何一条路，而是故意往相反方向走，沿着险峻的山路攀上山腰。

“咦？武士先生！”

武藏万万没想到，此处还会听到人声。一阵脚步声之后，眼前突然出现了一个身着猎装、手持火把的男仆，好像是公卿府里的用人。那人将火把贴近武藏，几乎都要烧到他的脸了。

三

男仆的脸被火把的油烟熏得乌黑，连鼻孔里也黑黢黢的，他的衣服沾满了露水和泥巴。

“啊？”

双方一照面，那人不禁惊叫一声。武藏觉得他很可疑，一直盯着他看，这使对方有些慌张。

“请问，先生！”

男仆低着头，恭敬地问道：“您是宫本武藏先生吗？”

在火光的映照下，武藏的双眼炯炯有神——很显然，那眼神里充满戒备。

“您是宫本先生吧？”

对方又问了一次。武藏的沉默有一种常人所没有的震慑力，那男子只是问了几句话，就已吓得体如筛糠了。

“是的，你是谁？你是什么人？”

“啊！我是乌丸家的人。”

“什么？乌丸家的人，我是武藏，你来这儿干吗？”

“啊！您果然是宫本先生。”

那男子说完，头也不回地就往山下跑。他手中的火把拖着一道长长的红光，不一会儿就消失在山脚下了。

武藏好像突然想到了什么，立刻快步走开。他顺着山路，横跨志贺山，紧接着又飞快地越过一个又一个山包。

此时——

那个手持火把的男仆，一口气跑到了银阁寺附近。

他把两只手围在嘴边，大声喊着同伴：“喂！内藏先生！内藏先生！”对方没有回答，倒是那个长期借宿在府内的少年听到了这声呼喊。

“什么事——大叔——”

在距此二百多米远的西方寺门前，传来了城太郎的喊声。

“是城太郎吗？”

“是啊！”

“你快点过来——”

于是，又听城太郎喊道：“我没法过去呀，阿通姐姐，好不容易走到这儿，已经走不动了，她倒在地上了。”

乌丸府的男仆咂咂嘴，提高嗓门说道：“你们再不过来，武藏就要跑远了！——快点过来呀！我刚才见到他了！”

“……”

这回没听到任何回答。

男人正在纳闷，只见对面踉踉跄跄地走来两个人影，原来是城太郎和生病的阿通。

“喂！”

男人挥舞着火把，示意他们快一点。他老远就听到了病人急促的喘息声，心里很不是滋味。

待他们走到眼前，男人发现阿通的脸色惨白至极，不见一丝血色。那瘦弱的身体似乎负荷不了衣服的重量。她走到火把前，脸上突然泛起一丝红晕。

“是、是真的吗？您说的是真的吗？”阿通急切地问道。

“当然是真的，就在刚才。”男人回答得斩钉截铁。

“快点！现在追过去还来得及！快啊！”

城太郎站在男仆和阿通中间，急得不知如何是好，他大喊一声：“你光说快追，可到底要往哪儿追呀？”

四

阿通的身体不可能在短时间内痊愈，她之所以步行至此，是下了孤注一掷的决心。

那天晚上，她躺在病榻上，听城太郎讲述了事情的经过后说道：“既然武藏决定要拼死一战，我也不必养病求得什么长寿了！”

“只要能在死前见他一面！”

这是病人唯一的愿望。说完，她拿掉凉毛巾，起身梳理好头发，穿上草鞋，完全不听任何人的劝阻，跌跌撞撞地走出乌丸府。

本来府里人还想继续阻止，但看到她心意已决，只能由着她了。

也许，见到武藏就是这个病人活在世上的最后希望，每个人都想帮她达成愿望——不难想象，当时的乌丸府是怎样的乱作一团。

后来，连乌丸光广大人都听说了此事，深为阿通的痴情所感动，便吩咐众人照她的意思做。

总之，在阿通走到银阁寺下方的佛眼寺之前，乌丸府的用人已开始四处打探武藏的行踪了。

大家只知道比武的地点是一乘寺村，可具体地点在哪儿，众人无从知晓。为抢在比武开始之前找到他，大家分成好几组，从不同方向赶往一乘寺村。每个人的脚下都像踩着风火轮一样，拼命往前赶。

真是功夫不负有心人，终于让他们发现了武藏的行踪。之后，就看阿通的了。任何人的力量，也比不上她的痴情。

听说，武藏刚才跨过如意峰、志贺山的山腰，往北泽方向去了——

仅是这个消息，就让阿通精神倍增，她已不需要别人的搀扶。

“阿通姐姐！撑得住吗？没关系吗？”

跟在身旁的城太郎，关切地问着。可阿通并未回答。

不！她根本没听到城太郎的问话。

阿通下定必死的决心，勉强拖着病体前行。她走得口干舌燥、上气不接下气，苍白的额角挂满冷汗。

“阿通姐姐，就是这条路。从这儿横穿过几座山，就到比睿山了？不用再爬坡了，会比较轻松。我们先找个地方休息一下吧？”

阿通默默地摇摇头，两人各握着拐杖的一头——一辈子的艰辛都凝聚在这段山路中。她大口喘着气，又走了四里多的距离。

“师傅！武藏师傅！”

城太郎一边走，一边大喊。对阿通而言，这喊声仿佛给自己注入了一股超人的力量。

可是，她已用尽了最后的力气。

“城……城太郎！”

她似乎有话要说，随即放开了手杖，一头栽倒在草丛里，然后就没了声音。

阿通那瘦削的双手捂住口鼻，双肩不停地颤抖。

“啊！血！怎么吐血了？阿通姐姐！阿通姐姐！”

城太郎一下子哭出了声，一把抱住她单薄的身子。

五

阿通轻轻摇了摇头，趴在地上无法起身。

“怎么了？怎么了？”城太郎一边抚摩着她的背，一边问着。

“很难受吧？”

“……”

“对了！是水！阿通姐姐想喝水吧？”

“……”

阿通点点头。

“你等一下，我这就去找水！”

城太郎环顾四周，一下子站起身。这里山谷间就有沼泽地，隔着树丛能听见潺潺的水声，仿佛在告诉他：“这里有水！这里有水！”

其实，在他们身后就有一道山泉。城太郎越过草丛，来到泉边蹲下身，双手捧了一下水。

……

泉水清澈见底，连水底的河蟹都看得一清二楚。此时，月亮已经偏西，水面上倒映着点点云彩，看上去比空中的白云还要美丽。

城太郎也觉得十分口渴，他想先喝点水，然后再拿给病人喝。于是，他往泉中走了几步，让水没过膝盖，像只鸭子一样低头喝起水来。

“啊？”

突然，他大叫一声，似乎被什么东西吸引住了。头发几乎竖起来，全身都僵住了。

……

对岸的几棵树倒映在水中，就像一道道条纹，而树影中竟有个人影，那不是别人，正是武藏！

……

城太郎吓了一大跳，虽然映在水中的只是武藏的影子，但他却觉得自己真的看见了武藏。

他心想，这一定是妖怪的恶作剧，知道自己一心要见武藏，便用师傅的影子来吓唬他。

于是，他战战兢兢地望向对岸的树上，这一看非同小可。

原来武藏真的站在那里。

“啊！师傅！”

原本倒映着月光的平静水面，突然变得破碎、凌乱。其实，城太郎只要沿着水边走过去就行了，可他却突然跳入水中，蹚着水直奔武藏跑去，满身满脸全都溅满了水。

“找到了！找到了！”

他就像抓逃犯一样，死抓着武藏的手不放。

“等一下！”

武藏扭过头，轻轻擦了擦眼睛。

“危险！城太郎，等一下！”

“不要！我绝不放手！”

“放心！我老远就听到你的喊声，所以才在这儿等你啊！你应该先拿水给阿通姑娘喝！”

“啊！水都被我弄浑了！”

“那边还有清泉，用这个去装吧！”

说着，武藏将系在腰间的竹筒递给他，城太郎若有所思，仍抓着武藏的手不放，他目不转睛地看着师傅说道：“师傅，我要您亲手拿水给她喝！”

六

“这样啊！”

武藏顺从地点了点头，用竹筒盛满水，拿到了阿通的身边。

他扶着阿通，亲手喂她喝水，城太郎在一旁劝慰道：“阿通姐姐！是武藏师傅呀！是武藏师傅呀！你知道吗？知道吗？”

清泉滑过喉咙，阿通看上去舒服了一些，她呼出一大口气，渐渐恢复了意识。此时，她倚在武藏的臂弯里，眼睛却凝视着远方。

“阿通姐姐，抱着你的人不是我，是师傅哟！”

城太郎如此反复地说着，阿通的双眸闪动着泪光，刹那间，那钻石般晶莹的泪珠顺着双颊滚落下来。

她轻轻点了点头，好像在说：“我知道了。”

“啊！太好了！”

城太郎欣喜万分，心中涌起一种无法言明的满足感。

“阿通姐姐，现在好了，你终于如愿以偿了。师傅，阿通姐姐一直说，无论如何要再见你一面。明明身染重病，却不听别人的劝告，这样下去她会撑不住的。师傅，您好好劝劝她吧！我们的话她根本不听啊！”

“是吗？”

武藏仍抱着阿通，说道：“都是我不好，我道歉。一会儿，我会劝她好好养病。……城太郎！”

“什么事？”

“你稍微走开一下好吗？”

听到此语，城太郎噘起嘴问道：“为什么？为什么我不能待在这儿？”

他感到很不满，又有些奇怪，所以站在原地动也没动。

武藏不知如何是好，于是，阿通也央求道：“城太郎，别这样，你先到那边去吧，听话！求你了！”

本来城太郎一直嘟着嘴，听到阿通这么说，他便乖乖地同意了。

“真没办法，我先爬到上面去了，你们谈完，叫我一声！”

随后，他沿着山路轻快地爬上山崖。

此时，阿通终于恢复了一些体力，她站起身，看着小鹿一样灵巧的城太郎，喊了一句：“城太郎，别走得太远呀！”

城太郎没有回答，也不知道他听没听见。

阿通无心要城太郎走开，也没必要背对着武藏——但一想到城太郎走了之后，只剩下他们二人，她突然觉得胸口像塞了什么东西，不知如何开口。她甚至觉得，自己都是多余的。

也许，病中的阿通比平时更加害羞。

七

不仅阿通感到害羞，武藏也把脸瞥向一边。

这两人一个低头背对着对方，一个转过脸看着天空。历尽千难万险、无数次擦肩而过的两个人，终于迎来了这次难得的相聚。

……

他们欲言又止。

武藏不知该从何谈起。

怎样的言语都无法形容自己此刻的心境。

他突然想起，自己被吊在千年杉上的那个风雨之夜。虽然没亲眼看见，但武藏能充分体会到，这五年来阿通所经历的痛苦和那份从未改变的纯真的感情。

这几年来，她四处奔波、饱尝艰辛，但对武藏的爱始终是真挚而热烈的。然而，武藏却将自己的感情隐藏在冰冷、木讷的外表下。若问谁的感情更强烈、更痛苦？武藏心里常想：阿通痛苦，我也是如此啊！

即使是现在，他也是这种感受。

可是，跟自己相比，阿通实在太可怜了。她独自背负着连男人都难以承受的重压，为追求生命中的真爱，尝遍世间的各种辛酸——可见她是多么坚强而富有活力！

（距比武还有不多的时间了。）

武藏看了看月亮的位置，知道所剩的时间不多了。此时，空中一轮残月已经西斜，月光有些微微泛白，天就要亮了。

而自己也将和这月亮一起，坠入死亡的山谷。此时此刻面对着阿通，武藏心想：即便一句真心话，对她也是极大的安慰。

要说心里话。

可是，他却无法开口。

心中纵有千言万语，却不知从何说起，他只能徒然地望着天空。

……

此时，阿通也同样沉默不语，她只能望着地面，暗自垂泪——来这儿之前，她的脑中只有爱情，什么真理、佛法、利益，早已置之度外，她不在乎这个男人主宰的世界如何评价她，一心想用自己炽热的感情打动武藏、用眼泪融化武藏，最终与他结成百年之好。在阿通心中，这个信念从未动摇过。

可是，一见到武藏，她却什么都说不出来。那些热烈的盼望、痛苦的等待、迷失时的彷徨，以及武藏的绝情——过往的种种，她一样也说不出来。虽然她想将心中压抑的感情一吐为快，可颤抖的嘴唇却说不出一句话，各种情绪一起涌上她的心头，泪水渐渐模糊了双眼。如果武藏没出现在这个樱花摇曳的月夜里，她会像婴儿一样放声大哭，就像对过世的母亲哭诉一样，一直哭到天明。

……

这到底是怎么回事？阿通一直没说话，武藏也没开口，两人只是任时间白白地流逝。

此时，天色已近破晓，六七只归雁飞过山脊，雁啼声划破天际。

八

“大雁。”

武藏喃喃地说道。在这种场合，这个开头并不合适，他只是在找机会开口。

“阿通姑娘，大雁在叫呢！”

趁此机会，阿通也叫了一声：“武藏哥哥！”

于是，两对眼眸终于相对在一起。他们同时想起在故乡宫本村的山上，看到大雁南归北回的情景。

那时，他们都很单纯。

阿通和本位田又八比较要好，总是嫌弃武藏粗鲁。如果武藏说她坏话，她会不服输地骂回去——他们还想起了儿时在七宝寺山上游玩的情景，也想起了吉野河的河滩。

可是，一味沉湎于回忆，只会让这宝贵的时间白白溜走。不一会儿，武藏又开口说道：“阿通姑娘，听说你身体不太好，现在怎么样了？”

“没什么大碍。”

“已经好了吗？”

“我的身体是小事。听说你马上就要赶赴一乘寺村决斗，你已做了最坏的打算吧？”

“嗯。”

“如果你死了，我也不打算再活下去！所以，身体好坏也无所谓了。”

“……”

武藏看着阿通，顿时感到自己还不如眼前这个女子的意志坚强。

长久以来，自己一直在为生死问题苦恼，正是多年的游学生活让自己积累了很多经验，才得以有今天这样的修为——可是，眼前这个女子并未经过如此历练，竟能毫不犹豫地说出：“我也不打算再活下去！”

武藏凝视着阿通的眼睛，知道这绝非是一时兴起之词或是搪塞之语。她心甘情愿与自己共赴死地，如此安详平静的眼神，任何一个武士都望尘莫及。

武藏既羞愧又好奇。

（为何一个女人能做到如此视死如归！）

他感到迷惑，同时也为她的将来担心，一下子乱了方寸。

突然，武藏大叫了一声：“笨、笨蛋！”他情绪异常激动，连自己都被喊声吓了一跳。“我的死是有意义的。以剑为生的人，理应死在剑下。为了弘扬武士的正气，我必须去面对那些卑劣的敌人。你说会与我一同赴死——这让我很高兴。但这又有什么意义呢？不过像蚂蚁一样无声无息地结束生命。”

此时，阿通又伏在地上哭了起来。武藏觉得自己的话有些重了，于是蹲下身，轻声说道：“阿通，回想从前，我总是不经意间对你说了谎。无论是在千年杉上，还是在花田桥畔，虽然我无心欺骗你，但事实却是如此。我总是强装冷漠，惹你伤心。再过一刻钟，我就要走向死亡了。阿通，现在我说的话句句为真。我喜欢你！没有一天不想你，我多想抛开一切，与你相守到老——如果没有手中这把剑，我真的愿意这么做！”

九

他稍微停顿了一会儿，接着说道：“阿通！”

那语气中多了一份坚定。

一向沉默寡言的武藏，很少如此真情流露。

“所谓人之将死其言也善，鸟之将亡其鸣也哀。阿通，我的话句句出自真心，请你相信我——不瞒你说，我日日夜夜都在思念着你，夜里无法成眠，脑海里都是你的影子。无论是在寺庙还是郊外，我总能梦到你，只能将薄薄的草垫子当成你，一直抱着挨到天明。我深深为你着迷，一心一意地爱着你——可是——可是，每当我想你几欲发狂时，就会拔出宝剑，狂躁的心绪顿时变得澄净如水，你的影子也像雾气一样，从脑海中慢慢消失了。”

“……”

此时的阿通就像蔓草中一朵柔弱的白色小花，她呜咽着抬起脸，想要说什么，可一看到武藏那令人畏惧的认真表情，到嘴边的话又咽了回去。她再次把脸伏在了地上。

“可以说，我的身心早与剑道融为一体了。阿通，剑道的至高境界才是我真心要追求的。虽然我曾在爱情与武学这两条路上犹豫过、徘徊过、挣扎过，但我已下定决心，要在学武这条路上全力以赴地走下去。没有人比我更了解自己，我不是什么了不起的人，更不是天才，只是一个爱剑胜于爱你的普通武士。我无法因爱殉情，却可以为了剑道而随时赴死。”

武藏打算将心里所想的一切，都原原本本地告诉阿通，可是由于感情太过激动，他一时竟不知如何组织语言，有些话梗在心中无法诉说。

“也许你不太了解，不过，阿通姑娘，我武藏就是这样的男人。坦白说，想到你会让我热血沸腾，但一想到剑道，阿通姑娘就从我脑中彻底消失了。不！应该说我心里已没有丝毫的角落留给你。我的身心已全部融入剑道中，你没有一丁点的分量。而这时，正是我武藏感到最快乐、最有意义的时刻。阿通，你明白吗？你将整个身心赌在我这种人的身上，必定要饱受痛苦。我由衷感到抱歉，可是我也左右不了自己，我就是这样的一个人啊！”

出乎意料，阿通那双瘦弱的手一下子抓住了武藏的手腕。

她已经停止哭泣了。

“我知道！我明白你的意思，正因为我知道你是什么样的人，才会爱上你。”

“那么，你应该知道，跟我一起同生共死是一件多么愚蠢的事！现在我和你在一起，会把全部心思暂时放到你身上，可只要我一离开，就会把你忘得一干二净。你和我这种男人共赴死地，就像秋虫一样死得毫无意义呀？女人有女人的路要走，其生命意义也与男人不同。阿通，这就是我最后要对你说的话。我要走了，时间已经不多了。”

武藏轻轻拿开她的手，站起身来。

十

可是，阿通马上又抓住了他的袖子。

“武藏！请等一等！”

其实，她心里有很多话要对武藏说。

武藏跟她说的“死得像蚂蚁一样毫无意义”“一离开后就会把你忘得一干二净”等语，阿通并不相信。她想跟武藏说“你不是那样的男人，我也不后悔付出这段感情”。可是，一想到这次见面可能就是永别，她便难掩内心的悸动，久久无法开口。

“等一下！”

虽然她紧紧抓着武藏的袖子，可此时的阿通不过是一个情意绵绵、泪眼婆娑的多情女子。

武藏看她欲言又止、楚楚可怜的模样，不禁意乱情迷。这正是他性格中的最大弱点，也是他最为恐惧的。长久以来，自己一直秉承的“剑道精神”就要在阿通的眼泪中瞬间崩塌，他的决心就像在暴风雨中挣扎的树木一样，摇摇欲坠。他害怕这样的自己。

“你明白吗？”

武藏只是为了问话而问了一句。

“明白。”

阿通点头回答。

“可是，如果你死了，我也会跟你一起死。既然身为男人的你，愿为成就剑道而欣然赴死，身为女人的我也有自己生命的意义。我的死绝不像蚂蚁那样毫无意义，更不是因为一时伤心而寻死。所以，这件事就让我自己决定吧！”

她的话有些语无伦次。

随后，阿通又说道：“在你心中，是否已把我当成了妻子。若是这样，我就心满意足了。我非常高兴，这才是我想要的幸福。你刚才说，不想让我遭受到不幸，可我绝不是因为感到不幸才去寻死的——也许很多人会说我不幸，可我却丝毫不这样认为——可以说，我现在的心情就像一个等待出嫁的新娘，满心欢喜地等待着天亮，等待着在清晨的第一声鸟鸣中死去。”

阿通一口气说了很多，以致呼吸都有些急促。她抱着胸口，陶醉在梦一般的幸福里。

空中的残月还有些发白，林间弥漫起雾气，天马上就要亮了。

此刻——

阿通抬眼望向山崖。

“啊——”

山崖上突然传来一声女人的惨叫，那声音恐怖至极，惊醒了沉睡中的山林。

那确实是一声女人的惨叫。

刚才，城太郎爬上的就是那个山崖，可那绝不是城太郎的声音。

十一

一定是出了什么事。

是谁在叫？到底出了什么事？

阿通一下回过神来，抬头望向雾气霭霭的山顶，而武藏却趁此机会悄悄地离开了。

（再见了！）

他在心底默默地跟阿通道别，随后大步走向了不归之路。

“啊！他走了。”

阿通急忙追了过去，武藏跑出十步后，回过身说道：“阿通，我完全明白你的心意——你不能这么白白送死！更不能让不幸把你拖入死亡的深渊！你应该先把身体养好，然后冷静地想一想。我并非随意舍弃性命，而是以短暂的死亡换取永恒的生命。阿通，与其追随我赴死，不如好好活下来，见证我的永生！我的肉体虽然化为尘埃，但精神一定会永存！”

他喘了一口气，接着说道：“好吗？阿通！如果你盲目地跟随我，会走错人生的方向。不要以为我死之后，会在阴间找到我，我武藏是不会去阴曹地府的！即使千百年之后，我仍会活在人们的心中，活在剑道的世界里！”

说完，他丢下阿通就走了，转眼已不见踪影。

……

阿通呆呆地站在原地，她觉得自己的心也跟着武藏一起走了。此时，她并未感到离别的悲哀，因为那是分手之人才会有的感情。她没有丝毫的恐惧，只觉得两个灵魂已合为一体，将要共同迎接生命的惊涛骇浪。

突然，一些土块从崖上掉落下来，滚到阿通的脚边。紧接着，城太郎大叫一声，拨开树丛飞奔下来。

“啊！”阿通也吓了一跳。

原来，城太郎头上戴着从奈良观世寡妇那儿得来的女鬼面具。他想到可能不会再回乌丸府，就随身带了出来。此刻，他头戴面具出现在阿通面前。

“啊！吓我一跳！”城太郎举着手说道。

“怎么了？城太郎！”阿通问了一句。

“我也不知道怎么回事。阿通姐姐，你也听到了吧？刚才那一声女人的惨叫。”

“城太郎，你戴着面具去哪儿了？”

“我爬上那个山崖后，看到上面还有路，就又往上爬了一段，然后就坐在一块巨石上休息，看着月亮渐渐西下。”

“你一直戴着面具？”

“是啊，附近有狐狸的叫声，我戴上面具是为了吓唬那些野兽。可是，不知从何处突然传来一声惨叫，简直就像刀山的山神爷在怒吼呀！”

离散之雁

一

阿杉婆母子两人沿着东山走到大文字山附近，他们确信没走错方向，可后来竟不知不觉走错了路，以致误入了邻近的一座大山，没能及时赶往一乘寺村。

“真是的！干吗走那么快！本位田又八、本位田又八，等等我呀！”

阿杉婆跟不上儿子的脚步，在后面气急败坏地说道。

本位田又八咂咂嘴，故意大声说道：“您只会逞口舌之功！刚才离开客栈的时候，你是怎么骂我的？”

不过，本位田又八又不能不等她，只能走走停停，不时对着身后的母亲唠叨几句。

“你怎么能这么对我！哪有人会像你似的跟亲娘斤斤计较。”

她擦了一把脸上的汗水，想要休息一下，可又八迈开大步朝前走去。

“等一下啊！休息一下再走嘛！”

“再休息天就要亮了。”

“离天亮还有一段时间呢！要在平时，这样的山路根本难不倒我，可最近我有些感冒，全身没劲儿，一走起路来就气喘吁吁，有几次差点摔倒呢！”

“这回你该服输了吧！刚才路过那个酒馆，店家好意让我们进去休息一下，可你却说‘时间来不及了，快点出发吧！’害得我连一滴酒都没喝上。世人的任何一位母亲都没有你刻薄！”

“哈哈！原来你是因为没喝到酒而生气啊！”

“好了！别说了！”

“任性也要适可而止哟！我们现在可是去办大事。”

“即使那样，我们母子也无须卷入其中，只要在他们分出胜负以后，央求吉冈门众人让我们也在武藏身上砍一刀就行了。然后，再从他身上取走一些头发，带回家乡就大功告成了！根本没什么大不了的！”

“算了！我不想和你在这儿吵架。”

两人重新上路——本位田又八仍嘀咕着：“唉！真丢脸啊！我们竟要从死人身上拿证物来为自己雪耻。宫本村的那些乡巴佬儿根本没见过什么世面，一定会相信我们的话，唉！一想到又要回到那个小地方就感到无聊呀！”

本位田又八对城市生活仍充满留恋，滩市的美酒、时髦的城里姑娘，这些都让他难以割舍。况且，他对城市还怀着一份强烈的期盼，希望能找到一条不同于武藏的发迹之路，得以出人头地、安享富贵——这就是自己的理想，而且他从没放弃过这个念头。

（唉！真是的！一想起这些，就不愿离开城市啊！）

不知不觉，他又把阿杉婆丢在了身后。离开客栈之前，她就一直说身体没劲儿，也许真的是生病了，此时她终于忍不住喊了一声："本位田又八！能背我一段吗？你是年轻人，就背我走一段吧！"

本位田又八皱了皱眉，噘着嘴没回答，只是站在原地等着母亲。突然，他们听到了一声女人的尖叫——与此同时，城太郎与阿通也听到了这个诡异的叫声。

二

不知那声音从何处传来，如果再有一声，他们就能确定声源的大概方向。本位田又八和阿杉婆站在原地面面相觑，像是在等待下一声喊叫。

"啊？"

阿杉婆大叫一声，并不是因为又听到了那可疑的喊声，而是突然发现本位田又八正抓着山石，慢慢向谷底走去。

"你、你要去哪儿？"阿杉婆的语气中略带责备。

"到下边的沼泽地。"本位田又八答了一句，此时他的身影已隐没在山崖下。

"母亲，你在这儿等我一下，我去看看就来！"

"笨蛋！"

阿杉婆这句口头禅不禁脱口而出。

"你去找什么呀？到底去找什么？"

"这还用问！刚才您没听到有一声尖叫吗！是一个女人的叫声！"

"你还有心管闲事——喂！笨蛋！别去了！快回来！"

本位田又八对母亲的呼唤充耳不闻，径自沿着树根滑向深谷。

"笨、笨蛋！"

此时，本位田又八已站在谷底，他透过树林依稀能看到母亲喋喋不休的样子。

“在那里等着我哟！”

虽然本位田又八的喊声很响，却没能传入阿杉婆的耳中，因为他已下到距离山崖很远的地方了。

“奇怪呀？”

本位田又八有些后悔下来，可是刚才的喊声的确是从这片沼泽地传来的呀！如果不是这里，他就白费功夫了。

连月光都照不到这片沼泽地，他定睛一看，只见近处有一条小路，虽然是条山路，但比起附近几座大山，这儿的山并不高。而且，这条路是京都通往志贺山的坂本或是大津的捷径，所以地上有很多路人的脚印。

本位田又八沿着一小股瀑布的水流继续前行，他发现水流被一条通往山腰的小路横向截住。路边的小溪旁有一间小屋，最多只能住下一个人，也许是渔夫休息的小屋。此时，一个人正蹲在小屋后面，隐隐可见她白皙的脸庞。

“那是个女人吧！”

本位田又八赶紧躲到岩石后。刚才那声惨叫是女人发出的，所以他才会如此好奇地下山看个究竟。如果是男人的叫声，他才不会在意呢！现在，眼前这个人的确是个女人，而且还很年轻。

她在干什么呢？

本位田又八最初感到很奇怪，待看清楚之后，他的疑虑才解开。原来，那女子蹲在流水旁，正用手掬水喝呢！

三

对方立刻察觉到本位田又八的脚步声，警戒地朝这边望了望，然后欲起身离开。

“啊！”

本位田又八叫了一声。

“咦？”

那女子也吓了一跳，不过随即放下心来。

“你不是朱实吗？”

“啊、啊！”

刚才送入口中的泉水，这会儿才下肚，朱实喘了一大口气。

她的肩膀因惊吓而不停颤抖，本位田又八抓住她的双肩问道：“你怎么了？朱实！”同时，上下打量着她。

“你怎么也是一身外出的打扮，而且在这个时候——你为什么来这儿？”

“本位田又八哥哥，你母亲在吗？”

“母亲？她在山崖上面等着呢！”

“她一定很生气吧！”

“啊！你说盘缠的事儿吗？”

“我急着赶路，一时付不出住宿钱，又没有盘缠上路。虽然明知不对，但我实在没有办法，就偷偷把阿婆系在行李上的钱包拿走了，本位田又八哥哥，请原谅我！放我走吧，我以后一定归还！”

朱实一边啜泣一边道歉，本位田又八却有些惊讶。

“喂！你别急着道歉啊！我明白了，你一定是误会了，我们不是为了抓你才追到这儿的。”

“我一时糊涂偷了别人的钱，如果被抓就真的变成小偷了！”

“那是我母亲的想法，我才不会那么做呢！如果你真的很困难，我会把那些钱送给你，所以不用太在意——你到底急着去哪儿？为什么走到这儿来？”

“我在客栈那头的树荫下，无意中听到了你们的谈话。”

“哦——你是指武藏和吉冈门众人比武一事？”

“是的。”

“于是，你就急着赶到一乘寺村？”

"……"

朱实并未回答。

两人曾在一个屋檐下生活多年，所以本位田又八很清楚朱实的心思。此刻，他也不想多问，便改变了话题："对了！刚才我听到这附近有一声惨叫，是你吗？"

这才是本位田又八走下沼泽的真正目的。

"嗯，是我。"

朱实点头回答。

然后，她又仰头看向那座突兀在空中的黑色山岭，脸上的表情仿佛又做了噩梦一样。

四

随后，朱实将事情的经过告诉了本位田又八。

事情就发生在刚才。

她越过溪流，走到眼前这座山的山腰时，突然看到一个妖怪正坐在山崖上仰望明月。

本位田又八有一搭无一搭地听着，可朱实却说得很认真。

"远远看去，那个妖怪像个侏儒，却有着大人一样的脸孔，而且还是女人。她的脸惨白至极，嘴巴一直咧到耳边，笑嘻嘻地看着我——我吓得大叫一声就晕过去了，等我醒来后，发现自己倒在这片沼泽地里。"

朱实仍心有余悸，可本位田又八却一直强忍着笑，最终他还是笑出了声。

"哈哈哈！我还以为是什么事呢！"

他继续揶揄道："你从小在伊吹山长大，那些妖怪应该怕你才对！你以前不是常去闪着鬼火的战场上，从死人身上剥掉铠甲、偷走大刀吗？"

"那时我还是个小孩，根本不知道害怕！"

"那时你也不小了哟！现在回想起来，那段时光真让人难忘啊！"

“我第一次懂得了爱情，不过，我对他已经彻底死心了。”

“那你为何还要去一乘寺村？”

“我也不知道自己怎么想的。只是觉得，也许还能见武藏一面。”

“真是无可救药！”

本位田又八显得痛心疾首，随后对朱实说出了武藏面临的不利处境和对方的实力。

从清十郎到佐佐木小次郎，朱实已经历了好几个男人，往昔的清纯早已变成回忆，对武藏也不再心存幻想。经过几度生死挣扎，现在的她就像一只迷途孤雁，奋力寻找着今后的人生方向。

此时，她听到本位田又八讲述武藏即将只身赶赴死地，却并未感到悲伤。自己为何要到这儿来？是不是还对武藏旧情难舍？她无法道明这种矛盾的心情。

……

朱实的眼神有些迷离，如做梦般听着本位田又八说话。本位田又八偷瞥了一眼朱实，发现她的彷徨、犹豫与自己是何等相似啊！

（这姑娘是在寻找同路之人呢！）

看着朱实白皙的侧脸，本位田又八想着。

突然，本位田又八抱住朱实的双肩，并将脸贴近她轻声说道：“朱实，我们一起跑到江户城去吧！”

五

朱实倒吸一口凉气，用怀疑的眼神盯着本位田又八。

“啊？去江户城？”

她反问了一句，意识也被拉回到现实。

“不一定限于江户城，但我听说关东的江户城会成为日本的首府，现在的大阪和京都会变成古都。而且，在新幕府江户城的周围，不断有新城区兴建。如果我们趁早赶到那里，一定可以找到一份像样的工作！

现在，我们就像两只迷途的雁子，不如去那里闯一闯，你不想去吗？不想去看一看吗？嗯？朱实！”

此时，朱实被本位田又八说得有些心动，见此情景，本位田又八继续夸口道：“我们应该生活得更充实，做自己想做的事，否则人生就失去了意义。而且，我们年轻人更要胸怀大志，创出一番事业。那些逆来顺受、善良正直的老实人，反而总遭受命运的捉弄与嘲笑，到头来也只能独尝苦果，碌碌无为地走完一生。喂！朱实，你的命运不正是这样吗？之前，你一直受阿甲和清十郎摆布，才会落到如此下场。这是一个人吃人的社会，如果不能成为强者，就无法在世上立足啊！”

“……”

朱实终于心动了。自从离开艾草屋独自闯荡，她总是遭到别人的欺辱，现在遇到本位田又八，总算有了个依靠。而且，他比以前成熟了很多，也许以后真能出人头地也说不定呢！

可是，她的脑海里依然有一个挥之不去的身影，那就是武藏。这就好比自家的房子被烧毁了，主人仍想回去看看那些灰烬。此刻，朱实就是这种心情，一种类似于愚蠢的执拗。

“你不想去？”

“……”

朱实默默地摇了摇头。

“那我们走吧！如果你不反对。”

“可是，本位田又八哥哥，你母亲怎么办哪？”

“啊！母亲嘛——！”

本位田又八抬头望向崖上。

“我母亲拿到武藏的遗物之后，就会自己返回家乡。如果她知道我把她一个人留在这荒郊野外，就像那个弃母山[①]的故事一样，她肯定会

①弃母山：日本关于弃母于山中的民间传说。——译者注

大发雷霆的！只有等我将来出人头地之后，再好好回报她了。既然这么决定了，我们就快点上路吧！”

说完，本位田又八兴冲冲地迈步走去，可朱实仍犹豫不决。

“本位田又八哥哥，我们走另一条路吧！别走这条路。”她好像在害怕什么。

“为什么？”

“因为那条路会通往刚才那个山腰啊！”

“哈哈哈！你怕再碰到那个咧嘴侏儒吗？有我在，不用害怕了……哇！不好了！老太婆在上面喊我呢！她可比侏儒妖怪恐怖多了！朱实，如果被她发现就麻烦了！快点走吧！”

随后，两个身影快速跑上山坡，消失在山腰处。山崖上的阿杉婆已等得不耐烦，她大声喊着：“儿子呀……本位田又八……”一直听不到回声，她焦急地走来走去。

生死一线

一

唧唧！唧唧！唧唧！

风儿拂过田埂间的草丛，鸟儿被惊得四处飞散。此时天还没大亮，鸟群也显得影影绰绰。

因为有前车之鉴，所以这次佐佐木小次郎主动喊了一声：“是我！见证人佐佐木小次郎！”

说着，他快步穿过云母坡上二里多长的田埂，一口气跑到下松路口。

对方听到声音，便问了一句：“咦？是佐佐木小次郎先生吗？”

埋伏在四周的吉冈门众人松了一口气，随后黑压压的人群围住了佐佐木小次郎，每张脸都是一副木然的表情。

“还没看到武藏那家伙吗？”壬生源左老人问道。

“我见到他了。”佐佐木小次郎故意提高声调，此语一出，众人的注意力立刻集中在他身上，他冷冷地环视了一周，继续说道，“我见到他了，我们沿着高野河一起走了五六百米远，他却趁着小便的时候溜走了，不知道打什么鬼主意。”

没等佐佐木小次郎说完，御池十郎左卫门就说：“他是不是逃走了？”

“绝不可能！”

为了打消众人的怀疑，佐佐木小次郎接着说道：“他的样子相当沉稳，从说话的语气来看，他是不可能逃跑的，只是暂时不见了。也许他想出奇制胜，不愿让我知道他的计划，所以就故意甩掉我。我们绝不能掉以轻心！”

“奇招？他会出什么奇招呢？”

众人将佐佐木小次郎团团围住，唯恐漏听半个字。

“也许武藏的帮手正埋伏在某个地方，等着和他一同前来，打我们个措手不及！”

“嗯，嗯。有这种可能。”壬生源左老人嘀咕了一句。

“如果真是那样，他们很快就会到了。”

说完，御池十郎左卫门对那些擅离职守的弟子命令道：“回去！快回到各自的岗位上！如果武藏此时来个突然袭击，我们不是不战而败了吗！无论他带多少人，我们仍按原计划行事，只要确保万无一失就行了！”

“有道理！”

每个人都意识到了事态的严重性。

有的人说：“如果现在不耐烦，稍微松懈就会酿成大错！”还有的人说：“必须马上进入待命状态。”“决不能大意！”

众人互相鼓励着、提醒着，重新埋伏到草丛中、树荫下，还有的人携带弓箭、火枪躲进树梢。

佐佐木小次郎看着松树下那个形同稻草人一样的源次郎，问了一句：“你困了？”

源次郎使劲摇着头，回答道：“没有！”

佐佐木小次郎摸摸他的头，关切地说道：“是不是有些冷啊？看你，嘴唇都变紫了。你是吉冈门的代理掌门，也是这次比武的统帅，必须要打起精神来！再稍微忍耐一下，你就能看好戏了！对了，我也得赶紧找个方便观战的地方呀！”

说完，他就离开了。

二

同时，在另一边。

武藏正大步走在志贺山与瓜生山之间的沼泽地一带，为弥补和阿通见面所耽搁的时间，他进一步加快了脚步。

比武时间是寅时三刻，地点是下松。初春时节，日出要在卯时以后，现在周围还是一片黑暗。比武地点在比睿山山路的三岔路口附近，天一亮，路上的行人就会多起来，所以当初在决定比武的时间时，也考虑到了这点。

（啊！那是北山宝刹的屋顶！）

武藏停下脚步，低头看了一眼山下的寺院，知道马上就要到了。

从那儿下山，再走七八百米远就能到达下松，看来从北野后街抄近路到底还是近一些。刚才赶路时，一直陪伴他的那轮明月已隐入山间。与此同时，在三十六峰怀中沉睡的朵朵白云突然焕发出生机，慢慢升上天空。在即将迎来破晓的一刹那，天地万物都寂静无声，似乎预示着今天将是一个不同凡响的日子。

伟大的时刻即将来临，武藏深吸几口气，也许自己的生命比白云还要轻薄，马上要消失在无限的宇宙中。——他仰望着白云，这么想着。

在包罗万象的寰宇中，一只蝴蝶的生命和一个人的生命并没有什么差异。可是，在人类的世界里，一个生命的陨落可能关系着全人类的命运。对于整个人类的延续，每个生命都会产生一些正面或负面的影响。

（死也要死得有意义！）

这正是武藏来此地的目的。

（要如何才能做到死得其所？）

这是武藏最后一个，也是最迫切的心愿。

此时，耳边突然传来流水声。

他一路走来，没有停歇，此时觉得有些口渴，于是蹲到岩石边，双手捧水喝。泉水十分甘甜，沁人心脾。

武藏知道，自己的头脑非常清醒。对于近在眼前的危机，他并不怯懦，反而觉得十分痛快，仿佛全身上下都充满信心。

喝完水，他稍微平复了一下心情，突然听到背后有人在喊自己。那是阿通和城太郎的声音。

也许是心理作用吧！武藏这么想着。

（扰乱心绪的不是紧追不舍的阿通，而是那个萦绕在心头的倩影。）

他十分清楚这点。

一路上，他总觉得阿通在身后呼唤着自己，可他始终没有回头。

好不容易走到这儿，他终于忍不住回头看了一眼，而且停下脚步侧耳听了听。

（会是她吗？）

迟到不仅会给对方留下口实，也不利于作战。武藏知道必须要赶在月亮刚下山，天即将破晓的一刹那发动攻击，这样才最利于自己孤军奋战。正因为考虑到这些，他才一路飞奔至此。同时，他也想把牵绊自己的阿通从脑海中完全剔除掉，因此他一直心无旁骛、拼命赶路。

三

破外敌易，破心中之敌难。武藏突然想到这句话。

（糟糕！我怎么会想起这些！）

他在心里暗骂自己。

（真没用！）

他试图把阿通抛到一边。

刚才，跟阿通分手时说的那些话，还响彻耳畔，自己为何做不到呢？他深感羞耻。

（当一个男人决定为了完成使命而孤注一掷时，脑中绝不可留有丝毫柔情。）

话虽如此，可自己真的已把阿通彻底忘掉了吗？

（为何我会如此不舍？）

为了从心中剔除阿通，他如逃命般狂奔至此。

眼前，一大片竹林延伸至山脚，一条白色的小路从树林、农田及田埂间穿过。

“啊！”

快到了！马上就要到一乘寺村的下松路口了。放眼望去，在两百多米的前方，这条小路与另外两条路会合在一起。乳白色的薄雾静静升腾在空中，那伸展如伞状的松树树冠已近在眼前。

突然，武藏跪倒在地，身前身后的树木似乎都变成了他的敌人，令他全身斗志高昂。

他像蜥蜴一样，沿着山石树木的阴影，快速移动着身体，来到下松正上方的高地。

（哦！果真有人！）

从这儿可以隐约看到那些聚集在路口的人影。有十几个人手持火枪，围着松树站成一圈，一动不动。

一股邻近破晓的强大气流沿着山顶吹来，打湿了武藏的衣服，转眼间它又穿过松枝和竹林，呼啸着奔向山脚。

雾霭中的下松，不停摇摆着的伞状树冠，似乎预感到将要发生的事情。

眼中看到的敌人虽然有限，但武藏觉得漫山遍野都埋伏着敌人。他知道，自己已走入了死亡世界，连手背上都起了一层鸡皮疙瘩。他的呼吸出奇地平静，全身上下都做好了战斗准备。他沿着山岩攀援而上，每一步都那么踏实、有力。

此时，一道古城墙出现在眼前，看得出那是一个古城的遗址。武藏沿着石山的山腰，爬到这小片高地之上。

放眼看去，在下松所在的山脚方向，有一个石制的牌坊，周围生长着高大的乔木和防风林。

“哦！那是一个神社。”

武藏走到正殿前，跪了下来。无论在哪儿看见神社，他都会下意识地合掌祈祷。此时此地，就连他的灵魂也禁不住要颤抖啊！在黑漆漆的正殿里，一盏即将熄灭的佛灯在萧瑟的晨风中轻轻摇曳着。

武藏抬头看了一眼正殿上方的匾额，上面写着“八大神社”几个大字，他突然感到一种莫名的力量。

“对了！”

这是否意味着，即将单枪匹马杀入敌阵的自己会得到神明保佑！神明一向支持正义。想当初，织田信长追击敌人至桶狭间时，还不忘参拜热田神宫。这是一个多么令人庆幸的好兆头啊！

于是，武藏在神社的洗手池漱了漱口，又舀起一勺水含在口中，使劲儿喷到刀穗和鞋带上。

他快速套上束衣带，额头上绑好棉布，然后快速回到神像前，双手握住了正殿前鳄口铃铛的绳索。

四

就在他要摇响的一刹那。

（不！等一下！）

他缩回了手。

那根红白相间的棉绳早已旧得几乎看不出颜色，它顺着鳄口铃铛垂落下来，似乎在对武藏说："依靠我！信赖我！"

可武藏却在扪心自问：我到底应该许一个什么愿望呢？

一时间，他竟不敢伸手拉动那根绳子。

（我不是已和天地融为一体了吗？）

（来此之前，我不是已参透了朝生夕亡的生命境界？）

他暗暗斥责自己。

此时此地，他忘记了平日的修行，一盏如豆的佛灯都会让他喜不自胜，仿佛在黑夜中见到光明一样，竟情不自禁地想伸手拉响铃铛。

身为武士，不可依靠外力，死亡才是他日夜相随的伙伴。所以，武藏一直抱着平静、虔诚的心学习迎接死亡。可是，无论怎样学习、磨炼，要做到视死如归却并非易事。从昨夜到今早，他一直在心里暗暗夸耀着自己参透的生死大义。可现在，他却呆站在神像前，羞愧难当，眼泪似乎要夺眶而出。

（是我错了！）

他在心中暗暗忏悔。

（即便自己想做到心智澄明、无牵无挂，但体内总能听到一个渴望活下去的声音。阿通、家乡的姐姐，这些就像一个溺水者手里抓着的救命稻草。啊！我真是没用啊！竟然情不自禁地想要拉动鳄口的铃铛。我是在期待神明的帮助呀！）

尽管武藏在阿通面前强忍泪水，此时却泪眼滂沱，他对自己的修行感到一种前所未有的绝望。

（刚才，自己的动作完全出于无意识，根本没想要祈求什么，只是突然想要拉动那铃铛。正因为这一切出于无意识，所以才更觉羞愧。）

无论如何自责，他也消除不了心里的惭愧。他为自己感到深深的遗憾，难道以往的修行都白费了？自己还是如此浮浅！

（我太愚蠢了！）

他为自己的愚钝感到悲哀。

自己孑然一身，到底要向神明祈求什么呢？战斗还没开始，自己心里就隐隐产生一种挫败感，这样根本无法成就一个伟大的武士啊！

同时武藏也觉得很庆幸。

他真切地感受到了神明的存在，更庆幸神明在他踏入战场的前一秒帮他及时醒悟。

他相信神明，可“武士之路”是不能依赖神明的，那是一条超越神明的必由之路。武士信仰神明，并非为求得保佑，也不是向世人夸耀。他们不否定神明的存在，但绝不会祈求神明庇佑，只是下意识地觉得，在这无限的天地间，人类是多么渺小而可怜。

……

武藏后退一步，双掌合十。此时，他的心情与刚才已完全不同。

随后，他快步走出八大神社，顺着狭长的陡坡疾驰而下。走下这个山坡，就能看到位于山脚缓坡处的下松路口了。

五

这个斜坡非常陡峭，如果遇上暴雨，整个路面肯定会像瀑布一样激流不止，同时路面上还满是石子和泥巴。

武藏一口气直奔坡下，石子和土块随着他的脚步滑向山底，打破了寂静的晨曦。

“啊！”

前面好像有什么动静，武藏赶紧缩成一团，滚到路边的草丛里。

草丛里的露水打湿了他的膝盖和前襟，他就像一只野兔匍匐在那里，一动不动地观察着下松周围的状况。

根据目测，这里距下松有几十步远。由于下松路口的地势较低，所以那棵松树的位置也显得比较低。

武藏看到了。

他看到了藏在树上的人影。

而且，那些人手里还拿着武器，似乎是弩箭、火枪之类的东西。

真卑鄙！——武藏暗骂一声。

（对付一个人竟然还用如此手段！）

虽然很气愤，但他并不感到意外。他早知道对方会布好天罗地网等着自己，吉冈门的人一定没想到自己会单枪匹马来应战，所以才准备那些射杀工具。看样子，他们准备的工具绝不止一两件而已。

从这里望过去，武藏只能看到下松的树梢。如果就此判断所有携带枪炮之人都躲在这棵树上，未免太过轻率。那些手持弩箭的人还可能躲在岩石后或洼地里，而火枪手则有可能从半山腰突然发动攻击。

不过，有一件事对武藏十分有利，那就是无论树上、树下之人此刻都是背对着他。他们只想到在三岔路口设伏，却忘了身后这座山。

武藏慢慢地匍匐前行，头低得比刀鞘尾还接近地面。突然，他快步跑起来，“唰、唰、唰、唰、唰！”一转眼，他就跑到了距离下松四十多米远的地方。

“啊！”

树上的人发现了武藏。

“是武藏！”他大声喊叫起来。

这喊声响彻云霄，武藏根本没理会，仍以同样姿势又向前跑了二十多米。

他知道，在这短短几秒，树上的人根本来不及开枪。因为那些骑在树枝上的枪手，一直把枪口对着三岔路的方向。要重新瞄准，必须先转身再调整距离，加上枝叶的阻挡，枪口根本不可能瞬间对准目标。

所以，只有这短短几秒是非常安全的。

“什么？”

“在哪儿？”树下严阵以待的十几个人同时问道。

“在后面！”树上的人立即回答。

树上的人几乎声嘶力竭，同时慌忙转过身，把枪口对准了武藏的脑袋。

透过细密的松叶，隐约可见火线发出的亮光。与此同时，对面的武藏使劲挥动一下手肘，手中的石块“嗖”的一声朝着那点火光飞去。

只听见“嘎吱”一声，是树枝断裂的声音，紧接着一声惨叫，一个物体从晨雾中跌落到地面。很显然，那是一个人。

六

“喂！”

“是武藏！”

“武藏来了！”

那些全神贯注盯着路口的人，一时间吓得目瞪口呆。

他们在三岔路口一带的布置可谓滴水不漏，可吉冈门众人做梦也没想到，武藏会如此轻易地闯入他们的核心，这令他们猝不及防。

据守在树下的人不到十个，他们一下子乱了阵脚，彼此的刀鞘乱撞一气，有的人还被枪杆绊倒了，还有的人闪身躲到远处，每个人都是一脸惊恐。

“小、小桥！”

“御池！”

他们胡乱呼喊着同伴的名字。

有的人自己惊魂未定，却提醒同伴：“不要疏忽！”

“什、什么事？”

“该、该死！”

还有人使尽力气也说不出一句完整的话，最后大家好不容易拔出刀、端好枪，向武藏围拢过来。此时，武藏面不改色，凛然说道：“在下生于美作的乡下，父亲名为宫本无二斋，现在我如期赴约来了。代理掌门源次郎来了吗？希望你不要像之前的清十郎、传七郎那样不堪一击！看在你尚年幼的分上，我同意你带几十个帮手，不过我武藏可是单独来应战的。无论是一对一单打，还是群殴，在下悉听尊便！动手吧！”

武藏显得彬彬有礼，吉冈门的人更觉意外。对方如此守规矩，而自己一方却行此卑鄙之事，真令人羞愧难当！不过，这种问候不同于往日，没有充分的准备绝不可能如此沉稳。吉冈门众人有些口干舌燥，费力地吐出一句：“武藏！你迟到了，是不是怕了！”

不管怎样，他们现在可以确信的是：武藏的确是一个人来的。他们觉得，自己已占了上风。可是壬生源左老人、御池十郎左卫门等久经沙场的人，却认为其中必定有诈。武藏一定另有安排，也许他的帮手就藏在附近。真是疑心生暗鬼，这些人忙不迭地四处张望。

“嗖——”

突然，不知哪儿响起一阵弓弦之声。

与此同时，光一闪，一阵剑风朝那支飞向自己的羽箭砍去。刹那间，羽箭一分为二，落在武藏的身前。

武藏没理会众人的目光，像一只愤怒的狮子一步跳到树荫后。

“啊！好可怕！”

按照壬生源左的吩咐，一直站在那儿的源次郎大叫一声，紧抱着树干不放。

听到儿子的惨叫，壬生源左老人仿佛觉得自己被劈成了两半，“啊——”他一边喊叫着，一边跑过来。只见武藏的剑影一晃，两尺长的松树皮被削下来一块，同时落地的还有少年那颗血淋淋的脑袋。

雾风

一

此时，武藏已如夜叉附身。

从一开始，他就盯住了自己的目标，所以抛下其他人，率先斩落源次郎的首级。

他没有手软，更不觉残忍。只要是敌人，无论对方有多少人、是否成年，他都会出手。

武藏杀死少年，并未使对方的士气得到丝毫减弱，反而更加激怒了全体吉冈门弟子，他们众志成城，誓要将武藏乱刃分尸。

尤其是壬生源左老人，他欲哭无泪，表情都已扭曲。

“啊！你杀了他！”

他嘶吼着，高举一把分量很重的大刀，朝武藏劈头砍去。

武藏的右脚向后退了一尺左右，身体和双手也顺势向右倾斜，那柄刚斩落源次郎首级的剑，又向壬生源左老人的手肘和面部挥去。

“哇！”

“唔！唔！”

有人痛苦地呻吟着。

原来，一个持枪从武藏身后攻击的人，也跟着向前倒了下去，正好压在壬生源左老人的身上，一时间血流成河。转眼间，第四个人又从正面扑向武藏。那人刚站稳脚跟，就从肋骨处被砍成了两截，他的脑袋和双手无力地垂下来，双脚支撑着将死的躯体又走了两三步——

“快出来！”

“在这边！”

随后，六七个吉冈门弟子发出一阵骇人的喊声，企图通知其他人。可是，那些埋伏在三岔路的人离这儿比较远，这短短几秒内发生的一切，他们自然无从知晓。最终，那几阵凄厉的喊声被阵阵林涛声阻隔，无声无息地消失于天际。

自保元、平治时代，这个下松路口就是交通要道。无论是平家的流亡者逃到近江，还是亲鸾法师上京，或是比睿山百姓往来于京城，这个路口都是他们的必经之路。没想到今天，这里竟成了杀戮场，松树发出一阵轻微的啾啾声，不知是因为饮鲜血而感到畅快，还是在暗自啼哭。从树干到树梢都在颤抖着，每当烟尘般的雾风吹来，一阵冰冷的雨滴就落到树下的人影与剑影上。

气氛一触即发，大家根本没时间关心地上的一个死者和三个伤者。双方都调整着呼吸，武藏紧靠在树干上，这粗大的树干正好形成一个天然的防御。不过武藏知道，长时间的僵持对自己不利。他那狼一般锐利的眼神，顺着剑尖扫视了一下对面那七张面孔，同时思考着下一步的行动计划。

此刻，只有树枝、竹林、草丛发出的沙沙声，天地万物都在风中战栗着、摇曳着。

突然，有人在远处大喊了一声："快去下松！"

声音从附近的小山丘传来，正是佐佐木小次郎。原来他选择了一个绝佳的观察点坐了下来，并目睹了这边发生的一切。此时，他突然跳起身，朝着埋伏在三岔路口和树荫下的吉冈门弟子喊道："喂！喂！是下松！快去下松！"

二

突然，一声枪响，由于声音太大，众人不禁捂起了耳朵。

人群中，应该有人听到了佐佐木小次郎的声音。

"——哇！"

那些躲在竹林中、树荫下及岩石后的人蜂拥而出。

"咦？"

"他已经来了？"

"路口、在路口！"

"别让他跑了！"

二十多个弟子从各处埋伏点一起跳了出来，如狂流般直奔下松。

枪响的同时，武藏背贴树干，转到了后面。子弹几乎贴着他的面颊飞过，打到了树上。随后，他依然与眼前这七个手持利刃的敌人对峙着，那七人也随着武藏的脚步，围着松树移动。

突然，武藏手中的宝剑向七人中最左边的人直刺过去，那人正是“吉冈十剑”之一的小桥藏人。他被这突如其来的攻势吓了一跳，大叫一声：“啊！”立即单腿点地，扭过身子避开。武藏趁此时机，快速突出重围。

众人看着武藏的背影，喊着“哪儿跑！”，便快步追过去。当他们举起刀，要同时砍杀过去的时候，阵脚突然大乱，每个人都显得惊慌失措。

原来，跑在前面的武藏突然转过身，朝着身后的御池十郎左卫门猛扑过去。然而，御池十郎左卫门早就有所防范，所以在追赶时特别留意自己与武藏之间的距离。当武藏回身举剑砍向自己时，他立刻纵身一跃，剑尖从他胸前划了过去。

不过，武藏的剑法并不像大多习武者那样，每次挥剑都会用尽全力，然后再调整呼吸出第二招。这样太浪费时间。

他从未拜师学艺，在练武时吃了不少苦头，但没拜师也有没拜师的好处。

那就是武功招式不受任何流派的限制，他的剑法一无定式，二无套路，三无秘诀，只是将自己对天地万物的理解与天生的勇猛糅合在一起，自创出这种无名无形的剑法。

就像此刻——他在下松决斗时，砍向御池十郎左卫门的一招就是此种剑法。

御池十郎左卫门不愧是吉冈门的高徒，当时武藏假意逃跑，再出其不意地回身出招，他竟能躲过去。

不过，武藏这套剑法并没那么简单，他的剑有一种反弹力。例如，向右侧砍下去的同时，身体内会蓄积一种向左反弹的力量。因此，他的剑划过长空的同时会再次反弹到敌人身上，那松针般锋利的剑刃划出了两道长长的光弧。

啊——御池十郎左卫门惨叫一声，折回来的利刃扫过他的面颊，他的脑袋立刻就像一个烂酸浆果一样，滚落地上，倾刻间血流如注。

三

“吉冈十剑”向来自负于自己所学的正宗京派剑法，可现在，小桥藏人被杀，御池十郎左卫门也被击毙。

此时，死伤者已不在少数，包括代掌门源次郎在内，埋伏在下松周围半数左右的人，已倒在武藏的剑下。虽然决斗的序幕刚刚拉开，可这里已是血流成河、一片狼藉。

刚才，如果武藏凭借斩杀御池十郎左卫门的余威，趁对方慌乱之际出击，一定又能砍下好几颗脑袋，从而将下松的敌人一并扫除。

然而，他似乎想起了什么，突然朝着三岔路的方向奔去。

众人以为他要逃跑，便紧追不舍，武藏跑着跑着突然转过身，当对方拉开架势准备迎敌时，他又像燕子般贴着地面飞快地溜走了，转眼间就消失无踪了。

“浑蛋！”

剩下那一半人气得咬牙切齿。

“武藏！”

“胆小鬼！”

“卑鄙！”

“还没分出胜负呢！”

他们一边大骂，一边追了过去。

这些人怒不可遏、两眼喷火，看着地上成片的血迹、嗅着空气中的阵阵血腥味，他们早已失去了理智，个个犹如杀神附体。面对如此惨烈的场面，勇敢者会更加冷静，而胆怯者则更加心虚。他们眼望武藏的背影，盲目追赶的样子活像地狱里的恶鬼。

“他跑了！”

“别让他跑了！”

武藏根本没理睬身后的喊杀声，他放弃了战端初起的丁字路口，选择了三岔路中最狭窄的一条，也就是通往修学院路的方向狂奔而下。

当然，这条路也有吉冈门的人把守，他们知道下松有变，便急忙赶了过来。武藏跑出不到四十米，就迎头碰上了这些人。现在，真可谓“前有堵截、后有追兵！”

两路人马在山道相遇，这回他们的人手又增加不少，个个显得神气活现。

“喂！武藏那小子呢？”

“没看到啊！”

“怎么可能！”

“可是——”

就在他们交谈之时，武藏突然喊了一声：“我在这儿！”

随后，他就从路边的岩石后跳出来，站在吉冈门众人刚走过的山路中间。

看来，他已做好了再次开战的准备。那些追来的吉冈门弟子表情愕然，在如此狭窄的山路上，很难集中全部兵力实现合围。

这条路很窄，如果以身体为中心，手臂加上刀剑长度正好是路面的宽度。在这种情况下，两人并排进攻十分危险。不仅如此，那些站在武藏身前的人正一步步后退，而队伍后的人却争相往前挤。看来人多更容易造成混乱，反而会误事。

四

不过，众人之力终究不可小觑。

刚才，他们被武藏敏捷的身手和逼人的气势震慑住了，尽管嘴里喊着：“喂！不要怕！”可脚上、身上的动作都略显迟疑。

“他只不过一个人！”

众人意识到自己一方的优势，队伍前头几个胆大的人带头喊道：“一起上啊！”“让我们来解决他！”随后挺身而出。

后面的人尽管看不到前面的状况，也跟着大喊一声：“杀啊！”光是这种气势就可以将武藏压倒。

武藏被眼前这惊涛骇浪般的喊声逼得连连后退，他突然想到，与其主动进攻，不如先采取防守的策略。

敌人一下子冲到武藏近前，他无法出手，只能节节后退。

在这种情况下，斩杀一两个人根本无关痛痒。对方人多势众，自己稍有差池，对方的长枪就会刺过来。挥剑需要时间，尚可躲避，但对面那密如麦穗的枪尖，却不会给自己留丝毫的机会。

吉冈门的人乘势追击。

他们眼看武藏连连后退，更加穷凶极恶。武藏脸色惨白，几乎要窒息。如果此时他被树根或绳索绊倒，对方肯定会一起出击，把他刺成刺猬。可是，没有人敢靠近这个视死如归的人，谁都不想当第一个垫背的。他们大声喊着："杀啊！"手持刀枪步步紧逼，那些枪尖、刀尖也都对着武藏的前胸、手臂、膝盖等要害之处，可两者之间的距离只缩短了两三寸左右。

"啊！"

一不留神，武藏再次从他们眼前消失了。在这条狭窄的山路上，这么多人对付一个人显然太不明智，最终他们还是自乱了阵脚。

其实，武藏既没飞奔而逃，也没跳到树上，只不过纵身跃到路边的竹林里罢了。

那是一片孟宗竹林，土质十分松软。武藏就像一只小鸟穿梭在绿色的竹林间，只见一道金光射来，不知何时，火红的朝阳已沿着比睿山诸峰冉冉升起。

"站住！武藏！"

"卑鄙的家伙！"

"你在展示你的逃跑绝技吗？"

众人也跟着跑进竹林。此时，武藏已越过竹林边的一条小溪，跳上一座一丈多高的山崖，然后站在那儿大口喘着气休息。

这个山崖位于山脚下，是一片地势平缓的荒原。他站在山崖上，看着天色渐渐变亮，下松路口就在脚下，那里还聚集着四五十个被打散的吉冈门弟子。当他们发现武藏站在山崖上时，一齐叫喊着杀奔过来。

现在，敌方人数又比之前多了两倍，他们黑压压地向山脚拥来。吉冈门的全部兵力都集中在这儿，如果这些人手拉手地站在一起，足可以将整个荒原包围。此时，武藏手中的剑看起来像针一样细小，他冷冷地盯着对方，站在原地等待着。

五

远处传来一阵马的嘶鸣，无论乡村还是山里，行人们都开始上路了。

尤其在这附近，有些和尚一大早就走下比睿山，也有的人要上山。每天天刚一亮，总能看到那些脚穿木屐、高耸双肩的僧侣来往于这条山路。

此时，路过的和尚、樵夫及老百姓都在议论着："有人在打架呢！"

还有路人问："在哪儿？""在哪儿？"

人群一开始骚动，连村里的鸡鸭骡马也跟着凑热闹。

八大神社附近立刻聚集了一群看热闹的人。山顶飘下的阵阵雾气，将大山与众人身上都染上一层白色。没过多久，浓雾散去，人们的视野变得清晰起来。

才这么一转眼的工夫，武藏就完全变了样儿。系在额前的白布条，已被血水染成红色；被汗水打湿的乱发，紧紧贴在额角。世上再找不到比他更恐怖的面孔了，简直就像地狱里的恶魔。

"……"

他大口喘着气，铁条般的肋骨上下起伏着。他的裤子被划破了，膝盖处也挨了一刀，从绽开的皮肉下隐约可见雪白的骨头。

此外，他的手臂处也有一道伤口，虽然伤势并不重，但滴滴鲜血已将胸口至腰带处的衣襟染红。他浑身血迹，就像从坟墓里爬出来的人一样，令人目不忍视。

不！还有比这更凄惨的，那些被武藏砍伤的人，有的倒地呻吟、有的爬着挣扎，还有的已经毙命。当武藏跑到山脚下那片荒原时，七十多个吉冈门弟子一起向他发起了攻击，双方一交手，武藏就砍倒了四五个人。

吉冈门众人的伤亡并非集中在一个位置上，而是东挨一刀、西挨一刀，由此可知，武藏在进攻时不断变换着自己的位置。由于所处地势宽阔，所以他必须占据有利位置，才能做到以寡敌众。一旦对方稍有喘息，就会形成合围之势将他重重包围。

不过，武藏在行动时也有一定的原则，那就是绝不站到敌阵的侧面。同时，他还要尽量避开敌阵横队的正面攻击。于是，他以闪电般的速度从敌阵的一角攻向另一角——也就是攻击敌阵的队尾。

在武藏看来，敌阵就像刚才在山路上一样，一直呈现一种纵队进攻的阵势。哪怕对方有七十人，甚至上百人，按武藏的策略只要专心对付队尾的两三个人就足够了。

虽然武藏的速度惊人，但偶尔也有露出破绽的时候，而且对方也不会一直被他牵着鼻子走。有时，数不清的敌人会突然蜂拥而上，把他围在当中叫嚣不止。

此时才是真正的危机。

对武藏而言，也是他爆发全部能量的时候。

不知何时，他已手持双剑，右手长剑的剑穗已被鲜血染红，左手的短刀仅有刀尖处因蹭上油脂而微微发暗，估计还能砍倒好几个人。

可是，武藏却完全没意识到，自己竟能手持双刃与敌人作战。

六

这场打斗就像燕子与海浪的搏斗。

海浪企图吞噬燕子，燕子却斩断巨浪，翻身一跃去迎接下一个浪头。

双方的打斗没有片刻的停止，双刃交错之际，即刻有人扑倒在地。

每当吉冈门弟子见此情景，都不禁倒吸一口凉气。

“啊——！”

“哼——！”

他们一边叹气，一边重新抖擞精神将武藏团团围住，耳边只听到一阵阵草鞋的嗒嗒声。

趁着这短暂的几秒，武藏也深吸了一口气。

他用左手的短刀挡住对方的视线、右手的长剑伸向旁边，他的肩膀、手腕、剑尖都保持在同一水平线上——这是一种抵御敌人进攻的最佳守势。

他以自己的双眼为中心，左右双刃加上手臂的长度形成了较为开阔的防守视野。

如果敌人不从正面进攻，转而从右侧进攻时，他就会立刻将重心右移，得以牵制敌人。

如果敌人从左侧进攻，他会立即伸出左手的短刀，将敌人钳制在双刃之中。

武藏左手的短刀一直刺向前方，那刀尖上仿佛有种磁铁般的魔力。在刀尖对面的敌人，就像停在竹竿头上的蜻蜓一样，进退两难——眨眼间，右手的长剑突然刺了出去，只听见“咻”的一声，顿时鲜血四溅。若干年之后，有人称武藏此时所用剑法为“以少打多双刃法”。可是，此时的武藏完全是下意识地使用出这种剑法。如果一个人达到完全忘我的境界，就会发挥出极大的潜能。就连平常很少使用的左手，在紧要关头也能发挥出极大的作用。

不过，以武学家的角度来看，武藏的剑法还是略显稚嫩。直到现在，他的剑法也不成体系，更毫无章法可言。也许这是他的性格使然，他坚信一切武功都要靠实践来检验——至于理论，还是等躺在床上时再想吧！

与之相对，以“吉冈十剑”为首的众弟子，脑子里尽是京八派的武功理论，其武功能自成一格者是少之又少。武藏从未拜师学艺，一直懵懂地接受来自大自然与世间的生死考验，尽管并不知道“剑道”为何物，但数次的生死历练已使他练就了强悍的身心。吉冈门众人以常人的眼光审视着武藏，只见他气喘吁吁，脸上毫无血色，浑身血迹，左右手各擎一刃。剑锋一触及其他身体，立即鲜血四溅。此时的武藏宛如阿修罗，他的骁勇与强悍简直不可思议！同时，吉冈门众人也累得气喘吁吁，他们感到一丝心虚，某些人的眼角都渗出了一层冷汗。眼见不断有同伴受伤倒地，他们对斩杀武藏越来越没信心，只觉得自己是在与一个红色妖魔作战。

七

逃吧！

那个孤军奋战的人！

快逃命吧！

大山呼喊着，黑压压的树林呼喊着，就连白云也在这样高声呼喊。

那些驻足观战的路人及周边百姓看到重围中的武藏，不禁为他捏了一把汗，有些人还大声提醒着他。

可是，即便此时天崩地裂，武藏也不为所动。

他的身体只交由心灵掌控，别人看到的武藏不过是个躯壳罢了。

那几近疯狂的斗志几乎要将他整个身体和灵魂燃烧掉，现在的武藏已脱离了血肉之躯，变成一团熊熊燃烧的火焰。

突然——

传来“哇”的一声喊叫，那喊声犹如晴天响起一个炸雷，似乎连三十六峰的山神都被惊动了。远处围观的人群和近前的吉冈门弟子大吃一惊，不约而同地大喊出来。

“哒、哒、哒！”

一阵脚步声响起。原来，武藏突然朝着山脚的村落跑去，此举大大出乎众人的意料，他那敏捷的身影就像一头拼命逃窜的野猪。

那七十多个吉冈门弟子当然不会袖手旁观。

“在那里！”

立刻有五六个人沿着树林追了过去。

“杀！”

“就是现在！”

身后的人举刀就砍，武藏急忙俯下身。

“去死吧！”

他举起右手的长剑，一下砍在来人的小腿上。另一人喊道：“你这家伙！”随后扑了过来，耳中只听“噹啷”一声，武藏一下子将对方手里的长枪打飞。他怒发冲冠，奋力迎敌。

“铿！铿！铿！”

武藏手中的双刃上下翻飞，他紧咬牙关、表情狰狞，甚至让人觉得会随时张口把对方吞下。

——啊！他跑了！

远处围观的人一片哗然，吉冈门的人也一阵惊慌。此时，武藏已从荒原西面的山崖跳到了麦地里。

“回来！”

他身后传来喊声。

“站住！”

几个人也跟着跳了下去。突然，山崖处传来两声惨叫，原来武藏一直躲在山崖下方，待追踪者跑近之后，他突然出招，一击毙命。

——咻！

——噗！

突然，两杆长枪飞向麦地中央，深深地刺入泥土中。那是山腰上的吉冈门弟子掷向武藏的，而武藏就像一个翻滚的土块飞快地越过麦地，一转眼，他和敌人之间就已拉开了五十多米的距离。

“他朝村里跑去了！”

“他沿山路上山了！”

不断有喊声传来，武藏越过地垄，攀上山崖，回头看了看分头追赶自己的人群。

太阳终于升起来了，灿烂的霞光照亮了每一寸土地，一如既往。

菩提一刀

一

大四明峰的南岭高耸入云，坐在山顶，不仅可以环顾东塔、西塔，就连横川和饭室的山谷也都可以尽收眼底。一条大河，夹杂着三界的泥沙和尘芥在晚霞的辉映下，蜿蜒远去。天气依然寒冷，比睿山上的法灯星星点点。树木刚刚吐出嫩芽，但还是听不见鸟的鸣叫，天地笼罩在一片孤寂之中。

云雾缭绕着南岭，无动寺坐落在云雾之上，寺院内的树木和泉水也都透出一股静寂。

与佛有因
与佛有缘
佛法僧缘
常乐我常
朝念观世音
暮念观世音
念念从心起
念念不离心

无动寺的后院传来十句观音经，那声音不像是在诵读，也不像是在咏唱，而更像是从嗓子眼里挤出的嘟囔。

那嘟囔之声时而似忘我般高亢，当刻意去注意它时，又会变得低弱。

回廊上的地板黑得发亮，仿佛用墨洗过一般。一位身穿白衣的小沙弥，双手端着简单的斋饭，向传出念经声的房间走去。那房间位于回廊的尽头，装饰着不俗的杉木推拉门。

“施主！”

小沙弥将斋饭放到房间的角落，又叫了一声：“施主！”

小沙弥双膝跪在地板上。施主弯腰背对着小沙弥，似乎未曾觉察有人踏入了自己的房间。

数日前的一个早晨，一位满身血迹，潦倒不堪的修行者，以剑为杖，蹒跚着来到这里。

众位看官想必已经猜出了此人是谁。

穴太村白鸟坂位于南岭的东侧山麓，修学院白河村位于南岭的西侧山麓，并且可以从这里直达云母坂和下松路口。

“施主，午饭给您放在这里了。”

武藏终于听到了。

“噢……”

武藏伸了个懒腰，回过头，望向斋饭和小沙弥。

“谢谢了！”

他摆正坐姿，向小沙弥行了一礼。

他的膝盖上沾着一层白木屑，更细的木屑则散落在榻榻米以及包边上。这些白木屑似乎是来自白檀或者其他的香木，使得空气中弥漫着一股沁人心脾的香气。

“您这就用膳吗？”

“是的，我现在就吃。”

“那么，我来伺候您！”

“那麻烦你了！”

武藏端起碗，开始吃了起来。小沙弥一直盯着武藏背后那把闪闪发光的小刀，还有他刚从膝盖上放下的一块大约五寸长的木头。

“施主，您在刻什么呢？”

"佛像。"

"是阿弥陀佛吗？"

"不是，我想刻观音。但是我不会用凿子，所以总也刻不好，而且还扎了好几下手指头。"

他伸出手，让小沙弥看他手指上的伤口。小沙弥同时从他的袖口处，看到了衣袖底下绑着白绷带的手肘。小沙弥皱起眉问他："您脚上和小臂的伤无大碍了吧？"

"啊！托你们的福，基本已经好了，代我向方丈大人说声谢谢吧。"

"你要想刻观音的话，可以到中堂里去，那里有一座观音像，据说还是一位知名的雕刻家刻的。饭后，您可以去看看。"

"那我得去看看，去中堂怎么走呢？"

二

"挺近的，从这里到中堂也就有二里多地。"

小沙弥回答道。

"这么近啊？"

武藏决定饭后和小沙弥一起到东塔的根本中堂[①]去转转。他已经有十多天没有踏到地面了。

本以为伤口已经完全愈合，可没想到一踩到地面，左脚的刀伤还会隐隐作痛。而手腕上的伤痕也是如此，被山风一吹，有一种侵入肌骨的疼痛。

风儿吹摇着山樱，枝叶飒飒作响，那花瓣像粉雪一样洋洋洒洒飘落。天空也呈现出初夏的色彩。武藏感到自己体内有一股力量，就如同那萌芽待发的草木一样，正在向外偾张，全身的筋骨也跟着活跃起来。

---

① 根本中堂：位于日本比睿山之东塔，为延历寺之中心建筑物，故称为根本中堂。——译者注

突然，受伤处又感到了一阵刺痛。

“施主！”

小沙弥看着他的脸。

“您是兵法的修行者吧！”

“是的！”

“为什么要刻观音像呢？”

“……”

“您有时间来刻佛像，还不如拿那时间来练剑呢！”

童言无忌，有时候却句句锥心。

武藏面露尴尬，比起手脚的刀伤，小沙弥的话更加刺痛了他的内心。更何况问话的还是一个十三四岁的小孩子。

那一日，武藏在下松大打出手，首先砍杀的便是少年源次郎。那孩子的年龄、体型和眼前这个小沙弥真的太像了。

那天，究竟有多少人受伤，又究竟有多少人丧命，武藏已经一概不记得了。

现在他脑海里残存的只是一些零碎的记忆，他只记得自己是如何奋力拼杀，以及是如何死里逃生的。

那天之后，只要武藏一闭上眼睛，耳边就会响起源次郎面对自己砍下的剑，喊出的惊恐之声。

“好可怕！”

喊声过后，源次郎的人头连着松树皮应声落地，剩下的只是一具可怜的遗骸。

“决不留情，我砍！”

武藏心存此念，果断地砍了下去。剑落人亡，从而也给自己带来了无尽的遗憾。

为什么要砍下去呢？

武藏追悔莫及。

不杀他也可以的啊！

武藏禁不住憎恨起自己过于残酷的行为。

“已之事，勿后悔。”

他曾经在旅行日记的开篇就写下这句誓言。但是无论他多少次回顾之前的誓言，只要一想到杀死源次郎这件事，心中就会涌起一股悲伤和疼痛。他想到了剑的无情，也想到了必须跨越修行路上的荆棘，但无论如何都觉得自己下手太狠、太不人道。

有时，他一度想过：算了，把剑折断吧！

尤其住在山上的这几天，他日夜受佛法清音的熏陶，心耳也清明起来，不自觉地开始厌倦起腥风血雨的生活。回顾之前的所作所为，武藏胸中不免生出了菩提心。

在等待手脚伤势痊愈的日子里，武藏突然萌发了刻观音像的念头，这与其说是为了供养被自己杀死的少年源次郎，还不如说是武藏对自己灵魂的一种忏悔，希望借此为自己赎罪。

三

武藏终于挤出了一个问题。

“小师傅，我看这山上有好多佛像都是多源信僧都以及弘法大师所作，这其中有什么缘由吗？”

小沙弥歪着脑袋说：“这个嘛！倒也没什么，我们出家人很多都会画一些画啊，做做雕刻啊什么的。”

武藏露出一副不理解的神情，但还是点了点头。

“所以说剑士去玩雕刻是为了琢磨剑心，而僧人持刀雕刻是为了接近佛陀之心。无论是绘画，还是书法，众人仰止的明月只有一轮。通往高山之巅的道路有多条，在一条道路上迷路之后，你可以去尝试另外一条，这所有的一切都只是为了让自身更圆满的手段而已。”

“……”

小沙弥对武藏的这番大道理不感兴趣，他疾步向前，指着草丛中的一块石碑说："施主，这里有一块慈镇和尚写的石碑。"

武藏也走向前去，辨识出石碑上的文字：

佛法式渐微
念及末世寒
恰似比睿风
清冷吹人间

武藏伫立在石碑前，觉得慈镇和尚真是一位伟大的预言家。织田信长大破之后，又行大立，他火烧比睿山，并将其他五座佛教名山也驱逐出政治和特权的核心。现在一切都归于静寂，又恢复了昔日法灯一盏，青灯古佛的宁静。但是，有些法师仍然残存着以往的戒力[①]横行霸道，经常会为了争夺住持之位而相互倾轧，争权谋利。

灵山本来是拯救众生的地方，可现在不但没有拯救众生，反而还需要众生的供奉，要靠众生的布施才能维持下去。石碑无言，武藏静静地站在石碑前，想到这一切，禁不住对这无声的预言感慨万千。

"好了，我们走吧！"

武藏催促了一声，小沙弥紧步向前，这时有人从后面摇手吆喝他们。

原来是无动寺的一位年长一些的僧人。

二人回过头，那名僧人快步走向前来，问小沙弥："清然，你这是要把施主带到哪里去啊？"

"我们想去中堂。"

"去那里干什么啊？"

"这位施主每天都在刻观音像，可总是不得要领，所以我就建议他到中堂去看看以前名家雕刻的观音像。"

① 戒力：为佛教词汇，出自陈义孝编《竺摩法师鉴定》，意指持戒的力量。——译者注

"必须得今天去吗？"

"哎？这个……"

小沙弥怕自己的回答引得武藏不高兴，所以故意含糊其词。武藏接过话茬儿，向僧人道歉说："真的很抱歉，是我硬要这小师父陪我来的，本来也不差今天这一天，您把他带回去吧！"

"不是的，我过来不是叫他，而是想看您方便与否，如果没什么事，就请和我过去一趟吧！"

"什么？是找我？"

"是的，实在很抱歉，打扰您散步了。"

"是谁来找我啊？"

"我也不知道，这人非常固执。我推说您不在，而他却非要进来找您。说是非见您不可，要我一定要把您带过去。"

到底是谁呢？武藏歪着头，怎么想也想不出来，他只好跟着僧人回去了。

四

虽然山法师的猖狂势力已被逐出政坛和武家社会，但是百足之虫死而不僵，在比睿山中依然残存着他们的势力。

俗话说，麻雀到了一百岁，也忘不了蹦蹦跳跳。他们也是一样，衣着未变，脚上拖着高木屐。有的背上横着一把大刀，还有的在腋下插着长柄刀。

他们有十来个人，等候在无动寺门前。

"来了！"

"是他吗？"

众人低头耳语，其中一个绑着枯叶色头巾、身穿黑衣的壮汉走向前来，直勾勾地盯着武藏、小沙弥和那位年长一些的僧人。

这究竟是怎么回事呢？

前来迎请他们的僧人对此一无所知，武藏更是一头雾水了。

武藏只是在途中听说对方是东塔山王院的执事僧，但是在这些执事僧中，却没有一个是武藏认识的。

“受累啦，现在没你们什么事了，退到门内去吧。”

其中一位大法师，挥舞着长柄刀把僧人和小沙弥赶回了门内。

然后，对着武藏问道：“你就是宫本武藏吗？”

对方并未行礼，因此武藏立在原处点头回答道：“正是。”

这时，一个老法师一个箭步走向前来，用宣读官书的语气说：“敝人是中堂延历寺的众判。比睿山乃是佛教圣地和净土，决不允许背负仇恨之徒潜藏于此，其实更应说是不允许不法争斗之辈潜藏于此。我已经跟无动寺住持打过招呼了，请你立刻离开此山。若敢违背，将依照山门戒规加以严惩，请你务必遵守。”

“……？”

武藏哑然地看着对方严肃的神情。

这是怎么了？中间肯定发生了什么变故。自己当初投到无动寺谋求帮助时，无动寺方面特意向中堂的役寮报告了此事，并且也得到了役寮的同意，还说：“没问题。”

很显然，当时是允许自己留在这里的啊！

然而现在却突然把自己当成罪人驱逐出比睿山，这里头肯定有什么缘由。

“您的意思我了解了。不过我现在还没准备行李，再加上天色已晚，能否允许我明天早上再出发呢？”

武藏老老实实地接受了对方的要求，但他心中的疑问却不得不说：“我还想知道，把我驱逐出山究竟是执法师父的命令，还是寺内役寮的意见呢？先前无动寺方面已经向役寮报告了此事，并且也获得了允许。现在却突然要将我赶走，我实在是有些想不明白。”

那个老法师回应说：“既然你问起，那我也不妨直接告诉你吧！当初役寮觉得你只身一人在下松路口和那么多吉冈门的武士决斗，肯定是一条好汉，对你充满了敬意，所以才同意你留下来，可是后来却有很多不好的传言，于是我们觉得不应该再把你藏在此山。”

“不好的传言啊！”

武藏貌似领会般地点了点头。不难想象，下松路口一战之后，吉冈方面肯定在世间造了很多谣言。

武藏当时真想和听信这些谣言的人大吵一番。

可是，他却冷静地对众人说：“我知道了，但由于事出突然，我明早一定离开此地。”

武藏放下此话，转身踏入门内。这时，有人向他背上吐唾沫，还传来其他法师骂骂咧咧的声音。

“看这个恶魔！”

“真是一个罗刹！”

“浑蛋！”

五

武藏止住自己的脚步，压制住心中的怒火，回头怒视众人。

“你们说什么？”

刚才在背后骂武藏是恶魔的那名法师回应道：“你不是听到了嘛！”

武藏对众人的谩骂感到非常意外。

“因为这是役寮的命令，所以我才恭敬接受。没想到你们却口出秽言，难不成诸位想挑起事端？”

“我们皆是侍奉佛祖之人，绝无挑起争端之意，不过是我的喉咙不受控制，自己冒出了以上话语，这也是没有办法的事啊！”

其他法师也附和道：“此乃上天之声。”

“是上天让我们这样说的！”

众人仗着自己人多势众，更是嚷嚷不已。

轻蔑的眼神，谩骂的话语，眼光如箭，唾沫横飞，这一切包裹着武藏，让他透不过气。武藏无法忍受这种耻辱，但他还是提醒自己要保持沉默，绝对不能让这些人的挑衅得逞。

此山的法师向来以夸夸其谈而著称。那些执法僧也都是役寮的学生，尽是一些骄傲自大，不知天高地厚，卖弄虚学之徒。

“真没劲，听世间的传闻还以为是一个多了不起的人物，原来就是个没趣的家伙。是不是生气了啊？怎么连个屁都不放呢？”

武藏觉得自己越沉默，对方的话语可能就会变得更离谱，所以他面有愠色。

“你说是上天的声音，那刚才的话也是上天的声音吗？”

“没错！”

有人傲然回应道。

“你什么意思？”

“你不懂吗？山门的众判都已经说得很明白了，难道你还不懂吗？”

“我不懂。”

“是吗？那你反应可真够迟钝的，好可怜啊！不过，你很快就会知道什么叫轮回了。”

“……”

“武藏……世间对你的评价可是很差啊！你下山可千万要小心了！”

“我才不在乎那乱七八糟的评价，我走自己的路，他们说什么由他们去说好了！”

“哼！不在乎？你以为自己做的事很正确吗？”

“我没有错！那天的比武，我没使用任何下流手段……我问心无愧！”

“等等！你可千万别那么说！”

“你说我武藏哪里卑鄙了？我哪里胆小怯懦了？我对剑发誓，我的战斗绝对不含半点邪念！”

“你还真是大言不惭呀！”

“别人说我什么都可以，但我决不允许别人侮辱我的剑！”

“既然你这么说，那我就直接问了，希望你能给我明确的回答。吉冈方面派出那么多人，而你却敢只身一人前往应战，这究竟是你的勇气呢，还是你的无谋之勇呢？这些暂且不论，你视死如归的精神确实称得上伟大，这我们必须承认，但你为什么连一个十三四岁的孩子都不放过呢？源次郎还那么小，就被你斩杀了！”

“……”

武藏的脸就像被冷水浇过一样，悄然失去血色。

“清十郎被砍断一条手臂，后来遁迹空门。其弟传七郎也遭你毒手。最后，只剩下一个源次郎，可是却被你给杀了。你杀死源次郎，就等于断了吉冈一派的香火。虽说在江湖上，流血、流泪在所难免，但你现在背负恶魔、罗刹之名，自己感觉舒服吗？你看你的所作所为，这是人该做的吗？俗话说‘花中樱花，人中武士’，你看你自己还配做一名武士吗？”

六

武藏始终低头不语，那名法师又对武藏说：“山门知道了事情的来龙去脉之后，才对你产生憎恶之情。任何事情都可以予以谅解，但唯独突入敌阵，只为杀死一名少年的行为无法让人宽恕。你不配成为一名武士。在这个国度，越是强大杰出的武士，越是仁慈、宽容，悲天悯人……比睿山不欢迎你，你还是尽快走吧！”

在武藏心中，法师所言全是一派胡言，一派谩骂，一派嘲讽。执法僧们说完之后，就一起离去了。

……

武藏忍受着众人对自己的误解，直到最后他都未发一语。

但是，这并不表示武藏认同众人对自己的批评。

“我做得对，我的信念也没有错。在那样的情境下，那是我能够坚持自己信念的唯一方法。”

武藏绝对没有给自己找过借口。事到如今，这一信条在他心中变得更加不可动摇。

可是，为什么要斩杀源次郎呢?

武藏深刻剖析自己的内心，终于弄清了原因。

“虽然源次郎年纪尚轻，但他已是敌方名义上的掌门，那他就是敌方的大将，同时也是三军的旌旗。”

既然如此，杀他又何存过错?此外，还有一个理由。

“当时敌方有七十多人，如果能够斩杀对方的十人，那么哪怕战死，也可以被称作是善战之士了。可是，哪怕斩杀了吉冈的二十名弟子，如果自己战死的话，那么剩下的五十多人也会大奏凯歌。因此，自己要想取胜，必须于敌方层层庇护中，先去取得大将首级。大将是敌方守护的核心，如果在自己的一击之下毙命，那么哪怕自己惨遭不测，也会成为自己胜利的一大证据。”

如果还要继续说下去的话，从剑的绝对性法则和残酷性方面，还有诸多理由。

但是武藏面对执法僧的谩骂，却始终一句话也没说。

为什么呢?即使坚信有那么多理由，但武藏仍是感到寝食难安。一想到源次郎，他就感到有深深的罪恶感，同时也会感到悲伤和惭愧。这些真真切切的感触要比执法僧的话语，更加刺疼自己的内心。

“算了，我还是放弃修行吧！”

武藏睁开茫然的双眼，发现自己依然站在门前。

天色已晚，清风拂来，白色的山樱花瓣洒满天际。昔日一丝不乱的心境，今天也像这花瓣一样，破碎开来，散布于无尽的宇宙之中。

“要不，先去找阿通……”

他突然想起了城镇居民的快乐生活，还想到了光悦和绍由所生活的那个小镇。

“不……”

他迈开大步，再一次走进了无动寺。

房间里已经亮起灯，今夜是在这里的最后一宿，明天就得离开了。

“先别管巧拙了，只要让菩萨了解我的供养之心就行了。我今天得赶紧把观音像刻完，不然就没法把它供奉在这里了。”

武藏坐在油灯下。

他将刻了一半的观音像放到膝盖上，然后手握刻刀一丝不苟地雕刻起来，白色的木屑从他膝上不断落下。

无动寺夜不闭户，在走廊上有一个人，他悄悄爬到了武藏的房外，像一只懒猫一样静静地趴在那里。

七

灯光逐渐暗了下来……

武藏剪了剪灯芯。

然后，他又立刻爬回到榻榻米上，拿起刻刀继续雕刻。

夜还未深，但群山已被笼罩在深沉与静寂之中。锋利的刀尖划过木头，发出声响。落下的木屑如白雪一般，越积越多。

武藏将全部注意力都汇集于刻刀的刀尖。这也是他的个性使然，一旦确定做一件事，就会全身心投入其中。现在武藏体内燃起了极大的热情，他手把刻刀，认真地刻着每一刀，似乎完全忘却了自己身体的疲惫。

……

武藏口里哼着观音经，已到忘我的程度，声音自然就大起来，等自己意识到了，又赶紧把声音收回去。即使是去剪灯芯，他心中也保持着“一刀三礼”①的状态。最后，他盯着雕好的观音像说：“嗯！总算完成了。”

---

①一刀三礼：日本佛教用语。谓雕刻佛像时，每下一刀礼佛三次。即信仰虔诚者，于雕造佛像时，为表示虔敬，每刻一刀即礼拜三次。另外，写经时的“一字三礼”，画图像时的“一笔三礼”，也同样是佛教徒显现其信仰虔敬的方式。——译者注

东塔的大梵钟撞响了二更的报时，武藏伸了个懒腰。

“对了，该去和住持打声招呼了，今晚必须把这观音像转交给他。”

虽然不是那么精美，但这却是武藏用自己的灵魂刻出的一尊观音像，其中沾着他惭愧的泪水，同时也饱含着武藏对源次郎的祈福。他发誓要将它留在寺内，伴着自己的忧伤，永远凭吊源次郎的亡灵。

他带着雕像迅速走出自己房间。

他离开后，立刻有个小沙弥进来清扫地上的灰尘，并铺好被褥，然后扛着扫帚回到了厨房。

空无一人的房间里，响起了拉门声。声音很轻，轻得几乎让人难以听到。然后，门又被轻轻关上了。

不久——

对此毫不知情的武藏回到了房间。住持送给他一些斗笠和草鞋等旅行用具，他将这些用具放在自己枕边，然后吹灭油灯，躺到榻榻米上准备睡觉。

武藏没有关上门窗，风从四方吹进来。纸拉门窗在星光的辉映下，现出微亮的淡灰色。门窗上树影婆娑，让他想到了大海的萧瑟荒凉。

武藏睡着了，发出微弱的鼾声。

他睡得越来越沉，气息的间隔也变得越来越长。这时，屋角小屏风的底部动了一下。一个猫着腰的人影，蹑手蹑脚地爬向武藏。

只要武藏的鼾声一停，那人就会立即趴下，趴得比被子还要低。那人耐心地分辨着武藏的气息，等待时机给出致命一击。

突然，那人像一块黑棉布一样迅速压到了武藏身上。

“哼！你个浑蛋，没想到也有今天吧！”

那人从肋下抽出短刀，运足力气，朝着武藏的喉咙刺去。

突然，短刀“噔”的一声被弹出，射入旁边的纸拉门中，那个人也应声被抛到空中。

“嗷”的一声，那个人像个沉重的大包裹一样，冲破纸拉门，连人带拉门一起滚到了屋外的暗处。

在将那人扔出的一瞬间，武藏感觉到这人的体重好轻啊，轻得就像一只猫一样。那人虽然用布蒙住了脸，但是还是可以看清头上的丝丝白发……

但是武藏顾不得这些了，他赶紧拿起枕边的大刀追了出去。

“别跑！”

他跳下走廊。

“您好不容易来一趟，总要让我知道是谁吧！别跑啊！”

武藏边嘲笑着对方，边迈开大步追赶着黑暗中的脚步声。

但是武藏并不是真心要去追赶，他望着对方乱摆一气的白色刀身，以及那显眼的法师头巾，禁不住嗤笑了一声。

八

阿杉婆被武藏那么一扔，身体伤得不轻，躺在地上呻吟不已。虽然知道武藏很快就会到跟前来，但她实在是没有力气逃跑了。

“啊，怎么是阿杉婆您啊？”

武藏将她抱起。

武藏自己也感到很意外，趁着睡觉来刺杀自己的主谋，既不是吉冈门的弟子，也不是此山的执法僧，而是一位骨瘦如柴，自己同乡好友的老母亲。

“啊，我明白了！肯定是阿杉婆向中堂说了我的坏话。他们见您是一位如此勇敢的老婆婆，就对您产生了同情，于是就不分青红皂白地相信了您的话，决定将我赶出此山。于是您趁着月黑风高，前来刺杀我……”

“哎哟！疼死我了！武藏，事已至此，什么也别说了。本位田家的武运已经终结，把我的头砍了吧！”

阿杉婆痛苦不堪，只能说出以上那番话语。

阿杉婆虽然拼命挣扎，但已经没有任何力气，而且撞到的地方还非常疼痛。自从住进三年坂的客栈，阿杉婆就一直感冒低烧，搞到现在腿脚都懒得动了，很显然阿杉婆已经失去了昔日的健康。

再加上在她前往下松路口的途中，又遭到又八的遗弃，这深深刺痛了老人的内心，也间接影响到她的健康。

“快杀我呀！把阿杉婆的头砍了吧！”

若考虑到她心理上的痛苦和肉体上的衰老，武藏会发现阿杉婆做这番挣扎并不是弱者的呼叫，同样也不是口出狂言，而是她觉得事已至此，只好速求一死。

但是，武藏却说：“阿杉婆，痛吗？……哪里痛呢？……您快告诉我啊！”

武藏将阿杉婆的身体轻轻托起，放回自己的被褥，然后坐在枕边，一直陪护到天亮。

天一泛白，小沙弥就送来武藏所委托的便当，同时也带来了住持的催促：“虽然不该如此催您，但昨天中堂捎话过来，让您早上尽快离开此地，所以您还是赶紧走吧！”

武藏意亦如此，他很快就整理好自己的行装。可是他又犯愁了，这受伤的阿杉婆该怎么处理呢？

武藏向寺里提出了自己的问题，但对方怕阿杉婆留在寺里会给他们带来麻烦，所以就提出了一个权宜之计：“前段时间，一位大津的商人运完货物之后，就把他的母牛寄养在我们这里了。他现在丹波路做生意。你用牛将病人驮到大津，然后把牛放到大津的码头或者批发市场就行。你看这样如何？”

乳

一

沿着大四明峰的山脊一路向下，直接可以抵达位于滋贺的三井寺的后身。

“……哎哟！……哎哟！”

阿杉婆趴在牛背上，体内不时会传来阵阵剧痛，使得她禁不住发出呻吟之声。

武藏在前面牵着牛，安慰她说：“阿杉婆，很疼吗？要不我们休息一会儿吧！反正也不急着赶路。”

“……”

阿杉婆趴在牛背上，一言不发。阿杉婆的性格素来刚强，现在却要受自己仇人的照料，这让她非常羞愧。她把自己的头埋得很低。

武藏越是殷勤，阿杉婆越是憎恶，越是招致她更强烈的反感。阿杉婆狠狠地对武藏说：“小样儿！别以为可怜我，我就会原谅你，我这老太婆可不是那么容易就可以忘记仇恨的……”

阿杉婆貌似是为了诅咒武藏而存在。就是对这样一个老太婆，武藏却没有丝毫的怨恨和仇视。

论力气，阿杉婆太过瘦弱，根本不是武藏的对手。事实上，直到今天为止，武藏不止一次中过这老太婆的奸计，并且伤害武藏最深的也是这个没什么力气，上了年纪的老太婆。但是，不管怎么样，武藏在心中就是无法恨这个老太婆。

虽然武藏丝毫没有把阿杉婆的劣迹放在心上，但还是会想起她对自己的所作所为。在故乡时，因为她的缘故，自己遭人冷眼；在清水寺时，也因为她的挑唆，自己遭到众人的唾弃和谩骂。因为这老奸巨猾的老太婆从中作梗，武藏屡次被扯后腿，从而坏了自己的好事。每当出现这样的情况，武藏都会问自己：“我该怎么处置她呢？”

武藏也难免心中愤恨难平，即使把这老太婆大卸八块都不足以解其怒气，但每次他都把自己的怒火压了下去。就像这次，他差点被这老太婆抹了脖子，但他也只是在心底咒骂了一句：“死老太婆！”

他根本没有打算去扭断她那布满皱纹的脖子。

阿杉婆身体一直欠安，再加上这次又受了摔打，浑身异常疼痛，现在只剩下呻吟的份儿了，没有气力再去说那些尖酸刻薄的话语。武藏见此情景，又禁不住悲天悯人起来，心中希望阿杉婆的身体早日康复。

“阿杉婆，趴在牛背上辛苦您了！这也是没办法啊！等到了大津，我们再想别的办法，您再忍耐一会儿……您早上都没吃饭，肚子饿不饿呢？……要不要喝点水呢？什么？……不要啊……那怎么能行呢？”

沿着大四明峰的山脊环顾四周，不仅北陆的连绵群山和琵琶湖清晰可见，就连伊吹和濑田的“唐崎八景”都可以尽收眼底。

“我们在这儿休息一下吧！阿杉婆，我抱您下来，在这草丛上躺一会儿，如何？”

武藏将牛拴在树上，然后抱阿杉婆下来。

二

“啊！好痛！好痛！”

阿杉婆皱着眉头，但还是把武藏的手拨开，趴在了草丛上。

阿杉婆的皮肤泛着土色，头发也蓬乱不堪，如果放任不管的话，可能很快就会断气。

“阿杉婆，要不要喝点水……要不您也吃点东西？”

武藏拍抚着她的背，再三地询问。阿杉婆却非常顽固，把头拧到一边，说自己既不需要水，也不需要吃东西。

“这样您身子会更弱的啊！”

武藏已毫无办法。

“阿杉婆，您从昨晚到现在，滴水未进。本来打算给您煮点药，可这一路上没碰见一户人家……您一定累坏了吧！……快把我这半份便当吃了吧。”

“脏死了！”

“什么？您说它脏？”

“我即使被抛尸荒野，哪怕成为鸟兽的盘中餐，也不会吃仇人的东西。浑蛋——你给我闭嘴啊！”

阿杉婆甩开武藏为她抚背的手，又趴在了草地上。

“哦！”

武藏没有生气，反而很理解阿杉婆此时的心情。武藏叹了一口气，他知道要想解除阿杉婆对自己根深蒂固的误解，就必须让她了解自己的心情，但这绝不是一件容易的事儿。

武藏非常有耐心，他就像照顾自己患病的母亲一样，无论阿杉婆说什么，他都甘心接受，也愿意去原谅阿杉婆的无理取闹。

“阿杉婆，如果您就这么死了，岂不是很遗憾？您就没法看到又八出人头地了……”

“你，你说什么？”

阿杉婆咬着牙，似乎想把武藏撕碎一般。

“就那点事，即使没有你的帮忙，又八也很快可以出人头地！”

“我也这么认为，因此您更应该早点好起来啊！到时候，我们一起去激励他！”

“武藏，你真是个伪君子！你以为说些甜言蜜语就能骗我忘掉仇恨。别做梦了！……别说那些废话了，我耳朵都起茧子了。”

阿杉婆表情冷漠，谈话无法继续进行下去。武藏心想，即使是好意，如果再说下去也会招致阿杉婆更强的反感，还是不说好了。武藏默默地站起来，留下阿杉婆和母牛，径自走到阿杉婆看不到的地方，打开便当。

虽说是便当，但其实就是一个用百叶包着的饭团，中间夹着一点黑味噌。对武藏而言，这饭团实在是太美味了。他舍不得全吃完，还是想留一半给阿杉婆吃！于是，他把剩下的半块饭团重新用百叶包好，放入怀中。

这时，从阿杉婆的方向传来了说话声。

武藏从岩石后转头往回看，发现是一位过路的乡下妇女。她身穿山裤，貌似一名走街串巷卖货的商贩，头发没有打理，也没有擦油，简单地束成了一个把儿，搭在肩上。

那女人的声音洪亮。

“阿婆，我们家有一位病人，现在已经基本上康复了！不过我觉得病人要是喝了牛奶会好得更快，我能不能用这只壶挤点牛奶呢？”

阿杉婆抬起头，那眼神和面对武藏时完全不一样，她问道：“我确实听说牛奶对病人有好处，不过你看那母牛，能挤出牛奶来吗？”

乡下妇女在和阿杉婆交谈的同时，已经钻到了牛肚子底下，拼命地往怀中的壶中挤牛奶。

三

“真的太感谢您了，阿婆！”

那名妇女从牛肚皮底下爬出来，小心翼翼地抱着装满牛奶的壶，行了一个礼后，立刻转身走了。

“啊！别走啊！”

阿杉婆慌忙举手招呼住了她。

然后她环顾了一下四周，没有看到武藏的影子，这才放下心来。

“妹子……能不能让我喝点牛奶？哪怕一口也可以！”

阿杉婆的嗓子干得冒火，连声音也颤抖起来。

那妇女同意了，将奶壶递到阿杉婆嘴边。阿杉婆抱起奶壶，闭上眼睛，畅饮起来。几滴牛奶顺着她的嘴角流下，滑过她的胸前，滴入草丛中。

阿杉婆喝了个饱，她的身体禁不住抖了一下，胃里的牛奶往上撞，使她露出了要吐的表情。

“哎！什么怪味啊？不过喝了牛奶之后，我的身体或许也能好起来。”

“阿婆，您哪里不舒服？”

“没什么大事，就是点伤风感冒，再加上摔了一跤，伤了手！”

阿杉婆边说边自己站起来，刚才趴在牛背上哼哼唧唧的病态这时一点也看不到了。

“妹子……”

她压低声音，走近那名妇女，然后又瞥了一眼四周，以防武藏听见。

“沿着这山路一直走，可以通到哪里啊？”

“大概通到三井寺的上面吧！”

“三井寺？那不是到大津了吗？还有没有别的小路？”

“有倒是有，不过阿婆究竟想到哪里去呢？”

“到哪里都行，我被一个坏人给抓了，现在逃不开，所以想找条小路逃脱他的魔爪。”

“您直着往前走四五百米，那里有一条下山的小道，沿着那条小道一直走，您就可以到大津和坂本之间了。”

“是吗？……”

阿杉婆惴惴不安地说：“要是有人追上来，无论他问你什么，你都推说不知道！”

阿杉婆说完，就赶到那名妇女前面，脸上露出一种怪异的神情，像一只受伤的螳螂一样，一瘸一拐地匆忙离去。

“……”

这一切，武藏都看在了眼里。他苦笑着，从岩石背后静静走出。

他看到那名妇女正走在前面，于是就叫住了她。妇女战战兢兢地站在那里，脸上露出一副无论你问她什么，她都一概不知的表情。

而武藏却没有问她阿杉婆的事儿，而是和她唠起了家常。

“老板娘，你是这附近的居民，还是樵夫呢？”

“我是这里的居民，山顶的那家茶馆就是我家！”

“半山腰的那间茶馆啊？”

“是啊！”

“那太好了，我付你路费，你能不能替我跑一趟京都？”

“去倒是没问题，不过我家里还有一个病人。”

“我帮你把牛奶送回去，然后在你家等你回来。如果你现在就走的话，不用到天黑就可以回来了。”

“可我不认识你啊……”

“别担心，我不是坏人。看到刚才那位阿婆那么硬朗地走了，我也就不担心了，由她去好了。我这就写封信，麻烦你把它送到京都的乌丸家，我在茶馆等你回来！”

四

武藏从随身带的文具盒中抽出一支笔，给阿通写了一封信。

在无动寺疗养的那几日，他一直想给阿通写封信。

“拜托了！”

武藏将信递到那名妇女手中，然后跨上牛背，随着牛的步伐，慢悠悠地走了半里地。

刚才写的那封信实在是匆忙，武藏幻想起阿通从那名妇女手中接过信，然后阅读起来的样子，不禁感叹道：“一直以为再也见不到她了，没想到还能再见面。”

武藏的脸上露出笑容，犹如那天空中明亮的白云。

他的笑容比等待夏日来临的万物更充满朝气，也比装饰晚春蓝天的云彩更加灿烂。

“这段时间，阿通一直病病歪歪的，现在可能还躺在病床上呢！等她看了信，也许会‘呼’地爬起来，和城太郎一起追过来呢！”

母牛不时停下来，嗅嗅草丛。绿色的草地点缀着白色的小花，在武藏眼中，就宛如繁星点缀晴空一般。

现在武藏脑海里萦绕的尽是快乐的事情，但他突然想到了离去的阿杉婆。

“阿杉婆？……”

他向山谷里打望——

“她一个人独行，而且又受了伤，一定很艰难吧！”

武藏开始担心起阿杉婆。武藏现在的状态比较放松，也正是这种清闲，才使他有闲心去关心阿杉婆的感受。

武藏在给阿通的信中写了一首小诗，现在想来，要是让别人看见了，那可真是羞死人了。

那一次
你在花田桥上等我良久
这一次
换我在唐桥上静静等你
我会先你一步到大津
牵着牛儿在濑田唐桥上
等候你的到来
心中有无尽的话儿
想对你诉说

他骑在牛背上，将这首诗默诵了好几遍，甚至开始想象跟阿通见面之后，要聊些什么话题呢。

在山顶上，有一个插着幌子的茶馆。

武藏心想：就是这里了！

他走近茶馆，从牛背上一跃而下，手里拎着牛奶壶，一屁股就坐到屋檐下的椅子上。在土灶边烧火的阿婆马上端来温茶，向他客套道：“招待不周，对不起了！”

武藏向阿婆仔细诉说了自己遇见老板娘，并请她送信的经过。他说完之后，将牛奶壶递给了她。

“是！是！”

那位阿婆边听边不住点头，但可能是耳背的缘故，她没完全听懂武藏说了些什么。当武藏把牛奶壶递给她时，阿婆又一脸疑惑地问：“这是什么啊？”

武藏指着身边的母牛对阿婆解释说：“这是老板娘从母牛身上挤下来的奶，说你们家有一位客人病了，老板娘想把这牛奶给那位客人喝，让那位客人恢复得更快。”

阿婆似懂非懂地回应说：“嗯？……是牛奶吗？……哦？”

她两手拿着瓶子，不知如何是好。她往狭小的屋子内看了一眼，大声叫道：“客官！里面的那位客官！你快来啊，看看怎么处理这牛奶好呢？”

五

但是，客官并不在屋内。从后门处传来一声回应。

“噢！”

不久，从茶馆的旁边探出了一个男人的脑袋。

“阿婆，什么事啊？”

阿婆立即将奶壶递到了那名男子的手中。可是，那名男子只是抱着奶壶，既没有听阿婆说话，也没有看奶壶中的牛奶。

那男子眼睛直勾勾地盯着武藏，武藏也愣在了那里。

“啊！”

两人同时发出惊异之声，相互走向前去，盯着对方仔细端详。武藏大叫：“这不是又八吗？”

那男子正是本位田又八。

听到昔日旧友的声音，又八也禁不住喊道：“呀！阿武，真的是你啊？”

他大声地喊着对武藏的昵称。武藏向他伸出手，他也赶紧伸出手，可是手中的奶壶却“啪”的一声掉到了地上。

奶壶碎了，白色的牛奶溅到了衣服的下摆上。

“啊！我们多少年没见了啊？”

“关原之战之后，我们就再也没见过。”

“这么算来——”

“五年了。我今年都已经二十二岁了。”

“我也二十二岁了。”

“是啊！我们是同岁啊！”

两人拥抱在一起，牛奶的清香也蕴聚于空气中，二人都在回忆幼时的时光。

“阿武，你变强了！现在还称呼你为阿武，总感觉怪怪的，我还是称呼你为武藏好了。你在下松路口的表现，以及之前的事迹，我可都有所耳闻啊！”

“没有了，真是不好意思啊！我还差得很远，无非就是一个世间的小混混儿而已，什么都不行的。又八，难不成老板娘说的客官就是你啊？”

“嗯，就是我……我本来打算去江户的，但是到京都后，因为有点事，就耽误了十天。”

“那病人是谁啊？”

“病人？”

又八疑惑地问道，然后恍然大悟。

“啊！病人呀！那是我带来的一个人。”

“哦！那就好！只要你平安无事，我就高兴了。不久前，我从大和路去奈良时，城太郎向我转交了你的信件。”

“……”

又八突然低下头来。

他想起了自己在书信中的豪言壮语，可到现在一件也没有落实。又八备感羞愧，觉得在武藏面前实在是不好意思抬起头。

武藏将手搭在又八肩上。

回忆着过去的美好时光。

他一点也没想过自己和又八在这五年间产生的差异，只是期盼能够有机会和老友开怀畅谈。

“又八，那个病人是谁呢？”

“啊……没什么，就是一个朋友。不过……”

“哦！我们到外面聊吧，我们在这里聊天会打扰到阿婆的！”

“好吧！走！”

又八也希望到别处去聊，于是二人快步走出了茶馆。

蝶与风

一

“又八，你现在靠什么生活呢？”

“我的职业吗？”

“嗯！”

“我命里注定与做官无缘，一直也没做什么正式的工作。”

“哦，这些年你就这么过来的啊？”

“你这么一说，倒让我想起一件事。为了阿甲那女人，我错过了自己的大好前程。”

他们走到一片草原，风景类似于伊吹山的山麓。

“我们坐下聊吧！”

武藏盘腿坐在草地上，又八也一脸自卑地坐在他的旁边。望着又八怯懦的眼神，武藏真的是非常焦急。

“虽然都怪阿甲……但是，又八，你作为一个男人，不能老这样放不下啊！你自己的路还得自己去走！”

“我也知道我不该这样……可我怎么说好呢？我就像一个被命运操纵的玩偶，根本就无法掌控自己的命运。”

“你这个样子，怎么能够适应得了这个时代呢？江户现在虽然还是块处女地，但是各方英豪纷纷前去淘金，你要是没有过人之处，又怎么能够在江户立足呢？”

“我要是早点练就剑术就好了，唉……现在有点晚了！”

“可别这么说，你才二十二岁，前面的路还长得很……不过，又八，我真的觉得你不是练剑的料，你还是做学问吧，然后找个好的主君，谋个一官半职，这样最好。”

“我会的……”

又八拧了一束草穗儿，叼在嘴中，他从心眼里为自己感到羞愧。

自己和武藏同岁，出生在同一个山村，并且父亲都是乡间的武士，就因为彼此选了不同的道路，结果五年间就产生了如此大的差异。又八为自己过去虚度光阴而深感后悔。

在没有见到武藏的日子里，又八听到了一些关于他的传闻，总觉得这可能是他人的夸大之词，其实没什么了不起。可是当五年之后，武藏重新站在自己的面前，又八无论多么虚张声势，都还是能够感觉到武藏的威势在压制着自己，禁不住自惭形秽起来。在见到武藏的那一刻，又八平日里对武藏的反感、傲气和自尊瞬间失去，心中充满的只有深深的自责。

“喂，想什么呢？振作点！”

武藏拍了拍又八的肩膀，自己的手掌甚至可以感受到对方的懦弱。于是，武藏鼓励他说：“别这样了，其实没什么大不了的！就当你晚生五年好了。再说，这也许是上天对你的考验，虚度的五年时光也可能是宝贵的修行啊！”

“丢死人了！”

“……呀！刚才只顾着聊天，忘了告诉你了。又八，我刚刚和你的母亲分开。”

“啊？你碰到我母亲了？”

“为什么你就没继承一点你母亲的刚强和傲慢呢？”

二

武藏看到又八不争气的样子，就禁不住可怜起那位不幸的母亲——阿杉婆。

武藏在心中对自己说："这家伙实在是太没出息了！"

不过看到又八毫无主见，又消极沉沦的样子，武藏又不能弃之不管。

他真想对又八说："你可比我强多了，你看我，从小母亲就没了，我所忍受的寂寞你又何曾体验过呢？"

若从根儿上说起——

阿杉婆那么大年纪了还甘愿忍受旅途的艰辛，并把武藏视作永远的仇敌，说到底有一个根本原因，那就是她老觉得——又八最珍贵。

这是一种由盲目的溺爱衍生出的误解，又由误解衍变成了一种固执。

武藏只有在儿时的梦中才见过母亲的形象，所以他非常理解没有母亲的痛楚，并且也非常羡慕别人能有一位好母亲。每当自己被阿杉婆谩骂，受她迫害，或者中她奸计的时候，心中也会怒不可遏。但是事情过后，他又不免羡慕又八有这样一位爱他的母亲，心中自然升起一股孤单和忧愁。这种孤单和忧愁咬噬着他的心肝，那种痛苦让人窒息。

"怎么样才能让阿杉婆不恨我呢？"

武藏看着又八，在心中自问自答。

"要不帮又八出人头地好了！只要又八比我有出息，老家的乡亲就会夸阿杉婆有一个好儿子，这应该会比砍我的头更令她高兴吧！"

此念头一出，他对又八的友情就像对剑所持的情感，又像刻观音像的时候所持的激昂情绪一样。

"又八，你怎么就没这样想呢？"

武藏的话里充满了诚挚的友谊，他郑重地说道："你有这么一位好母亲，为什么不做出一点让她欣喜落泪的事儿呢？你看，我没有母亲，我就特羡慕你。我不是批评你不尊敬母亲，而是觉得你自己把为人子的幸福给糟蹋了。反过来说，如果我有一位你那样的好母亲，那我该多么幸福啊！如果我能有的话，那我修身养性，建功立业都会特有干劲。为什么这样说呢？因为当孩子建功立业时，没有人会比父母更欣喜了。你做出一点成就，有人陪你一起高兴，这是多么大的鼓励啊！——对有母亲的人来说，这听起来可能是陈词滥调，但当一个人漂泊在外，看到美丽的风景却无人分享的时候，这种感觉是多么寂寞啊！"

又八一直在专注地听着，武藏握住他的手，又继续说道："又八……这个道理你应该很清楚吧！我们是同乡，又是好友，我真的拜托你了……喂！当年我们参加关原之战时，扛着枪，雄赳赳气昂昂地跨出村庄，那气势何等威武。让我们拿出当年的勇气，相互勉励，共同学习，好吗？虽然现在已经没有战争，关原之战的战火也已熄灭，但是和平环境下的人生之战却要比真正的战争残酷得多，它更像是一个修罗场或者阴谋场。要想在其中杀出一片天，最终还得靠自己。怎么样？又八，拿出当年扛枪出村庄的勇气，好好在这世上闯一闯，好好学习，漂漂亮亮地出人头地！只要你愿意，我可以帮你，哪怕当你的奴仆我也心甘情愿。如果你真有心要奋斗，愿意对天地发誓的话——"

又八眼中流出了两行热泪，吧嗒吧嗒地滴在了二人紧握的手上。

三

以前母亲也曾说过这些，但又八每次都觉得母亲是在唠叨，所以总是对此嗤之以鼻。但是，时隔五年之后，当这些话又从朋友口中说出，却给他的内心带来了强烈的震撼，他禁不住流下泪来。

"我懂了！知道了！谢谢你！……"

又八重复了好几遍，用手背掩住了眼睛。

"今天是我又八重生的日子，我的心又活了！我确实不是练剑的材料，当我去江户，或者游历诸国的时候，如能碰见良师，我就拜他为师，好好做学问！"

“我也帮你找找看有没有良师或良主。毕竟不是只有闲暇时才能做学问，你还可以一边服侍自己的主君，一边学习学问。”

“啊！我现在觉得豁然开朗了。不过还有一件麻烦事儿……”

“什么事儿啊？尽管和我说，将来也一样，只要是我能做到的，并且对你有帮助，那我赴汤蹈火，也在所不辞。——我曾经惹你母亲生气，这就算我对她的补偿吧！”

“该怎么说好呢？”

“小秘密最终会铸成大阴谋！快说吧，即使不好意思，那也是一眨眼的事儿。更何况我们还是朋友，没什么好害臊的。”

“那我可就直说了啊。”

“嗯！”

“我还带了一个女人，正在茶馆后厅休息呢！”

“什么？你还带了一个女人？”

“嗯……唉！真是难以启齿！”

“看你，一点男人气概都没有。”

“武藏，你可别生气，那女人你也认识的。”

“啊？……到底是谁？”

“是朱实。”

“……”

武藏着实大吃一惊。

在五条大桥会面时，朱实已经不是昔日那朵纯洁的小雏菊了，虽然还没有像阿甲那样变成一株充满媚汁的毒草，但也已经变得和衔着危险的火种到处飞翔的小鸟差不多！当时，她伏在武藏的胸口哭泣，向武藏表白自己的情感。同时在桥畔，却有一个蓄着刘海儿，貌似和她有某种关系的年轻男子，一直在用白眼盯着他们。

武藏听到又八竟和朱实走到了一起，心中咯噔一下。一个是背景复杂，性格怪异的女子，另一个是怯懦软弱的好友，现在二人却要携手走完人生之旅，这前途该会多么黑暗啊！真是太不幸了！

这究竟是怎么了？又八选来选去，最终敲定的人生伴侣却都是阿甲和朱实这样的危险角色，他的命运怎么就那么差呢！

……

又八看到武藏沉默不语，于是就解释道："你生气了吧？本来不想对你说的，可是觉得对你隐瞒又不好，所以就直接说了。你现在心情肯定很难受吧？"

武藏真为又八感到可怜，骂道："傻瓜！"

接着，武藏又恢复脸色。

"我实在不知道你究竟是运气不好呢，还是自作自受？——阿甲的苦头，你还没吃够吗？"

武藏为又八觉得可惜，于是就询问原委。又八将从在三年坂客栈遇到朱实，以及有一夜在瓜生山再相遇，突然心血来潮，二人商量前往江户求发展，并将母亲舍弃等经过，毫无隐瞒地告诉了武藏。

"可能是上天对我舍弃母亲的不孝之举的惩罚！朱实那家伙自从在瓜生山上滑倒受伤之后，便一直喊疼，到现在仍然整天躺在茶馆。我虽然很后悔，但已经无可挽回了！"

听到又八的叹息，武藏也不忍心再责备他。眼前这个男人抛弃了"慈母之珠"，换回个"衔火之鸟"，这不是自作自受，又是什么呢？

四

这时，茶馆的阿婆来到他们的面前，慢吞吞地说："客官，原来您在这里啊！"

阿婆的面容有些苍老，她双手背在腰后，抬头望着天，貌似是在观察天气。

"跟您一起的那位，没一起来啊！"

她似问非问地嘟囔着。

又八脸上露出紧张神色，立即追问："朱实……她怎么了？"

“她不在屋里。”

“不在屋里？可是，她刚才还在呀？”

武藏凭自己的直觉，觉得一定是出事了。他来不及细想，立即催促又八：“又八，走，快去看看！”

武藏跟在又八身后，迅速跑回了茶馆。他望了一眼朱实睡过的房间，房内有些杂乱。正如阿婆所言，没了她的身影。

“啊！她走了！”

又八四处张望，禁不住叫出声。

“束腰不见了，鞋子不见了，连我的盘缠也不见了！”

“梳妆的东西呢？”

“梳子、头钗都不见了！她竟然抛下我，自己走了。”

又八刚才还发誓要奋发图强，热泪盈眶的脸上，现在却布满了怨恨。

阿婆也回来了，她站在门口，自言自语道：“她去哪儿了呢？客官啊，我老婆子说话可能不中听了，那女娃娃根本就没病，她是在你面前装病呢！她整天躺在那里，我老婆子一眼就看出她是在装病！”

又八根本无心去听这些话，他冲出屋子，茫然地望着眼前蜿蜒崎岖的白茫茫的山路。

武藏带回的那头母牛悠闲地躺在桃树下，不时打个长长的哈欠。桃花已经变黑，在微风的吹拂下，残花簌簌落下。

……

“又八！”

……

“喂！”

“哦？”

“你在发什么呆啊？朱实这一去，至少可以找一个安身之所，我们就为她祈祷吧！”

“嗯，你说得也是！”

又八面无表情，呆呆地站在那里。这时，一阵微小的旋风吹过，一只黄色的蝴蝶被风的旋涡吹得晕头转向，不一会儿就落到山崖下面去了。

“刚才聊天时你说的那些话，让我很欣慰，你真的下定决心了吗？”

“下定了，不然又能怎么样呢？”

又八咬着嘴唇，用颤抖的声音低声回应着。

武藏一把抓起他的手，努力将他从迷茫中唤醒。

“又八，你前面的路还很长。朱实走了就走了吧！你们本来就不是一路人。你快穿上草鞋，去坂本和大津之间去找你的母亲！她非常爱你，你一定不要失去这样一位好母亲。赶紧出发吧！”

他拿出又八的草鞋、绑腿以及旅行用具，并且将房檐下的小马扎也拿了进来。

武藏又问道：“你还有盘缠吗……我这还有一点，虽然有点少，但你还是拿着吧！如果你要立志去江户发展的话，那我想和你一起去。再说，我还有一些话要对令堂说。我这就把牛送到濑田的唐桥去，然后去追你。对了，一定要把你母亲带上啊！”

道听途说

一

武藏留在茶馆等待黄昏的来临。不，更确切一点应该是等待送信的老板娘归来。

时间刚过中午，离天黑还有小半天，就这么干等着，武藏自己都觉得非常无聊。他像抻橡皮糖一样，抻了抻自己的身体。然后，又模仿起在桃树下睡觉的母牛，也把自己的身体横放在了茶馆一角的床榻上。

今天起得早，而昨晚一宿又几乎没合眼，躺下不一会儿，武藏就进入了梦乡。武藏梦见了两只蝴蝶，他在梦中觉得一只蝴蝶是阿通，另一只蝴蝶是自己，两只蝴蝶正在绕着连理枝翩翩起舞。

一觉醒来，武藏发现太阳已经西下，阳光也射到了屋子的深处。茶馆里人声鼎沸，仿佛在一觉之间就换了一个世界。

在这山谷下，有一个采石场。一到休息时间，采石场的匠人就会会集到茶馆，吃点东西，狂饮一通粗茶，再畅快地聊聊天。

“总之，实在是太差劲了。”

“你是说吉冈门的人吗？”

“当然喽！”

“这次丢人丢大发了，那么多弟子，没有一个拿得出手。”

“都怪第一代拳法师傅太厉害了，所以世人才会如此高估吉冈门的实力。可是无论第一代多么厉害，到了第二代就差多了；等到了第三代，那就基本没落了；等传到第四代，恐怕就找不到你这样跟墓石那么配的人了。”

“什么？我跟墓石配吗？”

“当然，你家世世代代都是采石匠，你不配谁配啊？别打岔，我是拿你比喻吉冈门的事呢！要是不信，你可以看看太合大人的后代。”

接下来，众人的话题又转回到下松路口的那场打斗。有一个采石匠站了出来，说自己在那天早上目睹了整场打斗。

那个采石匠或许已经在众人面前将当时的经过讲了几十遍，甚至上百遍。但他每讲一遍，都讲得绘声绘色。

“一百几十个人围住了宫本武藏，但武藏一点都不怕，他上下左右一通砍，为自己杀出一条血路。”他那夸张的口吻，加上惟妙惟肖的模仿，宛如自己就是战场上的宫本武藏。

故事中的主人公就躺在屋角的床榻上，幸亏刚才的高潮部分他没有听见，要不然肯定会乐得喷饭，也有可能会羞得无地自容。

但是，在屋檐下坐着的另外四人的耳中，采石匠的描述却是无聊透顶。

这四人中，有三人是延历寺的武士，另外一位则是面容清秀的年轻人。三位武士送年轻武士来到茶馆，拱手道别说：“那么，我们就送君至此吧！”

那位年轻人与三名武士坐在檐下小憩。只见那名年轻人气宇轩昂，一副旅装打扮，身着窄袖便服，身上背着一把大刀，额前的头发结成一个发髻悬于头顶，沁出阵阵芬芳。他的装束、眼神和身姿，无不透出一股尊贵的气息。

采石匠见这位年轻武士气质不凡，断定不是一位寻常角色，心中不免生出几分忌惮，于是众人将粗茶从桌子移到一角的草席上，免得失礼于眼前的年轻人。等坐定之后，众人又继续谈论起下松之战的情形，并且调门儿越来越高，不时会传出哄堂大笑之声，还屡次夸赞武藏之名。

此刻，一直在旁边静听的四人再也忍不住了，只见佐佐木小次郎大声招呼采石匠：“喂！工匠们！”

二

采石匠听到小次郎的招呼，纷纷转过头看向他，众人也不知发生了什么事，赶紧坐直了身子。

他们都知道眼前这位威风凛凛的年轻武士是由三名延历寺武士护送至此，所以不敢怠慢，众人都低着头，毕恭毕敬地回应。

“是。”

“喂！喂！刚才那个不懂装懂，胡说八道的男的，到前面来。”

小次郎用铁扇指着那个采石匠的头。

“其他人也坐过来一点……大家不用害怕。”

“是，是。”

“刚才听你们把宫本武藏夸得天花乱坠，他有那么厉害吗？你们要是再敢胡说八道，别怪我不客气！”

“是……”

“其实宫本武藏根本没你们夸的那么神！你们中间，也许有人看了几眼那天的比斗，可我佐佐木小次郎却是那场比斗的监场人。我当时就在比斗现场，非常仔细地观察了整场比斗。

“后来，我又去了比睿山，在根本中堂的大讲堂内，面对全山的学生，讲述了我对于这场比斗的所见所闻所感。此外，我还应许多寺院大师的邀请，痛快地陈述了自己的意见。”

“……”

“算了，跟你们说了，你们也不懂。也许你们连剑是什么东西都不知道，只看到表面的胜败，别人说什么，你们就信什么。要是武藏真的是一位旷世英豪，是一个天下无双的剑客，那我小次郎在比睿山大讲堂内说的话岂不都成了谎话？

“其实我本不想和你们这些无知的凡夫俗子较劲，可是今天还有诸位中堂的武士在此，我觉得有必要解释一下，不然你们以讹传讹，会贻误世人的。

“你们赶紧把耳朵竖起来，听我给你们讲讲当时的真相，以及武藏究竟是个什么货色！”

“是！”

“武藏这人，特不是东西！从他挑起比斗的目的就可以看出，这是一个沽名钓誉之徒。他为了自己扬名立万，特意向京城第一的吉冈门挑战，并且非常巧妙地引起冲突。吉冈一派不幸中了他的奸计，成了他的踏脚石。”

“……？”

“为什么这么说呢？初代拳法时代的庇护已经不复存在，京流吉冈已经衰败，这是众所周知的事实。就如同要倒的朽木，也像濒死的病人一样，你即使把吉冈门放在那里，过不了多久，它也会自己消亡，可武藏却偏偏还要去推一把。

“其实无论是谁，都可以轻而易举打败吉冈门，可是大家都不愿意这样做。这是为什么呢？首先，在今天的兵法家中，已经没人把吉冈一派放在眼里了；再者，大家念及拳法师傅的遗德，以及武士自身的情怀，都不愿意去消灭它。可武藏不管这些，他故意虚张声势，努力把事情闹大，在城市的大马路上立布告，在街头巷尾散布谣言，结果吉冈门就中了他的圈套。"

"……？"

"武藏居心卑鄙，无耻的行为数不胜数。和清十郎、传七郎比斗时，他从来没有准时过。另外，在下松路口比斗时，他也不是从正面堂堂正正地去战斗，而是使出一些歪门邪招。"

"……"

"不过话说回来，若从人数上来看，确实是吉冈门人数众多，而武藏则是一人。但这其中恰恰是隐藏着他的狡诈和沽名钓誉之举。正如他事前所料，事后人们对他充满了同情。

"但是，在我眼里，那场比斗的胜负就如同儿戏一般。武藏要足了他的小聪明，行为奸诈，见好就逃跑。

"不过，我也必须承认，武藏既野蛮又强大。若这样，就评价他是一位高手，那就有点过了。若非要说他是一位高手的话，那他也是一位'逃跑高手'。那'噌噌噌'逃跑的速度，确实称得上是'高手'！"

三

小次郎有雄辩之才，说出的话就如同那立板上流水一般，"噼里啪啦"，滔滔不绝。当时在比睿山的讲堂中，应该也是这番情景吧！

"外行人会认为几十个人对付一个人，那会相当容易。其实根本不是这样的，几十个人的力量并不是每个人力量的总和。"

小次郎用这套理论，再加上一些剑道知识，以三寸不烂之舌评论当日的胜负。

小次郎是比斗的旁观者，至于他如何评价那场比斗，那是他个人的事，并不能代表当时的实情。

接下来，小次郎又大骂武藏竟然连年幼的名义上的掌门人都杀了。他不只是单纯地去骂，而是从人道主义、武士道以及剑道精神的高度去分析，最终断定武藏是一个不可原谅的恶棍。

小次郎还提及了武藏在故乡成长过程中的一些经历——至今，还有一位本位田家的阿杉婆视他如仇敌呢！

“如果有人觉得我在胡说八道，那么可以直接向本位田阿杉婆求证。我在根本中堂的这几天，恰巧碰见了这位阿杉婆。她是非常慈祥的一位老人，今年已经六十岁了，但思想依然非常单纯。你们想想吧，被这样一位老人视作仇敌的人，能是一个好人吗？你们这些人，不明事理，反而去夸赞一个到处树敌的恶棍，这真是世风日下啊，我个人感到非常寒心。

“坦白说，我既不是吉冈门的亲戚，和武藏也无冤无仇。我这个人爱剑，一直在研习剑道，遇到不对的事儿，我就想去批判，所以才说了这么多。懂了吗？采石匠们！”

说完这番话后，小次郎的嗓子也干得冒烟了，他端起茶杯，一口饮尽，然后回过头，对三名陪同的武士说：“啊！太阳快要落山了。”

武士们回应道：“是啊！您再不赶紧起身，天黑之前就赶不到三井寺了。”

三人边说边站起身来。刚才小次郎的那番话说得实在是太久了，众人的腿都坐麻了。

那几个采石匠瞅此机会，也赶紧起身，就像从监狱里放出的犯人一样，争先恐后地到山谷里做工去了。

整个山谷已经沉浸于一片紫色的余晖之中，鹎鸟的鸣叫声在山谷间久久回荡。

“那么，请多保重！”

“您下次来京，我们再见！”

寺院的武士就此和小次郎告别，然后回中堂去了。

现在只剩小次郎一个人，他向屋内喊道："阿婆！我把茶钱放这儿了。我怕走到半路天就黑了，所以想向您要两三根火绳。"

阿婆正蹲在土灶前准备晚饭，她边添柴边回应道："火绳啊？火绳就挂在墙壁的那个角上，你用多少尽管拿。"

小次郎冒冒失失地进入茶馆内，从墙上挂着的整捆火绳中抽了两三根出来。

就在这时，本来挂在钉子上的整捆火绳，"啪嚓"一声掉到了下面的床榻上。当他伸手去捡时，才发现床榻上有东西。原来是有人躺在那里，而且脚就露在自己面前。小次郎顺着那双脚往上看，等他看到那人的脸时，顿时吓了一跳，胸口好像被重击般难受。

躺在床榻上的人正是宫本武藏，他以肘为枕，直愣愣地盯着小次郎的脸！

四

小次郎以迅雷不及掩耳之势，迅速向后弹开。

"喂？……"

武藏吆喝了一声。

武藏不慌不忙地站起身来，脸上还挂着一副睡眼惺忪的神态。他对小次郎微微一笑，露出一排洁白的牙齿，然后朝屋檐下的小次郎走去。

"……"

武藏在小次郎面前站定，双唇微启，面带微笑，眼神犀利，仿佛能将人的内心看透一般。小次郎也很想回报以微笑，奈何脸部肌肉僵硬，根本笑不出来。

小次郎觉得武藏肯定在心中耻笑自己，因为自己刚才下意识地迅速弹开，显得过于慌张。再加上小次郎觉得在采石匠面前所讲的话，武藏肯定都听到了，这更令自己狼狈不堪，所以就笑不出来了。

很快，小次郎的脸色和态度就恢复了往日的傲慢，但是刚才之举实在是狼狈至极。

“呀！是武藏啊！原来您也在这里！”

“前些时候……”

武藏刚说出个头儿，小次郎马上抢过话题说：“呀！前些时候啊！您的表现实在是太神勇了，一般人还真做不到。而且，看起来您也没受什么伤……真是可喜可贺啊！”

此时，小次郎的内心是非常矛盾的，他在骨子里对武藏非常不服，可是却又非常佩服他的表现，结果就说出了上面那番话。说完之后，连自己都觉得懊恼。

武藏特想讽刺一下小次郎。不知为什么，每次看到小次郎的风采和态度，他就想挖苦他一通。于是，武藏故意奉承说：“这些日子，你作为那场比斗的监场人，没少为我费心，谢谢了！刚才你还在那些采石匠面前说了那么一通对我的劝告，我在旁边都听到了，再一次谢谢你！”

“你也知道，有时候人对自己的评价和别人对他的评价其实是存在很大差距的，我很少能听到那么中肯的话，而你却在我睡觉的时候，说给我听了，这让我如何感激你好呢？”

“我决定了，我会把你的忠告铭记在心，永世不忘……”

“……”

“铭记在心，永世不忘。”

这句话让小次郎起了全身的鸡皮疙瘩。虽然听起来是恭敬之词，但是在小次郎听来，却包含着在不久的将来向他挑战之意。

而且，言词间似乎还蕴含着另外一层意思：我把话先放在这儿……

武藏和小次郎都是武士，而且都是剑道修行者，他们决不允许虚伪，也决不会将人格上的污点弃之不理。就事物的是与非来进行口舌之辩，最终只会落得个抬杠的下场，而且丝毫也不利于问题的解决。对武藏来说，下松路口的那场比斗是自己人生路上的一个大事件，也是自己在剑道修行中的一大考验。时至今日，他一直都不认为那场比斗有任何的不道德，同时也不存在丝毫的愧疚。

但是在小次郎眼中，那场比斗却并非如此。他对采石匠说的那番话正是他对这场比斗的看法。事已至此，要想解决双方间的问题，似乎只好依照武藏的言外之意：我把话先放在这儿，你可别忘了！

二人之间在将来必将会有一战。

佐佐木小次郎内心的情感虽然复杂，但他绝不是在毫无根据的情况下随意说出那番话的。小次郎觉得自己是根据亲眼所见，下了最公正的判断。虽然武藏的武功很高强，但在现阶段他仍然没有强过自己。

"……嗯！您这句'铭记在心，永世不忘'，我会铭刻在心。武藏，你自己可别忘记啊！"

"……"

武藏不作声，只是微笑着点点头。

连理枝

一

城太郎刚踏进篱笆墙的大门，就大声喊道："阿通姐！我回来了。"

屋子周边盘绕着一条小溪，溪水清澈。城太郎没有直接回屋，而是一屁股坐在小溪旁，"哗啦哗啦"地洗着小腿上的泥巴。

山月庵是一座茅草屋，门楣上方有一块木匾额，上面用白漆写着"山月庵"三字，此外还有小燕子留下的白色粪便痕迹。这会儿，正有一群小燕子站在上面，一边"叽叽叽"叫个不停，一边俯视着正在下面洗脚的城太郎。

"噢！好凉！好凉呀！"

冰凉的溪水刺得他眉头紧锁，但他仍然没有把脚拿出的念头，继续用脚拨弄着溪水。

这条小溪从附近银阁寺的院内流出，清冽无比，比洞庭湖的水更加清澈，也比赤壁的明月更加清冷。

但是，小溪周边的土地却是温暖的。在城太郎的身边，紫罗兰开了一地。城太郎眯起眼睛，独自享受着大自然的馈赠。

洗了一会儿，他将自己湿淋淋的脚在草地上蹭了几下，然后就沿着走廊静悄悄地走回屋子。这处宅院本是银阁寺一位和尚的闲宅，空着也是空着，后来在乌丸家的说合下，和武藏在瓜生山分手后的翌日阿通就住了进来。

之后，阿通一直在此养病。

当然，下松路口决战的消息也悉数传到了这里。

在那天，城太郎就像信鸽一样，在下松战场和山月庵之间来回跑了不下几十次，一有新的消息就会立即报告给阿通。

城太郎相信，对阿通的身体来说，武藏平安无事的消息要比任何药都要管用。

得到武藏平安无事的消息后，阿通的脸色日渐红润，现在都能靠着桌子坐一会儿了，这也充分证明城太郎的判断是正确的。城太郎一度非常担心，要是武藏在下松一战中战死了，那么阿通也肯定会随他而去。

“喂！阿通姐，我饿了！你在做什么呢？”

阿通望着精力十足的城太郎。

“我从早晨一直坐到现在。”

“你老这么坐着，不烦吗？”

“虽然我的身体不方便，但我的心是自由的啊！城太郎，你今天起那么早，去哪里玩了啊？那边的提笼里有昨天人家给的粽子，你快去吃吧！”

“粽子先不着急，我有好消息要告诉你。”

“什么好事？”

“是关于武藏的。”

“啊？”

"听说他在比睿山。"

"啊？他去比睿山了？"

"我打听了好几天，要不我出去这么早干什么呢？今天终于打听到消息了，他就住在东塔的无动寺。"

"……那就好！……他没事就好！"

"我们快去找他吧，不然他又不知道跑到哪里去了呢！我先吃个粽子，然后就去准备。阿通姐，你也快去准备一下……咱们这就到无动寺找他去！"

二

阿通静静地望着远方，她的目光穿过屋檐，射向天空，心也早已飞到武藏所在的地方。

城太郎狼吞虎咽地吃了点粽子，然后挎起个包袱，再次催促道："阿通姐，我们走吧！"

可是，阿通却一直坐在那里，丝毫没有要出发的意向。城太郎愤愤不平地诘问道："怎么了？"

"城太郎，我们还是别去了。"

"啊？"

城太郎感觉自己被耍了，内心有些不快，嘟起嘴说："为什么啊？"

"不为什么！"

"唉！女人啊！正因为这样，所以才招人嫌。心里早就恨不得飞过去，现在好不容易有了消息，可是又说不去了！"

"你说得没错，我现在恨不得立即飞到他身边。"

"那好啊！我们现在就快点去吧！"

"只是……只是，城太郎，那一天，当我在瓜生山见到武藏后，以为再也见不到他了，于是就把心里话全说了。而武藏也对我说，这辈子可能再也见不到我了！"

“他现在还活着，这不是又能见了吗？我们还是快走吧！”

“我不！”

“你真决定不去了啊？”

“虽然武藏在下松一战中获胜了，但他的内心是否已经释然，以及为何要蛰居于比睿山，这些我都还不知道。而且，他还对我说了那样的话。当我放开他衣袖的那一瞬间，我就明白，我们之间的缘分已经尽了。所以，即使我现在知道了他的住所，只要他不主动叫我去，我又怎么能去呢？”

“哎呀！要是十年、二十年，武藏师傅都不来找你，那还真不去见他了吗？”

“嗯，不见！”

“就这么一直坐着，天天看天度日？”

“嗯，就这么度日！”

“阿通姐，你真是个怪人。”

“你不了解他的！可我能够了解。”

“了解什么啊？”

“武藏的心啊！在瓜生山和武藏诀别之后，我比之前更了解武藏了。这种感觉应该就是信任吧！之前，我一直特别仰慕武藏，一直苦苦地爱着他。在你面前，我也没什么不好意思的，当时我真的觉得爱得好辛苦，并且也不知道自己是否真的信任武藏……可是现在不同了，我非常信任他，我觉得我们两人无论是生与死，还是相聚与别离，心都是连在一起的，在天如那比翼鸟，在地如那连理枝。所以我一点也不孤单……我现在只是在祈祷武藏能在剑道修行的路上越走越远！”

城太郎静静地听着阿通的倾诉，但突然大声喊道：“你骗人。女人都只知道撒谎——好了，是你自己说的不想去见武藏师傅了，以后你要是再哭天抹泪的话，我可不管了啊！”

城太郎气得肚子鼓鼓的，看来这几天的努力又是白费了，直到晚上他都没说一句话。

入夜不久，庵外映出了火把的红光，并且传来了“哐哐哐”的叩门声。

三

乌丸家的武士将一封书信交到城太郎手中。

“武藏师傅以为阿通小姐还住在我府，所以派人将这封信送到了我家府上。我家大人听说是武藏师傅的信，立即让我给送了过来，并顺祝阿通小姐身体安康！”

武士说完，就回去了。

城太郎把信拿在手上，看了一眼上面的字迹。

“啊！真的是武藏师傅的信，要是武藏师傅在下松战死了，那么就不会写这封信了……怎么只有给阿通姐的，没有给我的呢？”

阿通从屋内走出来。

“城太郎，刚才大纳言府上有人来，是不是来送武藏的信啊？”

“是啊！”

城太郎故意将书信藏在身后，逗阿通说：“反正你的主意已定，来信又有什么用呢？”

“把信给我！”

“不给。”

“你这孩子怎么这么坏呢？快给我！”

她一着急，眼泪又快落了下来，城太郎只好把信交给她。

“快看吧！明明想去见他，我说一起去吧，可是又死要面子活受罪，怎么都不去！”

阿通已经什么都听不进去了，她赶紧跑回屋里，在灯下打开书信。信纸，白嫩的手指，连同灯芯上的火光一起颤抖着。

收到书信之前，阿通就像着了魔一样，她刻意把灯调得特别亮，而且内心乐开了花，特别舒畅。现在她知道了，原来这是好的预兆。

那一次
你在花田桥上等我良久
这一次
换我在唐桥上静静等你
我会先你一步到大津
牵着牛儿在濑田唐桥上
等候你的到来
心中有无尽的话儿
想对你诉说

阿通确信这真是武藏写来的书信，上面的笔迹是那么熟悉，而且还带着一股墨汁的清香。

黑黑的墨迹在阿通眼中，就宛如一道道彩虹。长长的睫毛上挂满了晶晶亮的泪珠。

这不是在做梦吧！

过度的欣喜让阿通的大脑暂时出现了空白——阿通禁不住开始怀疑这一切都是假的。

《长恨歌》中记载，安史之乱时，杨贵妃被缢死。战乱平息之后，唐玄宗返回长安，日夜思念杨贵妃，于是命道士四处寻其魂魄。道士上穷碧落，下探黄泉，最终在海上的蓬莱仙宫中找到一位花貌雪肤的仙子。此位仙子正是已在仙界的杨贵妃，道士向其诉说了唐玄宗的相思之苦，仙子听后，既惊愕又欣喜。

阿通觉得自己现在的心情就和那位仙子如出一辙，欣喜得都有些茫然了。一封短短的书信，阿通怎么看都看不够，反反复复地读了许多遍。

她本来想对城太郎说："要是等人的话，会感觉时间过得特别慢！得了，我们还是尽快出发吧！"

但是，她已被欢欣冲昏了头脑，自己一个人在那儿自言自语，还以为正在跟城太郎说呢！

她很快就收拾妥当，然后给山月庵的主人、银阁寺的僧人以及曾帮助过自己的人一一写了感谢信。接下来，她穿上鞋子就冲出门外。

她对坐在屋子里生闷气的城太郎说：“城太郎，你不是已经收拾好了嘛！我们快走吧！我还要锁门呢！”

“我们这是要去哪里啊？”

城太郎坐在那里闹别扭，摆出一副任谁也别想挪动他的架势。

四

“城太郎，你生气了啊？”

“当然生气了！”

“为什么呢？”

“因为阿通姐太任性了——我好不容易打听到武藏师傅的下落，本来想和你一起去见他，可你又不去了！”

“我不是已经向你解释过了吗？这次是武藏主动给我写的信，我当然要去了！”

“哼，别提那封信的事儿了！一个人在那儿偷偷地看，也不让我看一眼。”

“呀！我疏忽了，是我不好！城太郎，对不起了！”

“算了，我现在不想看了。”

“得了，别气鼓鼓的了，把信给你。你说这是不是很稀奇，武藏竟然主动写信给我，这还是第一回！而且他还那么温柔，说一定等我前去，这也是第一回呢！自我出生以来，我从来没有这么高兴过……城太郎，你就别生气了，快带我去濑田，好吗……喂！你这孩子怎么气性那么大啊？快别生气了！”

“……”

“城太郎，你自己不是也非常想见武藏师傅吗？”

“……”

城太郎默不作声地将木刀插入腰间，然后将之前打好的包袱斜挎在背上，一阵风似的跑到了庵外。只见阿通站在那里还不知就里，城太郎却已经转身，用剑鞘指着她说：“要去就快走啊！别在那里磨磨蹭蹭的了，不然我可把你锁在里面了！”

“呀！你这孩子太可恶了！”

二人连夜翻过了志贺山。城太郎的怨气还没消，一路上闷不作声。

城太郎大步流星地走在前面，一会儿摘片树叶，吹吹叶笛子，一会儿哼哼小曲儿，还不时地踢踢小石子，显出一副无处发泄情绪的样子。阿通见状，故意找话说：“城太郎，我给你带了一样好东西，刚才忘了给你，现在给你吧？”

“什么啊？”

“竹叶糖！”

“嗯？”

“前天，乌丸大人不是派人送了一些点心来吗？还剩一些呢！”

“……”

城太郎既没说要，也没说不要，只是一个人闷不作声地走在前面。这可把阿通给害苦了，她已经累得上气不接下气，但依然紧紧地跟在后面。

“城太郎，你要不吃的话，我可给吃了！”

这时，城太郎的怨气终于有些缓解。

当他们登上志贺山的时候，北斗星已经泛白，天边的云彩也渐渐现出色彩，天就要破晓了。

“阿通姐，累坏了吧？”

“嗯！一直在爬山，累死我了。”

“接下来就是下坡了，下坡就轻松了……呀！你看到那个湖了吗？”

“那是琵琶湖吧！濑田在哪边呢？”

“那边。”

他用手指着。

“虽然武藏师傅说会等你，但他能去这么早吗？”

“别着急，还早呢！到濑田至少还得半天时间。”

“哦！不过从这里看过去，感觉很近的呀！”

“我们要不要休息一下啊？”

“好吧，那就休息一会儿吧！”

现在，城太郎的怨气已经完全消了，他蹦蹦跳跳地去寻找适合休息的地方。城太郎发现了两棵巨大的合欢树，他赶忙招呼阿通说：“阿通姐！阿通姐！这棵树下没有露水，来这儿啊，就坐这儿休息吧！”

五

二人靠着合欢树坐了下来。

城太郎问道：“这是什么树啊？”

阿通抬头看了一眼，然后回答说：“这是合欢树。”

接着又说：“我和武藏小时候经常在七宝寺里玩耍，那所寺庙里就有这种树。等到六月份的时候，整棵树上都会开满淡红色的花，那种花就如同丝线一般。这种树的叶子比较奇怪，当月亮升起的时候，所有的叶子都会合到一起，就跟睡着了似的。”

“哦，怪不得叫睡觉树呢！”

“不对，不是睡觉树，是合欢树。虽然发音一样，但是汉字的写法却不一样。”

“为什么呢？”

“至于为什么，我也没想过，可能是别人借用了汉字，却仍用原来发音的缘故吧！……你看这两棵树，即使不叫那个名字，看起来是不是也非常像欢乐地靠在一起？”

“别扯了，树木哪分欢乐还是悲伤啊？”

“城太郎，你仔细看看这山中的树木，就会发现有的树正在独自快乐，有的树正在暗自神伤，还有的树和你一样，正在哼小曲儿呢！不过大部分树木都是看不惯这个世道的。石头也是同样的道理，不信你去问懂石头的人，他们肯定也会这样对你说。所以说树是有生命的，他们有自己的欢乐和悲伤。”

“经你这么一说，我也这么觉得了——那么你觉得这两棵合欢树正在想什么呢？”

“其实我挺羡慕它们的！”

“为什么这么说呢？”

“白居易曾写过一首叫作《长恨歌》的诗。”

“怎么讲？”

“在《长恨歌》的末尾有这么两句——在天愿作比翼鸟，在地愿为连理枝。诗中所说的‘连理枝’，大概指的就是这样的合欢树吧！”

“连理？是什么意思啊？”

“说的是两棵树，它们的枝与枝，干与干，根与根相互交织在一起，好得就像一棵树一般，它们共同昂首挺立在天地之间，一起享受着春华秋实的快乐。”

“哎哟！你这不是在说你和武藏师傅吗？”

“城太郎，别乱说话！”

“好好好，我不说了！”

“天快亮了，今天的朝霞好美啊！”

“鸟儿也出巢了。我们这就下山，找个地儿吃早饭去！”

“城太郎，你怎么不哼小曲儿了？”

“哼什么呢？”

“就白居易的诗歌吧！城太郎，你还记得乌丸家的家臣教你的那首诗吗？”

“是《长干行》[①]吗？”

①《长干行》应为李白所作。——编者注

“对，就是那首诗，你哼一下吧！哪怕像背书似的也无妨。”

城太郎立即开口吟诵上了：

妾发初覆额，
折花门前剧。
郎骑竹马来，
绕床弄青梅。

“是这首诗吗？”

“嗯！你继续！”

同居长干里，
两小无嫌猜。
十四为君妇，
羞颜未尝开。
低头向暗壁，
千唤不一回。
十五始展眉，
愿同尘与灰。
常存抱柱信，
岂上望夫台。
十六君远行，
……

背到这里，城太郎猛地站了起来，催促听得入迷的阿通。

“我不想背书了，肚子都快饿扁了。阿通姐，我们快点去大津吃早饭吧！”

送春谱

一

天地依然笼罩在一片湿漉漉的晨雾之中。

清晨的曙光刚刚洒满村镇，每家每户的烟筒上都飘出了袅袅炊烟，犹如冒烟的战场一般。从湖的北岸一直到石山之间，横着一道美丽的朝霞。透过朝霞和袅袅的炊烟，隐约可见远方的大津驿站。

武藏赶了一夜的路，现在都有些腻烦了。虽说是赶夜路，也无非就是由着母牛的性子踱步而已。黎明时分，武藏抵达了一个小村庄。他揉了揉眼睛，眺望着眼前的景色，嘴中禁不住喊出了“哦”的一声。

就是在这同一时刻，阿通和城太郎也在志贺山的山道上眺望着大津的屋顶，他们满怀着希望，正在步履轻盈地朝湖畔走来！

武藏从半山腰的茶馆下山之后，进入三井寺的后山，然后又经过了八咏楼，现在正走在尾藏寺的后坡。心中一直在想：阿通会从哪条路下山呢？

也许不必到湖畔的濑田，说不定在半路就能碰见了。巧的是，双方到濑田所花的时间和路程都一样，但武藏在路上却没有看到阿通和城太郎的身影。

即便如此，武藏也没有失望，他本来也没打算能在路上碰见他们。

替武藏送信的老板娘回来之后告诉他，阿通已经不住在乌丸家了，但乌丸家还是把信收了，并且还表示一定会在入夜之前将信交到阿通手中。

武藏盘算了一下，如果阿通昨天晚上收到信的话，最快也得今早才能动身，以她的身体状况，再加上女人的脚力，大约傍晚时分才能到达约定地点。

再加上他现在也没什么急事，所以一点也不着急，也就不觉得牛走得慢了。

山间的夜露打湿了母牛庞大的身躯。看到清晨青青的嫩草，母牛就控制不住自己的食欲，会不时地低头啃几口。武藏也不在乎，任它想怎么着就怎么着吧。

这时，武藏发现有一处民宅和寺院相对而立，中间的十字路口上种着一棵老樱花树。这种樱花树不比寻常，武藏在很多名胜都曾见过。樱花树下有一个坟墓，坟前的石碑上刻着一首和歌。

这首和歌是谁写的来着？武藏绞尽脑汁也想不出，走过了两三百米之后，他突然想起来了。

“呀！是《太平记》中的和歌。”

《太平记》是武藏少年时代最喜欢读的书籍之一，有些地方他至今还能背诵下来。

今日所见的和歌勾起了他少年时的回忆。母牛优哉游哉地踱着步子，牛背上的武藏也情不自禁地背起了《太平记》中有关这首和歌的章节：

志贺寺上人，手持丈八法杖，蓄着八字白眉，正对着湖水念水想观①，不经意间瞥见京都御所的女眷返回志贺花园，心中妄念顿生，多年修行崩于一溃，一切丧于火宅②之执念。……

“记不起来了！”

武藏想了想，又隐约记起一些，继续背道：

志贺寺上人返回寺庙后，虽日日侍奉佛祖，但脑中妄念却未除；虽

---

① 水想观：净土宗修持法之一。为十六观的第二观。即在禅观中，观想清澈之大水，藉以为观想极乐净土琉璃地之阶梯。——译者注

② 火宅：比喻迷界众生所居住之三界。火喻五浊等，宅喻三界。语出《法华经》七喻中之火宅喻。众生生存于三界中，受各种迷惑之苦，然犹不自知其置身苦中，譬如屋宅燃烧，而宅中稚子仍不知置身火宅，依然嬉乐自得。——译者注

天天诵念佛语，却仍闻烦恼之息；虽远眺暮山之云，心中却想着女子的发钗；虽独望窗外明月，目中却映出女子的笑颜。

今生的妄念已难消除，往生的罪障我已不顾，我只希望能来到你的住处，向你诉说我的钟情。如能如此，我死也无憾了。上人拿起法杖，来到御所，在榉树下站了一日一夜。

不知何时，牛已走到小镇中。这时，有人从后面叫住了武藏。

“喂！旅客，那骑牛的武士！”

二

原来是批发站的伙计。

那人跑过来，抚摩着母牛的鼻尖，抬头看着武藏。

“武士大人，您是从无动寺过来的吗？”

“嗯！你猜对了！”

“前段时间，我把这头带斑点的母牛租给了一位商人，帮他往无动寺运货物。他不是这牛的主人，只是租的。武士大人，那您付我点租金呗？”

“哦，原来你就是牛的主人啊！”

“不是，不是，这牛不是我的，是批发站的，是用来有偿出租的！”

“我知道，我会付费的——不过，是不是只要我付了钱，我想骑它去哪儿，就去哪儿啊？”

“嗯，只要您肯付钱，想怎么着都行。从这里往前三百里，有一个可以住宿的批发站，您只要把牛交到那里就行了。过不了几天，又会有客人用这牛驮货物回大津的。”

“好的，我就到江户，该给你多少钱呢？”

“我们到批发站再说吧！就在前面，您还需要去登个记。”

批发站就在码头旁边，上船下船的人络绎不绝。码头向来是旅人聚集的地方，所以在周边有一些草鞋店和理发店。武藏悠闲地吃了顿早饭，虽然时间还早，但他还是赶紧骑上牛背，继续出发了。

濑田已经不远了。

武藏骑在牛背上，欣赏着湖畔的风光。任牛走得再慢，在中午之前也一定能够抵达。

武藏心里还在犯着嘀咕：“阿通应该会来吧？”

武藏以前和阿通见面，内心总会很忐忑，而这次则与以往不同，内心非常平静。

这是因为武藏现在对阿通非常放心。在下松一战死里逃生以前，武藏在内心中总是对女性持有一种芥蒂，对阿通也是抱有同样的态度。

但是，在那天，当武藏看到阿通开朗的神情，以及处理自己感情的聪明方式，武藏改变了对阿通的认识。这种认识超越了简单的爱，而是上升到一种信赖。

以前，他一直用不信任的眼光去看待阿通。现在对于自己的小心眼，武藏感到很惭愧。

就像武藏信任阿通一样，自那天以后，阿通对武藏也是充满了信任。

武藏的内心已经完完全全被阿通给占据了。武藏决定今天见面之后，无论阿通提出什么愿望，都要满足她。

当然这种愿望不能是让他歪曲剑道的事，也不能是让他从修行途上堕落的事。

武藏以前对女人持有芥蒂就是因为以上两点，他害怕自己会因为痴迷于女人的温柔乡，而丧失了剑道的锐气。但是，像阿通这样通情达理、将理智和爱情分得很清的女人，肯定不会成为自己修行途中的羁绊。只要自己不沉溺于女色，不自乱脚步就行了。

“要不，我带她去江户吧！阿通可以学一些增强女人修养的东西，我和城太郎也可以进一步去修行，提升自己的剑术。当时机成熟了，我们就结婚。”

武藏沉浸于自己的幻想中。在太阳的照耀下，湖水的波纹折射到他的脸上，摇摇晃晃地，恰如他脸上幸福的微笑。

三

中之岛将二十三间[①]的小桥和九十六间的大桥连在了一起，岛上遍植着古老的柳树。

因为中之岛上的柳树太引人注目了，所以濑田的唐桥又被称作青柳桥。

“啊！来了！”

城太郎从中之岛的茶馆跑出来，扶着小桥的栏杆张望着。他突然兴奋起来，一手指着一个年轻人，一手招呼还在茶馆内的阿通。

“是武藏师傅……阿通姐！阿通姐！快过来啊！师傅骑着牛过来了。”

来往的路人睨视着城太郎，不明白这个年轻人为什么会如此欣喜，脸上纷纷露出疑惑的神情。只见城太郎高兴得欢呼雀跃。

“喂！真的是武藏师傅啊！”

阿通赶紧跑过来，还差点摔一跤。

两个人拼命地挥舞着斗笠，摇着手。

“师傅！”

“武藏！”

武藏也发现了他们，微笑着朝他们走来。

武藏将牛拴在一棵大柳树下。刚才隔着河，阿通还能拼命地摇手，拼命地喊他的名字，但当武藏真的站在自己面前时，却不知道该说什么好了。阿通目中带笑，静静地看着武藏，而城太郎却拉着武藏喋喋不休地聊个不停。

“师傅，您的伤口好了吗？刚才我看您是骑牛过来的，不会是伤口还痛，不敢走路吧？您问我们为什么来这么早啊？……那您得问阿通姐

①间：日本测量单位，1间约等于1.8米。——译者注

了。武藏师傅，我跟您说啊，阿通姐可不像话了，她说再也不见您了呢！不过，等她一接到您的信，就又急不可耐地要来见您了。”

“嗯！是吗？哦……”

武藏一直在微笑着点头。茶馆里还有别的客人，可是城太郎却三句话不离阿通，搞得武藏好像是来相亲的一样，脸上不免臊得发热。

茶馆后院有一个用藤蔓搭起的小座席，三人坐在那里，阿通还和以前一样，忸忸怩怩，而武藏也是坐在那里，一言不发，唯独城太郎在那儿说个不停，活跃着气氛。对了，喋喋不休的除了城太郎，还有牛虻和蜜蜂，它们正在绕着藤花“嗡嗡嗡”地飞个不停。

“啊！石山寺上方的天空都黑成那样了，看来要下雨了，大家快到里面来吧！”

茶馆店主赶紧卷起了苇帘，挡上防雨木板。江水已不知何时开始泛出铅色，微风中也开始夹杂着雨气。紫色的藤花宛如杨贵妃的裙摆，在风的吹拂下，颤颤巍巍地散发出迷人的芳香。

雨忽地下起来，从石山上吹下的山风裹挟着雨水，拍打着那些柔弱的藤花。

“啊！打雷了，这还是今年第一次打雷呢！阿通姐，师傅，你们快进来吧，别淋湿了！这雨下得太好了，下得真是时候，真是时候！”

城太郎说这些话也许是无心的，但是在武藏和阿通听起来却是别有用心。经城太郎这么一说，武藏现在更羞于进茶馆了。阿通也羞红了脸，与满地的紫藤花瓣一起在屋外淋着雨。

“天啊！雨太大了！”

白茫茫的大雨中，一个身披蓑衣的男子正在疾驰着。

他跑到了供奉四明山神的神社的屋檐下，用手抚掉了头发上流下的水滴，抬头看着翻滚的乌云，口中不禁自言自语说：“这雷阵雨真是说来就来啊！”

这时，四明岳、琵琶湖和伊吹山也都沉浸在蒙蒙的雨中，滴滴答答的雨声不断传入耳际。

“啊！……”

又八非常怕打雷，他用手捂住了自己的耳朵，缩到了神社屋檐的雷神雕刻的下方。

很快，云开雾散，阳光又重洒大地，大街上也恢复了人来人往的喧嚣。远处飘来三味线的乐音，一位婀娜多姿的女子微笑着从街对面朝又八走来。

四

又八并不认识眼前这个女子。

“您是又八大人吧？”

女子开口问道。

又八感到非常诧异，赶紧问她为何知道自己的名字。女子告诉他，她家里有一位客官，说是又八的朋友。他从二楼看到了又八，特意吩咐她把又八叫过去。

听她说完，又八才发现在神社周边有几家妓院。

“事情谈完之后，你就可以走了。”

前来传话的女子，无视于又八的踌躇不前，径自将他带往附近的一家妓院。其他女子殷勤地帮又八洗脚，还帮他换下了淋湿的衣裳。

又八好奇地问：“那自称是我朋友的人到底是谁啊？”

众女子故意卖关子说：“你到二楼，不就知道了吗？”。

又八在路上淋了雨，现在衣服全湿了，只好借用妓院的衣服来穿。不过他今天在濑田的唐桥上还有约，所以恳请妓院的女子尽快将自己的衣服烘干，一定不要强留自己。

“拜托了！可以吗？”

又八一再恳求。

女子们冷淡地说：“知道了！知道了！谈完之后，就马上让你走。”

边说边把又八推上二楼。

“这人是谁呢？”

又八在心里嘀咕，但就是猜不出到底是谁。不过又八早已习惯了这种风月场所，当他跨入的那一瞬间，他的思维已变得清晰，行为举止也变得落落大方。

“啊！犬神先生！”

对方冷不丁地叫了一声。又八以为对方认错了人，自己也愣在了那里。他看了一眼那人，觉得似曾见过。

“哦……你是？”

“你忘了吗？我是佐佐木小次郎啊！”

“犬神先生又是谁呢？”

“就是你啊！”

“我哪是犬神先生啊！我叫本位田又八！”

“这我知道。你忘了吗？那天晚上，你在六条松原被一群野狗给围住了，而你却坐在狗群中，做出各种各样的表情。自那一刻开始，我就觉得你应该是犬神，所以就称呼你为犬神先生了！”

“这都哪儿跟哪儿啊？别扯淡了，那天我可被你给害苦了！”

“都是我不好，所以今天才要给你补偿啊！我特意把你请上来，就是想和你好好坐坐。来，来，来，快坐下嘛！喂！美女们，快给客人倒酒！酒杯呢？快拿酒杯来啊！”

“不用倒了，还有人在濑田等我，我得赶紧走，今天就先不和你喝了。”

“谁在濑田等你呢？”

“宫本武藏，我的发小——”

又八话还没说完，小次郎就抢过话茬儿。

“什么？武藏……噢！你们是不是在半山腰的茶馆约好的？”

“你怎么知道啊？”

“你的成长历程，以及武藏的经历我都了如指掌。不瞒你说，我在比睿山的中堂遇见了令堂，她把含辛茹苦将你养大的事儿都告诉我了。”

“哦？你见过我母亲？我从昨天就一直在找她呢！”

“令堂真了不起，是个值得尊敬的人。中堂的僧人都很同情她，我在离别之前也答应将助她一臂之力。”

小次郎摇了摇酒杯。

“又八，为了一雪旧怨，我们来干一杯！不是我说大话，有我佐佐木小次郎在，根本没必要惧怕武藏那家伙！”

小次郎双颊绯红，递出了酒杯。

但是，又八却没有去碰杯。

五

小次郎素来爱慕虚荣，注重仪表，但是一旦喝醉，就不管自己的仪表了。

“又八，你怎么不喝呢？”

“我不陪你了，我得走了。”

小次郎伸出左手，用力抓住又八的手腕。

“别啊！”

“今天真的不行，我和武藏都约好了！”

“你这人可真够傻的，就凭你一个人，一动手就玩儿完了！”

“我们之间已经尽释前嫌，而且我还打算追随武藏，和他一起到江户发展。”

“什么？你要追随武藏？……”

“都怪我母亲老说武藏的坏话，所以世人才会觉得他是一个大恶人，其实是我母亲错怪他了。我这次深深地体会到了这点，同时自己也觉悟了。我要向武藏好好学习，虽然现在看起来有些晚，但我已经决定了。”

“哈哈！哈哈哈！”

小次郎拍手大笑。

“你这人真是好骗啊！怪不得令堂告诉我说，你是天底下最容易被骗的人！傻瓜，武藏是在骗你呢！”

“不可能，武藏怎么会骗我？”

“闭嘴！你真是一个背叛自己母亲，偏袒仇人的不孝子！我佐佐木小次郎虽是个局外人，但还是为令堂感到气愤，并且还发誓将助她一臂之力，你真是连我都不如啊！”

“不管你怎么说，我都要去濑田。放开我——喂！衣服干了没有？把我的衣服拿过来！”

“不准拿！”

小次郎醉眼蒙眬。

“没听到吗？不准拿！又八，你要是想追随武藏的话，首先应和令堂商量一下。不过我觉得，她肯定不会答应的，她受不了这样的屈辱！”

“我其实也一直在找我母亲，但就是找不到她，所以才决定和武藏先一起去江户。我觉得只要我出人头地了，任何宿怨都是可以解决的！”

“你这说话的口吻，一听就是武藏教你的。明天我和你一起去找令堂，先听听她的意见再说。今晚我们喝个痛快，不管你喜欢不喜欢，你就在这儿陪我吧！”

当然，妓女们也都添油加醋地帮着小次郎，一直不肯把衣服还给又八。

太阳已经落山，很快天就黑了。

若不借点酒劲，又八就无法在小次郎面前抬起头来。但只要他一喝多，就变得虎虎生威。二人也不顾及那么多了，从入夜一直喝到天蒙蒙亮，又八也借着酒意，将心中的郁闷全都倾诉了出来。

二人直到天快亮时才合了一下眼，等再睁开眼，日已过午。

小次郎还在另外一间房中熟睡着。昨天的雷雨洗尽了空气中的尘埃，使得阳光显得更加澄明。又八耳边又响起武藏的话语，这时腹部突然一紧，昨晚喝的酒差点被吐出来。

又八下到楼下，换上自己的衣服，然后赶紧逃出妓院，来到了濑田的唐桥。

混浊的濑田川，飘流着石山寺的落花。紫藤屋的紫藤花也开始一嘟噜一嘟噜地凋落，花瓣随着山风四处飘散。

“武藏说他会牵着牛的啊？”

所以，又八看遍了小桥和中之岛，也没有发现牛的影子。

又八找遍了所有的地方，最终在中之岛的一家茶馆内，打听到了武藏的消息。店家告诉他，昨天有一位骑牛的武士来到了店里，一直等到打烊时才去旅馆过夜。今天早上，那人又来了，等了一会儿后，也没见要等的人来，于是就写了一封信，并且嘱咐店家要是有人来找他，就将这封信交给那人，然后把信挂在屋前的柳树上就走了。

又八来到树下，那封信正挂在柳树的树枝上，宛如一只趴在树上的白蛾一般。

又八解下书信，上面写道：

实在抱歉！久候未至，予先行一步。

女瀑男瀑

一

时令已接近初夏，木曽路①的两侧正沐浴在一片新绿之中。武藏骑在牛背上，慢悠悠地行进在中山道上，心里还在嘀咕。

①木曽路：日本中山道中的一段。——译者注

“还是慢点走吧，说不定又八过会儿能赶上来！”

又八读了武藏的信之后，就赶紧上路去追，但一直追到草津都没碰到武藏。后来他又继续追到彦根的大鸟居旁，结果还是没有发现武藏的踪影。

“咳！我该不会走过头了吧？”

他在折钵岭的山头眺望来往行人，看了半天，还是一无所获。

又八又问路人有没有看到一位骑牛的武士，可是得到的回答却是骑牛或骑马的武士非常多。又八以为武藏是一个人，可他又哪儿知道武藏还带着阿通和城太郎呢！

又八一直追到美浓路，也没能看到武藏，这使他不禁想起了小次郎的话。

“难道我真的被武藏给骗了吗？”

又八一旦怀疑起来，便会没完没了。

他自己也非常困惑，他一会儿折回来往回走，一会儿又转个圈儿，这样一来，当然是碰不到武藏了。

但是，等又八抵达中津川的驿站时，他终于遇到了比他先走一步的武藏。

数日来，又八一直满怀热情地追赶着武藏，这份热情在他整个人生历程中都很少见。然而当他看到武藏背影的那一刻，他的脸色倏地一下变了，内心也对武藏充满了怀疑。

骑在牛背上的人不是武藏，而是阿通。武藏让阿通骑在牛背上，而自己则牵着牛走在前面。

城太郎跟在武藏和阿通旁边，但又八却对他视若无物，不过阿通和武藏之间亲密的关系，让又八感到有些猜疑和震惊。

刹那，又八涌起了对武藏的憎恶。虽然又八以前也曾憎恶和忌妒过武藏，但却从来没有像今天这样视他如恶魔。

“唉！看来我真的是容易被人骗！从被他撺掇到关原作战，一直到今天，他一直都在骗我——看来我真是太好骗了，什么时候才能不这样呢？武藏你这浑蛋，给我记好了，我会报仇的！”

“好热，好热啊！这样大汗淋漓地走山路，我还是生平头一遭呢！师傅，这是哪里呀？”

“是木曾山最难走的马笼顶。”

“我们昨天已经翻过两座山头了呢！”

“那是御坂和十曲。”

“哎呀！我已经累得爬不动了，好想早点到江户那热闹的大都市啊！阿通姐，你说是不是？”

阿通坐在牛背上。

“说实话，我还是喜欢人少的地方，像在这样安静的路上，你让我走多少天，我都不会觉得厌。”

“哼！那还不是因为你不走路的缘故。师傅，快看，那边有个瀑布，真是瀑布啊！”

“嗯，我们休息一下吧！城太郎，你去把牛拴到那边。”

三人循着瀑布的声音，经过一段小路，来到了悬挂瀑布的悬崖旁。悬崖上方有一个观赏瀑布的小屋，在氤氲的雾气下，周边开满了五颜六色的小野花。

“武藏！”

阿通看着瀑布旁边的告示牌，又微笑着将目光移向武藏。牌子上面写着“女瀑男瀑”。

两条瀑布，一大一小。那条如溪流一般，比较秀气的，肯定就是“女瀑”了。刚才走路的时候叫苦连天，一直嚷着要休息的城太郎，现在却兴奋得不得了。看到那飞流直下的瀑布，还有那岩石间冲来撞去的激流，城太郎就忘我地跳到水里，跑到山崖下面玩去了。

“阿通姐，这里有鱼啊！”

阿通没有回应，城太郎又继续说道：“可以用石头打鱼！只要被石子打中了，鱼就翻起白肚皮，浮上来了！”

还是没有回应，只听见城太郎在那“哇哇”地叫着。

山谷间飘荡着城太郎的回声，看来他是不打算往回赶了。

二

阳光从山顶洒下来。花草的上方笼罩着一层水雾，映射出无数的小彩虹。

武藏和阿通来到小屋的背阴处，沉浸在一片瀑布声中。

“到底去哪里了呢？”

“城太郎吗？”

“真是拿他没办法。”

“城太郎还算好了，跟我小时候比起来，那他还差得远呢！”

“你啊！你是个例外。”

“又八和我就不一样，他比较老实……这小子最终也没来，不知他怎么了。”

“他没来，我倒松了一口气。要不然，我还打算躲起来呢！”

“没必要躲的！世上没有讲不通的人。”

“本位田家母子俩的脾气可和别人不一样。”

“阿通……你要不要再重新考虑一下呢？”

“考虑什么？”

“我问你要不要再考虑一下做本位田家的媳妇？”

听武藏这么一问，阿通吓了一跳，然后厉色回应说：“不需要考虑！”

阿通那如兰花般美丽的眼睛一下噙满了泪水，眼睛变得通红。

武藏也为自己说错了话而后悔。阿通本以为武藏已经了解自己的用心，可他现在却仍在怀疑自己会犹豫不决，心中不免难过起来。她用手遮着脸，肩膀微抖，轻轻啜泣。

她那洁白的衣领好像在向武藏倾诉。

“……我是你的人！”

小屋周围遍植着一些小的枫树，现在刚刚露出新绿，正可以挡住行人的视线。

武藏觉得自己身体内的血液在沸腾，那沸腾的声音犹如震耳欲聋的瀑布声一样，在激荡着自己的身体。望着那飞流直下的瀑布，还有在岩石间冲来撞去的激流，武藏和城太郎一样，体内也萌发出一种狂放的激情，这种激情甚至要比城太郎更要强烈。

这几天来，在驿站的灯火下，以及灿烂的阳光中，在武藏眼中，阿通的身体泛出各种各样的霞光。阿通那芙蓉花瓣一般的肌肤，以及夜晚飘过屏风传来的诱人体香，这一切都勾起了武藏常年压抑在心底的爱欲。一股压抑的感觉不由直冲心头，犹如夏天被炙热的太阳晒得闷热的青草。

……

武藏突然转身离去。不，更应该说是逃走。

武藏把阿通一人扔在原地，只身一人踏入一片没有任何路的草丛中。武藏胸口发闷，似乎要有火焰从口中喷出。体内的血液也在膨胀，好像要抛掉一些不痛快一般。他很想像城太郎那样去发泄一下。武藏发现了一块干枯的草地，冬日的枯草又高又长，阳光静静地洒在上面，他大叫一声："啊！"

然后，一屁股坐了下去。

阿通内心一紧，立马追了过去。她依偎在武藏的膝下。阿通惊恐地望着武藏的面孔。面部肌肉僵硬、沉默不语的武藏，确实有些恐怖。

"武藏……武藏……你怎么了？是不是我惹你生气了，对不起了！你原谅我吧！"

"……"

"武藏，如果……"

武藏的面部肌肉越是僵硬，阿通的内心就越紧张。武藏的面容越恐怖，阿通把他抱得更紧。阿通摇晃着武藏的身躯，她那花香般的体香不断飘向武藏，这更让他憋得难受。

武藏又叫了一声："啊！"

武藏用巨大的手臂猛地将阿通揽入怀内，然后将她扑倒在荒草丛中。阿通伸长那白嫩的脖颈，但还是无法出声，只能在武藏的怀里拼命挣扎。

三

罗汉松上有一只长尾缟鸟，正眺望着尚有积雪的伊那山脉。

山间的红杜鹃红得似火，天空一片蔚蓝，从枯草的下面散发出深山紫罗兰的幽香。

远处传来猿猴的啼叫声，松鼠也在树枝间蹦跳，这是一片原始的土地。武藏将阿通紧紧地压在身下，阿通虽然没有哀号，但那惊叫声却已接近于哀号。

“不行啊！武藏，不可以！”

她犹如长满刺的栗壳一样紧缩着身子。

“你怎么可以做这种事，你怎么……没想到你竟是这种人！”

阿通伤心地呜咽着——武藏立刻警醒过来，全身的欲火逐渐消退。他用理智而又冷淡的声音问她：“为……为什么？为什么？”

武藏发出近乎呻吟般的声音，音调中已经带着哭腔。即使这是两人间的秘密，对男人而言仍是种无法忍受的侮辱。武藏的愤怒与羞耻无处宣泄，只好把怒气发在自己身上。

当武藏放开手的那一刻，阿通立刻跑掉了，一个小小的香袋掉在了武藏身边。他茫然地盯着香袋，不禁落下泪来。此时武藏已经完全冷静下来，他已经能够客观地评价自己，他觉得自己刚才的所作所为确实很下流。但是，他依然猜不透阿通的心思。阿通美丽的眼眸，阿通诱惑的嘴唇，阿通的话语，阿通的身子——甚至连阿通的毛发都无时无刻不在激起他的情欲。

阿通的逃掉就如同女人在男人心中点了一把火，当火点着了，女人却吓跑了一样。虽然阿通本意并非如此，可结果却是，她欺骗了爱她的那个男人，同时也让那个男人陷入了苦恼，甚至可以说是羞辱了那个男人。

“……呜！呜！”

武藏伏在草地上哭泣。

直至今日的所有努力全都一败涂地，所有的修行也都付诸东流。武藏对此深感悲伤，这种悲伤就如同孩子不小心丢掉了手中的糖果一样。

武藏内心深深自责，甚至可以说是在唾弃自己。他趴在地上哭泣，觉得自己再也抬不起头了。

“我没有恶意啊！”

武藏屡次对自己强调自己没有恶意，但是他始终无法释怀。

“真是难以理解！女人太难理解了！”

武藏现在已经无心去体味少女清纯内心的可爱之处。在他看来，即使女人如白珍珠一般娇贵，多愁善感，怕被人触碰，但这仅限于女人一生中的特定时段。有人将此看作是女人的最美之处，最值得尊重之处，甚至是最可爱之处，但武藏此刻一点也不这样觉得。

他趴在地上，嗅着大地的气息，心情渐渐地平静下来。他猛地站起来，眼中的血丝已经退去，脸色却变得更加苍白。

他将阿通的香袋踩在脚下，低着头，好像在倾听大山的声音。

“对了！”

他径直朝瀑布的方向走去，浓黑的眉毛紧锁，那神态和赴下松之战时一样。

鸟儿的叫声尖锐，划破苍穹，然后振翅高飞而去。风将瀑布的轰鸣声送入耳内。一束阳光透过白云，轻轻地洒了下来。

阿通只是跑出去了二十多步远，她倚靠着白桦树，一直凝视着武藏。她清楚地看到了武藏痛苦的表情，现在非常希望武藏能够扑到自己身边。她在犹豫自己该不该走过去向他道歉，但是她又像一只受惊的小鸟，身体还在止不住地颤抖。

四

阿通停止了哭泣，但她的眼神却比哭泣时更充满惊恐、迷惑和悲伤。

眼前这个男人——她一直信赖的武藏，却和自己内心中幻想的那个武藏完全不同。

阿通幻想中的武藏是完美的，但当一个真实的武藏出现在自己面前时，阿通却发现他和自己的幻想不一样。阿通非常惊愕，心中难免涌起万千悲伤。

但是，在惊恐和痛苦中，阿通没有意识到自己刚才的举动其实蕴藏着不可思议的矛盾。

如果刚才压在自己身上的人不是武藏，而是其他的男人，那她绝对不会只跑出去二三十步。

为什么只跑了二十多步就停下来了呢？是心中还有牵挂吗？应该不只是因此。阿通的情绪慢慢地平静下来，她觉得武藏刚才的所作所为和那些臭男人还是不同的。

“你生气了吗？别生气了！我不是讨厌你！不要生气了！”

阿通觉得自己宛如一个人站在了疾风骤雨之中，心中只是一味地道歉——武藏也充满了自责，内心非常苦闷。其实，阿通并不觉得武藏刚才强烈的举动下流，也不觉得他同其他男人那般浅薄。

阿通问自己：“我这是怎么了？”

她觉得刚才的惊恐完全没有必要。武藏扑上来的那一刹那，自己的内心也是热血沸腾，宛如升空绽放的焰火一般，现在回想起来，似乎还有那么一丝眷恋。

“喂，你在哪里啊……武藏。”

不知何时，武藏已经走了。阿通立刻觉得武藏会不会是弃自己而去了呢？

“他肯定生气了……没错，一定是生气了……啊！我该怎么办呢？”

她惴惴不安地走回小屋，却没有发现武藏的身影。瀑布从高空落下，激起大片的水花儿。瀑布下方的水潭中升起阵阵雾气，在山风的吹拂下，将满山的树木弥漫在其中。瀑布震耳欲聋的轰响声充斥着耳膜，激起的水珠冷冷地拍打着阿通的面颊。

这时，从高处传来城太郎的喊声。

“啊！不得了了！师傅要跳潭了——阿通姐，快来啊！”

城太郎站在溪流对面的半山腰，本来在欣赏男瀑下方的深潭，可是没承想看到了正准备跳潭的武藏。城太郎大惊失色，赶紧大声向阿通报告。

瀑布的响声完全遮住了城太郎的喊声。阿通顺着城太郎指的方向看去，她也发现了武藏，立即惊得面无血色——她在雾气中，踩着湿滑的山苔，艰难地爬到瀑布下方。

城太郎也像猴子一样，从对面的山崖，抓着藤蔓，荡到了瀑布底下。

五

阿通看到了。

城太郎也发现了。

武藏正站在瀑布下方的深潭中。

在瀑布的冲击下，潭中的水沫横飞，弥漫着一层白白的雾气，一开始根本分辨不出站在其中的究竟是石头还是人。定睛一看，原来是武藏，他双手合十，正低头站在五丈多高的瀑布底下。

阿通是在悬崖峭壁的中途，而城太郎则是在对岸的深潭旁边，二人同时目睹了这一情景，都禁不住忘我地喊道：

“啊！师傅！师傅啊！”

“武藏——”

两人用尽了全身的力气去呼喊，但是武藏耳中除了那轰鸣的瀑布声，听不到任何其他的声音。

苍黑色的潭水已经漫过了武藏的胸口。瀑布化作千百条银龙，正在啃噬着他的面颊和肩膀。水潭中仿佛映出千万只水怪的眼睛，正在紧紧地拽着武藏的双脚，打算把他引入死亡的深渊。

……

在这千钧一发之际，如果武藏一不小心，哪怕精神稍有松弛，都有可能从青苔上滑落到水潭中，然后被激流裹挟到冥界，永远不能复生。

激荡的瀑布从武藏头顶上方压来，似有数千斤的重量，使得武藏的肺腑犹如被大马笼山压住一般痛苦。

即使是承受着如此大的冲击，但武藏心中依然难以舍去阿通的身影。

俗话说，情关最难过，就连志贺寺的高僧也曾为了自己喜爱的女子而心潮澎湃，法然大师的高徒亲鸾也曾被感情所困扰。自古以来，越是建功立业的人，越是气势恢宏的人，越要经历更多的感情磨炼。

武藏十七岁时，凭着自己的一腔热血，单枪匹马赴关原之战。后来也是凭着这腔热血，为泽庵的教诲而感动，为法情的慈悲而落泪，他幡然醒悟，立志重新做人。依然是凭着这腔热血，他靠一把孤剑，打破了柳生城的传统，逼石舟斋陷入绝境……在下松一战中，武藏还是凭着这腔热血，于敌人的万千兵刃，刀光剑影中死里逃生。

但是这腔热血在碰到阿通之后，却幻化成人类最原始的本能。这种本能充满了狂乱的野性，任凭他多年积累起的修行和定力都难以驾驭。

碰上这种“敌人”，任何武器都派不上用场。现实中的敌人是外在的，有形的。而心中的“敌人”则是潜藏于自己的内心，无形的，让人捉摸不定。

武藏现在感到有些不知所措，他清楚地感知到自己正在陷入心中的那个巨大旋涡。

感情真的是一种非常复杂的东西，没有的时候烦恼，当有了的时候也烦恼。阿通点燃了武藏心中的激情，而武藏如今却不知如何处理好了。这让武藏有些抓狂，于是他想跳到冰凉的潭水中，让自己冷静一些。城太郎看到武藏跳潭，还以为他要自杀，这可把他给吓坏了，他赶紧通知阿通，并大声地哭喊着。

“师傅啊……师傅啊！你可别寻死啊！你千万别想不开啊！”

城太郎也双手合十，似乎也在忍受着瀑布的冲击。他一直在大声地呼喊，喊叫声和瀑布的轰鸣声交织在一起。城太郎抬头向绝壁看去，发现悲伤不已的阿通已经不见了。

六

“啊！不好……阿通姐呢？”

这一切来得太突然，城太郎有些不知所措。他望着泛着白沫的水流，慌得在原地团团打转。

他猜测，武藏可能因为什么，所以选择跳入潭中，打死也不上来，而阿通姐见此情形，也跳到潭中，去陪武藏了。

很快，城太郎就发现自己的担心是多余的。因为武藏依然牢牢地伫立在水潭中，虽然在承受着瀑布的冲击，但浑身上下却散发出蓬勃的生命力。这和站在蹴鞠场上，只求一死的志贺寺的高僧的状态完全不同。城太郎终于领悟到，武藏是想用大自然的力量来洗尽自己心中的尘埃，让自己坚定生存的信念，更好地去面对人生。

武藏的声音终于从潭中传来，至于他说了些什么，却不是那么清晰，他貌似是在诵经，又似是在怒骂自己。

夕阳从峰顶射过来，照亮了水潭的一角，同时也在武藏的肩膀上映出无数小小的彩虹。此外，一条最大的彩虹正横贯在瀑布与天空之间。

“阿通姐！”

城太郎像鲇鱼般一跃而起，踩着一块一块的岩石，渡过奔涌冲撞的激流，来到对面的绝壁旁。他在心里对自己说：“只要阿通姐能够放下心，那我就不需要担心了，因为只有阿通姐最了解武藏师傅的心思。”

城太郎攀上绝壁，来到先前观赏瀑布的小屋旁。他解开拴牛的绳子，牵在手中，任由牛啃着周边的青草。

城太郎瞥了一眼小屋，忽然发现阿通正背对着他，蹲在屋檐下——她在做什么呢？城太郎蹑手蹑脚地走向前去，想一探究竟。阿通没有意识到城太郎的靠近，她正抱着武藏脱落的衣服和长刀、短刀，蹲在那里低声哭泣。

“……？”

看来，这也是一个让人理解不了的女人。城太郎用手抵住嘴唇，呆呆地站在那里。阿通抱着一堆衣物在那儿哭泣，这令城太郎感到有些不可思议。不过，阿通这次独自哭泣的样子和平时不太一样，城太郎虽然年少，但还是感觉到了。城太郎默不作声，赶紧悄悄地回到母牛旁边。

那头母牛正躺在一片开满白花的草丛中，在夕阳的照耀下，那眼角的眼屎也格外显眼。

“这两人究竟怎么了啊？这样下去，什么时候才能到江户啊？”

城太郎毫无办法，于是就依偎在母牛旁边睡着了。

空之卷

普贤

一

木曾路上的积雪还未曾全部融去，道路两旁随处可见斑斑残雪。

白雪覆盖下的驹岳山，山脊棱线犹如一把弯刀，从凹陷的山顶一直延伸到山脚，在阳光的照射下，散出耀眼的白光。山上的树木已经萌发出暗红色的嫩芽，但山腰的积雪还没有完全化完，远远望去，犹如一块块的白斑。

山脚下的田野，以及道路两旁，已经泛起了淡淡的绿色。现在正是万物吐绿的季节，到处都是刚刚露头的小草。

这段时间，城太郎的胃口越来越大，似乎是他的胃也在主张他需要长身体的权利。城太郎的身高长得确实很快，就如同那头发的生长速度一样，现在基本现出成人的雏形了。

城太郎从懂事的时候就开始浪迹天涯，而且收养他的人也是一个颠沛流离之人。长期的旅途生活磨砺了他的品格和意志，成长的环境使得他少年老成。但随着年龄的增长，城太郎也不时地露出一些狂妄之色，这让阿通有些烦恼。

“这孩子，怎么越大越不听话了呢？”

阿通时常为他叹息，有时二人甚至怒目相向。

但是不管阿通怎么教育城太郎，都是没什么效果，因为城太郎对阿通实在是太了解了。城太郎知道，虽然阿通有时候装得挺恐怖，但心底里还是疼爱自己的。

眼前的季节让人心情愉悦，再加上他那永远填不饱的肚皮，所以只要一看到食物，城太郎就跟被钉住了一样迈不动步子，厚着脸皮要吃的。

“喂！喂！阿通姐，买那个给我吃！”

他们刚刚走过了须原宿，木曾将军的四大天王之一今井兼平曾在此处修筑要塞。道路两旁是一家挨一家的小店，都在叫卖“兼平煎饼”。城太郎动起了吃煎饼的念头，阿通又拗不过他，只好说：“只买这个，下不为例啊。”

可是城太郎才走了半里地，就将整个煎饼吃光了，又露出一副想吃东西的饥饿状。

早上二人起得早，于是就借客栈茶馆边上的一个小角落，随便吃了几口早饭。撑到现在，城太郎早饿了。二人爬过一座山，来到了上松，城太郎又动起了吃东西的念头。

“阿通姐，阿通姐，你快看，柿饼啊！你想不想吃？”

阿通骑在牛背上，脸耷拉得跟牛脸一样，假装没有听见。城太郎也只好眼巴巴地看着柿饼越离越远。早上八点左右，他们来到了信浓福岛的町中，这里也是木曾最繁华的地方，二人也都有些饿了。

城太郎又按捺不住了。

“在那里休息一下吧！”

“好不好嘛，拜托啦！”

城太郎开始耍赖皮，站在那里不想动弹，摆出一副纵使大轿抬他，他也不走的架势。

“阿通姐，阿通姐，我们吃点黄豆饼吧！你不喜欢吃吗？”

到后来，已经分不清是城太郎在央求阿通，还是胁迫阿通了。反正城太郎拉着牛缰绳，只要城太郎不动，阿通就别想动。长时间的僵持，搞得阿通也有点火了。

“你别闹了，行不行？”

阿通坐在牛背上瞪着城太郎。那头母牛似乎也和城太郎串通好了，用鼻子嗅着地面，一动也不动。

“好，你跟我耍赖是吧！看我告诉武藏去，让他收拾你！”

阿通假装要从牛背上跳下去，城太郎望着她，笑而不语，根本没有去阻止她的意思。

二

城太郎坏坏地说："怎么不去了啊……"

他吃定阿通不会向武藏打小报告。

阿通从牛背上下来，没有办法，只好来到卖黄豆饼的小铺前。

"算了，那你得快点吃啊！"

城太郎还摆起了架子，吆喝老板说："老板，给我来两盘黄豆饼。"

城太郎将牛拴在门口的拴马石上。

"我可不吃！"

"为什么啊？"

"如果老是吃个不停，人会变傻的！"

"好吧，那我把你那一份儿也吃了吧！"

"吃吧！你就等着变傻子吧！"

城太郎只顾着吃了，根本听不进别人说什么。

城太郎蹲在那里，长柄木剑正好戳着他的肋骨，这严重妨碍了他大快朵颐的感受。吃到一半的时候，他干脆将木剑甩到背上，大口嚼着黄豆饼，同时拿眼睛瞟着来往的行人。

"你快点吃吧！眼睛别滴溜乱转。"

"奇怪了！"

城太郎把盘中的最后一块黄豆饼塞入口中，然后跑到街中心，用手遮着眼睛，貌似在寻找什么。

"你吃饱了吗？"

阿通付了钱，正准备出来，却被城太郎给推了回去。

"你等等！"

"你还想吃啊？"

“不是了，我刚才看见又八走过去了！”

“撒谎！”

阿通不相信他说的话。

“又八不可能来这里的！”

“可我刚才真的看见他走过去了啊！他戴着一顶斗笠，阿通姐，难道你没看到吗？他还盯着我们，看了好一会儿呢！”

“真的吗？”

“你要是不信，我去叫他。”

“别啊！”

阿通单听到又八的名字，就吓得面色全无，现在看起来仿佛是一个病人。

“没事！没事！你别害怕呀！他要是敢来，我就到前面去找武藏师傅！”

阿通明白，如果因为害怕又八，而躲在这里一直不走的话，那么离前面的武藏就会越来越远。

阿通只好又骑上牛背。病后之躯本来尚未完全康复，现在又突闻这一讯息，心中难免开始难受起来。

“阿通姐，有件事儿我觉得有点奇怪！”

城太郎没有意识到阿通的嘴唇已经失色，他猛然回头问道。

“我们三人在抵达马笼山瀑布之前，一路上有说有笑的，可是从那之后，大家就都不说话了！”

阿通没有接话，城太郎继续说道：“你们究竟怎么了啊？阿通姐。你们走路隔得那么远，晚上也不在一个屋子睡……你们吵架了吗？”

三

城太郎又多嘴了。

本以为他吃饱了，就不说话了，没想到又在别的事情上喋喋不休。

城太郎非常想弄清楚阿通和武藏之间究竟发生了什么。阿通在心中低语：“你还是孩子，和你说了，你也不了解！”

阿通独自悲伤，不想将事情的缘由告诉城太郎。

这几天，阿通一直骑牛赶路，没受什么劳累，身体上的病已经慢慢康复，但心病却一直未能消除。

在马笼山女瀑和男瀑的激流下，当时阿通的哭泣声和武藏的怒吼声交织在一起，或如奔腾的江河，或如淙淙的溪流。他们之间存在深深的误会，只要双方的心结不解，那么彼此间的芥蒂将永世不得消除。

在阿通的脑海中，当时的情景还历历在目。

“我当时是怎么了？”

当武藏压向自己，直率地表明欲望的时候，自己为什么要用尽全身的力气去拒绝他呢？

为什么？为什么？

阿通现在后悔不迭，百思不得其解当时为什么会拒绝武藏的求爱。

“天底下的男人，是不是都用这种强迫的方式向女人示爱呢？”

阿通既感到有些悲伤，也感到自己有些下流。一直深深埋藏于心底的恋爱圣泉，在经过女瀑和男瀑之后，已经变得如瀑布一般狂野，在猛烈敲打着自己的心门。

更让阿通不解的是，在武藏热情拥抱自己的时候，自己吓得逃了出来，可是在之后的旅程中，却紧紧地尾随着武藏，唯恐一不小心就会失去他的身影，内心非常矛盾。

那件事发生之后，两人之间的气氛就变了，彼此不再交流，也不一起并肩走了。

武藏走在前面，但他还是会刻意放慢步伐来配合牛的速度。他们约好了一起去江户，武藏是绝对不会食言的。有时，城太郎贪吃贪玩，会耽误一些时间，但武藏都会等他们。

他们经过了福岛的五条街区，七个路口，最终来到了位于山上的兴隆寺，远远望见一处关卡。关原之战后，为了清查浪人，各关卡加强了搜查的力度，女人通关也变得非常麻烦。但乌丸家送给他们的通行证非常管用，二人顺利通过了关卡。阿通骑着牛，两侧茶馆内的旅客都在看着他们。突然，城太郎问道：“普贤？阿通姐，普贤是什么啊？刚才那茶馆有个像和尚的旅客，指着你说——那个骑牛的女施主好像普贤啊！”

“应该是说我像普贤菩萨吧！”

“哦，要是你是普贤菩萨的话，那我就是文殊菩萨了！因为我们是形影不离的！”

“你是贪吃鬼文殊菩萨！”

“那你就是爱哭虫普贤菩萨，我们是绝配！”

“你又来了！”

阿通羞红了脸，故作生气状。

“文殊菩萨和普贤菩萨为何老是形影不离呢？又不是男女恋人。”

城太郎又开始奇思妙想了！

阿通自小在寺庙长大，所以给城太郎详细解释一番还是不成问题的，但她又怕城太郎问起个没完，所以就言简意赅地说：“文殊菩萨负责智慧，普贤菩萨负责行愿[①]。”

话刚说完，有一个男人像苍蝇一样从身后追随而来，他尖声喊道：“喂！”

这人正是城太郎在福岛看见的本位田又八。

四

又八肯定是一直在这里等，想截住他们。

这真是个卑鄙的男人。

---

① 行愿：来源于佛教文化中普贤菩萨的精神理念。“行”是指实践的精神，“愿”是指崇高而远大的理想。——译者注

阿通看着又八那张臭脸，心中立刻涌起一股对他的鄙视。

……

见到阿通之后，又八爱恨交加，内心血流奔涌，犹如一把感情的利刃插入大脑，使他几乎丧失了理智。

他从京都一路追随武藏和阿通而来，后来虽然武藏和阿通不再说话，也不再并肩走了，但他猜想这肯定是二人为了避人耳目，故意做出的举动。一旦夜幕降临，二人独处一室，那肯定是干柴烈火，如胶似漆，拆都拆不开。

“下来！”

又八用命令的语气呵斥牛背上的阿通。

阿通不想理他，在她心中，眼前的这个男人早就已经死了。数年前，正是眼前的这个男人毁弃了两人间的婚约，让自己另寻对象出嫁。前段时间，也是眼前这个男人，在京都清水寺的山谷间，手持利刃，面目狰狞地追杀自己。阿通心想：“事到如今，还有什么好谈的？”

阿通沉默不语，从那冷漠的眼神中，俨然能看出她对又八的憎恶和鄙夷。

“喂！你快下来！”

又八再次吼道。

又八和他母亲阿杉婆一样，依然还保留着在村子里傲气凌人的那种说话口吻。虽然阿通已经和他解除了婚约，但他还是用这种命令的语气去吩咐她，这招致阿通更深的反感。

“有何贵干？如果没什么正事，我就不下去了！”

“什么？”

又八来到阿通旁边，去拽阿通的衣袖。

“你快给我下来！你没事，我可有事！”

又八无视周边的路人，大声怒吼，逼迫阿通下牛。

城太郎一直在旁边，默默地关注着这一切，他突然甩开牛绳，厉声喊道：“没听见啊！阿通姐说她不愿下来，你再逼她，别怪我不客气！”

城太郎声如洪钟，并且还出手往又八胸口推了一把。

“哎哟！你这个小兔崽子！”

又八打了个趔趄，他提上鞋子，昂首挺胸对城太郎说：“哦！我说我怎么看你这鼻屎眼熟呢！原来是北野酒馆的小二啊！”

“谢谢你还记得我啊！我记得你当时经常被艾草屋的老板娘阿甲骂得狗血喷头啊！”

这话正好戳中了又八的伤疤，而且还是在阿通面前。

“小兔崽子！”

又八想去抽他，城太郎立刻逃到了牛后面。

“你说我是鼻屎，那你就是鼻涕！”

又八气急败坏地追打城太郎，城太郎用牛当挡箭牌，在牛肚子底下穿梭了两三次，最后还是被又八给抓住了衣领。

“你给我再说一遍！”

“说就说！”

城太郎依然嘴硬，但是还没等木剑拔出，就被又八像抓一只小猫一样，给扔到路旁的灌木丛里了。

五

灌木丛底下有一条小阴沟，城太郎好不容易才从里面爬出来，身上脏得像一条泥鳅。

“……咦？”

城太郎发现牛没了，他左看右看，终于看到那母牛正驮着阿通，摇晃着它那笨重的身躯向远方走去。

又八手牵着牛绳，用余下的一段敲打着牛背，走过的路上激起一片微微的沙尘。

“呀！畜生！”

城太郎的血往头上涌，他忘了自己的力量尚微，也忘了向武藏汇报，只觉得保护阿通是自己的责任，于是撒腿追了上去。

天空中飘浮着朵朵白云，肉眼看去，静静地，一动不动。

驹岳山耸入云霄，周边连绵起伏的矮山犹如它的裙摆，铺陈在天地之间。在其中一座山丘上，有一位旅客正在歇脚，他抬头茫然地仰望着雄伟的驹岳山。

“天啊！我究竟在想些什么啊？”

武藏从迷茫中解脱出来，重新思考自己的内心。

他环顾眼前的群山，但心中缠绕的却是阿通的身影。

看来武藏也是情关难逃啊！

少女的心思就如同那夏日的天空，一日多变，让人捉摸不透。

武藏越想越觉得窝火，向她坦承自己的激情难道有错吗？是她勾起了自己的情欲，而自己只是向她表明自己的激情而已，而她却把自己给推到了一边，像躲避流氓一样躲着自己。

武藏内心交织着惭愧和耻辱，他感到无地自容。为了解除这份烦恼，他跳入潭水中，希望能洗尽自己内心的污垢。可是事与愿违，后来烦恼却与日俱增。有时武藏自我解嘲：“干脆别要女人了，走我自己的路得了！”

武藏也曾想将此想法付诸实施，但最后都不了了之，无非是一时的解嘲罢了。

武藏知道，自己曾对阿通立下了未来的誓言。他曾告诉她，等到了江户，她可以去做自己喜欢的事情，而自己也可以去修习剑术，于是阿通才肯跟随他离开京都。武藏觉得自己对阿通负有不可推卸的责任，绝对不能中途抛弃她。

“怎么办好呢？再和她这么纠缠下去，那我的剑术就真的完了！”

武藏紧咬嘴唇，仰望着眼前的驹岳山，他深感自己的渺小。心情不好的时候，任何东西都会给自己带来痛苦。

“还没来？”

武藏有些等得不耐烦了，最后站了起来。

虽然自己走得有点快，但等了这么久，他们也该赶上来了啊！

跟他们说好了今夜要在薮原过夜，可现在眼见天就要黑了，而离宫腰的客栈还有很长一段路，这可如何是好？

武藏站在山丘上回望来时的路，在一千米多长的路面上根本没有他要等的人。

“奇怪……他们会不会被关卡给拦住了？”

刚才还在犹豫要不要管他们，可真等看不见他们了，武藏却又担心起来，一点儿往前赶的心情都没有了。

武藏赶紧跑下来，沿原路往回找。周边的原野上有一些散养的马，看到武藏奔跑的身姿，都惊吓得四散逃去。

“喂！武士大人，你和那位骑牛的女子是一起的吧？”

武藏一跑回街上，便有个路人向前打招呼。

还没等对方把话说完，武藏已经意识到情况不妙，于是赶紧问道：“嗯，那位女子是不是出事儿了？”

木曾冠者

一

那个路人告诉武藏，有一个浪人在离关卡的茶馆不远的地方截住了那位女子，然后鞭打那牛，连人带牛一并劫走了。这一消息立刻在街内炸开了锅，搞得人尽皆知。

武藏一直待在山丘上，所以到现在还不知道这一变故的就只剩他了！

从出事到现在已经过去了半刻钟，要是阿通真的遇到什么危险，那还来得及去救她吗？武藏立刻跑到了那家茶馆前。

“老板！老板！”

关卡的木栅门在下午六点关闭，茶馆的老板正在收拾桌子。他回头望着气喘吁吁的武藏，问他：“你落什么东西了吗？”

“不是，大约半刻钟之前，有一位女子带着一个小男孩从这里经过，您看到了吗？”

“你是指那位坐在牛背上像普贤菩萨的女子吗？”

“嗯，没错！听说他们二人被一个浪人给劫走了，您知道去哪里了吗？”

“我没亲眼看到，不过听来往的人说，他们从前面首塚那个地方被拐到了旁边的小道，往野妇池方向去了。”

顺着老板手指的方向，武藏以迅雷不及掩耳之势消失在苍茫暮色中。

综合路人的说法，武藏绞尽脑汁也想不出究竟是什么人，为什么要绑架阿通。

武藏万万没有想到下手的正是本位田又八。武藏从比睿山的无动寺前往大津的过程中，在山顶的一间茶馆内碰见了又八，两人尽释五年前结下的仇怨，恢复了幼时的朋友之情，并且还约好一起去江户。

武藏紧握又八的双手，眼神中饱含真诚和期待。

“之前不愉快的事情就让它随风飘散吧！你要认真修行，要对未来充满希望。”

武藏的鼓励令又八感激涕零，又八欣然地说：“嗯，我要认真修行，重新做人。你是我的兄长，要多多指教我呀！”

就是这样一个又八！武藏根本不可能将他和劫持阿通的人联系到一起！

武藏猜测，劫持阿通的人可能会是浪人中的卑鄙小人，也有可能是在世间投机取巧的小蟊贼、人贩子，甚至还有可能是劫道的武夫。如果这些都不是，那极有可能就是地方上彪悍的野武士了。

武藏现在根本搞不清对手是谁，他现在既着急又紧张，唯一能做的就是赶紧去野妇池寻找线索。此时，天已经大黑，天空虽布满星光，地上却是伸手不见五指。

武藏按照茶馆老板的指示，去野妇池寻找，但是找遍了所有的地点，也没发现一块像池塘的地方。田地和森林都是倾斜的，道路也在一点点变陡，武藏觉得自己好像来到了驹岳山脚的某个地方——武藏是彻底迷路了！

“好像走错路了？”

武藏环顾四周，黑漆漆的，什么也看不见。在驹岳的巨大山体底下，有一处被防风林包围着的农家院落。透过树林可以看见熊熊燃烧的炉火，将周围的木篱笆映得通红。

武藏走向前去，一眼就看到了院子里的那头花斑母牛，但是没有发现阿通。牛被拴在了厨房外面，正在无聊地“哞哞”叫着。

二

“……哦！花斑母牛！”

武藏松了一口气。

牛在这里，那毫无疑问，阿通肯定也被劫持到了这里。

可是……

这处民宅位于防风林中，住的究竟是何许人呢？武藏思虑再三，决定先观察一下，以免打草惊蛇，对阿通不利。

武藏躲在外面窥探屋内情形。

“娘，您休息一下吧！您老说自己眼睛不好，可还偏要在那么暗的地方干活，快别干了！”

声音有些大，从一个阴暗的角落里传来，旁边堆放着一些柴草和稻壳。

武藏屏气凝神探听屋内的动静。厨房的隔壁有一个房间，里面生着炉火，火光摇曳，映得整个屋子通红。可能是从这间屋子，也可能是从隔壁有着破格子门的房间，传出了轻微的纺线声。

那位母亲听到儿子的劝说，赶紧停止手头的工作，纺线声戛然而止。

儿子在隔壁的屋子里，似乎在忙着什么。他起身出来，顺手带上了拉门，对母亲说：“娘，我出去洗洗脚，然后咱吃饭！”

厨房的旁边有一条引水沟，清清的泉水正在静静地流淌。儿子拎着一双草鞋，来到引水沟边，一屁股坐在了旁边的石头上，用清水涮了两三次脚。这时，那头花斑母牛悄悄地将头探到那男子肩膀后。

那男子摸摸牛鼻尖，对始终没有作声的母亲大喊：“娘，等您忙完了，快出来看啊！我今天可捡到大便宜了！您猜是什么？一头牛！而且还是一头优质母牛。不仅可以耕地，还可以挤奶呢！”

武藏站在篱笆门外听得一清二楚。如果他当时再耐心一些，搞清楚对方的底细之后在行动，就不会酿成后来的过错了。武藏觉得自己侦察得差不多了，就找到入口，悄悄地潜入院子。

虽然是一处农宅，但非常宽敞。墙壁有些破旧，应该是一处老宅。屋子里没有长工，也没有女佣。茅草屋顶上长满了青苔，没人打理，远远望去，像一座废宅。

“……？”

武藏来到亮着灯光的窗前，踩着窗下的石头向屋里窥望。

首先映入眼帘的是一把长刀，正挂在对面的墙壁上。一般老百姓不可能拥有这种刀，至少也是颇有来头的武将才能使用。皮革刀鞘上的金箔花纹虽已褪色，但仍依稀可辨。

看来——

武藏思前想后，更加狐疑。

刚才，微弱的灯光映射着洗脚男子的脸庞，那眼神让人一看就知道不是一般人。

那人身着及腰粗布衣，裹着满是泥渍的绑腿，腰上还别着一把刀。大圆脸盘子，头发蓬乱，自眼角处用稻草束起，眼角上挑，显得炯炯有神。胸肌强健，腿脚麻利。武藏一见此人，就觉得他非常可疑。

“肯定是这家伙干的！”

铺着蔺草的房间内空无一人，松枝在巨大的火炉中熊熊燃烧着，释放的浓烟“呼”的一声从窗户中顶出来。

“……咳！咳！”

这下把武藏呛了个够呛，他赶紧用袖口捂住口鼻，但还是发出了咳嗽声。

“谁？”

厨房内传来老太婆的声音。武藏赶紧躲到窗户底下。那老太婆貌似走进了有炉子的房子，吆喝儿子说：“权之助，仓库的门锁好了吗？好像又有小偷来偷栗子了。”

三

“来了更好，我正愁抓不到他们呢！”

武藏打算先抓住那壮汉，然后逼他招出把阿通藏在了哪里。

那名壮汉看起来非常勇猛。武藏怕过会儿缠斗起来，如果再从里面窜出几个壮汉来，那可就麻烦了。如果只对付这一个，那还好说。

武藏趁老太婆喊着“权之助、权之助”的时候，赶紧从窗下逃走，躲到外侧的树底下去了。

那名叫权之助的男子大步流星地跑过来。

“在哪里？”

他大声地问：“娘，贼呢？在哪里呢？”

老太婆靠着窗边。

“在那边，刚才我还听到咳嗽声呢！”

“您不会是听错了吧？娘，您最近不是有些眼花耳背嘛！”

“不会错的！肯定是有人站在窗子外面偷看，结果被烟给呛了！”

“真的吗？”

权之助像巡逻城墙一样，在屋子周边转了几圈，嘴里嘀咕着。

“经您这么一说，我还真闻到生人味了！”

武藏见权之助眼中充满杀机，所以没敢贸然现身。

权之助将自己从脚趾武装到胸口，没给对手留下任何偷袭的空隙。

武藏想弄清楚他手上究竟拿了什么东西，所以凝视着他的一举一动。最后武藏终于看清了，原来在他的右手内侧一直到肘部之间，藏着一根四尺长的圆木棍。

那不是普通的擀面杖，也不是简单的棒子，更不是随随便便的树枝，而是一种闪着光泽的武器——在武藏看来，圆木棍已经和权之助合二为一，无论何时，权之助都不会将棍离手。

“喂！谁在那里？”

权之助猛地挥出木棍，带来一阵疾风。风从武藏鼻尖吹过，武藏稍一闪身，木棍从他肩旁落下。

“我来向你要人。”

权之助盯着武藏，沉默不语。武藏厉声说道：“赶紧把那女子和孩童交出来。不然，休怪我不客气！”

二人的背后就是一道天然屏障——驹岳山。每当夜幕降临，从驹岳山的雪溪中经常会吹来阵阵刺骨的寒风。武藏第三次要求：“赶紧把人交出来！”

武藏的语气比寒风还要冷峻。权之助反手握着木棍，那眼神宛如要将武藏吃掉一般，头发一根根全都立了起来，远远望去，活像一只大刺猬。

“你这狗杂种！你以为是我掳走的啊？”

“肯定就是你。你看他们两人好欺负，于是就将他们劫持到了这里——快点把人交出来！”

“你，你说什么？”

权之助突然挥出四尺多长的圆木棍——速度之快，让人难以分清究竟是木棍，还是手臂。

四

武藏除了躲闪之外，别无他法。权之助的武艺精湛，再加上他体力超群，这让武藏吃了一惊。武藏后退数步，警告他说：

“赶紧把人交出来，不然可别后悔！”

权之助将一根木棍使得上下翻飞，没有一点纰漏，厉声回应说：“少啰唆，看打！”

二人缠斗在一起，难舍难分，武藏后退十步，权之助紧跟十步，后退五步，权之助紧跟五步。

武藏在躲闪过程中，一度两次抓住了自己的刀柄，但是对方速度太快，武藏根本没时间将刀拔出，迫于形势，最终被迫放弃。

因为在手握上刀柄的那一瞬间，肘部就会暴露在敌人面前，给敌人造成可乘之机。武藏并不是所有时候都这么小心，这也因敌人而异。有时敌人比较弱，他就不需要顾及这么多，但一旦碰到强敌，就不得不戒备了。权之助的攻击速度远远超出了武藏的预想，如果小看他是一介草民，逞一时之勇，那可能就要挨闷棍了。虽然对方显得有些急躁，但是呼吸均匀，出招过程中无半点破绽，这让武藏觉得此人绝非泛泛之辈。

武藏在一开始步步躲闪，处处戒备，还有一个目的，那就是想摸一下权之助的底细。

权之助的棍术中藏着固定的章法，他的步伐矫健，身姿灵敏，在武藏看来，这俨然就是“金刚不坏”之身。乍看上去，权之助浑身上下透出泥土的气息，但是挥起棍来，从内到外却无不透出武术之道。武藏碰见的高手无数，但其中无人能匹敌此农夫的武艺。而且权之助身上散发出“武士道精神”的光芒，正是武藏梦寐以求却尚未达到的境界。

众位看官，见我如此叙述武藏的内心世界，大家可能会觉得他们慢悠悠地对峙了良久。其实，这一切都发生在瞬息之间。权之助的木棍没有片刻停息，一直如雨点般进攻。

“噢！”

权之助用全身的力气发出一声闷吼。

“呀！”

他拳打脚踢，而且还不断变换出棍的招数。他嘴中骂骂咧咧。

“你这狗东西！”

“王八蛋！”

权之助将一根木棍使得如同一把长刀，他有时单手握棍，有时双手握棍，或打，或抽，或刺，或旋，变化万千。

长刀一般分为刀刃和刀柄两部分，而且只有刀刃可以伤人，但木棍就不一样了，它不分前后上下，哪里都可以置人于死地。一根木棍被权之助使得如同糖果店里的软糖一样，可长可短，让人看着都心生胆战。

“阿权，小心啊，对方可不是泛泛之辈哟！”

他的老母亲突然从堂屋窗口喊道。权之助的老母亲虽然没有参战，但是已经发现眼前的这名年轻人是自己和儿子的大敌。只听权之助宽慰母亲说：“娘，您别担心。”

权之助得知母亲在一旁观战，愈加勇猛。武藏闪过权之助的一记攻击，然后趁此间隙，“嗖”地抓住了他的小臂。权之助犹如巨石压顶一般，“咕咚”一声倒在了地上，跌了个四脚朝天。

“等一下！浪人！”

那名老母亲担心儿子安危，猛捶窗子大喊。凄厉的叫声透过窗户的竹格子传出，愤怒的面相也让武藏开始犹豫要不要进一步攻击。

五

母子连心，骨肉之情让老母亲急得毛发竖立。

看到儿子被摔到地上，老母亲也颇感意外——按照常理，武藏摔倒权之助之后，要在对方爬起之前，冲上去补上一刀。

然而武藏当时并没有那么做。

“哦！我等你！”

武藏骑在权之助的胸口，用脚踩着他的右手腕，抬头望着老母亲刚才在的那个小窗口。

“……？”

武藏面露惊讶。

窗口内，已经没了老母亲的身影。被武藏压在身下的权之助还在拼命地挣扎，努力想挣脱武藏的束缚。他拼命地蹬着腿，企图靠腰部和腿部力量挽回败局。

老母亲觉得大意不得，于是赶紧跑回厨房，拿上武器，冲了出来，指着权之助的鼻子大骂：“你这臭孩子，太不争气了！我来助你一臂之力，你可不能再输了啊！”

武藏本以为那老母亲让自己等一下，是为了跑上前来，跪在自己面前，乞求饶她儿子一命。可没想到，这老太婆是为了激励她儿子，陪他继续战斗。

武藏瞧见老母亲的腋下夹着一把没鞘的长刀，在星光的照耀下，现出点点寒光。她站在武藏背后，喊道：“你这个瘦猴子！别以为欺负我们这样的草民就能帮你扬名立万，你还真以为我们是普通的老百姓吗？”

武藏身子底下正压着一个大活人，他根本无暇去顾及身后的一切。如果老母亲这时突然从背后攻击，那么武藏将很难应付。更何况权之助还在地上拼命地折腾，背上的衣服和皮肤都磨破了，只为给母亲赢得一个有利位置。

“这就是一个浪人！娘，您不用担心！您不用靠得太近，看我现在就打倒他！”

权之助虽被压在地上，但依旧嘴硬。老母亲嘱咐他：“你别急躁！”

又接着说：“怎么能够输给这种野浪人？我们的先祖那可是大英雄，木曾家族大名鼎鼎的大夫房觉明的血流到哪里去了？”

听母亲这么一说，权之助大声喊道：“在我身上。”

他一边喊着，一边抬起头，一口就咬在了武藏的大腿上。

权之助已将木棍扔开，现在双手也自由了，再加上咬着武藏的大腿，弄得武藏难以招架。背后的老母亲也前来助阵，挥舞着长刀，向武藏砍去。

“等一下，老妈妈！”

这次换作武藏喊暂停了。武藏知道争斗并不能解决问题，再这样下去，双方肯定是不死即伤。

如果再继续下去，如果能够救得了阿通和城太郎，那也罢了，主要是现在还不能确定是不是这两人劫持了阿通和城太郎。武藏想先把事情搞清楚再说！

武藏要求老母亲先将长刀放下，但老母亲却没有立即答应，她问儿子：“阿权，你说怎么办？”

她想和被压在地上的儿子商量一下，看看要不要妥协。

六

火炉中的松枝燃烧得正旺。母子二人和武藏交流之后，才发现双方存在误会，最终冰释前嫌。

“哎呀！哎呀！真是好险啊！这可真是天大的误会……”

老母亲终于松了一口气，坐下休息一会儿。权之助也想坐下，可被老母亲制止了。

“权之助。”

“娘，什么事？”

“你先别坐下，带这位武士参观一下屋子——让他看看咱们没藏那位女子和孩童！”

“好的！您怀疑是我在大街上绑架了那女子和孩童，我实在是太冤枉了——您跟我来，这屋子您可以随便翻，随便看！”

武藏跟在权之助身后，脱掉草鞋进入屋内，坐在火炉前的草席上，和他们母子二人聊着天。

“我就不看了，你们是清白的！刚才怀疑你们，真的很抱歉！”

武藏诚挚地向对方道歉，权之助也有点不好意思。

“我做得也不对，要是先问清楚，就不会出现那样的事儿了！”

说完，盘腿坐在火炉边。

话虽如此，但武藏依然没有打消心中的顾虑，刚才在门外看到的那头花斑母牛，确实是自己从比睿山带来的，途中把母牛让给了病弱的阿通来骑，而且城太郎还在前面牵着牛绳，怎么这会儿就给拴在了这家民宅的院子里了呢？

“你就因为那牛才怀疑我啊？”

权之助恍然大悟，赶紧将自己捡到母牛的经过一五一十地告诉武藏。

“不瞒您说，我在这附近有些田地。傍晚的时候，干完农活，我拿着渔网去野妇池捕鱼。当我走到池尻河的时候，发现那头花斑牛掉到了里面，正在淤泥里挣扎。淤泥很深，那牛越挣扎越往下陷。它难受啊！就在那‘哞哞’地叫！我见它可怜，就把它拉上来了！拉上来之后才发现，原来是一头还在哺乳的母牛。我去周边找它的主人，但没人认识，于是我就猜测这肯定是被哪个盗贼偷出来，然后给扔在那里的。您也知道，一头牛能顶得上半个劳力。我家里太穷，都不能好好供养老母亲，所以我当时就觉得这可能是上天可怜我，特意赐给我的礼物，于是就把它牵回家了！既然您是牛的主人，那就把它带走吧！至于您说的阿通和城太郎，我可是一概不知的呀！”

说到这里，一切都清楚了！眼前的这个年轻人不是什么强盗，而是一个率直质朴的农村汉子。率直是他的优点，可是正是这优点造成了刚才的误会。

“如此说来，您一定很担心他们吧！”

老母亲用慈爱的口吻对儿子说：“权之助，你快点吃，过会儿和这位武士一起去找找他那两位可怜的朋友。如果还在野妇池附近，那就好说了。如果被带到了驹岳山区，那可就麻烦了！那地区盗贼横行，杀人越货，无恶不作，有时候连庄稼都偷。要是真被他们给劫持了，那他们二人可就凶多吉少了！”

七

火把的火焰在山风中摇曳。

一阵强风从山脚下出来，席卷草木，发出凄冷的声响。强风过后，一切又归于平静。武藏屏息倾听着周围的一切，四周静悄悄的，唯有天幕中繁星在闪烁。

“朋友！”

权之助举起手中的火把，等着后面的武藏。

“真遗憾，没人看到他们。从这里到野妇池的途中，也就是那片杂木林的后面，还有一户人家，要是他们也不知道，那可就真没办法了！”

“今晚上谢谢你了！我们已经问了十几家，可是一点线索也没有，可能是我走错方向了吧？”

“也许吧！那些绑架妇女的歹徒非常狡猾，他们是不可能往人多的地方去的。”

夜已过半。武藏和权之助几乎找遍了野妇村、毋口村等驹岳山脚下的所有村庄，就连附近的山丘和树林也都找了。

武藏本希望能够打听到一点线索，可是现在连见过他们的人都没有。

阿通姿色出众，凡是见过她的人，应该都会留下印象。可是，那些农民却都摇着头说：“没见过！”

武藏非常担心阿通和城太郎的安危。此外，权之助和自己毫无交情，却如此卖力地帮助自己，这也让武藏有些过意不去，更何况他明天还要下地干活。

“给你添了那么多麻烦，真是对不起！我们再去问一家，如果还不知道的话，那我们也回去吧！”

“没关系了，就是走几步夜路而已！那名女子和孩童是您的仆人，还是家人呢？”

“他们是……”

武藏无法开口告诉对方那女子是自己的恋人，而那孩童是自己的徒弟，于是随口敷衍说：“他们是我的家人。”

也许是权之助同情武藏丢失了亲人，他没再接话儿，径自走向通往野妇池的杂木林的小路。

虽然现在武藏满脑子想的都是阿通和城太郎的安危，但又不得不感谢上天对自己命运的安排——也可以说是恶作剧吧！

要是阿通没有被人劫持，那么武藏就不可能遇见权之助，也就不可能领教他棍术的精彩。

武藏现在过的是流浪生活，难免不会与阿通走散。如果走散了，只要阿通安然无恙，那就算不上是什么大事。但在武藏的一生中，如果他不能领教权之助棍术的精彩，那肯定会成为他武士生涯中的一大遗憾。

武藏打从刚才就暗自盘算，一定要找机会问问他的门第，还要向他讨教棍术，但他同时也知道，问这些信息，提这些要求，都是非常不礼貌的。他内心有些犹豫，只好紧紧地跟在权之助后面。

权之助指着树林中的一间茅草屋对武藏说：“朋友，您先在这儿等一下——这户人家好像已经睡下了，我去把他们叫醒，问一下！”

权之助一个人拨开草丛，迈着大步走向前去敲门。

八

不一会儿，权之助就回来了，将询问的详情悉数告知了武藏。

住在那里的是一户猎户，他们的回答也是云里雾里，不得要领。不过据那女户主介绍，傍晚时分，她外出购物，途中遇到的一件事可能对武藏有所帮助。

当时天色已晚，天空中露出点点繁星，街上没有一个行人，寒风吹着两旁的行道树飒飒作响，显得非常冷清。就在这时，一个陌生的小男孩哭着向她跑来。

那孩子手上、脸上全是泥巴，腰上挂着一把木刀，向薮原的客栈方向飞快跑去。女户主拦住他，问他发生了什么事，结果孩子哭得更厉害了，问道："能告诉我官府在什么地方吗？"

女户主有些好奇，就问他找官府干什么。那个孩子回答说："我姐姐被坏人劫走了，我想求官府的人帮我找她！"

女户主告诉他，他去找官府也是白搭。因为官府的人，只有大人物从这儿经过，或者上级下命令时，才会手忙脚乱地捡拾马粪，甚至用黄沙铺道。至于市井小民的事情，根本入不了他们的耳朵，更甭说帮他去找人了。

尤其像绑架妇女、打家劫舍这样的小事，每天都在发生，根本不足为奇。

然后，女户主建议那男孩去找大藏先生。大藏先生就住在客栈后身的奈良井附近，在一个十字路口的旁边。这人开了一间药铺，平时采集百草，治病救人，遇到别人有难，也都会积极帮忙。大藏先生和官府的老爷们完全不同，他态度温和，喜欢扶贫济弱。只要他觉得有必要的事，他都会倾囊相助。

权之助原封不动地将女户主的话语转告给武藏。

"那女户主还说，那个腰佩木剑的小男孩听完之后，立马停止了哭泣，一溜烟跑去找大藏先生了——她所说的小男孩，会不会就是您要找的城太郎呢？"

"嗯，肯定是他。"

武藏脑海中浮现出城太郎的身影。

"看来，我把方向给弄反了！"

"嗯，这里是驹岳山的山脚，而奈良井是在另一边，还很远的！"

"真是太感谢你了！我这就去奈良井找大藏先生——今儿多亏你了，我现在稍稍有些头绪了。"

"反正您也得沿原路回去，不如回我家休息一宿，明天吃完早饭再去找！"

“那真是太麻烦你们了！”

“我们渡过野妇池，然后从池尻回去，可以省一半的路程。我去借条小船。”

他们稍微往下走了一段，来到一个被杨柳环绕的池塘边。池塘不大，也就方圆六七百米。驹岳山以及漫天的繁星映满了整个池塘。

杨树和柳树在这一地区并不多见，不知为什么，池塘四周却长满了那么多杨柳。权之助将火把交给武藏，然后拿起船桨，向池塘中心划去。

火红的火把映在幽暗的池塘上，使得湖水也变得红亮。就在这时，阿通也看到了池塘上移动的火把。也许是命运弄人？也许是两人缘分尚浅？两人相隔如此之近，却彼此不相知。

毒齿

一

夜深人静，往池心移动的火把和映在水面上的倒影，从远处看来，宛如两只火鸳鸯在水面上游动。

阿通首先发现了火把。

“啊！不好，有人来了。”

又八露出一副狼狈相，他抓紧捆绑阿通的绳子，惊得喊出了声。做了坏事的人最怕遇到突发事故，又八现在就是这种心情，惴惴不安啊！

“怎么办？对了，到这里来，快点过来。”

在池塘边，有一座被杨柳掩映着的祈雨堂。当地的百姓也不知道里面供奉的是哪路神仙，只知道夏天天旱的时候，只要到这里来求雨，那么雨云就会从驹岳山飘到野妇池上，然后降下滋养万物的甘霖。

“我不去！”

阿通蹲在那里，死活不动。

又八用力将她拽到祈雨堂的屋后，然后开始严厉地责骂她。

阿通双手被绑，动弹不得，要不然真想与又八拼个你死我活。她现在特想跳到池塘里，淹死之后，变成一条缠在杨柳上的大蟒蛇，一口将眼前这个卑鄙的男人吞下去。唉，这一切都只能是想想，她现在是什么也做不了啊！

“给我站起来！”

又八手上拿着柳条抽打阿通的背。

又八越打，阿通越决绝，反倒希望又八再狠一些，要是能把自己打死，那就再好不过了！阿通一言不发，拿眼睛瞪着又八的脸。这气势让又八也软了下去，语气缓和了一些：“喂，你快走啊！”

阿通依然赖在地上不起身，这下又八又火了，他猛地用单手抓起阿通的衣领：“我看你走不走！”

又八拖拽着阿通跌跌撞撞地往前走。当阿通要向池中的小船呼救时，又八立刻用手捂住她的嘴，然后把她扛起来，像扔小鸡一样扔到了祈雨堂里。

又八将脸贴在格子门上，观察着火把的一举一动。小船渐行渐远，在离祈雨堂两百米的地方，拐入了池尻河，然后火把的火光就渐渐地消逝在苍茫的夜色中。

“……啊！这下好了！”

又八拍拍胸口松了一口气，但心情尚未平静。

阿通人虽在自己手上，但她的心却另有所属。又八这一晚上深切体会到了拖着一具没有灵魂的躯壳走路是多么辛苦了。

如果强奸阿通，强行将她占为己有的话，那阿通肯定会以死相逼，说不定会咬舌自尽。又八从小就熟悉阿通的性子，所以不敢贸然行事。

“绝对不能让她死！”

此刻，盲目的冲动以及沸腾的性欲正在折磨着又八。

“为什么如今她那么讨厌我，而那么爱慕武藏呢？在这之前，我们俩在她心中的位置可是正好相反的啊！”

又八不得其解。他一直深信自己要比武藏更受女孩子欢迎——尤其是和阿甲，以及一干女孩子交往之后，他更加坚定了自己的信念。

他坚信，一定是武藏为了诱惑阿通而不择手段，一次又一次在她面前说自己的坏话，结果阿通变得那么讨厌自己了。

武藏如此蛇蝎心肠，见面的时候却花言巧语地和自己聊友谊情深——

（看来我还是太单纯了，又被武藏给骗了！竟然还被他的那番虚情假意感动得落泪，真是丢死人了……）

又八倚在格子门上，想起了佐佐木小次郎在妓院内对自己的忠告。

二

又八现在有些明白了，佐佐木小次郎当时所言虽然逆耳，可是句句都是忠言啊！

他说自己人太好，所以容易被骗，说武藏肚子里是一肚子坏水，还打比方说：“连你屁股上的毛都被武藏给拔去了！”

现在想来，当时他的话语真是贴切，句句一针见血。

同时，又八对武藏的认识也大为改观。以前，无论两人之间发生多么大的变故，友情都能够恢复如初。可是这次，又八对武藏却是憎恶至极。

“武藏竟然如此对我……”

又八深深地咬着嘴唇，内心深处涌起对武藏的诅咒。

又八比较感性，要比常人更加爱恨分明。虽然有时候，他会在内心深处强烈地诅咒某个人，但却不会永远怀恨在心。

然而经过这件事之后，又八却对武藏产生了无尽的仇恨，甚至把他的祖宗八代也一并怀恨在心。又八和武藏从小一起长大，为何会结下如此深的仇怨呢？

因为在又八心中，武藏是一个彻头彻尾的伪君子。

以前，每当武藏遇见自己，都会说一番大理论，什么认真做人，发奋图强啦，什么携手并肩，出人头地啦。现在想想，真是觉得恶心。

每当想到自己竟然被武藏的一番花言巧语骗得眼泪直流，他就气不打一处来。自己太老实了，结果被武藏玩弄于股掌之间。又八想到这里，更是悔恨交加，血脉偾张。

（世间所谓的善人，其实都是武藏那样的伪君子。你们都这样了，也别怪我学你们。我一定奋发图强，早日抛掉单纯，迈入你们的行列。说我是坏人，那也没什么，反正大家都一样。即使耗尽一生，我也要阻止那浑蛋出人头地。）

又八本来是一个心里藏不住事的人，可是这次他却将这毒誓深深地藏在了心底，当然这也是他有生以来下得最大的一个决心。

他“哐”的一声踢开了身后的木格子门。刚才把阿通扔进祈雨堂的又八，与现在经过门外抱腕沉思后的又八，在须臾之间已经完全判若两人，犹如小蛇变成了巨蟒。

“哼！别哭了！”

又八望着祈雨堂中黑暗的地面，冷冷地说：“阿通！”

“……”

“喂！……快点回答我刚才问你的话！听见了没有？”

“呜呜……”

“你光哭有什么用，我又不知道！”

又八抬脚要去踹她。阿通见状，立刻将肩膀缩到了一边。

“我对你没什么好说的，你要还是个男人，就赶紧一刀把我杀了！”

“做什么美梦？”

又八从鼻子里发出嗤笑之声。

“我刚才已经决定了，你和武藏耽误了我的一生，那我也将用一生来让你们不得安宁！”

“一派胡言，耽误你的是我们吗？真正耽误你一生的，是你自己，还有那个叫阿甲的女人！”

“你说什么？”

“为什么你和阿杉婆都那么喜欢憎恨他人呢？”

“别废话，快点回答我，愿不愿意做我的老婆！”

“我都告诉你好多遍了，我不愿意！”

“你骗人！”

“只要我还活在这个世上，那我的心中就只有宫本武藏一人，再也容不下别人……再说，我阿通平生最最最讨厌你这种没出息的男人，只要一看到你，我就恶心得浑身起鸡皮疙瘩。”

三

任何男人受到这番侮辱，要么会选择弄死对方，要么会选择放手。

阿通把自己想说的话全都说了出来，心中痛快了许多，脸上也现出一副豁出去的表情。

“——哼！你可真够绝情的啊！”

又八努力控制住颤抖的身体，勉强挤出一丝冷笑。

“原来你这么讨厌我！现在都说明白了，这样也好！阿通，我今天也跟你说明了，你喜欢我也好，讨厌我也罢，反正我今天一定要得到你的身子！”

“……？”

“你在发抖吗？怕吗？……哈！哈！哈！你都能说出那么绝情的话，应该不会怕的吧？”

“我不怕！我在寺庙长大，从小连父母的面都没见过，死又何所惧？”

“我可不是和你开玩笑！”

又八蹲到阿通身旁，阿通赶紧将脸扭到了一边，可又八又恬不知耻地将脸贴了过去。

“我可不舍得杀你，我要慢慢地折磨你！”

又八突然紧紧抓住阿通的左肩膀，并隔着衣服狠狠咬向阿通的手腕。

阿通发出一声哀号。

她倒在地上挣扎，可是越想摆脱又八的牙齿，又八咬得越深。

鲜血沿着袖子流到被捆绑的双手指尖。

又八像只咬住猎物的鳄鱼一样，死活不肯松口。

……

在月光的映照下，阿通的脸色更加惨白，渐渐失去了知觉。又八见状赶紧松开牙齿，然后解开绑住阿通嘴巴的布条，打开她的嘴巴，看看舌头还在不在。又八最怕阿通会咬舌自尽。

剧烈的疼痛让阿通一时昏了过去，脸上沁出一层细细的汗珠。

“喂，别装了！……阿通，阿通！”

又八猛烈地摇晃着阿通的身体，阿通终于醒了过来，疼痛让她再次躺在地上打滚，口中大喊：“痛！……好痛啊！城太郎，城太郎！……”

“痛吗？”

又八脸色苍白，肩膀一耸一耸地喘着粗气。

“即使伤口好了，我的齿痕也会长久地保留在你的身体上。要是让别人看到了，该做何感想呢？……要是让武藏知道了，他又会怎么看呢？……反正再过一会儿，你就是我的人了，所以我要先做个记号。你想逃就逃吧！我会公告天下，谁要是敢碰有我齿痕的女人，那他就是我的情敌，我一定不会放过他！”

“……”

梁上的尘土往下掉，黑漆漆的地面上传出阿通的阵阵饮泣声。

“别哭了，你还要哭到什么时候？我都快被你给烦死了！我不折腾你了，你给我乖乖待在这里。……我去弄点水来！”

又八从祭坛上取下一个容器，正要走出门外，发现有人站在格子门外向里偷窥。

四

“谁？”

又八心中大惊。门外之人发现自己被发觉之后，撒腿就跑。又八猛地拉开格子门，追了出去。

“浑蛋，别跑！”

又八很快就将那人给抓住了，定睛一看，原来是附近的农夫。那农夫吓得浑身发抖，他说自己正用马驮了一些谷物，准备连夜送到盐尻的店铺去。

“我真没什么坏心思！我只是听到祈雨堂中有女子的哭声，觉得奇怪才过去看看的。”

对方极力解释，像一只大蜘蛛一样，跪在地上，磕头求饶。

又八最擅长欺负弱小，他立刻摆起架子。

“真的没别的目的？”

他就像官僚一般，站在那里耀武扬威。

“是的，仅此而已……”

农夫跪在那里颤抖不已，又八又说：“嗯！那就饶了你吧！不过你得把马背上的货全卸下来，然后驮上那位女子，送我到要去的地方！”

像这番无理的要求，任何人听到，都会想捅对方一刀。可是农夫力量太弱，只能卸下货物，扶阿通上马。

又八捡起一根竹枝，敲打着在前面牵马的农夫。

“嘿！种地的。”

“是。”

“别往大路走！”

“那往哪里走啊？”

“我要去江户，你给我拣人迹罕至的小路走！”

“这……这怎么可能呢？”

“什么不可能？只要绕小路就行了。绝对不能走中山道，要走从伊那到甲州那条路！”

“这条山路很不好走的，需要爬过姥神山和权兵卫山两座大山。”

“你给我爬就行了！要是敢偷懒，小心我揍你！”

又八继续拿竹枝抽打着前面的农夫。

“我会给你饭吃的，你不必担心，尽管走就是了。”

那位农夫带着哭腔说：“老爷，我把您送到伊那，到了那儿，您就把我放了吧！”

又八摇头。

“啰唆！必须把我送到江户，要是敢耍什么花招，小心我杀了你。再说了，我现在需要的就是这匹马，至于你嘛，有没有都无所谓！”

山路昏暗，越往上走越险峻。当赶到姥神山半山腰的时候，已是人困马乏。脚下是茫茫的云海，远处天边泛起微微的霞光。

阿通被绑在马背上，一路上一言不发，现在望见漫天的朝霞，心情渐渐平静下来。

“又八大人，您就积点德，将那农夫放了吧！还有，把这匹马也还给他。我绝不会逃走的，那农夫太可怜了。”

又八有些疑虑，但禁不住阿通的再三请求，最终将她从马背上松绑，嘱咐她说：“你可要乖乖地跟着我呀！”

“嗯，我不会逃的。再说我手腕上还有你的齿痕，我怎么会逃呢？”

阿通用手捂住手腕上的伤口，同时紧紧地咬着自己的嘴唇。

星之中

一

武藏现在已经练就了一种功夫——无论何时何地，只要他想睡觉，立马倒头就能入睡。虽然时间很短，但也能保持充沛的精力。

昨夜亦是如此。

回到权之助家之后，武藏连衣服都没脱，找了一间屋子，倒头就睡。早上起得还很早，当小鸟发出第一声鸣叫的时候，他已经睁眼了！

昨晚从野妇池进入池尻河，等到家已经后半夜了。武藏醒来之后，觉得昨晚把权之助累坏了，这么早，他肯定还在睡觉吧，那老母亲也应该还在休息。所以武藏就没着急起来，以免打扰到他们。他躺在榻榻米上，一边听着小鸟的鸣叫声，一边等待着隔壁的拉门声。

这时——

外面传来哭泣声，那声音不是来自隔壁，而是来自更远的房间。究竟是谁呢？

“……咦？”

武藏屏气凝神静听。好像是权之助，哭声忽高忽低，有时候竟犹如婴儿一般号啕大哭。

“娘，您太过分了吧！我也很不甘心啊！……娘，难道您不知道我比您还不甘心吗？”

武藏只能断断续续地听到权之助的只言片语。

“一个大男人哭什么——”

老母亲像在教训三岁小儿一样，语气平静且坚决。

“你要是觉得不甘心，以后就得好好修行武艺，决斗时要处处小心……别哭了，真难看，快点把脸擦干净。”

“嗯……我不哭了！昨天让您看到我那么㞞的样子，真是太对不起了，您就原谅我吧！”

“批评归批评，不过仔细想想，你的武艺和他之间确实有一段距离。再加上你的生活过于平静，结果导致你的武艺也迟钝了。所以说，输也是必然的！”

“被娘这么一说，我更感惭愧了！平时朝夕受您的教诲，直到昨晚我才知道自己还有很长一段路要走。就我现在这水平，还想在武林中闯出一片天，实在是太自不量力了！娘，我觉得我还是做普通老百姓吧！

整日舞枪弄棒总比不上拿锄头种田，这样也可以让您过上衣食无忧的生活。”

武藏本来以为他们的交谈和自己毫不相关，可是仔细听下来，原来谈论的主角正是自己。

武藏心头一惊，立刻坐了起来——没想到他们对一次胜败看得如此之重。

武藏原以为昨晚的误会已经过去了，万万没有想到昨晚权之助输给自己一事会给母子二人留下那么大的阴影，乃至使他们痛哭流涕，懊恼不已。

“这种输不起的人，真让人受不了！”

武藏一边在嘴里嘀咕，一边悄悄躲入隔壁房间。借着早晨微微的亮光，他偷窥着隔壁的动静。

隔壁是这家的佛堂，老母亲背对佛坛而坐，儿子伏在佛坛前哭泣。权之助，这个膀大腰圆的大男人竟在老母亲面前哭得稀里哗啦。

他们没有发现武藏。听权之助说完，老母亲勃然大怒，抓起儿子的衣领，厉声问道：“你说什么？……权之助，你刚才说什么了？”

二

老母亲听到权之助打算一辈子做农民的想法，气就不打一处来。

“你说什么？要当一辈子农夫？”

她抓起权之助的衣领，将他拉到自己膝盖前。像打三岁小孩屁股一样，咬牙切齿地责骂权之助。

“我本来指望你能够出人头地，重振家族声威，可谁承想你这么没出息。看来我这么多年来的期望要和这草屋一起朽烂了。早知道这样，我当初何必教你读书，让你学武艺，何必过那吃糠咽菜的苦日子！”

老母亲说着说着，声音开始哽咽。

“你是因疏忽才落败，怎么就没想过一雪前耻呢？幸亏那浪人还住在家里，等他醒来，你们再比试一场，一定要赢回你那被挫败的信念。”

权之助抬起头来，面露难色。

“娘，我要是能打赢他的话，又何必跟您说这些丧气话呢？”

“这不像平常的你啊？为何变得如此消沉？”

“昨晚我不是陪那浪人出去了一趟嘛！我其实一直在找机会，想给他致命一击，可是无论如何我都下不去手！”

“那是因为你太懦弱了。”

“不是因为我懦弱。我的身体里流的是木曾武士的血，还曾在御岳的山神面前祈愿二十一天，最终在睡梦中悟得了使用木棍的精髓。就这样输给一个毫不知名的浪人，我确实也非常不甘心。——但不知道怎么了，只要一看到那个浪人，我就下不了手！”

“你是不是在山神面前发过誓，立志要成为一流的棍术大师？如果是的话，那你就必须战胜他！”

“但是，仔细想来，我所掌握的棍术其实都是自己摸索的，说得不好听一点就是‘闭门造车’。我不可能成为一流的棍术大师。这些年，为了锻炼武艺，我把家给拖累了，还让您忍饥挨饿，所以我才会萌发放弃棍术，专心耕田的想法。”

“以前你和那么多人交过手，从未有过败绩。昨天你败给那个浪人，我觉得可能是山神想惩罚你的自满。你放弃棍术，也许会给我换来锦衣玉食，但我又有何心思去享用呢？”

老母亲的谆谆教导还在继续。她不断怂恿儿子等武藏醒来之后，再和他比试一场。如果再次败了，那再选择放弃棍术也不迟。

武藏躲在纸槅门的阴影里，将二人的谈话听得一清二楚。武藏心中有些犯难。

“这可怎么办呢？……”

武藏悄悄溜回自己的房间，坐在榻榻米上发着呆。

三

这可如何是好呢?

自己若是露面，他们母子二人肯定会提出比武的要求。

如果真要比武，那获胜的肯定是自己。

武藏确信!

如果权之助再次失败的话，那他可能就会放弃自己一直以来引以为傲的棍术，彻底断了自己的习武志向。

还有那位老母亲，儿子的成功是她唯一的生存支柱，即使生活再贫穷，她也不忘对权之助的谆谆教导。一旦权之助失败了，那老母亲该会多么伤心啊!

“……看来，还是不比的好！我从后门偷偷溜走得了！”

武藏轻轻推开后门，溜出屋外。

初升的朝阳透过树梢，洒下一片不规则的白色斑点。武藏回头看了一眼仓库外面的院子，阿通骑过的母牛还拴在那里，它正沐浴在朝阳下，悠闲地啃着青草。武藏突然特想送给那牛一句祝福。

“希望你能够在这里健康快乐地生活！”

武藏走出防护林，大步行走在驹岳山脚下的田埂上。

天气依然比较寒冷，迎着阳光的一侧耳朵还比较暖和，逆光的一侧就感觉冷得要命。天空晴朗，驹岳山也将自己的整个身姿展现在世人面前。从山顶吹下的微风轻抚着武藏的衣襟，昨晚的疲劳和焦躁都消失殆尽。

仰望天空，白云悠悠。

天空中飘着无数的白云，每一朵的形状都不尽相同。它们在天空中自由自在地翱翔，在湛蓝的天空中做出一个个鬼脸。

“不必焦虑，也不必担心。月有阴晴圆缺，人有悲欢离合，一切都是命中注定。虽然城太郎和阿通柔弱，但柔弱也有柔弱的福分，上天会安排善良的人保护他们的！”

昨日萦绕在武藏心头的迷茫——不，更应该说是从马笼岭的女瀑男瀑之后，一直挥之不去的踌躇彷徨，在今天早上，一下子都烟消云散了。武藏又找回了自己该走的路。阿通？城太郎？这一切都是过眼云烟。

午后时分。

他的身影出现在了奈良井的客栈中。

奈良井的街道两旁店铺林立：有熊胆店，店铺檐下的笼子内还养着活熊；有百兽屋，门前挂着各种各样的兽皮；还有木梳店，里面摆着木曾出产的各种木梳。此外，这里的客栈也是热闹非凡。

武藏走进街道拐角的一家熊胆店，门上挂着一个大招牌，上面写着“大熊”二字。

“有人吗？”

武藏探头进去。

店铺里面有一口铁锅，正烧着开水，老板在旁边喝着茶。

“客官，有何贵干？”

“请问大藏先生的店铺怎么走？”

“啊！大藏先生啊？从这儿往前走，过了前面那个十字路口——”

老板从店内走出，给武藏指路。恰在这时，店里的小伙计从外面回来。老板便吩咐他说：“喂，喂，你过来！这位客官要去大藏先生那里，他的店不好找，你带他去吧！”

小伙计应允在前面带路。武藏感觉一股浓浓的热情扑面而来，他想起了权之助对他说的话，奈良井的大藏先生德高望重，果然不是浪得虚名。

四

武藏听到大藏先生开了一家草药的批发店，还以为会跟路边鳞次栉比的小店一样。但是，等真的到了那里，武藏大吃一惊。

“武士大人，这里便是大藏先生的府邸。”

眼前是一座大宅院，若无人引路，还真是不好找。那名小伙计向他指明之后，就转身回去了。

虽说是店铺，但门前却没有幌子和招牌，只有三扇锈迹斑斑的格子门，旁边有两个土墙仓库，四周围绕着高墙，门口上方挂着遮阳篷。这家店铺比较隐蔽，要是没人引路，还真是不好找。

“有人在吗？”

武藏拉开大门问道。

屋内非常昏暗，大小和一个酱油铺子差不多，冰冷的阴风迎面吹来。

“是谁啊？”

有人从柜台后面走了出来，武藏也顺手带上门。

“我叫宫本武藏，是个浪人。我的弟子城太郎是一个年约十四岁的小男孩，听说他昨晚或者今天早上来过贵府求助，不知是否属实？”

武藏的话还没说完，对面的大伙计就频频点头，口中念道：“应该是那个孩子吧！”

他恭敬地递给武藏一个坐垫，一番客套之后，向武藏诉说了事情的经过，可是结果却很令武藏失望。他说：“实在是非常抱歉！昨天半夜，那孩子确实来过，把门敲得震天响。当时恰巧我们家大藏大人要出远门，我们都在忙着帮他收拾行装——开门一看，正是您要找的城太郎。他就站在门外，神情非常着急！”

老字号店铺的伙计一般都比较率直，讲话也讲究来龙去脉，当时的经过大致如下：

好像有人告诉他奈良井的大藏先生喜欢行侠仗义，有什么难处可以去找他。

结果那孩子就哭着跑来了，他向我家主人诉说了阿通被劫走的事儿。我家主人宽慰他说：“虽然这种事非常棘手，但是我一定会派人帮你去找。如果是附近的野武士或者挑夫干的，那很快就可以查到。如果是过路的行人干的，那就麻烦了。阿通可能会被藏在某处，或者通过小路被带走了！”

从昨天夜里一直到今天早上，我家主人派人四处寻找，但却毫无线索。应该是被过路的行人给劫走了。

城太郎见我们没找到人，就又开始哭鼻子。而我家主人今天早上又急着出发，于是就对他说：“要不这么着！你跟我一起走吧！我们一边走一边找你的阿通姐姐，说不定还会在路上碰见你的武藏师傅呢！”

城太郎一听，就跟找到了救星似的，立刻决定一起走。大伙计还告诉武藏，两人刚刚出发没多久。武藏非常遗憾地回应说：“这么说来，他们也就刚刚离开两刻钟吧！”

五

时间已经过去了两刻钟，现在再怎么赶也赶不上了！武藏好不惋惜，但他继续追问道：“请问大藏先生的目的地是哪里呢？”

大伙计也难以给出明确的答案。

“您也看到了，我们店虽说是一家草药店，但却没有悬挂招牌。草药都是去山中采好了，然后在春秋两季，由店员背着草药去各地销售。这样一来，我们家主人的闲暇就多一些。但他一旦闲着，就会去参拜神社或寺庙，要不就去泡温泉，还喜欢游览名山大川——我觉得他这次可能会从善光寺出发，然后经过越后路，最终抵达江户。”

“看来你也不知道你家主人的行踪啊！”

“是的，主人从不告诉我们他要去哪里。哦！您看我这记性，忘了给您斟茶了！”

大伙计一边说着，一边走到店铺里面，给武藏拿茶水。而武藏此刻根本就没有心情去喝茶。

等大伙计端来茶后，武藏立刻向他询问大藏先生的容貌和年龄。

“我家主人很好认，您要是在半路遇见他，肯定一眼就能认出来。他今年五十二岁了，但身板依然硬朗。他四方脸，面色红润，脸上还有一些痘疮留下的疤痕。脑袋右侧的鬓角有点秃。”

“那身高呢？”

“跟您差不多高。”

“穿着什么样的衣服呢？”

“穿了一件条纹外衣，是用在堺市①买的一种进口棉布做的！这种布料很珍贵，世间很少有人穿的。您要是去追他的话，那这衣服就再显眼不过了！”

武藏已经基本弄清了大藏先生的特征，再和大伙计聊下去也没什么意义。于是武藏抿了一口茶水，谢过大伙计之后，便立刻起身去追。

武藏在心里盘算着，天黑之前是赶不上他们了，要是自己连夜经过洗马和盐尻的客栈，中间不休息，直接到达盐尻峰山顶的话，那肯定就会超过他们。等天亮了，在山顶等他们赶过来就可以了。

“就这么办了，我先超过去，然后再等他们。”

当武藏经过贽川、洗马，到达山脚下的客栈时，太阳已经快要落山了。村庄上方升起了袅袅炊烟，家家户户也都亮起了灯。虽时值晚春，但整座村庄都沉浸在一片安静祥和的气氛中。

从山脚到盐尻峰的山顶还有二里多地。武藏一口气爬了上去，夜还未深，站在高山顶上，武藏松了一口气。置身于繁星之下，一股疲劳感向武藏袭来。

慈母棍

一

武藏睡得很香。

他躺在一座小神社内，神社门楣上方有一块牌匾，上面写着“浅间

①堺市：大阪府下面的一个市，位于大阪湾东岸，是一处重要的通商口岸。——译者注

神社”四个大字。

浅间神社位于一座石头山上，这里是盐尻峰的最高点，远远望去就如同山顶上长出的瘤子一般。

“喂！快上来啊！能够看到富士山！”

叫喊声不经意间传入耳内，以手当枕，正在神社内睡觉的武藏，一个骨碌爬起来。灿烂的朝霞映入眼帘，但没有看到一个人影。远处是大片的云海，富士山就处于云海之上，在朝霞的映照下，富士山通体都变成了火红色。

“啊！真的是富士山吗？”

武藏如少年般发出惊讶的叫声。虽然他以前在图画中见过富士山，甚至自己在内心中也无数次勾勒过富士山，但见到真正的富士山，这还是平生第一次。

尤其是在自己爬起来的那一刹那，富士山就在自己眼前，那高度和自己没有什么差别，双方彼此对望着，这令武藏一下子忘记了自己的存在，只能一个劲地惊呼。

“啊！”

武藏目不转睛地眺望富士山，也许是感受到了什么，两行热泪顺着他的脸颊流下。武藏根本没有拂拭眼泪的念头，在朝阳的照射下，泪珠散发出红色的光芒。

人类是多么渺小啊！

武藏深受震撼。与浩瀚的宇宙相比，武藏更加感受到自己的渺小，不禁悲从中来。

说实话，自从武藏在下松凭一把剑征服了吉冈门的数十名弟子之后，他就有些飘飘然了，内心也萌发出自负的幼芽。他觉得天下那些被冠以剑术高手的人，其实水平也都一般。此种傲慢心态，使武藏更加趾高气扬。

但是，即使成为众人尊崇的剑圣，那又算得了什么呢？生命又能延长多少呢？

武藏深感悲伤，尤其是在富士山的亘古悠久的屹立和优美身姿面前，他更加深感自己渺小。

毕竟人类的生命是有限的，大自然的不朽是人类想模仿也模仿不来的。在世间的排序中，比自己强大的事物会排在自己的前面。毫无疑问，大自然要比人类高贵得多。武藏觉得自己不配和富士山对立相望，于是他情不自禁地跪了下来。

“……”

武藏双手合十。

他祈祷母亲在九泉之下能享冥福。他感谢大地之恩，并祈祷阿通和城太郎平安无事。武藏还在心中暗自许愿——虽然自己注定不会变得像天地神灵那般伟大，但也希望自己能够成为人类中的强者。

“……”

他再次合十。

“傻瓜，人类哪里渺小了？”

他喃喃自语。

大自然因为有人去看它，所以它才显得伟大，要是没人理它，那它什么也不是。神灵也是，因为有人信仰，所以才存在。可以看出，人类才是事物的主宰，是万物之灵。

人类、神灵和宇宙之间，并不存在太远的距离。只要你肯努力，通过你腰间的三尺长刀就能够达到神灵和宇宙的境界。如果你觉得自己现在还难以达到，那只能说你离伟人和名人还有一段距离。

武藏合十期间，脑海中闪过了上述念头。这时，耳际又传来过路行人的声音。

“哇！看得好清楚啊！”

“很少能有机会如此膜拜富士山神啊！”

四五名行人爬了上来，他们用手遮着额头，欣赏着富士山的风光。在这些人中，有人看到的只是单纯的一座山，而有些人看到的则是神明。

二

从石头山俯瞰下去，山路上来往的行人非常渺小，就如同蚂蚁一般。

武藏转到神社后面，认真注视着这条山路。他觉得，大藏先生与城太郎肯定会沿这条山路上来。

武藏现在非常放心，即使自己不小心把他们给漏过去了，那他们也会主动找自己的。

为什么这么自信呢？因为武藏为了慎重起见，在石头山下的路边拾了一块石板，在上面写道：

奈良井的大藏先生，

本人非常想见您一面，

我在山顶的神社静候您的到来。

城太郎的师傅武藏

然后武藏将石板立在了悬崖上方一处非常显眼的地方。

可是，现在日上三竿，赶路的早高峰早就过了，却依然没能看到大藏先生和城太郎的身影。也无人看见那块石板后，从下面吆喝他。

“奇怪了！”

武藏满腹狐疑，内心焦躁不安。

“他们应该来的啊！”

这条山路直通山顶，然后分成三支，分别通往甲州、中山道和北国街道。山上的河水则都是往北流，然后在越后入海。

无论大藏先生是前往善光寺，或是前往中山道，都必定通过这里。

但是，世事变幻莫测，常出人意料。也许对方突然改变了方向，也许是对方在前一个山脚下就住下了，这一切都让人说不准。武藏虽然准备了一天的伙食，但他还是决定到山下的客栈把早饭和午饭一并解决了。

“得了，就这么着了！”

武藏正要走下石头山，却突然听到有人在山下大吼。

“啊！他在那里。”

那声音充满杀气，和权之助挥棍打出时的声音非常相似。武藏心头一惊，抓住岩石往下看，底下的人也在往上看，两人的目光交汇在了一起。

“朋友，我可找到你了！”

原来是驹岳山下的权之助，并且把老母亲也一并带来了。

老母亲骑在牛背上。权之助一手握着四尺长的木棍，一手揽着牛绳，直勾勾地盯着武藏。

“朋友，能见到你实在是太好了！你是不是听到什么，然后偷偷逃走了啊？你这一走，我这脸面可就挂不住了！咱们一定要比试一次，让你再尝尝我棍术的厉害！”

三

岩石与岩石之间是一条狭窄的山路。武藏停下脚步，靠在岩石上向下望。

权之助见武藏不肯下来，便对母亲说：“娘，您就在这儿看好吧！不是平地，我也一样能打。我这就爬上去，把他打下来让您瞧瞧！”

权之助放开手中的牛绳，握紧木棍，抬腿就要往上爬！这时，老母亲叮嘱他说：“儿啊！别冒冒失失的，你上次不就是吃了粗心大意的亏吗？还不长记性！俗话说‘知己知彼，百战不殆’，要是他从上面滚石头砸你，你可如何应付？”

武藏只看到他们母子二人在底下嘀嘀咕咕说着什么，至于说的内容则是一句也听不清。

在这期间，武藏也做出了自己的决定——一定要避开这场比武。

在上次的打斗中，武藏已经获胜，并且也领教过他的棍术，根本没必要再比试一场。

而且，这对母子虽然失败，却咽不下这口气，竟然追赶自己来到此地，可见这对母子不但输不起，而且嗔恨之心令人生畏。正如同自己与吉冈门的宿怨一样，这种比武只会增添怨恨。弊多利少的事能免则免，否则一步走错，步步走错。

这位老母亲和阿杉婆有些相似，两人都非常无知，都因为盲目溺爱自己的儿子而胡乱诅咒别人。武藏对这样的老母亲是深感恐惧。

武藏不想再去招惹另外一位母亲的诅咒，所以他决定无论如何也要避开这场比武。除此之外，别无他法。

武藏本来从石头山上走下了一段，可是见此情形，他又赶紧往回爬。

“喂！武士！”

背后有人叫他，不是气喘吁吁的权之助，而是那刚从牛背上下来的老母亲。

“……”

那声音充满威严，武藏停下脚步，回头望去。

老母亲坐在石头山下，正抬头望着自己。老母亲看到武藏回头往下望，赶紧双手伏地，给他行了一个跪拜大礼。

这一跪，把武藏也给跪慌了，他不得不赶紧转身回头。那户人家对武藏有留宿之恩，而且武藏没有致谢就偷偷溜走了，本来就已经欠人家的情，可现在又受到如此大礼，武藏深感惭愧。

“老太太，您这大礼我可承受不起啊！您快起来吧！”

武藏边说边“扑通”一声跪在了地上。

“武士，也许您瞧不上我们，觉得和我们比武掉价。但是，我们特意找您比武，并不是记恨您，也不是恬不知耻地来自讨没趣。我儿子的棍术都是他一个人自己摸索的，他一直苦于没有朋友或对手可以互相切磋。这次能够遇到您这样的高手，希望您能指导他。”

武藏依然保持沉默。那老母亲怕武藏听不清楚，故意把声音喊得很大。她的语气诚恳，令人不得不洗耳恭听。

“如果就这样和您错过了，那我们将会遗憾终生，不知以后还能不能碰见您这样的高手——上次败得那么惨，这让我们母子无颜面对以武学享誉盛名的祖先。这次我们追过来，就是想向您好好讨教，以使自己知道败在了哪里！如今难得遇到您这种高手，若不向您好好讨教，就如同入宝山而空手归，令人扼腕。所以，恳请您和我儿子再比试一场，也圆了我这老婆子的愿望！”

老母亲说完，又双手伏地，对着武藏的脚后跟叩头。

四

武藏默默地走下来，牵起跪在地上的老母亲的手，扶她上牛。他对权之助说：“你来牵牛绳，我们边走边谈。让我也考虑一下要不要与你比武。”

武藏默默地走在这对母子前面，虽然刚才说边走边谈，但他依然是沉默不语。

至于武藏为何在犹豫，权之助是一概不知，只能用疑惑的眼神盯着武藏的脊背。母子二人紧跟武藏的步伐，不时拍打一下慢吞吞的牛，催它快一点。

武藏会拒绝吗？

武藏会答应吗？

老母亲骑在牛背上，露出一副不安的神情。在默不作声走了三四里路之后，武藏突然停下脚步，回头对他们说：“喂！我决定和你比一场！”

权之助丢开牛绳，兴奋地说：“你真的同意了吗？”

武藏扫了一下周边适合比武的场地，丝毫没把干劲十足的权之助放在眼里。

“可是，这位老母亲。”

武藏对骑在牛背上的老母亲说道：“您可要做好万一发生意外的准备啊！比武与生死决斗只是使用的武器不同而已，其他可说毫无差别。”

看到武藏如此谨慎，老母亲脸上也首次露出了笑容：“这位武士，你无须担心！我儿子已习棍术十年，若他果真败于你这晚辈，那他断了习武的念头也罢！对我们这种人来说，一旦放弃习武，那也就没有了活着的价值，对本人来说，死也许是一种解脱。所以，我绝对不会记恨你的！”

“既然您这么说，那就好办了！”

武藏捡起地上的牛绳，指着远处的一棵松树对权之助说：“此处来往人多，我们将牛拴好，这样也能专心比武。”

在山岭中央，有一棵巨大的光秃秃的落叶松。武藏将牛拴在松树下，说道：“权之助先生，准备好了吗？”

武藏催促着。

已经等待良久的权之助，立即横握木棍，站在了武藏面前。武藏也在观察着对方的一举一动。

“……”

武藏没有准备木剑，也没打算捡拾别的东西来当武器。他双肩放松，两臂自然下垂。

“你不准备吗？”

权之助问他。

武藏反问道：“为什么要准备？”

权之助愤然而怒，眼中仿佛能喷出火来。

“你必须得有一件武器，什么东西都可以！”

“我有啊。”

“两个拳头吗？”

“不是。”

武藏摇头，左手缓缓移到刀柄上。

“是这个。”

“什么？真剑？”

“……”

武藏撇嘴微笑以示回答。此时，双方之间气氛凝重，互相盯着对方的一举一动，绝不敢有半点闪失。

那老母亲原本气定神闲地坐在松树底下，听到武藏要用真剑比武，脸色不禁吓得铁青。

五

“真剑？”

当老母亲听到儿子说出这个字眼儿后，浑身一阵战栗。

“啊！请等等。”

老母亲想叫住他们。

但是武藏和权之助注意力高度集中，眼中只有对方，根本听不到老母亲的呼喊。

权之助紧握木棍，那木棍仿佛要吸尽山岭中的精气，然后在一击之中，将其全部喷出。而武藏也是手握刀柄，锐利的目光直逼对手眼眸。

此时，二人在精神上已经厮杀成一团。在这种场合，眼神的杀伤力要比木棍和刀剑的杀伤力更为强大——首先用眼神震慑住对方，然后再用木棍、刀剑或其他的武器一举制伏对手。

“等一等啊！”

老母亲再次大声喊叫。

“什么？”

武藏退后四五尺之后问道。

“你真的要用真剑比武吗？”

“是啊！对我来说，木剑和真剑都一样。”

“我并不是想阻止你……”

“您早点知道也好。我的剑可是不长眼睛的，只要比武一开始，我就不会照顾任何人，我会使出全部的实力。要是害怕，现在逃还来得及！”

“我不是这意思，我是想让你们在比武之前先介绍一下自己，免得以后没机会了再后悔。所以，才叫住了你们！”

“哦，原来如此！”

“不管结果怎样，我都不会记恨您的！能和您这样的高手切磋，是我儿子的福分。阿权啊！你先做个自我介绍！”

“好！”

权之助恭敬地行了一礼。

“我家祖先乃是木曾殿下的家臣大夫房觉明。木曾殿下去世之后，祖先觉明就出家了，成为法然大法师的入室弟子。不过后来，家道中落，到我这一代已经变成一介草民。家父在世时，曾受人欺辱，于是和家母一起在御岳神社发誓，要靠武艺将家门发扬光大。后来，我将在神灵面前领会到的棍术命名为‘梦想流’，因此他们也称呼我为‘梦想权之助’。”

权之助语毕，武藏也还礼介绍自己说：“鄙人乃播州赤松的支派，平田将监的后裔，家住美作乡宫本村。父亲是宫本无二斋，我叫宫本武藏，是家中独子。鄙人只身一人闯荡江湖，无亲无友，今天即使死于你的棍棒之下，也无须为我善后。”

说完之后，武藏摆好战姿，对权之助说：“出招吧！”

权之助亦再度紧握木棍，回应说：“好！”

六

老母亲坐在松树的树根上，屏气凝神，紧张地注视着眼前的一切。

如果说这是天降灾难的话，那也是自己找的，是自己撺掇儿子追上来，结果让他暴露于对手的利刃之下。老母亲的内心常人难以理解，即使儿子处于这么危险的境地，她也能泰然自若地坐在那里观战。老母亲就是这样固执的一个人，只要她决定了，任凭别人说什么，都不为所动。

……

老母亲双手放在膝盖之上，双肩稍稍往前倾，一看就知道她很在意自己的坐姿。不知她养育了多少儿女，也不知她有多少儿女已经逝去，端端正正的坐姿让她那饱经贫苦的躯体看起来更加羸弱瘦小。

此时，武藏和权之助正在对峙，相距不过数尺。

“出招了！”

战斗一开始，老母亲的眼眸中放出异彩，犹如天地众神都汇集于她的眼眸，通过她的眼眸来观战一般。

权之助已将自己的生命完全寄托在了武藏的剑上。在武藏拔出剑的那一刹那，权之助就知道了自己的宿命，禁不住全身冰冷。

“奇怪，这人怎么和之前判若两人？”

权之助颇感异常。

权之助发现眼前的武藏和之前在院子里和自己打斗的武藏完全不同。若以书法来形容的话，那晚武藏的动作就如同是行云流水的草书。但今天的武藏严肃刚毅，那动作就如同楷书，一横一竖一丝不苟。权之助察觉到自己低估了武藏的实力。

权之助一直引以为傲的木棍今天也失去了往日的风采，只能被举在头顶，以顶住武藏凌厉的进攻。

……

……

荒原上生起了一层雾霭，或聚或散，变化无常。在远处的大山前，一只大鸟正在悠闲地飞过。

“啪”的一声，两人之间的空气激烈动荡。震动过于剧烈，若此刻有飞鸟从此飞过，那也必定会被震落。这声响不是木棍搏击长空的声音，也不是利剑划破苍穹的声音，而更像是禅学中的“只手之声”。

武藏和权之助厮打在一起，双方移动迅速，在眼睛将看到的信息传递给大脑的瞬间，双方的位置和姿态已经发生变化，所以凭肉眼根本分辨不出谁是谁。

权之助跳起来，从上往下挥棍痛击。武藏一闪躲了过去，反手自下往上横挑对方的上半身。虽被权之助给躲了过去，但剑还是划过了他的右肩，削掉几根毫毛。

这时，武藏使出了自己的绝招，在剑刃将要离开权之助的一瞬间，他突然将剑锋一转，杀了个回马枪。在比武中，武藏经常会用这一绝招把对手送入地狱。

权之助根本没料到武藏会在中途将刀锋一转，他惶恐万分，只好把木棍举过头顶，硬挡住武藏的进攻。

“哐——”的一声，大刀击中他额前的木棍。受此劈砍，棍棒通常会断为两截，但如果大刀不是斜砍的话，棍棒一般不会断裂。权之助接招时心里有数，他双手横握木棍挡在额前，左臂肘部深深推向武藏手边，右臂肘部弯曲抬高，企图迅速反击，用木棍一端击中武藏肋骨。但出乎意料的是，武藏的大刀卡在了木棍中。武藏见势不妙，立即放手后撤，但为时已晚，木棍还是扫过了他的肋骨下方，所幸伤得不重。

武藏的大刀砍下来时和木棍垂直接触，结果木棍没有断裂，反而是大刀卡在了里面。木棍的一端也直抵武藏胸口，在还有寸余距离的时候，擦着武藏的肋骨而过。

七

现在双方进也不是，退也不是。

谁都不敢贸然进攻，因为大家都知道，肯定是焦躁的一方落败。

如果是刀与刀的对决，那可以被称作是白刃交锋。可现在一方用的是刀，另一方用的是木棍，很难对他们下一个准确的定义。

木棍既无刀鞘，也无刀刃，而且还没有刀尖和刀柄。

但是这把四尺长的圆木棍，可以说到处都是刀刃，也到处都是刀尖或刀柄。如果使用者技艺高超的话，那么棍术可以表现得千变万化，这是刀剑所不能比拟的。

习惯用剑的人会用剑术的思维去判断木棍的进攻方式，也因此为自己招来横祸。因为，木棍的招数繁多，它不仅具备刀剑的所有特质，还同时可以发挥短枪的功能。

当武藏将刀砍入木棍之后，他没敢贸然拔出，就是因为无法预知权之助下一步的出击招数。

权之助更显谨慎。因为他的木棍在头顶上撑着武藏的大刀，处于挨打劣势。别说把刀夺过来，只要精力稍有懈怠，武藏的大刀就可能飞过来，把自己的脑袋剁个稀巴烂。

权之助虽然在御岳神社的神灵面前领悟到了“梦想流”这一棍术，且能将木棍运用自如，但此刻却一招半式也使不出来。

权之助脸色转白，他咬紧下唇，眼角上挑，额上沁出密密的汗珠。

“……”

权之助头顶上方十字交叉的木棍和大刀在双方的用力下，忽前忽后，忽左忽右，犹如波浪一般。站在下方的权之助呼吸愈来愈急促。

在这时，坐在松树下屏息观战的老母亲脸色比权之助更显苍白。她大叫一声：“阿权！”

在她大声喊出的瞬间，肯定是忘却了自己的存在。她坐得笔直，不停以手拍打自己的腰部。

“腰啊！腰！”

不知老母亲当时是否紧张得吐血，只见她一头向前栽去。

武藏和权之助缠斗在一起，木棍和大刀就像已经定格了一样，难舍难分。在老母亲叫了一声之后，二人倏然分开，其力量比刚才砍在一起时还要强劲。

这股力量来自武藏。

武藏往回退了三四尺，而权之助则往后退了七尺。由于反作用力过于强大，双方退过的路线，都被脚后跟掘出了厚厚的泥土。

说时迟，那时快，权之助一个箭步，腾空跃起，抡起木棍就向武藏打来。武藏一个闪身，顺手抓住权之助的衣服，将他狠狠地甩了出去。

只听权之助“啊”的一声，头差点栽到地面，整个人往前踉跄了好几步。本来权之助想抓住机会，转守势为攻势，可没想到吃了大亏。而此刻的武藏则如同一只面对强敌的老鹰，毛发竖立，眼睛在搜索着对方的每一个破绽。权之助这一踉跄，把自己的背部完全暴露在了武藏的大刀之下。

一道像雨丝一般细微的闪光，划过他的背部。权之助发出小牛般的哀鸣，往前走了三步，“扑通”一声倒在了地上。

武藏也用手按住肋骨下方，一屁股跌坐在草丛中。

“我输了！”

武藏大叫一声。

而权之助则趴在那里，毫无声息。

八

权之助长时间趴在那里，一动不动。老母亲见此情景，以为儿子已经死了，悲恸欲绝。

“别担心，我是用刀背打的！”

武藏向老母亲做出解释，但老母亲却并没有起身。

“您快去给弄点水吧！您儿子肯定没有受伤。”

“嗯？”

老母亲这才缓过神来，她抬起头，满脸狐疑地盯着武藏。确实如武藏所言，权之助身上没有半点血迹。

“噢！”

老母亲跌跌撞撞地爬到儿子身边，给他喂水，呼唤他的名字，并不停地摇晃他的身体。权之助这才苏醒过来，看见武藏茫然地坐在一边，赶紧致谢。

“多谢手下留情。”

他边说边双手伏地，给武藏叩头。武藏也赶紧还礼，慌忙握住对方的手说：“不，输的人不是你，是我。”

武藏掀开衣服，让他们看自己肋骨下方的伤痕。

“这是被你打的，已经瘀血了！要是再近一点，我这小命恐怕都没了。”

武藏不知道这样说，他们会不会相信，他希望通过这一方式让对方相信他们没有输。

同样，权之助和他母亲也都张口结舌，望着武藏皮肤上一个小小的红斑点，不知说什么好。

武藏放下衣襟，询问老母亲。“为什么要在比试时，大喊‘腰’呢？是不是当时权之助腰部露出了破绽，所以您才大声提醒他呢？”

老母亲如实回答说：“实在很羞愧，犬子用木棍拼命抵挡您的大刀时，双足被死死地钉在了地上。他退也危险，进也危险，命悬一线。虽然我不懂武术，但旁观者清，我看出您的一个破绽。但犬子当时全心应战，他当时只在考虑是该出招，还是后退，根本没注意到这一破绽。依我看来，他的上身不需要变化，只要稍微蹲低腰部，木棍就可以击中您的胸膛。所以我才不自觉地叫了出来。”

武藏点头默许，对能够有机会和他们母子二人切磋表示感激。

权之助在一旁默默地听着，想必感悟到了什么。这次不再是御岳神社的神灵面前感悟到的“梦想流”，而是现实中的母亲眼见儿子处于生死边缘，因为母爱而激发出的“穷极活理”。

权之助本来是木曾的一名农夫，后来被人尊称为“梦想权之助”，是“梦想流”棍术的始祖。他在自传的后记中记下了母亲的话语，题为《母亲的一招》。

这篇文章记录了伟大的母爱，以及与武藏比武的过程，但并未写“赢了武藏”。在他一生中，他都说自己输给了武藏，并且将输的过程一一详记下来。

武藏向这对母子送上了衷心的祝福，然后就和他们作别，离开了荒原。当武藏来到上诹访附近时，他发现一名武士正在马子驿站向来往行人打听自己的下落。

“您有没有看到一个名叫武藏的人从此经过？他应该走的就是这条路——”

一夜之友

一

疼死了……

权之助的木棍戳中了他的肋骨边缘，至今仍隐隐作痛。

此时他来到山脚下的上诹访附近，打听城太郎和阿通的消息，内心一直惴惴不安。

接下来，他又来到下诹访一带。下诹访的温泉非常有名，他打算先去泡泡温泉，解解乏。

这个小镇位于湖畔，有一千多户人家。有一家客栈在店前搭了一间温泉小屋，背靠来来往往的大马路，前往泡澡的人络绎不绝。

武藏将衣物连同大刀、小刀一起挂在树枝上，然后跳入一个露天温泉浴池。

“爽！”

武藏把头枕在石头上，闭目休憩。

早晨，昨天受伤部位的皮肤硬得像皮革一样，现在泡在温泉之中，再加上武藏不停地去揉搓，这一部位的血管渐渐缓和过来，血流加快，搞得武藏昏昏欲睡。

夕阳西下。

住在湖畔的多是打鱼人家，户与户之间都隔着水。黄昏时分，水面上升起淡紫色的雾霭，远远望去，犹如温泉上散发的蒸汽一般。隔着两三块田地就是车水马龙的大道，一片熙熙攘攘的景象。

路边有一家卖油和日用品的小杂货店。

“我买一双草鞋。”

一名武士坐在矮凳上，整理着自己的鞋。

“我听闻一名武士在京都一乘寺的下松单身挑战吉冈门数十人，并且还获胜了。当今世上，这样的高手真是罕见啊！据说他会从此经过，不知诸位见过没有？”

看来这名武士在越过盐尻峰之后，就一路打听着来到此地。显然他不认识武藏，被问的人也是一头雾水，反而还询问他武藏的服装和年龄等。武士只能如实地回答说：“至于具体情况，我也不太熟悉！”

众人都非常热心地问他为何要找这样一个人。那名武士获悉无人见过武藏之后，脸上露出失望的表情。

“真希望能见到他……”

武士整理好鞋之后，依然在傻傻地喃喃自语。

难不成他是在找自己？

武藏泡在温泉里，隔着一片田地端详着那名武士。

也许是长途跋涉的缘故，那名武士被晒得黝黑，年龄四十岁左右，看起来不像是一名浪人，应该是一位领主。

他鬓角的毛发被斗笠的系带磨得乱七八糟。此人骨骼强健，若在战场上，肯定是一名虎将。武藏觉得如果他脱掉外衣的话，身上应该会有甲胄和护具留下的痕迹。

“奇怪……我不认识这人啊？”

武藏正纳闷着，那名武士已经走远了。

从他刚才提起吉冈门的语气来看，这人可能会是吉冈门的弟子！

吉冈门弟子众多，其中既有刚毅有志之士，也有老奸巨猾之徒，当然想找他报仇的人也不在少数。

武藏擦干身体，换上衣服，混入熙熙攘攘的人群。这时，刚才那名武士不知从哪里突然冒出来：“请问……”

他站在武藏面前，仔细端详武藏的面容。

“莫非阁下就是宫本大侠吧！”

二

武藏一脸疑惑，他点头默认。那名武士非常欣喜。

“啊！果然是您。”

他为自己准确的第六感而感到高兴，不无自豪地说：“终于找到您了，我真是太幸运了！……不瞒您说，自从开始旅行的那天起，我就觉得肯定会在什么地方碰见您。”

那名武士自己乐不可支，未待武藏回话，便邀请武藏晚上和他一起投宿。

“您放心，我不是坏人。说起来可能招您笑话，我出来旅行的时候都是带十四五名仆人，并且还需要牵一匹备用马。对了，先介绍一下我自己吧！我叫石母田外记，是奥州青叶城的城主，同时也是伊达政宗公的臣下。”

武藏决定和他结伴同行。外记挑了位于湖畔的一家大客栈，办完入住手续，他问武藏：“要不要去泡温泉？”

他问完，又觉得有些不妥，赶紧打圆场说：“唉！阁下方才在露天温泉泡过了，我还这么问，真是抱歉啊！”

外记脱掉行装，拿起毛巾就走了出去。

武藏觉得这男人挺有意思，但心里还是挺纳闷的。武藏对他一无所知，不知道他为什么要寻找自己，也不知道他为何对自己如此殷勤。

“这位客官，您要不要换一下衣服？”

客栈的侍女拿出便服询问武藏的意见。

“我就不换了，还不知道要不要住在这里呢！”

“噢！那好吧！”

武藏走到外面半露天的环廊中，望着眼前暮色渐浓的天空，眼前突然浮现出阿通悲伤时的样子，他不禁担心：她现在境况如何呢？

身后，客栈侍女准备晚饭的声音已经逐渐安静下来。屋内的灯光从背后照射过来，把自己的身影投在了暗黑的湖面上。栏杆前的水波慢慢地由深蓝转为漆黑。

“……唉，我是不是找错方向了啊？如果阿通真的被劫持了，那歹徒也不会来这么繁华的地方吧！”

正当武藏对自己表示怀疑的时候，耳边仿佛传来了阿通的呼救声。虽然武藏一向信仰天命，对任何事情都比较豁达，但此刻心中还是不免担心。

“哎呀！我泡了太久，实在是失礼了。”

石母田外记从外面回来。

“来，快吃饭吧。”

他劝武藏落座，同时发现武藏还没有换衣服。

“阁下，您怎么不换便服呢？”

语气中透出一份恳求。

武藏也非常固执，他解释说，由于自己风餐露宿惯了，所以无论是睡觉，还是走路，都穿同一身衣服，如果换成宽松的睡衣，反而会不习惯的。

“哦！原来如此。”

外记拍腿叫好。

“政宗公最在乎一个人的行走坐卧。他料想您必定不同于凡人。看来，果真如此啊！”

外记借着灯光，仔细地打量着武藏的面孔，仿佛连脸上的坑疤都要观察清楚。

他回过神之后，对武藏说：“能和您相识，我实在是太高兴了！”

他涮了一下酒杯，给武藏斟满酒，看来今晚是想把酒言欢，痛快一番。

武藏正坐，双手扶膝，行完礼之后，问他：“外记阁下，您为何一路打听我的下落？又为何如此盛情地招待我呢？”

三

被武藏这么一问，外记也觉得自己似乎有点太一厢情愿了。

“呀！我的做法可能让您有点不太舒服——不过，我真的没别的意思。如果您问我为什么要对您这样一位路人如此热情——一句话，是因为我对您非常敬仰。”

接着又补充说：“哈！哈！哈！这也许就是男人和男人间的惺惺相惜吧！”

他又重复说了一次。

石母田外记非常直率地表明了自己的内心世界，但武藏却认为他的表述还不够彻底。

若说男人和男人之间的惺惺相惜，这武藏完全可以理解。至于敬仰的话，那武藏就不太熟悉了，因为他还从来没有碰到一个让他心生敬仰的人。

在武藏接触的人中，给他留下深刻印象的有三位：泽庵、光悦和柳生石舟斋。泽庵令人生畏，光悦与世隔绝，至于柳生石舟斋则是自视清高，不易亲近。

回顾以往的知己，似乎找不到能让自己心生敬佩的人。然而，石母田外记竟如此轻松地对自己说：“因为我对您非常敬仰！”

武藏在心中怀疑：他是不是在奉承自己呢？轻轻松松就说出这种话的人，肯定是一个轻薄之徒。

但是，凭外记的刚毅风貌，应该不是轻薄之徒。于是，武藏又一本正经地追问道：“刚才您所说的敬仰是什么意思？”

外记似乎做好了他要询问此问题的准备。

“实话实说，自从我听到阁下在下松的壮举之后，就一直憧憬着有朝一日能见到您。”

“这么说来，您在京都逗留了不短时间啊？”

“我一月份去的京都，住在三条的伊达家里。就在您比武的第二天，我照惯例前往乌丸光广卿家拜访时，听闻了您的各种传言。乌丸光广卿说他与您有一面之缘，还提及您的年龄和阅历等，这更加深了我对您的思慕之情，所以决定一定要见您一面——承蒙上天的眷顾，在我返乡途中，不料竟在盐尻峰的山崖上看见了您的留言。”

“我的留言？”

“您不是在一块石板上留言——奈良井的大藏先生，我静待您的到来吗？并且还把它挂在了山崖的显眼处。”

“啊！原来你是看到那个啊！”

武藏觉得世间真是充满滑稽色彩——自己要找的人没找到，反而引来素不相识的人来寻找自己。

听完外记的介绍之后，武藏对此人的一片敬仰之情表示遗憾。无论是和三十三间堂的决斗，还是下松的血战，那都是惭愧和伤心超过荣耀。不过下松一战似乎已经耸动世人的听闻，使得流言迅速传播开来。

“别这么说，下松一战，我一点都不光彩！”

武藏也倾诉了自己的惭愧之情，觉得自己根本不配被对方敬仰。

然而，外记却说：“在领俸百万石的伊达政宗公门下，不乏优秀的武士。我闯荡江湖多年，见到的剑术高手也有很多，但如阁下这般优秀的人才却很罕见，而且您还那么年轻，这都是让我肃然起敬的原因。”

外记不断夸赞武藏，又接着说：“真心希望我们能成为‘一夜之友’，即使您有为难之处，也希望今晚您能住下来，我们一起把酒言欢。”

说完，外记又重新涮了一下手中的酒杯，把酒斟满。

四

武藏开心地接过酒杯。一如往常，酒精入胃之后，脸立马红了起来。

“雪国的武士都能喝酒啊——政宗公那么厉害，强将手下自然无弱兵了！”

酒过数巡之后，石母田外记依然毫无醉意。

送酒的侍女也剪过了数次灯芯。

“今晚，我们就这样喝酒聊天到天明吧！”

武藏爽快地回应道：“好。”

他笑着问：“外记先生，刚才听您说，您经常拜访乌丸府邸，您和光广卿是至交吧？”

“还不到至交的程度——主要是我家主人总是派我去他府上办事，再加上光广卿为人豪爽，一来二去，我们就渐渐熟络了。”

“以前经本阿弥光悦先生的介绍，我曾在柳町的妓院见过他。他性格开朗，一点也没有公卿的架子。”

“开朗？仅此而已吗？……”

外记似乎对这个评语不太满意。

“你要是和他多聊一会儿，还能感受到他的热情和智慧！”

“当时我们在妓院，就没有多聊。”

“哦，原来如此，您只是看到了他世俗的一面罢了！”

“那他究竟是一个什么样的人呢？”

武藏顺口问道，外记摆正坐姿，连说话的口吻也变了，一字一句地说道：“他是一个忧郁的人！”

说完又补充道：“他的忧郁源于幕府的横行暴力。”

湖水的波浪轻轻地敲打着岸边，屋内的灯火也随着微风轻轻摇曳。

“武藏先生，您练剑究竟是为了谁呢？”

武藏还从未遇见过这样的问题，他率直地回答道：“为了我自己。”

外记用力地点点头。

“哦，原来如此。”

接着又继续追问道：“那你自己又是为了谁呢？”

武藏不知如何回答。

“难道也是为了你自己吗？先生这样的剑术高手，不会为了一点小小的荣耀就满足了吧！”

两人的谈话，至此才算正式开始。也可以说是外记特意设计了一个突破口，然后将自己想说的话吐了出来。

在外记看来，虽然现在天下控制在德川家康手中，并且到处都在鼓吹国泰民安，但老百姓并没有真正得到幸福。

历经北条、足利、织田、丰臣数代，战乱纷飞，各派诸侯争权夺势，其中受苦最深的就是人民与皇室。皇室被乱臣所控制，而百姓也惨遭奴役之苦——而唯有介于两者之间的武士阶层还算繁荣昌盛。自源赖朝之后，各位大名都崇尚武家政道，最终形成了今天的幕府制度。

织田信长稍有注意到此弊端，特意为天皇营造了宫殿，以示对他的尊敬。丰臣秀吉对天皇也是极为尊敬，并且致力于恢复朝廷的威信，甚至遵照古礼为天皇举办了一次盛大的聚乐第行幸。此外，还采取了一些造福百姓的方针政策。然而到了德川家康时，所有的一切全以德川家为中心，庶民的幸福和皇室又再次被践踏。现在，幕府的权势越来越大，整天就只知道横行霸道。

石母田外记告诉武藏："在天下诸侯中，唯有我家主人伊达政宗公能够洞察这一切——当然了，在公卿中，乌丸光广卿等人也是可以的。"

五

任何人都不喜欢听别人吹牛皮，但是如果那人吹的是自己家主人的牛皮，那听起来就没有那么讨厌了。

这个石母田外记似乎非常为他主人自豪。在他眼中，当今天下，能够忧国忧民，并且心系皇室的诸侯，唯有他家主人伊达政宗公一人。

"哦！"

武藏点头配合着他。

武藏对这些国家大事不甚了解，听他这么一讲，觉得有理，于是就不自觉地点头附和了。关原之战以后，天下局势大变，但武藏却只是浅浅地感觉到有些变化。

以秀赖为首的大阪派系的大名们将采取什么样的行动？德川派系的诸侯们又抱着什么样的企图？岛津或伊达等政坛新星将坚持什么样的态度？武藏对这一切从没关注过，相关的知识也是非常有限的。

另外在看待加藤、池田、浅野、福岛等地方势力方面，武藏也只保持在一个二十二岁年轻人的水平。武藏对伊达政宗公的了解，仅限于此下一条：这位内地的大藩主，表面对外宣称领俸六十万石，实际却享有百万石的俸禄。

除此之外，武藏对他毫无概念。

武藏频频点头，“哦，哦”地附和，时而流露出怀疑之色，他会在心里问：“政宗公是那样的人吗？”

外记列举了好几个例子：“每年，我家主人政宗公都会分两次向天皇进献当地的贡品，都是经过近卫大人之手送到皇宫内的——即使是战乱年代，我家主人也从未曾懈怠过进贡——而且这次还是亲自押运贡品，进京上贡。一切都很顺利，主人现在正在返回仙台的途中。要是途中有闲暇，他一般都会游览一下周边的景致。”

接着又继续说道：“众诸侯当中，城内专门为天皇设置御座的，只有我们青叶城吧！当年建城之时，我家主人特意派人用船舶从远处运来古老的木材，精心打造了这处御座。房内摆设素朴，我家主人每天早晚都会对着御座行礼，以表示对天皇的遥拜。他更以武家政道的历史为鉴，无论何时，只要武家在世间作乱，主人必定会以朝廷之名讨伐武家。”

说到这里，外记又想起了另一件事：“对了，我家主人在渡海征讨朝鲜时——”

外记继续说道：“在那场战争中，小西、加藤等人为了自己的功名争得不可开交，影响非常不好，而政宗公的表现则与他们完全不同。在朝鲜战场上，高擎太阳旗浴血奋战的只有政宗公一人。有人问政宗公，为什么不用自己的家徽，而用太阳旗呢？政宗公回答说：‘我政宗率兵出海作战，为的是整个国家的利益，而不是我伊达一家之私。太阳旗是一个国家的标志，而家徽仅是我一个家族的标志，你说我该举什么旗子呢？’”

武藏听得津津有味，外记也忘了喝酒。

六

“酒冷了。”

外记拍手唤侍女过来，让她去温一下酒。武藏见状，赶紧制止他说：“酒就不再喝了，我想喝点热汤！”

“怎么了，还没喝多少啊？”

外记稍显遗憾，但也不好勉强武藏，于是便吩咐侍女：“那再上点饭吧！”

外记一边喝着汤，一边继续夸赞他家主人的丰功伟绩。在那诸多话语中，最让武藏敬佩的是以政宗公为首的伊达藩的武士集团，他们整日切磋磨砺，心中想的是如何成为真正的武士，可以说他们身上体现的是真正的“武士道精神”。

武术自上古时代产生以来，就一直伴随着一种“武士道精神”，但当时人们对此并没有深刻的认识，那时的武士道更可以说是一种古老的道德。时至今日，战乱纷飞，道义泯灭，武士之间已经失去了古时的那种武士道，他们之间现存的仅是对自己身份的一种认同。

“我是武士。”

“我是弓箭手。”

这种观念随着战国时期频繁的战乱，日益增强。新的时代已来临，而新的武士道却还未曾建立。在此背景下，那些自负的武士或者弓箭手就渐渐落后于农夫和商人，甚至出现了一些道德败坏的低劣之徒。当然这种低劣的武士必定会自取灭亡，而那些能够领悟并钻研武士道，并将其视为富国强兵之根本的武将却又少得可怜——纵观丰臣派和德川派的各位诸侯，有这样素养的武将是极其少见的。

以前，武藏曾受泽庵影响，在姬路城天守阁的一个房间闭关三年，与世隔绝，埋头苦读百家群书。

在池田家众多的藏书中，有一册手抄本的书籍给武藏留下了深刻的印象，这就是《不识庵样日用修身卷》。

“不识庵”指的便是上杉谦信。书的内容乃是上杉谦信为了教育家臣，亲手所写的平日修身养性的心得。

通过阅读这本书，武藏了解到上杉谦信的日常生活，还了解到越后地区在那个时代的富国强兵之路——但在当时，武藏还没有将此认识上升到武士道的高度。

今日听到石母田外记的一番表述，武藏觉得伊达政宗公应该是一位不差于上杉谦信的大人物。同时还认识到，伊达藩在这乱世之中，已经不知不觉孕育出不屈服于幕府权势的“武士道精神”，并且所有武士都相互扶持，士气高涨，这一点从石母田外记身上也可以清楚看到。

“哎呀！你看我这嘚啵嘚啵的，一说开头就没完了！……武藏先生，要不要去我们仙台玩玩。我家主人喜欢结交四海宾朋，只要对方有‘武士道精神’，不论是浪人，还是什么，我家主人都会热情接待。再说，你不是还有我的引荐嘛——怎么样？去我们那儿转转吧！这样我们也可以同路！”

侍女将饭菜撤下，外记热情地邀请武藏去仙台。武藏没有直接回答，只是说：“我再考虑一下。”然后就回到了自己的房间。

武藏躺在榻榻米上，瞪着双眼，陷入沉思。

武藏一直在思索武士道的问题，他突然将武士道联想到自己的剑术上。对了，自己的剑不能仅仅停留在剑术的阶段，要创立自己的剑道。

无论如何，剑必立于道之上。上杉谦信和伊达政宗公等人所提倡的武士道，大多体现在军队纪律方面，而自己所要创立的剑道要更多地体现人的内心世界。自己要通过剑道，将现实中的小我与大自然相融合，和谐共处；与天地宇宙同呼吸，共命运，借此达到安身立命的境界。

武藏领悟之后，下定决心要尽己所能努力完成此誓愿，一心一意贯彻始终，将剑术提升到“剑道”的境界。

下定此决心之后，武藏便沉沉睡去。

钱

一

一睁开眼，武藏立刻想起自己该干的事——阿通怎么样了？城太郎到什么地方了呢？

“昨晚聊得真尽兴！”

早餐时，武藏在餐厅碰到了石母田外记。二人吃罢早餐，一起踏出客栈，立刻就被淹没在中山道人来人往的客流之中。

武藏观察着来往的行人，不断四处张望。

要是碰见背影和阿通相似的女子，他都会在心里嘀咕：“会不会是她呢？”

外记察觉到他的不安情绪，就问他：“您是不是在找人呢？”

武藏回答说：“是的！”

武藏挠挠头，将事情的原委一五一十地告诉了外记，并且还告诉外记，自己本打算去江户，可是途中阿通和城太郎丢了，他现在非常担心，打算先找到他们，然后再去江户。因为自己要沿着另一条路去寻找，所以二人只能就此别过，武藏对外记昨晚的款待表示感谢。

外记好不遗憾。

“本打算和您一起去仙台，现在看来是不行了——不过，昨晚咱们都说好了，您要是有时间，请一定到仙台找我。”

“等有时间，我一定会去打扰您的。”

“到时候，我一定陪您好好看看伊达武士的士气。还可以去听一下仙台的民谣。您要是不想听歌的话，咱还可以去欣赏一下松岛的风光。总之一句话，我等您来！”

说完之后，这位一夜之友先行告别，一个人朝着和田峰的方向走去。武藏望着他的背影，心中难免涌出一丝不舍之情。他在心里决定，一定要找时间拜访一下伊达藩。

在那个时代，旅途中巧遇有缘人的情况并不罕见。因为当时天下风云变幻，今朝不知明日事，有雄才大略的藩主都会大力招揽人才。如果家臣在路上碰见杰出的人才，一般都会向主人大力举荐，这也被视作家臣效忠于主人的一大职责。

“客官！客官！”

有人在后面叫武藏。

武藏本打算往和田方向走，可是中途他又折回来，想到下诹访。等他到了甲州街道和中山道的交岔口时，他又犹豫了，不知道该何去何从。这时，一个客栈伙计模样的人从后面叫住了他。

虽说是客栈伙计，可他们并不在客栈里帮忙。他们之中，有扛行李的，有拉马的，而且这里正好是往和田方向的上坡路，所以还有专门抬人上山的轿夫。

武藏回头问他：“有什么事吗？”

那人一边打量着武藏，一边拱着手，像螃蟹一样走向武藏，用开玩笑的口吻说：“客官，我看您好像在找人啊！要找的人肯定是个富家美女吧？要不就是个小家碧玉？”

二

武藏没有什么行李，所以根本就未曾打算坐轿子。

武藏觉得这人有些啰唆，摇摇头回应道：“不是了……”

他默默离开这群人。刚走出没几步，心里又犯嘀咕了：“我该往西，还是往东呢？”

他想一切听天由命，自己继续前往江户。但是，他一想起城太郎和阿通还生死未卜，就打消了这一念头。

“要不，我今天在这附近再找找……要是找不到，我再继续往前走！”

这时，旁边的人又插话了。

“客官，您看我们在这儿晒太阳，也没什么事可干。您要是真的找人的话，何不让我们帮您去找呢？”

一人说完之后，其他人也帮着附和。

“费用也不高，您看着给就行了！”

“您要找的人，是年轻女子还是老人呢？”

他们刨根问底，问个不停。

武藏只得将事情的原委告诉他们：“事情是这样子的……”

武藏还询问他们可曾在街上见过城太郎和阿通。

“这个嘛！”

大伙儿互相对望。

“我们都没见过您说的那两个人。不过我们可以分成三路去找，一路去诹访，一路去盐尻，一路去那边。要是我们帮您找的话，一定能找到的。绑架女子的歹徒应该不会走没有路的荒野，他肯定是走小路了。这地方的小路蜿蜒曲折，要不是当地人很难走出去的。”

“原来如此。”

武藏觉得他们言之有理，也不禁点头表示同意。自己对这一带不太熟悉，要是这样漫无目的地找下去，不仅搞得自己心烦意乱，而且也难以取得成果。如果委托他们去帮自己找的话，也许很快就可以得到阿通和城太郎的下落。

“好吧！那你们帮我去找吧！”

武藏语气干脆。伙计们齐声说：“没问题。”

他们接受委托之后，就开始讨论如何分头去找，并且还选出了一名代表。那名代表走向前来，搓着手心说："那个……客官……我真是不好意思开口。我们都是靠卖力气吃饭的人，到现在还没吃早饭呢！我们保证在天黑之前打听到那两人的下落，不知您现在能不能先预支我们半日的工钱，还有打草鞋的钱。这样我们也能吃饱了，好有力气去找。"

"噢！这是应该的。"

武藏认为这是理所当然的，他点了一下自己那点微薄的盘缠，就算全部掏空了，也不足以支付这些人的工钱。

武藏只身一人闯荡江湖，他比任何人都能体会到金钱的宝贵——但是，他又绝不是一个痴迷于金钱的人。他一个人吃饱了，全家不饿，不需要去照顾谁。他可以栖身于寺庙，也可以露宿在街头，自己一个人怎么都好说。有时候受朋友照顾，能有一餐饱饭。要是实在没地儿吃了，那也没什么，饿几顿肚子不成问题。

这就是武藏流浪生活的真实写照。

自从遇到阿通之后，所有的花销都是由阿通来负责。乌丸家给了阿通一笔不少的路费，不但解决了行路中的燃眉之急，而且还能分给武藏一些零用钱。

"这些您收着吧！"

武藏把阿通给他的钱全部付给了这些伙计，并且还问道："这些够吗？"

那人掂量了一下，然后均分给每一个伙计。

"就这样吧！看您也没多少钱，就算给您便宜点好了——客官，您先到诹访明神神社的牌坊那儿等着。在天黑之前，我们肯定给您带来好消息。"

说罢，众人就如同一群蜘蛛，四散而去。

三

虽然众人已经四处寻找，但武藏觉得自己也不能这么空等着，决定从高岛城出发绕诹访走一周看看。

为了寻找阿通和城太郎的消息，就这么空走一整天，那还是有点可惜。为此，他决定顺便了解一下这里的地貌水文和风土人情，同时打听一下有没有武学大家等……这样才不至于枉费了这一天的大好时光。

但是，武藏走了一天，也依旧一无所获。眼见夕阳西下，武藏来到了约定的诹访明神神社，然而牌楼附近却空无一人。

“啊！累死我了！”

武藏自言自语，一屁股坐在了牌楼的台阶上。

也许是太疲惫的缘故，他的自言自语听起来更像是一声叹息，这在武藏身上是很少见的。

依旧没有人来！

武藏有些闷得慌，他在宽阔的神社庭院内走了一圈，又回到了牌坊底下。

还是一个人也没有！

黑暗中，武藏听到什么东西踢地的“咚咚咚”之声，这声响把他拉回到了现实世界中——他走下台阶，发现在丛林深处有一栋小木屋，里面拴着一匹白色的骏马。刚才听到的声响正是这白马踢地面发出的声音。

“这位浪人，有何贵干？”

一个穿着白褂，正在喂马的男子瞧见武藏，回头问他。

“都这么晚了，你还在神社干什么呢？”

白衣男子眼中透出怀疑的目光。

武藏向他说明缘由，并解释自己不是坏人。那男子听完之后，捧腹大笑。

“哈哈！哈哈哈！你乐死我了……”

武藏不知对方为何狂笑，心中涌起一股不悦。那名男子继续大笑着说：“亏你还是个闯荡江湖之人，怎么能信那些浑蛋的话。他们就是一群如苍蝇一般的无赖，拿了钱之后，早就跑了，又怎么会帮你花一天工夫来找人呢？”

听完男子的话，武藏问道："那他们说分头去找，难道是骗我的？"

这回那名男子看武藏挺可怜的，便郑重其事地告诉他："你真的被骗了。我白天在后山的杂木林中看到一群伙计，他们围坐在一起喝酒赌博，说不定那些人就是骗你钱的那一帮人。"

说完之后，那名男子又向武藏举了几个例子，告诉他在諏访和盐尻一带来往的人群中，有很多这样的伙计，专门骗取路人的钱财。

"其实世间都一样，以后无论你走到哪里，都要注意了！"

那名男子说完之后，提起空的饲料桶，自己一个人走了。

武藏茫然地站在那里。

"……"

现在，他才发现自己是多么幼稚。

他一直自负于自己在剑术上的天衣无缝，可是一踏入俗世，就被一群不入流的客栈伙计给骗了。可以看出自己的社会经验是多么的不足了！

"唉，没办法啊！"

武藏长叹一声。

他并不是心疼那些钱，只是觉得自己这么幼稚，以后要是带兵打仗，统率三军，还表现得这样天真，那可怎么办啊？

武藏觉得自己应该谦虚一点，多向俗世的凡夫俗子学习。

他又回到牌楼下，忽然发现在自己离去的这段时间里，有个人已经站在了那里。

四

"喂！客官。"

那个人在牌楼前面四处张望，看到武藏的身影之后，立马从台阶上迎下来，告诉武藏说："我们只打听到你要寻找的两人中的一位，天太晚了，所以特意赶回来向您汇报。"

"嗯？"

武藏倍感意外——定睛一看，原来是早上那帮伙计中的一人。

刚才在马棚前还被嘲笑受骗了，可现在却有人回来汇报，所以武藏才露出意外的神情。

武藏同时也了解到，虽然有十几个人拿着自己给的半日工钱去吃喝玩乐了，但并不是所有的人都是骗子，其中也有实在人。想到这儿，武藏就备感欣慰。

“你打听到的那个人，是城太郎呢？还是阿通呢？”

“我打听到奈良井的大藏先生的下落了，他正带着城太郎！”

“真的吗？”

即使是这点消息，武藏还是放心不少。

这位老实的伙计向他诉说了事情的始末。

“今天早上，我们拿了半日的工钱之后，很多人根本没打算帮您去找人，而是去赌博了。只有我听到您的诉说之后，感到您挺可怜的，于是便走遍了从盐尻到洗场的每一个驿站，向每一个我认识的人打听那两人的下落。可是，无人知晓那女子的下落。后来，在中午用餐时，从一家客栈的侍女那里听说奈良井的大藏先生今天中午才离开诹访，然后越过了和田峰。”

“谢谢你的消息。”

武藏想给这人一点酒钱，以奖励他的正直和功劳，只可惜囊中的盘缠都被那群狡猾的伙计给骗光了，现在身上剩的只有今晚的饭钱。

武藏自己在心里琢磨：“我总得表示一下吧！”

然而，自己的随身物品中，没有一样值钱的东西。因此，武藏决定晚饭不吃了，省出饭钱奖励给这名伙计。武藏将口袋里剩的钱全部赏给了那人。

“谢谢！谢谢！太谢谢了！”

老实的伙计做了自己该做的事，却得到了额外的奖赏。这让他有点感激涕零，他将赏钱捧在额头，再三地向武藏道谢，然后离去。

武藏现在连一个钢镚儿也没有了。

武藏望着那人的背影渐渐远去。钱全部给了别人，现在突然有点穷途末路的感觉，更何况自己的肚子自傍晚就开始叫个不停了。

不过，话说回来，把钱赏给那个正直的伙计，要比填饱自己的肚子更有意义。现在，那个伙计知道了正直可以得到奖赏，那么等他以后再遇到其他路人时，也会以正直的心去对待。

“对了……我与其在这里住一宿，还不如立即翻过和田峰，去追赶大藏先生和城太郎呢！”

武藏忽然意识到，如果能在今夜翻过和田峰，那么明天或许就能够追上城太郎。武藏已经好久没有走夜路了，他立即离开诹访的神社，只身一人踏入茫茫黑夜。

五

也许是由于生来就孤单一人的缘故，武藏非常喜欢暗夜独行。

在黑暗中，他数着自己的脚步，听着大自然发出的天籁之音，忘掉了所有的忧愁，剩下的只有自己一个人才能领会到的快乐。

当他身处嘈杂的人群，心中升起的反而是难言的寂寞。当他独自一人走在寂静的黑夜里，内心却变得心潮澎湃。

这是因为在黑暗中，曾经无法表达的心情这时全都浮现出来。除了能够冷静地思索世俗琐事之外，甚至可以脱离自己的形体，犹如去观察别人一样，冷静地洞察自己。

“嗯！那儿有灯光！”

武藏在黑夜中踽踽独行，远处现出的一点灯光，还是给了他很大的安慰。

那是民宅的灯火。

当他的意识回归本身之后，对人的那种依恋和眷念又使他的内心悸动不已。武藏已没有心绪去思考这种矛盾，他现在只想：“好像有人在烤火，我也过去烤一下吧！顺便把被露水打湿的衣袖烤干。哎呀，肚子好饿啊！要是能再有点残羹剩饭就好了！”

武藏快步向灯火处走去。

此时夜已过半。

武藏离开诹访的时候，天色就已经大黑了！走过落合川的小桥之后，他就一路爬山，刚刚翻过了一座小的山峰，前面还有和田峰和大门峰两座大山在等着他。

这两座大山的山脚连在一起，形成一片广阔的湿地。就在那湿地尽头，闪烁着点点灯光。

走近一看，原来是一间驿站茶馆。屋檐下立着四五根拴马桩。屋里传出柴火燃烧时发出的“噼里啪啦”声，一个男人粗声大气地说道：“你说的可是真的？”

武藏站在那里有些迟疑，在这大山深处，且又是深夜，这些人会是些什么人呢？而且他现在身无分文，不知自己该不该进去。

如果这只是普通的农家或樵夫家，大可拜托对方让自己歇歇脚，而且讨碗残羹剩饭来填饱肚子也不成问题。但这里是做生意的茶馆，即使喝一杯茶水也是必须要付钱的。

武藏身上一个钢镚儿也没有，可是空气中飘来的阵阵饭菜香，更加勾起了他的饥饿感，让他挪不动步。

“干脆告诉他们实情，我拿东西抵饭钱得了！”

现在能够抵付饭钱的，只有他背着的武士修行包中的一样物品。

“打扰了！”

武藏叫门前，内心经过了激烈的挣扎，最终还是决定进去讨碗饭吃。而对正在屋内吵吵嚷嚷的那些人而言，武藏的出现也显得异常突兀。

“……”

大家都吓了一跳，顿时安静下来，用惊讶的眼神望着武藏。

房屋正中的房梁上垂着一个大挂钩，上面挂着一口大锅，里面炖着猪肉和萝卜。大锅下面，简单挖了一个坑，木柴在里面旺盛地燃烧着。众人没有脱鞋，围坐在大锅旁边。

三个浪人，或坐在矮凳上，或坐在酒桶上，他们吵吵嚷嚷，大口喝酒，大块吃肉，还把酒壶埋在炭火中加温。店老板背对着门口，在里面切着咸菜，并且还和他们胡乱侃着大山。

“什么事啊？”

一个目光犀利，梳着半月形发髻的浪人代替店老板问道。

六

猪肉汤的香味，加上屋内温暖的炭火，使得武藏更加饥渴难耐。

刚才问话的那个浪人好像又问了什么，但武藏没有回答，径自走进屋内，坐在了一个矮凳上。

“老板，给我来碗肉汤，再给我来份米饭。”

店老板很快就端上了一份冷饭和一碗肉汤。

“客官，您这是要连夜翻过山岭吗？”

“嗯！我今天走夜路。”

武藏拿起筷子，三两口就把汤喝完了，又问店老板要了第二碗。

“白天时，你们可曾看见奈良井的大藏先生，带着一个小孩翻过了这座山峰呢？”

“嗯，没看见——藤次先生，你们有没有看见过这样的两个人呢？”

店老板问大锅对面的三个浪人。他们正坐在一起，吆五喝六地喝着酒。

“我们也没看见！”

三人异口同声地摇头说道。

武藏吃完之后，又要了一碗肉汤。现在他身上暖和了，也吃饱了，开始考虑如何付饭钱的事了。

要是在吃饭之前，把事情说清楚就好了。刚才那三个浪人喝得正欢，再说武藏也不希望得到他人的怜悯，所以就没说自己没钱的事儿。可是现在吃完了，要是店主人不同意自己吃白食，那可怎么办呢？

武藏决定了，要是老板不答应的话，就用自己带的物品抵饭钱。如果老板都不满意的话，那就只好赔上自己的刀笄了。

“老板，我有一个不情之请。说实话，我现在身上一分钱都没有——不过，我绝对不是想吃霸王餐，我能不能用别的东西抵一下饭钱啊？”

没想到店老板非常和气。

“可以啊！不过你要拿什么东西抵呢？”

“是一座观音像。”

“这种东西？……”

“这不是什么名家的作品。只是我在旅途中，用古梅木刻的一个小的坐像观音。可能不值这顿饭的饭钱……不过，还是想请您先看一下。”

武藏解开自己背着的武士修行包。这时，对面的三个浪人，也都放下酒杯，注视着武藏的一举一动。

武藏将包裹放在膝上。这个包裹是将雁皮纸搓成细线，浸泡柿核液之后编制而成。闯荡江湖的武士一般都会将自己的贵重物品放在随身的包裹里，可是武藏的包裹内除了他刚才提到的木雕观音之外，只有一件贴身衣服和一些寒酸的笔墨用品。

武藏抖了一下包裹，这时从里面骨碌出了一样物品。

“呀？”

茶馆老板和三个浪人不约而同地叫出了声。武藏看着脚边的东西，一时语塞，脸上露出疑惑的表情。

那是一个钱包。

庆长小金币，以及其他的银币、金币撒了一地。

武藏心中纳闷：“这是谁的钱？”

其他四人也都充满疑惑，大家都屏气凝神，直勾勾地盯着地上的钱币。

武藏又抖一抖包裹，这时从里面又掉出一封书信。

七

武藏也感到有些奇怪，他捡起书信一看，原来是石母田外记留给自己的。

里面只有短短的一行字：

送给先生一点路费。

话虽这么说，可是留的钱数真的不少。武藏明白石母田外记的用意，他是希望通过这种方式给对方留下好感，以使对方将来能为自己所用。在那个时代，其实不只是伊达政宗，各国大名也都采取这一政策来招揽人才。

自古以来，招揽有为之士并非易事，尤其是近来风云变幻，各国更需要有能力的人才。关原之战以后，流散于各地的浪人比比皆是，但其中真正有才的人士却是凤毛麟角。各国大名求贤若渴，若碰见有为之士，即使给出数百石、数千石的厚禄也在所不惜。

俗话说："千军易得，一将难求。"现在各藩国都在拼命地寻找"良将"，如果能够碰见好的将才，那必将用尽所有的方法，施尽所有的恩惠将对方收入自己麾下。如果不能收入自己麾下，那么签订对自己有利的密约也行。

为了求得人才，大阪城的秀赖不惜为后藤又兵卫花费巨资，这是天下皆知的事实。关东的德川家康也通过调查得知——大阪城每年都会送许多金银财宝给在九度山中隐居的真田幸村。

隐居的真田幸村根本用不了那么多的生活费，他将金银散发给数千人，从而使这些人有了生活来源。于是在关原之战爆发之前，有许多人隐藏于市井街道，游手好闲。

伊达政宗的家臣，听闻武藏在下松的英雄事迹之后，立即就想把他招揽到主人的门下。

外记肯定是想用这些钱来讨好自己！

这笔钱可真不好用啊！

如果用了，那便欠他一个人情。

如果不用的话，这饭钱可怎么付啊？

武藏在心中自己开导自己。

“就因为见到了这些钱，所以才会这么矛盾。得了，就权当没看见好了，这也就不用矛盾了！”

想完，武藏就立刻蹲下，将地上的钱捡起来包好，放回自己的包裹中。

“老板，就用这观音像抵饭钱吧！”

武藏把手中的观音像递给老板。可是，这次店老板却面露不悦：“不行，这东西不能抵！”

老板拒绝伸手去接。

武藏问他为什么不能抵饭钱。老板回答说：“你还问我为什么？客官，你说你身无分文，想用观音像来抵账。要是真的话，我可以答应你……你要是别让我看见也就罢了，你明明带了那么多钱，却想用这观音像来抵饭钱，这怎么能行呢？快点给钱吧！”

本已喝得醉醺醺的三个浪人看到那么多钱之后，也都清醒了，双眼放出贪婪的目光，垂涎欲滴地站在那里。现在听店老板如是说，他们也都站在后面附和着。

八

武藏想向对方讲明这钱并不是自己的，但他转念一想，这样的解释实在是太愚蠢了。

“那好吧！……我给你钱吧！”

武藏没办法，只好掏出一枚银币，递了过去。

“哎呀！我没零钱找你啊！……客官，你有零的吗？”

武藏又翻了一下钱包，里面的最小面值就是银币了，剩下的都是庆长小金币和别的金币。

“不用找了，就当茶水费用吧！”

“那真是太谢谢您了。”

店老板的态度出现了一百八十度大转弯。

既然已经动了这笔钱，那就没必要再藏着掖着了，武藏干脆将钱包绑在了裤腰带上。他打开包裹，将观音像放回原处，然后背起行囊，准备出发。

“不用急，喝杯热茶，暖暖身子再走吧！”

店老板往炉膛内添加木柴，武藏趁机走到屋外。

夜已经很深了，武藏也吃饱了！

武藏打算在天亮之前，越过和田峰和大门峰。若是在白天，可以欣赏到这一带高原上盛开的石楠花、龙胆花和薄雪草等。但此刻在深夜，什么东西也看不见，只能看到白茫茫的露水铺满了大地。

虽然地面上的花看不见，但漫天的繁星，看起来却犹如大片星星的花海。

“喂——”

大约走出两千米的时候，他听见有人在后面叫他。

“客官，你有东西落在茶馆了！”

原来是茶馆中三个浪人中的一人。

他跑到武藏身旁，喘着粗气说：“你走得可够快的啊！在你走后，我们发现了这枚银币，是你掉的吧？”

那个浪人托着一枚银币，递到武藏眼前，看来他是为了还这枚银币，特意追过来的。

武藏表示那钱不是自己的。但是，那个浪人却摇着头，坚称那是武藏的钱包掉落时，其中一枚银币滚到了房间的角落里。捡的时候也没注意，结果就落在那里了。

武藏根本不知道外记给了多少钱，听那浪人这么一说，他觉得也许是真的落了一枚。

武藏行了一礼，接过银币，将它装入袖子内部的口袋里。虽然那个浪人干了一件好事，但武藏丝毫没有感激他的感觉。

“冒昧地问一句，您的武功是跟谁学的啊？”

浪人跟在武藏旁边，亦步亦趋。

“没人教我，是我自己创的。”

武藏的语气透出一股不耐烦。

“你别看我现在沦落到这深山里了，其实我以前也是武士的！”

“哦！”

“刚才一起吃饭的那两人也和我一样。俗话说‘是金子总会发光的’，我们都在等待时机，重出江湖呢！也许不会像佐野源左卫门那么好运，但只要战事一开，我们还是准备腰系山刀，身披盔甲，追随有名的大名冲锋陷阵，再展昔日风采。”

“你是大阪派，还是关东派？”

“我才不管哪派呢！若不见风使舵，那我一辈子也别想出人头地！”

“哈哈哈！你说得也对！”

武藏根本不想理他，所以迈开大步往前走，想早一点摆脱他。可是，那个浪人也加快了步伐，紧紧地跟在身后。

而且更令武藏讨厌的是，那个浪人老是在自己的左侧蹭来蹭去的。这个部位是武士最忌讳的一个位置，因为它会直接影响到拔刀的动作。

九

武藏明白这浪人凶险的意图，他故意将身体左侧露出破绽，以让对方有机可乘。

“武士先生，若您不嫌弃的话，就到我家去住一宿吧！……和田峰的前面还有一座大门峰，对不熟悉路况的人来说，很难在天明之前翻过这两座大山的。更何况再往前走，道路就越来越艰险了！”

“谢谢您的提醒，那就麻烦到您府上借住一宿了。”

“好啊！好啊！就是条件简陋一点，不知您能不能适应？”

“没关系，只要有个睡觉的地方就可以了。你家在什么地方呢？”

“就在这前面，沿着这个山谷，往左前方爬五六百米就到了。”

“你住的地方还真够隐蔽的啊！”

“刚才都跟您说了，我们是暂时隐居在此，在等待时机呢！我和那两个人住在一起，平时靠采些草药，狩些猎物为生。”

“你出来了，他们两人还在那里干什么呢？”

“他们还在茶馆喝酒呢！他们经常喝得烂醉如泥，每次都得我把他们扛回去。今夜，我可不管他们了。……噢，武士先生，下了这个小陡坡就是谿川的河滩，路不好走，您可千万要当心啊！”

“要到河对面去吗？”

“嗯！……谿川的最窄处有一座独木桥，过桥后，往左拐就到了……”

浪人说完之后，就在小陡坡中央停了下来。

武藏头也不回，径直走上独木桥。

那个浪人突然跳下陡坡，抬起独木桥的一端，想把武藏给扔到湍急的河流中。

“你要干什么？”

这时，武藏迅速从独木桥上弹跳起来，一个鹞子翻身，稳稳地站在了河中央的一块岩石上。只听一声惨叫：“——啊！”

独木桥应声落入水中，激起大片白色水花。就在这些水花完全落定之前，武藏腾空跃起，拔出自己的长剑，瞬间砍掉了这个卑鄙小人的头颅。

在此紧急情况下，武藏绝不会去关注一具尸骸。被砍掉头颅的尸体踉跄了几步之后，“扑通”一声倒在了地上。武藏也做好了再次发起攻击的准备。武藏的头发犹如秃鹫的羽毛一般，根根竖立，眼睛警觉地观察着周围的一切。

“……”

“咣”的一声，河流对面传来震彻山谷的巨响。

毫无疑问，那是猎枪发射子弹的声音。子弹“嗖”的一声，打在了武藏身后的崖壁上。

武藏的经验告诉他，子弹不会射中同一个地方两次。所以，他在第一发子弹落定之后，迅速扑倒在刚才子弹射入的地方。然后，他仔细观察对岸的情况，发现有一个红点，犹如萤火一般，正在一晃一晃地闪着红光。

两个人影悄悄地向河岸爬来。

先去见阎王的那个浪人骗武藏说那两个朋友在茶馆喝得烂醉如泥，其实他们早就绕到前面埋伏起来，静待武藏的到来。

这一切，武藏早就预料到了。

刚才那个浪人说的什么以狩猎啊、采药啊为生，这全都是一派胡言。他们的真实身份就是一群货真价实的山贼。

不过，刚才那个浪人所说的“等待时机”还是有几分道理的。武藏身上带着那么多钱，这对他们来说，绝对算得上是一个绝佳时机。

没有任何一个盗贼愿意自己的子孙后代继续从事盗贼这一行当。他们也是在乱世当中为求生存，所以才不得不出此下策。现在各藩国盗贼横行，山中的贼、农村的贼、城镇的贼，各种各样的贼到处可见。等哪一天天下大乱，战争爆发，这些人就会扛起生锈的武器，穿上破旧的盔甲，跟随某个大名冲锋陷阵，恢复他们正常人的身份。可惜的是这些人求的只是生存，他们没了在下雪天和友人焚梅煮酒的那份雅兴，也没了静待时机，并且将一切置之度外的那份气度。

焚虫

一

其中一个人将火绳衔在口中，好像正在推弹上膛。

另外一个人弓着腰，观察着对岸的动静。他们亲眼看到武藏倒了下去，但内心还是有些拿不定主意。

“……应该死了吧！”

他小声询问伙伴。

拿着猎枪的那个人回答说：“肯定死了！”

他点点头。

“打中了。”

两人这才放下心，踩着独木桥向武藏走来。

当拿枪的那人走到桥中间时，武藏一跃而起。

“啊！——”

对方发出一声惊呼，下意识地扣动了扳机。由于没有瞄准，子弹自然打空了，在天空中发出一阵声响之后，就消失在茫茫黑夜里。

两人连滚带爬，沿着河流逃走了。武藏异常气愤，在后面紧追不舍。

“喂！喂！跑什么啊？就一个人，我藤次就能应付得了，赶紧回来帮我！”

没带枪的那人停下脚步，招呼另一个人回来。

那人自称藤次，从他身上的装束来看，应该是此处山贼的头目。

“好——”

经他这么一吆喝，另一个山贼也转身回来了。

在一片慌乱中，火绳已经被他们弄丢了。只见那山贼反手握着猎枪，一步步向武藏逼近。

武藏马上觉察到这两人绝非简单的浪人，单从他们挥刀的动作来看，多少还有点水平。

但是，他们哪是武藏的对手，双方刚一交手，两个山贼就败下阵来。拿枪的那个山贼的衣服被武藏从肩膀开始划了一个大口子，山贼从岸边一下跌落到水流中去了。

山贼头目藤次捂着自己小臂的伤口，屁滚尿流地向上爬去。

在他的踩踏下，脚下的土石不断滑落，但武藏依然紧追不舍。

这是和田峰和大门峰的交界处，山谷中长满了山毛榉，因此这里也被称作山毛榉谷。武藏爬上山坡，发现一处被山毛榉围着的民宅。民宅由一根根山毛榉建成，比普通的山民住宅要大一些。

屋内透出亮光——

武藏发现一个人正拿着纸糊灯笼站在屋檐下。

山贼头目慌慌张张地逃向小木屋，压低声音呵斥道："快把灯熄了！"

那人立即用袖子捂着灯笼，并问道："出什么事了？"

是一个女人的声音。

"哎呀，怎么这么多血——你受伤了没有？刚才我听见山谷方向有枪声，正担心呢！"

山贼头目回头观察，看有没有人追过来。

"笨……笨蛋！快点熄灯啊！屋里的灯也给灭了！"

他一边喘着粗气，一边呵斥那个女人。

山贼头目连滚带爬地躲到屋内，所有的灯都熄灭了，女人的身影也消失在一片夜色中。

武藏来到房前，发现屋内没有半点亮光，门窗也都关得紧紧的。

二

武藏怒不可遏。

但他并不是因为那浪人的卑鄙和虚伪而发怒，而是觉得这些像蝼蚁一样的渣滓竟然还能存在于这个世上，这着实让人心生气愤，也可以说是社会的公愤吧！

“开门！”

武藏咆哮着。

当然对方是不会开门的。

木门破旧不堪，一脚就可以踹开，但武藏为了慎重起见，还是与木门保持了大约四尺的距离。在这种情况下，别说是武藏，就是稍微有点经验的人，也不会贸然上去敲门，做那种破门而入的傻事。

“快开门！”

屋内依然一片寂静。

武藏抱起一块大石头，用尽全身力气猛地向木门砸去。

石头正好砸在了两扇木门的接缝处，两扇木门应声倒地。就在这时，屋内突然飞出一把尖刀。接着，那个浪人连滚带爬地朝屋后逃去。

武藏一个箭步冲向前去，抓住了那人的衣领。

“啊！壮士饶命！”

坏人在阴谋失败，被对方捉住后，必然会这样低三下四地告饶。

那个浪人像一只大蜘蛛一样，被武藏紧紧地按在地上。虽然他口中告饶，但心中并未投降，他一直在找机会逃脱。正如武藏一开始所料，这个山贼头目确实有几把刷子。他很快就挣脱出来，挥拳打向武藏。他的拳法不错，凌厉且富有威力。

武藏也不敢大意，封住了对方打过来的每一拳。最后，眼看武藏就要制伏他了。那山贼开口骂道：“浑……浑蛋！”

山贼用尽全身的力气，腾空跃起，拔出短刀，向武藏刺来。

武藏赶紧闪躲，顺势喊道：“你这个鼠贼！”

武藏趁机捉住他的身体，“咚”的一声把他扔回到屋子里。大概是四肢撞上了炉子上的挂钩，使得挂钩上腐朽的竹子断裂开来，霎时炉口有如火山爆发般扬起一阵白灰。

在白茫茫的烟灰中，有人将锅盖、木柴、火钩子和陶器等所有能够抓到的东西全扔向武藏，以阻止武藏的逼近。

尘埃落定，定睛一看，往外扔东西的人原来不是那个山贼头目。他可能受了猛烈撞击，已经躺在柱子底下奄奄一息了。

貌似山贼妻子的女人抓起够得着的东西，拼命地向武藏砸来，口中还大骂着："畜生！畜生！"

武藏迅速将女人按在地上——女人虽被压在下面，但她从头上拔下一根簪子，朝武藏狠狠地刺去，口中依然大骂："畜生！畜生！"

武藏眼疾手快，安全躲过了她的发簪，然后用脚踩住她的手。

"老公，你到底怎么了？怎么会败给这么一个臭小子！"

那女人咬牙切齿，失望地骂着已经失去意识的丈夫。

"啊？"

武藏不自觉地放开那个女人。她却比男人更为勇猛，立刻爬起身子，拾起丈夫掉落的短刀，又砍向武藏。

"呀，你是阿甲？"

女人愣了一下。

"欸？——"

她气喘吁吁地端详着武藏的脸。

"啊！你？……哦，你不是阿武吗？"

三

武藏面露诧异之色，毫不拘礼地凑上前去看那女人的面孔。

"哎呀！阿武，你都长成一名真正的武士了啊！"

女人的声音好生熟悉。她就是住在伊吹山的艾草屋——后来将女儿朱实卖入妓院，并在京都经营茶馆的阿甲。

"你怎么会在这里？"

"……你这么一问啊，我还真是有些羞于启口。"

"那个倒在地上的人……是你家男人吗？"

“你可能也认识他，他是以前吉冈武馆的祇园藤次。”

“啊！那人竟是吉冈门下的祇园藤次，怎么会沦落到……”

武藏赶紧闭口，后面的话就不再说了。

吉冈一派没落之前，藤次卷着建武馆的所有钱款和阿甲一起私奔了。当时京都的百姓骂声如潮，都说这么卑鄙的男人，不配做一名武士。

武藏对此也略有耳闻，但没想到藤次竟然落魄到如此境地。虽然此事和自己没什么关系，但心中也不免替他感到悲哀。

“阿甲，您快去看看他吧！要是早知是您丈夫，我就不下那么重的手了！”

“哎呀！别说了，我现在就想找个地洞钻进去。”

阿甲扶起藤次，给他喂水，包扎伤口。藤次仍处于半昏迷状态，但阿甲还是向他介绍起武藏。

“啊？”

藤次猛地惊醒过来，抬头望着武藏。

“原来你就是宫本武藏——哎呀！我真是没脸见你啊！”

藤次抱着头表示歉意，久久不愿抬起头来。

放弃武学，带着女人私奔，然后落草为寇，这一切若从大处来看，也许是他命运使然，是今生已定的安排，但若从小处来看，活得如此落魄，真的是又可怜又可悲。

武藏将刚才的怒火全都抛到脑后。他帮这对夫妻扫屋子，擦炉子，还给灶膛添上薪柴，就像要迎接贵宾一般。

“没什么好招待您的，先喝点酒吧！”

武藏看他们要去温酒，就赶紧劝住说：“别麻烦了，我刚才在山上吃饱喝足了！”

“我们好久没聊天了，就尝尝我做的酒菜，一起聊聊天吧！”

说完，阿甲便将锅放在炉子上，并且还拿出了酒壶。

“这令人想起在伊吹山的山麓的日子。”

屋外，山风怒吼着。虽然闭着门，但山风还是透过门缝吹了进来，刮得炉火噌噌地往屋顶蹿。

“朱实后来怎么样了？你有没有什么消息？”

“我听说她在从比睿山到大津的途中，在山上的一家茶馆逗留了数日，后来拿着又八的所有盘缠跑了……”

“唉，这孩子……”

阿甲觉得女儿朱实的遭遇比自己还要坎坷。

四

不只阿甲觉得惭愧，祇园藤次也是异常惭愧，他希望武藏能将今夜发生的事情全部抛到脑后。他恳求武藏：“若他日我能重振雄风，我必将以祇园藤次的身份向您道歉。如今我无脸向您说道歉的事儿，就先让今夜的不愉快随流水而去吧！”

已经沦为山贼的藤次即使恢复成以前的祇园藤次，那也不可能有大的变化，但考虑到自己和他同是天涯沦落人，武藏也就原谅他了。

“阿甲，您也不要再做这么危险的事儿了！”

武藏略带酒意，说出了自己的忠告。

“什么啊？其实我一点也不喜欢做这样的勾当。我们离开京都之后，本打算去新开发的江户谋生。可谁曾想到，走到半路，这个人在诹访的赌场把身上的钱全给输光了。实在没办法了，只能重操旧业，我们在山里采点草药，然后拿到城里去卖，换口饭吃。……今夜我们已经受到了惩罚，我保证以后再也不干坏事了。”

阿甲一喝点酒，就现出以前的媚态。

这个女人的姿色一点也没有受到年龄的影响。她就如同一只娇媚的母猫——如果被主人养在家里，会跳到主人的大腿上撒娇；如果被放到山里，那她就会变成两眼在暗夜里发出璀璨光芒的野猫，会觊觎那些得病路人的肉，也会爬到荒郊野外的棺材上，把里面的尸体吃个精光。

阿甲就是这种人。

“喂！亲爱的！”

阿甲回头望着藤次。

“听武藏刚才介绍，朱实那丫头好像也去江户了。我们也该离开这深山，去过正常人的日子了。要是能碰到她，说不定还能给我们出一些做生意的点子呢！……”

“好！好！”

藤次抱着膝盖，漫不经心地回应着。

本位田又八被这个女人抛弃之后，内心后悔不已。现在和阿甲同居的藤次，内心的苦闷应该和又八差不多吧！

武藏望着藤次的脸，感觉这个男人实在是太可怜了。他又联想起又八，觉得又八也被这女人害苦了——想到自己差点受这女人的引诱而坠入万丈深渊，全身就禁不住起了一片鸡皮疙瘩。

“外面下雨了吗？”

武藏仰头看着黑乎乎的屋顶。阿甲抛着她那因酒醉而更增添几分娇柔的媚眼说：“没下雨！没下雨！就是风太大而已。树叶子啊，小树枝啊，经常会被刮过来，砸得屋顶“啪啪”响。在山里，一到晚上，没有一天天上不掉东西的。有时候，即使皓月当空，繁星满天，也还是会有树叶子、沙土什么的吹过来。有时起大雾，会有像瀑布的水珠飞溅过来。”

武藏点头回应道：“哦！”

藤次抬起头来。

“眼看天就亮了，武藏先生肯定也累了，你快去铺被子，让武藏先生休息吧！”

“好的，好的。阿武啊！这边黑，你先别过来啊！”

“恭敬不如从命，那我今晚就在这儿借住一宿了。”

武藏起身，随阿甲走入黑暗的走廊。

五

武藏睡的地方是一栋从悬崖上搭出的小木屋。夜里太黑，无法辨识下面的一切。也许在地板下面就是深不见底的万丈深渊。

慢慢地，山雾起来了。

在狂风的裹挟下，水珠击打着门窗。

每当一阵狂风吹过，小木屋都会摇晃几下，就好像在大海中行进的小船一样。

阿甲踮着白嫩的双脚，踩着竹片铺成的地板，悄悄地回到刚才的房间。

藤次盯着炉火，陷入沉思。听到阿甲回来后，他立刻瞪大双眼问她："他睡了吗？"

阿甲双膝跪在藤次旁边，回答说："好像睡着了，接下来怎么办？"

"把兄弟们叫来。"

"真要那么做吗？"

"当然了！杀了他，不仅可以得到一大笔钱，还可以为吉冈门报仇，一举两得啊！"

"好，那我这就去。"

阿甲卷起袖口，向门外走去。

深夜。深山。黑暗中的狂风。疾走的白嫩的双脚。身后飘扬的秀发。这女人，如果不是一只充满妖术的母猫，又会是什么？

在大山的褶皱里，不只有鸟兽，还隐藏着各种各样的人。随着阿甲的嫩脚走过山峰，走过沼泽，走过田地，在她的身后已经会集了二十多人。

这些人训练有素，走路的声音要比在地上翻滚的枯叶还要轻。大家悄悄地聚集在藤次的屋前。

"一个人吗？"

"是武士吗？"

“带着钱吗？”

众人交头接耳，同时用手语和眼神来交流，很快就按照平时的分工开始行动。

这群人有的拿着扎野猪的长矛，有的拿着猎枪，还有的拿着大刀，武器是各种各样。一部分人站在武藏睡觉的小木屋外，向里窥探。另一些人从小木屋旁边下到悬崖底下，静悄悄地埋伏好。

还有两三个人先爬到悬崖的半腰，然后再慢慢爬到小木屋的正下方。

一切都已准备妥当。

从悬崖上伸出的那栋小木屋，俨然已经陷入他们的重重包围之中。此外，在小木屋的草席上，还堆放着很多晾干的草药，故意摆了一些研磨草药和制药的工具。其实这些草药都有安眠作用，以使进入小木屋的人尽快沉沉入睡。这些人也不是采药、制药的山民，他们就是一群打家劫舍的山贼。

武藏躺下之后，闻着药草的清香，感觉好舒服。再加上他劳累了一天，现在身上的每个细胞都疲乏得不得了，真想就这么睡去。不过对山里生山里长的武藏来说，这栋小木屋还是引起了他诸多的怀疑。

自己老家的山上，也有采草药的小屋，那都是建在朝阳的地方。草药是非常忌讳湿气的，按理说不可能把储藏草药的小木屋建在这种树木苍郁、杂草丛生的树荫下，况且还有瀑布的水珠会将屋子打湿。

在他的枕边有一个碾药的研磨台，台子上面有一个锈迹斑斑的灯台。武藏望着微微摇曳的灯芯，又发现了一个不合理的地方。

屋内四个角落都是用木材连接起来的，木材与木材之间用锔子箍着，但锔子的排列却非常不整齐，而且接缝处木材的纹路也不一致，有一两寸的错位。

“啊！我懂了。”

武藏昏昏欲睡的脸上挤出一丝苦笑，但他的头仍枕在木枕上。

在湿漉漉的雾气中，武藏感到一种恐怖的气氛正在向自己靠拢。

六

“阿武……睡了吗？睡着了吗？”

阿甲靠在格子门外，低声试问。

阿甲仔细听着武藏的气息，拉开房门，轻轻来到武藏枕边。

“水给您放这里了！”

阿甲边放水盆，边故意凑近武藏的脸，以进一步确认武藏睡了没有。一切妥当之后，她悄悄退出了房间。

祇园藤次则将主屋的灯全给熄灭了。

“睡了吗？”

他小声询问阿甲，阿甲以眼神示意。

“睡熟了……”

藤次胸有成竹地跑到屋外，观察了一下黑暗中的山谷，然后开始挥动手中的火绳。

那是他们的信号。

信号一放，立即有人拔掉了插入山崖中起支撑作用的圆木。小木屋“轰隆”一声整个掉入了万丈深渊，摔得支离破碎。

“好！”

这群山贼就好像猎人捕获猎物一般，发出兴奋的欢呼。然后一个个像猿猴一样，蜂拥着下到谷底。

他们看到手中宽裕的路人，就会想一切办法骗他到这栋小木屋住宿。等到那人入睡了，他们就撤掉支撑的木柱，然后将人摔死，再从死者身上搜刮钱财。

事情过后，他们又会在悬崖上搭起另一栋简单的小木屋。

预先在谷底埋伏的山贼，看到小木屋摔碎之后，就如同一群恶狗一般，迅速聚拢过来，寻找武藏的遗骸。

“摔死了吗？”

上面的人也下来了。

“尸体呢？”

大家一起寻找。不知谁说了一句：“没见尸体啊！”

“胡说！蠢货，怎么可能没有尸体！”

这人找了一阵之后，想法开始动摇，他大声喊道：“真的没有啊！那他会去哪里呢？”

藤次也紧张起来，他两眼布满血丝，大声吩咐道：“不可能！也许是中途撞到岩石弹开了，你们去那边找找看！”

藤次的话还没说完，只见山谷中的岩石、流水、山草全都变得通红，仿佛染上了夕阳的红晕。

“啊？——”

“天啊！——”

所有山贼都抬起头往上看，在七十多尺高的悬崖的上方，藤次的房屋正在熊熊燃烧。门里，窗户里，四周都在往外喷着火红的火焰。

“啊！啊！快来人啊！”

阿甲在发疯般呼喊着。

“不好，快去看看。”

山贼们抓着藤蔓攀上悬崖。藤次的屋子已经完全被山风和火焰包围了。阿甲脸上落满了烟灰，被反手绑在附近的一棵树上。

武藏什么时候逃走的呢？事到如今，他们仍不愿意相信武藏已经逃走了这一事实。这时，一个小喽啰喊道：“快去追，他肯定还在附近——”

藤次知道武藏的厉害，所以他根本不敢去追。但是，别的山贼没和武藏交过手，不知武藏的实力，所以一窝蜂似的追了出去。

荒野中已经没有了武藏的踪影，不知他是沿小路逃走了，还是正在树上呼呼大睡呢！在熊熊大火之间，东方已经泛起鱼肚白，和田峰和大门峰又迎来了新的一天。

前往江户的妓女

一

甲州街道的两旁没有像样的行道树，而且邮驿设施也非常不完善。

很早以前——其实也不是很久，也就是在永禄、元亀和天正年间，武田信玄、上杉谦信、北条氏康以及其他将领曾经在此征战。当年的军用道路现在行走的都是来往的路人，因此甲州街道也就没有前街和后街之分。

从大地方来的人，最不习惯的就是这里的客栈。举个例子吧，早上出门的时候，如果你麻烦客栈给你准备一份便当，那么他们要么是用竹叶给你卷块饼，要么是用干橡树叶给你包个饭团——可以看出，这地方的人依然保留着藤原时代最原始的习惯。

然而，即使是屉子、初狩和岩殿附近比较偏僻的客栈，也都是门庭若市，热闹非凡。街道上的行人熙熙攘攘，而且是下行的路人要比上行的多。

"你看，今天又有妓女队伍通过——"

一些路人正坐在小石佛上休息，看着后面上来的一个团队，他们打开了话匣子，在相互交谈着。

很快，那个团队就来到了他们面前，他们这才发现原来这个团队那么多人。

他们应该属于同一个妓院，单是年轻女子就有大约三十人，此外，还有五个侍奉妓女的小女孩，再加上中年妇女、老婆婆和男人，总共有四十多人。

他们的行李有竹箱、长箱……各种各样的箱子堆得满满的。其中有一个四十多岁的男人，看起来应该是这个妓院的主人。

"草鞋磨出泡的话，就别再穿草鞋了。换上拖鞋，把带子绑好，一样可以赶路。"

“什么？走不动了啊！那也得走啊！”

“喂，看好孩子啊！一定要看好孩子。”

那男人催促动不动就坐下来不想走的年轻女子赶紧起身。他的语气坚决，无形中透出一股威慑力。

像这种运送京都妓女的队伍，每隔三天就会出现一次。他们的目的地当然就是新开发的江户。

自从新将军德川秀忠坐镇江户以来，江户俨然已经成为全国的中心，京都的文化迅速向这里转移。官方的运输、建筑材料的搬运和大小官员的往来已经将东海道和海路塞得满满当当，因此这些妓女团队只能选择更偏僻的中山道和甲州小路前往江户。

今天带领这帮妓女前往江户的男人来自伏见城，他本是一名武士，不知何故如今却成了妓院的老板。这人头脑灵活，也颇有才干，与伏见城的德川家攀上关系，取得移驻江户的官方许可。他不仅将自家的妓女运往江户，还帮助其他妓院运妓女，这人就是庄司甚内。

“那好吧！休息一会儿吧！”

队伍来到小石佛旁，找到了一块适合休息的好地方。

“现在还不到饭点，大家就先吃点便当垫一下肚子吧！阿直，把便当分给她们。”

阿直婆立即从行李车上卸下一箱便当，那都是用干树叶包着的饭团，阿直婆将饭团逐个分到大家手中。妓女们得到饭团之后，便四散分开，狼吞虎咽地吃起来。

这些妓女一个个面黄肌瘦，虽然头上戴着斗笠或包着头巾，但头发上还是落上了厚厚一层白色的灰尘。虽然无汤茶，但她们还是吃得津津有味，不时还会传出吧嗒嘴的声响。任谁看到这番情景，也不会想到这些女人到江户之后，经过一番打扮，又会变成千娇百媚，让无数男人拜倒在石榴裙下的妓女。

其中有一个妓女由衷地说道：“啊！真好吃啊！”

要是他们父母听到这番话语，肯定会伤心落泪吧！

这时，有两三个妓女正花痴般地盯着一名过路的年轻男子：“啊，好帅啊！”

“一般帅吧！”

她们在低声地品头论足。旁边的妓女插话说：“我跟这人很熟的，他是吉冈武馆的弟子，经常来店里捧我的场！”

二

在京都人的印象里，关东是一处比东北还要遥远的地方。

店会开在什么地方呢？

妓女们对未知的土地充满了各种各样的疑虑，因此一听说有伏见城的熟客从此经过，一个个都兴奋起来。

“哪一个人啊？”

“是那个吗？”

大伙儿急忙在人群中搜寻，唧唧喳喳地闹成一片。

“就是那个背着大刀，气宇轩昂的年轻人啊！”

“是那个蓄着刘海的武士吗？”

“嗯！嗯！”

“你快叫啊！快叫他名字看看！”

佐佐木小次郎压根也没想到，就在这有小石佛的石佛岭上，会有那么多妓女正在注视着自己。他甩着手臂，在马车和行人之间钻来钻去。

这时，有个柔媚的声音喊道：“佐佐木先生，佐佐木先生——”

佐佐木小次郎听到了那妓女的叫声，但他没有意识到那是在叫自己，于是依然头也不回地往前走。

“蓄刘海的那个武士——”

这声呼唤他听着特刺耳。岂有此理，他皱起眉头往后看。

正坐在马车旁吃便当的庄司甚内见状，呵斥那些妓女说：“别闹了！不得无礼！”

他抬头看了一下佐佐木小次郎，觉得这人好生面熟。他很快记起来，这人曾和吉冈门的一众门人来店里玩过，当时还打过招呼。庄司甚内赶紧起身，拍拍身上的草说：“这真是太巧了啊！没想到能在这里碰见佐佐木先生。您这是要到哪里去呢？”

“哎呀！原来是角屋的老板啊。我要到江户去。冒昧问一句，你们这是要去哪里啊？好像是大迁移呀。”

“我们跟您一样，也打算到江户去。”

“你们在伏见待得不是好好的吗？还有那么一处古香古色的大宅院，为什么非要到一切都还未知的江户呢？”

“伏见的竞争太激烈，再说这里面水太深了，不好混啊！”

“你说得倒也对！不过，现在到江户去，修筑城池或是制造枪炮的工作倒是很多。但是，像你这样的青楼生意好做吗？”

“没问题的，生意肯定能做。你看大阪城，在丰臣秀吉开发之前，那边的妓院就已经做得有声有色了。”

“哦！你打算把妓院开在江户的什么地方呢？”

“上面已经将市中心的一块叫作葭原的沼泽地赐给我们了，方圆有数千坪①呢——再说，已经有些同行在那儿打前站了，所以我们也就不担心打头阵的事儿了。”

“什么？德川家竟然赐给你们数千坪的地皮——都是免费的吗？”

“有谁会花钱买杂草丛生的沼泽地呢？而且，上面还赐给我们一些石材和木料呢！”

“哈！哈！哈！……原来如此！看来你打算把全家都搬到江户去啊！”

“您有没有谋个一官半职的打算呢？”

“没有啊！我可不希望当官。现在江户是新将军的落脚地，同时也

---

① 坪：日本面积单位名，一坪等于一日亩的三十分之一，合3.3057平方米。——译者注

是天下政治的中心，所以我才想去看看。不过话说回来，要是能当将军家的武术指导，那也未尝不可。”

甚内听完之后，就默不作声了。

甚内深谙江湖内幕，对经济走向和人情世故也都非常精通。虽然他不知道佐佐木小次郎的剑术如何，但是只凭他刚才说话的口吻，就断定此人不值得深交。

“时候差不多了，都起来了，这就上路！”

甚内把小次郎撇在一边，催促大家赶紧出发。阿直婆数了一下妓女的人数，吃惊地说：“哎呀！少了一个，究竟少了谁呢——几帐？墨染？不对啊！她们两人都在那边！这事儿可奇怪了，到底少了谁呢？”

三

小次郎不愿意和这些妓女一起走，觉得掉价，于是自己先走了。因为少了一个人，所以角屋的这群人也没有立即出发，而是站在原地等待。

“刚才我还看见她了呢！就坐在那边。”

“她去哪里了呢？”

“可能逃走了吧！”

大家在有一搭没一搭地说着闲话，其中还有两三个人已经沿着来时的路回去寻找了。

甚内在一片唧唧喳喳声中和小次郎道别，然后回头问阿直婆：“喂！阿直！你说到底是谁逃跑了？”

阿直婆觉得妓女的逃跑自己负有不可推卸的责任，于是战战兢兢地回答说：“是朱实。……就是老板您在木曾路上碰见的那个女孩。您问她愿不愿意人青楼，她表示愿意的那个！”

“找不到了吗？”

“不知她是跑了，还是落在后面了，刚才我叫几个女孩下山找了。”

“我与那女孩一没有签契约，二没有付她卖身钱。她说她愿意做妓女，我看她外形不错，有挖掘的潜力，所以才答应带她去江户。可惜这一路为她花了不少的路费。不过，这也是没办法的事，我们别管她了，走吧！”

今晚若能赶到八王子，那明天就可以到达江户了。

老板甚内觉得即使今晚拖一下晚，也要赶到八王子，所以他急匆匆地走在队伍前列。

这时，路旁传来一个女人的声音：“各位，真是非常抱歉！”

原来是朱实。刚才怎么找都找不着的朱实，这会儿竟然主动回到了队伍中。阿直婆大声怒斥她道：“你到哪里去了？以后可不能不声不响地就走了！你不知道有多少人在担心你啊！”

无论阿直婆怎么骂她，怎么生气，朱实都赔着笑脸。

“刚才有个熟人从这里经过，我不愿意见到他，于是就躲到了后面的草丛里，结果给滑到沟里去了，弄成了这副德行……”

她将划破的衣服和手肘展示给众人看，而且口中还连声喊着“抱歉”，但她的表情却一点也没有道歉的意思。

走在前面的甚内，听到后面的动静，就回头对朱实说：“喂！小姑娘！”

“是在叫我吗？”

“嗯，你是叫朱实吧！这个名字可不好记呀！你要是真想在青楼干的话，最好改个朗朗上口的名字。你真的做好当妓女的准备了吗？”

“不就是当妓女吗？有什么好准备的！”

“一旦你成了妓女，可不是你想不干，就能不干的了！你要满足客人所有的要求，要是没有做好心理准备，那干起来会很麻烦的。”

“我无所谓了，反正最美好的青春年华，已经被那些臭男人给糟蹋了——”

“但你也不能自暴自弃啊！这一路上，你自己好好想想吧！……不管结果怎么样，我都不会问你要路费的！”

恶作剧

一

昨夜，高雄的药王庙住进了一名中年男子。

他带着一个仆人，帮他挑着行李。另外，他还领着一名十五岁左右的少年。

黄昏时分，他们来到了药王庙的山门前。

“今晚就先在这里住下吧！我们明天再去参拜。”

早上，那名男子起得很早，他带着那名少年在山上转了一圈。大约在中午时分，两人又回到了药王庙。望着经过上杉谦信、武田信玄和北条氏康的战乱而变得破败不堪的药王庙，二人内心涌出了无限的伤感。

“这些钱拿去修理寺庙吧！”

男子将三块金子交到寺僧手中，然后就打算穿上草鞋离去。

药王庙的住持见有人捐了这么多的钱，感到非常惊讶，他仓皇跑过来和那男子打招呼：“不知施主能否留下姓名？”

这时，一旁的僧人立刻告诉他说：“名字我已经记在账本上了。”

住持拿过账本一看，只见上面写着：

木曾御岳山下百草房奈良井屋大藏

“原来您就是……”

住持抬头望着大藏先生，对昨晚的草率接待表示歉意。

在全国各地的神社和寺庙的捐赠名单上经常可以看到“奈良井屋大藏”这个名字。大藏先生一般都会捐几块金子，要是碰着比较灵验的神社或寺庙，他还会捐得更多，有时会达到几十块金子。究竟是他爱好佛仙之道，还是他沽名钓誉，还是他乐善好施，这一切除了他本人，无人知道。尤其是在这个风云变幻的时代，像他这样的人真是非常少见，所以药王庙的住持对他也是早有耳闻。

住持想留他参观一下庙内的宝物，但大藏先生却执意要走，他推辞说：“我还会在江户待一阵子，其中若有时间，我肯定还会再来拜访贵寺。”

“那好吧，我送您到山门！”

住持把大藏先生送到山门外。

“今夜您要在府中过夜吗？”

“不，我打算直接赶到八王子。”

“那不太远，您也不用急着赶路了！”

“嗯！现在八王子是谁在管理呢？”

“最近换成大久保长安了！”

“啊！他原先做过奈良奉行吧？”

“嗯，听说现在金山地区也归他管辖呢！”

“真是个了不起的人才啊！”

三人下山之后，太阳还依然挂得很高，他们很快就来到了八王子繁华的二十五宿大街上。

“城太郎，你觉得我们住哪家客栈好呢？”

城太郎一直像跟屁虫一样紧紧跟在大藏先生身后。听到大藏先生这样问他，他率真地回答说：“伯伯，只要不是住在庙里，住哪里都行。”

于是，他们挑了整条街上最大的一家客栈。

“掌柜的，麻烦您了，我们要住店。”

店掌柜看大藏先生衣着不凡，人品高雅，并且还带着随身仆人，断定此人肯定来头不小，因此不敢怠慢，赶紧向前招呼说：“客官，您来得可真早啊！”

掌柜给他们安排了院子对面比较靠里的房间，非常安静，没有什么打扰。

太阳落山之后，客栈里的人渐渐多了起来。店老板和掌柜的来到大藏先生住的房间向他解释说：“真是不情之请啊！刚才来了一大批客人，所以一层噪音比较大。二楼相对清静一些，不知大家是否愿意搬到二楼呢？”

“啊！没关系，就听你们的安排好了！”

大藏先生非常爽快地答应了，并且收拾了一下行李，很快就搬上了二楼。正在这时，他发现角屋的妓女们也住进了这家客栈。

二

“哎呀！跟这些人住在同一家客栈，那可惨了！”

大藏先生来到自己二楼的住处之后，环顾了一下自己今晚的落脚点，禁不住自言自语地发出感慨。

妓女们住进来之后，整个客栈是一片忙乱。叫店小二上来，没人搭理；叫人送饭菜上来，更没人回应。

好不容易等到饭菜送上来了，吃过以后，又无人收拾。

楼上楼下，“啪嗒啪嗒”的脚步声响成一片。大藏先生虽然有些不悦，但看到所有的伙计忙成一团，都怪可怜的，也就不好责怪他们。

房间也没人收拾，大藏先生以手当枕靠在床上。他突然想到了什么，招呼仆人说：“助市！”

没人回应，于是他又喊道：“城太郎！城太郎！”

城太郎也不知跑到哪里去了。大藏先生没办法，只好亲自走到屋外看一下究竟发生了什么。他发现好多男人正扶着二楼的栏杆向下张望，客栈一层的大厅里站着好多妓女，难怪这些男人会做出如此举动。

城太郎因为好奇，也混在人群之中，窥视着一楼的情形。

“你这家伙！”

大藏先生把城太郎拎回房间内。

“看什么呢？”

大藏先生流露出责备的眼神。向来剑不离身的城太郎将木剑放在榻榻米上，然后坐了下来，理直气壮地说：“没看什么啊！大家都在看，我也就跟着看了！”

“大家，大家在看什么啊？”

大藏先生也多少被挑起了一点兴致。

“嗯，大家都在看大厅的那些女人。”

“就只看这些吗？”

“嗯，就这些。”

“她们有什么好看的？”

“我也不知道。”

城太郎据实摇摇头。

让大藏先生难以平静的不是伙计上下楼的脚步声，也不是楼下那群角屋的妓女的吵闹声，而是大家在二楼向下窥望的那种骚动。

“我到镇子里转转去，你最好给我待在屋子里，哪里也别去。”

“求求你，你就也带我去转转吧！”

“不行，晚上不行。”

“为什么？”

“我不是经常和你说嘛，我晚上出去并不是为了玩。”

“那是为什么呢？”

“为了信仰。”

“你白天到处施舍，而且还时不时住在神社和寺庙里，这还不够证明你的信仰啊？”

“光是参拜神社和寺庙是无法建立信仰的，再说我还有其他的祈祷。”

大藏先生不理城太郎。

“我行李箱里有个褡裢，你给我拿过来。”

“钥匙不在我这儿，我可打不开。”

“钥匙应该在助市那里，你知道他去哪里了吗？”

“我见他刚才到楼下去了！”

“是去泡澡了吗？”

“没有，他在楼下偷窥妓女的房间。”

“那家伙？”

大藏啧啧作声。

“你快去把他叫上来。”

大藏吩咐完，顺便紧了紧自己的腰带。

三

四十多人的大团队，客栈一层几乎全被她们给占满了。

男人们住在前台附近的房间，妓女们则都住在大厅对面。

一阵喧嚣之后，客栈里渐渐安静下来。

“我明天可一点儿也走不动了！”

有些妓女细长白嫩的小腿被晒伤了，她们正在往伤口上涂着捣碎的萝卜泥。

有一名妓女，应该是还不太累，她借来了一把破旧的三弦琴，自弹自唱起来。还有一些妓女，累得脸都青了，已经盖好被子，面壁而睡了。

“看起来很好吃啊，能给我一点儿吗？”

有些妓女在争抢着食物。还有人在油灯下奋笔疾书，向远方的男友诉说自己这一路上的辛苦。

“明天是不是就能到江户了啊？”

“不知道啊！刚才我问这里的伙计了，他说还有十三里地。”

“这店里晚上也不关灯，好浪费啊！”

“哎哟，你还真替店老板着想啊。”

“才不是呢！……好烦啊！头也痒得要命，快把你的发钗借我用用。”

看到这么多花枝招展的女子，尤其还是从京都来的妓女，没有男人不会动心吧。助市从浴室出来之后，也不怕着凉，站在大厅傻傻地看着。

突然有人从后面拧住了他的耳朵。

“还不走啊！看会儿就行了啊！”

“啊！痛……”

助市赶紧回头，看是谁在捣乱。

“城太郎，原来是你这浑小子。”

“别看了，有人叫你呢！”

“谁？”

“你家主人啊！”

“骗人。”

“我还真没骗你。你家主人说要出去走走，让我来叫你。我就奇怪了，那个伯伯是不是从年头走到年尾啊？”

“真的叫我啊？那我得赶紧过去。”

城太郎本来想跟着助市一起回屋，可是在树影里有个人叫住了他。

“城太郎，真的是城太郎吗？”

城太郎赶紧回头，四处搜寻，看是谁在叫自己。这一路上，虽然城太郎放下了一切，任何事都听凭命运的安排，但在他的内心深处，还是时时挂牵着走失的武藏和阿通。

单凭声音，可以判断出刚才是一个年轻女人在叫自己，难不成是阿通姐——这可把城太郎兴奋坏了，他赶紧朝树影处看去。

“谁？……”

城太郎慢慢向树影处靠近。

“是我。”

树影里出现了一张白皙的脸，她绕过树木，来到城太郎面前。

“哎呀，怎么是你啊！”

城太郎失望至极。看到城太郎这副表情，朱实自己也尴尬得不得了。

“怎么了？见到我不高兴吗？”

朱实本来准备了一肚子的感伤之话要去诉说，可是被城太郎这么一弄，全给憋了回去。她脸面有点挂不住了，扬起粉拳，不断敲打城太郎。

朱实又开口了："我们好久没见了，你怎么会在这里啊？"

"我自己也不知道为什么会在这里。"

"我的事儿……你也知道了吧！我跟艾草屋的养母分手了，一路上吃了不少的苦。"

"哦……你和这些女人是一起的吗？"

"我还在考虑呢！"

"考虑什么啊？"

"要不要当妓女啊！"

朱实本来不打算跟城太郎这样的小孩说这些事，但又没人倾听自己的苦楚，就只能向他诉说了。

"城太郎，武藏最近在做什么呢？"

朱实终于将话题转移到武藏身上，其实她从一开始最想问的就是这个问题吧！

四

城太郎心想，自己还想知道他在做什么呢！他如实回答道："我不知道啊！"

"不会吧！你怎么会不知道呢？"

"我跟阿通姐，还有师傅，在半路上就走散了。"

"阿通姐——是谁啊？"

朱实的注意力立刻被这个名字吸引过去，但她好像记起了什么。

"……哦……原来是那个人，她现在还在追求武藏吗？"

朱实自说自话。

在朱实的心目中，武藏是一位行云流水、风餐露宿的修行者。因此，无论她多么想念他，都觉得无法在他身上找到稳定的归宿。再加上她的坎坷身世，心中充满了深深的自卑，觉得自己根本就配不上武藏。

但是，猛然间听说武藏身边出现了另一个女人，她心中嫉妒的火焰在瞬间开始燃烧。

“城太郎，这里人来人往不方便，我们到外面去聊吧！”

“到街上去吗？”

城太郎一直想出去转转，现在听朱实邀请自己，他当然毫不迟疑地就答应了。

两人走出客栈，来到熙熙攘攘的大街上。

八王子因为它的二十五家客栈而闻名于世，所见之处要比其他地方繁华得多。秩父和甲州边境的群山横亘在八王子的西北部，这里一到晚上，便灯火辉煌，酒香满巷——赌场的欢呼声、纺织厂的纺线声、批发市场的叫卖声和艺人的清冷音乐声交织在一起，一片热闹繁荣的景象。

“我从又八那里听到过阿通姑娘的点点滴滴，这人是个什么样的女人呢？”

可以看出，朱实对阿通非常在意。

自从阿通这个名字在她耳边响起之后，武藏的事已经不重要，她心中燃起了一股针对阿通的嫉妒烈焰。

“是个很好的姑娘。”

城太郎接着又说：“她亲切、温柔、善良，又漂亮——我超喜欢她！”

朱实听完城太郎的评价之后，内心超级不爽，她感到这女人对自己已经构成了威胁。

女人是一种奇怪的动物，即使感到有人对自己构成威胁，也不会直接表现出来。相反，朱实反而微笑着说：“哦！原来她是这么好的一个人啊！”

“阿通姐可厉害了，什么都会。歌唱得好，字写得也好，还会吹笛子呢！”

“女人会吹笛子有什么用啊？”

“可是，大和的柳生大人，还有其他的一些人都夸阿通姐吹得好啊！……不过，我觉得阿通姐还是有一个缺点的。”

“女人任谁都有很多缺点啊！无非是有些人表现得比较突出，而有些人掩藏得比较深，不让他人知道而已。”

“不是你说的那样了，阿通姐只有一个缺点。”

“什么缺点呢？”

“她动不动就哭，是个爱哭鬼。”

“爱哭？……哎呀！为什么那么爱哭呢？”

“她一想到武藏师傅就哭。我跟她在一起，老郁闷了，所以不喜欢她那样。”

如果城太郎在说话的时候能留意一下朱实的脸色，他就不会那么口无遮拦地说个不停了。朱实的胸口，乃至全身都燃烧起熊熊的嫉妒之火。

五

朱实的眼眸深处，皮肤表层几乎都要喷射出嫉妒的火焰——但是，朱实还想再了解一些，于是她装作若无其事的样子继续问城太郎：“那个阿通姑娘多大年纪啊？”

城太郎瞟了一眼朱实的脸庞，将她和阿通比较之后说：“跟你差不多吧！”

“和我？”

“不过，阿通姐比你漂亮。”

话题若在此打住也就罢了，但朱实继续追问道：“武藏那么硬朗，肯定不喜欢爱哭鬼这样的女人吧！那个阿通肯定是靠眼泪来博取男人的好感。就跟角屋的那些妓女一样！”

朱实想尽一切办法抹黑阿通，以使城太郎对阿通反感，但朱实的

“努力”却适得其反。

“不是你说的那样了！武藏师傅虽然外表看起来不温柔，其实私底下还是非常喜欢阿通姐的。”

城太郎的这句话语深深刺痛了朱实，她内心的嫉妒火焰燃烧得更旺了，脸色也变得更加难看。若是旁边有一条河，朱实真想跳进去，一死了之。

假如城太郎不是一个孩子，她还想让他告诉自己更多，但是面对城太郎天真无邪的脸庞，朱实只好作罢。

“城太郎你过来。”

朱实看到前面十字路口有一家店铺挂着红灯笼，于是就拉着城太郎一起去。

“哎！那不是一家酒馆吗？”

“对啊！”

“女人还是不喝酒的好！”

“我就是突然想喝了而已，一个人又太无聊，只好叫你了。”

“可我也不能喝啊！”

“不用你喝，你捡点儿你爱吃的，陪着我就行。”

两人打量了一下店内，没有发现一个客人。朱实冒冒失失地闯了进去，喊道：“拿酒来。”

朱实面对墙壁，一杯一杯地喝着闷酒。城太郎看她有些不在状态，就赶紧过去制止她，可她却推开城太郎，并且嚷嚷道：“烦死了！干吗呢？你这小破孩——老板，酒……再给我上酒！”

朱实满脸通红，红得如同火焰一般。她趴在桌子上，喘着粗气。

“不能再喝了啊！你可别喝了！”

城太郎站在旁边，关切地制止她。

“没关系，我喝，反正也没人喜欢我。你不是也喜欢阿通吗？……我，朱实，生来最讨厌靠哭天抹泪博取男人同情的女人。”

“我最讨厌喝酒的女人了！”

“是我不好。……可我不能不喝啊！我心里好难受！……我这是在借酒浇愁啊！你这样的小屁孩，懂吗？”

“你快去结账吧！”

“我拿什么结啊！我没钱！”

“什么？你没钱啊？”

“你回客栈，向角屋老板要去，反正我已经卖身为妓了……”

“哎呀，你哭了！”

“不行吗？”

“你刚才还说阿通姐是爱哭虫，你不喜欢女人哭，你看你现在自己却哭起来了！”

“我的眼泪怎么能和她的一样——啊！好烦啊！我死给你看好了。”

朱实突然爬起来，向黑暗的屋外跑去。城太郎大吃一惊，也赶紧追了出去。

酒馆的伙计对这样的场景那是司空见惯，他们笑嘻嘻地看着发生的一切。这时，在酒馆角落里睡觉的一个浪人，突然睁开了醉眼，目送他们冲出屋外。

六

“朱实姐，朱实姐！你可千万不能寻死啊！”

城太郎在后面狂追。

朱实在前面猛跑。

越往前跑，前面越黑。

视野内一片黑暗，根本分不清前方是否有泥淖，朱实只管一味地往前跑。城太郎在后面紧追不舍，呼喊中已经现出了哭腔。

朱实的心中也曾萌发出少女多情的嫩芽，但这稚嫩的芽尖却被一个粗鄙的男人——吉冈清十郎给生生折断了。当初，她在住吉的海边跳海自杀时，那是真的想寻死。今日的朱实已经失去了那份纯真，虽然嘴上说要去寻死，其实心中并不想。

“谁没事会自己去找死啊！”

朱实自己在心里说。她只是觉得城太郎在后面狂追自己很好玩，所以想逗他一下。

“啊！危险——”

城太郎大声提醒她。

他发现在朱实前面有一个壕沟，但由于天太黑，朱实没有看见。

城太郎从身后紧紧抱住跌跌撞撞的朱实。

“朱实姐，你可千万别寻死啊！死了可就什么都完了！”

城太郎把她拉住，可朱实却闹得更厉害了。

“你和武藏都认为我是一个坏女人，我活在这个世上还有什么意义。别管我，就让我怀着爱武藏的一颗心去死好了！……我死了，也能成全他和那个女人早日结婚。”

“你怎么了啊？到底怎么了啊？”

“城太郎，快，快把我推到那沟里，淹死我算了，我也能一了百了。”

朱实双手掩面，号啕大哭起来。

城太郎哪见过这番景象，吓得都要哭了。

“姐，咱回客栈好吗？”

城太郎想赶紧带朱实回去。

“城太郎，我好想武藏啊——你帮我把他找来，好吗？”

“停下啊！你别再往前走了——”

“……武藏，我先去阴间等你了！”

“危险——”

当朱实和城太郎跑出来的时候，那个睁开醉眼的浪人就紧跟在他们身后。这时，他已经绕过壕沟，正一步一步向二人逼近。

“喂！小孩儿！……把这女人交给我就行了，我过会儿把她送回去，你先回去吧！”

说完他便推开城太郎，把朱实紧紧搂在怀里。

这个男人个子颇高，看起来有三十四五岁。他浓眉大眼，脸上布满了浓密的络腮胡，颇有关东武士的风采。离江户越近，武士的穿着与关西也越不相同，关东武士的袖口一般都比较短，而且所持的大刀也要比关西武士大得多。

“哎哟——”

城太郎被推了个趔趄，禁不住哎哟了一声。他抬头看去，发现眼前这个浪人从下巴一直到右耳有一道长长的刀疤，整个脸鼻塌嘴歪，就像桃子的裂口一般。

城太郎在心中思忖：“这个家伙好像很厉害！”

他咽了一口唾沫，拽着朱实说：“不用你管，我要带她回去！”

那个浪人哪肯让到手的女人溜了，他哄城太郎说：“你看这女人不闹了吧！看她这表情，在我怀里睡得多香啊！你先回去吧！我过会儿把她送回去！”

“不行啊！大叔。”

“你给我滚开——”

“……？”

“还不滚啊！”

他缓缓提起城太郎的衣领，而城太郎则像罗生门中的渡边纲忍受恶鬼的臂力一般，紧紧地踩着地面。

“你，你要干什么？”

“你这臭小子，不在这水沟里灌饱，你是不想回是吧？”

“胡说八道！”

此刻，城太郎瞬间拔出比自己还高的木剑，狠狠地打在了那个浪人的腰上。

但是，由于反作用力太大，自己也被弹开了。一屁股坐在了水沟旁，幸亏没有掉下去。不过，身体还是受了重创，呻吟了几声之后，城太郎就失去知觉了。

七

其实不只是城太郎，小孩子们大都如此。遇见事儿，他们不会和大人那样思虑再三，而是会愣冲愣撞。纯朴的本性经常会使他们徘徊在生与死的边缘。

“喂！小孩儿。”

“姑娘！”

“小孩儿……”

城太郎在恍惚中，仿佛听到了有人在找自己。他睁开眼，发现周边站着好多人，正在眨巴着眼睛望着自己。

“醒了吗？”

大家关切地问着。这反而搞得城太郎有点不好意思了，他一骨碌爬起来，捡起自己的木剑，想赶紧一走了之。

“喂，别走啊！和你一起跑出来的那姑娘呢？”

客栈的伙计赶紧抓住他的胳膊，不让他离开。

城太郎一听才弄明白，原来他们是角屋的员工，还有客栈的伙计，是一起出来找朱实的。

人群中有人提着灯笼，也不知是谁发明的，最近在京都特别流行，看来这东西也传到关东来了。还有一些年轻男子，他们手持棍棒，问城太郎：“有人前来送信，说你和角屋的一个姑娘被浪人给劫走了。……你知道那个姑娘去哪里了吗？”

城太郎摇着头。

“不知道，我什么也不知道。”

“不可能！……你别骗我们了，你怎么可能什么都不知道！”

“我只知道她被那浪人抱着，跑到那边去了！”

城太郎回答得言简意赅，他不想和这些人纠缠下去，要是不尽快赶回去的话，可能又要遭大藏先生的骂了。此外还有一个原因，要是让大伙儿知道敌人还没出招，结果自己就给摔得昏了过去，那就太难为情了。

“那浪人到底往哪里逃了？”

“那边。”

城太郎用手一指，大家便追了过去。没过多大一会儿，就听见有人说：“在这里！在这里！”

大家提着灯笼和棍棒一拥而上——朱实站在一户农家的茅草屋的阴影里，衣冠不整，显得非常狼狈。看地上的情形，刚才她应该是被那浪人压在了干草堆上。后来，听到大家的脚步声，她赶紧站了起来。她的头发和衣服上全都是杂草，领口也敞开着，腰带松松垮垮，差点儿就被那浪人解了下来。

“哎呀！没出事吧？”

众人用灯笼一照，立刻就明白了，要是再晚来一会儿，朱实可能就会被那浪人给强奸了。大家不再多言，也忘了去追赶那作恶的浪人。

“……好了！回去吧！”

朱实甩开扶她的手，靠在茅草屋的木墙上，低声啜泣。

“她好像喝醉了。”

“为什么又在外面喝酒呢？”

众人只能站在那里，看着她哭泣。

城太郎站在远处，也看见了朱实哭泣的样子。城太郎现在还太小，无从想象她究竟遭遇了什么。但是，他忽然想起了过去自己亲身体验过的一件趣事，虽然这和朱实毫无关系。

当时，他住在大和柳生庄的一家客栈内，客栈内有一个小姑娘，名叫小茶。他们二人就如同两只小狗一样，在马料仓库的稻草上抓来抓去，滚来滚去，一旦听到人的脚步声，就吓得不得了。

“走吧——”

城太郎觉得非常无趣，于是就离开了。刚才差点儿丢了自己的小命，现在却还能活在这个世上，他感到非常高兴，禁不住哼起了小曲。

田野中的大金佛。

你可曾见过一个十六岁的小姑娘？

那小姑娘迷了路。

我敲木鱼，“哐”。

我问金佛，“哐”。

……

草云雀

一

城太郎以为自己能找到回客栈的路，因此也没注意周围的建筑，一个劲儿地往前跑。

“啊！是不是走错了？”

城太郎开始怀疑起来，他前后看了一下。

“来的时候好像没经过这里啊！”

他确定自己走错了方向。

这儿以一处古时的城寨遗迹为中心，周边是一圈武士住宅。城寨曾被其他藩国的军队占领过，毁坏得非常严重，现在基本是一片废墟。但是，其中一部分还是得以恢复，成为这一地区最高长官大久保长安的住宅。

这处城寨和战国以后流行的平地城池不同，它极为古式，应该是土豪时代的城寨，因此没有护城河，也没有城墙和浮桥，只是背靠一座高大的灌木山。

“啊！……是谁？……从那上面下来的是人吗？”

城太郎所站位置的一边恰好是一处武士住宅的外墙。

另一边则是田地和沼泽。

田地和沼泽的尽头是一座险峻的高山，上面长满了灌木。

此处既无道路，也看不到石阶，应该就是这座城寨的后身。就在这时，城太郎发现有人从长满灌木的绝壁上扔下一根绳子，然后悄悄地爬了下来。

绳子的前端有一个铁钩，那人先将铁钩挂在绝壁的顶端，然后滑到绳子的最下端。双脚不断地寻找岩石和树根，等自己站稳之后，再挥舞绳子，让铁钩掉下来，重新挂好铁钩之后，再顺着绳子滑下来。

如此反复几次之后，那个人影安全地到达了山脚下的田地，然后潜到灌木丛中，不知了去向。

“那究竟是人，还是别的什么东西啊？”

强烈的好奇心让城太郎忘记了自己已经迷路，并且远离客栈这一事实。

“……？”

但是，即使他把眼睛瞪得再大，也看不到任何动静了。

受好奇心的驱使，他不愿就此离去。他在道路旁边的树荫里藏了起来，希望那人过会儿会跨过田埂，走到自己面前。

功夫不负有心人，城太郎的期望没有落空。过了很长一段时间，那人终于跨过田埂，走了过来。

“……不会吧！原来是偷柴火的山民。”

当时确实有一些山民，趁着月黑风高，偷偷爬过险峻的悬崖，去别人的林区内偷柴火。要是真是偷柴火的山民的话，那城太郎的等待就太没意义了。但是，事情很快发生了转变，这一转变不仅满足了城太郎的好奇心，而且远远超出了他的承受能力，他变得恐惧，浑身也在止不住地颤抖。

从田埂上走过来的那个人俨然没有注意到躲在树荫里的城太郎的小小的身影，他优哉游哉地从城太郎面前走过。借着微光，城太郎看清了那个人，他惊得差点儿叫出声来。

因为那个人不是别人，正是自己一路追随的奈良井的大藏先生。

城太郎不愿意相信自己看到的这一切，他在心里告诫自己：“不，肯定是我认错人了。”

他努力将自己刚才的意识从脑海中清除掉。

这样一来，他就更加确认是自己认错了人——因为从逐渐走远的背影看来，那人脸上蒙着黑布，身上穿着夜行衣，脚上穿着轻便的草鞋，而且背上还背着一个重重的包裹，肩膀宽阔，腰身硬朗，怎么看都不像已经五十多岁的大藏先生。

二

刚才的人影，往前走了一段路之后，向左一拐，走上一座山丘。

城太郎没有多想，毫不迟疑地尾随而去。

无论如何他也得找到回去的路，可是附近又没有能够问路的人，他只能跟在那人身后，希望过会儿能够看到客栈的灯光。

但是，那名男子很快就走进了一条小路，他将重重的包裹放在路标旁，仔细辨认着路标上的文字。

“啊？……奇怪了……还是很像大藏先生。”

城太郎越来越觉得奇怪，他决定就这么一路尾随下去，探个究竟。

那男子继续沿着山丘往上爬。城太郎跟在身后，也看了一眼那块路标，只见上面写着：

首塚之松，在此之上。

“啊，是那棵松树吧！”

城太郎抬头望去，只见山丘顶上有一棵大松树。他紧跟着那人爬到山丘顶部，发现那男子正坐在松树底下抽烟。

“这下可以确定了，这人肯定是大藏先生。”

城太郎小声嘟哝着。

在当时，农夫和商人根本抽不起烟草。南蛮人将烟草带到日本之后，教会了日本人抽烟，并开始在日本种植。但是在当时，烟草是非常昂贵的东西，即使在京都，若不是非常有钱的主，也抽不起烟草。更重要的是，当时日本人的体质还不适应烟草，有些人抽烟之后，会出现眩晕和口吐白沫等症状，但大家都知道抽烟的感觉是很爽的，所以将烟草视为一种“魔药”。

据说，奥州的伊达政宗公等每年拿六十多万石俸禄的藩主，大多都喜好抽烟。书吏记载伊达政宗公的抽烟规律是：

早上抽三根，傍晚抽四根，睡前抽一根。

城太郎自然不会知道以上典故，他只知道很少有人抽得起烟草——而且城太郎也经常可以看到大藏先生用陶烟管抽烟。因为大藏先生是木曾的首富，所以城太郎对大藏先生抽烟一事一点也不奇怪。但是，此刻看到首塚的松树下，如萤火一般或明或暗的烟头，城太郎感到一股深深的恐惧。

“他在做什么呢？”

城太郎已经习惯于冒险，他悄悄地爬到那人附近的阴影里。

他终于看清了。

那男子悠闲地抽完烟草之后，猛地站起来，他脱掉夜行衣，摘掉面巾。没错，正是奈良井的大藏先生。

大藏将蒙面用的黑布塞到腰间，绕着松树转了一圈，然后不知从哪里拿出一把铁锹。

“……？”

大藏先生以铁锹当杖，站在那里观赏着苍茫夜色。这时，城太郎也发现了，这个小山丘正是客栈一条街和武士住宅的接壤地。

“嗯！”

大藏满意地点点头。他用力将松树北侧的一块大石头撬开，然后一锹插进了下面松软的泥土中。

三

大藏挥动铁锹，全神贯注地挖着土。

很快就挖出一个一人多高的大坑。他抽出腰间蒙脸的黑布，擦了一把脸。

“……？”

草丛中有一块大石头，城太郎就藏在石头的阴影处。他的眼睛瞪得老大，注视着大藏的一举一动。城太郎感觉眼前的这个大藏先生和自己之前认识的大藏先生简直判若两人。

“成了！”

大藏跳到洞穴里比画了一下，只剩一个头露在外面。

他用力踩了踩洞穴的底部。

城太郎心想，要是大藏先生把自己埋在坑里自杀的话，那自己无论如何也要阻止他。但他很快就发现，自己的担心完全是多余的。

大藏从坑中爬出来，把松树下重重的包裹拖到大坑旁边，然后解开捆绑包裹的麻绳。

城太郎本以为那个包裹就是一个包袱皮，没想到竟然是一件作战时穿的皮革背心，而且背心里面还有一层如帷幔一样的布。大藏小心翼翼地将布打开，里面装满了金子，数量多得惊人。而且还有好几块竹节金[①]。本以为就这些黄金，可谁曾想他又将衣服解开，从前胸、后背，以及全身抖落下许多庆长金币。大藏捧起地上的金币，和其他金子混在一起，然后用布和皮革背心包好，像踢一只死狗一样，将黄金包裹给踢到了大坑里。

接下来，大藏先生把坑填平，再用脚把土踩实，然后又把石头挪回原处。为了不使刚刚翻动的新土引人注目，他还特意找来一些杂草和树

---

① 竹节金：战国时期的一种货币形态，将熔化的黄金倒入半圆形的铸模内，冷却之后，外形像一劈两半的竹节。——译者注

枝堆在上面。

一切处理妥当之后，大藏先生脱下草鞋和绑腿，并将它们跟圆锹绑在一起，丢到人烟罕至的杂草丛中。然后他穿好衣服，换上草鞋，胸前挂上和尚才用的头陀袋，长长地舒了一口气："啊！还真是有点累啊！"

他一边自言自语，一边朝山丘下走去。

等大藏走远之后，城太郎也来到刚才埋黄金的地方瞅了瞅，发现一点翻动过的痕迹都没有。他感到非常惊奇，慨叹大藏埋黄金的手法简直就跟变魔术一样。

"……糟了，我要是不先赶回去，他肯定会怀疑的！"

城太郎看着城里的灯火，已经知道如何赶回去。他选择了一条和大藏不同的道路，如疾风般迅速向山丘下跑去。

回到客栈之后，他装作若无其事地回到二楼。进入房间一看，大藏还没有回来，城太郎也松了一口气。

只见仆人助市在油灯下，靠着行李箱，孤独地睡着了，嘴角还流着哈喇子。

"喂！助大哥，这样睡会着凉的！"

城太郎故意摇醒他。

"啊！城太郎，你回来了啊……"

助市揉一揉眼睛。

"这么晚了，你去哪里了呢？也没向我家主人禀报……"

"你在说什么啊？"

城太郎反问道。

"我早就回来了，只是你睡着了，不知道而已。"

"骗人！我亲眼见你带着一个角屋的妓女出去了——你这么小就撒谎，我看你将来怎么办？"

没过多久，大藏就回来了，他拉开纸门打招呼说："我回来了。"

四

客栈离江户还有十二三里地，要想在太阳落山之前赶到江户，那就必须早起。

角屋的妓女们天还没亮就离开了八王子，而大藏先生、城太郎和助市三人则慢悠悠地吃了一顿早餐，然后才出发。

他们离开客栈时，太阳已经很高了。

助市和城太郎像往常一样，紧紧地跟在大藏先生身后。昨晚，城太郎目睹了大藏先生的所作所为，所以今天显得特别苦闷。

“城太郎！”

大藏先生回头望了一眼闷闷不乐的城太郎。

“今天怎么了？看起来不高兴啊！”

“嗯？……”

“出什么事儿了吗？”

“没有！”

“原先都蹦蹦跳跳的，今天怎么突然就老实了呢？”

“其实啊！……大藏伯伯，我跟您直说了吧！如果这样一直跟着您，我也不知道能不能找到我师傅，所以我想自己去找……不知您愿不愿意？”

大藏毫不犹豫地回答说：“那可绝对不行。”

若是在以往，城太郎肯定会拽起大藏的胳膊，撒娇缠他答应自己的要求，可是这次城太郎却缩了回来。

“为……为什么啊？”

他结结巴巴地问道。

“我们休息一下吧！”

大藏说完，便一屁股坐在了武藏野的草地上。他挥挥手，让挑着行李箱的助市先走。

“大藏伯伯，我想尽快找到我师傅，所以您就让我自己去找吧！”

“那怎么能行呢！我可放心不下。”

大藏先生面露难色，拿出陶烟管，“吧嗒吧嗒”地抽着烟。

“从今天开始，你就做我的养子吧！”

这事儿可变得严重了，城太郎吓得咽了一口唾沫，他看见大藏先生满脸堆笑，觉得他可能是在开玩笑。

“我不，我不想成为伯伯的养子。”

“为什么呢？”

“伯伯是城里的商人，可我想成为一名武士。”

“若从根上说起，我也不算一个城里人。你若肯当我的养子，我一定帮你成为厉害的武士。”

看来大藏先生是认真的，城太郎禁不住浑身发抖，他疑惑地问道：“伯伯为什么突然要收我为养子呢？”

大藏先生猛地抓起城太郎的手，把他揽到自己胸前，然后贴着他的耳朵，小声对他说：“因为你都看见了啊！小家伙。”

“……嗯？”

“你不是都看见了吗？”

“……看，看到什么啊？”

“昨晚我做的事啊！”

“……”

“为什么要跟着我？”

“……”

“为什么偷看我的秘密？”

“……对不起！大藏伯伯。真的对不起，我没对任何人说。”

“小点声！既然你已经都看到了，我也不想责备你，但作为补偿，你必须做我的养子。如果你不肯答应，虽然你很讨人喜欢，但我还是会杀了你——要么成为我的养子，要么去死，你自己选择一个吧！”

五

也许真的会被杀死，城太郎生平第一次感到如此恐惧。

“对不起！真的对不起！您可千万别杀我啊！我还不想死！”

城太郎就像一只被大藏捏在手心的云雀，他只能轻轻地求饶，怕自己一旦奋力挣扎，惹恼了大藏，立即就会被他捏死。

但大藏俨然没有要杀死他的意思，他轻轻地把城太郎抱到自己的膝盖上。

“这么说，你是要选择当我的养子了？”

大藏用他那稀稀拉拉的胡子蹭着城太郎的脸颊。

胡子扎在脸上，城太郎感觉非常疼。

虽然大藏的动作比较柔和，但是手上的力道却是大得惊人，再加上身上散发出的体臭，熏得城太郎苦不堪言。

城太郎现在完全不知所措。若论危险程度，这次还不如以前的数次遭遇凶险，当时他都能够奋力向前，从容应对。可是，这次不同以往，他就像婴儿一样，发不出声，抽不出手，难以从大藏的膝盖上挣脱。

“哪一个，你到底选哪一个？”

“……”

“想当我的养子，还是被杀掉？”

“……”

“喂！快点决定啊！”

“……”

城太郎哭起来。他用脏兮兮的小手抹了一把脸，结果整个脸都给搞花了。眼泪顺着脸颊流下，被脸上的污垢染得漆黑，挂在鼻翼的两侧不再动了。

“哭什么啊？当我养子不好吗？你要是想成为一名武士的话，那就再合适不过了。我一定会帮你成为一名杰出的武士。”

“可是……”

“可是什么？”

“……”

“有话快说！”

“伯伯……”

“嗯？”

“可是……”

“你真是要急死我了。男子汉大丈夫，别磨磨叽叽的！”

“……可是……伯伯，您真的是小偷吗？”

如果大藏稍一松手，城太郎应该可以迅速逃脱。可是，大藏的膝盖就如同深渊一般，任城太郎想尽一切办法也难以离开。

“啊！哈哈哈！”

大藏拍了拍城太郎因哭泣而一抖一抖的背。

“就因为这个，你才不愿意做我的养子啊？”

“……嗯！”

城太郎点点头。大藏又拍拍他的肩膀，笑着对他说：“我确实是一名天下大盗，但我和那些专偷穷人和劳苦百姓的小偷不同。你看德川家康、丰臣秀吉和织田信长，他们和我一样，也是天下大盗，只是窃取的是国家政权而已——只要你跟着我，把目光放远点，以后就会明白我今天跟你说的话了。”

“这么说来，伯伯您不是小偷啊！”

“我不会做那种鸡鸣狗盗之事的——我做的是更大的事业！”

考虑到城太郎年纪尚轻，解释深了他也理解不了，所以大藏先生就只好先说这些了。

他将城太郎从膝盖上放下。

“我们出发吧！别再哭了，从今天开始，你就是我的养子了。你放心，我会疼你爱你的。不过，昨晚的事儿可千万别跟他人说呀——你要是说了，我就立刻把你的头拧下来！”

开拓者

一

五月底，阿杉婆也来到了江户。

那是一个炎热的时节，而且当时的江户正面临干旱，整个梅雨季节一滴雨都没下。阿杉婆来到江户后就纳闷不已——为什么要在这荒芜的草原和杂草丛生的沼泽地建一座新城呢？

离开大津之后，她用了大约两个月的时间才最终抵达江户。在经过东海道来江户的途中，她生过病，也参拜过神社，各种各样的琐事耽误了她不少时间。现在回想来时的路，真如那首歌里唱的那样——“都城在那彩云深处”，真是太遥远了。

高轮街道的两侧最近新种了行道树，并且还堆起了计算路程的土堆。高轮街道从河口一直通到日本桥，是江户这座新兴城市的主干道，所以走起来还算比较方便。但是，经常会有运石料和木材的牛车从此经过，再加上盖房子的人家需要搬家和填埋土地等，所以这条街道显得非常拥挤。由于好久没有下雨，路面上积聚了厚厚的灰尘，一旦有人或车经过，都会激起一片白色尘埃。

“啊！——没长眼吗？”

她怒目圆睁，盯着一处正在兴建的新房子。

房内有人在笑。原来是粉刷匠在刷墙壁的时候，不小心将涂料溅到了阿杉婆的身上。

这老太婆虽然年事已高，对这种事情却无法忍让。她拿出以前在老家，本位田家的那种架势，破口大骂：“你们将涂料溅到行人身上，不但不道歉，还在那儿笑，真是无法无天啊！”

要是在老家，如果她用这种语气训斥佃户和村民，那么那些佃户和村民肯定会立马跪地请求宽恕。可是，这是在新兴城市江户，没人听她这一套，正在搅拌白灰的粉刷匠对她的怒吼嗤之以鼻，根本不当一回事儿。

“说什么呢？你这老太婆也太奇怪了吧！在那儿嘟嘟囔囔地说些什么呢？”

阿杉婆一听，更是气不打一处来。

“刚才是谁在笑？”

“我们都在笑啊！”

“放肆！”

粉刷匠们见阿杉婆如此动怒，一个个都笑得前仰后合。

来往的路人都觉得阿杉婆年纪已经不轻了，没必要计较这些。可是依阿杉婆的性格，绝对不能就这么善罢甘休。

她默不作声走进屋内，把手放在脚手架上。

“是你们在笑吧？”

说完，瞬间把脚手架上站人的木板抽开。

粉刷匠们“噼里啪啦”摔了下来，沾得满身都是涂料。

“你这个老畜生！”

粉刷匠们立即爬起来，纷纷握紧拳头，作势要打阿杉婆。“要打架是吧？走，到外面去！”

阿杉婆双手叉腰，一点也不畏惧对方人多势众。

阿杉婆的架势把所有人都给镇住了，他们未曾料到这老太婆竟然如此凶悍。从她刚才的举动，以及说话的语气，众人断定这老太婆肯定是武士的母亲。粉刷匠们个个面露惧色，不敢轻举妄动。

“给我记好了，以后可不能再做这么无理的事儿了！”

出了一口恶气之后，阿杉婆雄赳赳气昂昂地走了。过往的路人目送她的背影渐渐远去。

就在这时，一个光着脚，满身木屑的小学徒，从工地旁边冲出来，大声喊着：“死老太婆！”

“哗啦”一声，小学徒把一桶泥浆泼在了她身上，然后迅速躲了起来。

二

“谁？”

阿杉婆立即回头寻找，但刚才恶作剧的那个小学徒已经不见了。

她看到自己被泼了一身泥浆，眉头紧锁，脸上布满阴云。

“笑什么呢？”

看到来往的路人在那儿哈哈大笑，她更是怒气冲天。

“有什么好笑的，别笑了！我现在是老了，可你们早晚有一天也会老的。我大老远来到这里，你们不但不热情地关照我，反而还往我身上泼脏水，还哈哈大笑，难道这就是江户人的待客之道吗？”

阿杉婆似乎没觉察到，她越是责骂，聚集的路人越多，而且笑声越大。

“现在全国上下都在说江户的事，说这儿多么好，多么棒！可我来了一看，这都是些什么啊？你们劈山填沼泽，挖沟填大海，到处都搞得尘土飞扬，脏兮兮的。而且，人情味还那么淡，素质那么差，和我们京都真是无法比。”

阿杉婆说了一通之后，内心舒服了不少，她不顾嘲笑她的民众，气呼呼地走了。

城里到处都是木料和新房子，白花花的，晃得人难受。有一些空地还没有埋结实，泥土下面随处可见干枯的芦苇根。一眼望去，地上满是干结的牛粪，发出的刺激性气味直往眼睛和耳朵里钻。

“江户原来就这样啊？”

她对江户的一切都看不上眼。在这片新开发的处女地上，最古旧的东西也许就是阿杉婆了。

实际上，活跃在这片土地上的都是年轻人。开店的是年轻人；骑着高头大马的官吏也是年轻人；戴着斗笠，迈着大步行走的武士也是年轻人；工人、木匠、小商人和士兵，甚至将领也都是年轻人。可以说，江户是年轻人的天地。

“要不是为了找人，这鬼地方我一天也待不下去……”

阿杉婆气鼓鼓地自言自语，可是前面一条沟挡住了她的路，她不得不绕行。

挖出的土如同一座小山，不断有车子来将土运走。在一块刚刚掩埋好的地块，木工们正在装修房子。虽然还没有完工，但已经有一个涂着白粉的女子在门帘后面画着眉毛。屋子外面挂着一块中草药招牌，里面堆着一些和服绸缎布料，同时还在卖酒。

这里是江户城的郊外，以前只是千代田村和日比谷村之间的一条田间小路，后来随着江户的开发，才逐渐发展成这样。如果到江户城周边，会看到太田道灌①之后，以及天正年间以来修建的大街小路和屋敷町，这些地方已经发展得非常繁华。阿杉婆还没有走到中心城区，错把郊区当成了江户。

从昨天到今天，阿杉婆看到的全是江户的新开发地区，她以为江户就是这种乱七八糟的样子，所以对江户的第一感觉非常不好。

正在挖掘的水沟上，有人搭了一块木板，用来临时通行。阿杉婆小心翼翼地走过去，发现有一个小屋子，四周挂着草席，用剖开的竹子固定着，门口挂着一个幌子，上面写着——澡堂。

阿杉婆将一文永乐铁钱交给澡堂的门房，然后就“噌噌噌”地冲进浴室。她其实不是为了洗澡，只是想把弄脏的衣服洗干净而已。她把被泼了泥浆的脏衣服简单搓洗了几下，然后向门房借来一根晾衣竿，将衣服晾在了小屋旁边。现在她只穿着贴身衣服，抱腿坐在湿衣服下面，等着衣服晾干，同时也在望着来往的行人。

---

① 太田道灌：室町中期的一名文武兼备的将领，在各方面都有显著成就。在筑城方面，除了坚固的江户城，还修筑了川越、岩槻等城。——译者注

三

阿杉婆不时摸摸衣服干了没有。她本以为阳光这么强，湿衣服很快就能晾干，可是等了好久，衣服也没干。

阿杉婆觉得只穿一件贴身衣服坐在这里实在不雅，于是找来一条浴巾搭在身上。她本来是不拘小节的，可这会儿也有点害羞，为了不让来往的路人看见，她蜷成一团躲在了小屋的阴影里。

对面有人在说话。

“这里有多大面积啊——如果价钱便宜的话，我们可以谈！”

“八百多坪吧！价钱刚才也告诉您了，实在是没法再便宜了。”

“太贵了！你这不是在敲诈吗？”

“我没漫天要价。现在搬土的人工费可贵了，再说这附近也没别的地皮了！”

“不会吧？你看那边，不正在填湖造地吗？”

“那块啊！还没填的时候，就被人给买走了，现在一厘地也没有了。不过，你要是再往隅田川的河边走走，那里倒是有地，也便宜，不过地段不好啊！”

“这块地真有八百坪吗？”

“你要是不信的话，自己拿绳子来量。”

四五个商人正在交易土地。

阿杉婆向路人打听这地方的地价，一听就惊得傻眼了。在这地方买一两坪土地的花费都能够在老家买十几块好地了。

江户的商人最近正在疯狂地炒地皮，像这样的景象，随处可见。

“又不能种水稻，也不是在城里，怎么就那么贵呢？”

阿杉婆百思不得其解。

那几个商人好像已经谈妥了，拍手成交，然后四散离去。

“啊！——”

阿杉婆正看得出神，突然有一只手从背后伸到了自己的口袋里。阿杉婆抓住那只手，大喊：“抓小偷啊！”

那小偷看起来应该是一名瓦工或者轿夫，他挣脱阿杉婆的拉拽，拿着偷来的钱包，撒腿就跑。

“快抓小偷啊！”

阿杉婆就如同自己的头被拿走了一样，跟在小偷后面狂追，最后终于抱住了小偷的腰。

“来人啊！快来人啊！这里有小偷。”

那男子抽了阿杉婆好几个耳光，但还是无法挣脱她的纠缠。那小偷也有点急了，一边挣扎，一边喊着：“让你叫！”

然后，男子一脚踹在了阿杉婆的肚子上。

这小偷以为阿杉婆就是一个普通的老太太，没承想这一错误判断给自己招来了大麻烦。阿杉婆被踹之后，呻吟了几声就倒在了地上。但她很快就爬起来，拔出腰际的短刀，挥刀向小偷的脚踝砍去。

“啊！疼，疼，疼！”

小偷一瘸一拐地逃出了二十多米。他低头一看，自己脚上全是鲜血，这可把他吓坏了，一屁股瘫在路上，走不动了。

刚才在附近谈生意的其中一人叫半瓦弥次兵卫，他还带着一名随从。二人看见了瘫在地上的小偷。

“——咦？这不是在咱家偷鸡摸狗的那个甲州人吗？”

“嗯，就是他，手里还拿着个钱包呢！”

“刚才我听见有人喊抓小偷，原来这家伙从咱家出来之后，手又痒痒了……啊！有个老太太倒在地上。我来抓这个小偷，你快去照顾老太太。”

半瓦说着，一个箭步冲上前去，抓住还打算逃跑的小偷的衣领，像摔蚂蚱一样，把他狠狠地扔在了地上。

四

“大把头，这家伙肯定是偷了老太太的钱包！”

“钱包我已经夺过来了，老太太怎么样了？”

“没什么大碍，就是昏过去了而已，等她醒来，肯定会大喊‘我的钱包’‘我的钱包’吧！”

“她还没醒过来吗？”

“没有呢！那家伙把她的肚子踹了。”

“这个浑蛋！”

半瓦瞪了小偷一眼，然后对随从说：“阿丑，给我打个木桩。”

小偷一听要打木桩，就如同被刀顶着脖子一般，吓得浑身发抖。

“大人，您就饶了我吧！我以后再也不敢了，一定改过自新，好好做人！”

那小偷跪地求饶，磕头如捣蒜。但是，半瓦却摇头说：“不行，这次绝对不能饶你！”

阿丑找来两名架桥的工人，让他们帮着打桩。

“就打在这儿吧！”

阿丑用脚在空地上点了一下，示意打在这里。

两名工人很快就打好了一根木桩。

“大把头，你看这样行吗？”

“嗯，可以。把那家伙绑在上面，再在脖子后面插块板子！”

“您要写字吗？”

“嗯！”

半瓦向工人借来墨斗，然后以尺当笔，写道：

此盗贼原为半瓦家的寄生虫，由于累犯恶事，特绑在此处，让他遭受七天七夜风吹日晒之苦，以示惩戒！

木工町　弥次兵卫

“谢谢了！”

半瓦将墨斗还给两名工人，然后吩咐修桥的木工和附近的瓦工说：“麻烦你们了，要是有什么残羹剩饭，分他一点，免得饿死了！”

大家异口同声地回答说：“知道了，我们会不断地嘲笑他的。”

在日本传统的町人社会中，没有比嘲笑更为残酷的惩罚了！长期以来，武士阶层之间的战争持续不断，官方的法令和刑法也都逐渐荒废。为了维护町人社会的正常秩序，于是大家就采用这种私刑来惩罚罪犯。

江户是一个新兴的城市，在它的政权结构中，上层已经建立了町奉行制度，而且武士庄园也确立了相应的制度和法制形式，但是在民间还是沿袭着以前的陋习，私刑泛滥，难以废止。

町奉行认为江户正处在开发阶段，社会混乱在所难免，而且私刑可以有效地维护社会秩序，所以也就不刻意去废除了。

“阿丑，把这钱包还给老太太。”

半瓦将钱包还给阿杉婆之后，又说：“看这老太太一大把年纪了，还四处漂泊，真是可怜啊！……她的衣服呢？”

“正晾在澡堂旁边呢！”

“你替她收拾一下，把她背回去！”

“您是要把她带回咱家吗？”

“当然了，不能惩罚完小偷就不管老太太了啊！要是放在这里，说不定还会遇见坏人呢！”

阿丑怀里抱着阿杉婆的衣物，身上背着阿杉婆，跟在半瓦身后，往家走去。刚才聚集的行人也四散而去，各奔西东。

五

日本桥竣工还不满一年。

比起桥上五颜六色的彩绘，那宽广的河面，两岸新砌的石墙，以及新立起的白色木栏杆更引人注目。

桥旁停着很多来自镰仓和小田原的木船。对面的河边，满身鱼腥味的商人正在招揽客人买鱼。

“……疼死了！哎哟，疼死我了！”

阿杉婆趴在阿丑背上，皱着眉头，不断喊疼，但同时还在拿眼睛瞧着人声鼎沸的鲜鱼市场。

半瓦不时听到阿杉婆的呻吟之声，再加上路人纷纷将目光投向他们，于是半瓦回头半安慰半提醒地对她说：“很快就到了，您再忍一会儿。生命是无大碍的，您就别叫那么大声了！”

阿杉婆听罢，立即像个婴儿一般安静下来，把脸靠在阿丑的背上。

按照聚集人员从事工作的不同，江户分成了各种各样的街区，有锻冶町、枪炮町、染坊町、榻榻米町和公务员町等。半瓦的房子在木工町中最为显眼，因为它有一半屋顶盖了瓦。

两三年前，木工町发生了一场大火，原先的茅草屋顶都被烧光了，现在大部分住宅的屋顶都是木板屋顶。弥次兵卫家的房子也只是在朝向大街的一侧盖了瓦，背人的一侧还是木板。

因为房顶的缘故，大家给他起了个外号，纷纷称呼他为“半瓦”，而弥次兵卫觉得这名字还不错，于是就欣然接受了。

弥次兵卫初到江户时，只是一名普通的浪人。但他行侠仗义，又颇有才气，再加上领导才能出众，很快就转变成一名商人，通过给人修屋顶赚得第一桶金。后来，生意越做越大，现在就连诸侯家的活也交给他做。此外，他还兼营土地买卖。时至今日，即使整日抱着手不干活，也会日进斗金，他被人尊称为“大把头”。

在新开发的江户，涌现出一大批被人尊称为“大把头”的特权阶层。在他们当中，又数半瓦的人脉最广。

就像称呼武家为武士一样，这些人被尊称为“侠士”，老百姓觉得他们处于武士的下风，因此把他们看作是自己人。

这些侠士都不是土生土长的江户人，他们来到江户之后，无论是在风俗上，还是在精神上，都给江户带来了诸多变化。在足利时代末期，江户还是一片乱世，当时就出现了一个由外地人组成的邪恶组织——茨城组。当然在那时，这些人也没有被称为“侠士”。

据《室町殿物语》记载：他们赤裸上身，腰系猩红腰带，下身一水短打装束。身背三尺八寸长朱鞘长刀，刀柄一尺八寸，刀身二尺。头发蓬乱，用草绳捆扎，脚蹬黑靴。常常二十多人一起出行，手拿斧钺钩叉各种兵器……

路上遇见民众，他们便会大喊：“我们乃大名鼎鼎的茨城组，见者赶快回避，保持肃静！”

老百姓自然不敢怠慢，赶紧避到道路两侧，让他们先行通过。

茨城组虽然满口仁义道德，可是经常会做一些打家劫舍的坏事，并且还替自己辩解说：“武士也都打家劫舍！”

当江户发生战乱时，他们丧失操守，像墙头草一般，看见哪一方战势好，就投靠哪方。因此在战乱结束后，被武士和民众所不齿。看到在江户混不下去了，一些恶性不改的人便躲到荒郊野外，继续从事拦路抢劫的勾当。一些还有点骨气的人则选择继续留在江户，面对江户形成的新文化，他们也改变了自己的主张，提出：“正义是骨，民众是肉，侠义是皮——”

新形成的侠士群体开始在各行各业中崭露头角。

“我回来了，快来人啊！带客人进屋休息！”

半瓦一踏入家门，就朝着屋子里喊道。

喧嚣河滩

一

阿杉婆在半瓦家的生活十分惬意，不知不觉已经过了一年半的时光。

在这一年半中，阿杉婆的身体完全康复了。她经常念叨：“没想到麻烦你们这么久，我看我还是走吧！”

虽然嘴上说要走，但心里却不想走。

半瓦很少在家，偶尔碰见了，阿杉婆就会絮叨自己要走的事。每当这时，半瓦都会挽留她说：“哎呀！快别提要走的事儿了！您就安心住在我家，慢慢找你的仇敌。我们也帮你留意着，一旦发现武藏的下落，一定帮你把他斩于刀下。”

既然主人都这么说，那阿杉婆自然愿意留下了。

初到江户时，阿杉婆非常讨厌江户这片土地，以及这里的风土人情。但是经过一年半的时间，阿杉婆渐渐发现江户人还是很热情的。她开始仔细观察生活在这片土地上的江户人。

半瓦家会集了各种各样的人。既有百姓出身、好吃懒做的人，也有关原之战溃散的浪人，还有将父母留下的家产挥霍一空，然后逃出来的败家子，更有前年才被放出牢房、满身刺青的有前科人员——这些人会聚在弥次兵卫的门下，过着一种大家族式的生活。虽然看起来有些混乱，但是在散漫中又井然有序。

半瓦家佛龛供灯的后面立着一块木牌，上面写着“磨炼男人”，这是半瓦家的信条，可以看出半瓦家秉持的是一种六方者道场式的生活。

在六方者道场中，最顶层是大把头，下面是大把头的拜把子兄弟，再下面则是大把头的随从。随从又按照入门先后分成各个等级。此外，还有众多食客。虽然无人制定详尽的礼仪家规，但内部的结构和等级关系却非常严密。

“你要是觉得老这么待着无聊的话，就帮我照看一下府里的年轻人吧！”

阿杉婆欣然应允，召集一帮女工在洗衣间内洗衣服，缝被褥。

“不愧是武士家的老人，看来本位田家的家风是相当严格啊！”

家中老小对阿杉婆是赞不绝口。阿杉婆严格遵守作息时间，而且处理家务有板有眼，这都令半瓦家的老小感叹不已。受她的影响，半瓦家的风纪也端正了不少。

六方者也可以写作无法者①。六方者本来是指那些带着长短两把大刀，光着小腿，耀武扬威走路的人，后来逐渐成为大工町人的一个绰号。

“要是碰见宫本武藏，要立刻通知阿杉婆。”

半瓦家的人已经形成了此种共识，但是已经过去一年半了，在江户依然没有武藏的踪影。

半瓦弥次兵卫从阿杉婆口中听闻她的遭遇，对她颇为同情。同时，对她的意志也颇为敬佩。阿杉婆对武藏的描述直接影响到他对武藏的看法，可以说半瓦持有的“武藏观”其实就是阿杉婆的“武藏观”。

“阿杉婆太不容易了，武藏这浑蛋真是可恶。”

半瓦在后院的空地上特意为阿杉婆盖了一座房子，供她居住。赶上自己在家，必定会早晚问候阿杉婆，待她如上宾。

曾有随从问他：“善待客人是好事，可是您身为大把头，为什么会对一个老太婆如此敬重呢？”

半瓦回答说：“虽然这老人不是我的亲人，但我还是想尽一份孝道。……我以前没能对自己的父母尽孝，这一直是我人生的一大遗憾。树欲静而风不止，子欲养而亲不待啊！”

二

当时的江户还没有移栽樱花树，道路两旁开满了野梅花。

以前在江户，只有山边的悬崖上能看到白色的山樱。近年来，有一户特殊的人家在浅草寺前面的路两旁遍植了两排樱花树。虽然还很细，但今年已经冒出了许多花蕾。

“阿杉婆，今天我陪你去浅草寺转转吧！”

半瓦邀请阿杉婆。

①在日语中，六方者和无法者的发音相同。——译者注

“太好了，我正想去拜拜观世音菩萨呢！那就麻烦你了。”

“那我们走吧！”

半瓦、阿杉婆、随从菰十郎和幼仆小六提着便当，一行四人从京桥堀出发，乘船前往浅草寺。

虽然小六的外表看起来很柔弱，但他却是一个生性好斗，经常遍体鳞伤的小男孩。这孩子擅长划桨。

当船驶入隅田川之后，半瓦令菰十郎和小六打开饭笼。

“阿杉婆，今天是我母亲的忌日。他们的墓太远，我没法去祭奠，所以今天打算到浅草寺拜一下，做点善事再回去。……我还打算去爬爬山。来，我们先干一杯！”

半瓦拿出一只酒杯，伸到河中舀满水，涮洗了一下，然后给阿杉婆斟满酒。

“是吗？……你这心啊，真是太善良了！”

阿杉婆突然想起自己的生日也很快就要到了，禁不住又想起儿子又八。

“阿杉婆，你就放开喝吧！由我们照顾你，醉了也没事！”

“在令堂的忌日，如此这般放肆饮酒，不合适吧？”

“六方者最讨厌虚情假意和华而不实的形式，更何况这些都是我的手下，没关系的。”

“好久没喝酒了——喝酒就应该这样痛痛快快地喝！”

阿杉婆又喝了一杯。

隅田川发源于隅田宿，浩浩荡荡流到此地的时候，已经变得非常宽广。在下总岸边，生长着郁郁葱葱的树木。有一些河岸已经被冲刷得露出树根。流水清清，倒映着藏绿的树影。

“呀！是黄莺在啼叫啊！真好听。”

“是啊！现在是梅雨时节，本来是可以听到布谷鸟叫的，可直到今天，也没听见过布谷鸟叫。”

“我不能再喝了。……大把头，今天我老太婆承蒙你的款待，实在是太感谢了。”

“是吗？只要你高兴就好！你没喝多少，要不要再来点？”

小六正在划着桨，看大家喝得这么尽兴，他沉不住气了：“大把头，你也赏我一口酒呗！让我也解解馋。”

“就因为你桨划得好，所以才特意带你出来的。喝酒划船太危险了，你还是回家再喝吧！”

“这馋虫一起来，那实在是太难受了！我现在看这河里的河水都像酒啊！”

“小六，把船划向那撒网打鱼的渔船，买点鱼回来做下酒菜！”

小六逐渐靠近渔船。打鱼的渔夫知道他们的来意之后，打开船板，让他们随便挑，随便选。

阿杉婆一直在山里生活，从来没见过这么多鱼，眼睛瞪得溜圆，觉得好稀奇。

船舱里的鱼活蹦乱跳，有鲤鱼、鳟鱼、鲈鱼、鲷鱼，还有长脚虾、鲇鱼和小银鱼等。

半瓦抓起一只小银鱼，蘸着酱油吃了起来，还劝阿杉婆也尝尝。阿杉婆赶紧摇头拒绝，面露恶心状说：“我可不敢吃生的！”

很快，船就到了隅田河滩的西边。小六将船停在岸边，众人踏上河滩，走进一片葱郁的森林，在这里已经能够看到浅草寺观音堂的茅草屋顶。

三

阿杉婆有些微醉，也许是年纪大了的缘故，从船上下来之后，身体有点摇晃。

“危险！我扶你吧！”

半瓦伸出手。

“没事儿，不用扶我。”

阿杉婆甩开他的手。

老年人一般都不愿意别人把自己当老人看待，阿杉婆也是如此。菰十郎和小六将船拴好之后，也从后面赶了过来。河滩宽广，放眼望去，岩石和水面连成一片。

在河滩上，一些小孩正在翻开岩石找东西，应该是捉螃蟹吧！一旦看到有人来了，便会立即围上去。

“大叔，买一个吧！”

“阿婆，你也买一个吧！”

他们跑到半瓦和阿杉婆身边，推销起自己的物品。

半瓦弥次兵卫看起来非常喜欢孩子，一点也没有讨厌的意思。

“什么呀？要是螃蟹的话，那我可不买啊。”

那些小孩异口同声说：“不是螃蟹，不是螃蟹！”

他们从袖子内或者从怀里掏出一些东西，然后举给半瓦看：“是箭，是箭！”

大家的喊叫声汇成一片。

“这哪里是箭啊！这叫箭头。”

“对，就是箭的头。”

“在浅草寺旁边的草丛中，有很多死人或者马的坟。来参拜的人都会买这种箭头去供奉的，你们也买一点吧！”

“箭头我就不要了，给你们一点零花钱吧！”

小孩子们拿到钱之后，一哄而散，继续去找箭头了。这时，一个男人，应该是小孩子们的父亲，从河滩旁边的茅草屋走出来，把他们手中的钱全给收走了。

“嘿——”

半瓦见状非常不高兴，动了一下舌头，然后把头扭到一边。此时，阿杉婆正在迷迷糊糊地望着广阔的河滩。

“这么容易就能挖到箭头，可以看出这河滩应该是处古战场。”

“我也不太清楚，这里以前叫荏土庄，据说经常发生战乱。往远了说，在治承年间，源赖朝从伊豆渡海而来，曾在此召集关东兵马；南北朝时期，新田武藏守在小手指原之战中战败，在逃至此地时，曾遭到足利军队的乱箭射击。往近了说，在天正年间，太田道灌和千叶氏也曾在此上演几度兴亡的历史。”

两人边走边说，而菰十郎和小六早已来到浅草寺的佛堂，正坐在廊子中休息。

虽然浅草寺非常知名，但其实就只有一个茅草屋顶的佛堂，再往后，还有僧人住的几间斋房。

“这么破啊！这就是江户人口中的金龙山浅草寺？”

阿杉婆非常失望。

跟奈良和京都附近历史悠久的寺庙相比，这浅草寺实在是太寒碜了。

在发洪水时，隅田川的大水会侵蚀整座森林。在平时，也会有一条支流从佛堂旁边哗啦哗啦地流过。佛堂四周有许多千年古木。不知从何处传来了“咚咚咚”砍树的声音，就像怪鸟的啼叫声一般。

“呀！是你们啊？”

突然有人从头顶上方向他们打招呼。

“——谁？”

阿杉婆吓了一跳，抬头往上看，原来是观音堂的和尚们正在佛堂屋顶上修葺茅草屋顶。

半瓦弥次兵卫的名气还真是大啊！这么偏远的地方，都有人认识他。半瓦抬头回应他们道：“在修屋顶啊！辛苦了啊！”

“是啊！这附近森林里有一些大鸟，无论我们怎么修屋顶，那茅草都会被它们叼去盖鸟窝，所以老是漏雨。……你们先进屋休息，我们这就下来。”

四

半瓦和阿杉婆进入佛堂内，点起供灯，席地而坐。二人朝四周望了一下，心想这佛堂不漏雨才怪，墙上和屋顶上有许多破洞，透过这些孔洞都能看到外面的亮光。

……

如日虚空住，

或被恶人逐。

堕落金刚山，

念彼观音力。

不能损一毛，

或值怨贼绕。

各执刀加害，

念彼观音力。

咸即起慈心，

或遭王难苦。

临刑欲寿终，

念彼观音力。

刀寻段段坏，

……

半瓦与阿杉婆并肩而坐，他们从袖子内拿出念珠，心无旁骛地念起《法华经·普门品》。

在一开始，阿杉婆的声音很低，但渐渐地她就忘却了半瓦等人的存在，大声地背诵起来，脸上也现出忘我的神情。

阿杉婆诵完一遍经后，便用颤抖的手指数着念珠，口中念念有词：

众中八万四千众生，皆发无等等阿耨多罗三藐三菩提心。南无大慈大悲观世音菩萨，请看在我老太婆诚心念佛的分上，保佑我早日手刃武藏。手刃武藏。手刃武藏。

阿杉婆的声音突然停了下来，虔诚得五体投地。

“请保佑又八出人头地，光宗耀祖。”

佛堂的和尚见阿杉婆已经祈祷完毕，于是就向前打招呼说：“水已经烧好了，过来喝杯茶吧！”

刚才，半瓦等人为了配合阿杉婆祈祷，把腿都跪麻了。他们一边揉着腿，一边站了起来。

菰十郎的酒瘾又上来了，他试探地问道：“大把头，在这里可以喝酒了吧？”

获得应允之后，他立即跑到斋房的走廊，打开便当，让和尚去把刚才买的鱼给烤了。

“这附近虽然没有樱花，但我们就权当是赏花了。来，一起喝点吧！”

现在菰十郎的面前只有小六，他整个人轻松多了。

半瓦将布施交到住持手中。

“请拿去修补屋顶吧！”

他突然看见墙上列出的捐赠者中，有一个人与众不同。按照常规，一般人都会和他捐差不多的钱，甚至更少，但这个人却一下捐了十块金条。

“金条十块——信浓奈良井宿大藏。”

“住持师父。”

“在。”

“我想问你件事，十块金条，那可是一笔巨款啊！奈良井的大藏真的那么有钱吗？”

“我也不太清楚。去年岁末，他来我们寺参拜，觉得关东第一名刹竟然如此破败，实在是太可怜了，于是就捐了一笔巨款，让我们买建材用。”

“世上还真有这么大方的人啊？”

“我听说啊，大藏先生还给汤岛的天神神社捐了三块金条，给神田的明神神社捐了二十块金条呢！明神神社里供奉的是平将门公，民间普遍认为他是一个谋叛之人，这真是大错特错了。平将门公对开发关东，还是有很大贡献的。不管怎么说，大藏先生还真是一位奇特的捐赠者……”

就在这时，一阵慌乱的脚步声从森林中传来。

五

“孩子们，要玩就到河滩玩去，别到寺里打闹啊！”

看门的和尚守在门口，不让孩子们进去。

跑过来的小孩子们像一群小鸟一样聚集在屋檐下，唧唧喳喳地喊着：“住持师父，大事不好了！”

“不知从哪儿来了一名武士，也不知从哪儿来了一群武士，他们在河滩上打起来了！”

“一个人对付四个人！”

“还动刀了呢！”

“快去看看吧！”

守门的和尚一听，立刻穿上草鞋，口中嘀咕：“又打架了啊！”

和尚们在跑出去之前，还特意回头向半瓦和阿杉婆解释：“各位施主，我们得失陪一下。不知为什么，老有人来此河滩打架。有些人是被骗来的，还有些人是想在这里决斗，所以经常可以看见流血死人的事——等事情过后，奉行所肯定会让我们交目击证明，我们要是不去看一下的话，就没法交差了。”

孩子们已经跑回河滩边，兴奋地嚷嚷着。

“是决斗吗？”

菰十郎和小六自然不愿错过看热闹的好机会，于是和半瓦一起跑出了浅草寺。

阿杉婆也跟在他们身后，穿过森林，站在了河滩旁边露出的树根上。由于阿杉婆跑得太慢了，等她站定之后，河滩上的决斗早就已经结束了。

刚才吵吵嚷嚷的小孩，跑过来看热闹的大人，以及附近渔村的男男女女，大家都安静地躲在森林中，咽着唾沫，大气不敢出一声。

……？

阿杉婆心里还在纳闷，说是决斗，怎么没看见人呢？她看大家都那么小心翼翼，自己也屏气凝神，不敢妄动。

放眼望去，这偌大的河岸，除了石头，就是滚滚的河水。

定睛一看，一名武士，面色平静，正踩着石头小道，一步一步朝这边走来。

那是一名年轻的武士，背着一把大刀，身穿华丽的牡丹色的进口武士背心。不知他是否觉察到在森林中有无数只眼睛正在注视着他，不过他显然对此漠不关心。他突然停了下来。

“啊！啊！”

就在这时，阿杉婆旁边一名看客低声惊叫起来。

受他的刺激，阿杉婆也终于发现了。

在那名武士身后大约二十米的地方，躺着四具尸体。毫无疑问，这就是刚刚被他砍杀的四人。之前，小孩子们喊着“一个人对付四个人”，这名年轻武士应该就是那“一个人”，很明显，他取得了决定性的胜利。

然而，在那四个人中，有一个人伤得并不重，他挣扎着站起来，浑身是血，如幽灵一般大喊着朝年轻武士扑来。

“还没……还没……还没分胜负，你不要跑——”

年轻武士回过头去，安然地等着那人冲过来。负伤的那名男子衣衫染满了鲜血，远远望去就像一块红玉，他大喊着：“我……我还没死！”

那人冲上来之后，挥刀便砍。年轻武士退后一步，瞬间拔出大刀。

“这下子看你还死不死。”

那名负伤者的脸像西瓜一样，被切成了两半。年轻武士背上的大刀是一把被称作“晒衣竿”的长剑。他将手越过肩头，捂住刀柄，瞬间出招，那速度之快，肉眼根本难以看清。

六

年轻武士将刀上的血迹擦干净，然后又在河中洗了洗手。

躲在森林中观战的人对决斗那是司空见惯，不过这次这名年轻武士的表情太平静了，连他们都觉得惊讶。还有一些看客，因为无法承受那么惨烈的砍杀场面，已经吓得面色全无。

……

周围一片寂静。

年轻武士擦擦手，然后伸了一个懒腰，自言自语道：“这隅田川和岩国川好像啊！……都让我有点想家了！”

他站在那里良久，欣赏着宽阔的隅田河滩，同时也在观察着燕子从水面上疾掠而过时翻起的白肚皮。

过了一会儿，他迈开大步，好像要尽快离开此地。虽然不会再有未死之人过来砍杀他，但他怕在此逗留久了，会节外生枝。

他发现在河边有一艘小船，而且还附带着船桨。他心想，这实在是太好了，就坐着它走吧！于是，他悄悄爬上船，正在解缆绳的时候，听见有人在叫他。

“喂，那名武士！”

菰十郎和小六在森林中大声喊着，然后迅速跑到拴船的河边。

“你这是要干什么啊？”

两人用盘问的语气问道。

年轻武士身上飘出阵阵血腥味，山裤以及草鞋上也都沾满了血迹。

“怎么了？不行吗？”

年轻武士放开手中的缆绳，朝他俩微微一笑。

“当然不行，因为这是我们的船。”

“哦，那么回事啊！……要不，我把租金给你们，行吗？”

“别开玩笑了！我们又不是专门租船的商人。”

面对这名以一敌四，并且将对手全歼的武士，菰十郎和小六竟敢用这么不客气的口吻和他说话，这也充分表现了关东的新兴文化，也可说只有新将军的威势以及江户的这片热土才能造就这番气势。

“……”

年轻武士没有道歉，但同时他也觉察到这么僵持下去也不是办法，所以他主动下了船，朝着隅田川下游的方向走去。

“佐佐木小次郎先生——你不是佐佐木小次郎先生吗？”

阿杉婆跑到年轻武士面前，仔细端详着他的脸。小次郎也认出了阿杉婆，惊讶地叫了一声，脸上凄怆的苍白之色也开始退去，终于露出了微笑。

“阿杉婆，你怎么会在这里啊——自从和你分别之后，我就一直担心你呢！”

“我现在住在江户的半瓦家。今天陪半瓦先生，以及几个年轻人来浅草寺参拜观音。”

“我忘了是什么时候了。对了对了，就是在比睿山的时候，你说可能会来江户，没想到真的就在江户见到你了。”

小次郎说完，回头望了一眼呆若木鸡的菰十郎和小六，然后问阿杉婆：“那么，他们是跟您一起来的人喽！”

“嗯，他们大把头，也就是半瓦弥次兵卫可是一个了不起的人物啊！不过这些小喽啰言辞粗野，不懂礼貌。”

阿杉婆和小次郎站在那里聊得津津有味，森林中的看客感到非常惊讶，连半瓦也觉得不可思议。

半瓦见状走了过来，郑重地道歉说：“刚才下人有失礼之处，还请壮士多多包涵！”

半瓦还发出邀请。

“我们这就要回去了，如果顺路的话，送您一程，如何？”

刨花

一

在返回的船上。

有一个词叫“同舟共济”，说的是大家都在同一条船上，即使脾气不和，也要彼此相互帮助。

更何况这船上还有酒，还有鲜鱼呢！大家就更应该相互扶持了。

阿杉婆和小次郎第一次见面就非常投机，他们在船上聊着分别之后发生的事。

“你还在四处游学练武吗？”

阿杉婆问小次郎。

“你的夙愿实现了吗？”

小次郎也回问阿杉婆。

阿杉婆的夙愿无非就是“杀死武藏”，但是这一年多来，她没有听到半点关于武藏的消息。小次郎透露消息说：“听说去年秋冬之际，他拜访过两三位武术高人，现在应该也在江户。”

半瓦也接过话茬说：“虽然我们能力有限，但是听到阿杉婆的遭遇之后，还是想助她一臂之力。不过，至今为止，没得到半点关于武藏的消息。”

大家的话题以阿杉婆的遭遇为中心，半瓦还特意要求小次郎：“今后若有武藏的消息，恳请您能尽快告诉我。”

小次郎也回答道：“不用客气，我们彼此彼此。”

说完之后，小次郎涮了一下酒杯，不仅给自己满上，也按顺序给大家一一斟满。

大家在河滩上已经见证了小次郎的实力，再加上喝起酒来大家相处得非常融洽，所以菰十郎和小六对他是由衷敬佩。此外，半瓦弥次兵卫觉得自己和阿杉婆亲如一家人，而小次郎又是阿杉婆的好友，所以可以和他肝胆相照。但是，阿杉婆却不这么认为，她只是觉得又多了一个后盾而已。

“俗话说，世间还是好人多，我是真真切切体会到了。我这么一个孤老婆子，还能受到半瓦先生和小次郎这么好的照顾，我真是感激涕零……也许是观世音菩萨在冥冥之中保佑我吧！”

阿杉婆说得老泪纵横。

半瓦一看气氛有些低沉，就赶紧换了一个话题。

“佐佐木小次郎先生，你在河滩砍杀的四个人，究竟是什么人啊？”

小次郎其实早就在等着大家问他这一问题，他得意扬扬地说：“啊！他们啊——”

小次郎先是若无其事地笑了一笑。

“他们是小幡门下的浪人。我先前拜访过小幡五六次，去和他辩论，但这些人老是在中间插话，觉得自己的兵法和剑术无比厉害。我实在看不下去了，就向他们挑战说，有空我们在隅田河滩比试一下，他们来几个人都没关系，也让他们尝尝岩流秘术和‘晒衣竿’的厉害。结果今天一下来了五个，其中一个还没等我出招就吓跑了……看来，在江户，耍嘴皮子的武士还是很多的啊！”

小次郎耸肩大笑。半瓦趁机问他：“小幡是谁？”

“你不知道吗？就是甲州武田家的小幡入道日净的末代，名叫勘兵卫景宪——他受将军的征召，现任德川秀忠公的军事教头，家中弟子颇多。”

“啊！原来是那个小幡先生啊！”

小次郎提起这么有名的一个大人物，竟然像说普通人一样。半瓦看着他的脸，心里就在纳闷了。

“这个年轻武士前额还蓄着刘海，他到底有多少能耐呢？”

二

六方者都比较单纯。虽然要面对一个复杂的社会，但他们觉得要想成为一名真正的男子汉，就必须在纷杂的社会中保持那份纯真。

半瓦完全被小次郎给迷住了，他觉得这人实在是太厉害了。

他越是这么想，越是对小次郎佩服得五体投地。

“有件事不知您意下如何？”

半瓦立刻把自己的想法说了出来。

“现在有四五十个弟兄跟随着我，我家后院还有一块空地——我打算在那儿建一个道场，您教他们习武，行吗？”

他想让小次郎做自己家的武术指导。

“实话跟您说也无妨！现在有很多诸侯争着抢着让我去教他们的子弟，年俸三百石、五百石的不在少数，可我都没有答应。我告诉他们，要是年俸少于一千石，别来找我——这次有幸遇到诸位，您又那么重情重义，我不做点什么，拍拍屁股走了，这也不合情理——这样吧！我可以每个月去教三四次。”

半瓦、菰十郎和小六一听这话，对他是更加敬佩了。小次郎的话中不乏吹嘘的成分，他希望借此来提高自己的身价，可是半瓦等人却一点也没有意识到。

“可以，可以，没问题，那就拜托您了。”

半瓦在说这些话时，都是用非常礼貌的敬语，他又补充了一句：“请您务必到家中赐教！”

半瓦说完，阿杉婆立即接过话茬：“静候你的到来啊！”

当船驶过京桥堀后，需要拐一个弯。小次郎喊住摇桨的小六说：“就把我放在这里吧！”

然后，小次郎便上了岸。

众人目送穿着一身牡丹色背心的小次郎离去，他的身影很快就消失在茫茫人海中。

“这人真是不一般啊！”

半瓦还沉浸在一片敬佩之情中，不由得夸赞起小次郎。

阿杉婆也趁机说：“这才是真正的武士。像这样杰出的人才，即使大名花五百石，都不一定请得动呢！”

然后，嘴中又嘀嘀咕咕地说：“要是又八能出落成他那样，那我就烧高香了……”

五日之后，小次郎果然来到半瓦府上。

半瓦的四五十名随从轮流进入客厅向他问好。

“你们的生活看来很有趣啊！”

小次郎说着，内心似乎也跟着愉快起来。半瓦对小次郎说：“我想在后院建一个道场，您能过来帮我看看这地方行不行吗？”

半瓦带着小次郎来到后院。

这片空地面积不小，大约有两千坪。

里面有一个染房，旁边晾衣竿上挂满了染好的布料。这块空地已经被半瓦租出去了，不过随时都可以收回来。

“这块空地比较隐蔽，没什么人来往，所以没必要盖房子，露天就可以了。”

“下雨也没事吗？”

“没事，我不能每天都来，所以不用那么麻烦盖房子了，露天就行……不过，我丑话得说在前面，我这人比较严格，不同于柳生以及町里的师傅——稍不留神，可能就会断胳膊断腿，甚至死人，希望大家能有个心理准备……”

“我们没问题！”

半瓦召集所有随从立誓，愿遵从小次郎的教导。

三

小次郎给定的练武日子是每月三次，逢三进行。

“他真是侠客中的大侠啊！”

附近的人把小次郎传得神乎其神，再加上他那花哨的打扮，走到哪里都会成为令人注目的焦点。

小次郎拿着琵琶形的长木剑，在染坊的晾晒场上，率领一干弟子练习武术，口中大声喊着："下一个——下一个。上！"

小次郎不知何时才愿意换上成人的衣服，他已经二十三四岁了，但穿得还跟个小孩子一样，额前蓄着刘海。有时他脱掉外套，会看到他里面穿着刺眼的桃山刺绣的肚兜，而且衣服带子也是用紫色皮革做的。

"你们要小心了，要是被我的木剑打中，骨头可能就会断掉——下一个，怎么了？不敢上了吗？"

小次郎不仅衣着艳丽，而且言语中也充满杀气，让人顿生恐惧之感。

身为半瓦家的武术教练，小次郎那是干得兢兢业业。今天是第三次训练，但已经有一人残废，四五人受伤，正躺在屋里呻吟呢！

"没人上了吗？真的没人了吗？那今天就到这吧，我也回去了。"

他又开始展露他的毒舌本性。

"有，我来！"

一名随从战战兢兢地站了出来。

他走到小次郎面前，刚要捡起地上的木剑——只听"啪"的一声，他已经被小次郎给打倒在地。

"剑术最避讳的就是缺乏警惕——刚才教给你们的就是这一招！"

小次郎一边说着，一边拿眼光扫过三四十人的脸。大家都在咽着唾沫，被他折腾得浑身颤抖不已。

有人把刚才倒地的随从背到井边，想给他喂点水。

"人已经不行了。"

"是死了吗？"

"已经没气了。"

又有人跑过去察看，人群中一阵骚动，小次郎连理都不理，依然滔滔不绝地说："这么点小事就吓成这样，你们趁早还是别练了！还自称什么六方者的侠士呢！我看也就打打架还行。"

小次郎脚蹬皮袜，在空地上来回踱着步，用讲课的口吻继续说道："六方者们，你们自己好好反思一下吧！在大街上，被人踩了一下脚，你们就立即拳脚相加；走路时，别人不经意碰了一下你们的刀鞘，你们就拔刀相向——可真要是碰见一个厉害角色，你们浑身就吓得如筛糠。我看你们啊，也就肯为女人这种无聊的事而拼命，根本没有为大义而献身的勇气。记住了，感情用事和逞能可是不行的！”

小次郎挺着胸脯，越说越兴奋。

“要是你们没有禁得住考验的信心的话，就不配称作勇士。来，振作一点！”

这时，有一个人实在听不下去了，就打算从身后偷袭他。可是小次郎一蹲，把那偷袭的人摔了个大马趴。

“疼！——”

小次郎瞬间出招，琵琶形木剑狠狠地敲在了那男子的腰骨上，结果那男子就疼得嗷嗷乱叫，爬不起来了。

“今天就先到这儿吧！”

小次郎扔下木剑，来到井边洗手。刚才被他打死的那名随从的尸体还在井边，就像一块魔芋粉一样，软塌塌的，脸色惨白。小次郎若无其事地在水井边洗着手，一句道歉的话也没有——洗完之后，他笑嘻嘻地对众人说：“最近听说葭原一带非常热闹……你们对那儿很熟的吧！今晚谁愿意带我去溜达溜达啊？”

四

想玩的时候就玩，想喝的时候就喝。

小次郎这种既自负又率真的个性，颇得半瓦的欣赏。

“你还没去过葭原啊！那一定得去看看。本来我想亲自陪你去转转，可是现在死了一个人，我得善后，没法陪你了。”

半瓦给菰十郎和小六一些钱，吩咐他们一定要把小次郎陪好。

“你们带先生好好玩。”

出门时，半瓦又特意叮嘱说：“你们别光顾着自己玩，要带着先生四处走走！”

菰十郎和小六出门之后就把大把头的嘱咐忘得一干二净。

“兄弟啊，要是每天都有这种美差就好了！”

“佐佐木小次郎先生，今后您一定要经常到葭原玩啊！”

两名随从怂恿小次郎。

“哈，哈，哈！好的，以后我经常带你们出来啊！”

小次郎昂首挺胸，走在前面。

太阳落山之后，江户变得一片黑暗。京都夜里不会这么黑，奈良和大阪一到晚上就灯火通明。虽然小次郎来江户已经一年多了，但还是不习惯走夜路。

“这路太难走了，要是带灯笼来就好了！”

“先生，挑着灯笼逛花街柳巷会被别人耻笑的。小心，前面有个土堆，从旁边走吧！”

“怎么到处都是水啊——我刚才还滑到了芦苇荡里，把鞋都给弄湿了。”

前方的水面被映得通红，河面上方的天空也一样发出红光。远处现出一片鳞次栉比的房屋，房屋上方挂着一轮皎洁的明月。

“先生，那里就是葭原。”

“哦……”

小次郎眼睛瞪得溜圆。三人迅速走过了一座桥，但小次郎又重新折回到桥头。

“这桥怎么叫这个名字？”

他看着桥桩上的字，好奇地问。

“这是父亲桥。”

“我知道这叫父亲桥，上面都写着呢！我是想问为什么叫这个名字。”

“我也不太清楚，只知道是庄司甚内开辟了这条街巷。不过，花街里的妓女经常哼一支小曲，里面老提到父亲二字。我给您唱几句啊。”

菰十郎望着花街里的璀璨灯火，低声哼唱着。

父亲是那竹窗棂，

每一节都令人怀念。

父亲是那竹窗棂，

一夜签下卖身契。

父亲是那竹窗棂，

女儿我千世万世终为奴。

……

女儿就要离故乡，

切莫拉我衣袖徒悲伤。

“先生，这个借给您用吧！”

“这是什么东西？”

“挡脸用的，免得别人认出你。”

菰十郎和小六拿出暗红色的毛巾，把头包住。

“哦，原来如此！”

小次郎也学他们，接过毛巾，包住前额的刘海，然后在下巴底下打了一个结实的结儿。

“一看就是一大侠！”

“真的好像！”

二人夸赞着小次郎，一起过了桥。在灯火的辉映下，所有行人都被染上了一层昏黄的色晕，大街上人流如织，一派热闹景象。

五

三人慢悠悠地逛着一家家妓院。

有的妓院门前挂着暗红色的厚布帘，有的妓院则挂着浅黄色的条纹布帘。有些布帘的下方还挂着铃铛，一旦有人进来，就叮当作响。妓女们听到铃铛响后，就会倚在窗口，让客人挑选。

“先生，虽然您挡着脸，但还是被人认出来了呀！”

“不会吧？”

“您说是第一次来葭原，可是刚才那家店里的一个妓女见到您之后，就立即躲到屏风后面去了。她和您是什么关系啊？要从实招来啊！”

菰十郎、小六和小次郎开着玩笑，可是小次郎却没有一点印象。

“那就奇怪了，那妓女长得什么样呢？”

“您就糊弄我们吧！走，我们回去，到楼上您就见到了。”

“不骗你们，我真的是第一次来。”

“什么也别说了，咱回去看看啊！”

三人说笑着回到刚才那家妓院。这家店的店徽是一朵三叶柏，被门帘分成了三块，在门帘边上写着“角屋”二字。

屋里的柱子和回廊也都稍显粗糙，犹如寺庙一般。此外，房檐下还乱七八糟地堆着许多潮湿的芦苇。房屋装修得也很没品位，而且家具和帐子都是新的，晃得人眼晕。

三人来到二楼坐定，先前客人留下的残羹剩饭和餐巾纸都还没来得及收拾，一片凌乱。

打扫卫生的女人就像一个农妇，大手大脚地收拾着桌面。有一个名叫阿直婆的老年人，忙得不可开交，连睡觉的时间都没有，要是这么连着干三年的话，可能累得连小命都没有了。

“这家妓院怎么这个样啊！”

小次郎望着天花板上密密麻麻的接缝，失望地说。

“嗯，确实有点差劲。”

菰十郎回应道。

阿直婆听到他们的谈话，赶紧过来解释说：“这里是临时搭建的，我们正在后面盖大屋子。等装修好了，那要比京都和伏见所有的妓院都要豪华。”

阿直婆说完之后，并没有立即离开，而是直勾勾地盯着小次郎的脸。

“武士大人，我感觉您好面熟啊！对了，去年我们从伏见来的路上见过您。”

小次郎早已忘得一干二净，不过经她这么一提醒，他想起去年在小佛岭上遇见过角屋一行，而且老板正是庄司甚内。

“哦，是啊！……我们真是太有缘了！”

小次郎觉得非常有趣，菰十郎调侃他说：“岂止是有缘啊！而且这店里还有先生的熟人哪！”

菰十郎向阿直婆详细描述了那名女子的相貌和衣着，并吩咐阿直婆赶紧把那女子叫过来。

“好的，我知道是谁了！”

阿直婆说完之后就去寻找，可是等了好久，依然没见人来。菰十郎和小六等得有点不耐烦了，于是就走进环廊一探究竟。他们走出屋子才发现，整个店里是一片熙熙攘攘的景象。

“喂，喂！”

两人用力拍手，吆喝阿直婆，问她究竟发生了什么事。

“你让我去叫的那位姑娘突然不见了啊！”

“奇怪，为什么会不见了呢？”

“我把这事告诉老板了，他也觉得很不可思议。以前在小佛岭上，我家老板与你们一起来的武士大人聊天的时候，这姑娘就曾丢失过。”

六

周围都是新盖的房子，虽然上了梁，也盖了屋顶，但是墙壁还没有安，隔板也没有，所以喊起来特别通透。

“花桐姑娘，花桐姑娘！”

远处传来呼唤声。朱实把自己藏在刨花和木材之间，那刨花堆得就像小山一样，所以外人根本找不到。朱实发现寻找自己的人已经从这儿经过了好几次，但都没有发现自己。

“……”

朱实屏气凝神，不敢弄出一点动静。“花桐”这个名字是她来角屋之后才取的艺名。

“烦死了，我不想见到那个人。”

一开始，朱实是因为讨厌小次郎，所以才躲起来。可在她躲藏的这段时间里，她发现自己厌恶的不仅是小次郎，还有更多的男人。

清十郎可恶。小次郎可恶。在八王子趁着自己醉酒，在饲料库房强奸自己的浪人，也非常可恶。

现在，每天晚上玩弄自己的那些嫖客也都非常可恶。

总之，天底下的男人没有一个好东西，所有男人都可恶。可是，她又在苦苦寻找着一个能陪伴自己一生的男人，一个像武藏那样的男人。

哪怕长得很像武藏也可以。

她曾经想过，要是碰见一个像武藏的人，那就和他私奔。哪怕不是真爱，那也至少可以给自己一些安慰。遗憾的是在嫖客中，还真没发现类似的人。

朱实苦苦地求着，苦苦地恋着，可她发现到头来自己和武藏的距离却越来越远了，缘分也越来越淡了，只有自己的酒量愈来愈好。

“花桐……花桐。”

这片工地紧挨着角屋的后门，老板甚内呼喊的声音清晰可闻，而且小次郎等三人也站在了空地上。

朱实躲在暗处，看见老板不断向那三人做着解释和道歉。那三人终于转身，朝外面的街上走去。也许是不想再等了，放弃了吧！朱实松了一口气，从刨花堆中露出头来。

“哎呀！花桐姑娘，你怎么在这里啊？”

厨房的女工率先发现了她，大声地呼喊着。

“嘘！……”

朱实把手指挡在嘴边，示意她别那么大声。

“给我口冷酒！”

“什么？你要喝酒？”

“嗯！”

那女工见朱实脸色苍白，怪吓人的，就赶紧给她斟了满满一杯酒。朱实眼睛一闭，脖子一仰，把整杯酒都灌了下去。

“呀！花桐姑娘，你要去哪里啊？”

“啰唆死了！我洗洗脚，然后上楼。”

厨房的女工这才放心下来，打开门放她走了。朱实随便找了一双鞋，脚也没洗就踩了上去。

“啊！舒服……”

她摇摇晃晃地往大街上走去。

在红色的灯光下，满大街都是逛妓院的嫖客，人山人海，摩肩接踵。朱实吐了一口唾沫，骂道：“都是些什么玩意儿？”

朱实快步向前走着，很快灯光就暗了下来，水面上倒映出天上的点点繁星——她正望着水面发呆，突然从身后传来了急促的脚步声。

“……啊！不好，好像是角屋的灯笼。这帮浑蛋，趁女人迷茫的时候，骗她们出卖自己的肉体，然后拼命地压榨她们——用她们的卖身钱去盖大房子……打死我也不回去了！”

朱实敌视世间的一切，她漫无目的地拼命往前跑着。沾在头发上的刨花随着她的跑动，一闪一闪。

猫头鹰

一

小次郎喝得酩酊大醉，就这状态，自然不能再去妓院找女人玩了。

“肩膀……肩膀靠过来……”

“做，做什么啊？师傅。”

“你们用肩膀架着我！我已经走不动了。”

菰十郎和小六用肩膀架着小次郎，踉踉跄跄地走在这片脏乱差的花街上。

“您还不如在这里住一宿呢！”

“那样的破地方，能住人吗？……算了，我们去角屋吧！”

“还是别去了！”

“为，为什么？”

“那姑娘本来就在刻意躲着您，要是强行把她抓回来，您觉得她会愿意陪您玩吗？”

“……嗯！你说得也是。”

“先生，您是不是看上那姑娘了啊？”

“哼，哼，哼，哼！”

“您想起什么了吗？”

“我这人，从来没有喜欢过女人……我就这种性格，因为我还有更远大的理想！”

“先生的理想是什么呢？”

“我不说你们也知道吧！作为一名剑客，必须在剑术上成为天下第一——而且，我一定要成为将军家的武术教头。”

“那真是太可惜了！……柳生家已经捷足先登了……听说是小野治郎右卫门推荐的。”

“治郎右卫门……那个老浑球……柳生家有什么厉害的……你们等着瞧吧，我肯定把他们全部打趴下！”

“……危险！先生，您一定要注意自己的脚下啊！”

三人已经离葭原越来越远了。

路上没有一个人影。他们走到一段刚刚挖开的水沟旁，道路泥泞，非常难走。在挖出的泥土堆上，已经有人插入了一些柳枝，用不了几年便会长成参天大树。在低洼的地方，还残存着一些积水，里面生长着一些低矮的芦苇和杂草。不大的水面映照出天上的点点繁星，显得美而宁静。

“小心地滑。”

菰十郎和小六架着烂醉如泥的小次郎，从河堤上走下来。

“啊！——”

小次郎大叫一声，顺势将菰十郎和小六推到两边。

“是谁？”

小次郎躺在河堤半腰上，仰起身子，大声问道。

刚才从背后偷袭之人，一刀砍了个空，身体失去平衡，一个趔趄跌到下面的沼泽中。

“你忘了吗？小次郎。”

有人在黑暗中回应。

“前几天，你竟敢在隅田河滩杀死我们四名兄弟。”

又传来另一个人的声音。

“哦！”

小次郎跳到河堤上，循着声音搜寻——结果发现，在土堆后，大树下，以及芦苇荡中，有十多个人。看到小次郎站了起来，那群人也都亮出明晃晃的大刀，一步步向小次郎逼近。

“原来是小幡门下的弟子。前几天，你们来了五个，我杀了四个。今晚可是来多少，我杀多少啊！你们自己愿意送死，那我就成全你们……浑蛋，来啊！”

小次郎将手伸过肩头，握住自己的爱剑——“晒衣竿”的剑柄！

二

小幡勘兵卫景宪的府邸与平河天满宫背靠背，四周环绕着森林。府内的堂屋是一座历史悠久的老宅，屋顶还是用茅草铺的。为了招收弟子，在府内还特意新建了讲堂和玄关。

勘兵卫的祖上是以武术闻名于世的小幡入道日净，是武田家的家臣。

武田家灭亡之后，小幡入道日净归隐山林，直到勘兵卫这一代，才受德川家康的征召，重新出山参与实战，但可惜的是他年事已高，并且体弱多病。勘兵卫一直有一个愿望，那就是希望将自己毕生积累的兵法之学能够传授给后人，于是搬到了现在这处住所。

其实，幕府本来奖给他一块位于江户市中心非常好的地皮，可勘兵卫却以自己是甲州出身的下级武士，不习惯住在闹市区内的豪华院落为由，给婉言拒绝了。

勘兵卫最终选择了位于平河天满宫后面的一处古老的农宅，没有翻盖房子，只是重新铺了一下屋顶。这段时间以来，他经常得病，已经很少见他到讲堂授课了。

森林中住着许多猫头鹰，甚至在白天都可以听到它们的鸣叫，于是勘兵卫自称“隐士枭翁”。为了排解自己的寂寞，同时也为了安慰自己的病躯，他经常解嘲说：“我也是它们中的一只吧！”

从现代医学来看，勘兵卫患的应该是坐骨神经痛。一旦发作起来，从坐骨蔓延至全身都剧烈疼痛。

“……师傅，您好点了吗？喝口水吧！”

弟子北条新藏日夜服侍在他左右。

新藏是北条氏胜之子，继承家学，为了使北条流兵法更加完善，他又拜勘兵卫为师。新藏从少年时期就开始砍柴挑水，接受磨炼，是一名苦学的青年。

“……不喝了……现在舒服多了……天也快亮了你肯定累坏了，快去休息吧！”

勘兵卫满头银发，身体像棵老梅树般清瘦。

“没关系，您不用担心我，我白天已经休息过了。”

“你就骗我吧！现在能够代我上课的只有你，白天你要上课，哪会有时间休息呢？……”

“嘿嘿，真的没事，不睡觉也是一种锻炼呀！”

新藏轻轻揉着师傅干瘦的背，看到油灯快要熄灭了，就赶紧起身去拿油壶。

“……奇怪？”

趴在枕头上的勘兵卫突然抬起瘦削的脸。

在灯光的照映下，他的脸色更显得苍白。

新藏拿着油壶回来，望着勘兵卫的眼睛说：“有什么异常吗？”

“听到了吗？……水声……好像是在水井那里。”

“嗯，听到了！……真的有人。”

“都这个点了，会是谁呢？……难不成是又有弟子出去玩通宵了？”

“应该是吧！我出去看一下啊！”

“你要好好地教训教训他们。”

“我知道，老师您也累了，再休息一会儿吧！”

坐骨神经痛等天快亮时，就不怎么疼了，也只有到这时，病人才能睡一会儿。新藏将被子拉到师傅肩头，然后从后门走了出去。

他看到两名弟子正在井边打水，清洗手上和脸上的血迹。

三

北条新藏见此情景，不禁大吃一惊，他眉头紧锁，来不及穿鞋，穿着皮袜子就跑到了水井旁。

“你们真出去找他了！”

他的语气中饱含着叹息和惊讶，言下之意是——我劝你们不要去，可你们还是自作主张去了，现在事情搞成这样，后悔也来不及了。

水井旁的阴影里，躺着他们扛回来的一个身受重伤的门人，眼看就要断气，正在痛苦地呻吟着。

“啊！新藏先生。”

清洗血迹的两名门人仰头看着新藏，脸上堆满了强忍哭泣的皱纹。

“……实在是太遗憾了。”

他们犹如受委屈的小弟看见大哥一样，再也忍不住哭泣，开始呜咽起来，嘴中咬牙切齿地骂着：“浑蛋——”

新藏恨他们太不争气了，忍不住再次责骂道：“你们这些混账东西。我再三告诫你们不是他的对手，千万别擅自出去，可你们偏不听，结果捅出这么大娄子。”

“可是……可是……佐佐木小次郎那个浑蛋屡次三番来家里侮辱躺在病床上的恩师，而且还杀了我们四个兄弟，这口恶气我们又如何咽得下……您确实是告诫过我们，可是如果整天都那么忍气吞声，束手束脚，那岂不是太窝囊了！”

“什么叫太窝囊了？”

虽然新藏年纪不大，但在小幡门中地位却颇高。勘兵卫卧床期间，都是由他来管理一干门人。

“如果找他拼命能了事的话，那我早就第一个冲上去了——他屡次三番来道场，对病床上的师傅口出狂言，极其不敬，而且也不把我们放在眼里，我早就对他恨之入骨。然而，我可不是因为怕他才不敢去找他。”

“可是，世人并不这么认为——小次郎到处散布谣言，说师傅和兵法的坏话。”

“由他去吧！你觉得了解师傅的人会去相信一个毛头小子的话吗？”

“不，我们不知道您是怎么想的，但我们觉得不能再这么忍下去了！”

“那你们觉得怎么办好呢？”

“我们要将他碎尸万段，让他尝尝小幡门的厉害。”

“你们上次不听我的劝告，结果在隅田河滩损失了四名兄弟。今天晚上又被他打得一败涂地——这真是前耻未消，后耻又加啊！真正让师傅颜面扫地的不是小次郎，而是你们这些不争气的弟子。”

“啊！你这话也太伤人了，怎么是我们令师傅名誉扫地呢？”

“那么，你们杀了小次郎了吗？”

“……”

“今晚遇难的恐怕都是自家兄弟吧！……你们根本就不了解那人的实力。小次郎虽然年纪尚小，也没什么名气，而且又粗暴又高傲，但他习武的天性，以及练就的一身“晒衣竿”的功夫都是绝对不可小觑的。你们要是小瞧他，那肯定会吃大亏。”

其中一名弟子听他这么一说，气愤异常，腾地蹿到新藏面前，抓起他的衣领，就像要把他吃掉一样，大声咆哮着：“这么说来，我们就任由他欺负吗？你就那么害怕那浑蛋吗？”

四

“是的，你们要这么讲我也没办法。”

新藏点点头。

“如果你们觉得我是懦夫的话，那就叫我懦夫好了！”

这时，受重伤的那名弟子躺在二人脚边，连连呻吟，痛苦地哀求着：“水……给我水。”

“哦……给！”

两人一左一右扶起受伤者，拿水桶给他喂水。新藏赶紧制止他们说：“别给他，现在喂他水的话，他立刻就会断气。”

那两人正在犹豫不决，受伤者已经抢着将头伸到水桶中，咕咚咕咚喝了起来。但是，他的头再也没能抬起来，就趴在水桶里过世了。

“……”

此刻，月亮依然挂在天际，远处传来猫头鹰的阵阵哀鸣。

新藏默默回到屋内。

他看了一下躺在病床上的师傅，勘兵卫已经沉沉睡去，新藏这才放心，然后回到自己房间。

读了一半的兵法书还摊开在书桌上。自己每夜都要侍奉师傅，根本没有读书的时间。新藏坐在书桌前，好不容易有点属于自己的时间，他感到一夜的疲惫全都涌了上来。

新藏拱手坐在桌前，禁不住长长地叹了一口气——现在除了自己，谁又能在师傅的病床前侍奉左右呢？

道场内虽有几名入室弟子，但他们都是兵法学徒，在武术方面略逊一筹。外面来此学习兵法的人，大都是虚张声势，纸上谈兵，动不动就在外面打架斗殴，惹是生非，无人能够理解师傅孤寂的心情。

这次事件也正是如此。

有一次自己不在家，小次郎恰好来向师傅请教兵法问题。小幡门的弟子将他带到师傅面前，可谁承想小次郎名义上是来请教，其实是来挑衅的。他在师傅面前夸夸其谈，极其不敬，那口吻就如同批评师傅一般。弟子们看不下去了，就把他拉到旁边的屋子，对他加以责备。可是，小次郎却口吐狂言说："要是有本事，咱就比比看看，我随时奉陪！"

然后，他就气宇轩昂地回去了。

导火索虽然很小，但是酿成的后果却很恶劣。小次郎来到江户之后，大肆诋毁勘兵卫的名声，说小幡兵法是浪得虚名，甲州流其实是在抄袭古代的楠流和中国唐朝兵书《六韬》。这话很快就传到了小幡门弟子的耳中，他们气不打一处来，觉得不能再让小次郎活在世上，于是就打算杀死他。

北条新藏获悉这一意图之后，从一开始就非常反对，并向大家阐明了为什么不能这样做的四条理由：

——这本不是什么大事，不宜小题大做。

——师傅现在卧病在床，不要再横生事端。

——小次郎不是兵法家，没必要理会他的言论。

——师傅的儿子余五郎正在外旅行，家中无主，不该擅自决断。

新藏不断告诫小幡门的人，绝对不能找小次郎决斗——可是，还是有人擅自约小次郎在隅田河滩决斗，结果去了五个，死了四个。今天晚上他们又去偷袭小次郎，结果又是铩羽而归，十几人当中好像没几个生还。

“……真让人痛心！”

新藏面对将要燃尽的灯芯，接连叹息，然后又将头枕在手腕上，久久不愿抬起。

五

新藏以肘当枕，伏在桌子上，迷迷糊糊地睡去。

他猛然醒来，隐约听见屋外人声嘈杂。他马上意识到，肯定又是有人在集合要去找小次郎报仇了，联想起昨夜发生的事，新藏惊起一身冷汗，立马清醒过来。

那声音听起来还很遥远，他看了一下讲堂，里面空无一人。

新藏穿上草鞋，来到院子里。院子周边没有围墙，新藏穿过一片长满嫩竹的绿竹林，直接来到平河天满宫的森林中。

新藏走近一看，果然不出自己所料，这里已经聚集了小幡门下的众多弟子。

夜间在井边清洗伤口的二人用白布条把受伤的手腕挂在脖子上。二人脸色苍白，正在向其他人诉说着昨晚的凄惨遭遇。

“……这么说来，你们十多个人去对付小次郎一个人，结果对方没事，你们却损失了五人，是吗？”

有一个人如此问。

“嗯，真是丢死人了！那家伙用的兵器是一把叫作‘晒衣竿’的长剑，我们用尽全力都无法战胜他。”

“村田和绫部剑术不错啊！他们也不行吗？”

“那两人刚一出招，就被砍死了。后来上去的人，死的死，伤的伤。与惣兵卫也受了重伤，虽然坚持着回来了，但在喝了几口水后，就在井边断了气。死了那么多兄弟，我们负有不可推卸的责任。希望各位能够谅解。”

众人听完都情绪黯然，缄口不语。他们平日沉迷于兵法，瞧不上剑术，觉得剑术都是贩夫走卒之辈才学的东西，而学习兵法则有助于自己成为统兵打仗的大将军。

不料竟发生了这样的事情，一个佐佐木小次郎就连着两次杀死自己的众多兄弟。他们为过去轻视剑术的行为而感到悲哀。

“这究竟是怎么了？”

其中一人发出无奈的哀号。

“……”

气氛沉闷，远处传来猫头鹰的叫声。这时，弟子中突然有人提议说：“我堂弟在柳生家工作，要不要借这层关系，去求柳生家助我们一臂之力。”

“不行！”

好几个人立即表示反对。

“这样的丑事怎么能让外人知道呢？你想让师傅的脸面往哪里放？”

“那……那还有别的办法吗？”

“俗话说‘人心齐，泰山移’，只要团结起来，我们这些人对付他绰绰有余。当然我们不能再搞黑夜偷袭了，这样只会败坏小幡兵法学堂的名声。这次我们干脆直接向他下战书，光明正大地约战，大家看如何？”

“要是这次再败了呢？”

“即使败多少次，也不能这样当缩头乌龟。”

“说得有理。但若让北条新藏知道了，他又该啰唆个没完了。”

“这事绝对不能让卧病在床的师傅和新藏知道。我们现在就去平河天满宫借笔墨，写完之后，派人送到小次郎手上。”

众人站起身来，静悄悄地向平河天满宫走去。走在最前面的那个人突然大叫一声，吓得退了回来。

“啊！”

众人呆立在原地，所有人的目光全都投向平河天满宫主殿后身的破旧环廊。

阳光透过老梅树照到墙壁上，树影婆娑，连那小小的青梅果都清晰可见。佐佐木小次郎刚才一直坐在环廊上，跷着二郎腿，观察着他们在森林中的一举一动。

六

一群人瞬间被吓破了胆，脸上的血色顿失。

他们抬头看着环廊上的小次郎，简直不敢相信自己的眼睛。他们吓得浑身僵硬，别说出声了，连呼吸都快没有了。

小次郎面露傲慢的微笑，低头俯视着众人。

“刚才我听见你们是在说我吧！什么要杀死我，什么下战书之类的。现在你们连派人送信都省了，我就在这儿。我这满手的血还没来得及洗呢！料定你们会来寻仇，所以我就跟在那两个笨蛋身后悄悄过来了。在这一直等啊，等啊，这不等得天都亮了！”

小次郎一口气说完，没打半个磕巴，那气势压得众人连个屁都不敢放。他还不过瘾，又继续说道：“小幡门的人在决斗之前是不是还要抽个签算个卦，看看是不是良辰吉日啊？要不就是趁对手喝醉了酒，半路偷袭下黑手？”

“……”

“都哑巴了吗？还有没有个喘气的？你们是要一个一个来呢？还是想一起上？就算你们身披铁甲，擂着战鼓，我佐佐木小次郎也不会露半点怯色。”

“……”

“说话啊！”

“……”

“来啊，来杀我吧！”

“……”

“都是一群孬种，没一个有骨气。”

“……”

“你们给我听好了，我佐佐木小次郎的刀法乃是富田五郎左卫门所传，拔刀术也是深得片山伯耆守久安拔刀的奥妙，再加上自己的刻苦钻研和不断实践，最终练成了天下一流的岩流刀法——你们这帮书呆子，满脑子都是《六韬》《孙子》，就知道纸上谈兵，不仅能力差得远，连胆子也小得很啊！”

“……”

“真不明白你们究竟从小幡勘兵卫景宪那里学到了什么？看来你们根本就不懂兵法，还是由我来教你们吧——我不说远了，就拿昨晚偷袭那事来说吧！一般人要是在夜间遇到偷袭，即使是战胜了，也会尽快撤到安全的地方，直到天亮之后才会安下心来——而我就不一样了，我会该砍砍，该杀杀，决不会手软。然后再偷偷跟着逃跑的败兵，找到他们的老巢，趁着他们商量善后对策的时候，杀他个出其不意，打他个落荒而逃，让他们在精神上对我产生畏惧——听明白了吗？这才是真正的兵法！”

“……”

“你们可要搞清楚了，我佐佐木小次郎是剑术家，不是兵法家。上次我去你们道场讨教，你们不仅厌恶我，而且还骂我。我佐佐木小次郎不仅是天下知名的剑豪，而且在兵法上也是颇有造诣……哈，哈，哈！今天我替勘兵卫，给你们上了一堂兵法课。我现在突然觉得我是不是入错了行啊？我要是去讲兵法的话，那勘兵卫肯定就没饭吃了。渴死我了！菰十郎、小六，你们这两个不长眼的家伙，快给我拿水来。”

菰十郎和小六站在旁边，看到佐佐木小次郎回头吩咐自己，二人也是底气十足地回应“是”。

二人用陶罐盛来水，递到小次郎手中。

“先生，您还有什么吩咐？”

小次郎一饮而尽，然后“啪”一声将陶罐摔在一脸茫然的小幡门弟子们面前。

“你看他们一个个，满脸苦茄子样儿！哈，哈，哈……”

“啊，哈，哈！真难看。”小六骂道。

菰十郎也帮腔说：“看你们这群孬种！一群没骨气的东西。先生，我们回去吧！我看他们中间没一个人敢出来和您比试。”

七

一直躲在暗处的北条新藏目送小次郎带着两名随从意气风发地向平河天满宫的鸟居走去。

“浑蛋！”

新藏恨得咬牙切齿。

他气得浑身颤抖，但现在除了忍下这口恶气，又能有什么办法呢！他只能在心中愤恨地说：“等着瞧吧！”

本来想出去报仇的，可没想到被仇人挖苦了一通。众人脸色惨白，杵在主殿后院，呆若木鸡，没有一个人说话。

刚才被小次郎指手画脚地教训了一通。现在想想，小次郎说的似乎也有些道理。

这些人开始胆怯起来，脸上再也呈现不出前去寻仇的活力。

同时，心头燃起的怒火也都化为灰烬，一个个软弱得像女人一样，根本没人敢追上去，没人敢硬气地对小次郎说：“我来和你比试！”

就在这时，从讲堂方向跑来一个人，向众人问道：“城里的棺材店送来五口棺材，这是谁定的啊？”

“……”

一片沉默，没有人吱声。

“棺材店的人还在等着呢！”

这个人着急地催促着，这才有人语气沉重地说：“尸体还没有运回来，我也不知道需要几口棺材，也许还要增加一口吧！你先让他们把棺材放到仓库里吧！”

棺材很快被堆到了仓库内，每个人的脑海中都浮现出遇难兄弟生前的影像。

弟子们集合到讲堂内，为死者守夜。

他们在搬运棺材的时候，轻手轻脚，生怕被病房内的勘兵卫知道，但勘兵卫似乎觉察到了什么。

可他却没有过问。

侍奉在身边的新藏也没有向勘兵卫禀报任何消息。

自那天开始，原本生龙活虎的弟子一个个就像霜打的茄子一样，变得寡言少语，整天郁郁不乐。就连被人视为懦夫的北条新藏，也时常在心底燃起忍无可忍的怒火。

他在独自等待能够报仇雪恨的那一天到来。

在等待的这段日子里，有一天，北条新藏突然从勘兵卫的枕边发现，在窗外的大榉树上停着一只猫头鹰。

那只猫头鹰无论何时都停在同一条树枝上。

不知何故，即使是在白天看到月亮，它也会发出“呜呜”的叫声。

夏秋交替时，师傅勘兵卫的病情突然恶化了，并且还添了新病。

新藏不忍心去听那猫头鹰的叫声，那叫声似乎是在诉说着师傅的大限“快了，快了”。

勘兵卫的儿子余五郎还在外面旅行，听到父亲境况不妙，立即修书一封，告知自己即刻返程——新藏这四五天来一直在担心，不知余五郎还能不能赶上父亲的最后一面。

离北条新藏做出最终选择的日子越来越近了。明天，余五郎就能抵家。新藏决定在今夜留下一封信，然后悄悄离开小幡兵法学堂。

“弟子不辞而别，希望师傅能够原谅！”

他在树荫下，对着师傅的病房郑重地行了一礼，然后悄然离去。

“明天余五郎就到家了，有他照顾您，我也就可以安心地走了。我不知道能否在您生前提着小次郎的首级来见您。万一我回不来了，我一定会在黄泉路上等您，到时咱俩一起走。”

守灵的童子

一

那是距离下总国行德村大概一里的一个荒村。不，住户少到甚至连村子都称不上，大片长满了毛竹、芦苇和杂木的荒野覆盖着这个被称为“法典之原”的所谓村落。

有一个旅人从常陆路的方向走来。从相马的将士们在坂东一带施展无谋之勇、疯狂放箭的时候起，这一带的道路、草丛就如此萧索了。

“咦？”

武藏停下了疲惫的脚步，迷茫地站在荒野道路的岔道口上。

秋天的太阳快要落山了，晚霞染红了水塘。脚下已是一片昏暗，辨不清草色。

武藏找出油灯。

昨天、前天，他都是以山石为枕，度过了漫漫长夜。

四五天前，他还曾在枥木一带的山崖附近遭遇了暴雨，所以身体一直都是有点儿倦怠，可能染了风寒。今夜也同样是无精打采的。哪怕住进茅草屋也好，如果能再有一盏灯和一碗热腾腾的糙米饭，恐怕就是此时最大的幸福了。

“不知从何处飘来潮水的味道……再走四五里应该就能看到大海了。对，迎着海风。”

他于是又继续前行。

但是，不知道这个直觉是否真的可靠。倘若看不到海，也看不到人家的话，今晚又只能蜷缩在秋草里，和胡枝子一起睡觉了。

红色的太阳完全落山之后，今晚也会有很大的月亮爬上来吧。满地都是虫子的叫声，已经吵到耳朵麻木了。虽然武藏轻轻地迈着脚步，这些秋虫还是被惊扰，飞到他的裙裤和刀柄上。

如果是风雅人士的话，此时便可以独品这残阳如血、野道孤旅的意境了。

“你有心情欣赏吗？”

武藏问自己。

“没有。”

他只能这么回答自己。

——思念亲人。

——渴望食物。

——厌倦了孤独。

——肉体对于修行已经疲惫不堪。

这些才是他此时的真实感触。

他不是一个甘于平凡的人，所以仍不放弃痛苦反省中的旅程。从木曾、中山道到江户，在江户停留短短数日，又启程去陆奥。

现在已经过去一年半有余了，武藏决定再次向先前逗留过的江户出发。

为什么当初那么着急从江户赶往陆奥呢？是为了追赶以前在诹访留宿时结识的仙台家的家士石母田外记，还给他钱。这些钱是外记偷偷地塞进武藏的旅行包里的，可是对武藏来说，接受这如此之多金钱上的恩惠，是一种心理上的负担。

“如果只是任职于仙台家的话……”

武藏有这种自尊。

“即使因为修行而精疲力竭、缺乏食物、风餐露宿、不断漂泊，我……”

他一想到成功的自己，就会浮起笑容。即使伊达公举着六十余万石来迎接武藏，武藏也不会就此满足，他有更大的愿望。

突然不经意间脚下响起很大的水声，武藏在土桥上停下，望了望昏暗的小溪的凹坑。

二

什么东西掠起阵阵的水声。原野尽头的晚霞还是一片殷红，小溪的凹坑处却已经变得很昏暗。伫立在土桥上的武藏凝神看着。

“是水獭吗？”

不一会儿，他发现原来是一个乡下的孩子，虽说是人类的小孩，居然长着一副和水獭差不多的面孔。

那个小孩也正疑惑地从下往上看着桥上的人影。

“小孩儿，在干什么呢？”

武藏总是一看到小孩就忍不住搭讪。

“捉泥鳅——”

小孩儿说完就又把小网兜浸入小溪里来回搅荡。

“啊，泥鳅啊！”

虽然是看似没有任何意义的对话，却在这旷野中亲切地回荡着。

“捉到很多了吗？”

“已经秋天了，所以不多。”

“可不可以分给我一点点呀？”

“泥鳅吗？”

“给我抓一把包到这个手巾里吧。我给你钱。”

“很抱歉，今天这泥鳅是要给我父亲的。”

小孩抱着网兜从凹坑里跳上岸来，像栗鼠一样在旷野中飞奔而去。

“机灵的小家伙。”

武藏望着小孩的背影，脸上浮出一丝苦笑。

他不禁想起了自己小时候的样子。朋友又八也应该有过这样的童年吧。

“还有城太郎，初次和他见面的时候，他也是这样一个小孩儿。”

这个城太郎之后怎么样了呢？现在在哪儿、做什么呢？

和阿通一起失散已经三年了——当时城太郎十四岁，去年十五岁。

“啊，算来都该十六岁了啊！”

他将如此困顿的自己作为老师追随、崇拜。但是，自己给了他什么呢？只是让他生活在阿通与自己之间的夹缝中，徒增旅途的劳苦而已。

武藏再次伫立在原野中。

武藏想起了很多关于城太郎、阿通的事情，一时忘了疲惫和要走的道路。

让人感到欣慰的是秋天的月亮明亮地高挂在空中。有大片的虫鸣声。阿通很喜欢在这样的夜里吹笛子。周围的虫鸣声听起来仿佛阿通、城太郎的声音，仿佛他们此时就在身边。

“啊，有人家。”

前面发现了灯光，武藏不顾一切地向灯光走去。

走进一看，虽说是人家，但是周围的芒草、胡枝子都比这家倾斜的房檐要高。看起来比较像大露台的地方，沿墙壁胡乱爬满了瓠子花。

他又走近了一些。拴在家里的那匹无鞍马突然喷着鼻息发出了愤怒的声音。应该是感觉到了马的异常，紧接着从亮着灯光的房子里也传来了很大的声音。

“谁呀？”

居然是刚刚没有分给他泥鳅的那个孩子。这可真是缘分啊，武藏不由得浮起微笑。

“能不能留我住一晚啊。黎明的时候会马上离开。”

这个孩子这次仔细地端详了一会儿武藏的样子，然后很淳朴地点了点头。

“嗯，可以呀！”

三

房子里非常简陋。

要是下雨的话会怎样呢？月光从房顶、从墙壁不可阻挡地挤进房间。

连挂行装的地方都没有。地板上虽然铺着草席，但依旧可以感觉到风的气息。

“叔叔，您刚才说想要泥鳅吧。您喜欢泥鳅吗？”

小孩儿端端正正地坐在前面问道。

“……”

武藏像忘记了回答这个小孩儿的问题一样，只是看着他。

“您在看什么呢？”

“几岁啦？”

“啊？”

小孩儿被这个突然的问题问得有些惊慌失措。

“我的年纪吗？”

“对。”

“十二。”

在当地人中，居然有看上去如此刚毅果敢的孩子。武藏依旧望着小孩儿出神。

脏脏的小脸像未被清洗的莲藕一样。头发也是乱蓬蓬的，散发着小鸟粪便似的味道。但是他充满活力的样子和在污垢中闪闪有神的眼睛，不觉让人赞叹。

“还有一些小米饭。泥鳅已经给我父亲了，您要是吃的话，我下去捉一些。”

“不好意思呀！”

“要喝汤吗？”

“也来些汤吧！”

“等一下。”

小孩儿拉开嘎吱嘎吱响的门板，去了另一个房间。

传来了劈柴、生火的声音。屋子里顿时充满了烟雾，原本贴在棚顶和墙壁上的大量虫子因受不了这烟雾，悉数逃了出去。

“好了，做好了。”

食物被直接摆在地板上。有咸泥鳅、黑豆酱、小米饭。

“很好吃。”

看着武藏吃得很高兴，小孩儿也高兴起来。

“好吃吧？”

“我想对家里的主人也表达一下谢意，他已经休息了吗？”

“不是没有休息吗？”

“在哪里？”

“在这儿。”

小孩指着自己的鼻子说：“然后就没有什么其他人了。”

通过询问，武藏得知，这户人家原本靠做农活儿糊口，后来父母患病，小孩便自己做起了马夫。

“啊，灯油快燃尽了，您休息吗？”

虽然灯灭了，但是照进的月光提供了足够的光亮。

武藏盖着薄薄的稻草被子，枕着木枕，靠墙边睡下了。

可能是感冒还没有完全好，迷迷糊糊睡着的时候，会微微冒汗。

武藏因此而梦到了貌似下雨一样的声音。

还好，在夜里仍然齐奏的虫鸣声，不知不觉地将他带到了深睡眠状态。如果不是有磨刀的声音传来，这种深睡眠状态还将持续着。

“呀？”

他一下子翻起了身。

吱、吱、吱，小屋的柱子微微晃动。

门板外有人在磨东西。在磨什么呢？要弄明白这个，不成问题。

武藏从枕头底下抽出刀。静听了一下。

"客人，还没有睡熟吗？"

四

隔壁怎么知道自己起来了？

惊异于这个小孩的敏感的同时，武藏反问道："半夜三更，你为什么磨刀？"

小孩哈哈大笑。

"原来是这样，叔叔您是怕这个，怕得睡不着觉啊。看起来很强悍的样子，原来是胆小鬼啊！"

武藏默不作声。

他被此时附在少年身上的妖魔般的力量，和他刚刚的回答所震撼。

霍、霍、霍……小孩应该是又开始磨了。想到刚刚那无所畏惧的话语和如此之大的磨刀力气，武藏再也不能无动于衷了。

他从门缝向外看去。那边是厨房和铺着草席的二坪小卧室。

借着从天窗照下来的亮光，小孩在专心致志地磨着一柄刃长一尺五、宽六寸的腰刀。

"你要砍什么吗？"

听到武藏的声音，小孩儿只是抬头朝门缝方向看了一眼，就低下头去继续拼命磨。不一会儿，闪闪刀光映射过来，小孩儿将附在上面的研磨水擦拭干净。

"叔叔，用这个能把人劈成两半吗？"

小孩儿再次看着武藏。

"这个，要看你的水平了。"

"水平的话，我是有自信的。"

"你要杀谁？"

"我的父亲。"

"什么……？"

武藏吃惊地将门板拉开，

“孩子，你是在开玩笑吗？”

“谁在开玩笑！”

“你要杀你父亲？如果是真的，你还是人吗。即使你是在这旷野中，被当作野鼠或土蜂一类被养大的孩子，也该明白父母双亲意味着什么吧。就是野兽，还有父子亲情呢，你却为了杀害父亲而磨刀。”

“啊……但是，如果不劈开的话，我搬不动。”

“搬去哪里？”

“山上的墓地。”

“什么？”

武藏再次向墙壁的角落里看去。刚才就注意了一下那里，没想到那是小孩儿父亲的尸体。仔细一看，尸体也枕着木枕，穿着比较脏的寻常百姓的衣服。一碗饭、一碗水，还有被盛在木盘里的，刚刚也煮给武藏吃的泥鳅，被供奉在尸体前。

看来这位死者生前最喜欢吃泥鳅。小孩儿在父亲去世后，想起了父亲生前最喜爱的东西——即便已经是深秋了，还是在小溪中拼命地捉泥鳅。

武藏居然在不了解情况的状况下，说出了“能不能分我一些泥鳅啊？”这样无心的话，武藏突然觉得羞愧。因为自己的力气不够大，不能一个人将父亲的尸体搬到山上的墓地——武藏凝视着这个孩子，惊异于他的大胆想法。

“什么时候去世的？你的父亲？”

“今天早晨。”

“墓地远吗？”

“大约半里地，在前面的山头上。”

“拜托别人帮忙搬到寺院不就行了吗？”

“没有钱。”

“我这里有。”

小孩儿摇了摇头。

“我父亲最讨厌受人恩惠。也讨厌寺院。所以，不用了。”

五

这个孩子的一言一行中都透露着骨气。

估计他的父亲也不是凡夫俗子。

武藏于是就不再提钱的事，只是帮着往山上运尸体。

用马将尸体运到山脚后，武藏背起尸体，爬上险峻的山路。

这个被称之为墓地的地方，只是孤零零地躺着一块天然圆石的大栗子树下。周围没有塔形木牌。

掩埋好尸体后，孩子献上花束。

“祖父、祖母、母亲，都在这里安息着。”

说罢，合掌一拜。

这是怎样的宿缘。

武藏也一起为死者祈求冥福。

“墓看起来不是太陈旧，从你的祖父一代开始，就在这里定居了吗？”

“嗯，据说是这样。”

“那之前呢？”

“是最上家的武士，战败落荒而逃时，家谱之类的都被烧掉了。”

“如果是这样的家世的话，祖父的名字起码应该刻在墓石上吧，怎么纹印、年号，什么都没有。”

“祖父临去世时说过，不要在墓石上留下任何字迹。蒲生家、伊达家都有人慕名而来，但自己怎么能再侍奉第二个主人。再说，如果在石头上刻上自己的名字的话，会给先前的那个主人增添耻辱，再加上自己也和平常百姓一般无二了。因此，什么都不能刻上去。”

“你的祖父是叫什么名字呢？”

“三沢伊织。父亲因为是百姓，就叫作三右卫门。”

“你呢？”

“三之助。”

“还有亲人吗？”

“有个姐姐，去了很远的地方。”

“就这一个亲人吗？”

“嗯。”

“从明天开始，你打算怎么谋生呢？”

“还是做马夫吧！”

紧接着小孩儿马上期待地看着武藏。

“叔叔。叔叔是游学武士，一年到头地在行进中吧。带上我吧，不管走到哪里都可以骑上我的马。”

“……”

武藏从刚刚开始，就一直在注视着已经泛白的旷野，思索着为什么有如此肥沃的原野，这里的人却如此贫穷。

因为大利根的水，下总的海潮，坂东平原不知变成多少次泥塘，几千年的时光里，还有无数的富士火山灰被埋在这里。自然的力量将人类打败了。

当人随意利用土、水这些大自然的力量时，文化才开始诞生。坂东平原还处在人类败给自然的阶段，人类的智慧之眸只是茫然地望着天地之大。

太阳升起，小野兽、小鸟也开始蹦蹦跳跳了。在未开垦的荒野中，鸟兽比人类享受到更多大自然的恩惠，生活得更自在。

六

孩子终归是孩子。

在将父亲葬于土下后回来的路上，就似乎已经将父亲的事情忘记了。不，一方面是忘记了，另一方面，从叶上的晶莹露珠中冉冉升起的旷野的太阳，也帮忙赶跑了生理上的哀伤。

“啊，叔叔，不行吗。我从今天开始也可以——这个马，无论走到哪里都可以乘坐的，能不能将我带上啊？”

下了山之后归去的途中——

三之助让武藏作为客人，骑在马上。自己则作为马夫，牵着缰绳。

“嗯！”

武藏点了一下头，并没有给他明确的回答。其实心里也对这个孩子抱有很大的期望。

但是，想到常年流浪的自己，真的能给这个孩子带来幸福吗，真的能承担起他将来的责任吗？

已经有一个城太郎的先例在那里了。那是一个很有潜质的孩子，但是因为自己还在流浪，还有很多烦恼，终是和他分开了，现在竟然连他在哪里都不知道。

（如果，当时不是那样的一种不好的境况的话……）

武藏总觉得自己没有尽到责任，每当想起这些，就会心痛。

（但是，如果只考虑结果的话，人生最终会止步不前。最终乱了方寸。更何况是孩子，谁能保证他们的未来？别人的意志是不能左右他们的。只是，可以培养他们，引导他们向好的方向前进罢了。）

（如果是这些的话，我能做到。）

武藏想，就这样吧。

“嗯，叔叔，不行吗，不好吗？”

三之助继续央求着。

武藏于是说：“三之助，你是想一辈子做马夫，还是想将来成为武士。”

“这个吗……我想成为武士的。”

“成为我的弟子后，能跟我承受任何苦难吗？”

听武藏这样一说，三之助突然放开缰绳，跪拜在马前的露草中。

“拜托了，拜托让我成为一名武士。这也是死去的父亲的夙愿。只是，在今天之前，一直没能遇到可以拜托的人。”

武藏下了马，然后环视着四周，拾起一根合手的枯枝交给三之助，自己也拿起一根。

“现在还不能回答你我们到底能不能成为师徒。拿着这根棍子，朝我打。我要看一下你的潜质，看你究竟能不能成为一名武士。”

“那，如果能打到叔叔的话，就能让我变成武士吗？”

“能不能打到呢？”

武藏微笑着，举起树枝，摆出打斗的姿势。

紧攥着树枝的三之助也认真起来，向武藏这边打过来。武藏并没有让着三之助，三之助好几次都差点摔倒。肩膀被打到，脸被打到，手被打到。

（这下该哭了吧？）

武藏心里想着，可是三之助却不放弃，直到枯枝也断了，他像一名武士一样向武藏的腰部冲过来。

“真是不知深浅啊！”

武藏故意夸张地揪住他的腰带，摔下去。

“什么呀？”

三之助再次跳起来冲过去。武藏这次再次将他抓住，朝太阳的方向，高高举起。

“怎么样，服了吧？”

三之助头晕目眩地在空中挣扎着。

“不服。”

“如果把你摔到那个石头上，你就死定了。这样你也不服吗？”

“不服。”

“顽固的家伙。你这个浑蛋已经败了，快说服了。”

“但是，只要我活着，就一定有机会胜过叔叔您，只要我活着，就不会服气。”

“如何胜过我？”

“游学练武。”

“如果你学习了十年，我也是学习十年的。”

“但是，叔叔您比我年纪大，会比我先离世吧？”

“……嗯……嗯。”

“那样的话，可以到棺材里打叔叔。所以，只要活着，我就会赢。”

“啊，你这个家伙。”

仿佛遭受了迎面一击一样，武藏避开石头的方向，将三之助抛向大地。

望着站在对面的三之助的脸，武藏拍拍手，愉快地笑了。

一指擎天

一

“我会收你为弟子。”

武藏当场就对三之助立下约定。

三之助非常高兴，孩子最不会掩饰欣喜。

两个人再次返回家中。明天就要离开这里了，三之助依依不舍地望着这个自己一家三代人曾经生活过的小屋。尽管是夜里了，三之助仍然喋喋不休地跟武藏讲起自己对于祖父、祖母、亡母的回忆。

到了翌日清晨。

武藏先准备了一下，走出了屋子。

“伊织，伊织。快点出来。没有什么需要带走的。即使有，也不要留恋。”

“是，马上来。”

三之助跑了出来。刚刚在里面穿好了衣服。

现在武藏之所以称他为“伊织”，是因为他的祖父是最上家的武士，叫作三沢伊织，并且据说之前，这个家族的每代人都被唤作伊织。

“你既然要成为我的弟子，重新成为武士的孩子，就沿袭祖父的名字吧。”

虽然离成人仪式还远，为了让三之助先有个心理准备，从昨晚开始，武藏就这样称呼他了。

但是，从刚刚他跑出来的样子来看，脚上还是穿着马夫草鞋，背上背着装小米饭便当的包裹，衣服尾部有一处开裂。不管怎么看，他都不像武士之子，倒像是青蛙之子要启程。

“将马拴到那边较远的那棵树上去。”

“师傅，请坐。”

“不用了，将它拴到那边后回来吧！”

“是。”

到昨天为止，不管说什么，他都回答“嗯”，从今天早晨开始，突然改成了“是”。小孩子想有所改变的时候，不会有任何犹豫。

将马拴到远处后，伊织回来了。武藏此时仍站在屋檐下。

在看什么呢?

伊织觉得不可思议。

武藏将手放在他的头上——

“你是在这间草屋下出生的。你那不肯屈服的灵魂，是在这间草屋造就的。”

“是的。”

小脑袋带着武藏的手点了点头。

“你的祖父带着不侍二主的忠贞，隐居在这小屋之中，你的父亲为了保全你祖父的晚节，甘愿成为百姓，谨守孝道度过一生——而你已经送走父母，从今天开始，你要独立自强。”

“是。”

“要变得了不起。”

“……嗯、嗯。”

伊织揉了揉眼睛。

“三代，对着曾经给你遮风避雨的小屋拜一拜，向小屋告别。对，就不要再依恋啦！”

武藏说罢，走进屋内，点了火。

小屋转眼之间就熊熊燃烧起来。伊织红着眼睛看着这一切，流露出无尽的哀伤。武藏见此情景，劝慰他说：“如果留下小屋离去的话，以后肯定会住进各种盗贼。如此一来，原本忠节的地方，最终倒成了败类的方便之所。明白吗？”

“谢谢您！”

小屋最终从一座小火山化成了不到十坪的灰烬。

“来，我们走吧！”

伊织早已急着向前赶路了。过往的灰烬在孩子的心中掀不起任何波澜。

“不，这样还不行。”

武藏摇着头望着他。

二

“还不行？然后我们还要做什么？”

武藏见他一副不可思议的样子，不由得笑了笑。

“然后我们还要建小屋啊！”

“啊？为什么。刚刚我们不是才烧掉一间小屋吗？”

“那里到昨天为止，一直是你先祖的小屋。今天开始，我们要建属于我们的小屋。”

“那么，还住这儿吗？”

“对。”

“不去游学练武吗？”

"不是已经开始了吗。我在教你的同时，自己也需要多加练习。"

"练习什么？"

"你应该知道的，剑术的学习、武士的修炼——还有心的修炼。伊织，把那个斧子扛来。"

伊织朝武藏指的地方走去，发现草丛中的斧头、锯子，还有农具居然悄悄躲过了火焰，安然幸存了下来。

伊织扛上大斧头，跟在武藏的后面。

前面是一片树林。里面有松树、杉树等。

武藏用尽全身力气挥动斧头伐树。木屑飞溅。

是要建练武场吗？把这块平地当作练武场，来此练习？

再怎么跟伊织解释，他也不能够完全理解。总觉得如果不去旅行，就留在这里的话，会很无聊的。

"咔嚓——"又一棵树倒掉了。斧头一棵接着一棵砍着。

汗水不断地从武藏那泛起血色的栗色肌肤冒出。平时的懒惰、疲惫、孤独和烦闷仿佛都化成了汗水。

他昨天凌晨，在埋葬以农民身份终此一生的伊织父亲的山上——眺望着未经开垦的坂东平原，想了很多。最终决定暂时放下剑，拿起铁锹。

在剑术的修炼中，磨剑是必不可少的事情。但除此以外，修禅、书道、茶道、画画及雕刻佛像的学习也是必要的。

那么，以此类推，拿起铁锹的过程，对剑术的修炼也应该有益吧！

这苍茫的大地，天然就是绝好的修炼场所。并且，对荒地的开垦，也算是一件有益于数代人的好事。

武士游学练武，一直以来是依靠行乞和别人的施舍来维持的。借别人的房檐来熬过雨露这样的事，就像禅家僧侣一样，做得理所当然。

但是，粮食的宝贵，哪怕是一粒米、一根野菜，只有自己亲自栽种才能够明白。从不做这些的僧侣所说的话，只能当口头禅听听。同样，靠施舍生存的游学武士，即使再怎么钻研剑术，也不可能懂得将它活用于治国之道。相反，还很容易成为脱离社会的粗俗之人——这些是武藏通过自己的经历悟出的。

武藏还算是比较了解百姓的生活的。在他还小的时候，曾随母亲去乡士宅地的田里去，做一些通常百姓做的活儿。

与以往不同的是，从今天起，武藏所做的，不再单纯是为了谋求粮食，还为了寻求精神上的充实。同时，还可以学会如何自力更生地生活，不用再去行乞。

更重要的，一直以来，农民都是任野蔷薇、沼泽野草肆意生长，任洪水、暴雨肆意泛滥——他们将最简单贫苦的生活方式传给子孙后代。武藏要通过自身的体验及努力，将自己的另一番想法传达给他们。

“伊织，拿绳子来，把木材捆上。然后拉到河滩那边。”

武藏将斧头立在木头上，透了口气，边擦汗边命令道。

三

伊织将绳子结起来，拽着木材。武藏随后将用斧头、锛子对这些木材进行加工。

到了晚上，则可以用锛子削下来的碎屑生火，然后在火旁枕着木材睡觉。

“怎么样，伊织，有趣吧？”

伊织老实地答道：“一点都没意思。如果是过平常百姓的日子的话，我不用做师傅的弟子，也能过上这样的日子。”

“不久就会变得有趣的。”

秋意日深。

每天晚上，虫子的叫声都在减弱。干枯的草木越来越多。

在这法典之原上，他们要建好一间睡觉的小屋，同时还要拿着锄头和铁锹，在附近进行开垦作业。

在开始这一切之前，武藏曾站在附近一带的荒地上，对附近的情况进行了一番考察。

为什么这一片尽是杂草丛生的荒芜，自然和人没能和谐共处？

是水。

首先需要解决水的问题。

在高地上向下望去，这片荒野展示的是从应仁之乱到战国时代的人类社会的景象。

曾经，坂东平原被大雨袭击，水各自胡乱汇成河流，流向想奔流的地方，靠着偶尔的激情搬动着石块。

没有一个汇集这些河流的主流。在天气好的时候眺望的话，会发现，这些水造就了宽广的河滩。然而，由于天地之大过于包容，被随意造就出来的河滩，毫无秩序可言。

原本该必不可缺，现在却没有将各个小的水流汇聚在一起的力量。这些小水流受不同的天气影响，有时漫溢到原野上，有时穿过树林，有时甚至会侵犯人畜，使菜田变成泥沼。

不容易啊！

武藏从考察之日起便深有感慨。

即使是这样，他仍然非常热心地、饶有兴趣地投入开垦作业。

这和从政是同样道理。

以水、土为对象，使其变得肥沃、有人烟的治水开垦事业，与以人为对象，使人文之花盛开的政治经纶，从本质上讲是一样的。

（对啊，这和我的理想也是偶合的。）

也就是从这时起，武藏开始认真地有了模糊的理想。杀人、把人打败，顶多是强悍，得到这样的评价又能怎样？剑这只种东西只能证明自己比别人强大，让自己更寂寞，却无法从中得到满足。

从两年前开始，他——战胜别人。

在剑术中前进，以剑为生涯——也要战胜自己。有一个彻底胜利的人生。

现在虽然看似走了不同的路，但他对于剑术的追求，也是不会就此停滞的。

如果真的以剑为生涯的话，要有一颗从剑中悟道的心，不能随便扼杀别人的生命。

他悟到了不同于杀戮的事情。

如果可以的话，不仅借助剑完成自我的塑造，还可以试着从中搜寻治国安民之道。

青年的梦总是自由而远大的。他的理想，目前还单纯只是理想。

因为要实现这样的抱负，是需要在政治上身居要职的。

现在以荒野上的土或水为对象，做的这些事情，却不需要要职、地位、权力，而是眼前力所能及的。武藏因此而燃起干劲和欣喜，决定做好这力所能及的事情。

四

挖掉树根。筛选石块。

将土地整平，同时将大块岩石堆在一旁，以便将来用来建造水利堤坝。

就这样日复一日，从黎明开始到冒出星星的晚上，武藏和伊织不知疲倦地努力开垦着法典之原。有时，会有路过的当地居民，好奇地问：“这是在做什么？”

然后一脸惊讶地说：“建小屋啊，这样的地方能住吗？”

还有诸如这样的谣言流传：“那边是死去的三右卫门和那个小鬼。”

也不光是嘲笑者，还有人特意跑过来，善意地斥责：“那边的那个武士，喂，你们，开垦这里是无济于事的。一旦暴风雨来临，就会前功尽弃的。”

又过了几天，那些人依然发现武藏与伊织在辛勤劳作着。再善意的人也不禁有些恼火。

“喂，还在傻忙活，没必要在这样一个地方建一个蓄水池。”

再过几天，再来看，两个人还是像没长耳朵一样地忙着。

“真是傻子。”

这次那些人真的发火了，认定武藏是一个毫无智慧的白痴。

“在这样一个杂草丛生的河滩上，是无法种粮食的。你们呀，就在太阳底下晒着瘪肚皮，吹笛子过日子吧！”

“你以为不会发生饥荒的吗？”

“不能停下来吗，这简直就是乱来一气！”

“白费力气的家伙，这跟拿个屎袋子没什么区别？”

武藏一边挥舞着铁锹，一边面向土地笑着。

因为听到了这么多责备的声音，伊织时常显得有些不高兴。

“师傅，很多人都不赞成我们这样做。”

“别管他们，别管他们！”

“但是……”

看见伊织要将攥在手里的小石头抛向远处的样子，武藏生气地瞪圆了眼睛，训斥道：“你……不听师傅话的家伙，不配做弟子——你打算怎样？”

伊织就像耳朵不灵了一样，叹了一口气。手里握的石子终是扔了出去。

那颗石子打到附近的岩石上，迸出火花，碎成两半。这样的情景，更让伊织不由得一阵难过，他将锄头一扔，哭起来。

就像说“你哭吧，你哭吧”一样，武藏也不去管他。

啜泣着的伊织，放声大哭起来，仿佛天地间只剩自己一个人一样。

之前伊织曾经打算将父亲的尸体分成两半，然后一个人将尸体抬到山上的墓地去，这是怎样的一种刚勇啊！现在他哭起来的样子，让人恍然明白，他到底还是个孩子。

——父亲！

——母亲！

——祖父。祖母。

看着他拼命地呼唤着地下之人的样子，武藏突然一阵动容。

（这个孩子很孤独。我也很孤独。）

草木也像有情一样，在伊织的哭声中，在黄昏将近的旷野上，随着萧瑟的冷风黯然神伤。

滴答、滴答，天也跟着下起微微的小雨来。

五

“下雨了。可能要有暴雨。伊织，快过来。”

收拾了一下铁锹、锄头等工具，武藏向小屋的方向跑过去。

刚进小屋，外面的雨已经下成一片，天地茫茫一色。

“伊织、伊织——”

原本以为伊织也跟在后面过来了，一扭身发现，伊织根本不在身边，房檐处也不见他的踪影。

从窗户向外望去，惊人的闪电斩断云层，闪烁在旷野间。在呆望着这一切的一个瞬间，手不由得捂住耳朵，一声巨大的雷鸣声在头顶炸开。

脸被从竹窗溅进来的雨水打湿，武藏依旧恍惚地望着外面出神。

每当看到这样的暴雨，经历这样的狂风，武藏总会想起十年前七宝寺的千年杉、泽庵和尚的声音。

他觉得自己之所以有今天，完全是托那棵大树的福。

现在的自己已经有了一个弟子，虽然他还是一个孩子。可是自己真的有那棵大树那样的无限巨大力量吗，真的有泽庵那样的胸怀吗？武藏回顾了一下自己的成长，突然觉得有些自惭形秽。

但是，对于伊织，不管怎样，自己都必须像那棵千年杉树一样，也必须有泽庵一样的慈悲之心。这也算是对自己曾经的恩人的一点回报吧。

“……伊织、伊织。”

武藏朝暴雨里再次大声喊着。

没有任何回答。只有雷声和从房檐上流下的雨水之声。

“怎么了？”

这样的状况，就连武藏都躲在小屋里，没有出去的勇气。就在武藏担忧之时，雨也渐渐地变小了些，出去一看，这是怎样的一个孩子啊，竟如此倔强。他依旧站在那块耕地上，动也没动。

不由得让人怀疑——

这孩子有点傻吧？

他还是刚刚的那个张大嘴大声哭泣的样子——从头到脚都湿透了。像个竖在地头的稻草人。

武藏跑到附近的那个地势稍高的地方，忍不住骂了一句：“傻瓜！”

“快点到小屋里去，淋成这个样子，还要不要身体了。再磨蹭的话，小屋前面一旦形成了河，你可就进不去了啊！”

伊织循着武藏的声音望过来时，居然止住了哭泣，转脸笑了。

“师傅，这个是阵雨，不用急的。看，云都散开了！”

说着，伊织用一根手指指向天空。

……

武藏感觉自己反而被弟子教育了一般，陷入了沉默。

然而，伊织是单纯的——并不像武藏那样有那么多想法。

“来吧，师傅。天还亮着呢，还能干很多活呢！”

就这样，师徒二人又开始了新的一轮劳动。

师傅与弟子

一

这四五日，天空蔚蓝，原本以为长着穗芒的土地会发出“咔嚓咔嚓”的干裂声，谁知道，厚实的云层又从原野的边际覆盖上来。坂东一带转眼间就像遭遇了日食一样昏暗。伊织望着天空，担心起来。

“师傅，这次可是真正的暴雨来袭了。”

就在说话的时候，刮起了灰色的风。迟归的鸟儿就像被掸子掸下来了一样，草木的叶子也都泛着白色，与大风进行着斗争。

“又是一场雨吧？”

武藏问道。

“这样的天空，不是普通一场雨那么简单——对了，我去村子一趟，马上回来。师傅收拾一下工具，快点去小屋里面吧！”

伊织对于天气的观察，几乎没有过失误。他说罢便像掠过原野的小鸟一样，消失在草丛中。

果然，不管是风还是雨，都像伊织说的那样，来势异常凶猛。

“去哪儿了呢？”

武藏独自一人回到小屋后，不时担心地向外看。

这次这场暴雨的雨量极其大。有时，你感觉快要停止了，紧接着却有更大的暴雨袭来。

已经晚上了。

雨就像要将这个世界变成汪洋湖泊一样，一直在下。这个简陋房子的屋顶几次都差点被掀翻，屋顶上铺的杉树皮掉下来很多。

“真是够呛啊！”

伊织还没有回来。

到了黎明也不见他的踪迹。

天色泛白时，看着昨天暴雨留下的痕迹，想到其实伊织即使想回来，也无法回来吧。这片旷野完全成了泥潭。草和树看起来像浮岛一样。

幸好将这个小屋建在了地势较高的地方，没有被水淹到。小屋下面，浊流大河般奔流着。

“……难道？”

武藏望着随浊流一同前进的各种各样的东西，不由地担心起伊织会不会在昨晚试图回来的时候，不小心被淹到了。

说起来，天地间充斥着暴风雨的昨晚，似乎真的隐约听到过伊织的声音。

“师——傅——”

武藏在前方仿佛鸟巢一样漂浮着的洲地上发现了个貌似伊织的身影。不，就是伊织。

去哪儿了呢，他正骑在牛背上向这边走来。前后还驮着用绳子绑缚好的大件行李。

“咦……？”

伊织骑的牛已经走进了浊流中。

浊流翻滚的水浪和漩涡立即将他和牛包围，冲来冲去。终于，他和牛都瑟瑟发抖地跋涉到了小屋这里。

“伊织！去哪儿了？”

武藏怒气中带着关心地问道。

“去哪儿，我这不是从村里带回了食物吗？这样的暴风雨，估计会下上半年的。而且即使暴风雨停了，洪水也不会那么快退的。”

二

武藏没想到伊织竟如此聪明。不，也不是他聪明，而是自己太笨了。

天气有不好的征兆的时候，要马上准备食物，这是在野外生存的常识，伊织从还是婴孩的时候起，就不知经历过多少次这样的情况了吧。

从牛背上卸下来的食物还真是不少，打开草席，展开桐油纸后，伊织介绍说：“这是小米，这是红小豆，这是咸鱼——”

接着在地板上摆了好几包这样的东西。

“师傅，有了这些，即使一个月、两个月洪水不退，我们也不用担心啦！”

武藏的眼中泛起泪花。说不出一句赞扬或是感谢的话。自己想拓荒、想开垦农田，但是只是空有远大抱负，从未思考过如何首先填饱肚子的问题，现在还要依靠比自己弱小的人。

但是，曾经称自己和徒弟为疯子的村里人，在自己还因为饥饿问题而发愁的状况下，居然会施舍出来食物。

见武藏不可思议的样子，伊织若无其事地说："我是将荷包寄放于德愿寺，然后从那里借来的。"

"哪里是德愿寺？"

通过伊织的话，武藏得知，原来德愿寺是距离法典之原一里多地的一个寺院。伊织的父亲生前说过："等我死后，你如果生活困顿，可以用这个荷包中的沙金。"

于是，在这紧要关头，伊织便将一直随身携带的荷包寄放在寺院里，从寺院借来了粮食。

听了伊织一脸得意地解释这些，武藏说："这样说来，那也算是你父亲的遗物了。"

"是啊，老房子被烧掉后，父亲的遗物就剩下这个和那把刀了。"

伊织说着，不由得抚摩起别在腰间的腰刀。

这把腰刀，武藏曾经见过，并不普通，虽说刀上不带落款，但也算得上是一把不错的刀。

还有那个同样被随身携带的荷包，既然是这个孩子父亲的遗物，里面装的就不仅仅是一些沙金，还有某种因缘——居然将这个荷包都寄放在那里了，到底是个孩子啊——还是个多少有些可怜的孩子。想到这儿，武藏不禁说道："父母的遗物之类的，不能轻易交给别人。回头去德愿寺把它取回来吧，以后这种东西不要再离身了。"

"是。"

"昨天晚上是不是住在寺院里了？"

"和尚说让我天亮了再离开。"

"早饭呢？"

"我还没吃。师傅也还没吃吧？"

"嗯，有柴火吗？"

"柴火的话，会有的。这个房檐下不都是柴火吗？"

武藏卷起草席，向地板下面一探头，发现那里堆积着很多平日开垦时留心搬过来的树根、竹子根等。

这么小的家伙就这么会安排生计。是谁教的呢？这种稍有差池就会把人饿死的荒凉自然，应该就是生活最好的老师吧！

吃完小米饭后，伊织拿出一本书，恭恭敬敬地递给武藏。

“师傅，水不退的话，我们也不能工作了。您就趁这段时间教我读书吧！”

外面，依旧肆虐着一天没有停止的暴风雨。

三

武藏一看，原来是一本《论语》。据说这也是从寺院拿来的。

“你想学习学问吗？”

“嗯。”

“之前有读过书吗？”

“一点点……”

“谁教的？”

“去世的父亲。”

“学的什么？”

“识字。”

“喜欢吗？”

“喜欢。”

伊织有着强烈的求知欲。

“好吧，我会把我知道的教给你。我也有很多达不到的地方，你可以再寻找一位学问上的老师。”

在暴风雨中，在这间小屋子中，整整一天都回荡着朗朗的读书声和讲解声。即使这时屋顶被掀翻了，师徒二人也会无动于衷。

第二天也是下雨的天气，第三天也是。

雨停后，整个原野成了湖泊。伊织见状，拿出书开心地说“师傅，今天也继续读书吧？”

“今天先把书放到一边。”

“为什么？”

“看那边——”

武藏指着浊流。

“河里的鱼看不见河。如果太局限于书本的话，就会变成书虫，不再能看得见活着的文字，社会、生活会被涂上一层灰色——所以，今天让我们无忧无虑地玩一天。”

“这个样子。”

武藏骨碌一下躺下，枕着胳膊。

“你也躺下吧！”

“我也睡觉吗？”

“坐起来也行，伸长腿也行，随便你。”

“然后我们做什么？”

“说说话吧！”

“好啊！”

伊织趴在地板上，像条鱼一样，双脚发出“啪嗒啪嗒”的声音。

“说什么？”

武藏想起了自己的少年时代，于是就跟伊织讲起年轻人比较喜欢听的关于战役的故事。

很多是自己曾经听过的《源平盛衰记》之类的故事。讲到源氏没落、平氏进入全盛时期时，伊织也跟着变得忧伤起来。到了遮那王牛若每天夜里在僧正之谷跟随天狗学习剑法、逃出京城的时候，伊织跳起来，重新端坐说：“我喜欢义经。师傅，真的有天狗吗？”

“可能有……应该有吧，在这个世界上——但是，教给牛若剑法的，不是天狗吧？”

“那是谁？”

“是源家的残党。因为是平家的天下，他们无法前行，都躲进了山野中，等待着时机。”

“就像我的祖父一样？”

“对对，你的祖父最终一辈子没能遇到合适的机遇。而源家的残党，培养了义经，最终获得了时机。”

“我——师傅，我现在在替祖父完成着遗愿……不是吗？”

“嗯、嗯！”

武藏听了伊织这句话，突然搂过伊织的脖子，手脚并用地将他举向天花板。

“要变得优秀哦！”

伊织像个开心的婴孩一样，咯咯地发笑。

“危险啊，危险啊师傅。感觉师傅也像僧正之谷的天狗一样——呀，天狗天狗、天狗——”

接着，伊织顺势向前伸出手，捏住了武藏的鼻子，和武藏嬉戏起来。

四

五天过去了，十天过去了，雨依旧没有停的意思。中间有时好不容易以为它快停了，洪水在原野中泛滥，浊流奔腾不退。

在这样的大自然面前，武藏只能静静思索该如何是好。

“师傅，能出来了。”

伊织跑到太阳底下，一大早就迫不及待地叫叫嚷嚷。

此时已经过去二十天了。两个人扛着工具，向耕地走去。

可是——

“啊……？”

两个人陷入一片茫然。

辛辛苦苦开垦的一片地方完全被毁了，没留下任何痕迹。上面散布着大的石块和小的沙砾。还出现了几条河流，像嘲笑人的力量一样，很用力地冲刷玩弄着大小石头。

——傻瓜、疯子。

武藏突然想起了当地居民曾经的嘲讽。原来他们知道早晚会变成这个样子。

一时不知如何是好，伊织抬头望了望默然不动的武藏。

“师傅，这里不行啊。我们放弃这块地方，再找其他的好土地吧？”

“只要我们把水引到其他地方去，这里就能成为不错的良田。当初选这里，是考虑了它的地理因素的。”

武藏并不同意。

“那要是又下雨了怎么办？”

“下次，就用这些石头，从那边那个小山丘开始，建造一个堤坝。”

“这个不好办啊！”

“这里就是个好的练武场。在这里看到麦穗之前，一步都不要退让呀！”

他们俩将水引到一边，开始建造堤坝，清理石块。这样几十天过后，这里终于出现十坪的田地。

然而，一旦下雨，一夜之间，还会变成原来的河滩。

“不行啊，师傅。做徒劳无益的事情，可不是好的战术。”

现在就连伊织都劝武藏。

但是，武藏仍然没有打算去别的地方开垦耕地。

他还是要和雨后的浊流进行斗争。

进入冬天后，大雪经常不期而至。雪融化后，浊流又开始泛滥。到了第二年的一、二月份，两个人的汗水和铁锹还是没能换来一亩良田。

一没有了食物，伊织就去德愿寺去取。寺里的人似乎也有了意见，因为每次回来，伊织的脸上总是带着不悦。

不仅仅这些，这两三天，武藏似乎也坚持不下去了，将铁锹扔到一边，终日默不作声的样子。再怎么防，浊流似乎都会毁灭耕地。

“对了！”

经过沉思，武藏又悟出了些东西。每当这时，他总会自言自语地低喃：“一直以来，对于水、土，我都太狂妄自大了。试图像搞政治一样，通过自己的经营策略，指挥水流的运动，开垦土地。”

“这样是不对的！水有水的性格。土有土的准则——应该尊重这些。去服务于水流，做土地的保护者。”

武藏改变了开垦方法，改变了征服自然的态度，做起了自然的仆人。

到了下次冰雪融化，又有浩大的浊流奔腾而来的时候，他的耕地终于幸免于难。

“这样的道理同样也可用于政治吧？”

武藏望着眼前的成果，不禁联想到。

他同时在旅行记事本上，记下了这样一句话：“不要违反世间的规则。”

土匪来

一

长冈佐渡是经常出现在这所寺院中的大施主。他是名将三斋公——丰前小仓的城主细川中兴家的管家。每逢亲属的祭日或公务闲暇之时，他就会拄着拐杖来到寺院。

寺院离江户有七八里远，所以他有时还会住上一宿。他一般只带三名近侍、一名男仆，从他的身份地位来看，算是比较朴素的一个人了。

“师父！”

“是。”

“不要对我有什么特别的招待。虽然我心里非常高兴，但是并不想在寺院里受到什么特殊的奢侈待遇。”

“真过意不去啊！”

“我更喜欢自在随便一些。”

“您请便。”

“请原谅我的无礼。”

佐渡躺下来，白色的鬓发枕在胳膊上。

在江户的藩邸，佐渡没有半刻闲暇，非常忙。每次到这里来，也许只是为了借参拜寺院，逃避没完没了的事务。洗过澡，喝过乡间佳酿后，他迷迷糊糊地躺下来，听着蛙的叫声，很是惬意。

今晚佐渡也同样留宿寺中，听着远远的蛙鸣。

僧人们悄悄地送来酒水、膳食。随从们靠墙壁坐着，担忧地看着在灯火闪烁中休息的主人，生怕他会感冒。

“啊，真舒服。仿佛要进入涅槃的境地。”

在佐渡换另一只胳膊去枕的时候，侍从不由得提醒说：“请您注意不要着凉啊！夜风湿气很重。”

“不要管我。经过战场历练的身体，是不会在夜露中打喷嚏的。你们有没有闻到风中的阵阵花香？”

“这个，我们这里没有。”

“一群鼻子不管用的男人……哈哈哈哈哈！”

可能是他的笑声太大了，四周青蛙的叫声猛然停止。

这时——

“喂，你这个小孩！不要站在那儿偷窥客人住的地方。”

比起佐渡的笑声，从书院那边传来了僧人更大的叫嚷声。

侍从们马上站了起来，四下里看。

“怎么回事？”

看到了一个影子，发出一阵轻微的脚步声响，朝寺院厨房跑去。

一名僧人在不远处低下了头。

“向您道歉了，是当地的一个孤儿，请原谅。”

“他有向这里偷看吗？”

“是的。是一个做马夫的小家伙，住在离这儿大约一里远的法典之原上。他经常说祖父以前是名武士，自己也要在长大前成为一名武士之类的。所以，刚刚应该是被各位的武士打扮吸引，忍不住羡慕地多看了几眼吧。真是抱歉啊！”

睡在房间里的佐渡，听了这话，一下坐了起来。

“外面的高僧。”

“是……是长冈大人吧，吵醒您啦！”

“不是，不是责怪。刚刚那个孩子，是个比较有意思的小家伙。想和他悠闲地聊上几句，给他些糖果带着吧，顺便能不能帮忙把他叫过来？”

二

伊织来到厨房：“婆婆，没有小米了，所以我来取些。给我装些小米吧？”

伊织吵嚷着打开了能装一斗米的袋子。

“什么啊，你这个家伙。就像过来拿别人欠你的东西一样。”

寺院做饭婆婆的声音，同样高高地从有些暗的厨房中传出来。

一起在里边洗东西的勤务僧也说道：“虽然住持看在你可怜的分儿上，同意分些吃的给你，你也不能如此厚脸皮！”

“我厚脸皮吗？”

“乞丐要发出可怜的声音。”

“我不是乞丐。我把父亲的遗物，那个荷包交给这里的和尚了，那里面是有钱的。”

“野地里的一家子，一个做马夫的父亲，能留多少钱给你？”

“不给吗，小米？”

“不管怎么说，你就是个傻瓜。”

“为什么呀？”

“任一个来历不明的、疯疯癫癫的流浪武士呼来喝去的，到最后，就连吃点东西都得你出来找，这是什么事啊？”

“是很麻烦的事啊，对吧？”

“一直挖着那块既不能成水田，又不能成旱田的地，村里的人都在笑话你们呢！”

“随便啦！”

“你也多少受了疯病的影响吧。那个流浪武士以为真有《御伽草子》中的黄金之冢，宁愿落魄而死也要一挖到底吧。你还是个流鼻涕的小屁孩儿，现在也跟着给自己掘坟墓，是不是太早了？”

“真啰唆，到底给不给我小米，快点，到底给不给？”

“不要说小米，说垃圾！”

“垃圾！”

“鬼脸！……什么呀？”

勤务僧更加来劲地揶揄起来，还瞪着眼睛，伸出了脸。

伊织“啪”一下将湿抹布一样的东西贴在了那张脸上。勤务僧“啊”的一声尖叫，吓得脸都青了——是他最讨厌的癞蛤蟆。

“你这个铁勺子!”

勤务僧跳了出来，一把捏住伊织的脖子。这时，来叫伊织的僧人到了，传话说在后面留宿的施主——长冈佐渡叫他。

“怎么了，做错什么事了？”

住持听说这件事后，也一脸担忧地走了过来。那名僧人连忙解释说，没事，佐渡大人只是想闲聊几句。

“那就好。”

住持松了一口气的同时，还是觉得隐隐担心，便拉过伊织的手，亲自将他带到了佐渡的面前。

书院的隔壁，已经铺好了寝具。上了年纪的佐渡，非常想在这里躺下，然而他更喜欢孩子。他看到伊织拘谨地坐在了住持的身边，便轻声问道：“多大了？”

“十三。从今天开始就十三了。”

伊织应着对方。

“想成为武士吗？”

“嗯。”

伊织点了点头。

“那来我家里吧，从打水工做起，到侍仆，最后提升你做武士的年轻随从。”

伊织默默地摇了摇头。佐渡又反复地说：“怎么能这样，你现在这样多不体面，明天我带你回江户。”伊织像勤务僧那样做了一个鬼脸。

“大人，您要是不给我糖果，您可就成了说谎的人了。快点给我吧，我要回去了。”

住持脸都绿了，“啪”地打了一下伊织那只从眼皮子底下伸过去的手。

三

“不要斥责他。”

佐渡责备住持说：“武士不说谎。现在就给你糖果。”

说罢，便又给身旁的侍从打了个手势。

伊织拿了糖果，揣进怀里。

“为什么不在这儿吃呢？”

佐渡见状问到。

“因为我师傅在等我呢！”

“哦……师傅？”

佐渡一脸讶异。

伊织没有回答，迅速离开了房间。留下的背影仿佛在说，既然已经没事了，我就要走了。长冈佐渡笑了起来，向寝榻走去。住持再三俯首行礼，也由房间退了出去，追寻着伊织来到寺院厨房。

“没什么事吧？”

“刚刚，伊织背了小米回去了。”

侧耳倾听，在漆黑一片的夜里，不知从什么方向，传来了怪怪的树叶笛的声音——

非常遗憾，伊织不知道什么好歌。马夫唱的调子和树叶的声音又不配。

连盂兰盆节地方上唱跳的转讹的歌都因太过复杂，无法用树叶吹出来。

最后，他只好边将树叶放在嘴边，吐着气，边在脑袋里浮想着神乐伴奏的调子。最后听着自己吹出的奇妙的声音，他忘了路途的遥远。终于快到法典之原了。

“呀？”

唇边的树叶伴着唾液一起飞了出去，赶紧窸窸窣窣地躲进了路旁的草丛中。

分为两股的野外小河，在前方不远处开始汇集，向部落的方向流去。河水上方的土桥上站着三四个膀大腰圆的男人，他们将脸凑到一块，悄悄地说着什么。

伊织一望到他们，心里一惊：“啊，来了。”

前年晚秋的事又浮现在脑海。

带着孩子的母亲，总是爱吓唬不听话的孩子说：“小心把你放进山神的轿子里，抬你上山。”

同样被这句话吓唬着长大的伊织，依旧没有忘记儿时听到这句话时的害怕心情。

很早以前，每隔几年，山神的白木轿子就要在山中神社里出现一次。当地居民得到消息后，会带着积攒下来的五谷，甚至化好了妆的、无比珍爱的女儿，排着队去进贡。后来不知从何时起，当人们终于得知，这个山神原来是人装的，也就慢慢不去理会了。

到了战国后，这些装神弄鬼的人见再也骗不来供物了，就待大家有了两三年的粮食物资的积攒的时候，拿起猎猪矛、射熊弓、斧头、短矛等，开始明抢。

前年秋天土匪曾光顾过这一带——那凄惨的光景、曾经年幼时的恐惧，现在——在看到土桥上人影的同时，都像闪电一样划过。

四

不多时——

有一个队伍穿过原野向这边挺进。

“喂——”

土桥上的人影朝那群人一声呼叫。

“喂——”

原野那边传来应答声。

这声音被很多人分成好几拨，分批传来，向晚霞尽头传去。

“……？”

伊织屏气睁大了眼睛，从草丛中向外望去。不知何时，已经有四五十名土匪黑压压地聚集在土桥这里了，他们三五成群地聚在一起商议起了什么。最终，似乎是商议好了，也做好了准备。

为首的男人举起手，大叫了一声：“出发——”

他们便都蝗虫般一溜烟地奔向村庄方向。

“不好！”

伊织从草丛中探出头，看着眼前这幕可怕的场景。

随后，被柔和的晚霞笼罩的、沉睡中的村庄，真真切切地传出了吵闹的鸡鸣声、牛叫声、马啼声、孩子老人的哭喊声。

“对了……去找在德愿寺中留宿的武士们。”

伊织飞奔出了草丛，打算勇敢地沿原路返回，要将这里的情形报告给他们。

谁知这时，从误认为已经没有人了的土桥的阴暗处，传出了一声

“哎呀”！

伊织倾尽全力想逃开，但还是不及大人们的腿脚。负责望风的两名土匪抓住了伊织颈后的头发。

“去哪儿啊？”

“什么啊，你这个人？”

如果此时伊织能“哇”的一声哭起来就好了。但是他不但哭不出来，反而还勉勉强强地反抗着向上揪着自己的头发的那个强有力的人，引得土匪对他这个小家伙也不得不一阵怀疑。

“这家伙看到我们就跑，不知道是不是去报信！”

“打他一顿，埋到那边的田里去吧？”

“算了，就先把他放这儿。”

于是伊织被踢到了土桥下，跟下来的土匪把他绑在桥墩上。

“好了。”

然后两个人就不再管他，自顾自地上桥去了。

“当、当……”从寺院那边传来了钟声。寺里的人应该是已经知道土匪来袭的事情了。

村里那边也燃起火光。土桥下的水被染成了红色。到处是婴儿的啼哭和女人的哀叫。

有车辙的声音在伊织的头上响起。四五名土匪驱赶着满载财物的牛车、马匹从桥上通过。

“畜生——”

“想怎么样？”

“把老婆还给我。”

“是不是不想要命了？”

在土桥上，当地居民和土匪打起来了。传来刺耳的呻吟声、踩踏声，乱作一团。

这期间，不断地有浸染着红色的尸体被踢下来——落在伊织面前，血水飞溅。

五

尸体渐渐被水流冲走，尚有气息的人则抓住水草，爬上岸来。

被绑在桥墩上，看着这一切的伊织大喊着：“帮我解开绳子吧。解开了绳子，我就可以与敌人拼命了。”

可是这些受伤的当地居民爬上岸后，就伏在草中一动不动了。

“喂，能不能帮我解开绳子。我可以帮助村里的人。解开我的绳子。”

伊织完全忘了自己尚还弱小的身躯，不顾一切地喊起来，最终变成了对这些失去了战斗力的村民的斥责及命令。

然而依旧是没什么效果，伊织只好放弃对昏倒在地的人的召唤，试图自己解开绳扣，无奈绳扣实在是太紧了。

“喂——”

他稍转了下身子，伸脚踢了下一个负伤村民的肩膀。

一张沾满了泥和血的脸缓缓抬起——这个村民用迷离的眼神望着伊织的脸。

“快点，帮我解开这个绳子吧，把它解开！”

这个人挣扎着爬了过来，帮伊织解开绳子后就断气了。

“等着吧！”

伊织看了看土桥上，紧咬嘴唇。土匪们将追赶而来的百姓全部杀害了。这会儿，载着掠夺之物的牛车车辙陷进了土桥的一块稍有些腐烂的地方，他们正费尽力气地向外拉着车。

伊织躲在河边的阴暗处，沿着水边，不顾一切地走着，然后渡过浅滩，爬到对岸。

伊织一溜烟地奔驰在原野上，在没有田地、没有人家的法典之原上奔驰了将近半里地。

伊织接近和武藏两个人居住的山丘之上的小屋了。有一个人正站在屋侧张望着——是武藏。

“师傅——”

“噢……伊织！”

“您快点去吧！”

“去哪儿？”

“村里。”

“那边的火光是怎么回事？”

“山里的人来袭击了。前年他们也来袭过一次。”

“山里的人，山贼吗？”

“有四五十人呢？”

“那钟声是在通告这件事吗？”

“快点，请救救那些人吧？”

“好嘞！”

武藏返回小屋一趟，旋即奔了出来。他回去整理了下鞋袜。

“师傅，跟在我后面吧。我来带路。”

武藏摇了摇头。

“你在小屋里等着。”

“啊，为什么？”

“太危险。”

“没关系的呀！”

“你太碍事。”

“但是，师傅您不知道通向村里的近路？”

“那火光就是最好的指引。行了，在小屋里老老实实地等着吧！”

“是。”

没办法，伊织只好点头。欲为正义而战的小小灵魂，失去了用武之地，突然有很落寞的感觉。

村子还在燃烧着。

武藏在被火焰映红了的原野，像鹿一般奔跑着。

征夷

一

善良的父老乡亲被杀，孩子丢失。被驱赶着在原野中前行的女人们，止不住地哭泣。

“吵死了。”

“快走！”

土匪们挥舞着鞭子，抽打着这些女人。

突然，一个人摔倒了。拴在这个人前后的女人也跟着一起摔倒。

土匪抓着绳子，将她们带起来。

“你们这些人，还真是不死心啊。喝稗草粥、耕种贫瘠的土地，瘦得皮包骨头的日子就那么好过吗？还不如跟我们一起，一定让你们知道这世间是多么地多姿多彩。”

“真麻烦。把绳子拴在马上，让马拽着她们吧！”

每匹马的马背上都驮着抢来的粮食。他们将女人们拴在了其中一匹马上，然后“啪啪”地打了打马屁股。

女人们忧伤地叫着、哭着，随着马跑起来。很多要摔倒的人，一边拖着蹭到地面的黑发，一边叫道：“我的手要被拽掉了，我的手——”

“哇哈哈哈哈、啊哈哈哈哈……”跟在后面的一大堆土匪大笑。

“呀呀，太快了。调节下吧！”

正说着的时候，马和女人都在前边停下了——敲打马屁股的土匪们也没吭声，跟着停了下来。

“哎呀，这次停下来了呀。失策呀！”

后边的土匪哈哈大笑着继续向前移动。突然，嗅觉良好的他们感觉到了血的气息。——咦？笑声戛然而止，他们警觉地瞪起了眼睛。

“谁，谁啊？”

“……”

“谁，谁在那里？”

“……”

他们看到的那个人正坚实地踩着草地慢慢走过来，手里提着白刃大刀，血的气味雾气般地氤氲。

“……呀、呀？”

最前面的土匪不住地向后退，和后面的土匪挤作一团。

武藏则趁机目测了一下土匪人数，大致有十二三人。然后他将目光投向了看起来比较难对付的几个人。

很多土匪拔出了刀等凶器。其中，有一个握着斧头的土匪朝武藏劈来。同时，一个射杀野猪用的矛头，也从旁边瞄准了武藏的侧腹，从低处冲过来。

“不知死活的。”

一个人喊道。

“你这小子，到底是从哪里来。居然敢找我们的事？”

这时——

“……哇啊！”

右侧手持斧头的男人发出像咬到了舌头一样的声音，从武藏前边踉踉跄跄地跌过。

“不知道吗？”

在一片血气中，武藏抽回了刀。

“我们是保护良民土地的守护神使者！”

“适可而止吧！”

武藏又将夺来的射猪矛一丢，挥舞着大刀冲向匪群。

二

土匪们原本就对自己的力量非常有自信，这会儿见武藏是一个人，就更加狂妄了。武藏拼了全力地与这群匪徒进行殊死搏斗。

土匪们最终出乎意料地望着自己的很多同伙，被这样的一个人打得落花流水，死的死伤的伤，开始错乱。

——怎么会这样？

——看我的。

抱着这样自命不凡的心理向前冲的土匪，最终都变成了一具具并不雅观的死尸，曝尸荒野。

通过与土匪们的初次交锋，武藏也大体掌握了对手的实力。

对于武藏来说，棘手的不是土匪数量多，而是他们是一团团结起来的力量。以少胜多的剑法虽不是武藏拿手的，但是他喜欢这种搏斗。因为在与一群人的搏斗中，能够学到一对一时所无法体会到的东西。

话说——武藏首先杀的是在前方赶马的一名土匪，从那时起，武藏的武器就一直都是从土匪那里抢来的大刀，而不是自己的大小腰刀。

这倒不是因为武藏抱着多清高的想法，比如怕这些土匪玷污了自己的灵魂之刀之类的。他是出于爱护武器的考虑。

土匪们的凶器很杂乱。说不定什么东西就会碰坏刀刃或导致刀折断。另外，在最后的关键时刻，因为身边没有护身武器而陷入失败境地的例子有很多。

因此，不论任何情况，他都不会轻易地亮出自己的武器，而是以敌人的武器克制敌人。同时，在不知不觉间，他也练就了一身速战速决的本领。

“行，你等着！”

土匪们开始逃跑。

原本十几人的土匪，这会儿剩下五六个，他们朝村子跑去。

在村子里，应该还有很多同伙在强抢掠夺。因此他们朝那边跑，肯定是想和其他的土匪纠合在一起，卷土重来。

武藏暂且先喘了口气。

然后释放那些被拴着的、倒在原野上的女人，并让她们之中还能站起来的人照顾站不起来的人。

她们已经连道谢的话都说不出了，只是像哑巴一样仰望着武藏，相继伏地哭泣。

“已经没事了，放心吧！”

武藏安慰道。

“村子里边还有你们的父母、孩子、丈夫吧？”

“嗯。”

她们点着头。

“我还要去救他们。只有你们得救，他们都遭遇不幸的话，你们也不会幸福吧？”

“是。”

“你们是拥有保护自己、救助他人的力量的。只是因为你们既不知道如何运用这种力量，又不知道相互团结，才会被土匪摆布。我也会帮忙的，你们快拿起剑。”

说罢，武藏将土匪散落在地上的武器捡起，交到她们手上。

“你们跟我来。按我说的做，从火焰和土匪的手里，将家人救出。守护神会保佑大家的。没什么可怕的。”

女人们听了他的话，跟着他一起走过土桥，向村子的方向赶去。

三

村子依旧在燃烧着。但是因为住户比较分散，所以火焰只是停留在部分区域，并没有蔓延。

道路被火光映得通红，人影投在地上，像剪纸画一样。武藏带领女人们逐渐接近村落。

“哦？”

“是你们吗？”

“是你们在那边吗？”

躲在阴暗处的村民看到他们，逐渐走出来聚在一起，不一会儿就聚了十几个人。

女人们一见到自己的父母、兄弟、孩子，就立刻奔上前去和他们抱在一起，号啕大哭。

然后她们指向武藏。

“我们是被那个人……”

她们的获救经历被用带有严重乡音的语言讲述了出来——虽然乡音严重，却掩饰不住其中的欢喜。

这些村民望着武藏，眼里闪现出异样的目光。因为他就是法典之原上的那位疯癫的流浪武士，是曾被自己嘲笑谩骂的那个人。

武藏对眼前的男人们说了刚刚对女人们说过的同样的话。

“大家，拿起武器——身边有的，短棒、竹片等。”

没有一个人违抗。

“袭击村子的土匪，一共有几十人？”

“五十人左右。”

不知是谁回答了一声。

“村里有几户人家呢？”

原来村里总共有七十余户人家，而且还都是大家族的形式。一户至少有十名以上的家庭成员。这样的话，这个村里的人应该总共有七八百人。即使除去幼儿和老人、病人，也还有男女壮年五百名以上。现在却被只有五六十人的土匪，夺去了粮食、年轻女人、家畜等。武藏难以置信即使遭受侵略“也没办法反抗”的理由。

之所以造成现在这种局面，有为政者的不周全，也有自身没有自治力和武力等原因。

如果了解武力的本质的话，就会知道，武力并不是那么可怕的东西，它其实是为了和平而存在的。

这个村里的人，如果不用和平的武力武装自己的话，就永远逃不掉这种悲惨的命运。武藏意识到，今晚的真正目标不应该是讨伐土匪，而是要让村里的村民拥有自己应有的力量。

“法典之原的武士。刚才逃跑的土匪，叫了很多其他同伴，现在正向这边赶来。”

远处跑来的一个村民向武藏和其他乡亲招着手，紧急汇报道。

这些村民，脑子里已经根深蒂固地形成了山中土匪很可怕的印象，因此他们即使拿起了武器，也还是沉不住气，总想逃跑。

“是吗？”

武藏一边给他们以安慰，一边发出了命令。

“藏到路的两边。”

大家争先恐后地躲到了树后、田地里。

只剩武藏一个人在外面。

“一会儿我一个人迎战土匪。随后我会假意逃跑。”

武藏朝他们藏身的地方，左右望了望，自言自语般地说道。

“但是，这时，你们先不要出来。因为追我的土匪，最后肯定会掉头，零零散散地逃回这里。到那时，你们再‘哇’的一声大喊，出其不意地从旁边冲出来，正面攻击——然后再藏起来、进行攻击，藏起来、进行攻击。反复这样，直到将他们彻底打垮。”

正说着的时候，一群土匪已经像魔军一样杀来了。

四

从他们的装束等状况来看，就像原始时代的军队一样。在他们的眼中，既没有德川时代，也没有丰臣时代，山野是他们自由自在的世界，乡村是满足他们各种饥饿的场所。

“啊，等下——”

前头的一个人停住脚步，拦住了同伴。

大概二十来个人，提着并不多见的大钺、生锈的长枪，红色的火光在这群黑压压站成一片的人的身后熠熠生辉。

“在那边吗？”

“是不是那个？”

其中的一个人定睛一看，指着武藏的身影说：“噢——是那个人。”

武藏与他们隔了大概几十步远的距离，站在前面堵住了整条路。

看到武藏站在那里，对他们这种浩大的声势无动于衷的样子，这群土匪不禁怀疑起自己的威风是不是表现得还不够到位，停在那里表现出各种不可思议。

（哎呀，这个家伙——）

但是，这种静止的状态仅仅维持了一小会儿，有两三名土匪开始蠢蠢欲动，向前几步对着武藏喊道：“是你吗？”

武藏睁大眼睛盯着靠近的土匪。就像被武藏的眼睛给束缚住了一样，土匪也紧紧地瞪过去。

“是你吗，来给我们捣乱的家伙是你吗？”

武藏一句话答道：“是的！”

他同时挥起垂着的刀，向这些土匪迎面杀去。

“哇”的一声轰响后，就再分不清谁是谁了。一群人像被卷在小旋风中的羽蚁一般，混战就这样开始了。

这条路，一边是水田，一边是种着树木的堤。这样的地形对土匪来讲是不利的，但是便于武藏进退自由。这些没有受过相关训练的土匪，拿的武器也是杂乱无章的——跟一乘寺本殿西侧古松旁的决战比——这场战争完全不足以让武藏有生死之战的感觉。

可能也是因为他在时刻想着怎样找机会撤退。与吉冈门下那群人打斗的时候，没有过一点“后退”的想法。现在是不打算与他们不分胜负地打下去的，只想用兵法上的“策略”引他们上钩。

“啊，这家伙——”

“想逃跑——”

“不要跑——”

土匪们锲而不舍地向逃跑的武藏追赶而去——不一会儿就被武藏带到了原野的一端。

这儿不比刚刚那条相对狭窄的路，宽阔的原野看起来会使武藏陷入劣势。武藏向那边逃、这边跑，诱使原本聚集成堆的土匪分散了不少。突然，武藏变成了攻势。

“咔……”

一下！

又一下！

武藏的身影在不断飞溅的鲜血中穿梭。

也许将此时的情形形容成像砍竹竿一样也并不夸张。被砍伤的人，大部分都很狼狈地丧失了神智。砍人的人，像进入了无我之境一样，反复地进行着砍杀的动作。土匪们顾不得形象，蜂拥朝原路逃回。

五

“来了——”

“来了哦——”

在道路两旁阴暗处隐藏的村民，确认土匪逃来的足音已到附近后，“哇”的一声蜂拥而起。

“妈的！”

“畜生！”

村民们挥舞着竹矛、棒子等武器，冲杀上去。

随后，当有“快隐藏——”的命令时，村民们又伏下身子，等待后面两两三三的土匪过来后，再发动下一次的进攻。

“浑蛋！”

像治退蝗虫一样，大家集众人之力，将土匪一个一个地打倒。

村民们看着这些成为战利品的土匪尸体，瞬时变得更加精神抖擞、斗志昂扬，意识到原来自己拥有着意想不到的力量。

“又来了！”

“一个人！”

“来吧！”

这些村民马上聚成一团，做好迎战准备。

这次跑来的是武藏。

“哦，不对不对。是法典之原的那个流浪武士。”

他们就像迎接主将的士兵一样，退到道路两边，凝视着武藏那泛着朱红色的身影和手里的那把血刀。

血刀的刀刃已经破损成锯齿状。武藏将这把刀扔掉，捡起了落在身旁的一把土匪的矛。

“你们也将这些尸体手中的刀或矛，用作自己的武器吧！”

年轻人听到武藏这样说，争先恐后地拾起武器。

“好了，之后就看你们的了。你们一定要团结起来，将土匪赶走，夺回自己的家园和家人。”

武藏一边鼓励着他们，一边身先士卒冲向村子的方向。

已经没有一个村民显露出胆怯了。

就连女人、老人和孩子都在年轻人之后拾起了武器，跟上武藏。

进入村子后，发现比较大的农家都已经被烧了。村民、武藏、树木、道路都被映成了红色。

燃烧着房子的火似乎已经蔓延到竹林了，青竹的爆裂声，“啪啪”地夹杂在火焰中，凄厉而清脆。

不知从哪里传来了婴儿的啼哭声。因大火而发狂的牛也在牛棚中惨叫着——可是，在不断散落的烟灰中，并没有发现土匪的影子。

武藏突然想到了什么——

“是哪里飘散着酒香？”

村民们都沉浸在这漫天烟雾的哀痛中，没有感觉到什么酒的味道。经武藏这样一说，才反应过来。

“只有村长家用酒瓮储存了很多的酒。”

武藏推测土匪一定是聚集在了那里，于是跟大伙儿讲了自己的策略。

“跟我来——”

这次的目标是村长家。

此时从四面八方返回村子里的人已经有上百人。躲进地板下、草丛中的人也都陆续出来了。团结演化成强大的力量。

“那是村长家。”

这些村民远远地指着那所被所谓土墙围起来的住宅。这所住宅在这个村里算是大型的了。

走近这个村长家，就像喷出了酒之泉一样，酒香扑鼻。

六

村民们在附近躲了起来，武藏则越过土墙，翻进了这个被土匪作为根据地的农家。

土匪的首领和主要人员在这间土屋里，醉醺醺地搂着女人饮酒作乐。

“不要慌——”

土匪首领似乎正在发着脾气。

“只是出来一个多余的人，没必要我们出手，你们把他给收拾了。”

说着这样的话，将那个来报信的手下骂得狗血喷头。

这时，那个首领突然感觉到外面有什么异样的声音。撕着烤好的鸡肉，仰头饮酒的其他土匪也都僵住了。

“呀，怎么回事？”

他们的手下意识地摸向武器。

一瞬间，他们的心里一片空洞，只顾注视着传来惨叫的门口。

武藏这时马上跑向房间的侧面，找到正房的窗口后，以矛柄为支点，翻身从窗口跃入屋内，正好落在首领的身后。

“是你吗，土匪首领？”

首领循声向后望去的时候，武藏的矛已经刺穿了他的胸口。

这个狰狞的男人，“哇”的一声大叫，血汩汩地从胸口涌出。武藏轻轻一松手，这个人便带着矛一起跌倒在地。

此时武藏的另一只手中已经握了一把从刚刚冲上来的土匪手中夺来的刀。紧接着，一个土匪被砍伤、一个土匪被刺死。土匪们见状就像马蜂出巢般，忙不迭地向土屋外面跑。

武藏将刀掷向这群人，紧接着又将那把矛从死尸的胸口拔出。

“别跑——”

武藏就像无法攻破的铜墙铁壁般——横握着矛向外冲去。然后如同竹竿打水般，搅开了土匪群。外面的宽阔为矛的自由运用提供了良好的空间。武藏用力抡着矛，橡木矛柄都微微弯曲了。忽而将匪群冲散，忽而从上向下劈下来。

抵挡不过的土匪们向土墙门口逃去。因为外面守着武装好了的村民，刚跨出门口的土匪，就又遭受到了另一番攻击。

结果，很大一部分土匪被村民杀死。即使有逃走的土匪，也几乎都肢体不全了。村里的人，无论男女老少生来第一次高唱起了凯歌，旋即和孩子、妻子、父母抱成了一团，喜极而泣。

这时，不知是谁在后面说了句：“怕是随后会有场可怕的报复。”

村民们因这句话，立刻沉寂。

“他们已经不会再来这个村子了。”

武藏说道。听武藏这么一说，他们终于又恢复了安心的样子。

“但是，你们也不要从此变得狂妄自大。你们的职责不在拿起武器，而是铁锹。如果误以为从此可以滥用武力的话，会有比土匪更可怕的天谴降临的。”

七

“看清情形了吗？”

住在德愿寺的长冈佐渡一直没能入睡。

从原野、泥沼的另一端也能很容易地看到村里的大火。现在火焰看似已经被扑灭了。

两个家臣说：“嗯，看清了。”

“土匪已经逃跑了吗，村里的受害情况怎么样？”

“我们赶到时，村里的人已经亲手杀死了大半的土匪，其他的土匪都跑散了。”

“真的吗？”

佐渡一副讶异的神情。如果真是这样的话，也许可以考虑主人细川家的领土民治一事了。

不管怎么说，今天已经晚了。

佐渡走到床榻前。想到明天一早就要动身回江户了，说道：“我想去那个村子转转。”

说着，又向马厩走去。

德愿寺的一名僧人跟上来负责带路。

到了村子里，佐渡回头望着两名侍者，不可思议地问：“你们昨晚到底看清楚没有。这些路上躺着的土匪真的是百姓杀死的吗？”

村里的人没有睡觉，他们在收拾烧毁的房屋和尸体。一看到骑马而来的佐渡，都赶紧纷纷地躲进屋里。

“啊，这应该是有什么误会。谁找一个能讲明白话的村民出来？”

于是德愿寺的僧人，不知从什么地方带过来一个人。佐渡这才弄明白昨夜发生的事情的真相。

“是这样啊！”

佐渡点着头。

“那么那个流浪武士，叫什么名字？”

不管佐渡怎么问，跟前村民都答不上来，说是没有问过他的名字。不得已，僧人只好去别处询问。

“听说是叫宫本武藏！”

“什么，武藏？”

佐渡想起了昨晚那个孩子。

“那么，就是那个孩子口中的师傅了？”

“平时，这个武士会领着那个孩子开垦法典之原的荒地，做一些百姓做的事情，真是个奇怪的武士！”

“想见见那个男人。”

佐渡嘟囔道。突然想起藩邸还有要紧事。

“下次再来。”

说着策马而去。

到了村长家的门口，佐渡被一块告示牌吸引驻足。这块崭新的告示牌上的墨迹还没有干透，上面写着：

村里人应该时刻铭记的事

铁锹也是剑

剑也是铁锹

耕种土地的时候，不要忘记战斗

战斗的时候，不要忘记土地

二者要合二为一

不要违背常理，走错路

“哦……是谁写的这块牌子？”

村长应声出来，伏地而答：“是武藏大人。”

“你们能明白吗，这些字中的道理？”

“今天早晨，将村里的人召集在一起，请武藏大人为我们进行了讲解，已经差不多明白了。”

“小师父。”

佐渡扭过头。

“可以回去了。辛苦了。非常遗憾，这次来去匆匆。还会再来的，告辞！”

说罢，佐渡继续向前奔驰而去。

卯月之时

一

主君细川三斋公一直在丰前小仓的本地，没有在江户的藩邸待过。

在江户有长子忠利和辅佐的老臣，细川三斋公也无须操心许多。

忠利才智过人。年纪虽还不到二十，却即使身处在以新将军秀忠为首的移居新城的枭雄和豪杰大名中，也不会给父亲细川三斋公丢脸。他的年少气盛、对时代的洞察力，远远胜出那些从战国时代走来的、整天夸耀自己本事的徒有胆量的老大名。

这会儿书房和马场上都不见忠利的影子。

藩邸的占地很广阔，庭院等还没有完全修整。有一部分还保持着原来的树林的样子，一部分被建成了跑马场。

“少主正在那里玩吗？”

佐渡在从马场返回的路上，向一名路过的年轻侍卫问道。

“在练箭场。”

“哦，在摆弄弓箭啊！”

穿过林荫小径，朝练箭场走去的时候，已经可以清晰地听见，“嗖”的一声，箭飞射而出的声音。

“喂，佐渡大人——”

一个人叫道。

叫住佐渡的是同藩的岩间角兵卫。他是一个很有手腕的实干家。

“您去哪里？”

角兵卫走过来。

“去找少主。”

“少主现在正在练习弓箭。”

“有些要紧的事，即使在练箭场，也需要汇报一下。”

角兵卫正要通过佐渡身旁时，突然又说：“佐渡大人要是没什么紧急的事，有点事想商量一下。”

“什么事？”

“我们就找个地方说一下。”

说罢，环看了一下四周。

“去那边吧！”

角兵卫将佐渡请进了树林中的一个侍从休息茶室内。

“不是别的，就是在您和少主谈起什么的时候，想请您借机推举一个人。”

“是想在这一家当差的人吗？”

“我知道有很多到佐渡大人您的府上请您推举的人。但是这次这个人和您府上的那些人是不太一样的。”

“哦……少主也在谋求人才。但是都是些只想混个工作的人啊！”

“论资质，这个人和其他人是不太一样的。事实上，他和我家里还多少有些亲戚关系。从岩国来我家里已经两年了，应该是藩内所需要的人才。”

“如果是岩国的话，曾是吉川家的武士吗？”

“不是，是岩国乡间的一个孩子，名叫佐佐木小次郎，虽然还年轻，但是曾跟随钟卷自斋学习过富田流刀法。在神速拔剑法方面，还得到过吉川家的食客片山伯耆守久安的真传。而且，他并没有满足于此，自创了岩流流派。”

角兵卫竭力向佐渡推荐这个人。

不管是谁推荐任何人，都会这样费尽唇舌。佐渡并没有多热心去听。他反而想起了另外一位因为自己公务繁忙而拖了一年有余、最终忘记推举了的人。

这位就是开垦法典之原的宫本武藏。

二

武藏这个名字，从那件事以后，就一直深刻在他的心里。

（如果武藏那样的人能供职于这里就好了。）

佐渡在心里暗自琢磨。

他曾想再去法典之原一趟，进一步仔细了解一下这个人，然后推举给细川家的。

现在——回想起来，自那次从德愿寺返回的那一夜起，到现在已经不知不觉一年有余了。

因公务繁忙，一直没能有机会再去德愿寺参拜。

“怎么样？”

在佐渡想起武藏时，岩间角兵卫再次将自己府上的佐佐木小次郎的履历和为人强调了一下，满怀期待地希望佐渡能助他一臂之力。

“您见到少主后，拜托，给推荐一下吧！”

“好的，知道了。”

佐渡回答道。

反复拜托后，岩间角兵卫转身离去。

但是此时比起角兵卫提起的小次郎，佐渡的心里还是更放不下武藏。

到了练箭场后，少主忠利正在和家臣饶有兴致地拉弓射箭。忠利射出的箭，每一根都能很精准地射到靶心，连出箭的声音都彰显着气势。

他的侍从有时会劝谏说：“当今战场上，最常用的武器是枪、矛，大刀、弓箭等是要被淘汰的。若要将弓箭作为武士的装饰，也只需要知道射法就行了。”

忠利每当此时就会反问：“我射箭，是以心为靶的。你看我像是为了在战场上，射击十或二十个武士而练习的吗？”

细川家的臣子们闻之心服口服，他们虽然对三斋公大人的佩服是没话说的，但是没有一个人是因为三斋公的缘故而侍奉忠利的。忠利身边的近侍都是真心将忠利当作明君来看待的，无关于三斋公是否了不起。

这虽然是后话了，但是这件事能证明藩臣们到底有多敬畏忠利。

后来细川家被从丰前小仓移封至熊本时发生了一件事——在入城仪

式上，新城主忠利穿着简便朝服，在熊本城的正大门处走出轿舆，于粗席之上向熊本城参拜——这时，忠利的冠冕绳带碰到了城门的门栏上。从此以后，忠利家的家臣、侍从通过这个门的时候，便不会从正中间跨过去。

这足可见，当时一国的国守对于“城”抱有多么严肃的态度，家臣对“主”是多么的尊崇。从壮年时代开始，忠利就有如此气概。向这样的君主推荐家臣，是不能粗心大意的。

长冈佐渡来到练箭场，看到忠利后，开始为自己刚刚和岩间角兵卫分别时，草率答应的那句“好的，知道了”而感到后悔。

三

站在年轻侍从当中，因比赛射箭而汗流浃背的细川忠利，依旧是一副不拘小节、与周围侍从无二的样子。

这会儿，忠利正和侍臣们说笑着走进练箭场的休息室，擦拭着汗水。一抬头发现了老臣佐渡，便玩闹地邀请道：“老爷爷，要不要也试着射一下。”

“不了，你们太孩子气。”

佐渡也开玩笑道。

“什么啊，到底什么时候才不把我们看作孩童？”

“我的射箭水平，不论是在山崎合战，还是在控制韭山城的时候，都受到了您父亲大人的赞许，得到了公认。现在是不会在一群孩子中寻求安慰的。”

“哈哈哈哈，又开始了，佐渡大人的自吹自擂。”

侍臣们笑了起来。

忠利也一阵苦笑。

顿了顿。

“有什么事情吗？”

忠利恢复了认真的表情。

佐渡稍讲了一些公务上的事情，然后问道："岩间角兵卫好像是想推荐什么人，您听说了吗？"

忠利摇了摇头说没有，随即马上想起了什么。

"对，对。是一个叫佐佐木小次郎的人，他提过几次，但是我一直还没见到这个人。"

"那要不要召见一下呢，诸家都在高薪求贤？"

"不知道那个人是不是真的像他说的那样。"

"是啊，要不先召见一下看看？"

"佐渡。"

"是。"

"角兵卫又拜托你来说了吗？"

忠利苦笑。

佐渡也深知这位年轻主人的英明敏锐。自己再怎么多嘴，也不会影响他的判断的。所以只是笑着说："您的意思是……"

忠利将弓拿在手上，一边从侍臣手中接过弓箭，一边说道："角兵卫推举的人我想看看，同时，我也想找时间见见你所提到的，那场夜间事件的主角武藏。"

"少主您还记着呢？"

"我是记着呢，你是不是都给忘了？"

"没有，因为在那之后我一直没能找到再去德愿寺参拜的时机。"

"为了得到一名人才，即使再忙也应该抽出时间去看看。等做完其他事情再说这样的想法，可不像爷爷你的想法呀！"

"实在抱歉，但是，各方来投奔的人非常多，前来举荐的人也很多，少主您已经应接不暇了。我也就在给您讲过这件事情之后，不知不觉地有了些怠慢。"

"别人的眼光我不清楚，但是爷爷你的眼光我是相信的。你举荐的人，我非常期待。"

佐渡诚惶诚恐地从藩邸回到自己的府内后，立即备马，只带上一名侍从，就向法典之原出发了。

四

今天晚上不能停留，应该马上直奔目的地。因为心里十分着急办这件事，长冈佐渡绕过了德愿寺。

“源三。”

听到叫他的名字，这名侍从回头望去。

“这附近就是法典之原了吧？”

侍从佐藤源三答道：“我觉得应该是了吧——不过这里还能看到青翠的农田，正在开垦的地方，应该还在原野稍微靠里的地方吧？”

这里已经离德愿寺很远了——如果再往里走的话，就接近常陆路了。

快接近黄昏了——农田上面的白鹭像粉末一样飘散着、飞舞着。在河滩的边缘、丘陵的背面，到处种着大麻、麦子。

“啊，老爷！”

“怎么了？”

“那里聚集着很多农夫。”

“……噢……果然。”

“我去问一下怎么回事吧？”

“等下——看他们在轮流叩头，应该是在拜着什么呢吧？”

源三下来牵着马的缰绳，一边试探着浅滩的深浅，一边引导着主人的马向前走。

“喂，百姓们。”

听到叫声后，他们吃惊地向这边望了一眼，原本聚作一堆的状态也被破坏了。

前边有一个临时搭建的小屋。小屋的旁边是像鸟的巢一样的一个佛堂，他们刚刚就在参拜这个佛堂。

大概五十名左右结束了一天辛苦劳作的农民，拿着清洗过的工具，打算参拜完后便回家。这会儿见到有旁人过来了，吵吵嚷嚷议论起来。有一名僧人从人群中站了出来：“您好，您好，我还在想是哪位大人来了呢。这不是长冈佐渡施主吗？”

“哦，你是去年春天，村里遭遇骚乱时，为我做向导的德愿寺的僧人吧？”

“是的，今天您也是来参拜的吗？”

“不是不是，只是突然想起来一件要紧的事，赶紧赶了过来。要是参拜的话，之前不是都会直奔寺里的吗？想打听一下，当时在这里进行开垦的那个流浪武士武藏和小孩儿伊织，现在还在吗？”

“武藏大人，现在已经不在这里了。”

“什么，不在了？”

“是的，大概半个月前，不知道去哪里了。”

“怎么回事，是因为什么事情离开的吗？”

“不是……只是，那一天，因为之前一直发大水的荒地终于变成了青青良田，乡亲们高兴，都来祭祀——之后没想到，第二天早晨，武藏和伊织就离开这间小屋了。”

这名僧人至今还是不敢相信武藏已经离开了——他跟佐渡讲起了详细情况。

五

自那以后。

惩戒了土匪，稳固了村里的治安，每个人的生活回归了平和，村里没有一个人再直呼武藏的姓名。

——法典之原的流浪武士。

——武藏大人。

之前一直将武藏当作疯子经常说他坏话的人，也来到他的开垦小屋里。

（让我也来帮您吧！）

这些人的态度发生了很大变化。

武藏对谁都一视同仁。

（想来这里帮忙的人就来帮一下。想过富裕生活的人也尽管过来。只自己吃独食的人等同于鸟兽。至少，也要为子孙们留下一些劳动成果。）

这样一说，大家马上都积极响应。

每天都会有四五十名能空出时间的人聚集在他开垦的田上。农闲时期，甚至能来上百人。大家齐心协力，开拓荒地。

最终，去年的秋天，制止了长久以来一直存在的水患。然后，冬天开垦了土地，春天播撒种子、引水灌溉。到初夏的时候，虽然数量不多，但是新田地也算是绿油油一片了，稻子随风沙沙作响，麦子长了一尺来高。

土匪也不来了。村里的人辛勤耕耘。年轻人的父母、妻子将武藏当作神来崇拜，会及时将糕点或新鲜蔬菜送到武藏的小屋里来。

来年，旱田、水田的产量都会成倍增长的。再下一年会长三倍的。

村民们在对讨伐土匪和维持村里治安抱有信心的同时，对于荒地的开垦也开始抱有极大的信心。

出于感谢之情，村民们休假一天，带上酒壶来到小屋，团团围住武藏和伊织，配合乡村神乐的鼓点和笛声，举行了一场青田祭祀。

这时，武藏说："不是我的力量，是大家的力量使这里有了现在的收获。我只是调动了大家的力量而已。"

然后，他又对碰巧遇到这场祭祀的德愿寺僧人，说道："像我这样的一介漂泊武士，大家如此信任依赖我，使我很不安——为永保信念，还是把它作为心灵的依托比较好。"

说着，武藏从包裹里掏出一座木雕的观音像，交给了僧人。

第二天一早——武藏就已经不在小屋里了。他带着伊织不辞而别。

应该是在黎明前走的，连旅行包裹都没有打。

“武藏大人不在了！”

“不知去哪里了！”

村民们像与慈父失散了般，当天，不再有心情干活儿，他们谈论着武藏，陷入一片惋惜之中。

德愿寺的那名僧人，想起了武藏的话：“我们不能这样停滞不前。不要让田地荒废，要想办法继续增加产量。”

僧人对大家进行了一番鼓励，然后，在小屋的旁边搭建一间小佛堂，并将观音像放进去供奉。村民们自发地每天早晚在工作开始前和工作结束后去那里参拜，就像去跟武藏打招呼一样。

僧人的话说完了。

长冈佐渡怀着无限的悔意：“……啊，已经迟了。”

卯月之夜，草间雾霭使夜色更加朦胧不清。佐渡徒劳地掉转马头，反复小声自语：“可惜了……这种怠慢，也是一种不忠……迟了、迟了。”

入府城

一

“两国”这个地名是在桥建好后得来的。当时那里还没有两国桥。

从下总通过来的路，从奥州街道分岔过来的路，都汇集到了随后被架起了桥的这个地方，这里是一条大河。

渡口处有一个可以被认作关卡的城门。

城门附近，江户城奉行制度实行以后，青山常陆介忠成的手下不断地叫道：“等下。”

“好的。”

就这样，他们认真地检查着每位通行者。

“江户的神经也敏感起来了。”武藏暗想。

三年前，从中山道来到江户，然后马上出发去奥羽的时候，这个城市还没有如此严格的关卡。

为什么突然变得如此严格？

武藏带着伊织，在城门口按次序排好队后，琢磨着。

当城市变得更像城市的时候，人口肯定也会增多。善恶众相相生，就需要制度。当然，那些钻了制度空子的人也可以很活跃。同时在打造祈求繁荣昌盛的文化之时，文化的下面，那粗俗的生活或欲望也在满沾着血迹。

有这方面的原因。

还有就是，这里变成德川将军所在地的同时，对大阪方面的警戒也日益加强了吧——不管怎么说，即使隔着大河看，也可以看得出来，江户的房屋比武藏之前来的时候多了，绿色明显减少了，给人一种恍如隔世的感觉。

“这位流浪武士——”

武藏听到叫自己的时候，已经有两名穿着革裙裤的城门差人将武藏的背部、腰部——整个身体摸了个遍。

另外一名差人则在旁边，严肃认真地盯着武藏问问题。

“为了什么事到这里来？”

武藏马上回答道：“我是没有什么目的的游学者。”

“没有目的？”

差人继续盘问：“不是有游学这个目的吗？”

“……”

看到武藏苦笑，差人也不留余地地接着问道：“出生地是哪里？”

“美作吉野乡宫本村。”

“主家？”

“没有。”

“这样的话，路费之类的费用是谁给你出啊？”

“在所到之处，施展一下业余的一点爱好，比如说雕刻、画画等，另外还会到寺院里停留，教人一些舞大刀的本领等。是靠大家的帮助旅行的……在不得已的时候，还会睡在石头上，吃草根、树的果实来填饱肚子。”

“那么，从哪里过来的？”

“在奥羽待了半年后，在下总的法典之原上，通过做一些平常百姓的劳作，又待了两年。后来觉得也不能总是摆弄土地，就又到这儿来了。”

“跟你一起的这个小孩儿呢？”

“在法典之原捡的一个孤儿——叫伊织，十四岁了。”

“在江户有住的地方吗？没有住的地方的人，没有亲朋的人，一律不准入内。”

因为这种没完没了的盘问，后面已经聚集了很多过路人了。老实回答的话，不仅显得很傻，还会给别人带来麻烦。于是，武藏回答道：“有。”

“哪里的，谁？”

“柳生但马守宗矩。”

二

“什么，找柳生大人？”

差人露出了些许胆怯的神色，不再出声。

武藏见状觉得有些奇怪，因为柳生家应该是一个比较有亲和力的地方。

虽然以前没有见过大和的柳生石舟斋，但是通过泽庵，双方也算是互相了解了。如果有人问起柳生家知不知道武藏这个人，柳生家不会回答“不知道有那样一个人”。

说不定，泽庵也来江户了。本来一直想见石舟斋，但是一直未能如愿，也没能有机会和他比试刀法。这次，很想见一下直接得到了柳生流的真传，担任秀忠将军指导教师的但马守宗矩，和他切磋一下。

也许是因为平日里一直有这样的期盼——所以当城门差人询问的时候，想也没想，就像是要从这儿直接奔那里去一样，报出了柳生大人。

“啊，是去柳生家的啊……刚刚失礼了。因为最近有可疑的武士潜入了柳生大人府内，所以见您是位武士，就多加盘问了一下——这也是上司的严令啊。”

差人的态度、语气都变了一个样，随后的盘问也成了一个形式。

“请您通过。”

说罢，甚至一直送到了城门口。

伊织从后面跟了上来。

“师傅，为什么只对武士那么严格？”

“因为武士具备做敌方间谍的条件吧？”

“那么，如果是怕间谍的话，怎么还让流浪武士通过。那个差人脑子不太好吧？”

“他能听见啊！”

“刚刚渡船开走了。”

“听说等船的时候，可以顺便眺望富士山——伊织，看，真的能看见富士山。”

“富士山又不是什么新鲜的景色，在法典之原也是随时能看到的。”

“今天的富士山是不同的。”

“为什么？”

“富士山没有一天是以同一个姿态示人的。”

“一样的。”

“是根据时间、天气、看的地点、春天或秋天——还有观赏者的心情不同而不同的。”

“……”

伊织捡起河滩的石头，打了个水漂儿，然后轻轻地跳了过来。

“师傅，我们这就要去柳生大人的府上吗？”

“嗯，去不去呢？”

“刚刚在那儿，不是这样说的吗？”

“是想去一趟……但是因为他是位大名。”

“将军家的指导教师。真是了不起呀？”

“嗯——”

“我长大以后也要像柳生大人一样。”

“不要现在就开始抱有一个如此小的愿望。”

“嗯……为什么？”

“看富士山。”

“我可不能变成富士山呀！”

“与其现在就急着说我想变成这样，想变成那样，还不如默默地将自己锤炼成一个不媚俗，被世间所敬仰的人，并像富士山那样不会被轻易动摇。这样，自己的价值也就自然而然地体现出来了。”

“渡船来了。”

小孩子有着不想慢于别人的本性。一看到渡船，伊织便自顾自地冲到最前面，登上了船。

三

沿途可以看到宽阔的地方，也可以看到狭窄的地方。河中既有洲，也有水流湍急的浅滩。不管怎么说，隅田川洋溢着自由的气息。同时，由于两国现在是临海的海湾，浪高的时候，浊流会浸没两岸，导致这条河看起来比平常宽两倍。

船桨嘎啦嘎啦地划着河底的砂石。

若是天空晴朗，河水也会变得极其清澈，甚至可以站在船舷上看到鱼的影子，还有河底石缝中隐隐露出的有些生红锈的铠甲。

“怎么样，从此天下就会太平了吧？”

不经意间传来了渡船内其他人的谈话。

“估计不会吧？”

一个人说。

这个人的同伴也跟着搭腔。

“不管怎么说，会有一场大战的——果真没有的话，倒是再好不过了。”

谈话有一句没一句的。其中，也有人将脸扭向水面的方向，不想再继续说下去。因为这样的谈话万一被差人听了去，会惹上麻烦的。

但是，民众往往喜欢在背着上面耳目的同时，触及一些这样的事情。没有缘由的喜欢。

“渡船处的严查就是证据。最近之所以对来往行人的检查变得如此严格，据说是因为有从上方来的奸细混入。”

“说起来，最近，好像是有盗贼潜入了大名的府上——因为传出去不体面，所以包括那位大名在内，都绝口不提。”

“那也是奸细吧，一个人再怎么贪恋钱财，也不至于冒着生命危险，去闯大名府吧。不应该仅仅是小偷。”

扫一眼渡船，你便会感觉到这里简直就是江户的一个缩影。有身上还沾着木屑的木匠，上方来的商人，气势凌人的混混儿，还有一群像是从事挖井工作的人，不断和客人们调情的风尘女子，僧侣——然后就是武藏这样的流浪武士。

船靠岸后，这些人一个接一个地汇成人流，朝岸上走去。

“喂，这位武士。”

一个男人朝武藏追来，是船里面的那个矮胖的混混儿。

“是不是掉了什么东西了。这个是从你的膝盖上掉下来的。”

这个人抓着一个荷包跑到武藏面前。这个荷包是红底锦缎的——虽说是红底，但不论是颜色还是锦缎都已经显得很陈旧了，而且还有些闪闪发光。当然，与其说是金线织花闪闪发光，不如说是污垢在闪闪发光。

武藏摇了摇头。

“不是，不是我的东西。应该是船上其他乘客的吧？”

“哦，我的。”

武藏的话音刚落，有一个人迅速从一旁夺过荷包，揣入怀中。

是伊织。他由于站在武藏的旁边，被显得更加矮小，如果不仔细观察，还真不容易发现他。

混混儿不高兴了。

“哎呀哎呀，这再怎么是你的东西，你也不能连声道谢的话都没有，一把就夺过去吧。把荷包交出来，行三次礼再还给你。要不就把你打到河里去。”

四

混混儿的怒火有些孩子气，可是伊织也确实过分了些。“因为还是孩子，看在我的面子上，原谅他吧。”武藏替伊织道歉道。混混儿将目光转向武藏：“你是兄长还是主人，报个名字我听听。”

武藏谦恭地说：“我的名字不值一提。我是流浪武士宫本武藏。”

混混儿一听：“哦？”

混混儿凝视了武藏一会儿。

“今后注意点。”

混混儿向伊织抛下一句带有威胁色彩的话后，便欲闪身离去。

“等一下——”

刚刚还少女般柔和的人的猛然一声大喝，吓了那个混混儿一跳。

“什，什么……”

混混儿的手要拧掉鞘尾般，紧握着腰刀，扭过头。

“报上你的名字。”

“我的名字？”

“问过别人的名字后，连个点头致意都没有，就要离去，你有礼貌吗？”

“我啊，我是半瓦家的，叫菰十郎。”

“行了，走吧！”

“给我记着。”

菰十郎向前倾着身子赶紧跑掉了。

伊织就像获得帮助，打倒了敌人一样。

“真是爽啊，胆小鬼！”

伊织向武藏投去以对绝无仅有的可依赖的人才有的目光，紧紧向武藏的身旁贴去。

“伊织。”

“是。”

“之前在荒原住着，以松鼠、狐狸为邻的时候不顾及礼节规矩还可以，现在到了这样一个人群熙攘的都市，可要注意了。”

“是。”

“人和人如果能和睦相处的话，人间便是极乐净土了。可是人偏偏生来都有善恶两重性，稍有差池，人间就会变成地狱。因此，为了抑制不好的方面，与人交往的时候，要注重礼仪，保持体面。另外，还要遵守法则，无规矩不成方圆。你刚刚的无礼虽说是件小事，却会激怒别人的。”

“是。”

“今后，不知道还会去什么地方。一定要注意这方面。”

武藏为了让伊织铭记在心，又强调了一遍。伊织频频点头。

“知道了。”

包括措辞，伊织马上变得彬彬有礼起来，还不自然地行了一个礼。

“师傅，这个不能再弄丢了。可不可以放在师傅的口袋里啊，麻烦师傅了。”

说着将刚刚遗落在渡船上的那个有些破烂的荷包塞进武藏的手里。

武藏之前并没有特别留意这个荷包，这会儿拿着它突然想起了什么。

“这是你父亲的遗物吧？”

“嗯，是的。原本放在德愿寺里了，今年，住持偷偷把它还给了我。里面的钱原封未动。必要的时候，师傅可以用这里面的钱的。”

五

“谢谢！”

武藏向伊织道谢道。

虽然是段很随意的聊天，伊织的心里依然很高兴。他似乎已经用一个孩子的眼光盘算过自己所侍奉的师傅到底有多穷了。

“那么，我就先借用了。”

武藏恭恭敬敬地接受，并将伊织的荷包放进了口袋。

在途中，武藏边走边想，伊织虽然还是个孩子，但是由于从小生长在贫瘠的土地，守着并不丰盈的稻草，深知生活的艰辛。“生计”这个词已经深深地被植入了他幼小的心灵中。

相比之下，武藏意识到了自己总是轻视“钱财”，将安排生计一事置之度外的缺点。

虽然比较关心经世济民之类的事情，但是忽略了自己的生计安排。现在就连小小的伊织都要替自己的生计担忧。

这个孩子，拥有着自己身上所不具备的才能。武藏开始佩服起伊织性情中的那逐渐被磨炼出来的智慧。这是他自己，以及与他分别的城太郎所不具备的东西。

“住在哪里呢，今晚？”

武藏漫无目标。

伊织新奇地张望着街两边，不一会儿，就像在异乡中发现了老朋友一样，兴奋地指着前方叫了起来：“师傅，那里有很多马。城里也有马市啊。”

因为这个地方吸引大量伯乐前来，伯乐茶馆、伯乐旅店也毫无秩序地一家接着一家冒出来，所以最近开始被称作“伯乐町”——有无数的马排在街上。

一接近集市，马胃蝇和人的声音就混作一团传了过来。混杂的声音中还夹杂着关东等各种地方的方言，完全听不明白他们都在嚷着什么。

有个带着侍从的武士在其中挑选着名马。

就像世间缺少人才一样，马匹中也同样缺少名马。那个武士最终灰心地说："回去吧，没有一匹值得推荐给大人的马。"

说罢，迈着大步转过身子。不想，和武藏猛然打了个照面。

"这不是宫本武藏吗？"

武藏也看着他，笑着应了一声："哦。"

是柳生石舟斋的高徒木村助九郎，他曾很热情地邀请武藏去大和柳生庄的新阴堂，还曾同武藏彻夜论剑。

"什么时候来的江户？没想到在这个地方碰到你，好意外啊！"

助九郎望着武藏，武藏一副风尘仆仆的样子。

"啊，刚从下总那边过来。大和的大先生还好吧？"

"挺好的。但是，不管怎么说，已经是高龄了。"

助九郎紧接着又问："去一趟但马守大人的府上吧，我想给你引见一下……而且……"

然后不知为什么助九郎望着武藏咧嘴笑了。

"我会把您的美丽的遗失物送过去的。一定要去拜访一次。"

美丽的遗失物。

咦？是什么呢。助九郎已经带着侍从迈着大步朝对面方向走开了。

苍蝇

一

这里是一条陋巷——刚刚武藏所徘徊的伯乐町的后巷。

他的身旁是家客栈，客栈的旁边还是客栈，放眼望去，一条街的一半都是脏脏的客栈。

因为住宿费比较便宜，武藏和伊织决定住在这里。这里的人家也好，客栈也好，都会带有马舍，尤其是客栈，让人感觉与其说是人住的旅馆，倒不如说是马住的旅馆。

“武士大人，二楼苍蝇比较少，给您换个房间吧！”

对于不是伯乐的武藏，这里的旅馆有些难于处置。

其实比起昨天还住着的开垦小屋，这已经是间很不错的房间了。

不过尽管如此，还是无意中念叨了几句。

“苍蝇真是厉害！”估计这几声牢骚传到了客栈老板娘的耳朵里，她以为武藏不高兴了。

承蒙好意，武藏和伊织搬到了二楼。这里火辣辣的夕阳直射进来——依旧感觉到不适，同时也感觉到自己对环境的要求变奢侈了。

“好好。就这儿了。”

武藏边安慰自己边安顿了下来。

文化氛围对于人类的影响真是不可思议呀。到昨天为止，武藏还在开垦小屋中琢磨着夕阳越强烈越好，有助于秧苗的生长，还占卜了明天的天气是否晴朗。

耕种土地的时候，武藏从未对落在满是汗水的皮肤上的苍蝇上过心。甚至竟然还想对苍蝇说：“你也活得挺好的呀。我也是，还在辛勤劳动呢！”把苍蝇看成了大自然中富有生命力的朋友。如今只是跨过一条大河，进入了一个蓬勃发展的城市，就变得觉得夕阳太毒了。苍蝇也很烦——开始想，哪里有好吃的东西？

人的这种无耻的多变，在伊织脸上也体现了出来。也是受了隔壁的影响，那里，一群伯乐正在锅里煮着东西，闹哄哄地喝酒。在法典之原的开垦小屋里的时候，要想吃荞麦，必须先在春天播种，等夏季开花，秋天结果，然后在晚秋的时候将果子晒干，冬天晚上碾成粉。在这儿，只需拍拍手，吩咐人做就可以。

“伊织，想不想吃荞麦？”

武藏问道。

“嗯。”

伊织咽了咽口水，开心地点了点头。

武藏叫来客栈的老板娘，问能不能给做下荞麦。老板娘说，也有其他客人点荞麦，今天可以做。

点罢，两个人便在夕阳的窗下，托着腮边望着外面来来往往的行人，边等荞麦。斜对面，有块板子被挂在房檐下，上面写着：

灵魂研磨所

本阿弥门流厨子野耕介

最先发现这个的是眼尖的伊织：“师傅，那里写着‘灵魂研磨所’，是做什么买卖的？”

伊织一副诧异的样子。

“本阿弥门流的话，应该是磨刀匠——刀对于武士来说就是灵魂。”

武藏回答完伊织后，嘀咕着——

“对了，我的刀，也加工一下吧。一会儿去问问。”

这时，隔扇的那边不知因为什么事，大吵起来。听起来他们应该是在赌博的过程中发生了什么纠纷——荞麦久等未到，武藏已经枕着手臂，昏昏欲睡，突然听到这么大的吵嚷声，一阵不适，于是睁开眼睛吩咐道：“伊织。告诉隔壁那些人，让他们小声点。”

二

如果直接拉开隔扇的话，可能会更快解决问题。但是那边便能清晰地看到武藏横躺着睡觉的情形。所以，伊织特意跑到走廊上，朝那间房间走去。

“叔叔们，太吵了。我的师傅正在睡觉。”

“什么？”

伯乐们听到后，瞪着因赌博纷争而充满血丝的眼睛，一起朝小小的伊织望过去。

“什么，你这个小家伙？！”

伊织因为他们无礼的样子而噘起嘴。

“因为苍蝇太烦人了，我们搬来了二楼。可是在这儿大家又太吵了。”

“是你自己要过来说的，还是你的主人让你过来的？”

“是师傅。”

“他吩咐你这样做的吗？”

“不管是谁，都会觉得很吵的。”

“好了，像你这样的兔子粪似的小鬼，跟你说也说不明白，随后，让秩父的熊五郎去答复你们，你先回去吧！”

不知道秩父的熊五郎是狼是虎，总之感觉他们当中有两三个人给人感觉异常凶猛。

就这样被这样一群人瞪着也不是办法，伊织赶紧回去了。武藏正枕着胳膊闭着眼睛轻睡着。衣角的夕阳已经褪去不少了，脚尖还有隔扇边缘的残阳上黑乎乎的聚集着很多大块头的苍蝇。

伊织觉得还是不叫醒师傅的好，于是自己默默地关注着那边的动静——隔壁房间的喧闹程度一点都没有缓解。

因为去对他们的喧闹提出了抗议，所以赌博的纷争倒是告一段落了。然而，取而代之的是他们竟然无礼地拉开隔扇，通过缝隙不时向这边窥探，并不断地谩骂、嘲笑。

“这也不知道是哪里来的流浪武士。是被不知名的风卷到江户来，住在伯乐客栈，还在这里撒野，说什么吵不吵的。吵闹是我们的天性，怎么样？”

“把他抓出来。”

“他还恬不知耻地睡觉？”

“谁去告诉那个武士，在关东没有软柿子伯乐的？”

“不能光告诉他就行了，把他捉出来，用马尿给他洗洗脸。”

就在这时，刚刚提到的那个秩父是熊还是鹰的男人出现了。

“好了，你们等着。一两个破武士不足为患。我过去一下，定拿回一张道歉的字据，或押着他去用马尿洗脸。我来收拾他，你们就边喝酒边瞧好吧！”

“有意思。”

伯乐们顿时在隔扇那边安静了下来。

这些人所信任依赖的这个伯乐熊五郎，长着一副凶猛的嘴脸。他重新缠了一下腰带。

“喂，我进来了。”

话音刚落，隔扇便被呼地一下拉开了。熊五郎抬着眼皮，边向这边看着，边爬了进来。

在武藏和伊织间放着刚刚送上来的荞麦，大大的涂漆荞麦箱中摆放着六个荞麦团子。武藏正在用筷子挑开其中一个团子。

“……啊，来了，师傅——”

伊织被吓了一跳，向后退去。熊五郎盘着腿坐在旁边，两个胳膊肘支在膝上，一只手撑着那张凶猛的脸。

“喂，武士。随后再吃怎么样？不是心里不顺畅吗，还硬吃东西，不怕噎着吗？”

武藏像没有听到熊五郎说什么一样，依旧挑开一团荞麦，美滋滋、香喷喷地吸食了进去。

三

熊五郎的青筋暴起。

“别吃了。”

熊五郎大喝一声。

武藏拿着筷子，捧着装有荞麦汤的大碗。

“谁在那里？”

“不认识我吗？来伯乐町居然不知道我的名字，你是不法侵入的人，还是聋子啊？”

“鄙人有点耳背，所以请你讲话大声一点。你是哪里的谁？”

“一提起关东伯乐秩父的熊五郎，哭泣的孩子都会不再出声。”

“啊哈。是联系马匹买卖的中间人吗？”

“我可是专门帮武士寻找马匹的。你要放尊重点，快向我道歉。”

“什么道歉？”

“刚刚，这个多嘴的小家伙，去我们那边对我们絮絮叨叨地说太吵了，这里本来就是吵闹的伯乐之地。不是您的客栈，是伯乐的客栈。”

“这个我明白。”

“明白你还让这个小孩儿去扫我们的兴。大家现在都很不爽，踢翻了酒壶，就等着你去问候加道歉了。”

“所谓道歉是？”

“是我不好之类的，给伯乐熊五郎和其他诸位一封这样的道歉信。若不写，你就到后门处，用马尿洗洗脸。”

“真有趣。”

“什，什么……”

“没什么，你们说话真有趣。”

“少废话，你快选吧，想怎么样？”

熊五郎的脸透着白天的醉意，大叫着。额头上的汗，在夕阳的照耀下闪闪发光，让看的人更加觉得天气闷热难当。熊五郎也许是觉得自己的威吓还不够，顺势又脱下上衣，露出长满胸毛的上半身。

“说吧，这件事不能就这样算了。想怎样，快说！”

说罢，熊五郎从腰带里抽出一把短刀插在荞麦箱前，并重新大幅度地盘了一下腿。

武藏继续微笑着。

“是啊，到底怎样才好呢？”

武藏放下捧在手里的汤碗，将筷子伸进荞麦箱内，就像在剔除荞麦上堆积的脏物一样，夹住了什么东西，向窗外抛去。

“……？”

因为武藏似乎完全没有把他放在眼里，熊五郎的青筋更加凸起，眼睛像要瞪出来了一样。

武藏则依旧默然地用筷子清除着荞麦上的垃圾。

“……？”

突然注意到那双筷子的熊五郎，眼睛又越发地向外冒了冒，一时气短，仿佛被武藏的筷子抽去了魂魄。

聚集在荞麦上的黑乎乎的东西，是为数不少的苍蝇。武藏的筷子一夹一个苍蝇，就像夹黑豆一样，苍蝇完全来不及躲闪。

“……没完没了了。伊织，把筷子洗洗再拿过来吧！”

伊织拿着筷子，走了出去。趁着这空当儿，伯乐熊五郎也像一阵风一样逃回隔壁的房间。

“咔嚓咔嚓”响了一阵子后，隔壁悄无声息下来，那群人仿佛瞬间换了间房间。

“伊织，这下可清爽了！”

两个人笑着，继续吃荞麦。天已经暗了下去，磨刀店的房顶上出现了一弯细细的明月。

“想去那个磨刀匠那儿磨磨刀。去磨哪一把呢？”

有一把因不注意保养而带了伤的无落款腰刀——提上它，武藏站了起来。

“客官，有一名武士给您送来一封信。”

客栈老板娘恰巧此时拿着一封信沿黑色梯子走了上来。

四

咦，哪里来的信？

信的背面只写着“助”字。

“信使呢？”

客栈老板娘边回答说已经回去了，边朝账台走去。

站在梯子上的武藏打开信封。马上明白了“助”是今天在马市遇到的木村助九郎的简称。

今天早晨遇见您一事，已经告知大人了。

但马守大人吩咐说挺想见您一面的。

请您回复何时可以来。

助九郎

“老板娘，有笔吗？借用一下。”

“这个可以吗？”

“嗯……”

站在账台的旁边，武藏在助九郎的信背面写道：

作为一名武士，如果但马守大人肯赐教的话，不胜荣幸。

可随时前去请安。

政名

“政名”是武藏的正式名字。写好以后，将信重新放进原来的信封，在信封背面又添上了几个字：

柳生殿府上

助大人

武藏然后从梯子的下面向上叫了声：“伊织？”

“是。”

“可以做一下信使吗？”

“送去哪里？”

“柳生但马守大人的府上。”

“是。”

“知道在哪儿吗？”

“我边问边找吧！”

“嗯，聪明。”

武藏拍了拍伊织的头。

“不要迷路，要快去快回啊！”

“是。”

伊织马上穿上了草鞋。

客栈的老板娘听了武藏一番话，热情地指路道：“柳生大人的府上的话，谁都知道，边问边找是没问题的。出了这条大路后，那条街一直走到头，然后过日本桥，沿河一直向左走——再打听木挽町就行。”

“啊，明白啦！”

伊织因为能出去转转了，非常高兴。想到即将要去的地方又是柳生大人的府上，就更加开心了，挥挥手，迫不及待地向外面走。

武藏也穿着草鞋出来了。目送伊织小小的身影消失在沿伯乐客栈和冶炼屋向左转的路口处。

“有些过分聪明了。”武藏笑笑——同时向客栈斜对面的“灵魂研磨所”望去。

虽说是家店，根本看不到格子门窗，而且在这个所谓的房子里，似乎没有一样像商品的东西。

进去以后，首先是间泥土房间，里面有加工场、厨房等。右侧是高出地面一节的装饰横条，共铺了六条。如果这里便是店面的话，有界绳拉在店面周围，使店面和里面的房间分开。

“有人在吗？”

武藏站在泥土房间里——没有再向里走——在一面光秃秃的墙壁下，有一个支在坚硬的刀箱上像画里的庄子一样打着盹儿的男人。

这位应该就是这里的店主厨子野耕介，从那张瘦削的、黏土似的青色脸庞上，还真看不出这是位磨刀师。他的额头到下颌的距离非常长，从刀箱上垂下来的长长的口水来看，好像他会一直这样睡去，永远不会醒来。

“不好意思。”

武藏又提高了点嗓门，试着叫醒这位睡梦中的庄子。

促膝长谈

一

这位厨子野耕介终于听到了武藏的声音，从百年的睡眠中醒来了，缓慢地抬起头。

“……？”

就像在说“哎呀”一样，迷迷糊糊地望着武藏的身影。

过了一会儿，他仿佛明白了，是在他打盹儿的时候，来了客人，而自己则是被这位客人叫醒了。

“欢迎光临——”

他用手擦了一下口水，问道：“您有什么事？”

他又重新调整了一下坐姿。

真是一个异常悠闲自在的男人啊。看板上居然还高调地写着“灵魂研磨所”。如果让这样一个男人打磨武士的灵魂的话，会越磨越钝吧——有必要重新考虑一下。

不过，武藏还是将自己的一把腰刀递给了他。

“我看一下——”

耕介说着，耸起瘦瘦的肩膀，一只手放在膝上，另一只手接过武藏的腰刀，恭恭敬敬地低下了头。

对待来客，他一般是一副很冷淡的样子，更谈不上低下头。可是对待刀，不管这是把名刀，还是钝刀，这个男人都会先郑重地行礼。

而后，这个男人拿出怀纸等，擦拭了刀鞘，并静静地将白刃竖在两肩之间，从护柄金板到刀尖，仔细打量了一番。他的眼睛就像被镶进了什么东西一样，越来越熠熠生辉，放起光芒来。

“啪”的一声，耕介将刀插入鞘内后，看向武藏。

“请您上来坐。”

说着，耕介将膝盖向后移，邀请武藏坐上去。

“那么，就不客气了。”

武藏也没有推辞。

刀是要加工的，可是说起到这里来的真正原因，是因为看见这里的看板上写着本阿弥门流，推测这家肯定是京都出的磨刀师，恐怕还是本阿弥家的弟子。一直音信全无的光悦是否还好呢——还有，曾承蒙照顾的光悦的母亲妙秀也还健康平安吧——觉得应该能从这里打听到一些状况，武藏于是装作磨刀的样子过来了。

耕介哪儿能知道武藏是抱着这样的想法来的，只管像对待一般顾客一样招待着他。在看过武藏的腰刀后，耕介突然变得态度端正起来，恭敬地问道：“这把刀是您祖传的刀吧？”

武藏回答说这并不是一把有特别来历的刀。耕介接着又问，那么是用在战场上的刀，还是平时使用的刀。武藏解释道：“没有在战场上使用过。只是觉得拿着把刀总比不拿强，才随身带着它。是把没有名头、没有来历普通的刀。”

“嗯……”

耕介凝视着武藏，继续说道：“您打算怎样研磨这把刀呢？”

“怎样研磨指的是……”

“是想磨到能砍东西的程度，还是不用到那种程度就行？”

“当然最好是能砍东西了。”

耕介显出惊叹的样子。

“啊，其实……”

由于实在惊叹不已，耕介一时语塞。

二

就是为了锋利才去磨刀的。磨刀师的水平不就是体现在能否让刀剑好用吗？

武藏不可思议地望着耕介，耕介摇了摇头。

“我无法磨这把刀。请您去其他地方吧！”

真是个不知就里的男人，怎么能说不能磨。被拒绝了的武藏，稍稍露出一些不悦的神情。

见武藏不再说什么了，耕介又恢复了冷冷淡淡的样子，不再出声。

这时，门口那里传来一声：“老耕介——”

一个仿佛也是住在附近的男人正在朝屋里面张望着——

“你这里有没有钓鱼竿，借我一下吧——这会儿想去河边，趁着涨潮多捉点鱼。应该能捉到不少呢，晚上会分你些的。要是有鱼竿的话，我先用一下吧。”

听到这些，耕介似乎不是太高兴，喝道：“我家里没有杀生的工具。去别处借吧！”

来借东西的这个男人，吃了一惊，走开了——耕介极其不悦的样子彻底暴露在武藏面前。

武藏由此发觉了这个耕介有趣的一面。这种有趣并不是来自才智方面的。如果将他比作陶器的话，他应该是那种被去除了毫无精巧和外观可言的泥胎，也可以直接说他是唐津德利那种感觉的男人。

仔细看来，耕介的侧面鬓发还有些微秃，有块像被老鼠啃了一样的脓肿地方上贴着膏药，这些又使得他像是在窑里受了伤的陶器，也增加这个男人的男性风情。

武藏继续压抑下内心涌上来的疑惑，显得很平静地叫了声："店主大人——"

过了一会儿。

"是。"

一个很不情愿再有什么对话似的回答。

"为什么这把刀，不能研磨呢？这是一把已经失去研磨价值的钝刀吗？"

"也不是。"

耕介摇了摇头。

"刀的主人应该比谁都了解自己的刀吧。这把刀是肥前的好刀，但是，说实在的，我并不认为磨到能砍东西这个要求是个好要求。"

"哦……为什么？"

"不管是谁，但凡是拿着刀来的顾客，都有着相同的要求——要锋利——都认为只要锋利、能砍东西就好。这非常不符合我的心思。"

"但是，既然是送来磨刀……"

耕介做着手势，打断了武藏的话。

"等一下。关于这个，可就说来话长了。我要出门了，您自己重新看一下看板吧！"

"灵魂研磨所——是这样写的。剩下的字句中，还有什么别的意味在里面吗？"

"行了。就是这句。我可没在看板上写上研磨刀具几个字。我是研磨武士灵魂的——一般人可能不知道——这是从传授我磨刀技艺的宗家那里学到的。"

"原来如此。"

"正因为宗家的教导，我耕介不会给整天只想着刀锋利就好、想着用刀杀人的武士磨刀。"

“噢，听起来有些道理——那么这样子教导弟子的宗家是哪里的人呢？”

“这在我的看板上标出来了——京都的本阿弥光悦是我的师傅！”

报师傅的名号时，耕介伸直了微驼的背，一副昂然的样子，像在自我夸耀一样。

三

武藏接着说道：“光悦大人，其实我也有见过面，曾经蒙受过他母亲大人的照顾。”

武藏接着说起了当时的两三事，厨子野耕介非常吃惊的样子。

“那么，难道您是曾在一乘寺本殿西侧古松下决战的那位赫赫有名的宫本武藏大人吗？”

耕介不由得凝视着武藏。

武藏觉得他说的话有些夸张了，稍有些不自在。

“正是武藏。”

耕介一听，马上又像对待贵人一样，在席子上向后退去。

“竟然不知是武藏大人，刚刚是在佛前讲经了，真是失言了——请您务必原谅！”

“哪里哪里，店主的话，也使我很受教。不愧是光悦，连教导弟子都有着自己的独特风格。”

“就像您所了解的，宗家从室町将军的中世起就做擦拭工具、研磨工具的生意，就连皇宫内的剑当时都是宗家研磨的。经常听师傅光悦讲，原来日本的刀并不是用来杀人、害人的，是为了扫除罪恶、驱赶恶魔、稳固统治、保护世人而锻造的。我们研磨的应该是人间道义，应该时刻提醒上层阶级，要严于律己，因为腰间所带的是武士的灵魂——这一点磨刀师必须了然于心——这就是平日里师傅的教导。”

“嗯。确实呀。”

“而且，师傅光悦一看到好刀，就会无限感慨，仿佛看到了这个国家国泰民安的光芒——若是刀不够好的话，他压根儿都不会拔它出鞘，因为那会使人有种战栗的感觉。”

“啊哈！”

武藏不禁一阵感叹：“那么，鄙人的腰刀，有没有让店主您有什么不好的感觉呢？”

“没有，怎么会。有很多来到江户的武士找我磨刀，可是几乎没有谁能明白这其中的大道理。都只知道炫耀般地嚷着，自己的刀曾经砍掉谁的四肢，曾经朝谁的头部向下劈，就连铠甲都劈穿了，等等。好像刀的作用就是杀杀砍砍。我都已经开始厌倦这种生意了。可是转念一想，其实我应该主动做些什么。于是前几天特意改写了看板上的字，改成了灵魂研磨所。不过依然还是有来磨刀的客人只顾着刀剑是否能砍杀。真是让人不快啊……”

“这个时候，鄙人又抱着同样的目的来这里磨刀，所以被拒绝了。”

“您又有所不同——不过刚刚看您的腰间之物，见刀刃已经被磨损得很严重了，刀上还沾有血迹，就一时比较气愤，想着上面该沾染了多少生灵的血啊——应该是一个以滥杀无辜为荣的流浪武士吧——很抱歉，居然有这种想法。”

武藏俯首仔细听着耕介的话，仿佛感觉到了光悦的声音。

“通过您的话语，我明白了其中的道理。然而您不必担心，我这把刀是把有理性的刀。虽然从未认真思考过刀的精神，但是从今往后，我会将这些铭记在心的。”

耕介面容舒展：“那么，我给您磨刀吧。不，能够研磨您这样的武士的灵魂，是磨刀师的好福气呀！”

四

不知道什么时候磨刀店的灯已经被点亮了。

拜托完刀具的研磨后，武藏正要转身回去。

“抱歉啊，除了这把，您还有带着其他的佩刀吗？”

听武藏回答说没有后，耕介说道：“那么，这把虽然不是什么上好的刀，先用着我家里的腰刀吧！”

耕介说着招呼武藏跟他去下里屋。

然后从装刀的箱柜里选出来几把刀。

“哪个都行，请您选把自己中意的吧？”

武藏感觉眼花缭乱，不知该选哪个好。原本他只是想要把好刀，今天他才知道，以他的那点钱，根本别奢望有把真正的好刀。

这些刀好像有着魔力。武藏从中握起一把刀，一碰触上这把刀的刀鞘，就仿佛感觉到了刀的锻造之魂。

拔出来一看，是一把仿佛锻造于吉野朝时代的漂亮的刀。武藏觉得以自己现在的境遇和心绪，这把刀对于自己来讲太过高雅了，然而在灯下仔细地端详过这把刀后，却再也舍不得离手。

“那么，这个吧——”

武藏点了这把刀。

“请借给我”这几个字没能说出口，因为心里在暗暗期盼着不用再还回这把刀该有多好。

名匠锻造的名作，有如此之大的牢牢抓住人心的恐怖魔力。武藏不再管耕介的什么答复，只管愣在那里，一门心思地想着如果这把刀就此归了自己该多好。

“果然是好眼光啊！”

耕介边收起其他的刀边说。

武藏还在为自己涌起来的强烈占有欲而苦恼。这把刀肯定价格不菲吧，如果让他卖给自己的话，这么多的钱……武藏思来想去，最终还是不可抑制地开口道：“耕介大人，这个能不能就转让给鄙人啊？”

“给你了。”

“多少钱呢？”

"我按成本价给您吧！"

"多少钱呢？"

"二十枚金。"

"……"

武藏突然为自己那毫无意义的希冀、毫无意义的烦闷而后悔。自己哪有那么多金子呀。他赶紧走回耕介的面前。

"这个，还是还给您吧？"

"为什么？"

耕介诧异地问道："即便买卖不成，我这把刀也是随时都能借给您的，您就尽情使用吧！"

"不行，我如果借走这把刀的话，会更感到不安的。只看一眼就想占为己有的刀，如果明知不能拥有，还硬将它暂时带在身边的话，到了需要归还的那一天，会相当痛苦的。"

"既然您这样在意这把刀……"

耕介看看刀，再看看武藏。

"好吧，既然您这样在意这把刀，我就把这把刀赠送给您吧。但是，以后有需要的话，您也要记得帮我呀！"

武藏非常高兴，也不再客气了，迫不及待地接下刀。可是关于随后的谢礼，对于一个身无一物的武士来讲，一时实在拿不出什么东西来。

这时耕介说："听师傅光悦说，您好像懂得雕刻。如果有自己雕刻的观音像之类的东西，就把它送给我吧。我们来个互换怎么样？"这番话完全是为了拯救迷茫中的武藏。

五

原本为了消磨时间打造的观音像，已经留在法典之原了。现在身上已经没有什么雕像了。

"给我几天时间做雕刻吧，到时我再来拿刀。"武藏说。

“本来也没想着让你马上给。”耕介说。

“如果您现在是在伯乐客栈投宿的话，我们的加工场旁边，有一个房间还空着，是在二楼的一个房间。不嫌弃的话，可以搬过来。”

耕介还关心起武藏的住宿来。

“那么，明天我就借住那里吧，安顿好住宿后，我便开始雕刻观音像。”

听武藏这么一说，耕介很高兴。

“那么，先请看一下房间吧！”

耕介带着武藏向里面走去。

“好的。”

武藏在后面跟上耕介，这个家并不算宽敞。沿着茶室旁边的那个五六层的梯子上去，有一间八张榻榻米的房间。窗户旁，杏树树叶鲜嫩欲滴。

“那是磨刀室。”

顺店主所指望去，那个小屋的屋顶铺着牡蛎的贝壳。

不知耕介什么时候吩咐的，他妻子此时端上了饭菜。

“来，我们一起吃顿便饭吧！”

夫妻二人一起让着武藏。

觥筹交错之时，已不分主客。双方随意地坐着，坦诚交谈。交谈内容未曾出过刀的范围。

一说到刀，耕介的眼中便不再有旁物。青红色的少年似的面颊，即使唇齿间的唾液偶尔飞向对方，自己也毫不在意，依旧侃侃而谈。

“所谓刀是我们国家的神器，武士的灵魂之类的，大家都只是口头上称赞一下。刀之所以存在，是因为武士、町人、神官，大家需要它——我曾于几年前拜访过诸国的神社、世家，想去寻找并观赏好刀。也因此为未能被很好秘藏的从古以来的名刀而忧伤——比如，信州诹访大社中珍藏有三百几十把的敬奉大刀，其中只有五把没有生锈。另外，予国的大三岛神社的藏刀很有名，几百年来，所藏的刀剑已达三千把，我于是花了一个月的时间进行了调查，发现三千把刀中，依旧散发光泽的刀仅有不到十把。真是让人目瞪口呆啊！”

接着，耕介又道：“祖传的刀、秘藏的剑等，听起来好像很珍贵的样子，其实拿出来一看，多是生了红锈的刀。就像盲目溺爱孩子的父母，反而害了孩子一样。不，人的孩子，培养失败了，随后还能再生出一个好孩子。可是刀可就不能生刀了。”

耕介暂时收起了嘴角的唾液，换了种目光，又高耸了耸瘦削的肩膀。

“刀就是刀，不管是什么样的刀，随着时代的变迁，肯定会不如以往。从室町时代到现今时代，锻造技术也越来越不如从前了。今后，是不是会就这样一直走下坡路呢，不由得让人担忧。现在的锻造技术再好，也不可能再做出独一无二的名刀了——真是让人惋惜呀！”

说着，耕介仿佛想起了什么，突然站起身来。

“这些也是，别人拜托我研磨，暂放在这里的名刀，看看吧，都锈迹斑斑，真是让人感觉惋惜。”

一把很长的剑展现在武藏的面前，证实了耕介所说。

武藏原本很不在意地瞟了一眼这把长剑，不觉得大吃一惊。这是佐佐木小次郎的“晒衣竿”。

六

想想也没什么不可思议的。这是磨刀师的家里，谁的刀剑被放在这儿，都没什么奇怪的。

但是，没想到在这儿会看到佐佐木小次郎的剑。武藏陷入追忆中。

“嚯，真是把长剑啊。有这样佩剑的武士，一定不是位简单的人物。”

“是的。”

耕介表示赞同。

“多年来，看过很多剑，但是像这样的剑，还是极少见的。但是……”

耕介拔开“晒衣竿”的剑鞘，剑背朝向客人，将剑柄递到客人的手里。

“您看看，很可惜有两三个地方都生锈了。但是，即使这样也还是又用了很长一段时间。”

“是呀！”

“还好，这把剑是镰仓以前的难得多见的著名工匠锻造的，所以虽然会辛苦些，但还是能够把上面的锈迹弄干净的。古刀剑上的锈，再怎么严重，也只是一层薄膜。近世的新刀剑，如果生了这么严重的锈，就肯定已经不能用了。新刀剑上的锈，就像恶性肿瘤一样，一直蔓延到刀剑中心。就这一点，您就能看出古刀剑和新刀剑在锻造技术方面的差别了。”

“请您收起来吧！”

武藏也将剑锋朝向自己，剑柄朝向耕介将剑还给了耕介。

“不好意思，打听一下。这把剑的主人，自己有来过这里吗？”

“没有，是细川家送来的。家臣岩间角兵卫大人吩咐说让磨好后顺便给送到府上去。据说是府上客人的剑。”

“样式也很好啊！”

在灯下，武藏又恋恋不舍地频繁朝这把剑望去，嘟哝道。

“这是把大长剑，一直以来这样的剑都是扛在肩上使用的。现在让改成能别在腰间的样式，如果不是身材高大或对自己的能力很有自信的人，是无法做到将这样的剑别在腰间使用的。”

耕介也边望着剑，边嘟哝道。

酒已经喝得不少了，店主的舌头似乎都有些不好使了。武藏见状，乘机告辞，然后向门外走去。

走到外面，武藏发现街上一片黑暗，大家都已在睡梦中。没想到在磨刀店里坐了这么长时间。夜已经深了。

客栈就在斜对面，所以没费什么劲就回到了那里。打开门，走进去。一边在黑暗中摸索，一边爬上二楼。原本以为会看到伊织熟睡的面孔，可是仔细看遍了两个蒲团，哪个蒲团上都没有伊织的身影。枕头也还整齐地摆着，应该是没有人碰过。

“还没回来呢！”

武藏突然担心起来。

伊织对江户的街道还不是很熟悉——是不是在哪里迷路了。

走下梯子，摇起横卧在那里、睁着眼睛值夜班的男人，向他打听伊织是否回来过。那个男人揉着昏昏欲睡的眼睛，纳闷地说道：“好像还没回来。我还以为和您一起出门了呢！”

“啊？”

武藏也睡不着了，再次向一片漆黑的门外走去，站在房檐下。

食客

一

“这里是木挽町吗？”

伊织感到很困惑。

越走越觉得生气，很怀疑那个给他指路的人引他误入歧途了。

“大名能在这样的地方吗？”

他坐在被堆积放置在河岸边的木材上，用草揉擦着微微发热的脚掌。

木筏子排满水沟，让人几乎看不到水面。不远的前方就是海水了。在黑暗中，海潮白白地闪着银光。

除此以外便是茫茫的草原和最近刚刚被填埋好的广阔土地。再远的地方，能看到许多灯光的影子，走进一看，是些伐木者和石匠的小屋。

靠近水的地方，堆放的全是木材和石头，形成了一个又一个的小山包。仔细想想，应该是由于江户城大兴修葺，市街上房屋林立，才堆积了这么多这样的东西，才有了这些小屋。但是柳生但马守的宅邸怎么会和工匠们的房屋混在一起，真是奇怪——不会，这肯定是不可能的——小伊织靠自己的那点常识判断着。

“真是烦啊，怎么回事啊？”

他在大把的草叶中感觉到夜露的湿滑，脱下板子般硬邦邦的草鞋，用草按摩着肿胀的脚，那种凉丝丝的感觉，驱走了身上的汗水。

还不知道自己要找的那个宅邸是在哪里，现在夜也深了。虽然伊织还小，但是他觉得自己既然已经出来办事了，没办成事就回去的话，实在无地自容。

“那个客栈的奶奶，真是的，居然指这样的路。”

他完全忘了自己在界街的戏剧街闲逛，耽误了行程一事。

已经遇不到什么可以问路的人了。就这样等到天明吗？想到这儿，一股责任感涌上心头，伊织突然为眼前的境地悲伤起来。不如叫醒某个伐木者，问问路吧，我一定要在天明前完成任务回去。

于是他朝着一个还亮着灯光的临时搭建的小屋走去。

这时，伊织发现了一名将茭白当作油纸伞一般卷在肩头、边走边向小屋内张望的女人。

她是一个学老鼠的叫声，试图叫出小屋里的人，却因未能得逞而失望、彷徨的卖淫女。

伊织根本不知道这是什么样的女人，为什么在这里转来转去。

“阿姨——”

伊织亲切地叫了一声。

这个将脸涂得像墙一样白的女人，回过头来，看着伊织，可能将伊织错认为是附近酒家的小学徒了。

“是你吧，刚刚投着石子逃跑的那个？”

伊织用吃惊的眼神回望着她：“不知道啊，我——我不是这附近的人。”

“……”

女人走过来，突然不知什么缘由，像觉得很好笑般，咯咯地笑了起来。

“你来做什么，什么事？”

“嗯，那个……”

“真是可爱的孩子。”

“我是过来送信的。因为不知道对方的宅邸，所以现在遇到了难处。阿姨知道吗？”

“去哪个府上？”

“柳生但马守大人。”

这个女人不知道又有什么好笑的，很不文雅地捧腹大笑。

二

“说起柳生大人，那可是位大名人啊！”

女人原来是在鄙视地笑伊织，他这样一个小孩居然要去找那样一位大人物。

“你即使去了，也不会有人给你开门的。认识将军大人的武术教头吗，或是那栋房子中的其他人，有认识的吗？”

“木村助九郎。”

“那他是家臣吗？那样的话还行。从你说话的样子来看，你好像对柳生大人有种很亲切的感觉啊！”

“在哪儿？这个你先不要管。宅邸到底在哪儿，快告诉我吧！”

“在沟渠的对面——过了那座桥，就会看到纪伊大人的仓房，然后旁边是京极主膳大人，再旁边是加藤喜介大人、平周防守大人……”

女人指着沟渠对面隐约可见的或是带河岸仓房，或是带围墙的房子，一个个地介绍着。

“再下一个应该就是你要找的地方了。”

“那么对面也是木挽町吗？”

“是的。”

“什么呀？”

“别人好心告诉你路，你居然说什么呀，什么意思。不过，你还算是个可爱的孩子。我来把你带到柳生大人的面前，跟我来吧！”

女人先走出了一步。

她就像是伞化作的妖精一样，披着茭白的身影在前面走着。走到桥中间的时候，一个擦身而过的、满嘴酒气的男人发出一声“唧”的鼠叫声，调情地拽了下女人的袖子。

如此一来，这个女人完全忘记了身边还有个伊织，追在男人的后边跟过去。

“啊，我知道你这个人——不行，不行，你不能就这样过去。”

她捉住男人，想快点把他拉到桥下去。

“放开我！”

男人叫道。

“不行！”

“我可没有钱。”

“没钱也行。”

女人像胶一样死死粘住男人，不经意间瞥见伊织呆呆的脸。

“你也看出来了吧。我和这个人有点事情，你先走！”

但是伊织依旧一副不可思议的样子望着发生在这个男人和女人间的互不相让的争执。

这时，可能是女人的力量处于了上风，她拽着这个男人一起下了桥。

……

伊织依旧觉得很纳闷，他倚靠在桥的栏杆上，向下面的河滩处望去。浅滩上杂草丛生。

女人一抬头，发现伊织依旧望着他们，生气地大叫一声：“傻子。”

然后，她摆出一副想揍人的面孔，一边拾河滩上的石头向伊织扔去，一边骂道："真是个早熟的小鬼！"

伊织被吓破了胆子，马不停蹄地向桥的另一边逃去。之前一直生活在旷野中的伊织，没有见过比刚才那个女人的那张白脸更可怕的东西。

三

在河的那一边，有仓房，有围墙。仓房连着仓房，围墙连着围墙。

"啊，就是这儿了。"

伊织自言自语道。

即使在夜间，也可以很明显地看到，一个河边仓房的白墙上的二阶笠。柳生大人的家徽便是二阶笠，伊织曾从时下的流行歌中听到过相关内容。

那么，仓房旁的黑门肯定就是柳生家的了。伊织站在那里，敲响紧闭的大门。

"谁啊？"

斥责似的声音传出。

伊织也是扯着嗓子，尽量大声音地喊道："我是宫本武藏的弟子，是来送信的。"

接着门内传来守卫的嘀嘀咕咕的话语声，他们虽然对门外是个孩子的声音这件事表示诧异，但还是将门稍稍打开了些："怎么回事，现在这个时辰？"

伊织将武藏的答复递到了守卫的面前。

"请收下这个吧。如果还有什么答复的话，我会带回去。若是没有了，我这就回去。"

门卫拿过去看了看："什么啊……喂喂小孩，这是给家臣木村助九郎的信吧？"

"对，是的。"

“木村大人不在这里的。”

“那在哪里？”

“在日之洼呢！”

“啊……大家都说是在木挽町啊！”

“大家是经常这样说。可是这边并不是住宅区，而是仓房和被用于小规模修缮的木材场。”

“那，大人和家臣都在日之洼那边吗？”

“嗯——”

“日之洼远吗？”

“挺远的。”

“在哪儿？”

“在城外近郊的山那边了。”

“什么山？”

“麻布村。”

“不明白。”

伊织叹了口气。

但是他的责任感仍不允许他就这样子回去。

“守卫大人，能不能画图告诉我一下到这个日之洼的路。”

“别犯傻了。如果现在向麻布村走的话，就要走到天明了。”

“没关系。”

“好吧，好吧，没有像麻布村这样多狐狸出没的地方了。如果让狐狸给迷住了怎么办——你认识木村大人吗？”

“我师傅跟他很熟。”

“不管怎么说，现在已经这么晚了，先去米仓睡一觉，等到天亮了再走，怎么样？”

伊织咬着手指，陷入沉思。

这时，有一个仓房差人模样的男人走来，问了详细情况。

“这个时候，一个孩子，怎么能去麻布村。试刀杀人的情况时有发生——自己一个人，居然从伯乐町赶过来，还真行。”

这位差人也边嘀咕着，边和守卫一起劝伊织等天明后再说。

伊织最终决定跟着他们进去，在米仓先过一夜。像个老鼠一样躺在米仓一角的伊织，望着从未见过的堆积如山的大米，感觉就像掉进了黄金堆里。他迷迷糊糊地睡去，陷入了梦魇。

四

一睡着，便马上现出了一副失去了知觉的样子，伊织毕竟还只是个单纯的小孩子。

仓房差人、守卫也都把他的事给忘记了。在米仓中昏睡的伊织，一觉睡到第二天的午后。

“哎呀？”

伊织醒过来后，意识到，坏了——还有送信的任务。伊织一边狼狈地揉着眼睛，一边从稻草和米糠中跳起身来。

跑到阳光地后，他摇摇晃晃，一时有些眼花。昨晚的那个守卫，此时正在小屋里吃午饭。

“小孩儿，这会儿才起来呀！”

“叔叔，拜托帮忙给画一幅去日之洼的路线图吧！”

“是不是睡过了，着了慌。肚子饿吗？”

“饿瘪了。都有些头晕了。”

“哈哈哈。这里还剩一盒盒饭，吃了再去吧！”

在伊织吃饭的时候，守卫画出了去麻布村的路线图和柳生家附近的地形。

伊织带上它，赶紧又向那边赶去。此时他满脑子想的都是送信这样的大事。昨晚一晚都没回去，武藏是不是担心了之类的事，倒是一点都没有想到。

按照守卫所画的图，伊织走过很多市街，又横穿过贯穿整个町的街道，终于来到了江户城下。

这一片，到处都是刚挖好的沟渠，地面上则是武士宅邸、大名家的雄壮的大门。沟渠内横着无数的运载着石头、木材的船只，远处的石垣、城郭上竖着让牵牛花尽情攀爬的竹竿般的圆木脚手架。

从日比谷的原野方向传来凿子、锛子等各种敲打的声音，似乎在讴歌着新幕府的威势——看到的、听到的，对伊织来说，没有一样不新奇的。

一定要折采
林中道路、桔梗
各式各样的花朵
迷煞人眼
想到那个姑娘
是朵不能被采走的花朵
会被露水淋湿
徒然湿了衣角

工匠们在快乐地歌唱着，木屑随着工匠们手中的凿子、锛子飞舞着。这一切都深深吸引着伊织，让他不由得停下脚步。

建造全新的石垣、全新的建筑。这样的气氛，和少年的灵魂是那样的融合，让伊织的胸口兴奋地悸动，浮想联翩。

“啊，快点变成大人吧，我也好想亲自建造一座城池啊！”

因监督工事而来回走动的武士们，也让伊织望得出了神。

不知不觉，沟渠里的水被染成了茜草色，夕阳中传来了乌鸦的啼叫声。

“啊——已经晚了。”

伊织又着急起来。

原本醒来的时候就已经是午后了。伊织误认为自己还有一天的时间。意识到天色已晚，他开始看着地图，惊慌失措地向前奔。终于，到了麻布村的山道。

五

攀登过可以称之为黑暗之坡的、被茂密树荫笼罩着的一片黯淡的斜坡后，伊织发现山上还有着夕阳的照耀。

江户的麻布山上人家很稀少，只有谷底可以看见些旱田、水田或是农家的房顶。

很早以前，这一片被称为麻生乡或麻布留山，总之这里应该是麻的产地——据说天庆年间，平将门在关八州叛乱时，源经基曾在这里与其对峙。随后，在八十年后的长元年间，平忠恒叛乱时，源赖信被任命为征夷大将军，被赐予鬼丸之剑，在这个麻生乡集八州兵力，列阵对其进行讨伐。

“真累啊……”

因为是一口气爬上来的，伊织喘着气咕哝起来，并向四周的乡野望去，望见了结缕草的海洋、涩谷、青山、今井、饭仓、三田。

他的脑袋里并没有历史的概念，然而千年生长的树木、山间的流水等，这些山谷的景致仍会让人不知不觉地感受到很久以前这里作为武家发源地时的时代气息，感受到平氏、源氏的猛士们的勇猛之气。

咚——

咚、咚、咚——

“咦？”

从哪里传来了大鼓的声音。

伊织向山下望去。

可以透过郁郁葱葱的绿叶看到神社屋顶的鱼形压脊木。

这是在登山的时候就一直可以隐约望见的饭仓的大神宫。

这附近是为御所栽种大米的御田，也是为伊势大神宫栽种供神食品的土地。饭仓这个地名便是由此而来的。

大神宫都是为祭拜谁而设的，这个伊织明白。在跟随武藏学习之前，就了解了。

所以此时，听到江户人崇敬地唤着："德川大人、德川大人。"

伊织觉得有些古怪。

现在还有刚刚，都能望到的江户城在大规模地修筑工事，与大名那金碧辉煌的大门、房屋形成对比，这片黑暗之坡的绿叶下掩映的是平常百姓家的屋顶——只是显露出来的鱼形压脊木和标桩显示出了它们的与众不同——再加上一座清寂的神社，这些让伊织更加纳闷。

（德川比较了不起吗？）

真是非常好奇呀。

（对了，回头问下武藏先生。）

这件事情终于在脑袋里告一段落了，现在重要的是，柳生家在哪里——从这里怎么过去。

完全没了头绪。于是他又从口袋里取出守卫给画好的地图，仔细端详起来。

（咦？）

伊织歪起头。

怎么回事，自己所处的位置和图上画的似乎完全不符。靠看图，完全弄不明白身边的这几条路怎么走，端详一下这几条路，又变得不明白图上画的是什么。

（奇怪。）

就像身处被阳光照射的拉扇中一样，周围都渐渐暗了下去，唯独这里变得些许明朗起来——薄薄的雾霭飘来，伊织擦擦眼睛，眼前有七彩的光晕。

"嘿！这个畜生！"

这是看见什么了呢？

伊织"嗖"地跳起来，望向身后的草丛，同时将经常带在身边的短刀顺势飞射了出去。

“唰”——狐狸也一跃而起。

草、血、彩虹色的夕阳雾霭泼洒成水墨画。

六

这是只皮毛发光的狐狸。不知是尾巴还是脚，被伊织刺中，发出哀嚎的声音，箭般地逃走了。

“这个畜生。”

伊织拿着刀，一路追去。狐狸跑得很快，伊织也不甘落后。

负伤的狐狸，有些跛脚，时而向前倾的样子，让人感觉它快不行了。谁知道，快接近它的时候，它又有如神助般，一跳跳出很远。

从小在旷野中生活的伊织，在还被母亲抱在怀里的时候，就经常听到关于狐狸幻化成人的故事。不管是野猪、兔子还是鼯鼠，伊织都能够对它们充满爱心，可是对于狐狸，却是无比讨厌加害怕。

现在，一发现在草丛中睡觉的狐狸，伊织便突然想到怪不得自己会迷路，原来这里有狐狸，是受了它的魅惑——不对，肯定是从昨晚开始，就已经被这只狐狸缠住了。

真是个可恶的东西。

若不杀了它，它还会作祟。

于是伊织紧紧追赶在后。追着追着，这只狐狸突然跳下了一个杂草丛生的悬崖。

但是伊织觉得，像这样狡猾的狐狸，肯定是在迷惑人眼，让人误认为它是跳了下去了，其实它仍躲在附近。于是伊织边用脚踢着草丛，搜寻着。

草上已经沾上了黄昏的露水，假长尾蓼和鸭跖草上也满是露珠。伊织软绵绵地坐在草地上，舔舐起薄荷草上的露水。他已经口渴难耐。

然后——他终于喘上一口气。发现自己已经汗如雨下，心脏咚咚乱跳。

“……啊，畜生，跑去哪里了？”

原本让它给逃走了也无所谓，可是它是带伤逃跑的，这点让伊织很不安。

“一定会报复的。”

伊织不由得担心。

果然不出所料——刚觉得平静下来一些，他就听到了妖里妖气的声音。

……

伊织四下张望，防备着被狐狸糊弄。

感觉妖里妖气的声音越来越近。这声音跟笛子的声音很接近。

“来了……”

伊织往眉毛上抹上唾沫，警惕地站起身来。

一个裹着雾霭的女人的身影从远处移来。这个女人身披轻罗斗篷，手持缰绳，骑着一匹带有螺钿鞍的马。

马似乎是听自己背上女人吹奏笛子听得入了迷，晃晃悠悠地缓缓走来。

“狐狸果然变幻了。”

伊织想。

背后映着斜斜的夕阳，边吹笛子边走过来的这个美人，绝不像是来自人世间的。

七

伊织像青蛙一样，屈身蹲在草丛中。

那边有个通向南边山谷的坡道——如果这个女人就这样骑着马沿坡道向这边走来的话，我来个出其不意，将她砍伤，让她露出狐狸尾巴——伊织盘算着。

红红的日头渐渐向涩谷之山的一边沉去，镶了边的晚霞来势迅猛地席卷了天空，地上已经有些昏暗。

——阿通。

又从什么地方传来讲话声。

（——阿通）

伊织又照着念叨了一遍。

琢磨了一下，这个声音貌似是人的声音。

（是那只狐狸的狐狸朋友变的吧？）

一定是狐狸朋友在叫那只狐狸——伊织更加确信骑马走来的女人是狐狸变的。

从草丛中再一窥看，那个美人已经离坡道拐角处越来越近了。

这附近虽然树木比较少，美人的身影在昏暗中仍然显得模糊不清。只有上半身在夕照下凸显出些轮廓。

伊织躲在草丛中，摆好随时出击的架势，同时揣测着。

（它会不会已经知道我藏在这里了？）

伊织重新握了握刀。

此时，美人已经又走出十步远了，伊织打定主意，她一旦踏上南边坡道，我就立刻冲上去，先砍了马屁股再说。

狐狸一般是躲在它所幻化成的幻象几尺后的后方，小的时候，他曾经听大人这样讲过，伊织咽了口唾沫。

但是……

骑马的女人来到坡道口后，突然停下马来，将笛子收进囊袋，拿在手中，然后，用手拨下了被吹上眉头的斗篷。

……

她像在搜寻什么一样，在鞍上四下望去。

阿通——

又传来了同样的声音——马上的佳人嫣然一笑。

“啊——兵库大人。”

她小声叫道。

终于，伊织看到了一个从南方之谷沿坡道向上走的侍卫的身影。

——咦？

伊织愕然。

这个侍卫正在跛脚前行。刚刚被自己砍伤的狐狸也成了跛脚。据观察，这个人一定是被自己砍伤了脚逃走的那只狐狸。幻化的不错呀——伊织咋舌，不由得瑟瑟发抖，尿湿了裤子。

这时，骑马的女人和跛脚的侍卫在三言两语地讲着什么，不一会儿，侍卫牵起马从伊织藏身的草丛前通过。

（就趁现在。）

伊织想，但身体却不听使唤——不仅仅如此，身子的微微颤抖似乎还引起了那个跛脚侍卫的注意，他从马旁扭头瞥了伊织一眼。

那个侍卫的目光似乎比山那边红红的日头更耀眼。

于是，伊织不由得又伏在草丛中。从出生到现在的十四年里，伊织从未遇到过如此恐怖的事情。如果不是清楚现在自己所处的环境，伊织说不定真的能“哇”的一声哭出声来。

承办人

一

坡道比较陡。

兵库拉住马，挺着胸脯，调整着马的步伐。

“阿通，现在已经有些晚了啊！”

兵库抬着头说道。

“对于参拜来讲，现在是太晚了。太阳也落山了，叔父一定比较担心我们——应该会有人来接我们的，是不是走了什么绕远的路了？”

“嗯——”

阿通弯曲身子到马鞍的穿孔处，答非所问地说：“这样不好。”

说罢，阿通从马背上跳下。兵库停下脚步，回头问怎么回事。

“让您牵马，作为女孩子的我却……”

“还是这么多虑。那让女子牵马，我来坐也是不合适的呀！”

“所以，我们两个人一起牵马吧！”

阿通和兵库分别在马脖子两侧，牵起缰绳。

他们越沿坡道向下走，道路就越暗。

天空已满是繁星，山谷的人家也传出闪闪发亮的灯光。涩谷川的流水声越发清脆悦耳。

这座古川桥的前方是北日之洼，对面的山崖被称为南日之洼。

从这座桥前方到北侧山崖一带，有一所据说是看荣禀达和尚创建的佛教学校。

在坡道途中看到的写有“曹洞宗大学林栜树苑”的大门便是学校入口。

柳生家的宅邸，刚好在大学林的对面——南侧山崖上。

所以，沿涩谷川山谷居住的农民、小商人们称大学林的学僧为北众，称柳生家的门生为南众。

柳生兵库便身处在众门生之间，相当于宗家石舟斋的孙子、但马守的侄子。他平素不太受拘束，比较自由。

相对于大和的柳生本家，这里又被称为江户柳生。本家石舟斋最疼爱的就是这个孙子兵库。

兵库刚刚二十出头，就曾被加藤清正寄予厚望，高薪雇用他供职于肥后，享受俸禄三千石，居住于熊本。但是在关原之战以后，关东组和上方袒护的大名间有着极其复杂的政治关系，所以借着宗家的大祖父病危这个机会，兵库回到了大和。然后声称自己还想游学练武，之后没有再回肥后，而是周游诸国一两年，从去年开始驻足于江户柳生的叔父这里。

今年兵库该有二十八了。刚好但马守的府内有一名叫阿通的女性。年纪相仿的两个人没过多久便走得很近。但是由于阿通有着比较复杂的经历，同时也碍于叔父的想法，兵库还没有向叔父和她本人提起过自己的想法。

二

在这里必须说明一下的是，阿通为什么寄身于柳生家。

自从离开武藏，阿通已经三年音信全无了——从京都经过木曾街道，一直到江户——以下发生的事，就是在这途中发生的。

在福岛的关卡和奈良井的客栈之间挟持了阿通的坏蛋带着她骑上马，穿越山岭，向甲州方向逃来。

读者们应该还没有忘记那个杀人凶犯——本位田又八。阿通在又八的监视和束缚下，小心保护着自己的贞操。之后，武藏、城太郎等走散的人都摸索着来到江户的时候——她也在江户。

在哪儿？

都经历什么？

如果这些都事无巨细地描述出来的话，就要再追溯到两年前了。所以在这里就简述一下阿通是如何被柳生家救下的。

又八到了江户，开始找事做。

（不管怎么说，吃饭是第一位。）

就连找事做的时候，又八也让阿通寸步不离。

"我们是从上方来的夫妇——"

不管走到哪里，又八都这样向别人介绍他和阿通。

因为江户城在进行改建，所以如果愿意帮助石匠、泥瓦匠、木匠做些事情的话，当天就能有活儿干。但是因为在伏见城的时候已经体验过这种工作的辛酸劳累了，所以只问："有没有哪里能夫妇一起工作呀，比如说在家中进行些笔头工作？"

即使有人理他，也会带着几分厌恶说："即便是江户，也不会有你所说的那种，那么便宜的工作。"

然后大家就感到厌烦不再理睬他。

就这样，又过去了几个月。阿通努力使他放松警惕，只要不侵犯她，阿通什么事都老老实实地听他的话。

有一天，阿通在路上遇到了一个运送带有二阶笠家徽的衣物箱的轿子队伍。躲闪到路旁行礼的时候，听人们议论说："那是柳生大人。"

"是将军家的习武教师，但马守大人吧！"

阿通突然想起自己曾拜访过大和的柳生庄，说起来自己和柳生家也算有缘分了，如果这里是大和的话，心里不禁升起虚无的渴望，这时又八又在旁边，所以阿通只能茫然地望着行进的队列。

"啊，果然是阿通——阿通，阿通。"

有人在路旁散开的人群中搜寻着，叫着阿通。

是走在但马守轿侧的一名戴着蓑笠的武士——原来是在柳生庄熟识的——石舟斋的高徒木村助九郎。

（这是慈悲的佛祖专程派来救我的吧！）

"哦，是你呀！"

阿通赶紧扔下又八，走过去。

就这样，她被助九郎救下了，与助九郎一起到了日之洼的柳生家。当然，被抢走了猎物的又八不会甘心。

"有什么事的话，来柳生家。"

听助九郎这么一说，又八便不再出声了，对柳生家的畏惧加上自己的心虚，又八最后就只能眼睁睁地看着阿通跟着助九郎走了。

三

石舟斋一次都没来过江户，但是虽然人在柳生庄，还是会不时担心接受了秀忠将军的指导职务、在江户建造了新宅邸的但马守。

现在别说江户，全国上下一说起流派都会想到将军家学习的柳生刀法，说起天下的名人都会第一时间想起但马守宗矩。纵然这样，父亲石舟斋总会批评但马守“要是没有那样的毛病就好了！”“那么随心所欲能担当大任吗？”

看来不管是剑圣、名人父子，还是平凡、庸俗的父子，都有着相同的杞人忧天般的烦恼。

特别是石舟斋，从去年开始，就一直多病，觉得自己应该是快到天寿了，他越来越挂念孩子、孙子的将来，并将多年来一直跟随在自己身旁的门下四高足：出渊、庄田、村田等，分别举荐给了越前家、神原家和知己的大名家里，仿佛是在做着离开这个世界的准备。

另外，石舟斋让四高足中的木村助九郎从故乡搬到江户，是想让助九郎这样的深谙世情的人，陪在但马守身边，在关键时刻帮但马守一把。

以上，大致是柳生家最近两三年的事情。江户柳生的新宅邸——不，说得更家庭化一点，在但马守那里，这名女性和侄子，都是作为食客前来寄身的。

也就是阿通和柳生兵库。

助九郎带阿通来的时候，介绍说这是侍奉过石舟斋的女性，所以但马守很痛快地留下了她。

（不要有什么顾虑，在这里待多久都行。可以帮忙料理一些家务事。）

随后，侄子兵库也过来一同寄身于此。

因为这两个人是还很年轻的两个人，所以，但马守总是站在家长的角度去操心他们的事情。

——但是，侄子兵库这个人和但马守不同，兵库有着非常乐观开朗的性格，虽然会在意叔父的眼光，也还是会毫无顾忌地说：“阿通真好。我喜欢阿通。”

但是，这个喜欢——看起来只是多少包含了些夸赞的意思。

不管是对叔父还是对阿通，兵库都不会说出要娶她为妻或我爱恋着她之类的话。

这两个人现在还在牵着马，朝已经完全暗了下去的日之洼山谷走下去，最后在南面的斜坡处又稍向上攀了些，在靠右侧的柳生家门前停了下来，兵库敲了敲门，喊起看门人。

“平藏，开门——平藏——兵库和阿通回来啦！”

急信

一

但马守宗矩才三十八岁。

他并不具备敏捷、刚毅等气质。与其说他是聪明人，注重精神层面，不如说他是理性的人。

在这一点，但马守与英明的父亲石舟斋不同，与侄子兵库的天才型特质也多少有些不同。

大御所家康向柳生家下达了，想找一位能担任秀忠老师的人并且让他来江户的命令后，石舟斋立刻从子、孙、外甥、弟子等人中，大规模遴选人才。

让但马守来吧！

这样决定，是因为石舟斋觉得但马守聪明、温和的性格更适合这个差使。柳生家的基本信条是“兵法大治天下”。

这也是石舟斋晚年的信条。所以他认为能担任将军家指导职务的人，除了但马守没有更合适的人选了。

另外，家康给孩子秀忠寻找剑道的老师，并不完全是为了让他能在剑术上有所长进。

家康自己也曾师从奥山某学习剑术，其目的是在领悟治国的道理。

要真正能够比较好地自成一派，除了个人能力的强弱，还应该把握好天下统治之剑，这个原则。

要想领悟些治国的道理，也必须抱有这样的觉悟。

但是，胜利、彻底获胜、无论如何打败对方获得生存——这是剑道的出发点，也是最终的目标。所以有人可能会认为在面临个人比试的时候，以上观点可以放在次要位置，这样的借口是不成立的。

不，其实也可以认为是柳生家为了保持自己的威严，才必须考虑到这些，必须在这方面比别的流派做得好。

这也正是但马守的苦闷之处——他非常光荣地来到江户，被看作是一门之中的幸运儿，事实上，他也是在经受了非同一般的考验后，才获得这个机会的。

“真羡慕侄子！”

但马守每次见到兵库，总会在心里这样暗自低语。

“也好想能像他那样啊！”

但是从但马守所处的立场和他的性格来看，他是没有办法像兵库那样自由自在的。

兵库现在正穿过那边的桥廊，向但马守的房间走来。

这个房屋是以豪壮为原则建造的，没有使用京工匠，为了模仿镰仓建筑风格，特意请来了地方上的工匠。这附近树稀山低，但马守住在这样的房屋中，可以解对柳生庄那个豪放风格的家宅的怀念之苦。

“叔父！”

兵库向里面望着，跪下了。

但马守知道是他来了，向中庭的草坪上望去。

“是兵库吗？”

“不知您现在是否方便？”

“有事吗？”

“也没什么特别重要的事……就是听说……”

“进来吧！”

“那么……”

兵库走进屋子并坐下了。

虽然礼节烦琐，但是这是家风。在兵库看来，自己可以在祖父石舟斋面前表现出类似恃宠而骄的举动，但是在叔父这里，却完全不可以。叔父让人感觉难以接近，他总是端然而坐，有时甚至让人觉得他有些可怜。

二

但马守向来话很少，这次见到兵库来，突然问起："阿通呢？"

"回去了。"

兵库答道。

"去以前经常去的冰川之社参拜了，她回来的时候骑在马背上，任马到处乱走，耽误了时辰。"

"你去接的她吗？"

"是的。"

"……"

蜡烛的光亮照耀着但马守的侧脸，但马守沉默了一会儿，又开口道："就这样把一个年轻女子留在家中也不是长久之计。我也跟助九郎说过了，你们找适当的时机，了解一下她是否还有别的去处。"

"……但是。"

兵库有些犹豫的样子。

"听说她的身世蛮可怜的，也没有什么亲人了。怕是除了这里，不再有容身之处了。"

"如果这样想的话，这样的事怕是没完没了了。"

"祖父大人也曾说过——她是一个性情不错的姑娘。"

"没说她不好——可是在这个年轻男子众多的府内，长久安置一个年轻漂亮的女子，让前来拜访的人怎么看，武士们也会被迷乱心性的。"

……

自己还没有妻室，对阿通也没有过什么说不出口的龌龊想法。兵库没想到叔父会私下向自己提出意见。

不过，叔父这番话，也可能是为他自己而说的。但马守有一个权贵家庭出身的、过着深居简出生活的妻子，外人很难知道她与但马守是否和睦——但是，对于一名身处深宅的年轻女性来说，夫君身边经常出现像阿通这样的女性，绝不是件痛快的事。

今晚会不会也闹得比较不愉快——时常看到但马守一个人在外屋一副寂然的样子。

（夫妻间发生了什么吧？）

况且，以但马守那认真的脾气，他绝不会因为是女人，就随随便便大喝一声：“住嘴——”

对外，他时刻铭记自己是将军家师傅，注意言行。对于妻室，他也总是凡事认真的样子，注意一些原本不必要的事情。

这样的但马守从不轻易对别人表露出自己的情绪，时常一个人陷入沉思。

“我会和助九郎商量一下，把这件事处理好。阿通的事情，就交给我们吧！”

体察到叔父的心思，兵库说道。

但马守又嘱咐了句：“最好尽快。”

此时，木村助九郎刚好走到偏房处。

“大人。”

说着，助九郎将手中信匣放在面前，坐在了远离灯影的地方。

“怎么了？”

但马守扭头望去，助九郎稍向前移了下双膝，说道：“刚刚，从家乡那边过来一名快马信使。”

三

“——快马？”

但马守声音发颤，担心自己的担忧变成了现实。

兵库也几乎是意识到了同样的事情。但是因为不好说出口，所以只是将助九郎面前的信匣取了过来。

“什么事呢？”

说着，将信匣递到了叔父的手中。

但马守打开信件。

是故乡柳生庄的总管——庄田喜左卫门传来的飞马告急信，潦草的书写也彰显着事情的紧急程度：

大祖（石舟斋）大人御事

依旧是患病一事

这次情形非同小可

非常担心，唯恐有事

可是大人依旧坚强刚毅

叮嘱说即使身有不测

因为但马守担当着将军家师傅的大任

也不用让他回乡

虽说如此，但作为臣下

我们商议后，觉得不管怎么说还是应该急信告知您此事

“……病危。”

但马守、兵库都不由得小声自语道，一时黯然。

兵库看着叔父，他的表情像是已经有了决断。即使在这种场合下，也能不慌不乱，马上有所决断，不得不佩服但马守。兵库目前心里一团糟，祖父去世的样子、故乡家臣们的叹息等——能想到的只有这些，完全失去了判断能力。

“兵库。”

“是。”

“能不能代我回去一趟？”

“明白。”

“江户这边——一切请他老人家放心。”

“我会传达的。”

“也拜托看护了。”

“是。”

“因为是急信，所以应该是状况很不好了。拜托神佛保佑……快些吧。希望能来得及。”

“——那么！”

“现在能出发吗？”

“我随时可以出发。希望，至少在这个时候，能帮上忙。”

兵库向叔父告辞，赶紧走回自己的房间。

就在他进行行装准备的时候——这个故乡传来的噩耗已经被传得连仆人都晓得了，整个府内弥漫着忧伤的气息。

阿通不知何时悄悄地来到了他的房间，她已经先一步做好了出门准备。

“——兵库大人。请带我一起过去吧！”

阿通哭着请求着。

“虽然我做不了什么，但是至少想到石舟斋大人的枕边探望，尽一点微薄之力，回报大人的恩情。在柳生庄曾承蒙厚恩，现在在江户的宅邸所受的待遇，恐怕也是仰仗了大人……请带我一同前去吧！”

兵库了解阿通的性情。若是叔父的话，恐怕会拒绝她，但是他自己无法拒绝这个请求。

更何况，刚刚但马守的那一番话，这正是个好机会也说不定。

“好。但是，我们必须快马加鞭。虽说是乘坐马车或轿舆，你能跟得上我吗？”

兵库追问道。

“可以，不管如何紧急——”

阿通非常欣喜的样子，擦干眼泪，赶紧帮助兵库进行准备。

四

阿通又去但马守宗矩的房屋内，向但马守表明了自己的心迹，并行礼答谢这么长时间以来对自己的照顾。

“噢，能过去啊。想必看到你，病人一定会很高兴的！”

但马守也没有异议。

“路上小心！”

送盘缠、饯行等，大家满怀离别之情。

家臣们打开门，在门两侧目送他们。

“告辞。”

兵库向他们一一告辞后，带着阿通离开了。

阿通将底襟提高，束上腰带，带上市女笠，拿起拐杖——又在肩上担上了藤花，看起来很像大津绘的藤娘——大家都依依不舍，因为明天起将不再能看到温婉的她。

乘坐之物，在所路过的驿道处雇用，兵库和阿通打算争取晚上能赶到三轩家附近。

兵库告诉阿通，他们出了大山街道后，会乘坐玉川的渡船，最后向东海道方向走。

阿通的市女笠已经被夜露打湿了。沿着长满深草的谷间川，一直走到了宽阔的坡道处。

“道玄坡。”

兵库自言自语般地告诉阿通。

这里自镰仓时代以来，便成为关东往来之冲要，现在道路被拓宽了许多，郁郁葱葱的树木包围着左右的小山峰，到了夜晚，周围一片寂静。

“是不是觉得很孤单啊，都没什么人影。”

兵库大跨步地走着，时不时停下来等下阿通。

“没有啊！”

阿通加快了脚步。

如果因为自己，而延迟到达柳生庄，让病人久等，那就太过意不去了。

“这里可是山贼经常出没的地方。”

“山贼？”

阿通睁大了眼睛。兵库笑了。

“这是从前的事情。和田义盛一族的道玄太郎之类，曾沦落为山贼，驻扎于附近洞穴之中。”

“不要讲这么吓人的事了。”

“我讲是因为你觉得这里还不够寂静吓人的。”

“啊，你真坏！”

“哈哈哈哈……”

兵库的笑声在四周黑暗的树丛中回响。

不知为什么，兵库有些兴高采烈的样子。是因为祖父病笃才踏上旅途的——按理说，不该有这样的情绪存在，只是没想到会有机会和阿通一起踏上旅途。

“——啊呀！”

阿通好像看到了什么，后退了几步。

“怎么了？”

兵库的手下意识地护在阿通的背后。

“……好像有什么东西！”

“在哪儿？”

“咦，是个孩子。在那边的路旁坐着呢……怎么回事，他还在念叨着什么，真是让人害怕。”

“……”

兵库走进一看，是今天黄昏，和阿通一同回宅邸时，碰见的那个躲在草丛中的孩子。

五

一看到兵库和阿通，伊织“啊”的一声跳了起来。

“畜生。”

伊织边叫着边劈刀砍来。

“啊——”

听到阿通的叫声，伊织又专对准阿通砍来。

“狐狸。这只狐狸。”

他就像被什么附身了一样，上来就是一刀，兵库也被逼得毫无防备地后退一步。可是毕竟是个孩子，力气不大，拿的又是把小刀，所以没多大的杀伤力。不过他此时的表情却不容小觑。

“狐狸，狐狸！”

伊织的声音像个老太婆一样，有些嘶哑。兵库对于他的举动一时摸不着头脑，只是避开他的刀，观望着。

“想怎么样！”

伊织挥着刀，一刀劈在身旁的一棵较高的灌木上，灌木的一部分“啪嚓”一声落在草丛中，他自已也顺着惯性软绵绵地坐在了地上。

“想怎么样！狐狸！”

伊织肩膀因为喘息而一耸一耸的。

那样子就像刚刚费尽全力浴血杀敌了一样。

兵库微笑着朝阿通望去。

“好可怜，这个孩子好像被狐狸附体了！”

“……是啊，这样说来，他的眼睛好吓人！”

“就像狐狸一样。”

“能不能帮帮他？”

“疯子和傻子，是没办法应付的。然而这种情况，小菜一碟！”

兵库来到伊织的面前，盯着他的脸。

“哇”的一声，眼睛翻白的伊织再次拿起刀。

“畜、畜生，还在啊？”

伊织刚想站起来，被兵库的一声大喝给镇住了。

“喂——”

兵库横抱起伊织跑了起来。下了坡道后，有一座刚刚路过的桥。一直跑到桥上，兵库提着伊织的两只脚，将伊织头朝下吊在栏杆外。

“啊，妈妈！”

伊织尖叫。

“爸爸！”

兵库还是不放下他。

最后，伊织带着哭腔道：“师傅。救救我！”

阿通从后面追赶了过来，看到兵库正在吊着伊织，能想象得到那种不适的感觉。

“不行，不行，兵库大人！不要对孩子做这么过分的事。”

兵库终于将伊织移回桥面。

“已经差不多了吧！”

说着，兵库放开了手。

“哇——哇”……伊织大哭。仿佛在因这个世界上没人能听到自己的哭声而悲伤，越哭越大声。

阿通走到他的身旁，轻轻抚上他的肩。他已经不像刚刚那般用力地耸着肩了。

“……你是哪里的孩子？”

伊织边抽泣边指道：“那边——”

“那边……哪边？”

“江户。”

“江户的？”

“伯乐町。”

“啊，为什么从那么远的地方跑过来？”

“来送信的，迷路了。”

“白天就一直在赶路了吧？”

“不——”

伊织摇着头，心情稍平复了些。

“从昨天开始。”

“啊……已经迷路两天了呀！”

阿通顿生怜悯之情。

六

阿通于是又问道：“送信的，送去哪里？”

伊织就像正等着别人问一样。

“柳生大人——”

然后从怀里掏出拼了命保护的、已经皱巴巴的信纸，通过星光可以隐约看到上面的文字。

“这是给柳生府上木村助九郎大人的信。”

伊织又补充道。

唉，伊织为什么不此时把这封信给好不容易遇到的如此亲切的人看看呢？

是因为使命在身，不容闪失吗？

还是不可预测的命运之类的，悄悄地不让伊织这样做。

而此时对于阿通来说，伊织紧握的这张被揉得皱巴巴的信纸，比七夕的星星还珍贵。这是来自这几年，只能在梦里相见的，连封信都不曾收到过的人的手笔。

真是天赐机缘。

虽然阿通很想知道这封信的内容，不过并没有流露出来。

“兵库大人，这个孩子在找府上的木村大人！”

阿通回头望向兵库。

“好像是完全辨别不清方向了啊——孩子，已经就在附近了。沿着这条河再走走，然后向左方转。那有一个三岔口，在那里再向黑红松那边走。”

“会不会又被狐狸附体啊？”

阿通有些担心。

伊织则像周围终于云开雾散了一样，又重拾了自信。

“谢谢！”

说着，跑了出去。

沿着涩谷川，再稍走走啊，他琢磨着，停住了脚步。

“再向左，向左走！”

一边再次确认着方位，一边用手指着路嘀咕着。

“嗯——”

兵库在后面点着头目送着他。

“前面比较黑，路上小心。”

已经没什么回音了。

伊织的背影就像被满布绿叶的山丘小路给吸了进去一样，不多时就消失不见了。

兵库和阿通还在桥的栏杆处站着，向那边望着。

“挺机灵的，这个小孩儿！”

“有些小聪明。”

她在心中暗自拿伊织和城太郎比较着。

她记忆中的城太郎和现在的伊织差不多高，算算今年该有十七岁了。

（现在是什么样子了呢？）

紧接着阿通对武藏的爱恋般的思念又涌上心头。

（会在什么地方碰到吧？）

阿通幻想着。对于这种由相思之苦所带来的煎熬，阿通已经习惯了。

“喂，快点。今晚我们必须加紧赶路了。不能再耽误行程了！”

兵库像是也在告诫自己般说道。他也明白自己平日里那总是过于悠闲的缺点。

阿通赶紧跟上，心却留在了路边的草上，也不和兵库讲话，独自想着心事。

（这些花花草草，是不是被武藏大人踩过呢？）

假名书写的佛经

一

“喂，老婆婆，在习字吗？”

从外面进来的菰十郎朝阿杉婆的屋里张望了一眼，非常敬佩地问道。

这是半瓦弥次兵卫的家。

阿杉婆扭过头。

“是的。”

然后就像嫌吵一样，不再理他，又重新拿起笔，心无旁骛地写了起来。

菰十郎悄悄地坐过去，咕哝道：“啊，在写经文啊！”

阿杉婆依旧没理他。

“都这么大年纪了，习字又能怎么样。还想成为习字先生吗？”

“不好意思，抄写经文必须进入无我境界，请你出去。”

“今天在外面听到了一些事情，想快点讲给你听才回来的。”

“随后再讲吧！”

“什么时候写完？”

“每个字上都有菩萨的心意，我必须认真写，抄写完一部大概要三天吧！”

“这字写得真够久的。”

“三天算什么，这一夏天我都要抄写呢。在有生之年，我要抄写上千部经文留给这世间不孝的子孙们。”

“啊，上千部。

“这是我的宏愿。”

“抄写经文给不孝的子孙，为什么突然这样想啊，能告诉我吗？不是自夸，我应该也算不孝的子孙了。”

“你也不孝顺吗？”

“在这个房子里游手好闲的品行不端者，大家都是翻越了不孝山过来的吧——孝顺该是父母给的。”

“真是个令人叹息的世道啊？”

“啊哈哈哈哈。婆婆，怎么看你这么沮丧呢。看起来，你的孩子也不怎么样吧？”

“那个人才是个让父母哭泣的浑蛋呢。想到这世界上怎么会有像又八这么不孝的人，就不得不抄写经文，要让世间的不孝者们都读读——让父母伤心的人，很多吧！”

“那么，是打算抄写上千部，然后分给上千个人喽！”

“只要一个人有菩萨的悟性，这个人就能感化上百人。培养上百人有菩萨心肠的话，又能感化千万人。可不要小看我的宏愿。”

说着，阿杉婆放下了笔头，从堆放在一旁的抄写好了的不算厚的五六部经文里，抽出了一册，毕恭毕敬地将经文递出。

“这个给你吧，有空读读！”

菰十郎看到阿杉婆那么认真的面孔，忍不住笑了出来。但怎么着也不能像对待手纸一样将它随便揣进怀里，菰十郎便用额头碰触着经文，边做出参拜的样子，边紧急转换着话题。

“那个——婆婆，是不是你的信仰起了作用，今天，我在外面碰到了一个厉害的家伙。”

“什么？遇到了谁？”

“婆婆一直在找的仇人，叫宫本武藏的。我看到他乘隅田川的渡船过来了。”

二

“啊，遇到了武藏？”

听到这些，阿杉婆哪里还顾得上写经文，撑着桌子问道：“是吗？然后知不知道他又去哪里了？有没有查问过他的行踪？”

“在你面前的可是精明的菰十郎。我装作和他分开了的样子，其实暗中躲在小胡同里跟踪了他。他去了伯乐町的客栈，在那里留宿了。”

“哦，离木工町是不是很近？”

“也不是太近。”

“不，挺近的，挺近的。之前我以为他会永远和我隔上千山万水，遍寻不到。没想到，现在居然在同一个地方。”

“是呀，伯乐町也在日本桥的这边，木工町也在日本桥的这边，没有十万亿土地那么远。”

阿杉婆“嗖”的一下站了起来，翻起壁橱来，找出一把祖传的短刀。

“阿菰，快给我带路。”

“去哪儿？”

“你不是知道吗？”

“原本以为你这个婆婆挺有耐性的，没想到这么急脾气。现在就去伯乐町吗？”

“对。我就等着这一天呢。若是我变成了骨头，请将我送回美作的吉野乡，本位田家！”

“嗯，等等。我原本是做好事送来线索的，如果真成了那样的话，我会被头儿骂的。”

“现在怎么能有那么多的顾虑。武藏可不是一直都会在客栈待下去的。”

“这个没关系，我安排人在那儿盯着他了。”

“你保证不会让他逃掉吗？”

“什么啊，这好像……成了我在跟您讨人情了——没办法，老人家嘛，保证了保证了。”

菰十郎安慰道：“越是这个时候越需要沉着冷静，越需要抄写经文。”

“弥次兵卫今天在家吗？”

“头儿今天和别人一起参拜神社去了，去了秩父的三峰，不知道什么时候回来。”

“那就等等，和他商量一下。”

“但是有一点，等佐佐木小次郎大人来了，再商量怎么样？”

第二天早晨。

据在伯乐町盯武藏的探子那里来报：武藏昨天在客栈斜前方的磨刀店谈话谈到很晚，今天早晨在客栈结了账，直接搬过去了，就住在磨刀师厨子野耕介家中二楼。

阿杉婆看了这个，一副“怎么样，验证了我的话了吧”的神态向菰十郎说道：“看看吧，我说过了他是一个活人，不可能一动不动地一直待在一个地方。”

其实今早开始这个阿杉婆就已经在写经桌前坐不住了。

不过，菰十郎以及半瓦府上的人，都了解阿杉婆的这种个性，都没放在心上。

“武藏再怎么厉害，他也不可能长了翅膀。好了，不要着急。随后童仆小六会去佐佐木小次郎大人那儿，仔细地跟他商量一下。”

听菰十郎这样一说，阿杉婆又按捺不住了。

“什么呀，昨天说去小次郎那里，还没有去吗——真是麻烦啊，我自己去得了，小次郎住在什么地方，告诉我一下。”

阿杉婆已经开始在自己房里准备起身的东西了。

三

佐佐木小次郎住在细川藩的重臣岩间角兵卫的宅邸内，他的房屋在其中自成一栋——这座岩间角兵卫的私宅在高轮街道伊皿子坡道的半山腰，是一栋俗称“月之岬”的高型建筑物，有着朱红色的门。

半瓦的人极其娴熟地将详细地址告诉给阿杉婆，就像他们闭着眼睛都能找到一样。

“知道了。”

阿杉婆怕年轻人嘲笑自己年纪大一般地应答着。

“也不是什么太难找的地方，很容易就能找到的，这里就拜托了。你们老大今天也是外出的，你们在家要小心火烛。”

说罢，阿杉婆系好草鞋的绳结，拄着拐杖，腰间别上家传的短腰刀出了半瓦家。

不知因为什么事，菰十郎赶紧追了出来。

“喂——婆婆！”

阿杉婆扭过头来：“我要出发了。刚刚我让他们告诉我佐佐木小次郎先生的住所了，放心吧！”

“真是个让人没辙的婆婆——喂喂小六兄弟。”

从里面宽敞的侍者屋跑出一个原本正在玩耍的童仆小六：“什么事，哥哥？”

“什么什么事，因为你自以为是，昨晚没有去佐佐木小次郎先生那里，现在婆婆生气了，要自己去了。”

“想自己去，就自己去呗！”

“这可不行。头儿回来后，她肯定会告我们的状。”

“婆婆是个嘴很厉害的人，唉——”

“正因为太厉害了，身体瘦得像螳螂一样，仿佛一折就能折断。可是光心气强，也不顶用啊，如果被马踏了之类，就完了。”

“切，真是麻烦啊！”

“抱歉啊，她现在刚刚出发，你追上她，带她到佐佐木小次郎先生的住处去吧？”

“你都没这样照顾过你的父母。”

“所以我会因为这点，自取灭亡的，唉——”

小六带着一半去玩的心情，追上了阿杉婆。

菰十郎则抱着郁闷的心情进入侍者屋，倒身在一个角落里睡下了。

房间有三十块榻榻米那么宽，铺着灯芯草草席，在触手能及的地方，放置着大刀、短矛、钩棒等。

板壁的钉子上杂乱地挂着每天在这里起居的小混混儿们的手巾、换洗衣物、火灾头巾、汗衫等。这里面还夹杂着一件红绸里子的漂亮女款窄袖便服，一面泥金画镜子。

曾经有人叫道：“什么玩意，居然有这种东西？”

有人甚至想把它们扔出去。

“不能扔。这是佐佐木小次郎先生挂的。”

有人这样说。

若要追问理由，是因为“将很多浑小子装进一个房间的话，大家容易烦躁，会因为一点小事而起杀气。而这种杀气应该留到真正生死攸关的场合去爆发，不应该浪费在这里”。

“但是，女款窄袖便服和泥金画的镜子能缓和杀气吗？”

“呀，糊弄人吧！”

“谁呀？”

“你别开玩笑，我什么时候……”

“得了，得了。”

现在在大房子的正中间，这些趁着半瓦外出而聚众赌博的人，已经从他们的眉宇间上升出腾腾杀气了。

四

菰十郎一看这架势：“真是没完没了了。”

说着，翻了个身，平躺着，盘起腿，望向天花板。这群人的胜负纠结，让人没法午睡。

自己也没有加入这群下等赌徒将他们榨干的本事，唉。想着想着，菰十郎闭上了眼睛。

“切，今天真是扫兴，不走运！”

一个弹尽粮绝的人带着一副惨淡的面孔，走到菰十郎的身边来了，和菰十郎一起躺在枕头上。两个人、三个人，过来躺下的都是些不走运、遭遇惨败的人。

有一个人无意中发现了从菰十郎怀中掉下来的——一部经文。

“菰大哥，这是什么？”

这个人拿起经文，一脸惊讶。

“这不是经书吗。居然拿着这种跟你不搭调的东西，中了巫术吗？”

刚刚有些睡意的菰十郎，怏怏不乐地睁开眼睛。

“哦……这个呀。这是本位田的婆婆抄写的，她立下了要在有生之年抄写千部经文的宏愿。”

“哪个？”

有个也瞥见了经文的人，一把将它夺了过去。

“还真是，是这个婆婆的笔迹。还注有方便儿童阅读的假名。”

“那么，你也能读喽！”

“这个怎么能有不能读的道理？”

“那就读上一节，用优美的声音给我们朗读一下？”

“开玩笑，又不是唱歌！”

“什么开玩笑，在很早很早以前，这种经文，就是用歌谣唱出来的——赞歌不就是这样吗？”

“这可不是赞歌那样的句式。”

“什么样的句式都行，我们想听。若不让我们听，我们可要骂你了啊！”

“好好！”

“——那开始了。”

这个男人无可奈何地仰卧着，将经文举在脸的上方：

如是我闻

一时，佛

在王舍城耆阇崛山中

与大菩萨摩诃萨及声眷属俱

亦与比丘、比丘尼、优婆塞、优婆夷

一切诸天人民

及天龙鬼神

皆来集会

一心听佛说法

如是我闻

一时，佛

在王舍城耆阇崛山中

与大菩萨摩诃萨及声眷属俱

亦与比丘、比丘尼、优婆塞、优婆夷

一切诸天人民

及天龙鬼神

皆来集会

一心听佛说法

瞻仰尊颜——

“什么事？”

“所谓比丘尼，是不是指那种灰黑色上涂上粉的，比去烟花巷玩还便宜的，那个……”

“嘘，别吵！”

佛言

世间的善男善女呀

父有慈爱之恩

母有爱怜之恩

因此

人生在世皆因

宿业之因

父母之缘

“什么呀！讲的是父亲和母亲的事吗。释迦牟尼之类的，只会讲一些人人知道的事。”

“闭嘴……你怎么这么烦人？”

“看，读的人不吭声了。我们正听得起劲呢！”

“行，要是不读了的话，就把刚才读的唱一遍。再加上点抑扬顿挫的音节——”

人

非父不生

非母不育

因此

气承于父

体承于母

读的人，毫不注重形象地，换了一个姿势，用手抠起鼻子来——

因此渊源

母之爱怜于子

无与伦比

此恩形于孕前

这会儿，察觉到大家都默不作声了，读的人也有些失去了劲头儿。

“喂，在听吗？”

“听着呢！”

胎怀身十月
行、住、坐、卧
诸多苦恼
因苦无止境
纵得吾所爱之饮食衣物
也无迷恋
只求安然生产

“累了，可以了吧！”

“都听得好好的，为什么停下来呀，再给唱唱。”

满月之际
生产之时
痛苦之至
父母身心俱惫
母忧子甚
亲人皆俱苦恼
母子俱显生堕草上
欣喜无限
且如不顺者得佛之如意珠

一开始还打打闹闹的这些人，渐渐斟酌出些韵味来，不由得愈听愈入迷。

子之啼声

如母之重生

以母之怀为枕

母之膝为乐

以母之乳获食

母之爱为命

非母不穿，非母不脱

虽母饥饿

仍吐食予子

无母无育

去离兰车，及子成人

十指甲中食子不净

据推……

饮母之乳

一日八十斛

计论母恩

昊天罔极

"……"

"怎么了，喂？"

"马上，读。"

"哎呀，哭了吗。边哭鼻子边读的吗？"

"少开玩笑。"

虚张声势片刻后，继续读道：

母，受雇于邻

或汲水，或烧火

或推磨或拉磨

回家之时

身未到
先闻吾儿家中啼哭
想子所想所恋
不由心慌
乳汁流动
急急把家还
其儿遥见我来
摇头弄脑
呜呼向母
母为其子曲身、舒两手
以口吻之
二情恩悲亲爱
慈重莫复
二岁三岁弄意始行
若非父不知火可烧身
若非母不知刀可割手
若非父不知毒可要命
若非母不知药可医病
父母行来值他座席
或得珍馐
不啖辍味怀挟来归
向其与子
十来九得恒常欢喜

“呀……你又哭鼻子了吗？”

“想起什么了？”

“行了，你这样边哭鼻子边读，弄得我都怪怪地想流泪了。”

五

小混混儿也都有父母。

这些粗野的、不知死活的、活一天算一天的、暴躁的家伙也不是从树木中蹦出来的。

只不过这些人，平时谁若提起父母，通常会受到同伴们的指责。

（你——没出息的家伙。）

（奇怪，这么大了还总父母父母的。）

久而久之，就都表现出一副无父无母的样子。

此时，父母的面孔被突然从心底召唤了出来，大家一片沉静。

刚开始的时候，还像鼻子下挂了灯笼一样，用滑稽的语调，哼唱般地、毫不上心地读《父母恩重经》，由于这部经文的语言就像“伊吕波”一样简单，念者听者渐渐地体会出其中意味。

（我也有父母呀！）

想起了父母，想起了喝着母乳，爬来爬去的小时候——虽然此时都是枕着双臂，将脚掌支向天花板或伸长，腿毛尽露地躺着，一副悠哉的样子，很多人却在不知不觉中流下了眼泪。

“呀……”

一个人对着读经的人说道：“还有内容吗？”

“有。”

“再读给我听听”

“等下——”

读经的男人坐了起来，用纸擤了下鼻涕，继续读道：

遂至长大

朋友相随

父为子寻得好衣

母为子梳头摩发

倾尽所能，予子琼浆
于己则故衣蔽体
既索妻妇得他子女
父母转疏
私房屋室共相语乐

不知谁低吟了一声。

“嗯，确实。”

父母年高气力衰老
所依唯有子
所赖唯有媳
然终朝至暮
不来借问
夜半衾冷
五体不安，谈笑不再
犹如孤客寄止他舍
或急疾取使
十唤九违
尽不从顺
骂詈嗔恚
不如早死
父母闻之，悲哭懊恼
流泪双下，啼哭目肿
啊，汝初小时
非吾不长
非吾不材

“啊，但吾生汝……”

“啊，已经，我、我……读不下去了，谁来读？”

扔掉经书，诵读的男人哭了。

没有一个人发出声音。横躺着的人，仰脸朝上的人，像鸭子一样将头埋进盘坐的两腿间的人……

在这同一个屋子里，那边那堆人，正因为赌博的输赢，修罗似的瞪眼睛——这边，一群混混儿，却完全颠覆了往常作风，静悄悄地哭了起来。

有人在房门口，一边环视着这个房间内的奇妙景象，一边问道：“半瓦还没回来吗？”

是佐佐木小次郎突然来访了。

血色梅雨

一

热衷于赌博的人，沉浸在啜泣中的人，没有一个人应答。

“这是怎么了？”

小次郎只好走到用胳膊盖着脸，仰面躺着的菰十郎身边，再次问道：“这是怎么了？”

菰十郎还有其他人都赶紧擦擦眼睛，擤擤鼻涕，站了起来，难为情地行了个礼。

“我们没察觉到您来了！”

“在哭吗？”

“没有，什么呀，没什么。”

“奇怪的家伙们——童仆小六呢？”

“刚刚跟着奶奶，去先生家了。”

“去我家？”

“是的。”

“那本位田的奶奶去我家里干什么？”

因为看见小次郎来了，刚刚还沉浸在赌博中的人赶紧散开了，菰十郎旁边那群哭鼻子的人也悄悄消失不见了。

菰十郎将自己昨天在渡船口遇见武藏的事情讲了一下。

“不凑巧，头儿刚好去旅行了，想着该怎么办呢，最后决定先去和先生商量一下吧？”

一听说武藏，小次郎的眼里像燃出了火苗。

“啊，那么武藏现在在伯乐町啊？”

“没有，他已经跟客栈结了账，搬去客栈斜对面的磨刀师耕介的家中了。”

“嚯，这真是不可思议！”

“什么不可思议？”

“耕介那里正磨着我的爱剑‘晒衣竿’。”

“咦，先生的那把长剑——原来如此，这可真是奇缘啊！”

“其实今天，已经可以去取剑了。”

“哦，那已经去过耕介店里了吗？”

“正打算来过这里后过去呢！”

“啊，这正好。如果先生您稀里糊涂地去了，被武藏发现了，他说不定会来个先发制人？”

“怎么我就这么怕武藏这个人吗——不过，婆婆要是不在的话，现在也谈不成事呀？”

“这会儿应该还没到伊皿子，马上叫一个腿脚快的人，把她叫回来吧！”

小次郎于是进了屋去等。

不久，到了掌灯的时候。

阿杉婆坐着轿子，童仆小六和刚刚去迎的男人跟在旁边，三个人慌慌张张地回来了。

夜晚，屋内议事。

小次郎已经等不到半瓦弥次兵卫回来了。他义愤填膺地说只要有他在，就一定会帮阿杉婆讨伐武藏。

菰十郎和童仆小六最近都通过流言隐约知道了武藏是多么厉害，甚至对小次郎到底能不能对付得了武藏有些怀疑。

“那我们快去吧！”

阿杉婆倔强地说：“赶紧去收拾他。”

可是无奈到底是年纪大了。刚刚往返一趟伊皿子，已经累得腰疼——小次郎取剑一事最终被推到了第二天晚上。

二

第二天白天。

阿杉婆沐浴、涂牙、染发。

到了黄昏，阿杉婆又盛装打扮。她在被当作寿衣的白色内衣上，盖上了各地神社、寺院的印章。

有难波的住吉神社、京都的清水寺、男山八幡宫、江户浅草的观音寺，还有旅行各地时所求得的诸神佛护佑章印，阿杉婆相信这些一定会保佑自己的，比穿上连环甲还安心。

同时，她没有忘记将留给儿子又八的遗书和自己抄写的一部《父母恩重经》塞进腰带背衬中藏好。

尤其让人惊讶的是，这个阿杉婆居然在钱包的底层也放上了一封信：

我虽年事已高，却仍因壮志未酬而不得安定。也许会因壮志而不能归返、半途病倒，若真有三长两短，望心善之人，用我袋中钱财，为我办后事，拜托！

作州吉野乡士

本位田后家　阿杉

就连自己尸骨的去处都已经想好了。

此时她腰带一刀，在小腿绑上白色绑腿，手戴护手，重新系好无袖上衣的腰带，准备好了一切，然后往起居室的写字台上倒了一碗水。

“去去就来。”

她闭着眼睛，像跟人告别一样。

应该是对死在旅途中的权叔讲话吧。

菰十郎眯缝着眼睛，从拉扇的缝隙，向内窥看着。

“婆婆，还没好吗？”

“在做些什么准备？”

“时候已经差不多了——小次郎也在等着呢？”

“行了，可以走了。”

“行了吗，那请到这边的屋子里来吧！”

在这里，佐佐木小次郎和童仆小六，再加上菰十郎，一行人已经等阿杉婆等了有一段时间了。

见阿杉婆来了，大家让出席间的座位，阿杉婆像木头人般硬邦邦地坐下了。

“出门前的祝酒。”

说着童仆小六拿过三角的素陶器和酒壶为阿杉婆斟酒。

然后是小次郎。

喝完酒后——四个人便熄灯出发了。

“我也去，我也去！”今晚这一趟，有不少不可一世的、想拔刀相助的喽啰叫嚷着要参加，但是人太多反而会碍手碍脚，而且虽说是晚上，还是需要避开江户町乃至世间的耳目的，所以小次郎没有让他们去。

“我们等着你们。”

有一个喽啰对着向门外走去的四个人的背影喊了一声，并用火镰打出除邪保平安的火花。

外面，阴云密布。

在一片黑暗之中，布谷鸟的叫声，显得愈加清脆。

三

犬吠的声音不断传来。

就连鸟兽都明白今夜的不同寻常。

“哎呀？”

在十字路口处，童仆小六向后望去。

“怎么了，小六？”

“有个奇怪的家伙，一直在跟着我们。”

“哈哈，一定是屋里的年轻人，看来他们无论如何都要死乞白赖地来助阵了，有一两个人呢吧？”

“真是没办法呀。比起吃饭，更喜欢打打杀杀的一群家伙——怎么办？”

“不管他们，即使受到斥责，不让来，也还是跟来的人，有他们可靠的地方。”

于是——四个人便没再留意跟来的人，一路走到了伯乐町的拐角处。

“嗯……是这儿吧，磨刀师耕介的店。”

在远处对面的一个房檐下，小次郎嘀咕道。

其他人低声道：“先生今晚是第一次来吗？”

“我是让岩间角兵卫来拜托磨剑的。”

“那怎么办？”

“就像刚刚商量的那样，阿杉婆还有你们都在那边的暗处先藏着。”

“武藏那家伙一看情形不好，会不会从后门逃走啊？”

“这个不用担心，武藏应该和我一样，都不是临阵脱逃的人。他一旦逃跑，也就失去了作为武士的生命。所以，他应该不会随便扭头就逃。”

“那我们分别藏在两侧檐下吧！”

“我会施计引武藏与我并肩向外走。走到十步左右的时候，先砍上他一刀——然后阿杉婆便可以上了。”

阿杉婆感激得几次伏地跪拜。

“谢谢……您仿佛就是那八幡宫里神明的化身。”

佐佐木小次郎转身背对着阿杉婆对自己的参拜，向“灵魂研磨所”厨子野耕介家走去，心中洋溢着他人无法想象的正义感。

其实他原本和武藏之间并无宿怨。

只是，随着武藏的名望越来越高，小次郎逐渐变得不快起来。而武藏，也因为了解小次郎有着不同寻常的气力，对他抱有一种特殊的戒备。

从几年前起，两个人之间就有了这样微妙的不快与戒备。当年两个人还都是充满活力的、霸气的年轻人，往往两个势均力敌的同伴更容易发生摩擦，他们的分歧也就这样产生了。

不过——

回想起来，除京都吉冈家的事以外，还有受着烈火般煎熬的朱实、现在的本位田家阿杉婆的事，小次郎和武藏之间虽说算不上宿怨，可也是绝对不能再相容的两个人了，他们之间的鸿沟越来越深。

——这会儿小次郎在潜移默化中将阿杉婆的情感与自己平日里那扭曲的情感混为了一谈，越发觉得自己是扶助弱者的正义化身。两个人的抗衡，已演变成一种宿命了。

站在耕介的店前，小次郎咚咚地敲起紧闭的门。

四

从门缝中，可以看到里面是有光亮的。虽然现在没什么人光顾店面，但是屋里面的人肯定是还没有睡下。

“——谁呀？”

貌似是店主的声音。

小次郎在门外答道：“我曾让细川家的岩间角兵卫大人来拜托过磨剑。”

“啊，是那把长剑吗？”

“是的，请开开门。”

“稍等——”

不一会儿，门被打开了。

双方互相盯着打量了一下。

耕介依旧挡在门口，态度冷淡地说道：“还没有磨好。”

“——是吗？”

回答的时候，小次郎不管不顾地闯进里面，靠在了与隔壁房间相邻的门框上。

“什么时候磨好？”

“这个……”

耕介抓着自己的脸，长长的脸拉得更长了，外眼角下垂，好像在揶揄什么人一样。小次郎有些急了。

“已经过去好多天了吧？”

“我曾经跟岩间大人打过招呼。请他不要设定期限。”

“这么长时间，我也很为难啊！”

“若是为难的话，请先拿回吧！”

“什么？”

这不像是从一名工匠嘴里说出的话。小次郎也并没有仔细琢磨这个人心里到底在想什么，只是一味地认为这个男人和武藏肯定是早就知道自己会来，而现在是因为武藏在背后撑腰，他才敢这样说。

既然如此，还是早点进入正题的好。

“听说，你这里住着一位宫本武藏大人？”

“哦……从哪儿听说的？”

耕介显出稍有些意外的样子，含糊答道：“有是有。”

“很久没有见到他了，我是在京都时认识的武藏大人。能不能帮我叫一下？”

“您的名字是……”

“佐佐木小次郎——跟他一提，他就会明白的。”

“反正我先替你传达一下吧！”

“啊，等等！”

“还有什么事？”

“我的到来似乎是太唐突了，就麻烦您对武藏说，因为我听细川家的家臣说，有见到很像武藏大人的人住在耕介的店里，所以过来想请武藏大人一起小酌几杯。”

“好的！”

耕介通过挂着布帘的门，向里面走去。

小次郎则独自琢磨起来。

（即使他不逃走，万一不上当，不出来，怎么办？那样的话就索性替阿杉婆报上姓名，逼他出来？）

想了两三种策略，这时——远远超乎他的预料，从外面的黑暗中，传来“啊”的一声惨叫。这已经不是普通的惨叫了，这声音足以让你有种不寒而栗的感觉，仿佛自己的性命也顷刻间受到了威胁。

五

——完了。

小次郎像被猛拽了一下，挺直了倚靠在门框上的腰。

——计谋被识破了。

不，是被将计就计了！

看来武藏是悄无声息地从后门转到外面，先对阿杉婆、阿菰、童仆小六这些弱者下手了。

“好吧，既然这样……”

小次郎冲进黑暗中。

机会来了，他想。

小次郎全身的肌肉紧绷着，燃起了热血沸腾的斗志。

（若有机会，要与他提剑相向。）

这是在比睿山与大津之间的山口茶馆处，小次郎立下的誓言。

他从未忘记过自己的这个誓言。

机会来了。

（若阿杉婆复仇不成反被害，我会拿武藏的血来祭奠阿杉婆。）

——瞬间，小次郎的胸中充满了侠义的豪情壮志，他向前冲了十几步。

“先，先生——”

倒在路旁挣扎着的那个人，听到他的脚步声，痛苦地叫道。

“呀，小六？”

“……我被刺伤了……呀，被刺伤了……”

“十郎呢，怎么了……菰十郎呢？”

“菰十郎也……”

“什么？”

再一看，在离自己五六米远的地方，菰十郎倒在血泊中，气若游丝。

不见了阿杉婆的踪影。

但是现在顾不上去找。小次郎悚然地警戒着，怕黑暗中猝不及防地蹿出武藏的身影。

“小六，小六——”

看着奄奄一息的童仆小六，他大声疾呼。

“武藏呢——武藏去哪儿了。武藏呢？”

“不，不对。”

小六摇着紧贴地面的、无力抬起的头，终于说出了话。

“不是武藏。”

“什么？”

“啊？不是武藏干的。”

“什，你说什么？”

"……"

"小六，再说一遍。不是武藏干的吗？"

"……"

童仆小六已经不能再回答了。

小次郎的脑袋一片混乱。不是武藏那是谁，是谁突然砍杀了两个人？

他又走到菰十郎的身旁，手扶在他那被鲜血浸染的颈后头发上。

"十郎，振作些——是谁干的，那个人去哪了？"

菰十郎睁开眼睛，没有回答小次郎的问题，也没有说发生了什么，而是拼尽最后一口气，用近似哭腔的无力的声音说道："娘……娘……不、不、不孝……"

昨天，《父母恩重经》才刚刚被消化在他的血液中，这会儿，又顺着伤口喷涌外溢。

小次郎摸不着头脑。

"什么，在胡说什么？"

小次郎放下了菰十郎的脖颈。

六

——从哪里传来了阿杉婆的声音："小次郎大人，小次郎大人。"

循声音奔去——也是一片凄惨的景象。

阿杉婆掉进了污水沟。头发上、脸上粘着菜屑和草叶。

"拉我上去。快点，拉我上去。"

阿杉婆招着手。

"嗯，这到底是怎么了？"

小次郎极为气愤。他用力将阿杉婆拉了上来，阿杉婆像块抹布一样一下坐在了地上。

"刚刚那个男的，跑去哪里了？"

这正是小次郎想知道的，现在阿杉婆却反而问他。

“阿杉婆！那个男的，是哪个男的？”

“我也还没弄明白是怎么回事——就是之前，我们在途中发现的那个尾随我们的人。”

“突然向菰十郎和童仆小六砍了过来吗？”

“是的，就像一阵风一样，突然从暗处蹿出来，一句话都不说，上去就先把菰十郎给刺伤了，然后就在童仆小六吃惊拔刀的时候，又砍向了小六。”

“向哪边逃了？”

“我因这无妄之灾，掉进了水沟。虽然看不见，但是听声音，应该是向那边逃去了。”

“河的那边吗？”

小次郎飞跑过去。

小次郎跑过马市的空地，来到柳原堤。

原野上堆着一些被采伐的柳木。前边有人影和光亮。走过去一看，地上放着四五顶轿子，轿夫们则正聚在一旁休息。

“喂，抬轿子的。”

“是的。”

“我有两个同伴在途中被砍伤了，还有一个掉进污水沟的阿杉婆，能不能用轿子将他们送到木工町的半瓦家。”

“啊，是试刀杀人吗？”

“出现试刀杀人了吗？”

“哎呀，真是，我们也不能大意了呀！”

“凶手刚刚从那边逃过来了，诸位有没有看见？”

“没看到吧，刚刚吗？”

“是的。”

“真是令人不快啊！”

轿夫抬来三顶空轿子。

“大人，那我们的工钱从哪里拿呢？”

“半瓦家！”

小次郎丢下这句话后，又继续向前追赶，同时留意河岸边、搜索木材堆的后面，可是依旧寻不到凶手的踪影。

（试刀杀人吗？）

再往回走一点，有一块防火用地上的毛泡桐田。通过那里后，他考虑要回半瓦家了。出师不顺，阿杉婆也不在。在这种混乱的状况下和武藏刀剑相向不是什么明智之举。

就在这时，小次郎突然感觉桐树林的道旁有刀光。小次郎心下一惊，还没来得及看过去，随着四五片桐树叶的飘落，那刀光已经朝他的头直逼下来了。

七

“——好卑鄙！”

小次郎喝道。

“这不是卑鄙。”

第二刀朝着躲闪开的他再次砍来了——划破青铜树荫。

小次郎连转三圈，跳出七尺远，躲避攻击。

“武藏，你为什么不能堂堂正正……”

话刚说到一半。

“呀，谁……你是谁。是不是弄错对象了。”

小次郎感到很惊讶。

第三次出招，这个男人已经气喘吁吁了。到了第四刀，这个人仿佛突然察觉到了战法上的不妥，将刀停在半空中，眼睛的光芒映衬着刀的锋芒，锐利地瞪向小次郎。

“闭嘴。是认错人了吗？平河天神境内的小幡勘兵卫景宪的弟子，北条新藏，就是我。这样一说，你心里该有数了吧？”

“啊，小幡门的弟子。”

“你侮辱我的师傅，还杀害了我的同门兄弟。”

“作为武士，你如果不服气，随时奉陪，我佐佐木小次郎是不会逃走的。”

“好，说得好，找的就是你。”

“不过要看你有没有那个本事了。”

“就让你看看我的本事。”

一尺——三寸——两寸。

看对方步步逼近，小次郎也打起精神，右手握向腰间的大刀。

“——来吧！”

就在北条新藏因他这两个字产生戒备，一愣神的瞬间，小次郎的身体——不，说得确切点，应该是他的上半身——向前一倾，飞肘出去。

——“锵啷！”

下一个瞬间，他的刀已经归鞘了。

他的刀确实脱鞘飞出过，只不过在肉眼还来不及反应的时候，又已经归鞘了。旁人只能恍惚感觉到刚刚有一道细细的光芒划过北条新藏的脖颈附近。

可是——

新藏的身体，还是叉开两腿站着的姿态。并没有看见哪里有血流出。刚刚确实是受到了攻击，没错。新藏的刀仍停留在半空中，左手已经无意识地捂向了左侧颈部。

——这时，一个紧张的叫声从黑暗传来：“啊……”

无法把握声音的来源，小次郎略有些慌张。黑暗中的脚步声，也因面前的景象，变得急促起来。

“这是怎么了？”

跑过来的是耕介。他看到木头般站在那里的新藏，心生奇怪，便过去扶了他一下，结果北条新藏的身体真的像枯死的树木般，直挺挺地向着耕介倒了下来。

耕介大吃一惊，向黑暗中叫道：“呀，被杀了——来人哪！过路的、附近的，快来人哪！有人被杀了——”

伴随着耕介的叫声，新藏的脖子像裂开的贝壳般，露出红色的伤口，温热的液体涌向耕介的手腕、衣襟。

心无旁骛

一

“嘭”——黑夜中，中庭的一颗青梅突然坠地。武藏蹲在一盏灯前，连头都没有抬，完全没有理会大自然的这声招呼。

小小的光亮将他那乱蓬蓬的头发照得一览无余。他的发质看起来很干很硬，还有些微微发红的样子。若再仔细看看，会发现他的发根附近有一个很大的类似针灸痕迹的旧伤。这是他小的时候发疔疮留下的疤痕。

（有这样难养的孩子吗？）

记得那时母亲曾这样叹息。这疤痕，同他那倔强的性格，一直被保留到现在。

武藏突然想起了母亲，被刀锋雕刻出的面孔，不知不觉中变成了母亲的样子。

方才……不，就是刚刚，在二楼的隔扇外面，这个房子的主人耕介曾来打招呼说：“您还没休息吗？店里有个叫佐佐木小次郎的人来了，想见您，去见见他吗，还是跟他回话说您已经休息了……您看怎么回他……我会照您的意思传达的。”

好像说了两三遍的样子——武藏自己也不太记得清到底有没有回答他了。

就在这时，耕介应该是听到了什么声响，走开了——这些似乎都没有影响到武藏，武藏依旧弯着身子拿着小刀雕刻着这块八九寸长的木头，小桌子上、膝盖上、布满了木屑。

他在雕观音像——为了回报耕介送给自己那把无落款名刀——说好了要雕刻一个观音像。所以从昨天早晨开始，就开始动工了。

而耕介原本就是个容易对某种特定的事产生特别情绪的人，关于这个约定，他更是有个特别的期望。

那就是——

“既然好不容易让您雕刻一回，就用我秘藏多年的古木吧！”

等耕介毕恭毕敬地拿出木头，武藏一看，果然，这是块让人感觉枯了六七百年的、有一尺长的枕形木头。

可是，这样的一块古木边料，有什么不同寻常之处吗，武藏曾深感讶异。照耕介后来的解释，这是建造河内石川郡东条矶长的灵庙时用的木头，是天平年代的古木。有一次在修筑年久失修的圣德太子御庙的时候，拆换柱子的粗俗的僧人、工匠们将它砍断，当作生火柴扔进了厨房。耕介当时正在旅行途中，看到这种情形，觉得实在是可惜，便捡了一块一尺左右的古木，拿了回来。

这块木头的木纹细致，雕刻起来感觉十分顺畅。武藏一想到，这不仅是耕介珍惜的木头，也是块绝无仅有的木头——反而手法生硬起来。

——咯噔，晚风吹倒了院里的柴火垛。

……

武藏抬起了头，仔细地听着外面的动静。

“是不是伊织呢？”

二

是不是一直在挂念的伊织回来了。后门好像不是被风吹开的。

耕介的叫喊声传了过来。

“快点，老婆。你在发什么呆？分秒必争啊，这是重伤。如果护理得好，能治好也说不定。他躺哪儿——哪儿都行，赶紧把他抬到一个安静的地方。”

跟着耕介抬人进来的其他人也在七嘴八舌地说着：

“有没有清洗伤口的酒水。没有的话，我回家去拿。”

“我赶紧去找医生。”

一阵骚乱过后，最后终于安静了些。

“近邻们，谢谢啦。不管怎么说，性命应该是无忧了，放心地回去睡觉吧！”

听耕介的话，感觉像自己的家人遭遇了什么不测——武藏想。

不能置之不理。武藏拍拍膝盖上的木屑，走下了梯子。发现走廊最里边的角落里有光亮，便向那边看了一眼，那里躺着一个快要死的重伤患者，耕介夫妇在旁边坐着。

“……咦，您还没睡啊！”

耕介发觉武藏过来了，扭过头，把席子又展开些。

武藏静静地挨着耕介坐下。

“这位是谁啊？”

灯下躺着的这个人面色惨白。

“吓坏我了……”

耕介一副受惊的样子。

“是我无意之中救下来的一个人，把他带到这儿一看，竟然是我的老主顾、我最敬重的甲州流兵法家小幡先生的门人。”

“这个人，是吗？”

“是的。他叫作北条新藏，北条安房守的儿子——为了学习兵法，常年跟随在小幡先生身边。”

“嗯——”

武藏掀开了一点裹在新藏颈上的白布。刚刚用烧酒洗过的伤口，被刀砍得像贝壳的肉片一样，淡红色的颈动脉清晰可见。

命悬一线——人们常这样形容类似眼前这个人的这种状况。到底是谁有如此厉害、精湛的刀法。

从伤口来看，这把刀是从下向上砍，燕尾式收尾。若非如此，不会出现这样的伤口。

——斩燕刀法。

这是佐佐木小次郎最拿手的刀法，就在刚刚，耕介曾在门外传达过佐佐木小次郎的来访——武藏猛然想起。

“事情搞清楚了吗？”

“没有，还没什么头绪。”

“是吗——不过我知道是谁下的手了。等他伤好了后，我们再问问他。我觉得应该是佐佐木小次郎。”

武藏边说边点头肯定自己的判断。

三

回到房间后，武藏枕着手臂，躺在了木屑中。

并不是没有寝具，只是没心情躺进被子里。

到今天，已经是第二天的晚上了。

伊织还没有回来。

就是迷路，也不会这么长时间走不回来吧。送信地是柳生家，木村助九郎又是熟人，难道是看伊织是个孩子，就留他住下来多玩几天了？

虽说挂念，武藏却没有太过担心，只是从昨天早晨开始雕刻观音像起，到现在已经是身心俱疲了。

在雕刻方面，武藏并不是一个行家，不能纯熟地运用各种技巧。

在他的心里，有一尊自己描绘好了的观音像。他努力使心中的那个形象呈现在木头上，可是虽然想竭尽全力、心无旁骛地雕刻，却总不断涌起各种杂念。

因此，总是在好不容易观音像即将成型之时，因为思绪杂乱，不得不重新修正雕刻。就这样反复几次后，这块天平年代的古木便如干的鲣鱼般，由八寸变成五寸，再到三寸了。

——在恍惚听到的杜鹃的啼叫声中，武藏打了片刻的盹儿。因为身体比较好，再睁开眼睛的时候，疲劳已经尽消了。

“这次一定要成功。”

武藏下定决心。

去院里的水井处洗涮过后，他点亮拂晓前的灯光，深吸一口气，再次拿起刻刀。

睡前和睡后就是不一样，运刀自如多了。古木的纹理下，千年前的文化化作细小的旋涡。如果再雕刻失败的话，这块珍贵的木材便要再一次成为边角料了。不管怎么说，今天晚上一定要雕刻好。

就像拿剑杀敌时一样，他的眼睛熠熠生辉，刻刀中充满力量。

不伸腰。

不喝水。

全然不知天已经亮了——小鸟开始啼叫了——除了他这里，家家户户都已经打开房门了，他进入了禅定的境界。

“武藏大人！”

“怎么了？”耕介有些奇怪，便从后面开门进来了，武藏这才伸了个懒腰。

“啊，不行。”

他扔掉了刻刀。

一看，原本就在不断地切削中变得瘦削的木头，此时已经剩不到拇指大小了，其余全成了木屑，雪一样地堆积在武藏的膝盖周围。

耕介睁大了眼睛。

“啊，不行吗？”

“嗯，不行。”

“天平年代的古木呢！”

“全被削了——再怎么削，菩萨也不在古木中出现。”

回归自我，发出叹息之声，武藏终于从观音雕像和烦恼中解放出来了，他两手交叉在脑后，仰面躺下。

“不行，今后得修些禅事。”

终于可以闭眼休息了，种种杂念终于随风远去，平静的脑海中只有“空”字。

四

清晨，客人吵吵闹闹地来往于土房内。多数是伯乐。连续四五日的马市在昨天闭市了，这里的客栈也从昨天开始就闲置下来了。

伊织今天早晨终于回来了，急忙向二楼走去。

“喂喂——孩子。”

客栈的老板娘赶紧叫住了伊织。

伊织站在梯子中间问：“怎么了？”

向下正好看见老板娘头发稀疏的头顶。

“去哪儿啊！”

“我？”

“啊，是啊！”

“我和我的师傅住在二楼呀！”

“是吗？”

老板娘一副纳闷的表情。

“你是什么时候出去的？”

“这个？”

掐指一算——

“前天的前一天吧？”

“那就是大前天。”

“对对。”

“说去柳生大人那里的是你吧？”

“啊，是呀！”

“什么是呀，柳生大人的宅邸可是在江户内呀！”

“是阿姨您告诉我在木挽町，我才绕了远的。那里去是仓房，住的地方是在麻布村的日之洼。”

“不管怎么说，也要不了三天啊。是不是被狐狸迷住了？”

“您可真清楚，阿姨您是狐狸的亲戚吧！”

开着玩笑，伊织又想向上走，老板娘赶紧又叫住了他。

“你的师傅已经不住这里了。”

“骗我吧！”

伊织并没有当真，继续爬楼梯，过了一会儿，发着呆下来了。

“阿姨，师傅换到别的房间去了吗？”

“这个多疑的孩子，明明告诉你你的师傅已经走了。”

“啊，是真的吗？”

“要是还不信的话，你可以看一下账面，他是结了账的。”

“为，为什么，为什么不等我回来？”

“因为你回来太晚了。”

“但是……”

伊织哭了起来。

“阿姨，师傅去哪儿了，知道吗，有没有留下什么话。”

“没听他说什么。一定是觉得带你这样一个孩子走，对他也没什么好处，就把你给扔了。”

伊织的脸色一变，跑到街上——东看看，西看看，仰望天空，眼泪断线珠子般向下坠，老板娘看了他这个样子，边拿木梳梳头顶稀疏的头发，边忍不住笑了。

“骗你的，骗你的。你的师傅搬去对面磨刀店店主家中的二楼了。还在这里，别哭了，去看看吧。”

这么一说，在话音落地的同时，从街上飞来一只草鞋砸在老板娘的柜台上。

五

走到睡着的武藏身边，伊织诚惶诚恐地说了句："我回来啦！"

耕介将伊织带来后，就马上蹑手蹑脚地回到了正屋的病房内——

现在这个家让人感觉有股阴气。伊织也感觉到了。

再一看，武藏周围散落着许多木屑，燃尽了光亮的烛台也还没收拾。

"回来啦！"

伊织很担心会被武藏骂。所以不敢大声叫醒武藏。

"谁啊？"

武藏说着睁开眼睛。

"是伊织。"

武藏马上坐了起来。确认了端坐在那里的伊织确实无恙后，松了一口气。

"伊织啊！"

这样说了一句后，便不再说什么了。

"回来晚了。"

见武藏仍没说什么，伊织就又加上一句。

"对不起！"

接着行了一个礼，武藏依旧没有说什么。只是重新系了下腰带，吩咐了一句："把窗户打开，打扫一下这里。"

武藏便出去了。

"是。"

伊织借来这家的扫帚，开始打扫。可心里依旧挂念着武藏去做什么了，便向院里望了一眼，武藏正在井边漱口。

井周围，落着很多青梅。伊织一看见这些青梅，马上想起了腌青梅的美味。如果把这些都捡起来，腌一下的话，一年都不用愁梅干了，这儿的人为什么就这么扔着它们呢？

“耕介先生，伤者怎么样了？”

武藏边擦脸边朝里屋问道。

“稳定多了。”

里面传来耕介的声音。

“辛苦了。随后由我来替您照料吧！”

耕介说了些还不用的话后，说道：“不过，我想这件事应该去平河天神的小幡勘兵卫景宪大人那里通报一声，想请您帮忙找下人手。”

“那我就去一趟，或让伊织再跑一趟。”武藏应道。回到二楼的房间，里面已经很迅速地被打扫干净了。

武藏坐了下来。

“伊织。”

“是。”

“上次送信的事情，办得怎么样？”

——原本担心会被突然训斥的伊织，终于露出了笑容。

“我去过了，从柳生大人府上的木村助九郎大人那里拿到了回信。”

说着，伊织很得意地从口袋里掏出一封信。

“我看看……”

武藏伸手接过伊织上前递过来的信。

六

在木村助九郎的回信中写着：

虽然您衷心期盼，但是柳生流是将军家的秘传流派，不准任何人公然比武。若您不为比武而来，主人但马守大人可能还会去武场问候您。若一定想了解一下柳生流真髓的话，最好能接触柳生兵库先生。不凑巧的是，兵库先生因为本家大和的石舟斋大人病危，昨夜赶回去了。非常遗憾，现在家里上下正在担心此事，或者另择他日拜访但马守大人，您看怎么样？

最后，信中又追加一句：到时，我再加以引见。

武藏边笑边将这长长的信纸收了起来。

看到武藏的笑容，伊织更加安心了，伸开了一直拘束的保持正襟危坐的腿。

“师傅，柳生大人的府上不是在木挽町，是在麻布村的日之洼。他的家好大好气派啊。木村助九郎大人还款待我吃了很多好吃的东西呢！”

伊织刚打算放开话匣子，只见武藏的眉毛稍皱了下，叫了声：“伊织。”

看见师傅脸色不对，伊织赶紧缩回了腿，正色答道：“是的。”

“再怎么走错路，已经三天过去了，不至于这么迟吧。为什么这么迟才回来？”

“在麻布山上，被狐狸给迷住了。”

“被狐狸？”

“是的。”

“在原野中长大的你，怎么还会被狐狸给迷住？”

“我也不太清楚……但是被狐狸迷了小半天加一夜，后来回想起来，完全不清楚自己当时都是走的哪里。”

“嗯……真是奇怪啊！”

“确实是很奇怪。以前从没把狐狸放在心上过。现在看来江户的狐狸比乡下的厉害。”

“是吗？”

看到伊织那一本正经的面孔，武藏也没什么心情再训斥他了。

“你自己也够顽皮的了吧！”

“嗯，我发现那个狐狸跟着我后，为了不让它再继续迷惑我，不知是砍断了它的脚还是尾巴。反正和狐狸算是结下仇了。”

“不是这样的。”

“不是这样的吗？”

“嗯，和你作对的不是狐狸，而是你的心……好好冷静地想想。在我回来前想好。”

“是的……但是师傅，现在要去哪里？”

“去鞠町的平河天神附近。”

“今天晚上会赶回来吧！”

“哈哈哈哈，我如果也被狐狸迷住了的话，估计也得三天后才能回来。”

说罢，丢下伊织，武藏朝着因梅雨时节而阴云密布的外面走去。

雀罗之门

一

平河天神的森林，被一片蝉声萦绕。猫头鹰也夹杂在其中偶尔高歌。

“就是这儿吧！”

武藏停住了脚步。

前面有一栋很大的建筑物，即使在白天，附近也是寂静无声。

“有人在吗？”

站在玄关前，武藏喊了一句。就像面向洞窟喊了一句一样，声音又被反射回了自己的耳朵。竟如此没有人气。

过了一会儿，有脚步声从里面传了出来。终于有一个人提着大刀出现在面前了。不过这个人看起来不大像传话的侍者。

“您是哪位？”

这个年轻人叉着两腿和两手问道。

看起来他也就二十四五岁，很年轻，从头到脚比较有气势。

武藏报了姓名。

“小幡勘兵卫大人的小幡兵学所是这里吗？”

“是啊！”

这个年轻人甚是冷淡地回答道。

看他的神态，是料定了下面武藏一定会说——我是为了学习兵法游历诸国的武士，不过武藏的话出乎了他的意料。

“贵府当家的弟子，北条新藏，因为出了点事，现在正在磨刀师耕介的家里疗伤，我是受耕介所托，前来报信的。”

“北条新藏复仇不成，反被打伤了吗？”

年轻人十分惊愕，稍沉了口气继续说道。

“失礼了，我是小幡勘兵卫景宪的儿子，小幡余五郎。非常感谢您的通报。先到近门的房间来休息一会儿吧！”

“不了不了，我就是来传个消息，没关系的。”

“那，新藏的性命……”

“今天早晨已经好些了。不过您即使去接，恐怕他现在也动不了，所以可以暂时先安置在耕介家里。”

“那就拜托跟耕介说声拜托了。”

“好的。”

“因我父亲勘兵卫生病，而承担老师一职的北条新藏，从去年秋天起便不见了踪影，讲堂也不得不因此关闭了，现在府里没什么人手，请您见谅。”

“和佐佐木小次郎有什么宿怨吗？”

“我当时在外面，所以也不太清楚具体发生了什么，只是听说因佐佐木小次郎羞辱了病中的父亲，惹恼了弟子们，他们几次想讨伐佐佐木小次郎，可是每次都是反而被他所伤。北条新藏应该也是一直都在伺机找小次郎报复。”

“原来如此，我大概明白是怎么回事了——但是，我觉得还是不要再和佐佐木小次郎争斗了吧。他不论是刀法，还是策略都要胜人一筹——总之，不要轻易和这样一个刀法、口才、计谋皆不简单的人去争斗。”

听到武藏这样夸赞小次郎，余五郎的眼中明显露出不快。武藏见状，更加不放心，再次劝道："骄傲的人尽管自鸣得意。不过切不可因为小小的宿怨而招致大祸。北条新藏虽然已经败了，但是切不可因为这件事，更添新仇。已经有前车之鉴了，再重蹈覆辙就太愚蠢了，太愚蠢了。"

说罢，武藏便从玄关处离开了。

二

余五郎，独自靠在墙壁上，抱着手臂。

多愁善感地自语道："真是可惜呀……连新藏都不行啊……"

余五郎空洞的眼神望向天花板。无论是宽阔的讲堂还是正房内，现在都是一片寂寥。

自己外出回来时——新藏就已经不在了，只是留给自己一封书信，上面写着：势必讨伐佐佐木小次郎。若不能成功，今生不再相见。

这是自己最不希望见到的事情，如今却变成了事实。

新藏走后，兵学的课程也就停止了，世间的人大多偏袒小次郎，说这个兵学所里的都是些胆小怕事的人，没什么真本事。

因此而受到影响的人，见父亲小幡勘兵卫景宪生病、甲州流衰败，转而投向长沼流的人——渐渐这里到了门可罗雀的地步，现在只剩下两三名入室弟子做些杂活儿。

"这件事不能告诉父亲。"

他下定了决心。

"以后的事情以后再说。"

不管怎么说，先照顾好重病中的父亲，这是现在作为子女最应该做好的事情。

令人担心的是，医生说父亲的恢复状况很不明朗。

以后的事情以后再说。

悲伤中的忍耐。

“余五郎，余五郎。”

这时，从里面的房里传出父亲的声音。

处于病危中的父亲，此时不知因为何事激动起来，声音完全不像是一个病人。

“——来了。”

余五郎匆匆忙忙地跑了过去。

“您在叫我吗？”

余五郎在外间屋内便急急问道，冲进去跪在榻前。病人就像往常睡得不能再入睡时一样，自己打开了窗子，两肘撑着枕头坐在床上。

“余五郎。”

“是。在这儿。”

“刚刚——有个武士出去了——我从这个窗口看到了他的背影。”

原本打算隐瞒这件事的余五郎有些慌张。

“啊……那是……刚刚您看到的是送信使者。”

“什么送信使者，从哪儿来的？”

“北条新藏出了点事，他是来报信的——叫宫本武藏。”

“嗯……宫本武藏……是吗，他是江户的人吗？”

“他说是作州的流浪武士——父亲您对刚刚那个人有什么印象吗？”

“没有。”

勘兵卫摇了摇长着稀疏白胡须的下巴。

“我不认识这个人。不过，我从年轻时起，历经战场、阅人无数，还几乎没有见过真正的武士——刚刚离开的那个人，牵动了我的心——想见见他。想马上见见这个叫作宫本武藏的人——余五郎，快点追上去，把他请过来。”

三

不能长时间讲话——医生叮嘱过。

“快叫过来。”

病人有些激动，余五郎见状更加担心父亲的病情。

“好的！”

虽然先应了病人一声，余五郎依旧没有动。

“但是，父亲，刚才那个武士为什么让您如此在意。您只是从窗户看了他一眼而已。”

“你是不可能明白的。等你明白的时候，估计也到了像我这样形同枯木的时候了。”

“但是总得有个能讲出来的理由吧？”

“理由是有的。”

“说来听听。这也是种学习。”

“就连对我这个病人——刚刚的那位武士也不掉以轻心。这点很了不起。”

“他怎么可能知道父亲您在这窗子里面？”

“他知道。”

“怎么知道的？”

“在刚进门的时候，他就已经将这个家的结构、打开了的窗子、没有打开的窗子、院落中的小路等毫无遗漏地扫视过了——而且没有露出半点不自然，看起来依旧是极恭敬有礼的样子。我在远处观察到这些，很是吃惊。”

“这么说来，刚刚那位是个深藏不露的武士了？”

“我和他一定会有讲不完的话。快点把他追回来。”

“但是，您的身体没问题吗？”

“我等这样的知己已经等了多少年了。我的兵学不是为了传给子孙而积累研究的。”

“这是父亲您经常说的话。”

“虽说是甲州流，小幡勘兵卫景宪的兵学并不只是用来传扬甲州武士的方程式阵法。信玄公、谦信公、信长公等争霸时，因世道不同，学问的使命不同——我的兵学，应该是小幡勘兵卫流的——为今后的和平做贡献的兵学——啊，要把这些传给谁呢？”

……

“余五郎。”

“……是。”

“我有很多想传授给你的。可是，你现在尚未成熟，即使和武士面对面，你也搞不清楚对方的实力。”

“孩儿惭愧！”

“作为父母，我是用偏爱的眼光来看你的，可是纵然这样，我依然感觉出你的不成熟——我的兵学还不能传给你。如今，我想传给一个真正适合接受这种兵学的人，再将你托付给他——我一直在暗中寻找这样的人。就像花朵即将凋零的时候，一定会借风将花粉撒向大地一样……”

“……父，父亲，您要好好的。要好好的，保养好身体。”

“别说傻话了，别说傻话了，快去。”

“是。”

“不要失礼，将我的意思传达给他，将他请到这里来。”

“是。”

余五郎赶紧向门外跑去。

四

虽说追出去了，但遍寻不到武藏的影子。

找遍了平河天神附近、鞠町的街道，就是找不到武藏。

“没办法——等以后遇见再说吧！”

余五郎很快就泄气了。

他心里其实并不认为武藏是父亲说的那样优秀的人。

他认为年龄和自己相当的武藏，即便再有才华，也不会像父亲说的那样夸张。

况且，武藏在离开时曾说："跟佐佐木小次郎比试是愚蠢的。小次郎不是庸人。还是放弃那点小小的宿怨吧！"

这些话，一直在脑中徘徊。余五郎甚至感觉武藏是来宣扬小次郎的。

算什么啊！余五郎想。

不管是小次郎还是武藏，余五郎都没怎么放在眼里——虽然表面对父亲顺从，可是心里面，却在不满地嘀咕："父亲小看我，我绝没有那样不成熟。"

一年，有时会花上两三年时间，只要余五郎有空，他就会去游学练武，或是去别家学习兵学，有时还会到禅家去修行。可如今他父亲却无视他的这些努力，将他看作小孩。只隔窗看了一眼武藏，便大加赞赏，差点没说："你这个浑蛋，跟人家学学。"

"——算了，回去！"

余五郎向回走时，突然感觉到有些寂寞。

"父母是不是总是将自己的孩子看作是乳臭未干呢？"

真想有一天，父亲能惊喜地对自己说，"你终于成才了"。可是，现在父亲是有今天没明天。真是让人难过。

"喂，余五郎大人——是不是余五郎大人？"

余五郎循声望去。

"呀，这是……"

余五郎赶紧转身也向对方走去。

是细川家的家臣中户川范大夫，他曾经来听过课，不过最近很久没见了。

"大先生的病怎么样了。我一直公务缠身，未能拜访。"

"还是老样子。"

"不管怎么说，也是因为年纪大了吧……听说教头北条新藏又被砍伤了，这是真的吗？"

"您已经知道了啊？"

“是今早在藩邸听说的。”

“昨晚的事——今早就已经传到细川家了。”

“佐佐木小次郎在重臣岩间角兵卫大人的府上做食客，所以是那位角兵卫大人说的吧。连少主忠利公都已经知道这件事了。”

余五郎年轻气盛，怎能冷静地听这些。但也不好在外人面前立马变了脸色，于是便装作若无其事的样子与范大夫告了别。在回家的路上，他做出了个决定。

街上的杂草

一

耕介的妻子正在为里面的病人煮粥。

伊织跑到厨房门口说：“阿姨，梅子已经变黄了。”

耕介的妻子毫不上心地说：“啊，已经熟了吧，都到了蝉开始鸣叫的季节了。”

“阿姨，为什么不腌梅子呢？”

“家里人口少。而且腌那么多梅子的话，是需要很多盐的。”

“盐是不会放坏的，可是梅子如果不腌的话，很快就不能吃了。虽然人少，但是为了防备战争和洪水，平时还是需要准备些的。阿姨忙着照料病人吧，我来腌。”

“你这个孩子，连发大水的情况都考虑到了。一点也不像个孩子。”

伊织已经进入库房，抱起一个空桶，向外面的梅树走去了。

感觉他有着让主妇们羞愧的、超越了一般孩子的机智和未雨绸缪的精神。真是让人赞叹啊。可再转眼一看，他却被停留在树上的一只蝉给吸引了，站在梅树下发呆。

悄悄地靠近，伊织一把抓住了这只蝉。蝉在他的掌心中像老人般哀鸣着。

望着自己的拳头，伊织觉得很不可思议。蝉明明是冷血的，可是它的身体却比自己的掌心还热。

即使是冷血的蝉，在生死关头，身体也会燃烧出火般的热量吧——伊织可没想这么多。他只是突然觉得很害怕，觉得这只蝉很可怜，不由自主地伸开了手掌，让蝉飞走了。

蝉撞到房檐上，转而向街上飞去了——伊织则开始准备爬树。

这是一棵非常大的树。在上面茁壮成长的毛毛虫，披着一身令人艳羡的毛毛。还有甲虫、被粘在叶子上的虫卵、睡着觉的小蝴蝶、飞舞的虻。

就像来到了另一个世界一样，伊织有些心荡神驰，似乎都不太忍心突然晃动梅树枝干，打扰昆虫王国的绅士淑女们的生活了。伊织先摘了一个颜色比较浅的梅子，咬了一口，然后从最近的树枝开始晃。看起来摇摇欲坠的梅子就是不肯落下。伊织只好揪下手能够到的梅子，扔进下面的空桶内。

“啊——，畜生。”

不知是看到了什么，伊织突然喊了起来，向旁边的空地上，“啪啪啪”地投了三四个梅子。

架在篱笆上的晒衣竿也几乎同时落地，发出很大的响声。接着有急促的脚步声，从空地跑向马路。

这会儿，武藏应该是还没有回来。

在工作间内专心磨刀的耕介，从竹窗探出头，瞪着眼睛问：“怎么回事，这么大动静？”

二

伊织从树上跳了下来。

“叔叔，刚刚又有奇怪的男人藏在空地的阴暗处。我用梅子向他打过去了，把他吓了一跳，逃走了。怕是以后还会来！”

伊织朝工作间的窗口方向说。

耕介擦了擦手，走了出来。

“什么样的人？”

“应该是一个混混儿。”

“是半瓦手下的人吗？”

“之前，有天晚上，不是有人袭击店里吗，他的打扮和那次那个人很像。”

“竟是些猫样儿的人。”

“来这儿有什么目的呢？”

“是来报复里面那位伤者的。”

“啊，新藏啊！”

伊织看向病人的房间。

病人正在喝粥。

北条新藏现在已经恢复得可以拆掉绷带了。

“老板。”

听到新藏的召唤，耕介走了过去。

“怎么样了？”

耕介关切地问道。

收拾好碗筷后，新藏端坐。

“耕介大人，给您添麻烦了。”

“哪里哪里。因为工作的缘故，有照顾不周的地方。”

“好像想袭击我的半瓦家的人总是来这附近转悠啊。我若久居的话，恐怕会给您造成更大的麻烦。”

“您多虑了……”

“而且，我身体也恢复得差不多了，今天我便告辞了吧？”

“啊，要回去了吗？”

“随后我再来答谢！”

“等……等一下。刚好今天武藏大人外出了，等他回来吧？”

“也承蒙武藏大人照料了，他回来后，代我说声谢谢吧——我已经完全可以行走自如了。”

“可是，因您那天晚上斩杀了菰十郎和童仆小六，半瓦家的那群混混儿都很恨您，现在日夜坚守在这里，伺机报复。您若这时一个人离开，怕是凶多吉少吧！”

“我杀菰十郎和那个童仆小六是有正当理由的。他们不应该恨我。除非他们是要惹是生非。”

“虽说是这样，但是您的身体状况，我还是不放心呀！”

“承蒙关怀，我没事的。尊夫人呢，我要向她道谢……”

新藏整理了下装束，站了起来。

见新藏执意要走，夫妇二人只好起身相送。不想在向店门口走去时，刚好武藏汗流浃背地从外面进来了。

迎面碰上要出门的新藏，武藏瞪大了眼睛。

“呀，北条大人，您这是要去哪儿啊——什么，要回去——见您现在已没有大碍，我很开心，可是您一个人回去的话，恐怕途中会遇到麻烦。我刚好回来了，我来送您到平河天神吧！”

三

新藏拒绝了一番：“这——不用了，没关系！”

武藏则执意要送。

最终，北条新藏接受武藏的一片好意，在武藏的陪伴下上路了。

“好久没走路了，您还好吧？”

“总感觉，一迈步有踏空的感觉。不免有些重心不稳。”

“别勉强自己。到平河天神还有一段距离。等遇到抬轿的，咱们就雇一顶。”

听武藏这么一说，新藏接道：“不好意思，我还不想回小幡兵学所。”

“那您去哪儿？”

“……我觉得没脸见他们。”

新藏低下了头。

“我还是先暂时回父亲那里吧！”

“在牛之渊。”

新藏又补充道。

武藏这时叫到一顶轿子，招呼新藏坐了上去。抬轿人劝武藏也坐上去，武藏却执意走在轿侧。

“啊，他坐上轿子了。”

“向这边看过来了。”

“别慌，现在下手还早。”

当轿子与武藏至外护城河处时，从街角处冒出一群系着衣角、挽着袖口的混混儿在后面尾随，紧盯着武藏和轿子。

是半瓦的手下。看这架势，一场争斗是势在必行了。

到了牛之渊的时候，一个小石子飞过来砸在轿子架上。与此同时，一群混混儿跑过来，将轿子团团围住。

“喂，等等。”

“等等。”

“等等。”

刚刚就已经有些害怕了的轿夫们，此时见状，扔下轿子，一溜烟地跑掉了。接着又有两三个石子飞过来。

北条新藏拿着刀从轿子里出来了，完全不示弱的样子。

“叫谁等等，我吗？”

说着，新藏摆出了应战的架势。武藏一边护着他，一边朝那群扔石子的小混混儿喊道：“什么事？”

这群小混混儿就像探水深浅一样，一点一点地靠拢过来。

“明知故问。”

“你若识相，就闪开。要不连你一块儿杀。”

他们越说越气势汹汹。

——可是，还没有一个人先冲过来。也许是武藏目光中所射出的震慑力，让他们不敢轻举妄动。武藏和新藏也默默地静观其变。

“这里面有个叫半瓦的吗？有的话，快出来。”

武藏说道。话音一落，有一个穿着白褂子，胸口处挂着大佛珠的较年长的人走了出来。

“我们老大不在，现在由我来看家。我叫念佛太左卫门，有什么要交代的，告诉我就行。”

四

武藏说道：“你们为什么如此怨恨这位北条新藏大人？”

念佛太左卫门耸起了肩。

“他砍了我们两位兄弟，若是我们默不作声的话，还怎么出来混？”

“据北条大人所说，前段时间，菰十郎和童仆小六帮助佐佐木小次郎夜袭了小幡家。”

“一码归一码，若是我们不为兄弟报仇的话，我们就不配吃这碗饭。”

“原来是这样！”

武藏表示明白了他们的意思，接着说：“这就是你们的世界吧。武士的世界是不同的。武士是不会平白无故地积累怨恨的——武士尊重道义，可以为了名声而复仇，却不能以怨生怨。这样的行为是最没出息的行为，会被耻笑的——就像你们现在这样。”

“什么，我们这是没出息的行为？”

“佐佐木小次郎若以武士的名义出头的话，还可以理解，你们跟着起什么哄？”

“武士有武士的做法。这代表不了什么。我们眼中是没有王法的，我们有我们的脸面。”

“若是非要在这世间分出武士的做法、混混儿的做法的话，不仅仅是这里，恐怕到处都要血流成河了。我们只好去奉公所念佛。”

“什么？”

“我们让奉公所来裁决我们的事情吧！”

“笑话，若是去奉公所的话，我刚开始就不会跟你废这么多话了。”

“你贵庚？”

“什么？”

“一大把年纪了，就这样引导年轻人，很高兴看到别人去为无谓的事情流血吗？”

“少废话。你可不要小瞧了我太左卫门。”

见太左卫门拔出了腰刀，挤在后面的混混儿们也都跟着附和。

“杀了他。”

“我来了。”

说着冲了上来。

武藏一侧身，躲开了砍过来的刀，一把抓住太左卫门的脖颈处，拽了十步左右，扔进了护城河中。

然后冲进这群混混儿中，一边厮打，一边护着北条新藏向牛之渊的草原方向跑去。在九段坡的山腰附近，武藏和新藏向上跑的身影越来越小。

五

牛之渊也好，九段坡也好，当然都是后来才有的地名。当时那一片，山崖上长满郁郁葱葱的树木，潺潺的溪水流向外侧护城河，一块块的绿色沼泽组成湿地。民间都称那里为蟋蟀桥或冬青坡。

甩掉那群已然目瞪口呆的混混儿，跑到坡道中央时，武藏放开被护在胳膊下的新藏，催促着犹豫不决的他快跑。

“就这样吧。北条大人。我们快走吧！”

混混儿们回过神来。

“啊，逃跑了——”

说着，混混儿们赶紧重整旗鼓，边喊着“别跑”，边沿坡道追上去。

“胆小鬼。”

“看来没有嘴上说得那么厉害。”

“恬不知耻。”

“这也叫武士吗？”

“竟敢把我们所敬重的太左卫门推进护城河。回来，浑蛋。”

“武藏也是我们的仇人。”

“你们两个浑蛋，给我站住。”

“胆小如鼠的浑蛋。”

“还说是什么武士？”

“不敢站住吗？”

后面传来无休无止的谩骂声，武藏连头都不回，也不让北条新藏停下来。

“最好快走。”

“逃跑也不是件轻松的事呀！”

两个人不由得调侃起来。同时开足马力，甩掉他们的追击。

跑了一段路程后，回头一看，已经不见混混儿们的影子了。刚刚有些复原的新藏，跑得脸色更加苍白，上气不接下气。

“累了吧？”

“不……不是……没事。”

“由着他们那样咒骂，您觉得后悔了吗？”

……

“哈哈哈哈。等您静下心来，您就会明白了。逃跑有时也是件令人惬意的事。那边有水。清洗一下吧。我送您送到家门口吧！”

已经可以看见赤城的森林了。北条新藏的家在赤城明神附近。

“请您一定要进去坐会儿，见见我父亲。”

武藏站在红土墙旁。

“后会有期，我想我们还会有机会见面的。好好休养。”

说罢，武藏就此与新藏分别了。

——因这件事，在江户，武藏越发变得有名气了。

——他是冒牌货。

——胆小鬼的代表。

——恬不知耻，玷污了武士道。还说他曾在京都与吉冈一门比试，看来不是吉冈太弱，就是他靠一流的逃跑技术，逃过一劫后又来沽名钓誉。

出名是因这样的诽谤而出名。没有人替武藏说话。

半瓦那伙人不仅极尽口舌散布谣言，还公然在很多街头立了几十块这样的牌子。

宫本武藏，你这个无耻之徒。

本位田婆婆这里，你还欠着一笔账呢。

我们这儿，你也迟早要还的。

若不滚出来，你就不是个武士。

半瓦族